Kate Morton

Die Tochter des Uhrmachers

Kate Morton

Die Tochter des Uhrmachers

Roman

Aus dem Englischen
von Charlotte Breuer und
Norbert Möllemann

DIANA

Von Kate Morton sind im Diana Verlag erschienen:
Das geheime Spiel – Der verborgene Garten – Die fernen Stunden – Die verlorenen Spuren – Das Seehaus – Die Tochter des Uhrmachers

Taschenbucherstausgabe 04/2020

Die Originalausgabe erschien 2018 unter dem Titel
The Clockmaker's Daughter bei Allen & Unwin, Australia

Redaktion: Antje Steinhäuser
Umschlaggestaltung: t.mutzenbach design, München
nach einem Entwurf von Allen & Unwin
Covermotive: Shutterstock/Denes Meszaros,
Svetlana Klaise, Aris Suwanmalee, donatas1205 (2),
Lotus_studio, ALEXANDER V EVSTAFYEV, dawool,
DutchScenery, grafvision; www.botanicalillustrations.org;
www.flickr.com/photos/biodivlibrary/albums
Autorenfoto: © ddp images/Alexander Domanski
Mit freundlicher Genehmigung von Autorin Kirsten Weiss
für den gleichlautenden Titel ihres Romans aus dem Jahr 2016
sowie Autor Thomas Schweizer für den gleichlautenden Titel
seiner Biografie über Elisabeth Thommen aus dem Jahr 2007.
Herstellung: Helga Schörnig
Satz: Leingärtner, Nabburg
Druck und Bindung: GGP Media GmbH, Pößneck
Printed in Germany

ISBN 978-3-453-36059-4

www.diana-verlag.de
Dieses Buch ist auch als E-Book lieferbar.

Für Didee, weil sie eine von den Müttern ist,
die uns ein Leben auf dem Gipfel des Berges hat führen lassen,
und weil sie mir den besten Rat für das Schreiben gegeben hat,
den ich je bekommen habe.

Teil 1

Die Aktentasche

I

Wir waren nach Birchwood Manor gekommen, weil Edward gesagt hatte, dort spuke es. Das stimmte zwar nicht, aber nur ein Langweiler lässt sich von der Wahrheit eine gute Geschichte verderben, und ein Langweiler war Edward weiß Gott nicht. Seine Leidenschaft und sein ansteckender Glaube an alles, was er verkündete, hatten dazu geführt, dass ich mich in ihn verliebte. Er besaß den Feuereifer eines Predigers, der seine Meinungen in bare Münze verwandelt. Er zog die Menschen an, weckte in ihnen eine Begeisterung, von der sie gar nicht wussten, dass sie dazu fähig waren, und die alles außer ihm und seinen Überzeugungen in den Hintergrund treten ließ.

Aber Edward war kein Prediger.

Ich erinnere mich an ihn. Ich erinnere mich an alles.

Das Atelier mit dem Glasdach im Londoner Garten seiner Mutter, der Geruch der frisch angemischten Farben, das Scharren der Pinselborsten auf der Leinwand, während sein Blick über meine Haut strich. An dem Tag war ich ganz kribbelig vor Nervosität. Ich wollte ihn beeindrucken, wollte etwas darstellen, das ich gar nicht war, und während er mich betrachtete, gingen mir Mrs. Macks eindringliche Worte durch den Kopf: »Deine Mutter war eine anständige Frau, du stammst aus einer angesehenen Familie, vergiss das nicht. Wenn du deine Karten richtig ausspielst, haben wir am Ende alle etwas davon.«

Und so richtete ich mich noch ein bisschen gerader auf in dem mit Samt bezogenen Sessel, an jenem ersten Tag damals in dem weiß gestrichenen Atelier hinter den üppig blühenden Wicken.

Seine kleine Schwester brachte mir Tee und Kuchen, wenn ich Hunger hatte. Manchmal kam auch seine Mutter den schmalen Weg herunter, um ihm bei der Arbeit zuzusehen. Sie bewunderte ihren Sohn. In ihm erfüllten sich die Hoffnungen der Familie. Er war ein angesehenes Mitglied der Royal Academy, verlobt mit einer Tochter aus reichem Hause, zukünftiger Vater einer Schar braunäugiger Erben.

Er war nichts für meinesgleichen.

Für das, was dann passierte, gab seine Mutter sich die Schuld, aber sie hätte eher den Tag daran hindern können, auf die Nacht zu folgen, als uns beide voneinander fernzuhalten. Er nannte mich seine Muse, seine Bestimmung. Er sagte, er habe es sofort gewusst, als er mich im schummrigen Licht der Gaslampen im Foyer des Theaters in der Drury Lane gesehen habe.

Ich war seine Muse. Ich war sein Schicksal. Und er war meins.

Es ist lange her; es war gestern.

Ach, ich erinnere mich an die Liebe.

Diese Ecke hier, auf halber Höhe der Treppe, ist meine Lieblingsstelle.

Es ist ein seltsames Haus, absichtlich so gebaut, dass es verwirrt. Treppen mit ungewöhnlichen Wendungen, Geländer mal niedrig, mal hoch, Fenster, die nicht auf gleicher Höhe sind, egal wie sehr man die Augen zusammenkneift, Holzböden und hölzerne Wandvertäfelungen mit raffinierten Geheimtüren.

Hier in dieser Ecke ist es immer warm, das ist fast übernatürlich. Es ist uns allen gleich aufgefallen, und den ganzen Frühsommer über haben wir gerätselt, wo die Wärme herkam.

Ich habe eine Weile gebraucht, aber schließlich habe ich es herausgefunden. Ich kenne diese Ecke in- und auswendig.

Es war nicht das Haus selbst, mit dem Edward die anderen geködert hat, sondern das Licht. An klaren Tagen kann man von den Dachfenstern aus über die Themse hinweg bis nach Wales sehen. Blassviolett und grün erheben sich die walisischen Hügel am Horizont, schroffe Kreidefelsen recken sich den Wolken entgegen, und die warme Luft lässt die ganze Landschaft schimmern.

Und das war sein Vorschlag: ein ganzer Sommermonat voller Malerei, Poesie und Picknicks, ein Monat voller Geschichten und Gespräche über Wissenschaft und die neuesten Erfindungen. Ein Monat voller himmlischem Licht. Weit weg von London, weit weg von neugierigen Augen. Kein Wunder, dass alle sofort mit Begeisterung dabei waren. Edward hätte den Teufel bekehren können, wenn er gewollt hätte.

Nur mir hat er gestanden, dass er noch einen weiteren Grund hatte hierherzukommen. Nicht allein das Licht zog ihn hierher, er hatte auch ein Geheimnis.

Vom Bahnhof gingen wir zu Fuß.

Es war ein perfekter Julitag. Eine leichte Brise zupfte an meinem Rocksaum. Jemand hatte Sandwiches mitgebracht, die wir unterwegs aßen. Wir müssen einen merkwürdigen Anblick geboten haben – Männer, die ihre Krawatten gelockert hatten, Frauen, die ihr Haar offen trugen. Gut gelaunt, ausgelassen.

Was für ein großartiger Anfang! Ich erinnere mich an das Plätschern eines Bachs und das Gurren einer Waldtaube. Ein Mann kam uns entgegen, der ein Pferd mit Wagen führte; auf den Strohballen hockte ein kleiner Junge, und überall duftete es nach frisch gemähtem Gras – ach, wie mir dieser Duft fehlt! Ein paar fette Gänse betrachteten uns mit ihren Knopfaugen, als wir uns der Themse näherten, und schrien hinter uns her, nachdem wir an ihnen vorbeigegangen waren.

Alles war hell und leicht, aber nicht sehr lange.

Aber das ist wohl überflüssig zu erwähnen, denn wenn alles so schön geblieben wäre, gäbe es keine Geschichte zu erzählen. Niemand interessiert sich für einen stillen, glücklichen Sommer, der so endet, wie er begonnen hat. Das habe ich von Edward gelernt.

Die Abgeschiedenheit spielte natürlich eine Rolle, dieses Haus, dort am Flussufer gestrandet wie ein Binnendampfer. Auch das Wetter trug seinen Teil dazu bei, die glühend heißen Tage, und dann das Sommergewitter, das uns an jenem Abend alle ins Haus trieb.

Der Wind heulte, und die Bäume ächzten, und der Donner rollte den Fluss herunter und rüttelte am Haus, während die Gespräche sich drinnen um Geister und Verzauberungen drehten. Im Kamin prasselte ein Feuer, und die Kerzenflammen flackerten, und in der Dunkelheit, in dieser Atmosphäre der heimeligen Angst und der heimlichen Geständnisse, wurde etwas Böses heraufbeschworen.

Kein Geist, nein, nein – die Tat, als sie begangen wurde, war ganz und gar menschlich.

Zwei unerwartete Gäste.

Zwei lange gehütete Geheimnisse.

Ein Schuss in der Dunkelheit.

Das Licht ging aus, und alles war pechschwarz.

Der Sommer war verdorben. Die ersten vorwitzigen Blätter fielen in die Pfützen unter den Hecken, und Edward begann, wie ein Gefangener durch die Flure des Hauses zu schleichen, das er liebte.

Schließlich hielt er es nicht länger aus. Er packte seine Sachen und reiste ab, und ich konnte ihn nicht aufhalten.

Die anderen folgten ihm, wie immer.

Und ich? Ich hatte keine Wahl. Ich bin geblieben.

Kapitel 1

Sommer 2017

Es war Elodie Winslows liebste Tageszeit. Sommer in London, und an einem bestimmten Punkt schien die Spätnachmittagssonne auf ihrem Weg den Himmel entlang zu zögern, um ihre Strahlen durch die kleinen Glasfliesen im Gehweg über ihr direkt auf ihren Schreibtisch zu schicken. Und das Beste war: Da Margot und Mr. Pendleton schon Feierabend gemacht hatten, gehörte ihr dieser Moment ganz allein.

Das Kellergeschoss von Stratton, Cadwell & Co an der Straße The Strand war längst kein so ein romantischer Ort wie das Archiv im alten Gemäuer des New College in Oxford, wo Elodie nach ihrem Masterabschluss einen Ferienjob gehabt hatte. Hier war es nie warm, selbst während der gerade herrschenden Hitzewelle musste Elodie bei der Arbeit eine Strickjacke tragen. Aber hin und wieder, wenn auch ganz selten, hatte das Büro, in dem es nach Staub und Alter und der Feuchtigkeit der Themse roch, etwas Charmantes.

In der winzigen Teeküche hinter den Aktenschränken füllte Elodie ihre Henkeltasse mit kochendem Wasser und drehte die Sanduhr um. Margot fand das übertrieben, aber Elodie ließ ihren Tee gern genau dreieinhalb Minuten ziehen.

Während sie darauf wartete, dass die Sandkörner nach unten rieselten, musste sie an Pippas Nachricht denken. Sie hatte ihre Mailbox abgehört, als sie kurz über die Straße gelaufen war, um sich ein Sandwich zu kaufen: eine Einladung zu einer Modenschau, die Elodie sich etwa so interessant vorstellte wie eine Stunde im Wartezimmer eines Arztes. Zum Glück hatte sie bereits etwas vor – einen Besuch bei ihrem Vater in Hampstead, um die Videoaufzeichnungen abzuholen, die er für sie herausgesucht hatte – und brauchte sich keine Ausrede auszudenken, warum sie nicht mitgehen konnte.

Pippa etwas abzuschlagen war gar nicht so einfach. Sie war Elodies beste Freundin, und zwar seit dem ersten Tag des dritten Schuljahrs in der Pineoaks Primary School. Immer noch dankte Elodie im Stillen oft ihrer Lehrerin Miss Perry dafür, dass sie sie nebeneinandergesetzt hatte: Elodie, die Neue mit der ungewohnten Schuluniform und den schiefen Zöpfen, die ihr Vater mühsam geflochten hatte, und Pippa mit dem breiten Lächeln und den Grübchen und den Händen, die ständig in Bewegung waren, wenn sie redete.

Seit damals waren die beiden unzertrennlich. Während der Grundschule, während der Oberschule und selbst später, als Elodie in Oxford und Pippa am Central Saint Martins College in London studierte. Inzwischen sahen sie sich nicht mehr so oft, aber das war zu erwarten gewesen – die Welt der Kunst war ein geschäftiges Netzwerk, und Pippa schickte Elodie eine Einladung nach der anderen aufs Handy, während sie von einer Galerieeröffnung oder Vernissage zur nächsten hetzte.

Die Welt der Archivare dagegen war alles andere als geschäftig. Das heißt, sie war nicht auf die glamouröse Weise geschäftig wie Pippas Welt. Elodie hatte lange Arbeitstage, und sie hatte viel mit Menschen zu tun, wenn auch nicht mit lebenden. Die Gründer von Stratton und Cadwell hatten die Erde bereist, als sie gerade erst begann, immer kleiner zu werden, und als die Erfindung des Telefons die schriftliche Korrespondenz noch nicht obsolet gemacht hatte. Und so verbrachte

Elodie ihre Tage mit den verstaubten, stockfleckigen Hinterlassenschaften der Toten, mit Berichten über Soireen im Orientexpress oder über die Abenteuer viktorianischer Entdecker auf der Suche nach der Nordwestpassage.

Diese Art sozialen Engagements über die Zeiten hinweg machte Elodie sehr glücklich. Gut, sie hatte nicht viele Freunde, jedenfalls nicht von der Sorte, die aus Fleisch und Blut waren, aber das störte sie nicht. Sie fand es ermüdend, sich lächelnd über die Wetteraussichten auszutauschen, und nach einem geselligen Abend fühlte sie sich, egal wie nett die Leute gewesen waren, immer völlig erschöpft, so als hätte sie dort einen Teil ihrer selbst verloren, den sie nie wieder zurückbekommen würde.

Elodie nahm den Teebeutel aus der Tasse, drückte die letzten Tropfen über der Spüle aus, bevor sie ihn in den Mülleimer warf, und goss einen winzigen Schuss Milch in den Tee.

Sie ging mit der Tasse zurück zu ihrem Schreibtisch, wo die Prismen des Sonnenlichts gerade ihre tägliche Wanderung begannen, und während der Dampf sich kräuselte und sie ihre Hände an der Tasse wärmte, überlegte sie, was sie an dem Tag noch zu tun hatte. Das Inhaltsverzeichnis zum Bericht von James Stratton jr. über seine Reise an die Westküste Afrikas im Jahr 1893 war zur Hälfte fertig, sie musste einen Artikel für die nächste Ausgabe des Monatshefts *Stratton, Cadwell & Co Monthly* schreiben, und Mr. Pendleton hatte ihr den Katalog für die bevorstehende Ausstellung dagelassen, den sie Korrektur lesen sollte, bevor er in den Druck ging.

Aber Elodie hatte sich heute schon so viel mit Texten beschäftigt, dass ihr davon der Kopf qualmte. Ihr Blick fiel auf den gewachsten Pappkarton unter ihrem Schreibtisch. Er stand da seit Montagnachmittag, als ein Rohrbruch im oberen Stockwerk es erfordert hatte, den alten Abstellraum auszuräumen, ein Raum mit niedriger Decke, den Elodie in den zehn Jahren, seit sie hier arbeitete, noch nie betreten hatte. Der Karton war unter einem Stapel eingestaubter Brokatvorhänge im untersten Fach einer Chiffonier-Kommode aufgetaucht, versehen mit einem von Hand beschrifteten Zettel »Inhalt des Schränkchens vom Dachboden, 1966 – nicht aufgelistet«.

Dass sich in dem alten, längst nicht mehr benutzten Raum Archivmaterial fand, das noch dazu bereits mehrere Jahrzehnte zuvor eingetroffen sein musste, war äußerst beunruhigend, und Mr. Pendleton hatte sich natürlich furchtbar aufgeregt. Mr. Pendleton war in solchen Dingen mehr als korrekt, und es war ein Glück, da waren sich Elodie und Margot einig, dass derjenige, der die Lieferung 1966 angenommen hatte, längst aus der Firma ausgeschieden war.

Der Zeitpunkt hätte nicht unpassender sein können: Seit ein Unternehmensberater da gewesen war, um »den Betrieb zu verschlanken«, war Mr. Pendleton außer sich. Dass man in seinen persönlichen Arbeitsbereich eingedrungen war, war schon schlimm genug, aber seine Effizienz infrage zu stellen war eine Beleidigung, die er nicht auf sich sitzen lassen konnte. »Das ist genauso, als würde sich jemand Ihre Uhr borgen, um Ihnen zu sagen, wie spät es ist«, hatte er frostig bemerkt, nachdem der Unternehmensberater gegangen war.

Und als dann plötzlich dieser Karton aufgetaucht war, hätte ihn beinahe der Schlag getroffen, und so hatte sich Elodie, die nicht nur ordnungs-, sondern auch harmoniesüchtig war, den Karton geschnappt und versprochen, sich darum zu kümmern.

Seitdem hielt sie ihn unter ihrem Schreibtisch versteckt, um Mr. Pendletons Nerven zu schonen, doch jetzt, allein im Büro, kniete sie sich auf den Teppichboden und zog den Karton unter dem Schreibtisch hervor …

Das plötzliche Licht traf sie wie ein Schlag, und die Aktentasche, tief unten im Karton verstaut, atmete auf. Sie hatte eine lange Reise hinter sich, und es verwunderte nicht, dass sie ziemlich mitgenommen war. Ihre Ränder waren abgewetzt, die Schnallen verrostet, und in ihrem Innern hatte sich ein strenger, modriger Geruch festgesetzt. Die ehemals edle Oberfläche war von einer matten Patina bedeckt und hatte die Tasche zu einem Gegenstand gemacht, den man am ausgestreckten Arm hochhielt und mit halb abgewandtem Kopf misstrauisch beäugte. Sie war zu alt, um noch von Nutzen zu sein, doch eine undefinierbare Geschichtsträchtigkeit verhinderte, dass man sie entsorgte.

Die Tasche war einmal geliebt worden, bewundert wegen ihrer Eleganz – und, noch wichtiger, wegen ihrer Funktion. Zu einer bestimmten Zeit, als Attribute wie sie hochgeschätzt wurden, war sie für eine bestimmte Person unverzichtbar gewesen. Seitdem war sie versteckt und ignoriert, gerettet und missachtet, verloren, wiedergefunden und vergessen worden.

Jetzt jedoch wurden all die Dinge, die jahrzehntelang auf ihr gelegen hatten, nacheinander weggenommen, bis schließlich auch sie selbst in diesem von schwachem elektrischem Summen, leisem Rohrgeklapper und dem Geruch nach Papier erfüllten Raum wieder ans Tageslicht gelangte. Weiche, weiße Handschuhe hoben sie aus der Dunkelheit des Kartons.

In den Handschuhen steckten die Hände einer Frau. Sie war jung, hatte zarte Rehkitzarme, einen grazilen Hals, ein von kurzem, schwarzem Haar eingerahmtes Gesicht. Sie hielt die Tasche am ausgestreckten Arm, aber nicht mit Abscheu.

Ihre Berührung war sanft. Ihre Lippen waren neugierig geschürzt, und ihre Augen weiteten sich, als sie die handgefertigten Nähte aus kostbarer indischer Baumwolle gewahrten.

Die Tasche überlief ein wohliger Schauder, als die Frau vorsichtig mit dem Daumen über die ausgeblichenen Initialen auf der Lasche fuhr. Die Aufmerksamkeit dieser jungen Frau konnte bedeuten, dass die unerwartet lange Reise der Tasche endlich zu Ende war.

Öffne mich, flehte die Tasche. *Schau in mich hinein.*

Vor langer Zeit war die Aktentasche einmal neu und glänzend gewesen. Von Mr. Simms persönlich in der Werkstatt der Hoflieferanten W. Simms & Son in der Bond Street hergestellt. Die vergoldeten Initialen waren mit großem Aufwand eingestanzt, die Messingnieten und -schnallen waren sorgsam ausgewählt und poliert, das wertvolle Leder war exakt geschnitten und genäht, liebevoll geölt und gewienert worden. Düfte von fernöstlichen Gewürzen – Nelke und Sandelholz und Safran – waren aus der Parfümerie nebenan in die Werkstatt gedrungen, sodass der Tasche ein Hauch von fernen Orten anhaftete.

Öffne mich …

Die Frau mit den weißen Handschuhen öffnete die Messingschnalle. Die Tasche hielt den Atem an.

Öffne mich, öffne mich, öffne mich …

Die Frau zog das lederne Band aus der Schnalle, und zum ersten Mal seit mehr als hundert Jahren drang Licht in die dunklen Ecken der Tasche.

Mit dem Licht kam ein Ansturm aus bruchstückhaften, verworrenen Erinnerungen – das Klingeln eines Glöckchens über der Tür bei W. Simms & Son; das Rascheln der Röcke einer jungen Frau; Pferdegetrappel; der Geruch nach frischer Farbe und Terpentin; Leidenschaft, Wollust, Geflüster. Gaslicht in Bahnhöfen; ein langer, gewundener Fluss; der Duft sommerlicher Weizenfelder …

Die behandschuhten Hände zogen sich zurück und nahmen den Inhalt der Tasche mit.

Die alten Eindrücke, Stimmen, Mementos verschwanden, und endlich war alles leer und still.

Es war vorbei.

Elodie untersuchte die leere Tasche. Es war ein edles Teil, das gar nicht zu den anderen Sachen passte, die sich in dem Karton befunden hatten, lauter alltägliche Büroutensilien – ein Locher, ein Tintenfass, ein hölzerner Schubladeneinsatz zur Aufbewahrung von Stiften und Büroklammern und dergleichen – und ein Brillenetui aus Krokodilleder mit der Aufschrift »Eigentum von L. S-W« auf dem Herstelleretikett. Vermutlich hatten die Chiffonier-Kommode und sein Inhalt einmal Lesley Stratton-Wood gehört, einer Großnichte des Firmengründers James Stratton. Von der Jahresangabe her würde es hinkommen – Lesley Stratton-Wood war in den Sechzigerjahren gestorben –, und es würde auch erklären, warum der Karton bei Stratton, Cadwell & Co gelandet war.

Die Aktentasche jedoch war, wenn es sich nicht um eine perfekte Nachbildung handelte, viel zu alt, um Ms. Stratton-Wood gehört zu haben, sie stammte definitiv aus einer Zeit vor dem zwanzigsten Jahrhundert, ebenso wie ihr Inhalt: ein schwarzes Journal mit Monogramm (E. J. R.) und marmoriertem Vorderschnitt, ein Stifteetui aus Messing, spätviktorianisch, und eine mit ausgebleichtem dunkelgrünem Leder bezogene Dokumentenmappe. Auf den ersten Blick ließ sich unmöglich sagen, wem die Aktentasche gehört haben konnte, aber unter der Lasche der Dokumentenmappe befand sich ein eingestanztes, vergoldetes Etikett: »James W. Stratton, Esq. London, 1861«.

Die Mappe war so dünn, dass Elodie zuerst annahm, sie sei leer, doch als sie die Lasche anhob, kam ein filigraner silberner Bilderrahmen zum Vorschein, der ein Foto enthielt. Das Foto zeigte eine junge Frau; sie hatte hohe Wangenknochen und langes Haar, hell, aber nicht blond, das zu einem losen Knoten hochgesteckt war; ihr Blick war direkt und ihr Kinn vorgereckt. Ihre Lippen wirkten wie bereit zu einem intelligenten Gespräch, vielleicht sogar etwas herausfordernd.

Während sie das Sepia-Foto betrachtete, spürte Elodie, wie das vertraute Gefühl der Vorfreude sich einstellte, die Ahnung, dass sie auf etwas gestoßen war, das darauf wartete, wieder zum Leben erweckt zu werden. Das Kleid der Frau saß lockerer als zur damaligen Zeit üblich. Es hatte einen tiefen V-Ausschnitt, und der weiche, weiße Stoff umspielte sanft ihre Schultern. Die bauschigen Ärmel waren durchsichtig und an einem Arm bis zum Ellbogen hochgeschoben. Sie hatte zarte Handgelenke, eine in die Hüfte gestemmte Hand betonte ihre Taille.

Der Hintergrund war ebenso interessant, denn die Frau posierte nicht in einem geschlossenen Raum auf einer Chaiselongue oder vor einem Vorhang mit aufgemalter Szenerie, wie es für ein viktorianisches Porträt typisch gewesen wäre. Vielmehr befand sie sich unter freiem Himmel, umgeben von wucherndem Grün, eine sehr lebendige Kulisse. Das diffuse Licht schuf eine betörende Atmosphäre.

Elodie legte das Foto weg und nahm sich das Journal mit dem Monogramm vor. Die cremefarbenen Seiten waren aus dickem, teurem Baumwollpapier; in schöner Handschrift verfasste Zeilen rahmten Tuschezeichnungen von Personen, Gegenständen oder Landschaften ein. Es war also gar kein Journal, sondern ein Skizzenbuch.

Zwischen zwei Seiten rutschte ein Blatt Papier heraus, das irgendwo herausgerissen worden war. Darauf stand geschrieben: *Ich liebe sie, ich liebe sie, ich liebe sie, und wenn ich sie nicht haben kann, werde ich verrückt, denn wenn ich nicht in ihrer Nähe bin, fürchte ich …*

Die Worte sprangen Elodie entgegen, als wären sie laut ausgesprochen worden. Sie drehte das Blatt um, aber wer auch immer der Autor der Worte war, hatte seinen Satz nicht beendet.

Sie fuhr mit dem behandschuhten Finger über den Text. Als sie den Zettel gegen das letzte Sonnenlicht hielt, konnte sie die

Fasern des Baumwollpapiers erkennen, und wo die spitze Feder über das Papier gekratzt war, fiel das Licht durch winzige Löcher.

Elodie schob das Blatt vorsichtig wieder zwischen die Seiten des Skizzenbuchs.

Die Worte, obwohl sie aus einer längst vergangenen Zeit stammten, waren ergreifend, sprachen sie doch auf kraftvolle Weise von einer unerledigten Angelegenheit.

Elodie blätterte in dem Skizzenbuch, ihr Blick wanderte über die saubere Schrift, die künstlerischen Studien und winzigen Porträts, die hier und da an den Rand gekritzelt waren.

Dann hielt sie inne.

Auf einer Seite befand sich eine Zeichnung, die sorgfältiger ausgeführt war als alle anderen, vollständiger. Es handelte sich um eine Landschaft an einem Fluss mit einem Baum im Vordergrund und einem Wald in der Ferne. Rechts hinter einem Wäldchen war ein Haus mit zwei Giebeln zu sehen, mit acht Kaminen auf dem Dach und einer aufwendig gestalteten Wetterfahne, die die Sonne, den Mond und andere Himmelskörper darstellte.

Es war eine sehr gelungene Zeichnung, aber das war nicht der Grund, warum Elodie den Blick nicht davon abwenden konnte. Sie hatte ein Déjà-vu, das so stark war, dass es ihr den Atem raubte.

Sie kannte diesen Ort. Die Erinnerung war so lebhaft, als sei sie selbst dort gewesen, und dennoch wusste Elodie, dass sie ihn nur in ihren Gedanken besucht hatte.

Die Worte kamen ihr in den Sinn wie Vogelgezwitscher bei Tagesanbruch: *Die kurvenreiche Straße hinunter und über das weite Feld liefen sie zum Fluss, mit ihren Geheimnissen und ihrem Schwert.*

Und dann erinnerte sie sich. Es war eine Kindergeschichte, die ihre Mutter ihr erzählt hatte. Eine Gutenachtgeschichte, romantisch und verwoben, mit Helden, Schurken und einer Feenkönigin, und sie spielte in einem Haus in einem dunklen Wald, an einem langen, gewundenen Fluss.

Aber ihre Mutter hatte gar kein Buch mit Bildern gehabt. Sie hatte ihr die Geschichte einfach nur erzählt, während sie neben ihr im Bett gelegen hatte, damals in dem Kinderzimmer mit der Dachschräge.

In Mr. Pendletons Büro schlug die Wanduhr, tief und warnend, und Elodie schaute auf ihre Armbanduhr. Sie war spät dran. Die Zeit hatte ihre Struktur verloren, die Zeiger hatten sich im Staub um sie herum aufgelöst. Sie warf einen letzten Blick auf die seltsam vertraute Landschaftsszene, klappte das Skizzenbuch zu, verstaute es zusammen mit den anderen Gegenständen wieder in dem Karton und schob ihn unter ihren Schreibtisch.

Elodie hatte ihre Tasche gepackt und wollte gerade die Bürotür abschließen, als ein unwiderstehlicher Drang sie überkam. Sie eilte zurück zu ihrem Schreibtisch, zog den Karton noch einmal hervor, nahm das Skizzenbuch heraus und ließ es in ihre Umhängetasche gleiten.

Kapitel 2

Elodie fuhr mit dem 24-er Bus von Charing Cross nach Hampstead. Mit der U-Bahn wäre es schneller gegangen, aber die benutzte sie nicht gern. Zu viel Gedränge, zu stickig. In engen Räumen hielt Elodie es nur schwer aus. Das war schon seit ihrer Kindheit so, und sie war daran gewöhnt, aber in diesem Fall bedauerte sie es, denn die Untergrundbahn an sich faszinierte sie, diese beispielhafte Ingenieursleistung des neunzehnten Jahrhunderts mit all den historischen Hinweisschildern und viktorianischen Fliesen, dieser alte Staub und der Geruch.

Der Verkehr war zähflüssig, vor allem in der Nähe der Tottenham Court Road, wo die Ausschachtungen für die Crossrail-Trasse die Rückseiten einiger viktorianischer Backsteinhäuser freigelegt hatte. Elodie konnte sich gar nicht sattsehen an diesem Einblick in die Vergangenheit, der so real war, dass man ihn berühren konnte. Sie malte sich das Leben der Menschen aus, die einmal in diesen Häusern gewohnt hatten, damals, als der südliche Teil von St. Giles ein überfülltes Armenviertel war, mit von Abwassergräben gesäumten engen Gassen und Sickergruben, Schnapsläden und Glücksspielern, Prostituierten und Straßenkindern, als Charles Dickens seine täglichen Spaziergänge machte und Astrologen und Alchemisten in den Seven Dials von Covent Garden ihr Gewerbe ausübten.

James Stratton jr., wie viele seiner viktorianischen Zeitgenossen der Esoterik zugetan, berichtete in seinem Tagebuch von zahlreichen Besuchen bei einer bestimmten Spiritualistin und Seherin in Covent Garden, mit der ihn eine langjährige Liebschaft verbunden hatte. Für einen Bankier hatte James Stratton ein erstaunliches Schreibtalent besessen, und seine Tagebücher boten sehr lebhafte, teils amüsante Einblicke in das Leben im viktorianischen London. Er war ein sanfter Mann gewesen, ein guter Mensch, der sich darum bemüht hatte, das Leben der Armen und Mittellosen zu verbessern. Er war davon überzeugt, dass »ein anständiger Schlafplatz das Leben und die Zukunftsaussichten der Menschen deutlich verbessern würde«, wie er in Briefen an seine Freunde schrieb, die er von seinen philanthropischen Ideen zu überzeugen suchte.

In seinem Berufsleben hatte er großen Respekt genossen, ja, er war bei seinen Zeitgenossen sehr beliebt gewesen, ein gern gesehener Gast auf Empfängen, ein weit gereister, wohlhabender Mann der Viktorianischen Zeit, in jeder Hinsicht erfolgreich, nur sein Privatleben war von Einsamkeit gezeichnet. Nachdem er sich immer wieder unglücklich verliebt hatte – in eine Schauspielerin, die mit einem italienischen Erfinder durchgebrannt war, in eine Frau, die für Künstler Modell gestanden hatte und von einem anderen schwanger geworden war, und, er war bereits in seinen Vierzigern, in eine seiner Dienerinnen, eine stille junge Frau namens Molly, der er zahlreiche Freundschaftsdienste erwiesen hatte, ohne ihr seine Liebe je zu gestehen –, hatte er erst spät geheiratet. Es schien fast so, als hätte er sich absichtlich immer wieder Frauen gesucht, die ihn nicht glücklich machen konnten – oder wollten.

»Warum hätte er das tun sollen?«, hatte Pippa gefragt, als Elodie diesen Gedanken eines Abends bei Tapas und einem Glas Sangria laut ausgesprochen hatte.

Eine klare Antwort konnte Elodie auf diese Frage nicht geben, aber obwohl sich in James Strattons Korrespondenz keine

Stelle fand, an der er offen eine unerwiderte Liebe oder eine tief sitzende Traurigkeit erwähnte, hatte sie immer das Gefühl, dass in seinen freundlichen Briefen etwas Melancholisches mitschwang, dass er ein Mann gewesen war, dem wahre Erfüllung immer versagt geblieben war.

Elodie war Pippas skeptischen Blick gewöhnt, der sich immer einstellte, wenn sie dergleichen sagte. Es war einfach unmöglich, die Vertrautheit zu beschreiben, die sich entwickelte, wenn man sich beruflich Tag für Tag mit den persönlichen Hinterlassenschaften anderer Menschen beschäftigte. Elodie hatte kein Verständnis für den modernen Drang, seine geheimsten Gefühle in der Öffentlichkeit auszubreiten; sie selbst war sehr verschwiegen und hielt sich an die französische Idee des *droit à l'oubli*, des Rechts, die Dinge der Vergangenheit zu vergessen und keinen Einfluss auf die Gegenwart haben zu lassen. Und gleichzeitig war es in ihrem Beruf ihre Aufgabe – mehr noch, ihre Leidenschaft –, das Leben von Menschen, die sich nicht mehr dagegen wehren konnten, zu bewahren und sogar zu reanimieren. Sie hatte James Strattons private Tagebücher gelesen, während er nicht einmal ihren Namen kannte.

»Du bist in ihn verliebt, ist doch klar«, sagte Pippa jedes Mal, wenn Elodie versuchte, sich ihr zu erklären.

Aber das war es nicht; Elodie bewunderte James Stratton und wollte sein Erbe schützen. Ihm gebührte angemessene Aufmerksamkeit über den Tod hinaus, und Elodie sah sich in der Pflicht, dafür zu sorgen, dass das mit dem nötigen Respekt geschah.

Als Elodie das Wort »Respekt« in den Sinn kam, fiel ihr das Skizzenbuch ein, das sie in ihrer Tasche bei sich trug, und ihre Wangen wurden heiß.

Was hatte sie sich bloß dabei gedacht?

Eine Mischung aus Panik und köstlicher Vorfreude überkam sie. In all den zehn Jahren, seit sie im Archiv von Stratton,

Cadwell & Co arbeitete, hatte sie nie so krass gegen Mr. Pendletons Anordnungen verstoßen. Seine Regeln waren kategorisch: Einen Gegenstand aus dem Archiv zu entfernen, schlimmer noch, ihn in die Tasche zu stopfen und in einen Londoner Bus des einundzwanzigsten Jahrhunderts mitzunehmen war mehr als respektlos. Es war unverzeihlich.

Als der 24-er Bus am Bahnhof Mornington Crescent vorbeifuhr und in die Camden High Street einbog, vergewisserte Elodie sich kurz, dass niemand sie beachtete, dann nahm sie das Skizzenbuch aus ihrer Tasche und schlug die Seite mit der Zeichnung von dem Haus am Flussufer auf.

Erneut überkam sie ein Gefühl absoluter Vertrautheit. Sie kannte diesen Ort. In der Geschichte, die ihre Mutter ihr als Kind erzählt hatte, hatte das Haus ein Tor zu einer anderen Welt dargestellt; für Elodie jedoch, die an ihre Mutter gekuschelt den exotischen Duft ihres Parfüms einatmete, war die Geschichte selbst das Tor gewesen, eine Zauberformel, die sie vom Hier und Jetzt in das Land der Fantasie trug. Nach dem Tod ihrer Mutter war die Welt dieser Geschichte zu ihrem geheimen Ort geworden. Ob in der Mittagspause in ihrer neuen Schule, an den langen, stillen Nachmittagen in ihrer Wohnung oder abends im Bett, wenn die Dunkelheit ihr die Luft zum Atmen raubte, brauchte sie nur die Augen zu schließen, und schon konnte sie den Fluss überqueren, durch den dunklen Wald laufen und sich in das verwunschene Haus zurückziehen …

Der Bus hielt in South End Green, und Elodie stieg aus. An einem Blumenstand kaufte sie eine Topfpflanze, dann eilte sie die Willow Road entlang in Richtung Gainsborough Gardens. Es war immer noch warm und schwül, und als sie vor dem kleinen Haus ihres Vaters stand – einem ehemaligen Gärtnerhäuschen –, fühlte sie sich, als wäre sie einen Marathon gelaufen.

»Hallo, Dad«, sagte sie, als er die Tür öffnete, und gab ihm einen Kuss. »Ich hab dir was mitgebracht.«

»Ach du je«, sagte er und beäugte die Pflanze. »Du weißt doch, was letztes Mal passiert ist …«

»Ich gebe die Hoffnung nicht auf. Die Frau, die sie mir verkauft hat, hat mir versichert, dass man sie nur zweimal im Jahr zu gießen braucht.«

»Lieber Himmel. Zweimal im Jahr?«

»Das hat sie gesagt.«

»Ein Wunder.«

Trotz der Hitze hatte er *duck à l'orange* gekocht, sein Lieblingsgericht, und sie aßen wie immer am Küchentisch. Sie waren nie eine Familie gewesen, die ihre Mahlzeiten im Esszimmer zu sich nahm, außer an Weihnachten oder an Geburtstagen und das eine Mal, als Elodies Mutter den amerikanischen Geiger und seine Frau, die zu einem Besuch in der Stadt waren, zu einem Abendessen eingeladen hatte.

Während des Essens unterhielt sich Elodie mit ihrem Vater über die Arbeit: die bevorstehende Ausstellung, die Elodie kuratieren sollte, den Chor ihres Vaters und den Musikunterricht, den er neuerdings in einer nahe gelegenen Grundschule gab. Seine Miene hellte sich auf, als er von einem kleinen Mädchen erzählte, dessen Geige fast so lang war wie sein Arm, und von dem kleinen Jungen, der ihn um Cellostunden angebettelt hatte. »Seine Eltern haben mit Musik nichts am Hut«, sagte er.

»Lass mich raten. Du hast Ja gesagt.«

»Ich hab's nicht übers Herz gebracht, ihn abzuweisen.«

Elodie musste lächeln. Wenn es um Musik ging, konnte ihr Vater nie Nein sagen, und er würde nicht im Traum auf die Idee kommen, einem Kind, das seine Leidenschaft teilte, seine Unterstützung zu verweigern. Er war davon überzeugt, dass Musik das Leben der Menschen änderte – »ihre Seele, Elodie« –, und nichts konnte ihn derart begeistern wie eine Diskussion über neuronale Plastizität und MRT-Aufnahmen, an denen sich der Zusammenhang von Musik und Empathie ablesen ließ. Jedes Mal, wenn Elodie mit ihm in einem Konzert saß und miterlebte, wie die Musik ihn in Bann schlug, ging ihr das Herz über. Früher war er selbst einmal Profimusiker gewesen. »Aber nur zweite Geige«, sagte er immer, wenn das Thema aufkam, um dann voller Bewunderung hinzuzufügen: »Kein Vergleich damit, wie sie war.«

Sie. Elodies Blick wanderte zum Esszimmer am Ende des Flurs hinüber. Von ihrem Platz aus konnte sie zwar nur die Ränder einiger Bilderrahmen sehen, aber sie wusste auch so ganz genau, welches Bilder wo hing. Das war die Wand ihrer Mutter. Oder, besser gesagt, das war Lauren Adlers Wand. Beeindruckende Schwarz-Weiß-Aufnahmen von einer vor Leben sprühenden jungen Frau mit langem, glattem Haar und einem Cello in den Armen.

Als Kind hatte Elodie die Fotos abgezeichnet, und so waren sie unauslöschlich vor ihrem geistigen Auge abgebildet. Ihre Mutter in unterschiedlichen Momenten einer Aufführung; der durch die Konzentration immer wieder leicht veränderte Gesichtsausdruck; die hohen Wangenknochen, der fokussierte Blick; geschickte Fingersätze auf Saiten, die unter dem Licht der Scheinwerfer glänzten.

»Nachtisch?«

Ihr Vater hatte einen Erdbeerwackelpudding aus dem Kühlschrank genommen, und Elodie fiel plötzlich auf, wie alt er wirkte im Vergleich zu den Fotos von ihrer Mutter, deren Schönheit und Jugend im Bernstein der Aufnahmen eingeschlossen waren.

Da es ein herrlicher lauer Abend war, setzten sie sich mit ihrem Wein und ihrem Nachtisch auf die Dachterrasse, von wo aus man einen Blick auf den Park hatte.

Drei Brüder spielten Frisbee, der kleinste rannte auf dem Rasen zwischen den beiden anderen hin und her, während die Eltern ins Gespräch vertieft auf einer Bank saßen.

Das sommerliche Dämmerlicht verlieh der Szenerie eine angenehme Trägheit, und es widerstrebte Elodie, die Stimmung zu verderben. Aber nach einigen Minuten des vertrauten Schweigens sagte sie: »Weißt du, woran ich heute gedacht hab?«

»Woran denn?« Ihrem Vater klebte noch ein Klecks Pudding am Kinn.

»An die Gutenachtgeschichte, die Mum mir früher erzählt hat, die von dem Fluss und dem alten Haus mit der Wetterfahne aus Mond und Sternen. Erinnerst du dich?«

Er lachte. »Meine Güte! Das ist ja ewig her. Ja, natürlich erinnere ich mich, du warst ganz verrückt nach der Geschichte. Daran habe ich schon lange nicht mehr gedacht. Ich fand sie immer ein bisschen zu unheimlich für so ein kleines Mädchen, aber deine Mutter war der Meinung, dass Kinder viel mutiger sind, als man glaubt. Sie hat immer gesagt, die Kindheit ist eine Zeit der Angst, und wenn man Kindern Geschichten erzählt, in denen es um Angst geht, fühlen sie sich weniger allein. Anscheinend hatte sie recht. Wenn sie auf Tournee war, haben dir die Bücher, die ich dir vorgelesen habe, nie gefallen. Das hat mich ziemlich gekränkt. Du hast die Bücher unter deinem Bett versteckt und gesagt, ich soll dir lieber von der Lichtung in dem dunklen Wald und dem verwunschenen Haus am Fluss erzählen.«

Elodie lächelte.

»Ich hab's versucht, aber du warst nicht zufrieden. Du hast vor Wut mit den Füßen aufgestampft und geschrien: ›Nein, nicht so!‹«

»Ach je.«

»Es war nicht deine Schuld. Deine Mutter war eine großartige Geschichtenerzählerin.«

Ihr Vater verfiel in nachdenkliches Schweigen, doch Elodie, die normalerweise sehr rücksichtsvoll mit der Trauer ihres Vaters umging, ließ nicht locker. »Sag mal, Dad, kann es sein, dass die Geschichte aus einem Buch stammt?«

»Schön wär's. Es hätte mir viel Zeit erspart, in der ich vergeblich versucht habe, meine untröstliche Tochter zu trösten. Nein, es handelt sich um eine Familiengeschichte. Sie wurde deiner Mutter schon erzählt, als sie selbst noch klein war.«

»Hm, das dachte ich auch immer, aber vielleicht hat sie es ja falsch in Erinnerung behalten. Vielleicht hatte derjenige, der sie ihr damals erzählt hat, die Geschichte aus einem Buch. Aus einem von diesen viktorianischen Bilderbüchern.«

»Möglich.« Er runzelte die Stirn. »Aber wie kommst du jetzt darauf?«

Mit einem Mal ganz aufgeregt, nahm Elodie das Skizzenbuch aus ihrer Tasche, schlug es bei der Seite mit der Zeichnung auf und gab es ihrem Vater. »Das hab ich heute im Archiv gefunden. In einem alten Karton.«

»Sehr schöne Zeichnung ... und offensichtlich von einem versierten Künstler ...« Er betrachtete sie eine Weile, dann sah er Elodie fragend an.

»Siehst du es denn nicht, Dad? Das ist das Haus aus der Geschichte!«

Er schaute wieder auf die Zeichnung. »Na ja, es ist ein Haus. Und es steht an einem Fluss.«

»Und da ist der Wald, und da ist die Wetterfahne mit der Sonne und dem Mond.«

»Ja, aber ... es gibt Dutzende Häuser, auf die diese Beschreibung passt, Liebes.«

»Aber so genau? Ich bitte dich, Dad. Es muss das Haus sein. Die Details stimmen alle. Mehr noch, der Künstler hat genau eingefangen, wie das Haus sich in der Geschichte anfühlt. Das siehst du doch, oder?« Plötzlich hatte Elodie das Gefühl, das

Skizzenbuch schützen zu müssen, und sie nahm es ihrem Vater aus der Hand. Besser konnte sie es ihm nicht erklären: Sie wusste nicht, warum es so war und was es zu bedeuten hatte oder warum die Zeichnung im Archiv in einem alten Karton aufgetaucht war, aber sie *wusste* einfach, dass es sich um das Haus aus der Geschichte ihrer Mutter handelte.

»Tut mir leid, Liebes.«

»Es braucht dir nicht leidzutun.« Elodie spürte, wie ihr die Tränen kamen. So etwas Lächerliches! Wie ein Kind zu weinen wegen einer Meinungsverschiedenheit über die Herkunft einer Gutenachtgeschichte. Sie suchte krampfhaft nach einem anderen Thema. »Hast du schon von Tip gehört?«

»Nein, noch nicht. Aber du weißt ja, wie er ist. Er telefoniert nicht.«

»Ich fahre am Wochenende zu ihm.«

Wieder verfielen sie in Schweigen, aber diesmal fühlte es sich weder entspannt noch vertraut an. Elodie beobachtete das warme Licht, das in den Blättern der Bäume spielte. Sie wusste selbst nicht, warum sie so erregt war. Selbst wenn es sich um dasselbe Haus handelte, was spielte es für eine Rolle? Entweder hatte der Künstler ein Buch illustriert, das ihre Mutter gelesen hatte, oder er hatte ein reales Haus gezeichnet, um das herum sich irgendjemand eine Geschichte ausgedacht hatte. Sie sollte die Sache auf sich beruhen lassen, etwas Nettes sagen …

»Das schöne Wetter soll sich halten«, sagte ihr Vater im selben Moment, als sie ausrief: »Das Haus hat acht Kamine, Dad. Acht!«

»Ach, Liebes.«

»Es ist das Haus aus der Geschichte. Sieh dir doch mal die Giebel an …«

»Meine Kleine.«

»Dad!«

»Es ist verständlich.«

»Was?«

»Es liegt an der Hochzeit.«

»An welcher Hochzeit?«

»Deiner natürlich.« Er lächelte sie liebevoll an. »Große Ereignisse haben es so an sich, Erinnerungen aus der Vergangenheit hochkommen zu lassen. Und natürlich denkst du an deine Mutter. Ich hätte damit rechnen müssen, dass sie dir jetzt ganz besonders fehlt.«

»Nein, Dad, ich ...«

»Da fällt mir ein, ich wollte dir schon die ganze Zeit etwas geben. Warte mal kurz.«

Nachdem ihr Vater die Metalltreppe ins Haus hinuntergegangen war, stieß Elodie einen Seufzer aus. Er war einfach rührend mit seiner Kochschürze um den Bauch und seinem *duck à l'orange*, das ihm wie immer zu süß geraten war.

Auf einem der Zwillingsschornsteine hockte eine Amsel und beobachtete sie aufmerksam. Sie flog plötzlich davon, offenbar hatte sie einen Ruf erhalten, den Elodie nicht hören konnte. Der kleine Junge auf dem Rasen im Park begann zu weinen. Es erinnerte sie an das, was ihr Vater über ihre Reaktion auf seine Bemühungen gesagt hatte, ihr eine Gutenachtgeschichte zu erzählen. So viele Jahre waren seitdem vergangen, die sie zu zweit verbracht hatten.

Ihr Vater hatte es sicher nicht leicht gehabt mit ihr.

»Das habe ich für dich aufgehoben«, sagte ihr Vater, zurück auf der Dachterrasse. Sie hatte angenommen, er hätte die Videos geholt, um die sie ihn gebeten hatte, aber dafür war die Schachtel, die er in den Händen hielt, zu klein. »Ich wusste, dass du ihn eines Tages – na ja, dass der Tag kommen würde ...« Er bekam feuchte Augen und schüttelte den Kopf. »Hier«, sagte er und reichte ihr die Schachtel. »Du wirst schon sehen.«

Elodie hob den Deckel an. Zum Vorschein kam ein Streifen

Seidenorganza, zart elfenbeinfarben, eingefasst mit einer Samtbordüre. Sie wusste sofort, was das war. Sie hatte das Foto in dem vergoldeten Rahmen oft genug betrachtet.

»Sie war so schön an dem Tag damals«, sagte ihr Vater. »Ich werde nie den Augenblick vergessen, als sie plötzlich in der Kirchentür stand. Ich war fast davon überzeugt, dass sie nicht kommen würde. Mein Bruder hatte mich seit Tagen gnadenlos damit aufgezogen. Er fand das total lustig, und ich hab's ihm leicht gemacht. Ich konnte einfach nicht glauben, dass sie Ja gesagt hatte. Ich war mir sicher, dass es sich um einen Irrtum handeln musste, es war einfach zu gut, um wahr zu sein.«

Elodie nahm seine Hand. Ihre Mutter war seit fünfundzwanzig Jahren tot, aber für ihren Vater war es, als hätte er sie gestern geheiratet. Elodie war damals sechs gewesen, aber sie konnte sich noch gut erinnern, wie er ihre Mutter immer angesehen hatte, wie die beiden immer Hand in Hand gegangen waren. Und sie erinnerte sich an das Klopfen an der Tür, an die leisen Stimmen der Polizisten, an den schrecklichen Schrei ihres Vaters.

»Es wird spät«, sagte er und tätschelte ihr Handgelenk. »Du solltest dich auf den Heimweg machen, Liebes. Komm, lass uns nach unten gehen. Ich hab die Videos gefunden, die du haben wolltest.«

Elodie schloss die Schachtel wieder. Sie würde ihn mit seinen traurigen Erinnerungen allein lassen, aber er hatte recht; sie hatte einen langen Heimweg. Außerdem wusste Elodie seit Langem, dass sie seinen Schmerz nicht heilen konnte. »Danke, dass du den Schleier für mich aufgehoben hast«, sagte sie und hauchte ihm einen Kuss auf die Stirn.

»Sie wäre stolz auf dich.«

Elodie lächelte, aber als sie ihrem Vater die Treppe hinunterfolgte, fragte sie sich, ob das stimmte.

Sie wohnte im Dachgeschoss eines viktorianischen Hauses in Barnes. Zum Glück drang von dem Geruch nach Frittierfett, der aus dem Fish'n'Chips-Imbiss im Erdgeschoss ins Treppenhaus drang, kaum etwas bis ganz oben. Ihre Wohnung bestand nur aus einem Wohn-Esszimmer mit Kochnische und einem seltsam geschnittenen Schlafzimmer mit angrenzendem Bad, aber die Aussicht war genau nach Elodies Geschmack.

Von einem Schlafzimmerfenster aus blickte man auf eine Reihe viktorianischer Häuser: altes Backsteingemäuer, weiße Fensterrahmen und Dächer mit Terrakotta-Schornsteinen. Durch die schmalen Lücken zwischen den Häusern konnte sie das glitzernde Wasser der Themse ausmachen. Und wenn sie sich auf die Fensterbank setzte, konnte sie flussaufwärts bis zur Eisenbahnbrücke sehen.

Das Fenster auf der anderen Seite lag zur Straße hin, und von dort blickte man auf ein identisches Haus auf der gegenüberliegenden Straßenseite. Das Ehepaar, das dort wohnte, saß noch beim Essen, als Elodie nach Hause kam. Die Leute waren Schweden, wie Elodie erfahren hatte, was nicht nur ihre Größe und ihr gutes Aussehen erklärte, sondern auch ihre seltsame nordische Angewohnheit, nach zehn Uhr zu Abend zu essen. Über ihrem Küchentisch hing eine Lampe mit einem Schirm aus Krepp, die rosafarbenes Licht verströmte und die Wangen der beiden rötlich schimmern ließ.

Elodie zog die Vorhänge zu, schaltete das Licht an und nahm den Brautschleier aus der Schachtel. Im Gegensatz zu Pippa verstand sie nicht viel von Mode, aber dieser Schleier war etwas ganz Besonderes. Erlesen, schon aufgrund seines Alters, begehrenswert, weil er der berühmten Lauren Adler gehört hatte, und für Elodie kostbar, weil ihre Mutter ihn getragen hatte, die so erstaunlich wenig hinterlassen hatte. Zumindest erstaunlich wenig Privates.

Nach kurzem Zögern nahm sie den Schleier aus der Schachtel

und hielt ihn sich vorsichtig an den Kopf. Sie steckte sich den Kamm ins Haar, sodass der Organza ihr über die Schultern fiel. Dann ließ sie die Hände sinken.

Elodie hatte sich geehrt gefühlt, als Alastair ihr einen Heiratsantrag gemacht hatte. Das war an ihrem ersten Jahrestag gewesen (ein ehemaliger Schulkamerad Elodies, der in Alastairs Firma arbeitete, hatte sie einander vorgestellt). Alastair hatte sie zuerst ins Theater und anschließend zum Abendessen in ein elegantes Restaurant in Soho eingeladen, wo er ihr an der Garderobe, während ihnen die Mäntel abgenommen wurden, ins Ohr geflüstert hatte, dass man normalerweise Wochen im Voraus anrufen müsse, um einen Tisch zu reservieren. Nachdem sie den Nachtisch bestellt hatten, hatte er ihr den Ring in einer mit Samt bezogenen Schachtel überreicht. Es war wie eine Filmszene gewesen, und Elodie hatte sie wie von außen gesehen: Alastair mit seinem schönen Gesicht, den weißen Zähnen und dem erwartungsvollen Blick, sich selbst in dem neuen Kleid, das Pippa für sie genäht hatte, als sie im Vormonat anlässlich des hundertfünfzigjährigen Jubiläums der Stratton-Gruppe eine Ansprache gehalten hatte.

Eine ältere Frau am Nebentisch hatte ihrem Mann zugeflüstert: »Gott, wie romantisch! Sie wird ganz rot, weil sie so verliebt ist.« Und Elodie hatte gedacht: Ich werde rot, weil ich so verliebt bin, und als Alastair fragend die Brauen hob, sah sie, wie sie lächelte und Ja sagte.

Auf der dunklen Themse ließ ein Schiff sein Nebelhorn ertönen, und Elodie nahm den Schleier vom Kopf.

So lief das, dachte sie. So verlobte man sich. Bald würde die Hochzeit stattfinden – laut Datum auf den Einladungen in sechs Wochen, wenn die Gärten in Gloucestershire in ihrer ganzen »Spätsommerpracht« erstrahlten, wie Alastairs Mutter meinte –, und dann würden Elodie und Alastair zu den verheirateten Paaren gehören, die sich an Wochenenden trafen, um sich über Häuser und Kredite und Internate zu unterhalten. Denn natürlich würden sie Kinder bekommen. Sie würde Mutter werden. Sie würde nicht sein wie ihre Mutter, talentiert und strahlend, verführerisch und unnahbar, aber ihre Kinder würden bei ihr Rat und Trost suchen, und sie würde wissen, was zu tun und zu sagen war, weil das nun mal der Lauf der Dinge war. Oder nicht?

Elodie stellte die Schachtel auf dem mit braunem Samt bezogenen Sessel in der Zimmerecke ab.

Dann, nach kurzem Zögern, schob sie sie stattdessen unter den Sessel.

Der Koffer mit den Videobändern, den ihr Vater ihr mitgegeben hatte, stand noch neben der Tür, wo sie ihn abgestellt hatte.

Eigentlich hatte sie vorgehabt, sich noch am selben Abend mit den Bändern zu beschäftigen, aber plötzlich war sie hundemüde.

Sie duschte, dann schaltete sie das Licht aus und schlüpfte schuldbewusst ins Bett. Sie würde sich morgen um die Videos kümmern, auf jeden Fall. Penelope, Alastairs Mutter, hatte seit dem Vormittag schon dreimal angerufen. Elodie hatte die Anrufe auf die Mailbox gehen lassen, aber jeden Moment würde Alastair anrufen, um Bescheid zu sagen, dass »Mummy« sie für Sonntag zum Mittagessen erwarte, und ehe sie sichs versah, würde sie neben ihrem Verlobten in dem Rover sitzen, unterwegs zu dem riesigen Haus in Surrey, wo sie sich der Inquisition würde stellen müssen.

Eine Aufnahme auszuwählen war eine von drei Aufgaben, die ihr übertragen worden waren. Die zweite bestand darin, den Veranstaltungsort aufzusuchen, der einer Cousine von Penelopes bester Freundin gehörte – »nur um sich mal kurz vorzustellen, natürlich, den Rest können Sie mir überlassen«. Die dritte war ein Treffen mit Pippa, die sich erboten hatte, ihr

Hochzeitskleid zu entwerfen. Bisher hatte Elodie noch keine der drei Aufgaben erledigt.

Morgen, nahm sie sich ganz fest vor und schob die Gedanken an die Hochzeit beiseite. Morgen.

Sie schloss die Augen. Vage hörte sie die Geräusche aus dem Imbiss, wo ein paar späte Gäste sich noch eine Portion Kabeljau im Teigmantel mit Fritten bestellten, dann wanderten ihre Gedanken ohne Vorwarnung zu dem Karton, der im Archiv unter ihrem Schreibtisch stand. Sie sah das gerahmte Foto von der jungen Frau mit dem direkten Blick vor sich. Die Zeichnung von dem Haus.

Und dann war das seltsame Gefühl wieder da, der Erinnerungsfetzen, den sie nicht zu fassen bekam und der sie beunruhigte. Sie sah die Zeichnung vor sich und hörte die Stimme ihrer Mutter, die zugleich die Stimme von jemand anderem war: *Die kurvenreiche Straße hinunter und über das weite Feld liefen sie zum Fluss, mit ihren Geheimnissen und ihrem Schwert …*

Und als sie endlich einschlief, erwachte die Tuschezeichnung zum Leben, das grüne Laub der Bäume leuchtete in der Sonne, das Wasser der Themse glitzerte, und eine sanfte Brise streichelte ihre Wangen an einem Ort, der ihr so vertraut war, als wäre es ihr Zuhause.

II

Es ist ein stilles Leben, hier in Birchwood. Viele Sommer sind vergangen seit dem unseren, und ich bin ein Gewohnheitsmensch geworden, für mich sieht ein Tag aus wie der andere. Es kommen nicht viele Besucher, und die, die sich hierher verirren, bleiben nicht lange. Ich bin keine gute Gastgeberin. Es ist nicht einfach, hier zu wohnen.

Die meisten Leute fürchten sich vor alten Gebäuden genauso wie vor alten Menschen. Der Themsepfad ist zu einem beliebten Wanderweg geworden, und manchmal bleiben Wanderer abends oder am frühen Morgen stehen und lugen über die Gartenmauer. Ich sehe sie, aber ich lasse mich nicht sehen.

Ich gehe nur selten aus dem Haus. Früher bin ich mit klopfendem Herzen über die Wiese gelaufen, mit roten Wangen und kräftigen Muskeln, aber diese Zeiten sind vorbei.

Die Leute auf dem Wanderweg haben Gerüchte über mich gehört, sie zeigen herüber und stecken die Köpfe zusammen, so wie alle Klatschbasen es tun. »Da ist es passiert«, sagen sie, »da hat er gewohnt.« Und: »Glaubst du, sie hat es getan?«

Aber wenn das Tor geschlossen ist, kommen sie nicht herein. Sie haben gehört, dass es hier spukt.

Ich muss gestehen, dass ich damals nicht darauf geachtet habe, als Clare und Adele von Geistern sprachen. Ich war beschäftigt, mit den Gedanken woanders. Das habe ich seitdem oft bereut. Solches Wissen wäre mir über die Jahre nützlich gewesen und wäre es auch heute, wenn meine »Besucher« hier sind.

Gerade ist wieder einer gekommen. Zuerst habe ich es *gespürt*, wie immer. Ein Gewahrwerden, eine leichte, aber deutliche Veränderung in der abgestandenen Luft, die sich nachts auf die Stufen der Treppe legt. Ich habe stillgehalten und gehofft, dass er mich nicht belästigen würde, während ich darauf wartete, dass die Stille zurückkehrte.

Aber die Stille kehrte nicht zurück. Auch nicht die Ruhe. Er macht keinen Lärm, wie manche seiner Vorgänger, aber ich habe zu lauschen gelernt, habe gelernt, worauf ich horchen muss, und als die Bewegungen einen regelmäßigen Rhythmus annahmen, wusste ich, dass er sich entschlossen hatte zu bleiben.

Ich habe schon lange keinen Besucher mehr gehabt. Früher gingen sie mir auf die Nerven mit ihrem Geflüster und ihren polternden Schritten, es gruselte mich zu denken, dass meine Sachen, meine Räume, nicht mehr mir gehörten. Ich habe mich zurückgehalten, aber ich habe sie beobachtet, einen nach dem anderen, genau wie Edward es getan hätte, und mit der Zeit habe ich gelernt, wie ich sie am besten loswerde. Letztendlich sind sie schlichte Gemüter, und inzwischen bin ich darin geübt, ihnen ihren Weg hinaus zu weisen.

Nicht alle, wohlgemerkt, denn für einige habe ich mich erwärmt. Für die Besonderen. Da war zum Beispiel der arme, traurige Soldat, der nachts im Schlaf schrie. Oder die Witwe, deren Tränen der Wut zwischen die Dielen sickerten. Und natürlich die Kinder – das einsame Schulmädchen, das so gern nach Hause wollte, der ernste kleine Junge, der versuchte, seine Mutter zu trösten. Ich mag Kinder. Sie sind viel intuitiver. Sie haben noch nicht wegzusehen gelernt.

Bei dem Neuen überlege ich noch, ob wir beide friedlich zusammenleben können, und wenn ja, wie lange. Er hat mich noch nicht bemerkt. Er hat zu viel zu tun. Jeden Tag geht er rüber in die Küche der Mälzerei, immer mit diesem braunen Stoffbeutel über der Schulter.

Anfangs sind sie alle so. Unachtsam, mit sich selbst beschäftigt, auf das konzentriert, von dem sie glauben, es erledigen zu müssen. Aber ich bin geduldig. Ich beobachte und warte, viel mehr habe ich sowieso nicht zu tun.

Gerade sehe ich ihn durchs Fenster. Er geht zu dem kleinen Friedhof am Dorfrand. Jetzt bleibt er stehen. Er scheint die Inschriften auf den Grabsteinen zu lesen, so als suchte er nach einem bestimmten Namen.

Nach welchem wohl? Dort liegen so viele begraben.

Ich war schon immer neugierig. Mein Vater sagte gern, ich sei schon neugierig auf die Welt gekommen. Mrs. Mack meinte, es sei nur eine Frage der Zeit, bis ich mit meiner Neugier auf die Nase fiele.

Jetzt ist er weg. Über den Hügel verschwunden, sodass ich nicht mehr sehen kann, wohin er geht oder was er in seinem Beutel hat oder was er überhaupt hier vorhat.

Ich glaube, ich bin ziemlich aufgeregt. Wie gesagt, es war schon lange niemand mehr hier, und ein neuer Besucher ist immer erfrischend. Es lenkt meine Gedanken von den Knochen der Gewohnheit ab, an denen sie normalerweise nagen.

Knochen wie diesen …

Als sie alle ihre Sachen gepackt haben und die Kutschen losgejagt sind, als wäre der Teufel hinter ihnen her, hat Edward sich da noch einmal umgedreht und im von der Abendsonne erleuchteten Fenster etwas gesehen, das ihm seinen Albtraum hätte nehmen können?

Als er wieder in London an seiner Staffelei stand, hat er da ab und zu geblinzelt, um mein Bild vor seinem inneren Auge zu verscheuchen? Hat er in langen Nächten von mir geträumt, so wie ich von ihm?

Hat er sich damals an den Schein des flackernden Kerzenlichts auf der Maulbeerblütentapete erinnert, so wie ich es heute tue?

Es gibt auch noch andere. Knochen, die zu polieren ich mir versage. Es hat keinen Zweck, sich den Kopf zu zerbrechen, wenn man niemanden mehr fragen kann.

Sie sind alle tot. Sie sind alle schon lange tot. Aber meine Fragen bleiben. Knoten, die nie gelöst werden. Hin und her gedreht, von allen vergessen, nur nicht von mir. Denn ich vergesse nichts, sosehr ich mich auch bemühe.

Kapitel 3

Sommer 2017

Das merkwürdige, beunruhigende Gefühl war am nächsten Morgen immer noch da, und Elodie nutzte die Fahrt zur Arbeit, um sich alles aufzuschreiben, was sie noch von der Gutenachtgeschichte in Erinnerung hatte. Während London an ihr vorüberflog und sich ein paar Schuljungen weiter hinten im Bus kichernd über ein Smartphone beugten, hatte sie ein Notizheft auf dem Schoß und blendete die Realität aus. Ihr Stift flog nur so über die Seiten des Hefts, aber als der Zug sich dem Bahnhof Waterloo näherte, schwand ihre Begeisterung, und der Stift wurde immer langsamer. Sie überflog noch einmal, was sie geschrieben hatte, die Geschichte von dem Haus mit seiner himmlischen Wetterfahne und dem Fluss mit dem quecksilberfarbenen Wasser und den wunderbaren, schrecklichen Dingen, die sich nachts im Wald zutrugen, und genierte sich ein bisschen. Schließlich war es eine Kindergeschichte und sie eine erwachsene Frau.

Der Zug hielt, und Elodie nahm ihre Tasche, die sie neben dem Sitz abgestellt hatte. Ihr Blick fiel auf das Skizzenbuch, das sie zu Hause in ein sauberes Geschirrtuch gewickelt hatte, und ein Gefühl der Verunsicherung überkam sie, als sie daran dachte, mit welcher Kühnheit sie das Heft am Nachmittag zuvor eingesteckt hatte und wie sie immer überzeugter davon gewesen war, dass der Zeichnung irgendein Geheimnis innewohnte. Sie hatte sogar den leisen Verdacht gehabt (was sie Gott sei Dank ihrem Vater gegenüber nicht erwähnt hatte), dass die Zeichnung all die Jahre auf sie gewartet hatte.

Elodies Handy klingelte, als sie an der Kirche St. Mary le Strand vorbeiging, und Penelopes Name erschien auf dem Display. Während sich ein Kribbeln in ihrem Bauch bemerkbar machte, kam ihr der Gedanke, dass ihr Vater womöglich recht gehabt hatte. Dass es vielleicht die bevorstehende Hochzeit war, die diese seltsamen Gefühle bei ihr auslöste, und nicht die Zeichnung von dem Haus. Sie ließ das Handy klingeln und steckte es wieder ein. Sie würde sich am Nachmittag mit ihrer dominanten zukünftigen Schwiegermutter in Verbindung setzen, nachdem sie sich mit Pippa getroffen und etwas Konkretes zu berichten hatte.

Wie schon so oft wünschte sich Elodie, ihre Mutter würde noch leben und für einen Kräfteausgleich sorgen. Sie wusste aus zuverlässiger Quelle – und nicht nur von ihrem Vater –, dass Lauren Adler eine außergewöhnliche Frau gewesen war. Mit siebzehn hatte Elodie alles, was sich in Erfahrung bringen ließ, über ihre Mutter recherchiert. Mit dem Internet hatte sie angefangen, dann hatte sie sich einen Leseausweis für die British Library besorgt. Sie hatte alles über Lauren Adlers schillernde Karriere gesammelt. Abends im Bett hatte sie jeden Artikel und jedes Interview gelesen und sich auf diese Weise ein Bild gemacht von einer quirligen jungen Frau mit einem verblüffenden Talent, einer virtuosen Musikerin, die ihr Instrument meisterhaft beherrschte. Am liebsten hatte sie die Interviews gelesen, denn dort, zwischen den Anführungszeichen, standen die Worte, die ihre Mutter selbst gesagt hatte. Sie enthielten die Gedanken ihrer Mutter, ihre Stimme, ihre persönliche Ausdrucksweise.

Elodie hatte mal ein Buch gelesen, das sie in Griechenland unter einem Hotelbett gefunden hatte. Es handelte von einer todkranken Frau, die ihren Kindern Briefe über das Leben schrieb in der Hoffnung, sie auch noch über den Tod hinaus mit gutem Rat begleiten zu können. Aber Elodies Mutter hatte nichts von ihrem bevorstehenden Tod geahnt und ihrer Tochter daher auch keine weisen Ratschläge hinterlassen. Also musste Elodie sich mit den Interviews begnügen, und die siebzehnjährige Elodie hatte sie gierig verschlungen und manche Sätze ihrem Spiegelbild in dem ovalen Spiegel über ihrer Frisierkommode zugeflüstert. Wie andere junge Mädchen in ihrem Alter Lieblingsgedichte lernte Elodie die Worte ihrer Mutter auswendig, sie wurden zu ihrer ganz persönlichen Sammlung von Lebensweisheiten. Denn im Gegensatz zu Elodie, die Pickel hatte und fürchterlich unsicher war, war die siebzehnjährige Lauren Adler beschwingt und lebenslustig gewesen: ebenso bescheiden wie talentiert, war sie bereits bei den Proms aufgetreten, den traditionellen Sommerkonzerten in der Royal Albert Hall, und hatte sich in die Herzen der Londoner gespielt.

Selbst Penelope, deren Selbstbewusstsein so unübersehbar war wie die Perlen, die sie um den Hals trug, sprach voller Bewunderung von Elodies Mutter. Sie sagte nie »deine Mutter«, sondern immer nur »Lauren Adler«: »Hatte Lauren Adler ein Lieblingsstück?« Oder: »Gab es einen Ort, an dem Lauren Adler am liebsten aufgetreten ist?« Solche Fragen beantwortete Elodie, so gut sie konnte. Dabei erwähnte sie nicht, dass sie ihr Wissen aus Quellen hatte, die letztlich für jeden frei zugänglich waren, der sich die Mühe machte nachzusehen, denn sie fühlte sich von Penelopes Interesse geschmeichelt. Angesichts Alastairs hoher sozialer Stellung, seines gigantischen Anwesens, seiner wohlhabenden Eltern und der Bedeutung von Tradition in einer Familie, in deren Haus zahllose Ahnenporträts hingen, konnte sie alles gebrauchen, was ihr selbst eine gewisse Geltung verschaffte.

Kurz nachdem sie sich kennengelernt hatten, hatte Alastair erwähnt, dass seine Mutter eine große Liebhaberin von klassischer Musik sei. Sie hatte als Mädchen selbst ein Instrument gespielt, das Musizieren jedoch später aufgegeben. Er hatte Elodie auf rührende Weise von Konzerten erzählt, zu denen seine Mutter ihn mitgenommen habe, als er noch klein gewesen sei, von der Aufregung vor dem Eröffnungskonzert des Londoner Symphony Orchestras in der Barbican Hall oder vor dem Eintreffen des Dirigenten auf der Bühne der Royal Albert Hall. Sie seien immer zu zweit hingegangen, es sei ein ganz besonderes Mutter-Sohn-Ding gewesen. (»Mein Vater findet das alles ziemlich übertrieben. Sein Interesse an der Kultur beschränkt sich auf Rugby.«) Bis heute besuchten sie regelmäßig einmal im Monat gemeinsam ein Konzert und gingen anschließend essen.

Pippa hatte die Brauen gehoben, als sie davon hörte, vor allem, als Elodie ihr gestand, dass sie noch nie eingeladen worden sei, die beiden zu begleiten; aber Elodie hatte es heruntergespielt. Sie hatte irgendwo gelesen, dass Männer, die ihre Mütter gut behandelten, die besten Partner abgäben. Außerdem war es angenehm, dass jemand zur Abwechslung mal nicht automatisch davon ausging, dass sie auf klassische Musik stand. Seit sie denken konnte, war sie es gewohnt, dass wildfremde Menschen sie fragten, welches Instrument sie spiele, und sie verdattert ansahen, wenn sie antwortete, dass sie nicht musiziere. »Nicht mal ein bisschen?«, fragten sie dann.

Aber Alastair hatte es verstanden. »Das kann ich nachvollziehen«, hatte er gesagt. »Wer will schon mit Perfektion konkurrieren?« Auch darüber hatte Pippa sich aufgeregt (»Du bist perfekt, so wie du bist!«), aber Elodie wusste, dass Alastair etwas ganz anderes gemeint hatte.

Es war Penelopes Idee gewesen, eine Konzertaufzeichnung von Lauren Adler bei der Hochzeit abzuspielen. Als Elodie ihr erzählt hatte, dass ihr Vater jede Menge Videos von Lauren Adlers Auftritten besitze, die er sicherlich vom Dachboden holen würde, wenn sie ihn darum bitte, hatte Penelope sie regelrecht zärtlich angeschaut und ihre Hand berührt, was sie noch nie getan hatte. »Ich habe sie einmal spielen sehen. Sie war unglaublich, sie hat so hingebungsvoll gespielt. Ihre Spieltechnik allein war schon höchstes Niveau, aber in Verbindung mit dieser ganz besonderen Musikalität rangierte sie weit über allen anderen. Was dann passiert ist, war einfach schrecklich. Ich war am Boden zerstört.«

Die Reaktion hatte Elodie überrascht. In Alastairs Familie war es nicht üblich, sich zu öffnen, und erst recht nicht, mit jemandem, der nicht zur Familie gehörte, über Tod und Verlust zu sprechen. Es war nur ein flüchtiger Moment gewesen, Penelope hatte sich gleich darauf über den frühzeitigen Frühlingseinbruch ausgelassen und darüber, was dieser für die bevorstehende Gartenschau in Chelsea bedeutete. Elodie, die solche fliegenden Themenwechsel nicht gewöhnt war, hatte verdattert dagestanden und noch immer die Stelle an ihrer Hand gespürt, wo Penelope sie berührt hatte. Die Erinnerung an den Tod ihrer Mutter war sie das ganze Wochenende nicht mehr losgeworden.

Lauren Adler war mit dem amerikanischen Geiger am Tag nach einem Konzert in Bath im Auto zurück nach London gefahren. Die anderen Musiker waren bereits am Abend zuvor im Anschluss an ihren Auftritt nach Hause aufgebrochen, aber Elodies Mutter war noch geblieben, um für die Musiker vor Ort einen Workshop abzuhalten. »Sie war sehr großzügig«, hatte Elodies Vater immer wieder gesagt, wie auswendig gelernt, Worte, die zur Lobeshymne des Trauernden gehörten. »Die Leute erwarteten das nicht von einer solchen Berühmtheit, aber sie hat die Musik mit jeder Faser geliebt, und für andere, die diese Liebe teilten, war sie immer da. Dabei spielte es für sie keine Rolle, ob die Musiker Profis oder Amateure waren.«

Laut dem Bericht des Gerichtsmediziners, den Elodie in ihrem Recherchesommer entdeckt hatte, waren die Unfallursachen Rollsplit auf der Landstraße und menschliches Versagen gewesen. Elodie hatte sich gefragt, warum die beiden nicht über die Schnellstraße gefahren waren, aber dazu stand nichts im Bericht des Gerichtsmediziners, nur dass der Fahrer (der amerikanische Geiger) eine Haarnadelkurve zu schnell genommen habe und der Wagen von der Straße abgekommen sei; bei dem Aufprall war Lauren Adler durch die Windschutzscheibe geschleudert worden und hatte zahlreiche Verletzungen erlitten. Hätte sie überlebt, wäre sie nie wieder in der Lage gewesen, Cello zu spielen; das hatte Elodie erfahren, als sie nach der Trauerfeier in ihrem Versteck hinter einem Sofa das Gespräch zweier Musikerfreunde ihrer Mutter mitgehört hatte. Die beiden schienen der Meinung zu sein, dass ihr Tod das kleinere Übel war.

So hatte Elodie das natürlich nicht gesehen und ihr Vater auch nicht, dessen Schockzustand während der Beerdigung und der Trauerfeier Elodie stärker beunruhigt hatte als die Verzweiflung, in die er anschließend gestürzt war. Er hatte seine Trauer vor seiner Tochter zu verbergen versucht, indem er sich ins Schlafzimmer zurückzog, doch die alten Backsteinwände waren nicht so dick, wie er glaubte. Mrs. Smith von nebenan hatte Elodie abends tapfer lächelnd Toast und weich gekochte Eier serviert und ihr anschauliche Geschichten vom Krieg erzählt: Wie sie als Kind in Bunkern gehockt hatte, während um sie herum die Bomben einschlugen, und wie eines Tages das schwarz umrandete Telegramm mit der Nachricht vom Tod ihres vermissten Vaters gekommen war.

Und so vermischte sich für Elodie der Tod ihrer Mutter immer unweigerlich mit der Vorstellung von explodierenden Bomben und Schwefelgestank und der tiefen kindlichen Sehnsucht nach einer Geschichte.

»Morgen!« Margot hatte bereits den Wasserkessel aufgesetzt, als Elodie im Büro eintraf. Sie nahm Elodies Lieblingstasse aus dem Regal, stellte sie neben ihre und hängte einen Teebeutel hinein. »Nur dass du gewarnt bist: Er ist auf hundertachtzig. Der Typ von der Unternehmensberatung hat eine Liste mit ›Empfehlungen‹ aufgestellt.«

»Ach je.«

»Genau.«

Elodie nahm den Tee mit an ihren Schreibtisch, darauf bedacht, Mr. Pendletons Blick nicht zu begegnen, als sie an seinem Büro vorbeiging. Sie mochte ihren schrulligen alten Chef, aber wenn er schlecht gelaunt war, neigte er dazu, seine Untergebenen zu bestrafen, und sie hatte genug zu tun, ohne auch noch eine unsinnige interne Revision aufgebrummt zu bekommen.

Aber sie hätte sich keine Sorgen zu machen brauchen. Mr. Pendleton bemerkte sie gar nicht, er stierte mit finsterem Blick auf seinen Monitor.

Elodie setzte sich an ihren Schreibtisch, wickelte das Skizzenbuch aus dem Küchentuch und verstaute es ohne viel Federlesens wieder in dem Karton aus dem alten Hauswirtschaftsraum. Es war ein Moment der geistigen Umnachtung gewesen, aber der war jetzt vorbei. Sie würde die Gegenstände katalogisieren und ihnen ein für alle Mal einen ihnen gebührenden Platz im Archiv zuweisen.

Sie streifte ihre Handschuhe über und nahm den Locher, das Tintenfass, den hölzernen Schubladeneinsatz und das Brillenetui aus dem Karton. Es handelte sich um Büroutensilien aus der Mitte des zwanzigsten Jahrhunderts, die Initialen auf dem Brillenetui verwiesen darauf, dass die Sachen Lesley Stratton-Wood gehört hatten. Erleichtert legte Elodie eine übersichtliche Liste des Inhalts an. Dann holte sie einen Archivkarton, verstaute die Sachen darin und befestigte die Liste an der Seite.

Die Aktentasche war schon interessanter. Als Erstes begutachtete Elodie sie sorgfältig von außen, stellte fest, dass einige Kanten des Leders abgenutzt waren und es an der hinteren rechten Seite mehrere Schrammen gab; die Nähte waren meisterlich ausgeführt, und auf einer der Schnallen befanden sich fünf Punzen, woran zu erkennen war, dass sie aus Silber und in England hergestellt war. Elodie klemmte sich die Monokellupe vors linke Auge und betrachtete die Punzen genauer: Ja, da war die Feingehaltsmarke mit dem Löwen für Sterlingsilber; der Leopardenkopf, die Stadtmarke für London – ohne Krone, was auf die Zeit nach 1822 hindeutete; der Jahresbuchstabe, ein »g« als Kleinbuchstabe in alten englischen Texten, bestimmte das Jahr (ein kurzer Blick in ihr Londoner Verzeichnis der Jahresbuchstaben ergab das Jahr 1862); die Steuermarke zeigte den Kopf von Königin Victoria; und schließlich die Meistermarke, deren Initialen »W. S.« auf den Namen des Silberschmieds hinwiesen.

Elodie schlug das Telefonbuch auf und fuhr mit dem Finger über die Seite, bis sie bei »William Simms« ankam. Sie lächelte. Die Aktentasche war angefertigt worden bei W. Simms & Sons, einem Hersteller und Hoflieferanten von Luxusgütern aus Leder und Silber und, wenn Elodie es richtig in Erinnerung hatte, mit einer Adresse in der Bond Street.

Das war schon mal zufriedenstellend, aber noch nicht die ganze Geschichte, denn die Abnutzungsspuren an der Tasche waren genauso wichtige Hinweise auf ihre Vergangenheit. Sie bewiesen, dass die Tasche kein reines Statussymbol gewesen war. Sie war intensiv benutzt worden. Der Besitzer hatte sie über der Schulter getragen – und zwar über der rechten, wie Elodie feststellte, als sie mit den behandschuhten Fingern über den ungleichmäßig abgenutzten Schulterriemen fuhr – und war dabei immer über die linke Hüfte gescheuert. Als Elodie so tat, als wollte sie sich eine Tasche über die Schulter hängen, stellte sie fest, dass sie instinktiv eher dazu neigen würde, sie andersherum zu tragen. Das bedeutete, dass der Besitzer der Tasche wahrscheinlich Linkshänder gewesen war.

Damit schied James Stratton aus, obwohl seine Dokumentenmappe sich in der Tasche befunden hatte. Andererseits hatten die vergoldeten Initialen diese Möglichkeit bereits ausgeschlossen. »E. J. R.«. Elodie fuhr mit dem Zeigefinger über das verschlungene E. Die gleichen Initialen befanden sich auf dem Skizzenbuch. Das legte den Schluss nahe, dass, wer auch immer die Zeichnungen angefertigt hatte, auch der Besitzer (die Besitzerin?) der Tasche gewesen war. Ein Künstler vielleicht? James Stratton hatte mit verschiedenen damals bekannten Künstlern verkehrt, aber die Initialen sagten Elodie nichts. Sie konnte sie natürlich googeln, aber sie hatte noch eine bessere Quelle. Sie nahm ihr Handy heraus, atmete kurz durch, als sie sah, dass Penelope eine weitere Nachricht hinterlassen hatte, dann schrieb sie eine SMS an Pippa:

Morgen! Kennst du einen Künstler mit den Initialen EJR, wahrscheinl. Mitte Vikt?

Dic Antwort kam sofort.

Edward Radcliffe. Bleibt es bei heute? Geht es um 11 statt um 12? Adresse folgt.

Edward Radcliffe. Der Name kam Elodie vage bekannt vor, allerdings gehörte er nicht zu den Künstlern, mit denen James Stratton regelmäßig korrespondiert hatte. Sie gab den Namen bei Google ein und öffnete die Wikipediaseite. Der Eintrag war kurz. Edward Radcliffe war 1840 geboren, also fast gleich alt gewesen wie James Stratton, er war in London zur Welt gekommen, hatte jedoch einen Großteil seiner Kindheit in Wiltshire verbracht. Als ältestes von drei Kindern war er der einzige Sohn eines Mannes gewesen, der anscheinend keine große Leuchte gewesen war, und einer Frau mit künstlerischen Ambitionen. Seine Eltern, leidenschaftliche Sammler japanischer Keramik, hatten einige Jahre lang Asien bereist, und während dieser Zeit hatten die Kinder bei den Großeltern Lord und Lady Radcliffe gelebt.

Der nächste Absatz beschrieb eine wilde Jugend. Anscheinend war Radcliffe extrem jähzornig und extrem talentiert gewesen. Sein Talent war durch Zufall von einem älteren Künstler entdeckt worden (der Elodie unbekannt war, damals jedoch offenbar einiges Ansehen genossen hatte). Er hatte ein paar seiner Werke gesehen und ihn daraufhin unter seine Fittiche genommen. Es hatte einige vielversprechende frühe Ausstellungen gegeben, sporadische Kontakte mit der Royal Academy, eine kurze, aber hitzige öffentliche Auseinandersetzung mit Dickens wegen einer negativen Kritik und schließlich die Rehabilitierung, als der große John Ruskin ein Bild bei ihm in Auftrag gab. Allem Anschein nach hatte Edward Radcliffe vor einer großen Karriere gestanden, und Elodie begann schon, sich zu fragen, warum sie sein Werk nicht kannte, als sie den letzten Absatz las:

Edward Radcliffe war verlobt mit Miss Frances Brown, der Tochter eines Fabrikbesitzers aus Sheffield. Als die junge Frau jedoch im zarten Alter von zwanzig Jahren bei einem

Raubüberfall getötet wurde, zog er sich aus dem öffentlichen Leben zurück. Es ging das Gerücht, Radcliffe habe zu der Zeit an einem Meisterwerk gearbeitet, aber weder das Werk noch verbürgte Vorstudien sind je bekannt geworden. Radcliffe ertrank 1881 vor der Küste von Südportugal. Sein Leichnam wurde nach England überführt für die Beisetzung. Obwohl sein künstlerisches Werk nicht sehr umfangreich ist, spielt Radcliffe als Künstler des neunzehnten Jahrhunderts eine wichtige Rolle, nicht zuletzt als Gründer der Magenta Brotherhood.

Die Magenta Brotherhood. Der Name war ihr irgendwo schon einmal begegnet, und sie nahm sich vor, einen Querverweis zu ihrer Datenbank der Stratton-Korrespondenz anzulegen. Sie las den letzten Absatz noch einmal. Der frühzeitige, brutale Tod von Frances Brown; Radcliffes Rückzug aus dem öffentlichen Leben; sein einsamer Tod in Portugal. Es kristallisierte sich das Bild eines Mannes heraus, dessen vielversprechende Karriere als Künstler abrupt endete, weil der Tod der Geliebten ihm das Herz gebrochen und ihn letztlich derart geschwächt hatte, dass er ziemlich jung gestorben war.

Elodie nahm das Journal noch einmal aus dem Karton unter dem Schreibtisch und schlug es an der Stelle auf, wo der lose Zettel lag. *Ich liebe sie, ich liebe sie, ich liebe sie, und wenn ich sie nicht haben kann, werde ich verrückt, denn wenn ich nicht in ihrer Nähe bin, fürchte ich …*

Gab es wirklich so tiefe Liebe, dass ihr Verlust einen Menschen in den Wahnsinn treiben konnte? Gab es Menschen, die solche Gefühle hatten? Sie dachte an Alastair, und ihre Wangen wurden heiß, denn natürlich wäre es furchtbar, ihn zu verlieren. Aber würde es sie in den Wahnsinn treiben? Konnte sie sich vorstellen, vor Verzweiflung in die geistige Umnachtung abzudriften?

Und was wäre, wenn sie stürbe? Elodie stellte sich ihren Verlobten in einem von den tadellosen Anzügen vor, maßgeschneidert von demselben Schneider, bei dem auch sein Vater seine Anzüge machen ließ, das schöne, ebenmäßige Gesicht, nach dem die Leute sich überall umdrehten, die sonore, vor Selbstbewusstsein strotzende Stimme. Er war so souverän, so korrekt, so vornehm, undenkbar, dass irgendetwas ihn in den Wahnsinn treiben konnte. Eigentlich war die Vorstellung ziemlich ernüchternd, wie schnell die Lücke sich schließen würde, falls sie sterben sollte. Wie die Oberfläche eines Tümpels, in den man einen Stein warf.

Ganz im Gegensatz zu den turbulenten Auswirkungen, die der Tod ihrer Mutter gehabt hatte, die extremen Gefühle, die öffentliche Trauer, die Zeitungsartikel, in denen Wörter vorkamen wie »Tragödie« und »schillernde Persönlichkeit« und »schwerer Verlust« und die von verführerischen Schwarz-Weiß-Fotos von Lauren Adler begleitet wurden.

War Frances Brown vielleicht auch eine »schillernde Persönlichkeit« gewesen?

Elodie kam ein Gedanke. Die Dokumentenmappe, die einmal James Stratton gehört hatte, befand sich noch in der Aktentasche, ebenso wie das gerahmte Foto, das sie jetzt herausnahm.

War das vielleicht Frances Brown? Das Alter kam hin, denn die Frau auf dem Foto konnte nicht viel älter als zwanzig sein.

Elodie betrachtete das Bild eingehend, fasziniert vom direkten Blick der Frau. Selbstbeherrschung und eine unerschütterliche Ruhe, ja, das war es. Das war eine Frau, die von sich überzeugt war, die ihren Wert kannte. Die Sorte Frau, über die ein leidenschaftlicher junger Künstler schreiben konnte: »Wenn ich sie nicht haben kann, werde ich verrückt …«

Elodie gab den Namen Frances Brown bei Google ein und klickte auf »Bilder«. Der Bildschirm füllte sich mit kleinen

Kopien ein und desselben Porträts einer jungen Frau in einem grünen Kleid. Sie war ebenfalls schön, was zu erwarten gewesen war; aber es war nicht die Frau auf dem Foto.

Elodie war enttäuscht. Es war ein vertrautes Gefühl, mit dem man als Archivarin leben musste. Denn Archivare waren in gewisser Weise Schatzsucher, die die alltäglichen Hinterlassenschaften anderer Menschen durchsiebten, alle Einzelheiten methodisch sortierten, Verzeichnisse anlegten, immer in der Hoffnung, auf eine seltene Kostbarkeit zu stoßen.

Es war reine Spekulation gewesen: Das Skizzenbuch und der Zettel hatten sich in derselben Tasche befunden wie die Dokumentenmappe mit dem Foto, aber das war auch schon die einzige Verbindung. Die Tasche und das Skizzenbuch hatten Edward Radcliffe gehört, die Dokumentenmappe James Stratton. Bisher gab es nicht einmal einen Hinweis darauf, dass die beiden Männer einander überhaupt gekannt hatten.

Elodie nahm sich noch einmal das Foto vor. Der Rahmen war von hoher Qualität: versilbert, aufwendig verziert. James Strattons Dokumentenmappe stammte aus dem Jahr 1861, und man konnte mit ziemlicher Sicherheit davon ausgehen, dass das Foto darin ihm gehört hatte und nach 1861 in seinen Besitz gelangt war. Und dass die Frau ihm etwas bedeutet haben musste, denn sonst hätte er das Foto wohl kaum aufbewahrt. Aber wer war sie? Eine heimliche Geliebte? Elodie konnte sich nicht erinnern, beim Lesen seiner Tagebücher und Briefe jemals auf einen verräterischen Hinweis gestoßen zu sein.

Sie betrachtete noch einmal das schöne Gesicht in der Hoffnung, dass es ihr etwas sagte. Die Anziehungskraft, die das Bild auf Elodie ausübte, wurde immer stärker. Das Foto war mehr als hundert Jahre alt, wahrscheinlich sogar fast hundertfünfzig, aber der abgebildeten Frau hatte die Zeit nichts anhaben können; ihr Gesicht wirkte seltsam modern, sie hätte genauso gut eine von den jungen Frauen sein können, die derzeit Londons Straßen bevölkerten, mit ihren Freundinnen lachten und die Sonne auf der nackten Haut genossen. Selbstbewusst und vergnügt schaute sie den Fotografen mit einer Vertrautheit an, die Elodie beinahe verlegen machte. So als würde sie in die Privatsphäre der beiden eindringen.

»Wer bist du?«, flüsterte sie. »Und was hast du ihm bedeutet?«

Aber da war noch etwas, etwas, das schwer in Worte zu fassen war. Die Frau auf dem Foto schien regelrecht zu leuchten. Das lag natürlich an ihrem Gesicht, an ihrer natürlichen Schönheit und der lebendigen Ausstrahlung, aber es hatte auch etwas mit der Bildgestaltung zu tun. Das lange, glänzende Haar, das romantische Kleid, das ihren Körper lose umspielte und ihn zugleich zur Geltung brachte, der halb hochgeschobene Ärmel, der die sonnenbeschienene Haut entblößte. Es war beinahe, als könnte Elodie die warme Brise spüren, die vom Fluss heraufwehte und das Gesicht der Frau streichelte, ihr in die Haare fuhr und das weiße Baumwollkleid bauschte. Aber das bildete sie sich natürlich nur ein, denn auf dem Foto war gar kein Fluss zu sehen. Es war die freie Atmosphäre des Fotos, auf die sie reagierte. So ein Kleid würde sie gern auf ihrer Hochzeit tragen …

Ihre Hochzeit!

Elodie warf einen Blick auf die Uhr. Schon Viertel nach zehn. Sie hatte gar nicht auf Pippas SMS reagiert. Aber wenn sie um elf in King's Cross sein wollte, musste sie sich sputen. Sie steckte Handy, Notizheft, ihr Tagebuch und die Sonnenbrille in ihre Handtasche. Sie schaute noch einmal kurz auf ihrem Schreibtisch nach, ob sie etwas vergessen hatte, dann, einer spontanen Eingebung folgend, nahm sie das gerahmte Foto von der Frau in dem wunderschönen Kleid. Sie drehte sich kurz zu Margot um, die gerade in einem Aktenschrank nach etwas suchte, wickelte den Rahmen schnell in ein Geschirrtuch und verstaute ihn in ihrer Handtasche.

Auf dem Weg aus dem Büro und die Treppe hoch nach draußen schrieb sie Pippa eine SMS.

11 okay. Gehe jetzt los. Schick mir die Adresse. Bis gleich.

Kapitel 4

Pippa arbeitete an dem Tag in einem Verlagsgebäude in der New Wharf Road, wo sie im Foyer eine moderne Installation aufbaute. Als Elodie um Viertel nach elf dort eintraf, stand ihre Freundin gerade auf einer sehr hohen Leiter mitten in einem großen weißen Raum. Sie war dabei, alle möglichen alten weißen Kleidungsstücke – lange Kleider, Röcke, Pumphosen, Korsetts – an der Decke aufzuhängen, und der Effekt war bezaubernd; als hätte der Wind lauter elfenbeinfarbene Tänzer hereingetragen. Elodie fiel eins ihrer Lieblingsgedichte von Oscar Wilde ein:

> Wir schritten hin im Mondesglanz
> Und blieben stehn am Hurenhaus.
> …
> In einem schwarzen Wirbel schwang
> Zu Hörner- und zu Geigenklang
> Sich Tänzer mit der Tänzerin.

Pippa, ein hölzernes Lineal zwischen den Zähnen, entdeckte Elodie und winkte ihr zu.

Elodie winkte zurück und hielt den Atem an, während ihre Freundin sich reckte, um einen Petticoat an der unsichtbaren Leine über ihrem Kopf zu befestigen.

Aber kurz darauf stieg Pippa wohlbehalten die Leiter herunter. »Dauert nicht lange«, sagte sie zu dem Mann am Empfangstresen und schulterte ihren Rucksack. »Wir gehen nur kurz einen Kaffee trinken.«

Gemeinsam verließen sie das Gebäude durch die große Glastür. Pippa trug eine dunkle Militärhose und die gleichen knöchelhohen Sneakers wie die Jungs, die freitagabends vor dem Fish'n'Chips-Laden herumhingen. Weder die Hose noch die Schuhe waren etwas Besonderes, aber an Pippa hatten sie eine Wirkung, dass Elodie sich in ihren Jeans und Ballerinas neben ihr vorkam wie ein Mauerblümchen.

Pippa zog an ihrer Zigarette, als sie durch ein hohes Tor (zu dem sie aus irgendeinem Grund den Code besaß) zum Kanal gingen. »Danke, dass du früher gekommen bist«, sagte sie und blies den Rauch aus. »Ich muss heute ohne Pause durcharbeiten, um alles fertig zu kriegen. Die Autorin kommt heute Abend zur Buchpräsentation. Hab ich dir davon erzählt? Das glaubst du nicht: Eine Amerikanerin hat nach dem Tod ihrer englischen Tante, die sie nur als Greisin in einem Seniorenheim kannte, rausgefunden, dass die Frau früher mal die Geliebte des englischen Königs war, und in ihrem Nachlass hat sie eine Riesensammlung prächtiger Kleider entdeckt, alle mit Mottenkugeln in einem Lagerraum in New Jersey verstaut. Einfach irre. Das Einzige, was meine Tante mir vererbt hat, ist eine Nase wie Pinocchio, hat sie gesagt.« Sie überquerten die Straße und gingen über die Brücke zu dem Restaurant mit der gläsernen Fassade neben der U-Bahn-Station. Eine freundliche Kellnerin führte sie zu einem runden Tisch in der hinteren Ecke. »Latte macchiato?«, fragte sie, worauf Pippa antwortete: »Perfekt. Und …?«

»Einen Flat White, bitte«, sagte Elodie.

Pippa nahm ein dickes Notizbuch aus ihrer Handtasche, in dem unzählige lose Zettel und Stoffmuster steckten. »Ich hab mir Folgendes überlegt«, sagte sie und setzte zu einem begeisterten Vortrag an über Ärmel und Rocklängen, das Für und Wider von Schößchen, die Vorteile von natürlichen Stoffen, wobei sie, ohne sich zum Luftholen Zeit zu lassen, aus Brautzeitschriften gerissene Fotos, handgefertigte Entwürfe und Stoffmuster aus ihrem Notizbuch zog, bis der ganze Tisch damit bedeckt war. Schließlich fragte sie: »Also, was meinst du?«

»Großartig. Alles.«

Pippa lachte. »Okay, es ist ein ziemliches Durcheinander. Ich hab einfach so viele Ideen. Und du? Hast du irgendeine bestimmte Vorstellung?«

»Ich hab schon einen Schleier.«

»Oh, là, là.«

»Mein Vater hat ihn mir gestern gegeben.« Elodie hielt Pippa ihr Handy hin, um ihr das Foto zu zeigen, das sie am Abend zuvor von dem Schleier gemacht hatte.

»Hat der deiner Mutter gehört? Du Glückspilz. Wunderschön. Garantiert ein Designerstück.«

»Ich glaub schon. Ich weiß aber nicht, von welchem.«

»Ist auch egal, er ist zauberhaft. Jetzt müssen wir nur dafür sorgen, dass das Kleid ihn verdient.«

»Ich hab ein Foto von einem Kleid, das mir gefällt.«

»Lass sehen.«

Elodie nahm den Bilderrahmen aus ihrer Tasche und befreite ihn von dem Geschirrtuch.

Als sie Pippa das Bild reichte, spürte sie ein nervöses Kribbeln im Magen.

»Gott, ist die schön.«

»Ich hab sie im Archiv gefunden. Sie hat die letzten fünfzig Jahre in einer Ledertasche in einem Karton gelegen, der unter einem Stapel gefalteter Vorhänge in einem alten Sekretär stand.«

»Kein Wunder, dass sie so erleichtert wirkt, endlich draußen zu sein.« Pippa betrachtete das Foto genauer. »Das Kleid ist göttlich. Das ganze Foto ist göttlich. Es ist eher ein Kunstwerk als eine Aufnahme. Das könnte glatt von Julia Margaret Cameron stammen.« Sie blickte auf. »Hat das irgendwas mit der SMS zu tun, die du mir heute Morgen geschickt hast? Edward Radcliffe?«

»Das versuche ich noch rauszufinden.«

»Würde mich jedenfalls nicht wundern. Dieses Foto ist klassischer Ästhetizismus. Der fesselnde Gesichtsausdruck, das weich fallende Kleid und die entspannte Haltung. Anfang, höchstens Mitte der 1860er-Jahre, wenn ich raten müsste.«

»Es erinnert mich an die Präraffaeliten.«

»Geht auf jeden Fall in die Richtung; und natürlich haben sich die Künstler alle gegenseitig inspiriert. Sie waren besessen von Dingen wie Natur und Wahrheit; von Farbe, Komposition und der Bedeutung von Schönheit. Aber während die Präraffaeliten nach Realismus und Detailtreue strebten, ging es den Malern und Fotografen der Magenta Brotherhood vor allem um Sinnlichkeit und Bewegung.«

»Das Licht hat irgendwie etwas Ergreifendes, finde ich.«

»Der Fotograf würde sich freuen, das zu hören. Das Licht war für diese Künstler von größter Bedeutung. Ihr Name leitet sich von Goethes Farbtheorie ab, von dem Zusammenspiel von Hell und Dunkel, der Vorstellung, dass es im Spektrum zwischen Rot und Violett eine verborgene Farbe gibt, die den Kreis vervollkommnet. Du darfst nicht vergessen, dass zur damaligen Zeit in Kunst und Wissenschaft eine Entdeckung nach der anderen gemacht wurde. Fotografen hatten plötzlich ganz neue Techniken zur Verfügung, sie konnten das Licht manipulieren und mit Belichtungszeiten experimentieren und auf diese Weise ganz neue Effekte erzielen.« Sie unterbrach sich, als die Kellnerin ihren Kaffee brachte. »Edward Radcliffe war hoch angesehen, aber er ist nicht so berühmt geworden wie die anderen Mitglieder der Magenta Brotherhood.«

»Kannst du mir auf die Sprünge helfen?«

»Thurston Holmes, Felix und Adele Bernard. Das waren alles junge Künstler, die sich an der Royal Academy kennengelernt hatten und die ihre gegen den üblichen Kunstbetrieb gerichteten Ideen verband. Sie hatten ein enges Verhältnis zueinander, aber es gab auch Lügen, Sex und Intrigen, wie überall im mörderischen Konkurrenzkampf des Kunstbetriebs des neunzehnten Jahrhunderts. Radcliffe war das reinste Wunderkind gewesen, aber er ist relativ jung gestorben.« Pippa wandte sich wieder dem Foto zu. »Wie kommst du darauf, dass er etwas mit diesem Foto zu tun haben könnte?«

Elodie berichtete ihr von dem Karton und der Aktentasche mit Edward Radcliffes Initialen. »In der Tasche war eine Dokumentenmappe, die mal James Stratton gehört hat, und darin befand sich der Rahmen mit dem Foto, sonst nichts.«

»Und Radcliffe war ein Freund von Stratton?«

»Bisher bin ich auf keine Verbindung gestoßen«, räumte Elodie ein. »Das ist ja das Merkwürdige.« Sie trank einen Schluck Kaffee und überlegte, ob sie das weiter ausführen sollte. Sie war hin- und hergerissen zwischen dem Bedürfnis, Pippa alles zu erzählen, um von ihrer Kenntnis der Kunstgeschichte zu profitieren, und einem seltsamen Gefühl, das sie befallen hatte, als sie Pippa das Foto gegeben hatte, ein beinahe eifersüchtiger Drang, das Foto, die Zeichnung und alles andere für sich allein zu behalten. Doch sie konnte sich den Impuls nicht erklären, und sie schämte sich sogar ein bisschen dafür, deswegen fuhr sie fort: »Ich habe noch etwas in der Tasche gefunden. Ein Skizzenbuch. Und ich glaube, es hat Edward Radcliffe gehört.«

»Was für ein Skizzenbuch?«

»In Leder gebunden, ungefähr so dick …« Sie zeigte es mit den Fingern. »… und randvoll mit Aufzeichnungen und Skizzen.«

Pippa, die nicht so leicht zu erstaunen war, sog scharf die Luft ein. Doch sie hatte sich sofort wieder im Griff. »Steht da irgendein Datum drin?«

»Ich hab es mir noch nicht genau angesehen, aber Strattons Aktentasche wurde 1861 hergestellt. Ich hab natürlich keine Ahnung, ob die beiden Sachen überhaupt irgendwas miteinander zu tun haben«, sagte sie. »Ich weiß nur, dass sie irgendwann in den vergangenen hundertfünfzig Jahren beide in derselben Tasche gelandet sind.«

»Was für Skizzen sind es denn? Was stellen sie dar?«

»Personen, Porträts, Landschaften. Ein Haus. Wieso?«

»Es gibt Gerüchte von einem verloren gegangenen Kunstwerk. Nach dem Tod seiner Verlobten hat Radcliffe zwar weitergemalt, aber nicht mehr mit derselben Leidenschaft und nicht mehr dieselben Sujets. Und dann ist er ertrunken. Es war total tragisch. Dieses unvollendete Werk, an dem er angeblich vor seinem Tod gearbeitet hat, ist in der Kunstwelt zu einer Art Mythos geworden – bis heute besteht die Hoffnung, dass es irgendwann doch noch auftaucht, und es werden immer wieder neue Theorien gesponnen. Ab und zu nimmt irgendein Kunsthistoriker das Thema ernst genug, um einen Aufsatz darüber zu schreiben, aber bisher gibt es keinerlei Beweise für diese Idee. Andererseits ist die Vorstellung viel zu verführerisch, um sie einfach fallen zu lassen.«

»Meinst du, dieses Skizzenbuch könnte was damit zu tun haben?«

»Schwer zu sagen, ohne es gesehen zu haben. Oder hast du noch mehr Geschirrtuchüberraschungen in deiner Tasche?«

Elodies Wangen wurden heiß. »Das Skizzenbuch kann ich auf keinen Fall aus dem Archiv mitnehmen.«

»Ich könnte nächste Woche mal vorbeikommen und es mir ansehen.«

Irgendetwas in Elodies Magen zog sich unangenehm zusammen. »Am besten rufst du vorher an. Mr. Pendleton ist auf dem Kriegspfad.«

Pippa machte eine wegwerfende Handbewegung. »Klar.« Sie lehnte sich zurück. »In der Zwischenzeit fang ich mit deinem Kleid an. Ich kann es mir schon genau vorstellen: traumhaft romantisch. Schön retro. Total in.«

»Ich war noch nie sehr modebewusst.«

»Nostalgie ist in. Verlass dich auf mich.«

Pippa meinte es lieb, aber heute nervte es Elodie. Ja, sie war nostalgisch, aber es gefiel ihr nicht, wie negativ das Wort benutzt wurde. Die Leute setzten es mit Sentimentalität gleich, obwohl das etwas ganz anderes war. Sentimentalität stand für Rührseligkeit und Kitsch, Nostalgie dagegen hatte etwas mit Trauer zu tun, mit der wehmütigen Erkenntnis, dass der Lauf der Zeit nicht aufhaltbar war, dass das menschliche Leben endlich war und sich daran nichts ändern ließ.

Natürlich hatte Pippa sie nur ein bisschen aufziehen wollen, und während sie jetzt ihre Fotos und Stoffmuster einsammelte, bekam sie gar nicht mit, dass Elodie gekränkt war. Aber warum war sie denn auch so empfindlich heute?, fragte sich Elodie. Seit sie diese Aktentasche geöffnet hatte, war sie total durch den Wind. Sie war dauernd geistesabwesend, so als müsste sie irgendetwas tun und wüsste nicht mehr, was. Letzte Nacht hatte sie sogar wieder denselben Traum gehabt: Sie war in dem Haus aus der Zeichnung gewesen, das sich plötzlich in eine Kirche verwandelt hatte, und da hatte sie gemerkt, dass sie zu spät zu einer Hochzeit kam, und zwar zu ihrer eigenen, und sie hatte angefangen zu rennen, doch ihre Beine hatten nicht richtig funktioniert – sie baumelten wie Fäden herab, und als sie endlich ankam, war das, wozu sie zu spät kam, gar keine Hochzeit mehr, sondern ein Konzert, und ihre Mutter – immer noch dreißig Jahre alt – saß auf der Bühne und spielte Cello.

»Wie läuft's denn ansonsten mit der Hochzeitsplanung?«

»Gut. Sehr gut.« Das war ihr ziemlich schnippisch rausgerutscht, und Pippa hatte es gemerkt. Das Allerletzte, was Elodie jetzt gebrauchen konnte, war ein tiefschürfendes Gespräch über ihre Missstimmung, deshalb fügte sie mit einem Augenzwinkern hinzu: »Wenn du Einzelheiten wissen willst, musst du Penelope fragen. Mir hat man jedenfalls gesagt, es wird ein tolles Fest.«

»Hauptsache, sie vergisst nicht, dir mitzuteilen, wann du dich wo einzufinden hast.«

Sie lächelten einander verschwörerisch an, dann fragte Pippa übertrieben höflich: »Und wie geht's dem Herrn Verlobten?«

Pippa und Alastair mochten einander nicht besonders, was nicht weiter verwunderlich war, denn Pippa hatte klare Meinungen und eine scharfe Zunge, und mit Dummköpfen hatte sie keine Geduld. Nicht, dass Alastair ein Dummkopf gewesen wäre – Elodie zuckte innerlich zusammen, weil ihr der Gedanke überhaupt gekommen war –, aber er und Pippa waren einfach zu verschieden. Weil sie das Gefühl hatte, wegen ihrer schnippischen Antwort bei Pippa etwas gutmachen zu müssen, sagte sie: »Es scheint ihn zu beruhigen, dass seine Mutter die Sache in der Hand hat.«

Pippa grinste. »Und dein Vater?«

»Ach, du kennst ihn doch. Er freut sich genauso wie ich.«

»Und freust du dich?«

Elodie sah sie finster an.

»Okay, okay. Du freust dich.«

»Er hat mir die Videos gegeben.«

»Er hat also nichts dagegen?«

»Scheint so. Er hat nicht viel dazu gesagt. Ich glaub, er sieht es wie Penelope: dass es so sein wird, als wäre sie dabei.«

»Empfindest du das genauso?«

Elodie war das Gespräch unangenehm. »Wir brauchen ja

ohnehin irgendeine Art von Musik«, sagte sie abwehrend. »Und auf diese Weise bleibt alles in der Familie.«

Pippa schien etwas sagen zu wollen, doch Elodie kam ihr zuvor. »Hab ich dir eigentlich schon mal erzählt, dass meine Eltern heiraten mussten? Die Hochzeit war im Juli, und ich bin im November geboren.«

»Du warst also ein blinder Passagier.«

»Du kennst mich ja. Selbst heute verstecke ich mich am liebsten auf großen Partys.«

Pippa lächelte. »Dir ist hoffentlich klar, dass du dich auf deiner Hochzeit nicht verstecken kannst. Da werden deine Gäste dich sehen wollen.«

»Apropos Gäste. Würdest du so lieb sein und deine Zusage abschicken?«

»Hä? Mit Briefmarke und Stempel, oder wie?«

»Es scheint wichtig zu sein.«

»Okay, wenn die Wert darauf legen …«

»Ja, tun sie, und ich hab gehört, dass meine Freunde und Verwandten sich verweigern. Als Nächstes knöpfe ich mir Tip vor.«

»Tip! Wie geht's dem?«

»Wir treffen uns morgen – willst du mitkommen?«

Pippa zog die Nase kraus. »Ich hab 'ne Galerieeröffnung. Apropos …« Sie bedeutete der Kellnerin, dass sie zahlen wollte, und zog einen Zehn-Pfund-Schein aus dem Portemonnaie. Während sie wartete, zeigte sie auf das gerahmte Foto, das neben Elodies Kaffeetasse lag. »Davon brauch ich 'ne Kopie, damit ich mit den Entwürfen für dein Kleid anfangen kann.«

Erneut überkam Elodie diese seltsame Eifersucht. »Ich kann es dir nicht ausleihen.«

»Natürlich nicht. Ich fotografiere es mit meinem Handy ab.« Sie stellte das Bild so auf, dass keine störenden Lichtreflexe entstanden.

Elodie setzte sich auf ihre Hände, und nachdem Pippa das Foto gemacht hatte, wickelte sie das Bild hastig wieder in das Geschirrtuch.

»Weißt du was«, sagte Pippa, während sie das Foto auf dem Display begutachtete, »ich zeig das mal Caroline. Die hat ihre Masterarbeit über Julia Margaret Cameron und Adele Bernard geschrieben – die kann uns bestimmt etwas über diese Frau sagen. Vielleicht weiß sie sogar, wer das Foto gemacht hat.«

Caroline war Pippas Mentorin an der Kunstakademie, eine Filmemacherin und Fotografin, berühmt dafür, dass sie Schönheit an Orten einfing, wo man sie am wenigsten erwartete. Ihre Aufnahmen waren wild und verlockend, mit vielen schlanken Bäumen und Häusern und romantischen Landschaften. Sie war um die sechzig, bewegte sich jedoch so geschmeidig wie eine wesentlich jüngere Frau; selbst kinderlos, hatte sie Pippa sozusagen an Kindes statt angenommen. Elodie war ihr ein paarmal auf Festen und Empfängen begegnet. Caroline hatte dichtes, silbergraues Haar, das sie schulterlang trug, und sie wirkte so gelassen und so sehr bei sich, dass Elodie sich in ihrer Gegenwart immer unwohl in ihrer Haut fühlte.

»Nein«, sagte sie schnell. »Tu das nicht.«

»Warum denn nicht?«

»Ich …« Wie sollte sie Pippa erklären, dass das Foto ihr allein gehört hatte – was es jetzt schon nicht mehr tat –, ohne kleinlich und, na ja, ein bisschen übergeschnappt zu klingen? »Ich finde nur, es ist unnötig, sie damit zu behelligen. Sie hat doch immer so viel um die Ohren …«

»Soll das ein Witz sein? Sie würde sich riesig freuen, es zu sehen.«

Elodie rang sich ein schwaches Lächeln ab und sagte sich, dass es sehr nützlich wäre, Carolines Meinung zu hören. Ganz abgesehen von ihren merkwürdigen Gefühlen war es schließlich ihr Job, so viel wie möglich über das Foto und das Skizzenbuch in Erfahrung zu bringen. Und falls eine Verbindung zwischen Radcliffe und James Stratton neue Informationen zutage förderte, wäre das sehr gut für die Archivare bei Stratton, Cadwell & Co. Es passierte nicht oft, dass neue Informationen über berühmte Personen aus der Viktorianischen Zeit auftauchten.

Kapitel 5

Elodie ging den langen Weg zurück zu Fuß und machte einen kleinen Abstecher in die Lamb's Conduit Street, weil es eine hübsche Straße war und die taubengraue Fassade der Persephone-Buchhandlung sie immer aufmunterte. Sie trat ein – sie konnte nie an diesem Laden vorbeigehen –, und während sie die Kriegstagebücher von Vere Hodgson durchging, eine Swingnummer aus den Dreißigerjahren im Ohr, klingelte ihr Handy.

Schon wieder Penelope, wie sie mit Entsetzen feststellte.

Sie stürzte nach draußen, überquerte die Theobalds Road, eilte die High Holborn hoch bis Lincoln's Inn Fields. Sie hastete an den Royal Courts of Justice vorbei, flitzte hinter einem roten Doppeldeckerbus über die Straße und joggte die Straße The Strand entlang.

Anstatt sofort zurück ins Archiv zu gehen, wo es für Mr. Pendleton in seiner schlechten Laune ein gefundenes Fressen wäre, eine seiner Mitarbeiterinnen bei einem privaten Telefongespräch zu erwischen, lief sie durch eine schmale Gasse zur Themse und setzte sich am Victoria Embankment in der Nähe des Piers auf eine Bank.

Sie nahm ihr Notizheft heraus und schlug die Seite auf, wo sie sich die Adresse des Veranstaltungsorts für ihren Hochzeitsempfang in Gloucestershire notiert hatte; sie vereinbarte telefonisch einen Termin für das folgende Wochenende. Anschließend rief sie Penelope an, entschuldigte sich dafür, dass sie ihre Anrufe überhört hatte, und berichtete ihr von den Fortschritten, die sie in Bezug auf die Saalbesichtigung, den Schleier, das Kleid und die Videos gemacht hatte.

Nach dem Gespräch blieb sie noch ein paar Minuten auf der Bank sitzen. Penelope hatte sich sehr erfreut gezeigt, vor allem, als Elodie den Koffer mit den Aufnahmen von den Konzerten ihrer Mutter erwähnt hatte, der sich jetzt in ihrem Besitz befand. Sie hatte vorgeschlagen, nicht nur zu Beginn, sondern auch am Ende der Hochzeitszeremonie ein Video abzuspielen. Elodie hatte versprochen, die drei Aufnahmen herauszusuchen, die ihr am passendsten erschienen, und sie sich zusammen mit Penelope anzusehen, um zu entscheiden, welche zwei sie nehmen würden. »Besser fünf«, hatte Penelope gesagt. »Für alle Fälle.«

Damit war ihr Wochenende also verplant. Die Fähre, die Touristen nach Greenwich brachte, legte gerade vom Pier ab, und ein Mann mit einer Stars-and-Stripes-Basecap richtete seine Kamera auf die Nadel der Kleopatra. Ein paar Enten kamen angeflogen und landeten im aufgewühlten Wasser.

Die Bugwellen der Fähre schwappten gegen die Kaimauer und erfüllten die Luft mit einem Geruch nach Schlamm und Salzwasser. Elodie musste daran denken, was James Stratton in seinem Tagebuch über den Großen Gestank von 1858 geschrieben hatte. Die Leute hatten keine Ahnung, wie furchtbar es damals in London gestunken hatte. Die Straßen waren bedeckt gewesen mit Viehmist, menschlichen Exkrementen, verfaultem Gemüse und Schlachtabfällen. Und all dieser Unrat hatte irgendwie seinen Weg in die Themse gefunden.

Im Sommer 1858 war der Gestank so schlimm geworden, dass der Westminster-Palast geschlossen werden musste und alle, die es sich leisten konnten, die Stadt verließen. Der junge James Stratton hatte ein Komitee zur Säuberung Londons gegründet und sogar im Jahr 1862 in einer viktorianischen Zeitschrift namens *The Builder* einen Artikel veröffentlicht, in dem er auf schnelle Fortschritte drängte. In den Archiven befand sich darüber hinaus die Korrespondenz zwischen Stratton und Sir Joseph Bazalgette, dessen Abwassersystem zu den Meisterleistungen des Viktorianischen Zeitalters gehörte; mithilfe dieser neuen Kanalisation wurden Exkremente und Schmutz aus der Stadt abtransportiert, sodass nicht nur der Gestank, sondern auch von der Wasserverschmutzung ausgelöste Krankheiten erheblich reduziert wurden.

Der Gedanke an Stratton erinnerte Elodie daran, dass sie wieder ins Archiv musste, wo viel Arbeit auf sie wartete. Von einem schlechten Gewissen geplagt, weil so viel Zeit vergangen war, seit sie sich mit Pippa getroffen hatte, machte sie sich eiligst auf den Weg. Als sie im Archiv eintraf, stellte sich jedoch zu ihrer Erleichterung heraus, dass Mr. Pendleton zu einem Termin gefahren war und erst am nächsten Tag wieder im Büro erscheinen würde.

Bemüht, noch etwas zustande zu bringen, verbrachte Elodie den Nachmittag damit, den Inhalt des Kartons aus dem alten Hauswirtschaftsraum zu katalogisieren. Je eher das erledigt war, desto besser.

Als Erstes suchte sie in ihrer Datenbank nach dem Namen »Radcliffe« und fand zu ihrer Überraschung zwei Einträge. Eine der ersten Aufgaben, mit denen Elodie betraut worden war, als sie im Archiv angefangen hatte, war die Digitalisierung des Karteikartensystems gewesen, und sie bildete sich etwas darauf ein, in Bezug auf die Menschen, die James Stratton gekannt, und die Orte, die er besucht hatte, ein fotografisches Gedächtnis zu haben, aber sie konnte sich nicht erinnern, jemals auf den Namen Radcliffe gestoßen zu sein.

Neugierig geworden, holte sie die entsprechenden Dokumente aus dem Archiv und legte sie auf ihren Schreibtisch. Bei dem ersten Dokument handelte es sich um einen Brief aus dem Jahr 1861 von James Stratton an den Kunsthändler John Haverstock, mit dem er in der darauffolgenden Woche zum Abendessen verabredet war. Im letzten Absatz des Briefes brachte Stratton den Wunsch zum Ausdruck, »zu erfahren, was Sie mir über einen Künstler sagen können, auf dessen Namen ich kürzlich gestoßen bin – Edward Radcliffe. Man sagte mir, der Mann sei äußerst talentiert. Nachdem ich jedoch Gelegenheit hatte, mir einige seiner Werke anzusehen, neige ich zu der Annahme, dass sein ›Talent‹ vor allem darin besteht, die jungen Damen, die ihm Modell stehen, dazu zu überreden, etwas mehr Haut als üblich zu enthüllen – alles im Namen der Kunst natürlich.«

Soweit Elodie sich erinnerte, hatte James Stratton kein Gemälde von Radcliffe besessen (sie nahm sich jedoch vor, das für alle Fälle noch einmal zu überprüfen), also hatte er sich offenbar, nachdem er sein Interesse an dem Maler bekundet hatte, am Ende gegen den Erwerb eines seiner Werke entschieden.

Zum zweiten Mal tauchte der Name Radcliffe in Strattons Tagebuch aus dem Jahr 1867 auf. Am Ende eines Tageseintrags hatte er geschrieben:

Der Maler Radcliffe hat mich heute Abend aufgesucht. Er kam unerwartet und zu später Stunde. Ich war mit meinem Buch in der Hand eingenickt und wurde vom Türklopfer aus dem Schlaf gerissen; Mabel lag schon im Bett, und ich musste sie wecken, um ein paar Erfrischungen bringen zu lassen, aber ich hätte die Ärmste auch schlafen lassen können, denn Radcliffe hat nichts von dem angerührt, was sie serviert hat. Er ist die ganze Zeit in einem aufgewühlten Zustand im Zimmer auf und ab gegangen und konnte sich nicht beruhigen. Er wirkte wie ein gehetztes Tier, die Augen geweitet, das lange Haar, das er sich unaufhörlich mit seinen langen, blassen Fingern raufte, völlig zerzaust. Er strahlte eine Energie aus wie ein Besessener.

Während er auf und ab ging, murmelte er unverständliches Zeug über Verwünschungen und das Schicksal. Sein bejammernswerter Zustand war in der Tat besorgniserregend. Ich verstehe den Verlust, den er zu beklagen hat, besser als die meisten, aber seine Trauer mit anzusehen ist kaum zu ertragen; sie erinnert einen daran, welchen Schmerz Herzeleid einer empfindsamen Seele zufügen kann. Ich hatte von seinem elenden Zustand gehört, aber wie es wirklich um ihn steht, hätte ich nicht geglaubt, wenn ich es nicht mit eigenen Augen gesehen hätte. Ich habe mich entschlossen zu tun, was ich kann, denn es wird zweifellos einiges wiedergutmachen, falls ich ihm dabei helfen kann, wieder der zu werden, der er früher einmal war. Ich bot ihm an zu bleiben, versicherte ihm, es würde keinerlei Umstände machen, ihm ein Zimmer herzurichten, doch er lehnte ab. Stattdessen bat er mich, ein paar persönliche Gegenstände für ihn aufzubewahren, wozu ich mich selbstverständlich bereit erklärte. Er war sichtlich nervös, als er die Bitte aussprach, und ich merkte, dass er ursprünglich nicht mit der Absicht zu mir gekommen war, mir die Gegenstände anzuvertrauen, sondern dass es ein spontaner Einfall war. Es handelt sich lediglich um eine lederne Aktentasche, in der sich nichts als ein Skizzenbuch befindet. Ich hätte nie den Vertrauensbruch begangen hineinzusehen, doch er bestand darauf, mir die Zeichnungen zu zeigen, bevor er ging. Er ließ mich schwören, die Tasche und das Skizzenbuch sicher aufzubewahren, der Ärmste. Ich habe ihn nicht gefragt, vor wem er die Sachen in Sicherheit wissen wollte, und er hat mir keine Antwort auf die Frage gegeben, wann er die Sachen wieder abzuholen gedenke. Er hat mich nur traurig angesehen, dann hat er sich für das Abendessen bedankt, das er nicht angerührt hat, und ist gegangen. Ich musste noch lange nachdem er gegangen war an den Elenden denken, und ich tue es jetzt noch, während ich vor dem Feuer sitze und diese Zeilen schreibe.

Der Tagebucheintrag beschrieb eine düstere Szene, und auch Elodie musste noch lange an den »Elenden« denken. Auf jeden Fall wusste sie jetzt, wie James Stratton in den Besitz von Edward Radcliffes Tasche gelangt war, aber es blieb die interessante Frage, wie Radcliffe James Stratton im Lauf von sechs Jahren so gut kennengelernt hatte, dass er es gewagt hatte, mitten in der Nacht an dessen Tür zu klopfen, als er von seinen Dämonen heimgesucht wurde. Und warum er ausgerechnet Stratton die Tasche und das Skizzenbuch zur Aufbewahrung anvertraut hatte. Elodie nahm sich vor, in den Archiven von Strattons Freunden und Bekannten nach dem Namen Radcliffe zu suchen.

Interessant war außerdem Strattons Andeutung, dass er bei Radcliffe etwas gutzumachen habe. Es war eine seltsame Bemerkung, die beinahe so klang, als hätte Stratton etwas mit Radcliffes Zusammenbruch zu tun, was überhaupt keinen Sinn ergab. Es konnte nicht sein, dass Stratton Edward Radcliffe gut gekannt hatte: Der Mann wurde zwischen 1861 und 1867 weder in seinen privaten Aufzeichnungen noch in den öffentlichen Dokumenten des Archivs erwähnt. Und laut Pippa und Wikipedia stand fest, dass Radcliffe nach dem Tod seiner Verlobten Frances Brown schwermütig geworden war. Aber Elodie konnte sich nicht erinnern, dass der Name im Zusammenhang mit Stratton irgendwo aufgetaucht war. Sie nahm sich vor, die Unterlagen über die Menschen, mit denen Stratton zu tun hatte, auf den Namen hin zu überprüfen.

Sie legte in ihrem Computer eine neue Archivdatei an mit einer Beschreibung der Aktentasche und des Skizzenbuchs, außerdem einer Zusammenfassung von Strattons Brief sowie des Tagebucheintrags und der dazugehörenden Querverweise.

Dann lehnte sie sich zurück und streckte sich.

Zwei Punkte abgehakt, noch einer zu erledigen.

Die Frau auf dem Foto zu identifizieren würde schwieriger werden. Es gab so wenige Anhaltspunkte. Der Rahmen war von erlesener Qualität, aber das waren fast alle Gegenstände aus James Strattons Besitz. Elodie klemmte sich die Monokellupe ins Auge und überprüfte den Rahmen auf Silberstempel. Sie notierte sie sich auf einem Zettel, obwohl sie wusste, dass sie ihr kaum dabei helfen konnten herauszufinden, wer die Frau auf dem Foto war und in welcher Beziehung sie zu James Stratton stand.

Sie fragte sich, wie das Foto in Radcliffes Tasche gelandet sein mochte. War es Zufall, oder hatte es etwas zu bedeuten? Das hing davon ab, wer die Frau war, dachte sie. Natürlich konnte es sein, dass die Frau überhaupt nichts mit Stratton zu tun hatte und dass die Großnichte, der die Kommode gehört hatte, den Rahmen in der Tasche verstaut hatte, beim Aufräumen Jahrzehnte nach Strattons Tod. Aber das erschien Elodie unwahrscheinlich. So wie die Frau gekleidet war, der ganze Stil des Fotos deutete darauf hin, dass es aus Strattons Zeit stammte. Wesentlich wahrscheinlicher war es, dass Stratton selbst das Bild in die Dokumentenmappe geschoben und in der Tasche aufbewahrt, vielleicht sogar darin versteckt hatte.

Nachdem Elodie den Rahmen eingehend untersucht hatte, notierte sie sich die Ergebnisse für eine Beschreibung seines Zustands auf dem Archivblatt – die Kerbe am oberen Rand, als wäre der Rahmen einmal hingefallen, ein paar feine, fedrige Kratzer auf der Rückseite –, dann widmete sie ihre Aufmerksamkeit wieder der Frau auf dem Foto. Erneut kam ihr das Wort erleuchtet in den Sinn. Irgendetwas am Gesichtsausdruck der Frau, wie ihr die Haare über die Schultern fielen, am Leuchten ihrer Augen …

Elodie merkte, dass sie die Frau anstarrte, als erwartete sie von ihr, dass sie sich erklärte. Aber sosehr sie sich auch bemühte, sie konnte weder im Gesicht der Frau noch an ihrer Kleidung oder im Hintergrund irgendeinen Hinweis darauf entdecken, wo sie anfangen sollte zu suchen. Das Foto war ausgezeichnet arrangiert, aber in keiner Ecke fand sich die Signatur eines Fotostudios, und Elodie kannte sich mit viktorianischer Fotografie nicht genau genug aus, um sagen zu können, ob es vielleicht einen anderen Hinweis auf die Herkunft des Fotos gab. Vielleicht würde Pippas Mentorin Caroline ja doch helfen können.

Sie legte das Bild auf den Schreibtisch und rieb sich die Schläfen. Das Foto stellte eine große Herausforderung dar, aber sie würde sich nicht entmutigen lassen. Das Detektivspielen war eine der spannendsten Seiten an ihrem Beruf, ein Gegengewicht zu der zwar befriedigenden, aber doch monotonen Archivarbeit des Aufzeichnens und Katalogisierens. »Ich finde dich«, sagte sie leise. »Darauf kannst du dich verlassen.«

»Führst du schon wieder Selbstgespräche?«, fragte Margot, die plötzlich neben Elodies Schreibtisch stand und irgendetwas in ihrer Umhängetasche suchte. »So fängt's an.« Sie fand eine Dose Minzbonbons und schüttelte eins davon in Elodies Handfläche. »Machst du Überstunden?«

Elodie schaute auf die Uhr und stellte überrascht fest, dass es schon halb sechs war. »Nein, heute nicht.«

»Holt Alastair dich ab?«

»Der ist in New York.«

»Schon wieder? Er fehlt dir bestimmt. Ich weiß gar nicht, was ich täte, wenn Gary nicht abends zu Hause auf mich warten würde.«

Elodie sagte, ja, ihr Verlobter fehle ihr, und Margot schenkte ihr ein mitfühlendes Lächeln, bevor sie sich gut gelaunt verabschiedete. Sie fischte ihre Kopfhörer aus der Handtasche, wischte über ihr iPhone und tänzelte hinaus ins Wochenende.

Stille legte sich über das Büro. Der Streifen Sonnenlicht an der hinteren Wand begann seine langsame Wanderung in Richtung Elodies Schreibtisch. Elodie zerbiss das Minzbonbon zwischen den Backenzähnen und druckte das Archivetikett aus, das sie für die neue Schachtel erstellt hatte. Dann begann sie, ihren Schreibtisch aufzuräumen, was sie jeden Freitagnachmittag mit Akribie tat, um am Montag an einem freien Tisch anfangen zu können.

Nicht, dass sie das zugeben würde, am allerwenigsten Margot gegenüber, aber insgeheim genoss sie die Wochen, die Alastair in New York verbrachte. Natürlich fehlte er ihr, gleichzeitig hatte es jedoch auch etwas Entspannendes zu wissen, dass sie an sechs Abenden hintereinander in ihrer eigenen Wohnung bleiben, in ihrem eigenen Bett schlafen, ihre eigenen Bücher lesen und aus ihrer Lieblingstasse Tee trinken konnte, ohne darüber verhandeln oder sich erklären zu müssen.

Natürlich hatte er recht damit, dass ihre Wohnung winzig war und es im Treppenhaus nach Frittierfett roch, während sein elegantes Apartment am Canary Wharf über zwei Bäder verfügte, in denen das heiße Wasser nie ausging, und Wände hatte, die dick genug waren, dass man den Fernseher der Nachbarn nicht hörte. Aber Elodie hing an ihrer kleinen Wohnung. Gut, man musste einen Trick anwenden, damit das Wasser in der Küchenspüle richtig ablief, und während die Waschmaschine lief, kam das Wasser nur tröpfchenweise aus der Dusche, aber man spürte, dass hier echte Menschen gelebt hatten. Die alten Wandschränke und die abgenutzten Bodendielen atmeten Geschichte, genauso wie das Klo, das man über drei mit Teppichboden ausgelegte Stufen erreichte.

Alastair fand es geradezu rührend, dass sie sich in so einer kärglichen Umgebung wohlfühlte. »Du solltest in meiner Wohnung bleiben, wenn ich unterwegs bin«, sagte er trotzdem regelmäßig. »Du brauchst dich nicht in deinen Unterschlupf zurückzuziehen.«

»Aber ich fühle mich wohl hier.«

»Hier? Wirklich?«, fragte er dann mit einem skeptischen

Blick in die Ecke, wo der alte, mit Samt bezogene Sessel ihres Vaters unter einem von einer Lichterkette beleuchteten Regal stand, auf dem Elodie ihre Schätze aufbewahrte: das kleine Gemälde, das Mrs. Berry ihr zum dreißigsten Geburtstag geschenkt hatte, die Schatzdose, die Tip ihr nach dem Tod ihrer Mutter geschenkt hatte, einen Bilderrahmen mit ein paar Automatenfotos von ihr und Pippa, die sie mit dreizehn auf einem Jahrmarkt gemacht hatten.

Alastair stand auf modernes dänisches Design, und was man nicht im Conran-Shop bekam, hatte in seiner Wohnung nichts zu suchen. Elodies Wohnung fand er zwar »gemütlich«, ging jedoch selbstverständlich davon aus, dass sie sie nach der Hochzeit aufgab, schließlich konnten sie »das Kinderbettchen schlecht ins Bad stellen«.

Eigentlich sollte sie sich darauf freuen, in so einer eleganten, exklusiven Wohnung zu wohnen, aber Elodie war nun mal kein eleganter, exklusiver Typ, und Veränderungen machten ihr Angst. »Das ist kein Wunder«, hatte die Psychologin gesagt, bei der sie eine Weile in Therapie gewesen war, als sie in Oxford gewohnt hatte, »schließlich haben Sie früh Ihre Mutter verloren. Das ist so ziemlich das Schlimmste, was einem Kind passieren kann.« Ein solcher Verlust, so hatte ihr Dr. Judith Davies (»Nennen Sie mich Jude«) nach drei Monaten wöchentlicher Therapie in dem gemütlichen Sprechzimmer in ihrer Stadtvilla erklärt, hinterlasse unweigerlich Spuren in der Psyche eines Menschen.

»Wollen Sie damit sagen, dass es jede Entscheidung meines Lebens beeinflusst?«, hatte Elodie gefragt.

»Ja.«

»Für immer?«

»Höchstwahrscheinlich.«

Kurz darauf hatte sie die Therapie abgebrochen. Sie hatte das Gefühl gehabt, dass sie ihr nichts brachte, auch wenn ihr anfangs die Tasse Zitronen-Minz-Tee gefehlt hatte, die die Therapeutin ihr jedes Mal hingestellt hatte.

Aber Dr. Davies hatte recht behalten – Elodie hatte nicht gelernt, mit Veränderungen besser umzugehen. Sich vorzustellen, dass jemand anders in *ihre* Wohnung ziehen und seine Bilder an den Nägeln aufhängen würde, die sie in die Wände geschlagen hatte, seine Teetassen auf das Fensterbrett stellen würde, wo sie ihre Küchenkräuter zog, und die Aussicht aus dem Fenster genoss, die sie so liebte, ließ sie genauso vor Angst erstarren, wie es ihr manchmal im Urlaub passierte, wenn sie in einem fremden Hotelzimmer aufwachte und sich total verloren fühlte, weil nichts Vertrautes um sie herum war.

Sie hatte es bisher noch nicht übers Herz gebracht, ihre Vermieterin über den bevorstehenden Umzug zu informieren. Mrs. Berry war vierundachtzig Jahre alt und in dem Haus in Barnes aufgewachsen, als es noch ein Einfamilienhaus gewesen war und nicht ein Haus mit einem Fish'n'Chips-Imbiss im Erdgeschoss und dreieinhalb Wohnungen darüber. Jetzt wohnte sie im Gartenhaus hinter dem Imbiss. »Das war früher der Wintergarten meiner Mutter«, erzählte sie gern wehmütig, wenn sie ein oder zwei Glas Sherry getrunken hatte. »Sie war eine echte Lady. Also, keine Adelige, das wollte ich damit nicht sagen, es war einfach ihre Natur.« Wenn Mrs. Berry in die Vergangenheit abdriftete, wurden ihre Augen ein bisschen glasig, und sie gab nicht mehr so gut auf ihre Karten acht. »Welche Farbe ist Trumpf?«, fragte sie dann vor jeder Runde. »Pik? Oder war es Kreuz?«

Für heute Abend waren sie wieder zum Kartenspielen verabredet, aber Elodie würde leider absagen müssen. Sie hatte Penelope versprochen, ihr bis Montag eine Liste der Videos zusammenzustellen. Jetzt, da sie endlich in Fahrt gekommen war, musste sie unbedingt dranbleiben.

Sie fuhr den Computer herunter, steckte die Kappe auf ihren Kugelschreiber und legte ihn quer über der Schreibunterlage ab. Auf dem Schreibtisch lagen nur noch die Ledertasche, das Skizzenbuch und das gerahmte Foto. Aktentasche und Skizzenbuch konnten verpackt und archiviert werden, aber das Bild würde noch ein Wochenende lang zusammen mit den Büroutensilien in dem alten Karton ausharren müssen.

Bevor sie das Bild verstaute, machte sie mit ihrem Handy ein Foto davon, genau wie Pippa es getan hatte. Schließlich musste sie sich noch ein paar Gedanken über ihr Hochzeitskleid machen, und da brauchte sie es als Erinnerungsstütze. Außerdem konnte sie schon mal den Schleier danebenhalten und sehen, wie beides zusammenpasste.

Nach kurzem Zögern machte sie auch noch ein Foto von der Zeichnung in dem Skizzenbuch, auf dem das Haus zu sehen war, aber nicht, weil sie an der Vorstellung festhalten wollte, dass es sich auf wundersame Weise um das Haus aus der Gutenachtgeschichte ihrer Mutter handelte. Sie fotografierte die Zeichnung einfach, weil sie ihr so gut gefiel. Sie war wunderschön, und sie wärmte ihr das Herz. Wenn sie sie betrachtete, fühlte sie sich ihrer Mutter nah und an ihre Kindheit erinnert.

Dann legte Elodie die Tasche und das Skizzenbuch in einen neuen Archivkarton, klebte das Etikett darauf, das sie eben ausgedruckt hatte, trug den Karton auf dem Weg zum Ausgang in den Archivraum und trat hinaus in das geschäftige London.

III

Mrs. Mack meinte immer, Not mache erfinderisch. Den Spruch hat sie gebracht, wenn sie wollte, dass eins von uns Kindern einen neuen Trick ausprobierte. Wir hausten wie Ratten in den winzigen Zimmern über dem Vogelgeschäft in der Little White Lion Street.

In letzter Zeit habe ich oft an Mrs. Mack gedacht. Und an Martin und Lily und den Captain. Sogar an Pale Joe, den ersten Menschen, den ich wirklich geliebt habe. (Der zweite, wenn man meinen Vater mitzählt, was ich aber nicht immer tue.)

Mrs. Mack war auf ihre Art ganz freundlich. Auf ihre Art heißt, dass man Prügel von ihr bezog, wenn man sie ärgerte, und dass sie eine scharfe Zunge hatte, aber sie war menschlicher als die meisten. Auf ihre Art. Zu mir war sie gut; sie hat mich bei sich aufgenommen, als ich in Not war; ich glaube, sie hat mich sogar gemocht. Am Ende hab ich sie verraten, aber nur, als es sein musste.

Auf dieser Seite hier ist es anders. Menschen sind Kuratoren. Sie polieren ihre Lieblingserinnerungen, ordnen sie auf eine Weise, dass eine gefällige Geschichte daraus entsteht. Manche Ereignisse werden repariert und auf Hochglanz gebracht, um sie zur Schau zu stellen, andere als wertlos erachtet, im überquellenden unterirdischen Abstellraum des Gedächtnisses verstaut und dort vergessen – wenn man Glück hat. Das hat nichts mit Unehrlichkeit zu tun: Nur so halten die Menschen es aus, mit sich selbst und ihren Erfahrungen zu leben.

Aber hier ist es anders.

Ich erinnere mich an alles, die Erinnerungen ergeben jedoch unterschiedliche Bilder, je nachdem, in welcher Reihenfolge sie auftauchen.

Die Zeit vergeht anders, wenn ich allein im Haus bin; ich habe keine Möglichkeit festzustellen, wann ein Jahr vergangen ist. Die Sonne geht auf und unter, der Mond erscheint am Himmel, aber ich spüre nicht mehr, wie die Zeit vergeht. Vergangenheit, Gegenwart und Zukunft sind für mich bedeutungslos; ich befinde mich außerhalb der Zeit. Hier und dort, dort und hier, ich bin überall zugleich.

Mein Besucher ist jetzt seit fünf Tagen bei mir. Ich war überrascht, als er ankam, mit seinem abgewetzten Koffer und der braunen Tasche über der Schulter, die mich an Edwards Aktentasche erinnert, vor allem, als er am ersten Abend die Türen des Hauses verriegelte und blieb. Es ist schon lange her, seit hier jemand übernachtet hat. Seit die Art Historians' Association das Haus der Öffentlichkeit zugänglich gemacht hat, bekomme ich nur noch Wochenendausflügler mit bequemen Schuhen und Tourenbuch zu sehen.

Die Leute von der Association haben dem jungen Mann ein paar Zimmer in der alten Mälzerei zugewiesen, ein Teil des für die Öffentlichkeit gesperrten Bereichs, der in früheren Zeiten vorübergehend für die Unterbringung eines Verwalters genutzt worden war. Ihn im Haus selbst unterzubringen würde nicht gehen, da es heute als Museum dient. Die alten Möbel, die Edward damals größtenteils zusammen mit dem Haus gekauft hat, wurden so angeordnet, dass die Touristen sich an den Wochenenden durch das Haus bewegen können. Von samtenen Bändchen zusammengehaltene Lavendelsträußchen liegen auf den Polstermöbeln, damit sich niemand daraufsetzt.

Kurz bevor meine Uhr sonntags zehn schlägt, erscheinen mehrere freiwillige Helfer und verteilen sich so im Haus, dass in jedem Raum einer von ihnen steht. Sie tragen Schilder mit der Aufschrift »Guide«, und ihre Aufgabe besteht darin, die Leute zu ermahnen, nur ja nichts anzurühren. Sie wurden gespickt mit ein paar halb korrekten historischen Anekdoten, mit denen sie die Touristen unterhalten können.

Vor allem eine von ihnen, ein Frau namens Mildred Manning, thront dann immer auf einem Holzstuhl im Quäkerstil auf dem oberen Treppenabsatz zum Dachboden und bleckt die Zähne zu einer Art Grinsen. Genüsslich wartet sie darauf, dass ein nichts ahnender Tourist einen Prospekt auf dem Tisch neben ihr ablegt. Dann richtet sie sich auf und belehrt denjenigen lautstark darüber, dass »auf Edward Radcliffes Möbeln *nichts* abgelegt werden darf«.

Edward hätte sie verabscheut. Er konnte Leute nicht ertragen, die immer nur darauf bedacht waren, »Gegenstände« zu beschützen. Schöne Dinge sollten seiner Meinung nach geschätzt, aber nicht verehrt werden. Und in Erinnerung an Edward verbringe ich, wenn der Herbst sich allmählich nähert, meine Nachmittage wie eine Stola um Mildreds Schultern drapiert. Nichts kann einen Menschen warm halten, wenn ich ihm so nah bin, und wenn er sich noch so viel anzieht.

Ich habe eine vorläufige Bestandsaufnahme gemacht: Mein Besucher hat aschblondes Haar, und seine Haut ist von der Sonne gebräunt. Seine Hände sind schwielig und kräftig. Es sind die Hände eines Mannes, der das Werkzeug zu gebrauchen weiß, das er auf seinen täglichen Runden mit sich trägt.

Seit seiner Ankunft ist er sehr beschäftigt. Er wacht vor Sonnenaufgang auf, auch wenn ihm das nicht zu gefallen scheint. Er schaut mit zusammengekniffenen Augen auf sein Handy auf dem Nachttisch, das ihm als Wecker dient, und stöhnt gequält, steht aber dann trotzdem auf. Er macht sich hastig eine Tasse Tee, duscht sich und zieht sich an, immer dieselben Sachen – ein T-Shirt und verwaschene Jeans –, die er am Abend zuvor über den Bugholzstuhl in der Ecke geworfen hat.

Was auch immer er hier tut, führt dazu, dass er sich jeden Morgen stirnrunzelnd über einen Grundstücksplan beugt und ein paar handschriftliche Notizen durchliest. Ich stelle mich jedes Mal in einiger Entfernung hinter ihn und versuche zu lesen, was da steht, aber es ist zwecklos. Die Handschrift ist zu klein und zu verblasst. Näher traue ich mich jedoch nicht an ihn heran. Wir kennen uns noch nicht lange genug, als dass ich einschätzen könnte, wie nah ich ihm kommen darf. Ich kann ziemlich einschüchternd sein, und ich möchte ihn nicht verscheuchen.

Noch nicht.

Also warte ich.

Zumindest weiß ich, was er in der braunen Tasche hat – er hat es nämlich gestern Abend ausgepackt. Es ist eine Kamera, eine richtige Kamera von der Sorte, mit der Felix wahrscheinlich vertraut wäre, wenn er plötzlich im Hier und Jetzt erschiene.

Über das, was der Besucher dann mit der Kamera macht, würde Felix sich allerdings wundern: Er verbindet sie mit einem Computer, und dann erscheinen die Bilder wie durch ein Wunder auf dem Bildschirm. Er braucht keine Dunkelkammer und keine stinkende Entwicklerflüssigkeit.

Gestern Abend habe ich beobachtet, wie er sich ein Bild nach dem anderen angesehen hat. Fotos vom Friedhof, hauptsächlich von Grabsteinen. Es war kein Name dabei, den ich kannte, trotzdem war ich fasziniert. Zum ersten Mal seit vielen Jahren konnte ich das Anwesen »verlassen«.

Was sagen mir die Fotos darüber, was er hier tut?

Fast nichts.

Jetzt ist er irgendwo draußen, schon seit dem Frühstück. Aber ich bin geduldig, viel geduldiger als früher.

Ich schaue aus dem Fenster im Treppenhaus, von wo aus ich meine alte Freundin, die Themse, hinter dem Maulbeerbaum sehen kann. Ich rechne nicht damit, dass mein junger Mann über diesen Weg zurückkommt: Im Gegensatz zu anderen, die vor ihm nach Birchwood gekommen sind, interessiert er sich nicht für den Fluss. Er betrachtet ihn hin und wieder, wie man ein Gemälde betrachten würde, aber nur von Weitem und nicht, so scheint es mir, mit großem Vergnügen. Bisher hat er auch noch keine Bootsfahrt unternommen.

Nein, ich schaue zum Fluss hinüber, weil es mir wohltut. Die Themse ist durch mein Leben geflossen, so wie Blut durch einen Körper fließt. Jetzt kann ich nur noch bis zur Mauer der Scheune im Norden gehen, bis zum Hafodsted-Bach im Westen, bis zum Obstgarten im Osten und bis zum Japanischen Ahorn im Süden. Über die Jahre habe ich immer wieder versucht, weiter hinauszugelangen, leider vergebens. Wenn ich es versuche, fühlt es sich an, als würde ich von einem Anker gehalten. Ich verstehe die physikalischen Gesetze nicht, aber ich weiß, dass es so ist.

Mein Besucher ist nicht so jung, wie ich anfangs dachte. Er ist muskulös und tüchtig, mit der pulsierenden Körperlichkeit eines Tieres, das gegen seinen Willen im Haus gehalten wird, aber gleichzeitig bedrückt ihn irgendetwas. Man merkt es den Menschen an, wenn sie etwas Schlimmes durchgemacht haben. So wie meinem Vater, der in den Monaten nach dem Tod meiner Mutter um zehn Jahre gealtert ist. Unser Vermieter fing an, an unsere Tür zu klopfen, und die beiden gerieten immer heftiger in Streit, bis der Vermieter schließlich an einem trüben Wintertag schrie, er habe eine Engelsgeduld bewiesen, aber damit sei es jetzt vorbei, er sei schließlich nicht die Wohlfahrt, und mein Vater solle sich nun endgültig eine andere Bleibe suchen.

Aber der Seelenschmerz meines Besuchers ist von anderer Art. Er bewahrt ein Foto in seiner abgewetzten ledernen Brieftasche auf. Ich habe gesehen, wie er es spätabends herausnimmt und es lange betrachtet. Darauf sind zwei kleine Kinder zu sehen. Das eine lächelt unbefangen in die Kamera, das andere wirkt eher zurückhaltend.

Die Art, wie er das Foto anstarrt, wie er mit dem Daumen darüberfährt, als könnte er es dadurch vergrößern, bringt mich zu der Überzeugung, dass es seine Kinder sind.

Und gestern Abend hat er mit seinem Handy bei einer Frau namens Sarah angerufen. Er hat eine warme Stimme, und er war sehr höflich am Telefon, aber daran, wie er seinen Stift umklammerte und wie er sich die Haare raufte, konnte ich erkennen, dass er Mühe hatte, sich zu beherrschen.

Er sagte: »Aber das ist doch schon lange her«, und »Du wirst sehen, dass ich mich geändert habe«, und »Ich habe doch sicherlich eine zweite Chance verdient, oder?«

Dabei hielt er die ganze Zeit das Foto in der Hand und rieb mit den Fingern gedankenverloren an einer Ecke.

Das Gespräch hat mich an meinen Vater erinnert. Denn bevor ich zu Mrs. Mack und dem Captain kam, lebte ich bei meinem Vater, und der redete auch immer davon, er habe eine zweite Chance verdient. Er war Uhrmacher, ein Meister seines Metiers, so berühmt für sein Können, dass selbst die Besitzer der raffiniertesten Chronometer ihm ihre kostbaren Stücke zur Reparatur anvertrauten. »Jede Uhr ist einzigartig«, hat er immer zu mir gesagt. »Genau wie bei einem Menschen verbirgt sich unter der äußeren Hülle, egal ob sie unscheinbar oder schön ist, ein äußerst komplexer Mechanismus.«

Manchmal habe ich meinen Vater begleitet, wenn er irgendwo eine Uhr reparieren musste. Er bezeichnete mich als seine

Helferin, aber in Wirklichkeit habe ich ihm bei nichts geholfen. Wenn er in eine Bibliothek oder in ein Büro geführt wurde, brachte mich jedes Mal ein Dienstmädchen nach unten in eine dieser riesigen von Dampf erfüllten Küchen, wie sie zu jener Zeit in den vornehmen Häusern Englands üblich waren. In jeder Küche führte eine dicke Köchin das Regiment, die in ihrem Reich schuftete und mit geröteten Wangen und schweißnasser Stirn dafür sorgte, dass die Speisekammern stets gefüllt waren mit süßer Konfitüre und frischen Broten.

Mein Vater hat mir erzählt, dass meine Mutter in so einem vornehmen Haus aufgewachsen ist. Sie saß an dem großen Fenster im ersten Stock, als er kam, um die Uhr im Arbeitszimmer ihres Vaters zu reparieren. Ihre Blicke sind sich begegnet, und sie haben sich auf der Stelle ineinander verliebt, und von da an waren sie unzertrennlich. Ihre Eltern haben alles versucht, ihre kleine Schwester hat sie angefleht, bei ihr zu bleiben, aber meine Mutter, die eigensinnig und jung war und gewohnt, ihren Willen durchzusetzen, ist mit meinem Vater durchgebrannt. Kinder nehmen alles wörtlich, und jedes Mal, wenn ich diese Geschichte hörte, stellte ich mir meine Mutter vor, wie sie mit brennenden Röcken aus einem hoch aufragenden Schloss rannte und ihre weinende Schwester und ihre zürnenden Eltern zurückließ.

Ich glaubte, dass es sich genau so abgespielt hatte.

Mein Vater musste mir Geschichten erzählen, weil ich meine Mutter nie richtig kennengelernt habe. Sie ist zwei Tage vor ihrem einundzwanzigsten Geburtstag gestorben, da war ich vier Jahre alt. Sie hatte Tuberkulose, aber mein Vater hat den Leichenbeschauer überredet, »Bronchitis« als Todesursache auf den Totenschein zu schreiben, weil er fand, dass das kultivierter klang. Die Mühe hätte er sich sparen können: Seit ihrer Entscheidung, ihre adlige Familie zu verlassen, um meinen

Vater zu heiraten, gehörte sie zur Masse der normalen Menschen, von der die Geschichte keine Notiz nimmt.

Es gab ein einziges Bild, eine winzige Zeichnung, die er in einem goldenen Medaillon aufbewahrte, das ich wie meinen Augapfel gehütet habe, bis wir gezwungen waren, in zwei zugige Zimmer in einer engen Gasse im Londoner Osten zu ziehen, wo wir den Gestank der Themse immer in der Nase hatten und das Geschrei der Möwen sich mit dem Gesang der Matrosen mischte. Dort ist das Medaillon schließlich beim Lumpensammler gelandet. Es ist durch die Ritzen der Zeit gerutscht, dorthin, wo alle verlorenen Dinge landen.

Mein Vater hat mich immer Birdie genannt; er meinte, ich sei sein Vögelchen. Mein richtiger Name sei auch sehr schön, sagte er, aber es sei der Name einer erwachsenen Frau, ein Name, der lange Röcke und feine Stoffe trage, aber keine Flügel habe.

»Will ich vielleicht einen Namen mit Flügeln?«

»Aber ja, ich denke schon!«

»Warum habt ihr mir dann einen ohne gegeben?«

Da wurde er ernst, wie immer, wenn die Sprache auf *sie* kam. »Du wurdest nach dem Vater deiner Mutter benannt. Es war ihr wichtig, dir etwas von ihrer Familie zu geben.«

»Obwohl die mich gar nicht kennenlernen wollten?«

»Ja«, sagte er mit einem Lächeln, dann wuschelte er mir durchs Haar, was mir immer das Gefühl gab, dass mir nichts passieren konnte, solange mein Vater mich liebte.

Die Werkstatt meines Vaters war für mich ein Ort voller Wunder. Die große Werkbank unter dem Fenster war ein Meer aus Federn und Nieten, Maßbändern und Drähten, Schellen, Pendeln und winzigen Zeigern. Ich habe mich oft durch die offene Tür hineingeschlichen, bin auf einen Hocker geklettert und habe, während er konzentriert arbeitete, die seltsamen Apparaturen zwischen den Fingern hin und her gedreht, die winzigen, zerbrechlichen Gegenstände mit den Fingerspitzen befühlt, die Metallteile ins Sonnenlicht gehalten, um sie zum Leuchten zu bringen. Ich habe meinem Vater Löcher in den Bauch gefragt, und er hat mich über seine Brille hinweg angesehen und mir geantwortet, und er hat mich hoch und heilig versprechen lassen, dass ich keiner Menschenseele etwas von dem erzählen würde, was ich da beobachtete. Denn mein Vater reparierte nicht nur Uhren, er arbeitete auch an einer Erfindung.

Sein großes Projekt war die Konstruktion einer »Wunderuhr«. Um es zu verwirklichen, verbrachte er zahllose Stunden an der Werkbank und suchte immer wieder das Patentgericht auf, wo man Erfindungen registrieren lassen konnte. Mein Vater sagte, dass er mit der Wunderuhr, falls es ihm gelänge, sie zu bauen, ein Vermögen verdienen würde, denn welcher wohlhabende Mann würde nicht eine Uhr besitzen wollen, deren Pendel sich scheinbar ohne die Hilfe eines Mechanismus bewege?

Ich nickte immer ganz feierlich, wenn er mir das alles erklärte – die Ernsthaftigkeit, mit der er sprach, verlangte es –, aber in Wirklichkeit fand ich die ganz normalen Uhren, die überall an seinen Wänden hingen, schon beeindruckend genug, diese Uhren, die mit ihren schlagenden Herzen, ihren schwingenden Pendeln einen ständigen leicht dissonanten Vielklang erzeugten. Er hatte mir beigebracht, wie man sie aufzog, und wenn ich sie alle in Gang gesetzt hatte, stellte ich mich mitten in die Werkstatt und betrachtete voller Staunen all die unterschiedlichen Uhren, die mich im Chor verspotteten.

»Aber welche Uhr zeigt denn die richtige Zeit an?«, hab ich ihn immer wieder gefragt.

»Ach, mein Vögelchen«, sagte er dann. »Du solltest lieber fragen: Welche zeigt *nicht* die richtige Zeit an.«

Es gebe keine richtige Zeit, erklärte er mir. Die Zeit sei nur eine Idee: Sie habe keinen Anfang und kein Ende, man könne sie weder sehen noch hören, noch riechen. Gut, man könne sie messen, aber noch niemand habe mit Worten erklären können, was Zeit eigentlich sei. Und was die »richtige« Zeit angehe – das sei nichts weiter als eine Übereinkunft. »Erinnerst du dich noch an die Frau auf dem Bahnsteig?«, fragte er einmal.

Ja, sagte ich. Als mein Vater eines Morgens auf einem Bahnhof westlich von London die große Uhr reparierte, hatte ich beim Spielen bemerkt, dass an der Wand über dem Fahrkartenschalter eine kleinere Version dieser Uhr hing. Während ich die beiden unterschiedlichen Zifferblätter betrachtete, blieb eine Frau neben mir stehen und sagte: »Das da ist die richtige Zeit.« Sie zeigte auf die kleinere Uhr. »Und das da«, sie zeigte mit finsterem Blick auf die Uhr, die mein Vater gerade aufgezogen hatte, »ist die Londoner Zeit.«

So lernte ich, dass ich zwar nicht an zwei Orten gleichzeitig sein konnte, wohl aber an einem Ort mit zwei Zeiten.

Kurz darauf schlug mein Vater vor, einen Ausflug nach Greenwich zu machen. »Zum Nullmeridian.«

Nullmeridian. Es klang wie ein Zauberwort.

»Das ist die Linie, wo die Zeit anfängt«, erklärte er mir. »Sie verläuft vom Nordpol zum Südpol und teilt die Erde in zwei Hälften.«

Das klang so beeindruckend und beflügelte meine kindliche Fantasie dermaßen, dass die Wirklichkeit nur enttäuschend sein konnte.

Unser Ausflug führte uns zu einem wohlgepflegten Rasen vor einem imposanten Haus, wo ich vergeblich nach dem gewaltigen, gezackten Riss suchte, den ich mir vorgestellt hatte.

»Da ist es!« Mein Vater zeigte mit dem ausgestreckten Arm auf etwas. »Direkt vor dir. Eine gerade Linie. Der Nullmeridian.«

»Aber ich seh überhaupt nichts. Ich seh nur … Gras.«

Er lachte und wuschelte mir durch das Haar und fragte, ob ich mal durch das Teleskop des königlichen Observatoriums schauen wolle.

In den Monaten vor dem Tod meiner Mutter sind wir mehrmals mit dem Schiff über die Themse nach Greenwich gefahren, und auf dem Hin- und Rückweg brachte mein Vater mir bei, die Wörter in Büchern zu lesen, die Gezeiten des Flusses zu verstehen und den Gesichtsausdruck unserer Mitreisenden zu deuten.

Er brachte mir bei, die Zeit am Stand der Sonne zu bestimmen. Die Menschen seien schon immer von dem riesigen Feuerball am Himmel fasziniert gewesen, sagte er. »Denn die Sonne schenkt uns nicht nur Wärme, sondern auch Licht, das, wonach unsere Seele sich am meisten sehnt.«

Licht. Ich beobachtete es in den jungen Frühlingsblättern in den Bäumen, von denen manche hell, manche dunkel waren; ich sah, wie das Licht Tiefe schuf und Schatten, wie es Muster auf den Boden malte und Sternenstaub aufs Wasser zauberte. Ich wollte es berühren, es zwischen den Fingerspitzen halten wie die winzigen Gegenstände auf der Werkbank meines Vaters.

Ich setzte es mir in den Kopf, das Licht einzufangen. Ich fand eine kleine Blechdose mit einem Deckel an einem Scharnier und schlug mithilfe von Hammer und Nagel aus der Werkzeugkiste meines Vaters kleine Löcher in den Deckel. Dann ging ich nach draußen, setzte mich mit meiner Lichtfalle an die sonnigste Stelle, die ich finden konnte, und wartete, bis der Deckel heiß war. Aber als ich mein Wunderbehältnis öffnete, zeigte sich mir nur das verrostete Innere einer alten Blechdose.

Einer von Mrs. Macks Lieblingssprüchen lautete: Vom Regen in die Traufe geraten – was allerdings nichts mit dem Wetter zu tun hatte. Mit der Zeit begriff ich den Satz, dass nämlich ein Unglück selten allein kommt.

Nach dem Tod meiner Mutter gerieten mein Vater und ich vom Regen in die Traufe.

Mit den Ausflügen nach Greenwich war es von da an vorbei.

Außerdem kam Jeremiah immer häufiger. Er war ein alter Kumpel meines Vaters, die beiden waren im selben Dorf aufgewachsen. Er war hin und wieder vorbeigekommen, als meine Mutter noch lebte, und mein Vater hatte ihn manchmal als Lehrling mitgenommen, wenn er große Bahnhofsuhren reparieren musste, aber instinktiv, wie Kinder sind, hatte ich jedes Mal gespürt, dass meine Mutter ihn nicht mochte. Mein Vater versuchte, sie zu beruhigen, indem er zum Beispiel sagte: »Er macht das Beste aus dem, was der Herrgott ihm gegeben hat« oder »Er meint es doch gut«, und versicherte ihr, dass Jeremiah zwar ein bisschen minderbemittelt, aber doch ein anständiger Kerl sei und »auf jeden Fall sehr unternehmungslustig«.

Letzteres stimmte zweifellos: Jeremiah versuchte sich in jedem erdenklichen Metier. Mal arbeitete er als Lumpensammler, dann als Gerber, mal versuchte er sich als Hausierer für *Steel's Kräuterpastillen*, die unter anderem Männern »erstaunliches Stehvermögen« versprachen.

Als mein Vater nach dem Tod meiner Mutter in den Abgrund düsterer Trauer zu versinken drohte, begann Jeremiah, ihn nachmittags zu Ausflügen mitzunehmen, von denen sie spätabends zurückkehrten, mein Vater so erschöpft, dass sein Freund ihn fast tragen musste. Dann legte Jeremiah ihn zum Schlafen aufs Wohnzimmersofa und kam gleich am nächsten Morgen wieder, um uns zu »helfen«.

Meinem Vater wurden die Tage lang. Seine Hände zitterten, und er konnte sich kaum konzentrieren. Er bekam immer weniger Aufträge, was ihn verbittern ließ. Aber Jeremiah war stets zur Stelle, um ihn aufzumuntern. Er überzeugte meinen Vater davon, dass es reine Zeitverschwendung sei, Uhren zu reparieren, dass es viel lohnender sei, an seiner Wunderuhr zu arbeiten, dass sie, wenn er Jeremiah zu seinem Agenten machte, gemeinsam damit reich werden würden.

Als unser Vermieter schließlich mit seiner Geduld am Ende war, besorgte Jeremiah uns über seine Kontaktleute ein paar Zimmer in einem Haus im Schatten der St. Anne's Kirche. Er schien eine Menge Leute zu kennen, hatte immer zu allem eine Meinung und machte ständig irgendwelche Geschäfte. Jeremiah verkaufte die Patente meines Vaters, und als der Gerichtsvollzieher immer häufiger bei uns anklopfte, sagte Jeremiah mir, ich solle mir keine Sorgen machen. Er kenne einen Mann, der im Limehouse-Viertel ein Spielkasino betreibe. Mein Vater brauche nur ein bisschen Glück, und dann werde alles gut.

Und als mein Vater begann, seine Abende in der Kneipe in der Narrow Street zu verbringen, von wo er im Morgengrauen nach Tabak und Whisky stinkend zurückkehrte und sich mit seiner Pfeife am leeren Tisch auf einen Stuhl sinken ließ, als er seine letzten Werkzeuge und Ersatzteile verkaufte, um seine Spielschulden zu bezahlen, schüttelte Jeremiah traurig den Kopf und sagte: »Dein Vater ist einfach ein Pechvogel.«

Der Gerichtsvollzieher klopfte weiterhin jeden Tag an unsere Tür, doch mein Vater ignorierte ihn. Stattdessen begann er, von Amerika zu sprechen. Am Ende redete er über nichts anderes mehr. In seiner Verzweiflung kam es ihm logisch vor, dass Amerika unsere Rettung sein würde. Wir würden unseren Kummer und unsere traurigen Erinnerungen hinter uns lassen und noch einmal ganz von vorne anfangen. »Dort gibt es Land ohne Ende, Vögelchen«, sagte er. »Dort scheint immer die Sonne. Es gibt saubere Flüsse und fruchtbaren Boden, und man braucht keine Angst zu haben, dass man beim Umgraben auf Knochen der Vergangenheit stößt.« Er verkaufte die letzten Kleider meiner Mutter, die schönsten, die er eigentlich für mich aufgehoben hatte, und kaufte zwei billige Plätze auf dem nächsten Schiff nach Amerika. Wir packten unsere wenigen Habseligkeiten. Meine Sachen passten in einen kleinen Koffer.

In der Woche unserer Abreise war es kalt, der erste Schnee fiel, und mein Vater wollte noch ein bisschen Geld für die Reise zusammenkratzen. Wir gingen jeden Tag zur Themse, wo kürzlich ein Frachter gekentert war, und suchten im Schlamm nach Brauchbarem. Bei Wind und Wetter arbeiteten wir vom Morgengrauen, bis es dunkel wurde.

Den Schlamm zu durchwühlen war ungeheuer anstrengend, aber an einem Abend war ich ganz besonders erschöpft. Ich sank durchnässt auf meine Matratze und konnte nicht mehr aufstehen. Mir war schwindelig, ich fror, und alle Knochen taten mir weh. Ich klapperte mit den Zähnen, während mir gleichzeitig der Schweiß auf der Stirn stand, und dann wurde alles um mich herum schwarz.

Ich fiel in einen Dämmerzustand, meine Wahrnehmung schwankte wie ein kleines Boot auf rauer See. Manchmal hörte ich die Stimmen von Jeremiah und meinem Vater, aber das waren nur kurze Unterbrechungen der lebhaften Geschichten, die sich vor meinem inneren Auge abspielten, wilde und bizarre Träume.

Das Fieber ließ Schatten und gezackte Ungeheuer um mich herum auftauchen, sie huschten über die Wände, rissen die gierigen Augen auf, streckten ihre Krallen nach meinen Laken aus. Ich drehte und wand mich, um ihnen zu entgehen, und murmelte Worte vor mich hin wie Beschwörungen.

Wörter drangen an meine Ohren wie heiße Nadeln, vertraute Wörter wie *Arzt … Fieber … Amerika*, Wörter, die einmal eine Bedeutung gehabt hatten.

Und dann hörte ich Jeremiah sagen: »Du musst abhauen. Der Gerichtsvollzieher kommt zurück, und diesmal wird er dafür sorgen, dass sie dich ins Gefängnis werfen oder Schlimmeres.«

»Aber mein Kind, mein Vögelchen – sie ist nicht kräftig genug für die Reise.«

»Lass sie hier. Du kannst sie nachholen, sobald du dich eingelebt hast. Es gibt hier Leute, die ein Kind für wenig Geld bei sich aufnehmen.«

Meine Lunge, mein Hals, alles schmerzte vor Anstrengung, als ich schrie: »Nein!« Ich wusste nicht einmal, ob das Wort überhaupt über meine Lippen gekommen war.

»Aber sie braucht mich doch«, sagte mein Vater.

»Dann wäre es ja noch schlimmer, wenn der Richter dich wegen deiner Schulden zum Tod verurteilt.«

Ich wollte schreien, wollte meinen Vater festhalten, mich an ihm festkrallen, sodass uns niemand trennen konnte. Aber es war zwecklos. Die Ungeheuer rissen mich wieder in den Abgrund, und dann hörte ich nichts mehr. Wieder wurde es Nacht um mich herum, und mein kleines Boot glitt auf die offene See hinaus.

Und das ist meine letzte Erinnerung an jenen Abend.

Als ich wieder zu mir kam, was es heller Morgen, und das Erste, was ich hörte, war lautes Vogelgezwitscher. Aber das waren keine Vögel, die den Morgen ankündigen, so wie vor den Fenstern vor Birchwood Manor oder wie vor unserem kleinen Haus in Fulham. Das war eine einzige Kakofonie, es mussten Hunderte von Vögeln sein, die kreischten und fiepten, wie ich es noch nie gehört hatte.

Eine Kirchenglocke läutete. Ich wusste sofort, dass es das

vertraute Läuten der St. Anne's Kirche war, und doch klang es irgendwie anders, als ich es in Erinnerung hatte.

Ich war mit meinem Boot gekentert und an einem fremden Strand angespült worden.

Dann sagte eine mir unbekannte Frauenstimme: »Sie wacht auf.«

»Papa«, versuchte ich zu sagen, doch meine Kehle war so trocken, dass ich nur ein Krächzen herausbrachte.

»Schsch …«, sagte die Frau. »Mrs. Mack ist bei dir. Alles wird gut.«

Ich öffnete die Augen und sah eine dicke Frau, die sich über mich beugte.

Hinter ihr auf einem Tisch unter dem Fenster stand mein kleiner Koffer. Jemand hatte ihn geöffnet, und meine Kleider lagen ordentlich gefaltet daneben.

»Wer sind Sie?«, versuchte ich zu fragen.

»Ich bin Mrs. Mack. Und das hier ist Martin, und der da drüben ist der Captain.« Sie klang freundlich, aber es lag auch etwas Ungehaltenes in ihrem Ton.

Ich schaute mich um in dem unvertrauten Zimmer und betrachtete die seltsamen Leute, auf die sie zeigte. »Papa?« Ich begann weinen.

»Schsch. Jesses, Kind, fang bloß nicht an zu heulen. Du weißt doch, dass dein Vater nach Amerika gereist ist und dich nachkommen lässt, wenn er so weit ist. Bis dahin werde ich mich um dich kümmern.«

»Wo bin ich?«

Sie lachte. »Zu Hause natürlich. Und jetzt hör endlich auf zu jaulen, sonst verdirbst du dir noch dein hübsches Gesicht.«

Und so wurde ich zum zweiten Mal geboren.

Das erste Mal in einem kleinen Zimmer in unserem Haus in Fulham an einem frischen Sommerabend, als der Vollmond am Himmel stand und die Sterne leuchteten und die Themse wie ein silbernes Band vor dem Fenster glitzerte.

Das zweite Mal, als ich fünf Jahre alt war, in Mrs. Macks Wohnung über einem Laden, der Vögel in Käfigen verkaufte, in einem Viertel von Covent Garden, bekannt als die Seven Dials.

Kapitel 6

Sommer 2017

Mrs. Berry war im Garten, als Elodie von der Arbeit kam. Die Gartentür am Ende des Flurs stand weit offen, und Elodie sah, wie ihre alte Vermieterin die Blüten von Herbstrosen und Rittersporn inspizierte. Es versetzte sie immer wieder in Erstaunen, dass eine Frau, die eine dicke Brille brauchte, um Pik und Kreuz zu unterscheiden, so scharfe Augen hatte, wenn es darum ging, Schädlinge an ihren Pflanzen aufzuspüren.

Vorbei an Mrs. Berrys Standuhr, die leise und geduldig die Minuten zählte, ging sie den Flur hinunter und blieb in der Gartentür stehen. »Na, wer gewinnt den Krieg?«

»Diese Halunken!«, rief Mrs. Berry, klaubte eine dicke, grüne Raupe von einem Blatt und hielt sie Elodie hin. »Raffinierte kleine Teufel und unersättlich!« Sie ließ die Raupe in ein Marmeladenglas fallen, das schon zur Hälfte gefüllt war mit kleinen Übeltätern. »Ein Drink gefällig?«

»Aber immer.« Elodie stellte ihre Tasche auf der Türschwelle ab und trat in den sonnigen Garten hinaus. Ein kleiner Plausch mit Mrs. Berry, dann würde sie sich die Videos vornehmen, wie sie es Penelope versprochen hatte.

Mrs. Berry stellte ihr Marmeladenglas auf dem hübschen schmiedeeisernen Tischchen unter dem Apfelbaum ab und verschwand in der Küche. Mit ihren vierundachtzig Jahren war sie noch erstaunlich agil, was sie der Tatsache zuschrieb, dass sie sich ihr Leben lang geweigert hatte, Autofahren zu lernen. »Autos verpesten nur die Luft. Und wie die Leute damit durch die Straßen rasen! Furchtbar. Ich gehe lieber zu Fuß.«

Sie kam zurück in den Garten, ein Tablett mit zwei Gläsern und einer Kanne mit einem knallorangefarbenen Getränk in den Händen. Im Jahr zuvor war sie mit ihrer Aquarellgruppe in der Toskana gewesen, wo sie eine Vorliebe für Aperol Spritz entwickelt hatte. Sie füllte die Gläser großzügig und reichte Elodie eins davon. »Saluti!«

»Cheers.«

»Ich habe übrigens gestern die Zusage zu Ihrem Hochzeitsfest abgeschickt.«

»Wunderbar. Dann sitzt ja schon mal eine auf meiner Seite der Kirche.«

»Und ich habe mir noch ein paar Gedanken darüber gemacht, was ich vortragen könnte. Es gibt ein herrliches Gedicht von Rossetti – liest sich wie eins von Morris' Stoffmustern, überall Pfauen, Früchte und idyllische Gewässer …«

»Klingt großartig.«

»Aber auch ein bisschen trivial. Eigentlich zu trivial für Sie. Deswegen tendiere ich eher zu einem Gedicht von Tennyson.

»Würd ich geliebt – und so ersehn ich's mir –,
Was gäbe es, das mir auf Erden droht,
Von allem Übel, von Geburt bis Tod,
Was fürcht ich noch – würd ich geliebt von dir?«

Mrs. Berry lächelte selig, und fasste sich ans Herz. »Ach, Elodie, welch wahre Worte! Welche Freiheit! Welches Glück, von den Ängsten des Lebens erlöst zu werden durch das Wissen, dass man geliebt wird.«

Elodie nickte. »Es ist wunderschön.«

»Nicht wahr?«

»Die Frage ist nur, was Alastairs Mutter davon hält, wenn auf unserer Hochzeit ein Gedicht vorgetragen wird, das das Leben als Übel von Geburt bis Tod beschreibt.«

»Pah, was geht sie das an?«

»Hm, eigentlich nichts.«

»Außerdem, darum geht es doch gar nicht in dem Gedicht, sondern darum, dass geliebt zu werden bedeutet, beschützt zu sein.«

»Glauben Sie, dass das stimmt?«

Mrs. Berry lächelte. »Hab ich Ihnen mal erzählt, wie ich meinen Mann kennengelernt habe?«

Elodie schüttelte den Kopf. Als sie in die Dachwohnung eingezogen war, hatte Mr. Berry bereits nicht mehr gelebt. Aber sie hatte Fotos von ihm gesehen, sie hingen an den Wänden in Mrs. Berrys Wohnung und standen auf allen verfügbaren Flächen; Fotos von einem Mann mit weißem Haarkranz, der in die Kamera lächelte.

»Wir haben uns schon als Kinder kennengelernt. Damals hieß er noch Bernstein, er war zu Beginn des Zweiten Weltkriegs mit dem Kindertransport aus Deutschland gekommen, wissen Sie. Meine Eltern hatten sich in eine Liste von Leuten eingetragen, die bereit waren, eins der Kinder bei sich aufzunehmen, und dann wurde uns im Juni 1939 Tomas geschickt. Ich erinnere mich noch an den Abend, als er ankam. Es klingelte, und als wir aufgemacht haben, stand er da, ganz allein, ein dünner Junge mit einem abgenutzten Koffer in der Hand. Ein seltsamer kleiner Kerl mit seinen schwarzen Haaren und den dunklen Augen. Und er sprach kein Wort Englisch. Aber er war unglaublich höflich. Er hat sich an den Tisch gesetzt und tapfer gegessen, was meine Mutter ihm als ›Sauerkraut‹ vorgesetzt hat, und dann haben meine Eltern ihn nach oben in das Zimmer gebracht, das sie extra für ihn eingerichtet hatten. Ich war natürlich fasziniert – ich hatte mir schon so lange einen Bruder gewünscht. In der Wand zwischen meinem und seinem Zimmer war ein Loch, ein altes Mauseloch, das mein Vater immer hatte zuspachteln wollen. Ich habe durch das Loch gelinst, und da habe ich gesehen, dass er sich zwar jeden Abend ins Bett gelegt hat, aber sobald es dunkel wurde, hat er seine Decke genommen und ist damit in den Schrank geklettert, um zu schlafen. Ich glaube, das war der Grund, warum ich mich in ihn verliebt habe.

Er hatte ein Foto bei sich, als er ankam, das in einem Brief von seinen Eltern lag. Später hat er mir erzählt, dass seine Mutter diesen Brief ins Futter seiner Jacke eingenäht hatte, damit er nicht verloren gehen konnte. Er hat den Brief und das Foto sein ganzes Leben lang aufbewahrt. Auf dem Foto waren seine Eltern abgebildet, elegant gekleidete Leute, und zwischen ihnen der kleine Tomas, der nichts von dem ahnte, was auf ihn zukam. Sie sind beide in Auschwitz gestorben. Das haben wir aber erst später erfahren. Wir haben geheiratet, sobald ich sechzehn war, und dann sind wir nach Deutschland gefahren. Nach dem Krieg herrschte überall totales Chaos. Ach, und dann all das Grauen, das ans Tageslicht kam. Aber er war sehr tapfer. Ich habe immer darauf gewartet, dass ihn das alles irgendwann einmal umhauen würde.

Als wir erfahren haben, dass wir keine Kinder bekommen konnten, als sein bester Freund und Geschäftspartner ihn betrogen hat und wir um ein Haar bankrottgegangen wären, als ich einen Knoten in meiner Brust entdeckt habe … Er war immer so tapfer. Er war einfach unverwüstlich. Nicht, dass er keine Gefühle gehabt hätte. Ich habe ihn oft weinen sehen, aber er hat seine Enttäuschungen und seinen Kummer still ertragen und sich nach jedem Rückschlag wieder aufgerappelt und weitergemacht. Aber nicht wie einer, der die Widrigkeiten des Lebens übersieht, sondern weil er akzeptierte, dass das Leben ungerecht ist. Und dass die einzige Gerechtigkeit in der Willkür besteht, mit der das Unglück verteilt wird.« Sie schenkte noch einmal nach. »Ich erzähle Ihnen das nicht aus Nostalgie oder weil es mir Spaß macht, meine jungen Freundinnen an warmen Sommerabenden mit traurigen Geschichten zu belasten, sondern weil ich möchte, dass Sie verstehen. Dass Sie begreifen, was für ein Balsam wahre Liebe ist. Was es bedeutet, sein Leben mit jemandem zu teilen, sodass außerhalb der Sicherheit dieser Liebe nicht mehr viel eine Rolle spielt. Denn die Welt ist sehr laut, Elodie, und obwohl sie voller Freude und Wunder ist, gibt es auch viel Böses, viel Kummer und Ungerechtigkeit.«

Elodie wusste nicht, was sie darauf erwidern sollte. Solch mühsam erworbener Weisheit beizupflichten wäre anbiedernd gewesen, und was hätte sie der Lebenserfahrung ihrer vierundachtzigjährigen Freundin schon hinzufügen können? Aber Mrs. Berry schien auch nicht zu erwarten, dass Elodie etwas dazu sagte. Sie trank von ihrem Aperol Spritz, den Blick auf etwas hinter Elodies Schulter gerichtet, und so gab Elodie sich ihren eigenen Gedanken hin. Ihr wurde bewusst, dass sie den ganzen Tag noch nichts von Alastair gehört hatte. Penelope hatte am Telefon erwähnt, dass die Vorstandssitzung in New York gut gelaufen sei. Vielleicht war er ja noch mit den Kollegen in irgendeine Bar gegangen, um auf die gelungene Firmenfusion anzustoßen.

Elodie wusste immer noch nicht genau, was Alastairs Firma eigentlich machte. Es hatte irgendetwas mit Firmenübernahmen zu tun. Er hatte es ihr schon mehr als ein Mal erklärt – es gehe um Konsolidierung, den Zusammenschluss zweier Unternehmen, um ihren zusammengelegten Wert zu steigern –, aber Elodie hatte immer nur dagesessen mit großen Augen wie ein Kind. In ihrem Beruf ging es um das Sammeln und Sichern von Gegenständen, von realen Dingen, die man in den Händen halten konnte und deren Gebrauchsspuren eine Geschichte erzählten.

»Als Tomas im Sterben lag«, griff Mrs. Berry ihren Faden wieder auf, »kurz vor dem Ende, da habe ich angefangen, mir Sorgen zu machen, dass er Angst haben würde. Ich wollte ihn nicht allein gehen lassen. Nachts in meinen Träumen habe ich immer den kleinen Jungen gesehen, der mit seinem Koffer vor unserer Tür stand. Ich habe nichts gesagt, aber wir konnten schon immer die Gedanken des anderen lesen, und eines Abends hat er mich angesehen und gesagt, dass ihm seit dem Tag, an dem wir uns kennengelernt hatten, in seinem ganzen Leben nichts mehr Angst machte.« Ihre Augen füllten sich mit Tränen. »Können Sie sich das vorstellen? Nichts konnte ihn mehr ängstigen, nur weil er wusste, dass ich ihn liebte.«

Elodie hatte einen Kloß im Hals. »Ich wünschte, ich hätte ihn kennengelernt.«

»Ja, das wünschte ich auch. Er hätte Sie gemocht.« Mrs. Berry trank einen großen Schluck. Ein Star landete auf dem Tisch unter dem Apfelbaum, beäugte neugierig das Marmeladenglas mit den Raupen und flog laut krächzend in den Baum auf. Elodie lächelte, und Mrs. Berry lachte. »Wollen Sie noch zum Abendessen bleiben?«, fragte sie. »Dann erzähle ich Ihnen eine lustige Geschichte, die davon handelt, wie Tomas und ich mal aus Versehen einen Bauernhof gekauft haben. Und anschließend werde ich Sie haushoch schlagen. Meine Spielkarten liegen schon parat.«

»Nichts lieber als das, Mrs. Berry, aber heute Abend habe ich leider wirklich keine Zeit.«

»Nicht mal für eine kleine Runde Karten?«

»Nein, leider nicht. Ich muss später noch etwas sehr Wichtiges erledigen.«

»Je oje. Sie arbeiten zu viel, meinen Sie nicht?«

»Diesmal hat es nichts mit meiner Arbeit zu tun, sondern mit meiner Hochzeit.«

»Ah, die Hochzeit! Heutzutage wird alles so kompliziert gemacht. Was braucht man mehr als zwei Leute, die sich lieben, und einen, der ihnen das Jawort abnimmt? Und eigentlich ist sogar Letzterer überflüssig, wenn Sie mich fragen. Wenn ich noch mal jung wäre, würde ich mit meinem Tomas in die Toskana fahren und ihm am Rand von einem dieser mittelalterlichen Dörfer das Jawort geben, die Abendsonne im Gesicht und einen Blumenkranz im Haar. Und anschließend würde ich mit ihm zusammen eine Flasche richtig guten Chianti leeren.«

»Gibt es überhaupt einen anderen?«

»So gefallen Sie mir!«

In ihrer Wohnung streifte Elodie ihre Schuhe ab und öffnete die Fenster. Das Geißblatt in Mrs. Berrys Garten war über den Sommer stark gewachsen; es bedeckte mittlerweile die gesamte Rückwand des Hauses, und sein Duft wurde von der warmen Brise bis in Elodies Wohnung getragen.

Sie kniete sich auf den Boden und öffnete den Koffer mit den Videos, den ihr Vater ihr mitgegeben hatte. Den Koffer hatte er sich vor zwölf Jahren gekauft, als Elodie ihn überredet hatte, sich eine Konzertreise nach Wien zu gönnen, und man hätte in dem abgenutzten alten Ding keinen solch kostbaren Inhalt vermutet. Niemand wäre auf die Idee gekommen, dass ihr Vater sein Herz in diesem Koffer aufbewahrte. Offenbar hatte er sich gedacht, sicher ist sicher.

Der Koffer enthielt mindestens dreißig Videos, und auf jedem hatte ihr Vater handschriftlich das Datum, das Konzert, den Spielort und das Musikstück notiert. Dank Mrs. Berry verfügte Elodie vermutlich über einen der allerletzten Videorekorder, die noch in London existierten. Sie nahm das erstbeste Video aus dem Koffer und schob es in das Gerät. Sie hatte ein nervöses Kribbeln im Bauch.

Das Band war nicht ganz zurückgespult worden, sodass augenblicklich laute Musik ertönte. Lauren Adler, gefeierte Cellistin und Elodies Mutter, erschien in Nahaufnahme auf dem Bildschirm. Sie hatte ihr Solo noch nicht begonnen, doch sie hielt das Cello bereit, während hinter ihr das Orchester spielte. Sie war noch sehr jung und saß kerzengerade da, den Blick auf den Dirigenten gerichtet. Ihr langes Haar fiel ihr bis auf den Rücken. Sie wartete. Die Bühnenscheinwerfer beleuchteten eine Gesichtshälfte, während die andere wirkungsvoll im Schatten lag. Sie trug ein schwarzes Satinkleid mit schmalen Trägern, und ihre schlanken Arme – die kräftiger waren, als man vermuten würde – waren nackt. Als einzigen Schmuck trug sie ihren goldenen Ehering; ihre Finger lagen entspannt auf den Saiten.

Jetzt kam der Dirigent ins Bild, ein Mann in einem schwarzen Jackett und mit weißer Fliege. Als das Orchester aussetzte, nickte er Lauren Adler zu. Sie atmete ein und begann ihren Tanz mit dem Cello.

In all den Artikeln, die Elodie über ihre Mutter gelesen hatte, war ein Adjektiv immer wieder vorgekommen: überragend. Alle Kritiker waren sich darin einig gewesen, dass Lauren Adlers Talent überragend war. Sie war die geborene Cellistin, und jedes Musikstück, egal wie bekannt es war, wurde in ihren Hände neugeboren.

Elodies Vater hatte sämtliche Nachrufe aufbewahrt, aber der aus der *Times* hatte ihm so gut gefallen, dass er ihn eingerahmt und zu den Bildern an der Wand im Flur gehängt hatte. Elodie hatte den Text oft gelesen, und eine Stelle kannte sie auswendig: »Lauren Adlers Talent eröffnete Facetten jenseits der gewöhnlichen Erfahrung, die Reinheit und Klarheit und Wahrheit sichtbar machten. Das war ihr Geschenk: Mit ihrer Musik verhalf Lauren Adler dem Publikum zu etwas, das religiöse Menschen vielleicht als Gotteserfahrung bezeichnen würden.«

Das Etikett auf der Hülle der Videokassette besagte, dass das Konzert 1987 in der Royal Albert Hall stattgefunden hatte und dass es sich bei dem Stück um Dvořáks Cellokonzert in h-Moll, Opus 104 handelte. Elodie machte sich eine Notiz.

Während ihre Mutter ihr Solo spielte, saßen die anderen Musiker – lauter unscharfe Gesichter von Frauen mit ernster Miene und Männern mit dunklem Brillengestell – reglos hinter ihr. Die herzzerreißenden Klänge des Instruments jagten Elodie einen Schauder über den Rücken.

Für Lauren Adler waren Musikaufnahmen ohne Leben gewesen, wie sie einmal in einem *Times*-Interview gesagt hatte. Ein Konzert sei eine Klippe, an deren Rand Angst, Erwartung und Freude ineinander übergingen, eine einzigartige gemeinsame Erfahrung von Publikum und Musikern, der alle Kraft verloren gehe, wenn sie auf ein dauerhaftes Medium gepresst werde. Aber diese Aufnahme war alles, was Elodie hatte. Sie hatte keine Erinnerungen an ihre Mutter als Musikerin. Als kleines Kind hatte ihr Vater sie ein paarmal mit in ein Konzert genommen, und natürlich hatte sie ihre Mutter zu Hause üben hören, aber sie konnte sich nicht *erinnern*, sie auf der Bühne erlebt zu haben – abgesehen davon, dass sie sowieso keinen Unterschied zu anderen Konzerten mit anderen Musikern gehört hätte.

Das würde sie ihrem Vater gegenüber natürlich niemals zugeben, der fest daran glaubte, dass seine Tochter diese Erinnerungen in ihrem Herzen aufbewahrte, ja, dass sie darüber hinaus einen wesentlichen Teil dessen ausmachten, wer sie war.

»Deine Mutter hat schon für dich gespielt, als sie mit dir schwanger war«, hatte er ihr tausendmal erzählt. »Sie hat immer gesagt, der Herzschlag ist die erste Musik, die ein Mensch hört, und dass jedes Kind bei der Geburt das Lied seiner Mutter kennt.«

Oft sprach er mit Elodie, als hätten sie beide die gleichen Erinnerungen. »Weißt du noch, wie sie für die Königin gespielt hat und am Ende vom Publikum stehende Ovationen bekommen hat? Weißt du noch, wie sie bei den Proms alle sechs Cellosuiten von Bach an einem Abend gespielt hat?«

Elodie erinnerte sich an nichts davon. Sie kannte ihre Mutter überhaupt nicht.

Sie schloss die Augen. Ihr Vater war Teil dieses Problems. Seine Trauer überlagerte alles. Anstatt zuzulassen und dazu beizutragen, dass die Lücke, die Lauren Adler hinterlassen hatte, sich schließen konnte, bewirkte er mit seiner Trauer, mit seiner Weigerung, seine geliebte Frau loszulassen, dass diese Lücke immer weit offen blieb.

Einige Wochen nach dem Unfall hatte Elodie vom Garten aus das Gespräch von ein paar Frauen gehört, die gekommen waren, um ihr Beileid auszusprechen, und nun auf dem Weg zu ihrem Auto waren. »Ein Glück, dass die Tochter noch so klein ist«, hatte eine von ihnen gesagt. »Sie wird ihre Mutter vergessen, sie wird gar nicht wissen, was ihr fehlt.«

Die Frau hatte in gewisser Weise recht behalten: Elodie hatte ihre Mutter tatsächlich vergessen. Sie hatte ganz einfach zu wenige Erinnerungen an sie, als dass sie damit das Loch, das der Tod ihrer Mutter aufgerissen hatte, hätte füllen können. Aber andererseits hatte die Frau auch unrecht, denn Elodie wusste genau, was ihr fehlte. Es war ihr nicht gestattet worden zu vergessen.

Sie öffnete die Augen.

Draußen war es inzwischen dunkel. Auf dem Bildschirm war nur Schnee zu sehen. Elodie hatte gar nicht gemerkt, dass das Band zu Ende gelaufen war.

Sie sprang von der Fensterbank, nahm das Video aus dem Rekorder und wählte das nächste aus.

Auf dem Etikett stand: *Mozart Streichquintett Nr.3 in C-Dur, KV 515, Carnegie Hall, 1985.* Elodie blieb vor dem Fernseher stehen und sah sich den Vorspann an, der mehrere Minuten dauerte und in dem die fünf jungen Musiker – drei Frauen und zwei Männer – vorgestellt wurden, die in New York für ein einziges Konzert zusammengekommen waren. Während der Sprecher etwas über das Leben und den Werdegang jedes einzelnen Musikers erzählte, war zu sehen, wie Elodies Mutter im Probenraum mit den anderen zusammen lachte, als ein Violinist mit dunklen Locken mit seinem Bogen Faxen machte.

Der Violinist war der Amerikaner, mit dem ihre Mutter befreundet gewesen war, der Mann, der am Steuer des Wagens gesessen hatte, als bei dem Unfall auf der Fahrt von Bath nach London beide ums Leben gekommen waren. Sie erinnerte sich ganz schwach an den Mann: Er war mit seiner Familie ein- oder zweimal zum Abendessen gekommen, als sie aus den Staaten in London zu Besuch waren. Und natürlich kannte sie ihn von den Fotos, die nach dem Unfall in den Zeitungen gewesen waren. Er war auch auf einigen der vielen Fotos zu sehen, die ihr Vater in seinen Kartons aufbewahrte.

Elodie beobachtete den Geiger eine Weile, während die Kamera seinen Bewegungen folgte, und fragte sich, was sie für diesen Mann empfand, der ihr unabsichtlich die Mutter genommen hatte, den Mann, der durch diesen tödlichen Unfall immer mit Lauren Adler verbunden bleiben würde. Aber sie konnte nur denken, wie unfassbar jung er aussah und wie talentiert er war und wie recht Mrs. Berry mit ihrer Bemerkung hatte, dass im Leben nur die Willkür gerecht sei, mit der das Unglück verteilt werde. Schließlich hatte der Geiger auch eine Familie hinterlassen.

Jetzt war Lauren Adler auf dem Bildschirm zu sehen. Es stimmte, was die Zeitungen geschrieben hatten: Sie war atemberaubend. Elodie machte sich Notizen, während sie sich das Video anschaute und überlegte, ob dieses Stück sich für die Hochzeit eignete und welche Teile davon sie auswählen sollte.

Als das Video abgelaufen war, legte sie das nächste ein.

Sie hatte Elgars Konzert für Violoncello und Orchester op.85 mit dem Londoner Symphony Orchestra zur Hälfte gehört, als ihr Handy klingelte. Sie warf einen Blick auf die Uhr. Es war schon spät, und sie fürchtete schon, ihrem Vater könnte etwas zugestoßen sein, doch dann sah sie, dass es Pippa war.

Elodie erinnerte sich an die Buchpräsentation im Verlag in King's Cross; ihre Freundin war sicherlich auf dem Heimweg und wollte noch ein bisschen quatschen.

Während sie unschlüssig war, ob sie das Gespräch annehmen sollte, hörte es auf zu klingeln.

Sie überlegte kurz, ob sie zurückrufen sollte, doch dann schaltete sie das Handy aus und warf es aufs Sofa.

Von der Straße drang Lachen durchs Fenster, und Elodie schloss die Augen.

Etwas von dem Unbehagen, das sie bei dem Gespräch mit Pippa am Vormittag empfunden hatte, war noch da. Elodie hatte das Gefühl gehabt, das Foto von der Frau in dem weißen Kleid eifersüchtig hüten zu müssen, aber es war noch etwas anderes gewesen. Als sie jetzt in ihrer Wohnung saß, die erfüllt war vom Cellospiel ihrer Mutter, wurde ihr klar, dass es die Art gewesen war, wie Pippa sich nach den Videos erkundigt hatte.

Sie hatten schon einmal über das Thema gesprochen, als

Penelope den Vorschlag gemacht hatte, bei der Hochzeit eine Aufnahme von Lauren Adler abzuspielen. Pippa hatte Elodie gefragt, ob sie denn glaube, dass das ihrem Vater recht sei, der doch kaum über seine verstorbene Frau sprechen könne, ohne dass ihm die Tränen kämen. Tatsächlich hatte Elodie die gleichen Bedenken gehabt, aber ihrem Vater hatte die Idee richtig gut gefallen, er hatte ebenso wie Penelope gesagt, das sei ja beinahe so, als wäre sie bei der Hochzeit anwesend.

Als Elodie ihr das heute erzählt hatte, hatte Pippa, anstatt es dabei zu belassen, unbedingt von ihr wissen wollen, ob sie derselben Meinung sei.

Und während Elodie Lauren Adler jetzt dabei zusah, wie sie das Elgar-Konzert beendete, fragte sie sich, aus welchem Grund sich Pippa so sehr für das Thema interessierte. In ihrer Freundschaft hatte Pippa immer die dynamischere Rolle innegehabt, sie zog die Aufmerksamkeit auf sich, während sich Elodie, von Natur aus schüchtern, mit der Nebenrolle zufriedengab. Konnte es sein, dass Pippa es nicht ertragen konnte, dass Elodie in diesem Fall wegen ihrer berühmten Mutter im Rampenlicht stand?

Kaum war ihr der Gedanke gekommen, schämte Elodie sich auch schon dafür. Pippa war ihre beste Freundin, sie entwarf ihr Hochzeitskleid. Nichts deutete darauf hin, dass sie sie um ihre berühmte Mutter beneidete. Im Gegenteil, sie gehörte zu den wenigen Menschen, die sich nicht einmal besonders für Lauren Adler interessierten. Normalerweise gingen die Leute vor Ehrfurcht in die Knie, wenn sie erfuhren, wer Elodies Mutter gewesen war, und löcherten sie mit Fragen, beinahe als könnten sie auf diese Weise ein bisschen von Lauren Adlers Ruhm und Tragik aufsaugen. Nur Pippa nicht. Zwar hatte auch sie im Lauf der Jahre immer wieder Fragen gestellt – ob Elodie ihre Mutter fehle, ob sie sich an die Zeit vor dem Tod ihrer Mutter erinnere –, aber diese Fragen beschränkten sich immer auf Lauren Adler als Mutter. Es war, als spielten die Musik und die Berühmtheit, so interessant das Thema auch sein mochte, bei all diesen Gedanken keine Rolle.

Das Video war zu Ende, und Elodie schaltete den Fernseher aus.

Jetzt, wo Alastair nicht da war und darauf bestehen konnte, dass sie lange schliefen und im Bett frühstückten, wie es sich fürs Wochenende gehörte, konnte sie früh aufstehen und einen Spaziergang am Themseufer machen. Sie wollte ihren Großonkel Tip besuchen, bevor der seinen Laden öffnete.

Sie duschte, legte sich ins Bett, schloss die Augen und versuchte zu schlafen.

Es war ein warmer Abend, und ihre innere Unruhe kreiste über ihr wie eine lästige Mücke.

Elodie drehte sich immer wieder von einer Seite auf die andere.

Sie dachte an Mrs. Berry und ihren Mann Tomas und fragte sich, ob es wirklich stimmte, dass die Liebe eines Menschen – noch dazu eines so winzigen Menschen wie Mrs. Berry, die höchstens eins fünfzig groß und spindeldürr war – ausreichte, um einem alle Ängste zu nehmen.

Elodie fürchtete sich vor so vielen Dingen. Ob die Liebe Zeit brauchte, bis sie so stark war? Würde sie irgendwann feststellen, dass Alastairs Liebe sie furchtlos gemacht hatte?

Und liebte er sie überhaupt auf diese Weise? Woran sollte sie das erkennen?

Ihr Vater hatte ihre Mutter zweifellos auf diese Weise geliebt, aber ihr Tod hatte ihn nicht mutiger, sondern ängstlich werden lassen. Auch Edward Radcliffe hatte tiefe Liebe empfunden, und das hatte ihn verletzlich gemacht. *Ich liebe sie, ich liebe sie, ich liebe sie, und wenn ich sie nicht haben kann, werde ich verrückt, denn wenn ich nicht in ihrer Nähe bin, fürchte ich …*

Sie. Elodie dachte an die Frau auf dem Foto. Aber nein, das war ihre eigene fixe Idee. Nichts deutete darauf hin, dass die Frau in dem weißen Kleid etwas mit Radcliffe zu tun hatte. Gut, das Foto war in seiner Tasche gewesen, aber es befand sich in einem Rahmen, der James Stratton gehört hatte. Nein, Radcliffe hatte Frances Brown gemeint, die Verlobte, deren Tod bekanntlich auch zu seinem Untergang geführt hatte.

Wenn ich sie nicht haben kann … Elodie drehte sich auf den Rücken. Seltsam, so etwas über eine Frau zu schreiben, mit der er verlobt war. Wenn er mit ihr verlobt war, bedeutete das doch, dass sie schon die Seine war.

Es sei denn, er hatte das nach Frances' Tod geschrieben, als er vor demselben Abgrund gestanden hatte wie Elodies Vater nach dem Tod von Lauren Adler. Hatte Radcliffe vielleicht zur selben Zeit das Haus gezeichnet? War er nach dem Tod seiner Verlobten dort gewesen – vielleicht, um sich zu erholen?

Elodies Gedanken schwärmten aus, und schwarz gefiederte Vögel zogen immer engere Kreise um sie.

Sie schlug das Laken zurück und stand auf. Sie hatte das schon oft genug erlebt, um zu wissen, dass in dem Zustand an Schlaf nicht mehr zu denken war. Da konnte sie die Zeit auch für etwas Sinnvolles nutzen.

Die Fenster standen immer noch offen, und die nächtlichen Geräusche der Stadt hatten etwas Tröstliches. Im Haus gegenüber war alles dunkel.

Elodie schaltete das Licht ein und machte sich eine Tasse Tee.

Sie schob ein weiteres Video in den Rekorder. Dieses Mal *Bachs Cellosuite Nr. 1 in G-Dur, Queen Elizabeth Hall, 1984*. Sie setzte sich im Schneidersitz in den alten Sessel.

Als die Uhr nach Mitternacht anzeigte und den neuen Tag ankündigte, ließ Elodie das Video laufen und sah zu, wie eine schöne junge Frau, der die Welt zu Füßen lag, auf die Bühne kam, die Hand hob, um den Applaus entgegenzunehmen, dann ihr Cello hob und begann, ihr Publikum zu verzaubern.

Kapitel 7

Elodies Großonkel wohnte in einem Gartenhaus am Ende der Columbia Road. Er war ziemlich exzentrisch und eigenbrötlerisch, aber zu Lebzeiten von Elodies Mutter war er regelmäßig sonntags zum Mittagessen zu Besuch gekommen. Als Kind hatte Elodie ihn merkwürdig gefunden, selbst damals war er ihr schon uralt erschienen. Sie erinnerte sich noch gut an seine buschigen weißen Augenbrauen und seine knorrigen Finger und an die Art, wie er herumzappelte, wenn am Tisch über Themen gesprochen wurde, die ihn nicht interessierten. Wenn Elodie es gewagt hätte, ihre Fingerspitzen in die warme Tischkerze zu drücken oder das herabgetropfte Wachs von der Tischdecke zu pulen, sobald es hart war, hätte man ihr einen Klaps auf die Finger gegeben, aber bei Großonkel Tip sagte keiner ein Wort, selbst wenn er ganze Berge von Wachstropfen sammelte und sie zu erstaunlichen Mustern anordnete, bis er die Lust daran verlor und sie beiseiteschob.

Elodies Mutter hatte ihren Onkel sehr gemocht. Sie war Einzelkind gewesen und hatte ihn sehr lieb gewonnen, als er eine Zeit lang bei ihrer Familie gewohnt hatte, als sie noch klein war. »Sie hat immer gesagt, dass er anders war als die anderen Erwachsenen«, hatte Elodies Vater ihr mal erzählt. »Sie fand, er war wie Peter Pan, der Junge, der nie erwachsen wurde.«

Davon hatte sie nach dem Tod ihrer Mutter einen flüchtigen Eindruck bekommen. Unter all den Leuten, die zum

Kondolieren kamen, war auch Tip gewesen. Er hatte ihr eine Keramikdose geschenkt, in deren Deckel alle möglichen Dinge eingearbeitet waren, an denen Erwachsene vorbeigingen, die Kinder jedoch faszinierten, Dinge wie Muscheln und Kieselsteine, bunte Glas- und Kachelscherben.

»Was ist denn eine Schatzdose?«, hatte Elodie ihn gefragt.

»Eine Dose, in der man Schätze aufbewahrt«, hatte er geantwortet, und zwar ohne das nachsichtige Lächeln, mit dem einen Erwachsene gewöhnlich bedachten, wenn man solche Fragen stellte. »Und die hier ist für dich. Du hast doch bestimmt ein paar Schätze, die du hütest, oder?«

Elodie hatte genickt und an den kleinen goldenen Ring gedacht, den ihre Mutter ihr zu Weihnachten geschenkt hatte.

»In dieser Schatzdose kannst du sie aufbewahren.«

Es war nett von Tip gewesen, sich um sie zu kümmern, während alle anderen mit ihrer Trauer beschäftigt waren. Seitdem hatten sie sich kaum gesehen, aber Elodie hatte ihm seine Nettigkeit nie vergessen und hoffte, dass er zu ihrer Hochzeit kommen würde.

Es war ein sonniger Morgen, und Elodie genoss den Spaziergang am Themseufer entlang. In der Nacht war sie irgendwann in dem braunen Sessel eingeschlafen und hatte unruhig geträumt, bis die Vögel sie geweckt hatten. Als sie jetzt auf die Hammersmith Bridge zuging, rieb sie sich den steifen Nacken und versuchte, die Cellomelodie abzuschütteln, die ihr nicht aus den Ohren ging.

Ein paar Möwen kreisten über dem Wasser, und vor den Bootshäusern machten Ruderer gerade ihre Boote klar. Elodie blieb vor einem der graugrünen Brückenpfeiler stehen, lehnte sich an das Geländer und betrachtete das wirbelnde Wasser der Themse. Hier war Lieutenant Charles Wood 1919 in den Fluss gesprungen, um eine Frau vor dem Ertrinken zu retten. Jedes Mal, wenn Elodie die Brücke überquerte, musste sie an den Mann denken. Die Frau hatte überlebt, aber Wood hatte sich bei der Rettungsaktion verletzt und war an Wundstarrkrampf gestorben. Es war ihr immer wie ein grausames Schicksal erschienen, dass er als Pilot der Royal Air Force den Ersten Weltkrieg überlebt hatte, um dann nach einer Heldentat auf heimatlichem Boden zu sterben.

Als sie das Chelsea Embankment erreichte, war London dabei zu erwachen. Elodie ging bis zur Charing-Cross-Eisenbahnbrücke und stieg dort vor den Königlichen Gerichtshöfen in den 26er-Bus. Sie ergatterte einen Platz oben in der ersten Reihe; ein Vergnügen aus Kindheitstagen, das sie immer noch froh machte. Der Bus fuhr über die Fleet Street bis ins Zentrum von London, vorbei am Old Bailey und an der St.-Pauls-Kathedrale, die Threadneedle Street hinunter, um schließlich an der Bishopsgate Richtung Norden abzubiegen. Wie immer stellte Elodie sich vor, wie es im neunzehnten Jahrhundert in den Straßen ausgesehen hatte, als James Stratton gelebt hatte.

An der Shoreditch High Street stieg Elodie aus. Unter der Eisenbahnbrücke bekamen ein paar Kinder Unterricht im Hip-Hop-Tanzen, während ihre Eltern zuschauten und dabei Kaffee aus Pappbechern tranken. Sie überquerte die Straße und nahm eine Abkürzung zur Columbia Road, wo gerade die Geschäfte öffneten.

Die Columbia Road war eine der schönsten Straßen Londons mit ihren zweistöckigen Backsteinhäusern und den vielen kleinen Geschäften mit Fassaden in Türkis, Gelb, Rot, Grün und Schwarz, wo man erlesene Secondhandkleidung, kunsthandwerkliche Schätze und geschmackvollen Nippes kaufen konnte. Sonntags, wenn hier der Blumenmarkt stattfand, war vor lauter Blumenpracht und Menschengewusel kaum ein Durchkommen, aber heute und so früh am Morgen war die Straße fast leer.

Neben dem Haus, hinter dem Tip wohnte, befand sich ein schmiedeeisernes Tor, und dahinter führte ein mit Steinplatten gepflasterter Weg in den Garten. Auf dem steinernen, weiß gestrichenen Torpfosten wies eine in Schwarz aufgemalte Hand mit ausgestrecktem Finger darauf hin, dass dies der Weg zum »Gartenhaus« war. Das Tor war unverschlossen, und Elodie ging hindurch. Am Ende des Wegs, in der hintersten Ecke des Gartens befand sich ein Schuppen mit einem geschnitzten Schild über der Tür, auf dem stand: »Atelier«.

Die Tür stand offen. Elodie drückte sie noch ein bisschen weiter auf, und wie immer erblickte sie eine riesige Sammlung von verrückten Gegenständen. Ein blaues Rennrad lehnte an einer viktorianischen Druckerpresse, und an den Wänden standen mehrere hölzerne Werkbänke, auf denen sich zwischen flachen Kästen mit historischen Drucktypen alte Lampen und Uhren, Radios und Schreibmaschinen stapelten. Die Regalbretter unter den Werkbänken quollen über von merkwürdig geformten Ersatzteilen und Werkzeugen, deren Zweck sich Elodie nicht erschloss, und an den Wänden hingen Ölgemälde und Tuschezeichnungen, die jeden Kunsthändler hätten erblassen lassen. »Hallo?«, rief sie beim Eintreten. Dann sah sie ihren Großonkel an seinem Stehpult im hinteren Teil des Ateliers. »Hallo, Tip.«

Er beäugte sie über seine Lesebrille hinweg, zeigte sich jedoch in keiner Weise verwundert über den Besuch seiner Großnichte. »Du kommst genau rechtzeitig. Kannst du mir mal das kleinste Schnitzmesser da reichen?«

Elodie nahm das Werkzeug von der Stelle an der Wand, auf die er zeigte, und reichte es ihm.

»Sehr gut«, sagte er und machte einen Schnitt. »Na … Was gibt's Neues in der Welt?«

Als wäre Elodie gerade eine Stunde weg gewesen, um ein paar Einkäufe zu erledigen.

»Ich heirate.«

»Du heiratest? Bist du nicht erst zehn?«

»Inzwischen bin ich ein paar Jahre älter. Ich hoffe, du kommst zur Hochzeit. Ich hab dir eine Einladung geschickt.«

»Wirklich? Hab ich die bekommen?« Er zeigte auf einen Stapel Papier auf der Werkbank neben der Tür. Zwischen lauter Stromrechnungen und Werbesendungen entdeckte Elodie den zartgrünen Umschlag mit Tips Adresse in Penelopes Handschrift. Der Umschlag war ungeöffnet. »Soll ich?«, fragte sie und hielt ihn hoch.

»Jetzt bist du ja hier. Da kannst du mir alles persönlich erklären.«

Elodie setzte sich auf eine Bank gegenüber von Tip. »Die Hochzeit ist nächsten Monat, am Samstag, den 26. Du brauchst nur zu erscheinen. Dad sagt, er holt dich gern ab und bringt dich auch wieder nach Hause.«

»Im Auto?«

»Ja. Das Fest findet in einem Dorf namens Southrop statt. In den Cotswolds.«

»Southrop.« Er konzentrierte sich auf seinen Linolschnitt. »Wie seid ihr denn auf Southrop gekommen?«

»Die Mutter meines Verlobten kennt jemanden, der dort ein Gasthaus betreibt. Ich war da noch nie, aber ich fahre nächstes Wochenende hin, um mir den Saal mal anzusehen. Kennst du das Dorf?«

»Ja, es ist hübsch. Bin schon Jahre nicht mehr dort gewesen. Hoffentlich haben sie es nicht inzwischen ruiniert.« Er schärfte seine Klinge an einem japanischen Schleifstein und hielt sie dann ins Licht, um sie zu überprüfen. »Immer noch derselbe? David, Daniel …«

»Danny? Nein.«

»Schade, der gefiel mir. Der hatte interessante Ansichten zum Gesundheitswesen, wenn ich mich recht erinnere. Arbeitet er noch immer an seiner Doktorarbeit?«

»Soviel ich weiß, ja.«

»Ging es da nicht um das Gesundheitswesen in Peru?«

»Brasilien.«

»Ja, genau. Und der Neue? Wie heißt er denn?«

»Alastair.«

»Alastair. Auch Arzt?«

»Nein, er arbeitet in der City.«

»Banker?«

»Firmenübernahmen.«

»Ah.« Er polierte die Klinge mit einem weichen Tuch. »Aber ich nehme an, er ist ein anständiger Kerl?«

»Klar.«

»Liebevoll?«

»Ja.«

»Lustig?«

»Er lacht gern.«

»Schön. Man braucht einen Partner, der einen zum Lachen bringt. Das hat meine Mutter mir schon gesagt, und die hatte viel Ahnung.« Tip schnitt eine geschwungene Linie in sein Linoleum. Er arbeitete an einer Landschaft mit Fluss. »Deine Mutter ist übrigens auch kurz vor ihrer Hochzeit zu mir gekommen. Sie hat genau auf derselben Bank gesessen wie du jetzt.«

»Und hat sie dich auch um eine Zusage gebeten?«

Es sollte ein Scherz sein, aber Tip lachte nicht. »Sie war hier, weil sie über dich reden wollte, wenn man so will. Sie hatte gerade erfahren, dass sie schwanger war.« Er glättete den Schnitt mit dem Daumen. »Es waren schwierige Zeiten, und es ging ihr nicht gut. Ich hab mir Sorgen um sie gemacht.«

Elodie erinnerte sich vage, dass sie mal gehört hatte, wie sehr ihre Mutter in den ersten Schwangerschaftsmonaten unter Morgenübelkeit gelitten hatte. Ihr Vater hatte einmal erwähnt, dass sie während dieser Zeit sogar ein wichtiges Konzert hatte absagen müssen. »Ich glaube nicht, dass ich geplant war«, sagte sie.

»Nein, das warst du nicht«, sagte Tip. »Aber du wurdest geliebt, und das ist viel wichtiger.«

Es war seltsam, sich ihre Mutter als junge Frau vorzustellen, wie sie vor über dreißig Jahren auf derselben Bank gesessen und über ein ungeborenes Kind gesprochen hatte, das sie jetzt war. Es gab ihr ein Gefühl der Verbundenheit. Elodie war es nicht gewohnt, sich ihre Mutter wie eine Gleichaltrige vorzustellen. »Hatte sie Angst, dass das Kind ihrer Karriere als Musikerin ein Ende setzen könnte?«

»Verständlicherweise. Das waren andere Zeiten damals. Es war alles sehr kompliziert. Sie konnte von Glück reden, dass Winston – dein Dad – bereit war zu übernehmen.«

Wie er das sagte, klang es fast so, als wäre ihr Vater nach ihrer Geburt zwangsverpflichtet worden. »Ich glaube nicht, dass er das Gefühl hatte, sich zu opfern«, sagte sie, um ihn zu verteidigen. »Er war stolz auf seine Frau. Er war sehr fortschrittlich eingestellt und nicht der Meinung, dass sie automatisch diejenige war, die ihren Job aufgeben sollte, weil sie eine Frau war.«

Tip schaute sie über seine Brille hinweg an. Er schien etwas sagen zu wollen, ließ es jedoch sein, und es entstand ein verlegenes Schweigen.

Elodie hatte das Gefühl, nicht nur ihren Vater beschützen zu müssen, sondern auch sich selbst und ihre Mutter. Ihre Situation war sehr besonders gewesen – Lauren Adler war sehr besonders gewesen. Aber Elodies Vater war kein Märtyrer, und er hatte es nicht verdient, dass man Mitleid mit ihm hatte. Er war gern Musiklehrer, er hatte Elodie gegenüber oft genug bekundet, dass er das Unterrichten als Berufung empfinde. »Dad war immer vorausschauend«, sagte sie. »Er war auch ein ausgezeichneter Musiker, aber er wusste, dass ihr Talent einzigartig war, dass ihr Platz auf der Bühne war. Und er war ihr größter Bewunderer.«

Sie fürchtete, dass das abgedroschen klang, aber Tip lachte, und Elodie entspannte sich. »Allerdings«, sagte er. »Da werde ich dir nicht widersprechen.«

»Es kann eben nicht jeder ein Genie sein.«

Er lächelte sie warmherzig an. »Wem sagst du das?«

»Ich habe angefangen, mir die Aufnahmen von ihren Konzerten anzusehen.«

»Sieh mal an.«

»Wir wollen ein paar davon bei der Hochzeit abspielen – statt Orgelmusik. Jetzt soll ich ein paar Aufnahmen aussuchen, aber das ist gar nicht so einfach.«

Tip legte sein Messer weg. »Als ich sie zum ersten Mal habe spielen hören, war sie vier Jahre alt. Da hat sie Bach gespielt. In dem Alter hatte ich Mühe, meine Schuhe beim Anziehen nicht zu verwechseln.«

Elodie lächelte. »Das mit den Schuhen ist auch kompliziert, das muss mal gesagt werden.« Sie fuhr mit den Fingern über die Hochzeitseinladung, die auf der Bank neben ihr lag. »Es ist komisch, die Videos anzusehen. Ich hatte gedacht, ich würde eine Verbindung spüren – irgendeine Art des Wiedererkennens …«

»Du warst noch sehr klein, als sie gestorben ist.«

»Aber älter als sie war, als du sie zum ersten Mal hast Bach spielen hören.« Elodie schüttelte den Kopf. »Sie war meine Mutter. Ich müsste mich an mehr erinnern.«

»Die Erinnerung ist kapriziös. Mein Vater ist gestorben, als ich fünf war, und ich habe kaum Erinnerungen an ihn. Aber selbst heute noch, siebenundsiebzig Jahre später, höre ich, wenn ich an jemandem vorbeigehe, der Pfeife raucht, sofort das Klappern einer Schreibmaschine.«

»Er hat beim Tippen Pfeife geraucht?«

»Nein, während meine Mutter getippt hat.«

»Ach ja, natürlich.« Elodies Urgroßmutter war Journalistin gewesen.

»Vor dem Krieg haben die beiden an Abenden, an denen mein Vater nicht arbeiten musste, in unserer Küche an einem runden Holztisch zusammengesessen. Er trank Bier und sie Whisky, und sie redeten und lachten, während sie an irgendeinem Artikel schrieb.« Er zuckte die Achseln. »Ich habe das nicht bildlich vor Augen wie einen Film, es ist einfach zu lange her, und seitdem ist so viel passiert. Aber sobald ich Pfeifenrauch rieche, fühle ich mich in meine Kindheit zurückversetzt, dann bin ich plötzlich wieder ein kleiner Junge, der zufrieden in seinem Bett liegt, während Mama und Papa in der Küche scherzen.« Er betrachtete sein Messer. »Irgendwo tief drinnen hast du auch Erinnerungen. Du musst nur herausfinden, was sie auslöst.«

Elodie überlegte. »Ich weiß noch, dass sie mir vor dem Einschlafen immer Geschichten erzählt hat.«

»Na, siehst du.«

»An eine Geschichte erinnere ich mich besonders gut. Ich dachte, sie stammte vielleicht aus einem Buch, aber Dad sagt, ihre Eltern haben sie ihr schon erzählt, als sie selbst klein war. Er meinte«, sie richtete sich auf, »es handele sich um eine Familiengeschichte, die von einer Generation zur nächsten weitergegeben werde, über einen Wald und ein Haus an einer Flussbiegung.«

Tip legte das Messer weg und wischte sich die Hände an seiner Hose ab. »Zeit für 'ne Tasse Tee.«

Er nahm einen mit Farbklecksen übersäten Wasserkessel vom Kühlschrank.

»Hast du die Geschichte schon mal gehört?«, fragte Elodie. »Kennst du sie vielleicht?«

»Ja, ich kenne die Geschichte«, sagte Tip und nahm zwei

Teebeutel aus einer Dose. »Ich hab sie deiner Mutter damals erzählt.«

Obwohl es im Atelier warm war, spürte Elodie plötzlich einen kühlen Luftzug an den Unterarmen.

»Als deine Mutter klein war, habe ich eine Zeit lang bei meiner Schwester Beatrice und ihrer Familie gewohnt. Ich mochte deine Mum. Sie war ein aufgewecktes Kind, ganz abgesehen von der Musik. Ich war damals ein totales Wrack – ich hatte meine Arbeit und meine Wohnung verloren, und meine Frau hatte mich sitzen lassen. Aber Kinder stören sich an so etwas nicht. Mir wäre es am liebsten gewesen, man hätte mich in Ruhe in meinem Elend suhlen lassen, aber das war mit deiner Mum nicht zu machen. Sie ist mir auf Schritt und Tritt gefolgt wie eine Klette und hat mir ein Loch in den Bauch gefragt. Ich hab meine Schwester angefleht, sie solle mir die Kleine vom Hals halten, aber Bea war klug. Ich habe deiner Mutter die Geschichte von dem Fluss und dem Wald erzählt, damit sie mal ein paar Minuten die Klappe hielt.« Er lächelte wehmütig. »Es freut mich zu hören, dass sie dir die Geschichte weitererzählt hat. Geschichten müssen erzählt werden, sonst sterben sie.«

»Es war immer meine Lieblingsgeschichte«, sagte Elodie. »Sie war so realistisch. Sie ist mir im Kopf herumgegangen, wenn Mum nicht da war, und sie hat mich bis in meine Träume verfolgt.«

Der Wasserkessel flötete. »So ist es mir auch ergangen, als ich ein kleiner Junge war.«

»Hat deine Mutter dir die Geschichte erzählt?«

»Nein.« Tip holte eine Milchflasche aus dem Kühlschrank und gab einen Schluck in jede Tasse. »Wir wurden aus London evakuiert, als ich klein war, meine Mutter, mein Bruder, meine Schwester und ich. Also, nicht offiziell. Meine Mutter hat das organisiert. Nachdem unser Haus bombardiert worden war, hat sie für uns eine Unterkunft auf dem Land gefunden. Ein großartiges altes Haus, voll mit wunderschönen Möbeln – es war, als wären die Leute, die darin wohnten, zu einem Spaziergang aufgebrochen und dann aus unerfindlichen Gründen nie wieder zurückgekommen.«

Elodie musste an die Zeichnung denken, die sie im Archiv gefunden hatte; an ihre Idee, dass die Geschichte ihrer Mutter vielleicht ursprünglich aus einem Buch stammte und es sich bei der Zeichnung um den Entwurf zu einer Illustration handelte. In einem alten Haus auf dem Land konnte doch so ein viktorianisches Kinderbuch in einem Regal vergessen worden sein, bis ein kleiner Junge es ein Jahrhundert später wiederentdeckte. Sie konnte sich regelrecht vorstellen, wie der kleine Tip das Buch fand. »Hast du die Geschichte gelesen, als ihr in dem Haus gewohnt habt?«

»Ich hab sie nicht gelesen. Sie wurde mir erzählt.«

»Jemand hat sie dir erzählt? Wer denn?«

Elodie meinte ein kurzes Zögern wahrzunehmen, bevor er antwortete: »Eine Freundin.«

»Jemand, den du dort auf dem Land kennengelernt hattest?«

»Zucker?«

»Nein danke.« Elodie fiel das Foto ein, das sie mit ihrem Handy gemacht hatte. Während Tip sich um den Tee kümmerte, holte sie ihr Handy hervor, wischte einen verpassten Anruf von Pippa weg und suchte nach dem Foto von der Zeichnung. Als er ihr eine Tasse hinstellte, reichte sie ihm das Handy.

Seine buschigen Brauen hoben sich, als er es entgegennahm. »Wo hast du das her?«

Elodie berichtete ihm von dem Karton, den sie im Archiv in dem alten Sekretär gefunden hatte, und von der Tasche, die sich darin befunden hatte. »Das Haus auf der Zeichnung kam mir sofort vertraut vor, so als wäre ich schon mal da gewesen.

Und dann wurde mir klar, dass es das Haus aus der Geschichte ist.« Sie beobachtete seine Miene. »Das ist es doch, oder?«

»Ja, das ist es. Und es ist das Haus, in dem wir während des Kriegs gewohnt haben.«

Tief in ihrem Innern spürte Elodie so etwas wie Erleichterung. Sie hatte also recht gehabt. Es war tatsächlich das Haus aus der Geschichte. Und es war ein Haus, das wirklich existierte. Ihr Großonkel Tip hatte als Junge während des Kriegs darin gewohnt, und dort hatte ihm jemand eine Geschichte erzählt, die seine Fantasie beflügelt hatte und die er später an seine kleine Nichte weitergegeben hatte.

»Übrigens«, sagte Tip, der immer noch die Zeichnung betrachtete, »deine Mutter ist auch mal hier gewesen und hat mich nach dem Haus gefragt.«

»Wann war das?«

»Ungefähr eine Woche vor ihrem tödlichen Unfall. Wir haben zusammen zu Mittag gegessen, dann sind wir spazieren gegangen, und als wir zurückkamen, hat sie mich nach dem Haus auf dem Land gefragt, wo ich während des Kriegs gewohnt hatte.«

»Was genau wollte sie wissen?«

»Zuerst wollte sie einfach nur, dass ich ihr von dem Haus erzählte. Sie erinnerte sich daran, dass ich ihr früher davon erzählt hatte, und sie sagte, in ihrer Fantasie habe es sich in eine Art Zauberschloss verwandelt. Dann wollte sie wissen, ob ich ihr sagen könnte, wo genau das Haus stand. Ob ich ihr die Adresse nennen könnte oder wenigstens das am nächsten gelegene Dorf.«

»Wollte sie hinfahren?«

»Ich weiß nur, was ich dir erzähle«, erwiderte Tip unwirsch. »Sie ist hergekommen und wollte mehr über das Haus aus der Geschichte wissen, und danach habe ich sie nie wiedergesehen.«

Als er versuchte, das Foto vom Display zu wischen, wischte er aus Versehen rückwärts. Elodie sah, wie er erbleichte.

»Was ist los?«, fragte sie.

»Woher hast du das?« Er hielt ihr das Handy mit dem Foto von der viktorianischen Frau in dem weißen Kleid hin.

»Es war zusammen mit einem Skizzenbuch in der Tasche, von der ich dir erzählt habe«, sagte sie. »Warum? Weißt du, wer das ist?«

Tip antwortete nicht. Er starrte wie gebannt auf das Foto und schien Elodie gar nicht mehr zu hören.

»Onkel Tip? Weißt du, wie die Frau heißt?«

Er blickte auf. Ihre Blicke begegneten sich, aber plötzlich wirkte er vollkommen verschlossen. Er schaute sie an wie ein Kind, das gerade beim Lügen erwischt wurde. »Sei nicht albern«, sagte er. »Woher sollte ich wissen, wie sie heißt? Ich habe sie noch nie in meinem Leben gesehen.«

IV

Es ist kurz vor Tagesanbruch, und ich sitze am Fußende des Betts, in dem mein Besucher schläft. Jemandem beim Schlafen zuzusehen ist etwas sehr Intimes; vor langer Zeit hätte ich gesagt, dass es keinen Moment gibt, in dem der Mensch verletzlicher ist, aber aus Erfahrung weiß ich inzwischen, dass das nicht stimmt.

Ich weiß noch, wie ich zum ersten Mal bei Edward im Atelier übernachtet habe. Er hatte bis weit nach Mitternacht gemalt, die Kerzen, die in grünen Flaschen standen, waren eine nach der anderen heruntergebrannt, bis es schließlich zu dunkel war, um weiterzuarbeiten. Wir sind beide auf den Kissen eingeschlafen, die neben dem Ofen auf dem Boden verstreut lagen. Ich bin vor ihm aufgewacht, als die Morgendämmerung langsam über das Glasdach kroch, und bin eine ganze Weile auf der Seite liegen geblieben, das Gesicht in eine Hand gebettet, und habe zugesehen, wie seine Träume hinter seinen Lidern vorüberglitten.

Ich frage mich, wovon dieser junge Mann hier träumt. Als er gestern Abend kurz vor der Dunkelheit zurückgekommen ist, habe ich sofort gemerkt, wie sich die Energie im Haus änderte. Er ist in das Zimmer in der Mälzerei gegangen, in dem er sich eingerichtet hat, und ich war im nächsten Augenblick bei ihm. Und als er sich das Hemd auszog, konnte ich mich nicht abwenden.

Er sieht auf eine Weise gut aus, wie das bei Männern der Fall ist, die nicht darüber nachdenken, ob sie gut aussehen. Er hat einen breiten Brustkorb und muskulöse Arme vom Arbeiten. Die Männer, die früher an der Themse am Hafen arbeiteten, hatten auch solche Körper.

Früher hätte ich das Zimmer verlassen oder mich abgewendet, wenn ein mir fremder Mann sich ausgezogen hätte; die anerzogenen Anstandsregeln sitzen überraschend tief. Aber mein Blick kann dem Mann nichts anhaben, also habe ich zugesehen.

Ich glaube, er hatte einen steifen Nacken, denn er hat sich den Hals gerieben und den Kopf hin und her bewegt, als er in das kleine angrenzende Bad gegangen ist. Die Nacht war warm und schwül, und mein Blick blieb an seinem Nacken haften, an der Stelle, wo seine Haare sich kräuseln.

Es fehlt mir zu berühren.

Es fehlt mir, berührt zu werden.

Edward hatte nicht den Körper eines Hafenarbeiters, aber er war kräftiger, als man es von einem Mann vermutet hätte, der seine Tage damit zubrachte, Leinwände mit Pinseln zu bearbeiten. Ich erinnere mich, wie er bei Kerzenlicht aussah, in seinem Londoner Atelier und auch hier in diesem Haus, an jenem Abend des Gewitters.

Mein Besucher singt in der Dusche. Nicht besonders schön, aber er weiß ja auch nicht, dass er eine Zuhörerin hat. Als Kind habe ich manchmal in Covent Garden vor den Theatern gestanden und die Opernsänger drinnen beim Proben belauscht. Bis man mich verscheuchte, dann bin ich weggelaufen, zurück in die Schatten.

Mein Besucher hat die Tür offen gelassen, aber das Bad ist so winzig, dass es sich ganz mit Dampf gefüllt hat. Nach dem Duschen hat er mit einer Hand den Spiegel abgewischt. Ich hielt mich in einiger Entfernung hinter ihm, und wenn ich so etwas gekonnt hätte, hätte ich den Atem angehalten. Ganz selten, wenn die Lichtbedingungen genau richtig sind, kann ich mich im Spiegel sehen. Am besten geht das in dem runden Spiegel im Speisezimmer – es muss etwas mit dem geschliffenen Rand zu tun haben. Noch seltener konnte ich andere dazu bewegen, dass sie mich sehen. Dazu bewegen ist falsch, denn mir ist nicht bewusst, dass ich irgendetwas anders gemacht hätte.

Aber mein Besucher hat mich nicht gesehen. Er hat sich das stoppelige Kinn gerieben, dann hat er sich angezogen.

Es macht mich traurig, dass ich kein Gesicht habe. Und keine Stimme. Ich hätte so gern eine Stimme, die alle hören können.

In dem Raum zwischen den Welten kann es ganz schön einsam sein.

Mrs. Mack lebte mit einem Mann zusammen, den wir nur als »Captain« kannten. Anfangs dachte ich, der Captain wäre ihr Ehemann, aber er war ihr Bruder. Er war so dünn, wie sie dick war, und er hinkte wegen seines Holzbeins, das er hatte, seit er in der Fleet Street von einem Karren erfasst worden war.

»Der ist in ’nem Rad hängen geblieben«, hat mir mal eins von den Straßenkindern in der Gegend erzählt. »Der Karren hat ihn mitgeschleift und ihm das Bein abgerissen.«

Das Holzbein war handgefertigt und wurde mithilfe von Lederriemen und silbernen Schnallen unterhalb des Knies befestigt. Einer seiner Freunde unten am Hafen hatte es hergestellt, und der Captain war mächtig stolz auf das Ding, das er mit großer Sorgfalt pflegte: Er wachste die Riemen, polierte die Schnallen und schmirgelte das Holz, bis es seidig glatt war. Tatsächlich waren die Riemen so geschmeidig, und das Holz war so glatt, dass das Holzbein hin und wieder verrutschte und den Leuten, die nichts davon wussten, einen gehörigen

Schrecken einjagte. Wenn der Captain sich aufregte, brachte er es fertig, das Holzbein abzuschnallen und es drohend wie eine Keule zu schwingen.

Ich war nicht das einzige Kind, das Mrs. Mack in Pflege genommen hatte. Neben ihren anderen Erwerbstätigkeiten, über die nur mit gedämpfter Stimme und in Andeutungen gesprochen wurde, war das Aufnehmen von Kindern für sie eine Art Nebenerwerb. Sie setzte jede Woche eine Anzeige mit folgendem Text in die Zeitung:

Gesucht

Ehrbare, kinderlose Witwe sucht Kind zur Pflege oder Adoption. Die Inserentin bietet komfortables Zuhause und elterliche Fürsorge gegen geringfügige Entschädigung. Alter: unter zehn Jahren.

Konditionen

Abrechnung wochenweise; Adoption möglich. Aufnahme von Säuglingen unter drei Monaten für nur 13 Pfund.

Anfangs habe ich nicht verstanden, was das mit den Säuglingen unter drei Monaten zu bedeuten hatte, aber ein Mädchen, das ein bisschen älter war als ich, kannte sich ziemlich gut aus, und von ihr erfuhr ich, dass Mrs. Mack schon mehrere Babys adoptiert hatte. Lily Millington hieß das Mädchen, und sie hat mir von einem Baby namens David erzählt, von einem namens Bessie und von Zwillingen, an deren Namen sich niemand mehr erinnerte. Leider waren sie alle kränklich gewesen und bald gestorben. Als ich erschrocken ausrief, was für ein schreckliches Unglück das gewesen sein müsse, hob Lily die Brauen und meinte, mit Unglück oder Glück habe das überhaupt nichts zu tun gehabt.

Mrs. Mack erklärte mir, sie habe mich aufgenommen, um

meinem Vater und Jeremiah, den sie offenbar gut kannte, einen Gefallen zu tun. Sie habe etwas ganz Besonderes mit mir vor, und sie sei sich sicher, dass ich sie nicht enttäuschen würde. Mein Vater, sagte sie, während sie mich streng anschaute, habe ihr versichert, ich sei ein braves Mädchen, das aufs Wort gehorche und ihn stolz machen werde. »Bist du ein braves Mädchen?«, fragte sie. »Hat dein Vater die Wahrheit gesagt?«

Ich nickte.

Sie erklärte mir, dass alle Kinder für ihren Unterhalt arbeiten müssten. Was ich darüber hinaus verdiente, werde sie meinem Vater schicken, um ihn bei seinem Neuanfang zu unterstützen.

»Und dann kann er mich nachkommen lassen?«

»Ja«, sagte sie mit einer wegwerfenden Handbewegung. »Ja, ja. Dann lässt er dich nachkommen.«

Lily Millington lachte, als ich ihr erzählte, was Mrs. Mack mit mir vorhatte. »Klar, die findet eine Arbeit für dich, da mach ich mir keine Sorgen. Die Frau ist sehr kreativ, die sorgt dafür, dass sie ihr Geld bekommt.«

»Und dann fahr ich nach Amerika zu meinem Vater.«

Lily wuschelte mir jedes Mal durch die Haare, wenn ich das sagte, genau wie mein Vater es immer gemacht hatte, weswegen ich sie noch mehr mochte. »Wirklich, Kindchen?«, sagte sie. »Das wird ein Festtag!« Und wenn sie besonders gute Laune hatte, fügte sie hinzu: »Meinst du, in deinem Koffer ist noch Platz für mich?«

Ihr Vater sei ein »Tunichtgut« gewesen, hatte sie mir mal erzählt, und sie sei besser dran ohne ihn. Aber ihre Mutter sei Schauspielerin gewesen (»So kann man's auch nennen«, schnaubte Mrs. Mack, als sie das hörte), und als kleines Mädchen habe sie an Weihnachten bei den Krippenspielen mitgemacht. »Gaslichtfeen haben sie uns genannt, weil wir am Bühnenrand gelb geleuchtet haben.«

Ich konnte mir Lily lebhaft als Fee vorstellen und auch als Schauspielerin, das wollte sie nämlich werden. »Ich werde Schauspielerin und Intendantin, wie Eliza Vestris oder Sara Lane«, verkündete sie gern und stolzierte mit erhobenem Kinn und ausgebreiteten Armen durch die Küche. Wenn Mrs. Mack das mitbekam, warf sie einen nassen Lappen nach ihr und bellte: »Sieh zu, dass du das Geschirr spülst und ordentlich in den Schrank stellst!«

Scharfzüngig und hitzköpfig, wie sie war, zog Lily Millington immer wieder Mrs. Macks Zorn auf sich, aber sie war auch lustig und schlau, und in meinen ersten Wochen in der Wohnung über der Vogelhandlung in Seven Dials war sie meine Rettung. Lily Millington ließ alles weniger düster erscheinen. Sie gab mir Mut. Wenn sie nicht gewesen wäre, hätte ich ohne meinen Vater nicht überlebt, denn ich war so sehr daran gewöhnt, die Tochter des Uhrmachers zu sein, dass ich ohne ihn überhaupt nicht wusste, wer ich war.

Aber der menschliche Überlebenswille ist in der Tat erstaunlich. Während meiner Zeit in Mrs. Macks Haus hatte ich oft Gelegenheit, mit eigenen Augen die Fähigkeit der Menschen zu erleben, das Unerträgliche zu ertragen. Und das war bei mir nicht anders. Lily Millington nahm mich unter ihre Fittiche, und so vergingen die Tage.

Wie Mrs. Mack gesagt hatte, mussten alle im Haus für ihre Unterbringung arbeiten, aber weil sie mit mir »etwas Besonderes« vorhatte, bekam ich eine Galgenfrist. »Du kannst dich erst mal ein bisschen eingewöhnen«, sagte sie, während sie dem Captain bedeutungsvoll zunickte. »Bis ich alles geregelt hab.«

Ich ging ihr nach Möglichkeit aus dem Weg. Für eine Frau, die Kinder in Pflege nahm, war sie nicht besonders kinderlieb, sie brüllte uns dauernd an, und wer ihr im Weg stand, bekam den Riemen zu spüren. Die Tage waren lang, und man konnte sich nicht den ganzen Tag im Haus verstecken, und so begann ich, hinter Lily Millington herzulaufen, wenn sie morgens zur Arbeit ging. Anfangs war sie gar nicht begeistert davon, sie fürchtete, ich würde ihr Ärger einbringen, doch dann seufzte sie und meinte, so naiv, wie ich sei, würde es mir nicht schaden, wenn jemand mir mal zeige, wo es langgehe, bevor ich noch in Schwierigkeiten geriete.

Damals herrschte in den Straßen ein einziges Chaos. Zwischen Pferdeomnibussen und bunten Kutschen wurden Enten und Schweine zum Markt getrieben, fliegende Händler boten lauthals alle erdenklichen Waren feil – Schafsfüße, eingelegte Uferschnecken, Aalpasteten. Durch dunkle Gassen mit Kopfsteinpflaster liefen wir bis Covent Garden, bis zu einem Marktplatz, wo Dutzende Straßenhändler Schlange standen, um die besten Erdbeeren von den Lieferanten zu erwerben, wo Marktträger mit Obst und Gemüse beladene Körbe auf den Köpfen trugen und fliegende Händler sich ihren Weg durch die Menge bahnten und Vögel und Schlangen, Besen und Bürsten, Bibeln und Liederhefte, Ananasscheiben, Porzellan, Zwiebelketten, Gehstöcke und lebende Gänse verkauften.

Mit der Zeit lernte ich die Stammverkäufer kennen, und Lily sorgte dafür, dass sie mich auch kannten. Am liebsten mochte ich den französischen Magier, der jeden zweiten Tag an der südlichen Ecke des Marktplatzes stand, direkt an der Straße The Strand. Hinter ihm hatte ein Bauer seinen Stand; da man bei ihm die besten Eier kaufen konnte, bildete sich immer eine lange Schlange, und so hatte der Magier reichlich Publikum. Als Erstes war mir seine außergewöhnliche Erscheinung aufgefallen: Seine lange, dürre Gestalt wurde noch betont durch den Zylinder auf seinem Kopf und die enge schwarze Hose. Dazu trug er einen Schwalbenschwanz und eine elegante Weste, und über seinem spitzen Ziegenbart zwirbelte sich ein gewaltiger Schnäuzer. Er machte nicht viele Worte, sondern rollte seine großen, schwarz umrandeten Augen, während er Münzen von dem Tisch vor sich verschwinden ließ, um sie anschließend aus den Hauben und Halstüchern seiner Zuschauerinnen zu klauben. Er zauberte Geldbörsen aus den Taschen der Leute, die erstaunt und empört reagierten, wenn sie ihr Geld in den Händen des Magiers erblickten.

»Hast du das gesehen, Lily!«, rief ich aus, als ich zum ersten Mal sah, wie er eine Münze hinter dem Ohr eines kleinen Jungen hervorholte. »Der kann zaubern!«

Lily Millington biss in eine Möhre, die sie irgendwo aufgetrieben hatte, und riet mir ungerührt, ich solle nächstes Mal besser hinsehen. »Alles nur Tricks«, sagte sie, während sie einen ihrer langen Zöpfe nach hinten warf. »Zauberei ist nur was für Leute, die es sich leisten können, nicht für unsereins.«

Ich sollte noch beizeiten lernen, was sie mit »unsereins« meinte und womit Lily Millington und die anderen ihr Geld verdienten. Sie waren vermutlich gut darin, und das war das Entscheidende. Anfangs wusste ich nur, dass sie sich den ganzen Tag auf dem Markt herumtrieben. Hin und wieder befahl Lily mir, irgendwo zu warten, während sie in der Menge verschwand, und manchmal mussten wir ganz schnell weglaufen, wenn sie zurückkam, und durch die engen Gassen flüchten – auch wenn ich nicht wusste, vor wem.

Aber an manchen Tagen war alles anders. Dann war Lily schon ganz kribbelig, wenn wir losgingen, wie ein mageres Kätzchen, das nicht gestreichelt werden will. An solchen Tagen brachte sie mich zu einer bestimmten Stelle auf dem Markt und ließ mich hoch und heilig versprechen, dort auf sie zu warten. »Du gehst nirgendwohin, verstanden? Und sprich mit niemand. Ich bin bald wieder da.« Wo sie dann hinging, wusste ich nicht, aber bei diesen Gelegenheiten blieb sie viel länger fort als gewöhnlich, und wenn sie zurückkam, hatte sie oft einen grimmigen, verschlossenen Gesichtsausdruck.

An einem solchen Tag sprach mich der Mann in dem schwarzen Mantel an. Ich wartete schon seit einer Ewigkeit, wie mir schien, und hatte mich in einiger Entfernung von der Stelle, wo Lily mich zurückgelassen hatte, an eine Mauer gehockt, weil mir vom langen Stehen die Beine wehtaten. Ich beobachtete eine junge Frau, die Rosen verkaufte, und bemerkte den Mann in dem schwarzen Mantel erst, als er sich zu mir herunterbeugte. »Na, wen haben wir denn da?«, sagte er, fasste mich am Kinn und hob mein Gesicht an, um mich mit schmalen Augen zu mustern. »Wie heißt du denn, Kleine? Wer ist dein Vater?«

Als ich gerade antworten wollte, war Lily plötzlich da und schob sich zwischen uns.

»Da bist du ja«, sagte sie und packte mich mit ihren dünnen Fingern am Arm. »Ich hab dich überall gesucht. Ma wartet zu Hause auf die Eier. Wir müssen los.«

Ehe ich irgendetwas sagen konnte, riss Lily mich mit sich, und wir schlängelten uns durch die Menge und rannten durch die Gassen.

Erst kurz bevor wir in den Seven Dials waren, blieb sie stehen. Sie funkelte mich mit hochrotem Gesicht an. »Hast du ihm irgendwas gesagt?«, fragte sie. »Diesem Mann?«

Ich schüttelte den Kopf.

»Ganz sicher?«

»Er wollte wissen, wie ich heiße.«

»Und hast du's ihm gesagt?«

Wieder schüttelte ich den Kopf.

Immer noch atemlos vom Rennen, legte Lily Millington mir die Hände auf die Schultern. »Du darfst niemals jemand deinen richtigen Namen sagen, Birdie. *Niemals*. Am allerwenigsten ihm.«

»Warum denn nicht?«

»Weil es gefährlich ist. Hier draußen bist du nur in Sicherheit, wenn du jemand anders bist.«

»Ist das ein Trick?«

»Genau.«

Und dann erzählte sie mir vom Arbeitshaus, denn von dort kam der Mann in dem schwarzen Mantel. »Wenn die rausfinden, wer du bist, sperren sie dich ein, Birdie, und dann lassen sie dich nie wieder laufen. Die lassen dich arbeiten, bis dir die Finger bluten, und schlagen dich für jeden noch so kleinen Fehler. Mrs. Mack kann manchmal herzlos sein, aber für unsereins kann es noch viel, viel schlimmer kommen. Ich hab mal von einem Mädchen gehört, das im Arbeitshaus den Boden fegen sollte. Als sie einmal ein paar Krümel übersehen hat, haben sie sie nackt ausgezogen und mit dem Besenstiel grün und blau geprügelt. Einen Jungen haben sie in einen Sack gesteckt und in die Dachsparren gehängt, weil er ins Bett gemacht hatte.«

Als meine Augen sich mit Tränen füllten, fuhr sie etwas sanfter fort: »Nicht weinen, Kleines. Aber du musst mir ganz fest versprechen, dass du keiner Menschenseele deinen richtigen Namen verrätst.«

Ich schwor es ihr, und sie schien es zufrieden. »Gut.« Sie nickte. »Dann lass uns nach Hause gehen.«

Wir bogen in die Little White Lion Street ein, und als die Vogelkäfige in Sichtweite kamen, sagte Lily: »Noch was. Erzähl Mrs. Mack nichts davon, dass ich dich manchmal auf dem Markt allein lass, ja?«

Ich versprach es ihr.

»Sie hat was Besonderes mit dir vor, und sie würde mir den Kopf abreißen, wenn sie wüsste, was ich mach.«

»Was machst du denn, Lily?«

Einen Moment lang sah sie mich eindringlich an, dann

beugte sie sich so dicht an mein Ohr, dass ich ihren Schweiß riechen konnte. »Ich spare«, flüsterte sie. »Für Mrs. Mack zu arbeiten ist schön und gut, aber wenn man nichts auf die Seite legt, kommt man nie frei.«

»Verkaufst du irgendwas?«, fragte ich, obwohl ich es mir nicht vorstellen konnte, weil ich sie noch nie mit Obst oder Fisch oder Blumen gesehen hatte, wie die anderen Straßenhändler.

»Sozusagen«, antwortete sie.

Mehr hat sie mir nie verraten, und ich habe sie auch nicht gefragt. Mrs. Mack sagte immer, Lily Millington habe »ein loses Maul«, aber wenn es drauf ankam, konnte Lily sehr verschwiegen sein.

Ich wäre sowieso nicht dazu gekommen, ihr viele Fragen zu stellen, denn sechs Wochen später wurde Lily von einem betrunkenen Matrosen umgebracht, der nicht mit dem Preis einverstanden war, den sie für ihre Dienste verlangte. Es hat schon etwas Ironisches, dass ich so wenig über ein Mädchen weiß, an das ich mich für die Ewigkeit gebunden habe. Aber Lily Millington bedeutet mir viel, denn sie hat mir ihren Namen gegeben, das Wertvollste, das sie abzugeben hatte.

Obwohl sie jeden Penny dreimal umdrehen musste, hatte Mrs. Mack etwas an sich, das man nur als Starallüren bezeichnen konnte. Sie wurde es nicht müde, uns zu erzählen, dass ihrer Familie einmal eine strahlende Zukunft bevorgestanden habe, sie jedoch vor mehreren Generationen durch eine grausame Wendung des Schicksals von ihrem angestammten Platz in der Gesellschaft verdrängt worden sei.

Und wie es sich für eine Frau von so illustrer Abkunft gehörte, besaß sie ein Zimmer im vorderen Teil der Wohnung, das sie als »Salon« bezeichnete und in das sie jeden Penny investierte, den sie erübrigen konnte. Sie kaufte farbenfrohe Kissen und Mahagonimöbel, exotische Schmetterlinge in kostbaren Rahmen, ausgestopfte Eichhörnchen in Glasglocken, signierte Porträts der königlichen Familie und eine ganze Sammlung von Kristallgläsern mit geringfügigen Schäden.

Das Zimmer war sakrosankt, und wir Kinder durften es natürlich nicht betreten, es sei denn, wir wurden hereingebeten, was natürlich nur äußerst selten vorkam. Außer Mrs. Mack selbst durften nur der Captain und Martin in den Salon. Und Mrs. Macks Hund, natürlich, ein *Boerboel*, also so etwas wie ein *Mastiff*, der von einem Schiff entlaufen war und den sie Grendel genannt hatte, weil sie den Namen mal in einem Gedicht gelesen und er ihr gefallen hatte. Mrs. Mack überschüttete ihren Hund mit einer Zuneigung, die ich bei ihr nie gegenüber einem Menschen erlebt habe.

Nach Grendel kam direkt Martin, Mrs. Macks Sohn, der mit seinen zehn Jahren drei Jahre älter war als ich, als ich zu ihnen in die Little White Lion Street kam. Martin war kräftig für sein Alter, nicht nur groß, sondern auch von seinem ganzen Auftreten, und zwar so sehr, dass er immer mehr Raum einzunehmen schien, als ihm zustand. Er besaß nicht viel Grips und noch weniger Liebenswürdigkeit, dafür umso mehr Schläue, eine Gabe, die zur damaligen Zeit in London – ebenso wie heute, wage ich zu behaupten – von großem Nutzen war.

Ich habe mich im Lauf der Jahre oft gefragt, ob Martin in einer anderen Situation vielleicht anders geworden wäre. Wenn er zum Beispiel in die Familie von Pale Joe hineingeboren worden wäre, hätte er sich dann zu einem Gentleman mit raffiniertem Geschmack und kultivierten Umgangsformen entwickelt? Ich bin mir ziemlich sicher, dass die Antwort ja lautet, denn er hätte sich jede Maske zulegen und alle Manieren erlernen können, die nötig waren, um in jeder beliebigen

Situation zu überleben und Erfolg zu haben. Denn Martin besaß die Fähigkeit, immer vorauszuahnen, woher der Wind wehen würde, und seine Segel entsprechend zu setzen.

Seine Empfängnis war anscheinend unbefleckt gewesen, denn ein Vater wurde nie erwähnt. Mrs. Mack sprach immer nur voller Stolz von »meinem Jungen Martin«. Dass sie seine Mutter war, sah man sofort daran, dass er ihr wie aus dem Gesicht geschnitten war, aber während Mrs. Mack stets optimistisch war, hatte Martin eine eher negative Einstellung zum Leben. Er sah überall immer nur das Schlechte, und er konnte kein Geschenk annehmen, ohne zu bedauern, dass er kein anderes bekommen hatte. Auch ein Wesenszug, der ihm, wie ich gestehen muss, in unserem speziellen Londoner Viertel zum Vorteil diente.

Ich wohnte seit zwei Monaten bei Mrs. Mack über der Vogelhandlung, und Lily war seit zwei Wochen tot, als ich eines Abends nach dem Abendessen in den Salon gerufen wurde.

Ich tat, wie mir geheißen, allerdings ziemlich ängstlich, denn ich hatte inzwischen erlebt, was den Kindern blühte, die Mrs. Macks Unmut auf sich zogen. Die Tür stand offen, und ich lugte vorsichtig durch den Spalt, so wie ich es Martin hatte tun sehen, wenn Mrs. Mack einen von ihren »Geschäftspartnern« zu Besuch hatte.

Der Captain stand am Fenster, schaute auf die Straße hinunter und redete über eins seiner Lieblingsthemen, den unglaublich nebligen Winter des Jahres 1840: »Alles war weiß. Es war gespenstisch. Jeden Tag sind Schiffe zusammengestoßen – mitten auf der Themse.« Grendel lag vor dem Sofa, Martin saß auf einem dreibeinigen Hocker und kaute an seinen Nägeln, und Mrs. Mack thronte in einem Ohrensessel am Kamin. Seit einiger Zeit beschäftigte sie sich abends mit einer geheimen Näharbeit und fauchte jeden, der sie danach fragte, an, er solle sich gefälligst um seine eigenen Angelegenheiten kümmern, sonst werde sie das tun. Ich sah, dass die Näharbeit jetzt auf ihrem Schoß lag.

Offenbar hatte ich zu fest gegen die Tür gedrückt, denn auf einmal schwang sie mit einem lauten Quietschen auf.

»Ah, da bist du ja«, sagte Mrs. Mack und warf erst Martin, dann dem Captain einen bedeutungsvollen Blick zu. »Willst wohl Mäuschen spielen, was?« Sie zog die Nadel mit theatralischer Geste ein letztes Mal durch den Stoff, dann vernähte sie den Faden und biss ihn ab. »Komm her, lass dich ansehen.«

Als ich zu ihr lief, hob Mrs. Mack die Näharbeit hoch und schüttelte sie, und da sah ich, dass es sich um wunderschönes Kleid handelte, viel schöner als alles, was ich getragen hatte, seit ich aus den Sachen herausgewachsen war, die meine Mutter so sorgfältig instand gehalten hatte.

»Dreh dich um und streck die Arme in die Luft, mal sehen, ob's dir passt.«

Mrs. Mack öffnete den Knopf an meinem Hängerchen und zog es mir über den Kopf. Es war nicht kalt im Zimmer, und doch überlief mich ein Schauer, als sie mir das hübsche neue Kleid überstreifte.

Ich begriff nicht, was passierte – warum ich so ein extravagantes und schönes Geschenk bekam –, doch ich war klug genug, nicht nachzufragen. Winzige Perlmuttknöpfe reichten mir bis hoch in den Nacken, dann band mir Mrs. Mack eine Schärpe aus blassblauem Satin um die Taille.

Ich spürte ihre warmen Hände an meinem Rücken und ihren Atem im Nacken, während sie an dem Kleid herumzupfte. Als sie zufrieden war, drehte sie mich zu sich um und sagte: »Nun?«

»Hübsches Kind«, sagte der Captain, ohne seine Pfeife aus dem Mund zu nehmen. »Und dann noch dieses vornehme Stimmchen. So eine hatten wir noch nicht. Sie ist 'ne richtige kleine Lady.«

»Noch nicht ganz«, entgegnete Mrs. Mack zufrieden. »Aber wenn wir ihr ein bisschen Schliff verpassen, ihr ein paar Manieren beibringen und ihr aparte Locken drehen, wird sie durchaus als Lady durchgehen. Ist sie nicht bildhübsch, Martin?«

Martin schaute zu mir herüber. Es war mir unangenehm, wie er mich anstarrte.

»Wie gefallen dir die Taschen?«, fragte mich Mrs. Mack. »Probier mal die Taschen.«

Ich ließ die Hände über das Kleid gleiten, bis meine Fingerspitzen die Schlitze ertasteten. Die Taschen waren tief – ich musste mich bücken und die Arme bis zu den Ellbogen hineinschieben, um bis zu ihrem Boden zu gelangen. Es war, als hätte jemand Einkaufsbeutel in mein Kleid eingenäht.

Ich war verblüfft, aber offenbar hatte alles seine Richtigkeit, denn Mrs. Mack stieß ein heiseres Lachen aus und tauschte mit den beiden anderen Blicke aus. »Seht ihr?«, sagte sie mit einem Blick wie eine Katze, die gerade einen Vogel erbeutet hatte. »Seht ihr?«

»Allerdings«, sagte der Captain. »Gut gemacht, Mrs. Mack. Sehr gut gemacht. Sie sieht goldig aus, da schöpft keiner Verdacht. Das wird einen schönen Geldsegen geben. So einem kleinen Mädchen, das sich verirrt hat, will doch jeder gern helfen.«

Endlich rührt sich mein Besucher. Ich glaube, ich hatte noch nie einen Besucher, dem es morgens derart schwergefallen ist, aufzustehen und den Tag in Angriff zu nehmen. Nicht mal Juliet, die, wenn ihre Kinder längst auf waren und im Haus herumtobten, so lange liegen geblieben ist, bis die Kleinen sie aus dem Bett gezerrt haben.

Ich werde näher ans Kopfende des Betts gehen, mal sehen, ob das hilft. Das wäre gut zu wissen. Manche sind dermaßen unempfindlich, an denen kann ich direkt vorbeistreifen, ohne den geringsten Schauder auszulösen. Andere bemerken mich, ohne dass ich mich rühre, wie mein kleiner Freund, der hier evakuiert war und mich so sehr an Pale Joe erinnert hat.

Ich mache also einen Test. Ich werde mich dem Kopfende nähern, schön langsam, und sehen, was passiert.

Er schüttelt sich und stöhnt, kämpft sich ächzend aus dem Bett und funkelt das offene Fenster finster an, als wollte er die Brise dafür bestrafen, dass sie ihn geweckt hat.

Also empfindlich. Gut zu wissen. Ich werde mich darauf einstellen.

Es macht meine Aufgabe ein bisschen schwieriger, aber in gewisser Weise freut es mich auch. Ach, die Eitelkeit. Es ist doch immer schön, bemerkt zu werden.

Er nimmt sich die Ohrstöpsel aus den Ohren, mit denen er immer schläft, und geht ins Bad.

Das Foto von den beiden kleinen Mädchen steht jetzt auf der Fensterbank über dem Waschbecken, und nachdem er sich rasiert hat, nimmt er das Bild in die Hand, um es einen Moment lang zu betrachten. Wenn man den Blick sieht, mit dem er dieses Foto anschaut, würde man ihm alles verzeihen.

Gestern Abend habe ich ihn wieder mit Sarah sprechen hören. Diesmal war er nicht so geduldig wie beim letzten Mal, als er sagte: »Das ist doch schon ewig her, das ist alles Schnee von gestern«, und als er ganz leise und ruhig hinzugefügt hat »Aber Sar, die Kinder wissen nicht einmal, wer ich bin«, war das schlimmer, als wenn er geschrien hätte.

Offenbar hat er sie von irgendetwas überzeugt, denn sie haben sich für Donnerstag zum Mittagessen verabredet.

Nach dem Gespräch wirkte er leicht konfus, so als hätte er einen unerwarteten Sieg errungen. Er hat sich eine Flasche Bier aus dem Kühlschrank genommen und ist damit nach draußen zu einem von den hölzernen Picknicktischen gegangen, die die Leute der Art Association in der Nähe des Apfelbaums aufgestellt haben, von wo aus man einen Blick auf den Hafodsted-Bach hat. Samstags balancieren dort zahlreiche Besucher ihre Tabletts mit Tee und Scones und Sandwiches aus dem Café, das in der alten Scheune eingerichtet wurde, wo früher, als das hier ein Internat war, Schulmädchen ihre Konzerte gegeben haben. Aber unter der Woche ist alles still, und mein Besucher saß da wie eine einsame Gestalt, die Schultern angespannt, während er sein Bier trank und auf das metallgraue Wasser der Themse jenseits des Grundstücks starrte.

Ich musste daran denken, wie Leonard in einem Sommer vor vielen Jahren dort gesessen hat, damals, als Lucy kurz davorstand, das Haus und seine Verwaltung an die Association zu übergeben. Leonard hat immer an genau derselben Stelle gesessen, den Hut schräg in die Stirn gedrückt und eine Zigarette zwischen den Lippen. Er hatte immer eine Stofftasche dabei anstatt eines Koffers, und in der war alles drin, was er brauchte. Er war einmal Soldat gewesen, was eine Menge erklärte.

Mein junger Mann ist jetzt in der Küche und hat Teewasser aufgesetzt. Er wird wieder alles zu hastig machen und etwas von dem Tee auf der Bank verschütten und laut vor sich hin fluchen, dann wird er ein paar Schlucke schlürfen, die Tasse auf der Fensterbank abstellen und dort vergessen, während er duscht.

Ich möchte wissen, warum er hier ist, was er mit der Schaufel macht und ob die Fotos etwas mit seiner Aufgabe zu tun haben. Wenn er wieder nach draußen geht, mit seiner Schaufel und seiner braunen Kameratasche, werde ich warten. Aber ich verliere allmählich die Geduld, das Beobachten reicht mir nicht mehr.

Irgendwo hat sich irgendetwas verändert. Ich spüre es, so

wie ich früher gespürt habe, dass das Wetter umschlagen würde. Ich spüre es wie eine Veränderung des Luftdrucks.

Ich fühle mich *verbunden*.

Als hätte etwas oder jemand da draußen einen Schalter umgelegt. Ich weiß nicht, was es ist, aber es kommt auf mich zu.

Kapitel 8

Sommer 2017

Elodie saß am Fenster ihrer kleinen Dachwohnung, den Brautschleier ihrer Mutter auf dem Kopf, und schaute zur Themse hinunter, die träge in Richtung Meer floss. Es war einer dieser seltenen, perfekten Nachmittage, an denen die Luft nach sauberer Baumwolle und frisch gemähtem Gras riecht und tausend Kindheitserinnerungen im Zwielicht aufblitzen. Aber Elodie dachte nicht an ihre Kindheit.

In der High Street war noch nichts von Pippa zu sehen. Eine Stunde war seit ihrem Anruf vergangen, und seitdem wusste Elodie nichts Vernünftiges mit sich anzufangen. Pippa hatte am Telefon nichts Genaues sagen wollen, nur, dass es wichtig sei, dass sie Elodie unbedingt etwas geben müsse. Sie hatte dringlich geklungen, beinahe atemlos, was fast genauso ungewöhnlich für sie war wie ihr Vorschlag, an einem Samstagabend nach Barnes herauszukommen.

Andererseits war an diesem Wochenende anscheinend nichts normal. Seit Elodie im Archiv diesen Karton mit dem Skizzenbuch und dem Foto gefunden hatte, war überhaupt nichts mehr normal.

Die Frau in dem weißen Kleid. Tip hatte steif und fest behauptet, nichts über sie zu wissen, und schließlich komplett dichtgemacht, als Elodie weitergebohrt hatte. Er hatte sie aus dem Atelier bugsiert unter dem Vorwand, er müsse seinen Laden öffnen, und jaja, natürlich werde er zu ihrer Hochzeit kommen. Aber seine Reaktion war eindeutig gewesen. Er hatte die Frau auf dem Foto erkannt. Und das bewies, auch wenn Elodie noch nicht genau wusste, wie, dass das Haus und die Frau etwas miteinander zu tun hatten, denn das Haus auf der Zeichnung hatte er schließlich auch erkannt. Er hatte als Junge mit seiner Familie dort gewohnt.

Nachdem Tip sie hinausbefördert hatte, war Elodie zurück zur Arbeit gefahren. Es war noch dunkler und kälter als gewöhnlich im Kellergeschoss, aber sie hatte auch nicht vorgehabt, lange zu bleiben. Sie hatte den Bilderrahmen mit dem Foto aus dem Karton unter ihrem Schreibtisch genommen und das Skizzenbuch aus dem Archiv geholt und war wieder gegangen. Diesmal hatte sie nicht die Spur von Gewissensbissen gehabt. Auch wenn sie es nicht erklären konnte, aber das Foto und das Skizzenbuch gehörten zu ihr, da war sie sich ganz sicher. Es war ihr bestimmt gewesen, beides zu finden.

Jetzt nahm sie das Foto in die Hand. Die Frau schien sie direkt anzuschauen mit ihrem geradezu herausfordernden Blick. *Finde mich*, schien der Blick zu sagen. *Finde heraus, wer ich bin.* Elodie drehte den Rahmen hin und her, fuhr mit den Fingerspitzen über die feinen Kratzer im Silberrahmen. Sie befanden sich auf beiden Seiten und ähnelten sich sehr, so als ob jemand sie mit einem spitzen Stift oder einem anderen scharfen Gegenstand absichtlich eingeritzt hätte.

Elodie stellte den Rahmen vor sich auf die Fensterbank, so wie James Stratton ihn vermutlich auch aufgestellt hatte.

Stratton, Radcliffe, die Frau in Weiß … sie hatten alle etwas miteinander zu tun. Aber was?

Elodies Mutter, die Zeit, die Tip als Junge in dem Haus verbracht hatte, die Freundin, die Tip die Geschichte von dem Haus an der Themse erzählt hatte …

Sie schaute wieder nach draußen zur Themse hinaus. Das hatte sie schon so oft in ähnlichen Situationen getan. Die Themse schleppte alles mit, Wünsche, Hoffnungen, alte Stiefel und Münzen, Träume und Erinnerungen. Eine Erinnerung kam ganz unerwartet hoch: an einen warmen Tag, als sie noch ganz klein war, die Sommerbrise an ihrer Haut, ihre Eltern auf einer Picknickdecke am Themseufer …

Sie fuhr mit dem Finger über die elfenbeinfarbenen Stickereien auf dem Schleier, die sich weich anfühlten an ihren Fingerspitzen. Vielleicht hatte ihre Mutter das Gleiche getan vor dreißig Jahren, vielleicht hatte sie vor der Kirche gestanden und auf Elodies Vater gewartet. Welches Musikstück wurde gespielt, als Lauren Adler zum Altar geschritten war? Elodie wusste es nicht; sie war nie auf die Idee gekommen, ihren Vater zu fragen.

Sie hatte sich den ganzen Nachmittag lang die Videos angesehen und erst damit aufgehört, als Pippa angerufen hatte, und jetzt hatte sie den Kopf voll mit Cellomusik. »Es wird sein, als wäre sie dabei«, hatte Penelope gesagt. »Fast so schön, als wäre sie an Ihrer Seite.« Aber so würde es nicht sein, das war Elodie inzwischen klar geworden.

Wenn ihre Mutter noch lebte, wäre sie jetzt fast sechzig. Dann wäre sie jetzt nicht jung und taufrisch, mit einem mädchenhaften Lachen. Ihr Haar wäre grau meliert, ihre Haut nicht mehr straff. Sie wäre vom Leben gezeichnet, an Körper und Seele, und die überschäumende Energie, die dem Betrachter aus den Videos nur so entgegensprang, wäre abgeklungen. Die Leute würden immer noch Wörter wie *genial* und *außergewöhnlich* murmeln, wenn sie sie in dem Video sähen, aber dann im Flüsterton das Wort *tragisch* hinzufügen.

Genau das war Pippa durch den Kopf gegangen, als sie Elodie gefragt hatte, ob sie es auch für eine gute Idee halte, bei ihrer Hochzeit Aufnahmen von Konzerten ihrer Mutter abzuspielen. Sie war überhaupt nicht eifersüchtig gewesen. Sie hatte an Elodie gedacht, sie hatte gespürt, dass es für Elodie nicht so sein würde, als hätte sie ihre Mutter an ihrer Seite, sondern vielmehr so, als würde Lauren Adler mit ihrem Cello als Erste die Bühne betreten und einen langen Schatten werfen, in dem Elodie ihr folgen würde.

Es klingelte, und Elodie riss den Hörer der Gegensprechanlage aus der Halterung. »Ja, hallo?«

»Ich bin's.«

Sie betätigte den Türdrücker und öffnete ihre Wohnungstür. Vertraute Samstagnachmittagsgeräusche und der Geruch nach Fish'n'Chips drangen nach oben, als sie auf Pippa wartete, die im Laufschritt die Treppe heraufkam.

»Gott, in diesem Treppenhaus krieg ich jedes Mal Hunger«, sagte Pippa außer Atem. »Hübscher Schleier.«

»Danke. Ich kann mich immer noch nicht entscheiden. Willst du was trinken?«

»Ja, ein Glas Wein.« Pippa drückte Elodie eine Flasche in die Hand.

Elodie nahm den Schleier vom Kopf und legte ihn über die Sofalehne. Sie füllte zwei Gläser mit dem Pinot Noir und gab eins davon Pippa, die sich auf die Fensterbank gesetzt hatte und das Foto in dem Bilderrahmen betrachtete. »Also?«, fragte sie ohne Umschweife.

»Also ...« Pippa stellte den Rahmen wieder auf die Fensterbank und schaute Elodie an. »Ich hab gestern Abend auf der Party mit Caroline gesprochen. Ich hab ihr das Foto auf meinem Handy gezeigt, und sie meinte, die Frau komme ihr bekannt vor. Sie konnte mir nicht sagen, wer die Frau ist, aber sie meint, der Stil des Fotos lässt auf jeden Fall darauf schließen, dass es in den 1860er-Jahren aufgenommen wurde, genauer gesagt, wie wir schon vermutet hatten, stammt es wahrscheinlich aus dem Dunstkreis der Präraffaeliten und der Magenta Brotherhood. Sie sagt, sie müsse das Original sehen, um die Aufnahme einigermaßen genau datieren zu können, und dass das Fotopapier vielleicht sogar auf den Fotografen schließen lassen könne. Dann hab ich Radcliffe erwähnt – mir war das Skizzenbuch eingefallen, das du zusammen mit dem Foto gefunden hast, das womöglich zu diesem verschollenen Gemälde führen könnte –, worauf Caroline meinte, sie habe eine ganze Reihe Bücher über die Magenta Brotherhood, und ich könne gern bei ihr vorbeifahren und sie mir holen.«

»Und?«

Pippa kramte in ihrem Rucksack und brachte ein altes, abgegriffenes Buch zum Vorschein. Elodie zuckte innerlich zusammen, als Pippa das Buch achtlos aufschlug und begann, in den vergilbten Seiten zu blättern. »Sieh dir das mal an«, sagte Pippa, als sie eine Abbildung ungefähr in der Mitte des Buchs gefunden hatte, und klopfte mit dem Zeigefinger darauf. »Das ist sie. Das ist die Frau auf dem Foto.«

Die Seite war am Rand vergilbt, aber das Gemälde in der Mitte war intakt. Die Bildunterschrift gab den Titel des Gemäldes mit *Dornröschen* an und nannte als Maler Edward Radcliffe. Die Frau auf dem Gemälde lag in einer traumhaften Gartenlaube unter einem Blätterdach voller Knospen, die kurz vor der Blüte standen. Vögel und Insekten schwirrten zwischen den Ästen umher, langes, rotes Haar umfloss wellenartig das Gesicht der Schlafenden, die völlig entspannt wirkte. Ihre Gesichtszüge – die hohen Wangenknochen und die geschwungenen Lippen – waren unverkennbar.

»Sie war sein Modell«, flüsterte Elodie.

»Sein Modell, seine Muse und nach dem, was hier in dem Buch steht«, – Pippa blätterte ein paar Seiten um – »auch seine Geliebte.«

»Radcliffes Geliebte? Und wie hieß sie?«

»Ich hab das heute Morgen nur ganz kurz überflogen, aber wenn ich es richtig verstanden habe, ist das nicht ganz klar. Sie hat einen falschen Namen benutzt, wenn sie Modell gestanden hat. Hier steht, dass sie als Lily Millington bekannt war.«

»Aber warum hätte sie einen falschen Namen benutzen sollen?«

Pippa zuckte die Achseln. »Vielleicht stammte sie ja aus einer angesehenen Familie, die etwas dagegen hatte, dass sie Künstlern Modell stand, oder sie war Schauspielerin, und es war ihr Künstlername. Damals haben viele Schauspielerinnen Malern Modell gestanden.«

»Steht in dem Buch etwas darüber, was aus ihr geworden ist?«

»Ich hatte noch keine Zeit, mich gründlich mit dem Buch zu befassen, aber ich hab ein bisschen quergelesen. Der Autor schreibt, dass kaum etwas über sie bekannt ist, nicht einmal ihr richtiger Name, aber dann stellt er eine neue Theorie auf, nach der sie Radcliffe das Herz gebrochen hat, indem sie ihm irgendein Schmuckstück geklaut hatte – ein Familienerbstück – und dann mit einem anderen Mann nach Amerika durchgebrannt ist.«

Elodie dachte an den Wikipedia-Artikel, den sie gelesen hatte, in dem von einem Raub die Rede war, bei dem Edward Radcliffes Verlobte umgebracht wurde. Sie fasste die Geschichte kurz für Pippa zusammen, dann fragte sie: »Glaubst du, es könnte sich um denselben Raub handeln? Dass diese Frau, dieses Modell, irgendetwas damit zu tun hatte?«

»Keine Ahnung. Gut möglich, aber solche Theorien sollte man vielleicht nicht zu wörtlich nehmen. Ich hab heute Morgen eine schnelle Recherche in dem Online-Archiv JSTOR gemacht und herausgefunden, dass der Autor dieses Buches eine ganze Reihe seiner neuen Informationen von einer einzigen nicht identifizierten Quelle hat, was kritisch angemerkt wurde. Aber wichtig für uns ist das Gemälde der Frau in Weiß. Jetzt wissen wir auf jeden Fall mit Sicherheit, dass sie und Radcliffe einander gekannt haben.«

Elodie nickte. Sie musste an den losen Zettel in dem Skizzenbuch denken, an die hingekritzelten Worte über Liebe und Angst. Hatte Radcliffe diese Worte geschrieben, nachdem die Frau in Weiß, sein Modell »Lily Millington« aus seinem Leben verschwunden war? Konnte es sein, dass *sie* ihm das Herz gebrochen hatte, als sie mit dem Familienerbstück nach Amerika entschwunden war, und nicht der Tod seiner hübschen Verlobten? Und Stratton? Was hatte der mit dieser Frau zu tun gehabt? Denn schließlich hatte *er* das Foto in Edward Radcliffes Aktentasche aufbewahrt.

Pippa hatte die Weinflasche von der Küchenzeile genommen und füllte ihre Gläser erneut.

»Ich wollte dir noch was anderes zeigen«, sagte sie dann.

»Noch ein Buch?«

»Nein, kein Buch.« Sie setzte sich. Sie wirkte irgendwie unschlüssig, was gar nicht zu ihr passte. Elodie war sofort auf der Hut. »Ich hab Caroline gesagt, dass ich das alles deinetwegen wissen wollte, wegen der Sachen, die du im Archiv gefunden hast. Sie hat dich schon immer gemocht.«

Pippa wollte offenbar etwas Nettes sagen. Caroline kannte Elodie kaum.

»Ich hab ihr erzählt, dass ich dir dein Hochzeitskleid nähe, und da haben wir uns über die Hochzeit unterhalten, über die Aufnahmen von deiner Mutter und wie es für dich sein muss, dir all diese Videos von den Konzerten deiner Mutter anzusehen, und dann ist Caroline auf einmal ganz still geworden. Zuerst dachte ich, ich hätte sie irgendwie gekränkt, aber dann hat sie sich entschuldigt und etwas aus ihrem Atelier geholt.«

»Und was?«

Pippa kramte wieder in ihrem Rucksack, und diesmal brachte sie eine Klarsichthülle mit einem Foto darin zum Vorschein. »Das ist eins von Carolines Fotos. Es ist ein Foto von deiner Mutter, Elodie.«

»Caroline hat meine Mutter gekannt?«

Pippa schüttelte den Kopf. »Sie hat sie zufällig fotografiert. Sie sagt, sie hat erst später erfahren, wer die beiden waren.«

»Die beiden?«

Pippa öffnete den Mund, als wolle sie zu einer Erklärung ansetzen, doch dann reichte sie Elodie wortlos die Klarsichthülle.

Das Foto war ein ziemlich großer Abzug eines Negativs. Es war schwarz-weiß, und darauf zu sehen waren ein Mann und eine Frau, miteinander ins Gespräch vertieft. Das Foto war im Freien aufgenommen worden, rundherum wucherte Efeu, und im Hintergrund war ein Teil eines Hauses zu sehen. Die beiden saßen auf einer Decke, neben sich einen Korb und die Reste eines Picknicks. Die Frau im langen Rock und mit Riemchensandalen saß im Schneidersitz, einen Ellbogen auf ein Knie gestützt, das Gesicht dem Mann zugewandt. Sie hatte das Kinn gehoben, und ein Lächeln umspielte ihre Mundwinkel. Ein Streifen Sonnenlicht fiel durch eine Lücke im Laub über den beiden. Es war ein wunderschönes Foto.

»Sie hat es im Juli 1992 aufgenommen«, sagte Pippa.

Elodie erwiderte nichts. Sie wussten beide, was das Datum bedeutete. Elodies Mutter war in jenem Monat gestorben. Sie hatte zusammen mit dem amerikanischen Violinisten im Auto gesessen, sie waren nach einem Konzert in Bath zusammen nach London unterwegs gewesen und tödlich verunglückt. Und auf diesem Foto saßen die beiden beim Picknick im Grünen, nur wenige Wochen – Tage? – vor dem Unfall.

»Caroline sagt, es ist eins ihrer Lieblingsfotos. Sie sagt, es ist einfach perfekt – das Licht, der Ausdruck auf ihren Gesichtern, die ganze Szene.«

»Wie kam es … wo hat sie das Foto aufgenommen?«

»Sie war unterwegs auf dem Land, irgendwo in der Nähe von Oxford, um Fotos für ihren Masterabschluss zu machen. Auf einem Spaziergang hat sie die beiden gesehen, die Kamera gehoben und ohne groß nachzudenken abgedrückt.«

Die meisten Fragen, die ihr auf den Nägeln brannten, sollten Elodie erst später einfallen. Im Moment konnte sie sich gar nicht sattsehen an diesem neuen Bild von ihrer Mutter, die überhaupt nicht aussah wie eine Berühmtheit, sondern wie eine junge Frau bei einem intensiven persönlichen Gespräch. Elodie wollte jedes noch so kleine Detail aufsaugen; wie sich der Rocksaum in der leichten Brise um die nackten Knöchel ihrer Mutter schmiegte, wie die Kette ihrer Armbanduhr ihr Handgelenk umspielte, die fließende Bewegung ihrer Hand, mit der sie beim Sprechen gestikulierte.

Sie musste an ein anderes Foto denken, einen Familienschnappschuss, den sie zu Hause entdeckt hatte, als sie achtzehn gewesen war. Es war kurz vor dem Schulabschluss gewesen, und die Schulzeitung wollte neben das Foto von jedem Schulabgänger ein Kinderfoto abdrucken. Elodies Vater war nicht besonders ordentlich, und er hatte in der untersten Ecke seines Kleiderschranks ganze Kartons mit Fotos gelagert, die noch in den Umschlägen des Ladens steckten, in dem er sie hatte entwickeln lassen. Irgendwann, an einem regnerischen Wintertag, würde er sich hinsetzen und sie alle in Alben kleben, hatte er immer gesagt.

Aus den Tiefen eines dieser Kartons hatte Elodie einige vergilbte Fotos zutage gefördert, die mehrere lachende junge Leute an einem Esstisch zeigten, auf dem lauter halb heruntergebrannte Kerzen und teure Weinflaschen standen. Über ihnen hing eine Girlande mit Neujahrsglückwünschen. Beim Durchblättern hatte sie den Rollkragenpulli und die Schlaghose ihres Vaters und die schmale Taille und das geheimnisvolle Lächeln ihrer Mutter voller Zuneigung betrachtet. Und dann war da ein Foto gewesen, auf dem ihr Vater fehlte – vielleicht hatte er es aufgenommen? Es war dieselbe Szenerie, aber ihre Mutter saß jetzt neben einem Mann mit dunklen Augen und starker Ausstrahlung. Es war der Geiger, und die beiden unterhielten sich konzentriert. Auch auf diesem Foto war die linke Hand ihrer Mutter verschwommen, weil sie damit gestikulierte. Sie hatte immer viel mit den Händen gesprochen. Als Kind hatte Elodie diese Hände immer als kleine Vögel gesehen, die im Einklang mit den Gedanken ihrer Mutter umherflatterten.

Elodie hatte sofort begriffen, als sie das Foto gesehen hatte. Sie hatte es instinktiv gespürt. Die elektrische Spannung zwischen ihrer Mutter und diesem Mann hätte nicht deutlicher sein können, wenn die beiden durch ein Kabel verbunden gewesen wären. Elodie hatte es ihrem Vater gegenüber nicht angesprochen, sie hatte es nicht übers Herz gebracht, aber die Erkenntnis hatte einen Schatten hinterlassen. Einige Monate später, als sie sich gemeinsam einen Film angesehen hatten, einen französischen Film, in dem es um Untreue ging, hatte Elodie eine spitze Bemerkung über die untreue Frau gemacht. Die Worte waren ihr heftiger herausgerutscht als beabsichtigt; sie waren eine Herausforderung gewesen – sie fühlte sich an seiner Stelle verletzt, war wütend auf ihn, wütend auf ihre Mutter. Aber ihr Vater hatte den Köder nicht geschluckt. »Das Leben ist lang«, hatte er nur ganz ruhig gesagt, ohne sich vom Fernseher abzuwenden. »Mensch zu sein ist nicht leicht.«

Eigentlich, dachte Elodie jetzt, war es in Anbetracht dessen, wie berühmt ihre Mutter gewesen war – und wie bekannt

Caroline war –, unglaublich, dass ein derart eindrucksvolles Foto nie veröffentlicht worden war, noch dazu, wo Caroline es als eins ihrer Lieblingsfotos bezeichnete.

»Danach hab ich Caroline auch gefragt«, antwortete Pippa, als Elodie sie darauf ansprach. »Sie sagt, sie hat den Film ein paar Tage später entwickelt, und sie war ganz begeistert von dem Foto von deiner Mutter. Noch während es in der Entwicklerschale lag, ist ihr klar geworden, dass sie einen ganz seltenen magischen Augenblick eingefangen hatte, in dem alles – die Personen, die Komposition, das Licht – in vollkommener Harmonie miteinander war. Dann hat sie am selben Abend im Fernsehen einen Bericht über die Beerdigung deiner Mutter gesehen. Bis dahin war ihr gar nicht bewusst gewesen, wen sie da fotografiert hatte, aber dann wurde ein Porträt von deiner Mutter eingeblendet, und da ist es ihr natürlich wie Schuppen von den Augen gefallen. Caroline sagt, ihr ist es eiskalt über den Rücken gelaufen, vor allem, weil in dem Bericht erwähnt wurde, dass der Geiger mit in dem Auto gesessen hatte. Das bedeutete, sie hatte die beiden zusammen gesehen, kurz bevor es passiert ist.« Sie lächelte Elodie traurig an.

»Wegen des Unfalls hat sie das Foto nicht veröffentlicht?«

»Sie meinte, es habe sich nicht richtig angefühlt in der Situation. Auch deinetwegen.«

»Meinetwegen?«

»Auch du warst in dem Bericht zu sehen. Caroline sagt, als sie gesehen hat, wie du an der Hand deines Vaters in die Kirche gingst, wusste sie einfach, dass sie das Foto nicht veröffentlichen konnte.«

Elodie betrachtete noch einmal die beiden jungen Menschen an dem efeuumrankten Picknickplatz. Wie ihre Knie sich leicht berührten. Wie vertraut die beiden miteinander waren, wie entspannt. Elodie fragte sich, ob Caroline auch gespürt hatte, was diese beiden miteinander verband. Ob das zumindest teilweise ihre Entscheidung erklärte, das Foto für sich zu behalten.

»Caroline sagt, sie hat im Lauf der Jahre immer mal wieder an dich gedacht und sich gefragt, was wohl aus dir geworden ist. Sie fühlt sich irgendwie mit dir verbunden, so als wäre sie dadurch, dass sie ausgerechnet an dem Tag diese Aufnahme gemacht und diesen besonderen Moment zwischen den beiden festgehalten hat, zu einem Teil der Geschichte geworden. Als du letztes Jahr zu meiner Jahresabschlussausstellung gekommen bist und ihr klar wurde, dass wir befreundet sind, konnte sie nicht widerstehen, dich kennenzulernen.«

»Ist sie deswegen an dem Abend mit uns essen gegangen?«

»Ja, aber damals wusste ich das nicht.«

Elodie war überrascht gewesen, als Pippa ihr mitgeteilt hatte, dass Caroline mit ihnen essen gehen würde, und anfangs hatte Elodie die Vorstellung eingeschüchtert, mit dieser berühmten Künstlerin, von der Pippa so oft in den höchsten Tönen sprach, den Abend zu verbringen. Aber Carolines lockere Art hatte sie ihre Vorbehalte schnell vergessen lassen, mehr noch, die Warmherzigkeit dieser Frau hatte sie sehr angesprochen. Caroline hatte sich für James Stratton interessiert und für die Arbeit einer Archivarin, und an ihren Fragen hatte Elodie gemerkt, dass sie wirklich zuhörte. Und sie hatte gelacht – ein herzliches, melodisches Lachen, das Elodie das Gefühl gegeben hatte, geistreich und witzig zu sein. »Sie wollte mich wegen meiner Mutter kennenlernen?«, fragte sie jetzt.

»Irgendwie schon, aber nicht, wie du meinst. Caroline mag junge Menschen, sie interessiert sich für sie und lässt sich gern von ihnen inspirieren – deswegen ist sie auch in der Lehre tätig. Aber bei dir war es noch mehr. Sie fühlte sich mit dir verbunden – wegen dem, was sie an dem Tag gesehen hatte, und wegen allem, was danach passiert ist. Seit sie dich zum ersten Mal gesehen hat, wollte sie dir von dem Foto erzählen.«

»Und warum hat sie das nicht getan?«

»Sie hatte Angst, du könntest es als übergriffig empfinden. Oder dich verletzt fühlen. Aber als ich heute Morgen mit ihr über dich gesprochen habe – über die Hochzeit, die Aufnahmen, deine Mutter –, da hat sie mich gefragt, was ich meinte, ob sie dir das Foto zeigen sollte.«

Elodie betrachtete es noch einmal. Pippa hatte gesagt, Caroline sei kurz danach nach London zurückgekehrt und habe das Foto entwickelt, und am selben Abend sei im Fernsehen über die Beerdigung ihrer Mutter berichtet worden. Und auf dem Foto saß sie beim Picknick mit dem amerikanischen Geiger. Sie hatten am 15. Juli in Bath gespielt und waren am nächsten Tag tödlich verunglückt. Womöglich war dieses Foto entstanden, als sie auf dem Rückweg nach London eine Pause eingelegt hatten. Das würde auch erklären, warum sie auf einer Landstraße unterwegs gewesen waren anstatt auf der Schnellstraße.

»Ich hab Caroline gesagt, du würdest dich über das Foto freuen.«

Ja, Elodie freute sich. Ihre Mutter war oft fotografiert worden, aber dieses Foto war die allerletzte Aufnahme, die jemals von ihr gemacht wurde. Es gefiel Elodie, dass es kein gestelltes Foto war. Ihre Mutter wirkte so jung – und sie war ja tatsächlich jünger gewesen als Elodie jetzt. Carolines Kamera hatte sie in einem intimen Augenblick erwischt, als sie nicht Lauren Adler war. Auf dem Foto war auch kein Cello zu sehen. »Ja, ich freue mich«, sagte sie zu Pippa. »Richte Caroline meinen Dank aus.«

»Mach ich.«

»Lieb von dir.«

Pippa lächelte.

»Und danke für das Buch – und dafür, dass du dir die Mühe gemacht hast, hier rauszufahren.«

»Die Bude hier wird mir fehlen, weißt du das? Selbst wenn sie fast in Cornwall liegt. Wie hat deine Vermieterin denn eigentlich auf die Neuigkeit reagiert?«

Elodie hob die Weinflasche. »Wollen wir sie leer machen?«

»Ach du je, du hast es ihr noch gar nicht gesagt.«

»Ich hab's nicht übers Herz gebracht. Ich wollte nicht, dass sie sich vor der Hochzeit aufregt. Sie macht sich so viele Gedanken über das Gedicht, das sie vortragen will.«

»Sie merkt es doch sowieso, wenn du nach der Hochzeitsreise nicht hierher zurückkommst.«

»Ich weiß. Es tut mir in der Seele weh.«

»Wie lange läuft dein Mietvertrag noch?«

»Zwei Monate.«

»Und was hast du vor?«

»Einfach so tun, als wär nichts, und hoffen, dass mir irgendwann was Schlaues einfällt.«

»Toller Plan.«

»Ich könnte auch den Mietvertrag noch mal verlängern und zweimal pro Woche herfahren, um meine Post abzuholen. Dann könnte ich ab und zu hier raufkommen und ein bisschen am Fenster sitzen. Und könnte sogar alle meine Möbel an Ort und Stelle lassen, meinen alten Sessel und die ganzen Teetassen.«

Pippa lächelte mitfühlend. »Vielleicht überlegt Alastair es sich ja noch mal?«

»Vielleicht.« Elodie schenkte Wein nach. Sie hatte keine Lust, schon wieder mit Pippa über Alastair zu reden; solche Gespräche entwickelten sich unweigerlich zu einer Inquisition, und dann kam sie sich jedes Mal vor wie ein Schwächling.

Pippa war immer so kompromisslos. »Weißt du was? Ich hab Hunger. Wollen wir was essen?«

»Gute Idee«, sagte Pippa, womit sie akzeptierte, dass Elodie das Thema Alastair nicht weiter erörtern wollte. »Jetzt, wo du es sagst – ich hab einen Mordsappetit auf Fish'n'Chips.«

Kapitel 9

Eigentlich hatte Elodie vorgehabt, sich am Sonntag die restlichen Videos anzusehen, damit sie Penelope die versprochene Auswahl liefern konnte, aber am Abend zuvor, irgendwann zwischen der ersten und der zweiten Flasche Rotwein, hatte sie einen Entschluss gefasst. Sie würde nicht begleitet von einem Cellokonzert von Lauren Adler zum Altar schreiten. Egal wie begeistert Penelope (und Alastair vielleicht auch) von der Idee war, Elodie fühlte sich einfach nicht wohl bei dem Gedanken, in einem Hochzeitskleid auf eine Leinwand zuzugehen, auf der ihre Mutter Cello spielte. Das Ganze war einfach zu schräg. Oder nicht?

»Absolut!«, hatte Pippa ausgerufen. Sie saßen mit ihren Fish'n'Chips am Themseufer, während die Sonne am Horizont unterging. »Außerdem stehst du doch sowieso nicht auf klassische Musik.«

Das stimmte. Elodie war Jazzfan.

Und als am Sonntagmorgen das Läuten der ersten Kirchenglocken durch die offenen Fenster drang, packte Elodie die Videos zurück in den Koffer ihres Vaters und setzte sich mit Carolines Buch in ihren Sessel. Das neue Foto von ihrer Mutter stand auf ihrem Regal zwischen Mrs. Berrys Aquarell von Montepulciano und Tips Schatzdose. Elodie hatte sich ein paar Fragen überlegt, die sie ihrem Großonkel bei nächster Gelegenheit stellen wollte, über ihre Mutter und das Haus in der Zeichnung und auch über den Geiger. Bis dahin würde sie sich in Carolines Buch vertiefen und so viel wie möglich über die Frau auf dem Foto in Erfahrung bringen. Als sie es aufschlug, war es, als käme sie nach Hause; ein ungemein intensives Gefühl, so als wüsste sie mit aller Klarheit, dass sie genau das tun musste, was sie gerade tat.

Edward Radcliffe: Leben und Lieben. Der Titel war ein bisschen schwülstig, aber das Buch war von 1931, und der Titel entsprach wohl dem damaligen Zeitgeist. Über dem Klappentext war ein Foto des Autors Dr. Leonard Gilbert abgedruckt, ein Schwarz-Weiß-Porträt eines ernst dreinblickenden jungen Mannes in einem hellen Anzug. Schwer zu sagen, wie alt er auf dem Foto war.

Das Buch war in acht Kapitel aufgeteilt: Die ersten beiden waren Radcliffes Kindheit und seiner Familie gewidmet; er hatte sich offenbar für Volksmärchen interessiert, und schon sehr früh war sein künstlerisches Talent entdeckt worden; er hatte eine besondere Vorliebe für Häuser gehabt, und der Autor vertrat die Theorie, dass die Schwerpunkte »Zuhause« und »geschlossene Räume« in Radcliffes Werk auf seine schwierige Kindheit zurückzuführen seien. Die nächsten beiden Kapitel hatten die Magenta Brotherhood zum Thema; die anderen Mitglieder der Gruppe wurden vorgestellt, ebenso Radcliffes frühe Erfolge an der Royal Academy. Im fünften Kapitel ging es um Radcliffes Beziehung zu Frances Brown und um die Verlobung des Paars. Das sechste Kapitel schließlich handelte von der jungen Frau, die Radcliffe unter dem Namen Lily Millington Modell gestanden hatte, und um die Zeit in Radcliffes Leben, in der er seine größten Werke geschaffen hatte.

Normalerweise tat sie so etwas nie, aber diesmal konnte Elodie nicht widerstehen, bei Kapitel sechs mit dem Lesen anzufangen. Mit einem Seufzer vertiefte sie sich in Leonard

Gilberts Bericht darüber, wie Edward Radcliffe in London zufällig einer Frau begegnet war, deren Gesicht und Ausstrahlung ihn zu dazu inspirieren sollten, einige der eindrucksvollsten Kunstwerke der ästhetischen Bewegung zu schaffen – eine Frau, in die Radcliffe sich laut Gilbert unsterblich verliebt hatte. Der Autor verglich Lily Millington mit der Dark Lady in den Sonetten Shakespeares und ließ sich lang und breit über das Geheimnis ihrer wahren Identität aus.

Wie Pippa bereits angedeutet hatte, stammte ein Großteil der Informationen, vor allem im Hinblick auf Radcliffes Biografie, von einer einzigen »nicht identifizierten Quelle«, einer Frau, »die eng mit der Familie Radcliffe befreundet war«. Die Quelle, so Gilbert, hatte besonders Radcliffes jüngster Schwester Lucy nahegestanden und wichtige Einblicke in Radcliffes Kindheit und in die Ereignisse des Sommers 1862 geliefert, in dem Radcliffes Verlobte erschossen worden und Lily Millington verschwunden war. Gilbert hatte die Frau kennengelernt, als er nach Birchwood gefahren war, um seine Doktorarbeit zu Ende zu schreiben. Zwischen 1928 und 1930 hatte er mehrere intensive Gespräche mit ihr geführt.

Zwar konnte die Beschreibung von Radcliffes Beziehung zu seinem Modell nur Gilberts Fantasie entsprungen sein – immerhin abgeleitet von Fakten, wenn man es großzügig betrachtete –, aber sie wirkte überzeugend. Gilbert schrieb kenntnisreich und sorgfältig, seine Geschichte ließ das Paar lebendig werden und gipfelte in dem letzten gemeinsamen Sommer in Birchwood Manor. Gilberts Ton war äußerst ergreifend, was Elodie verwunderte, bis sie begriff: Der Autor Leonard Gilbert hatte sich in Lily Millington verliebt. Ja, seine Beschreibung war so ansprechend, dass auch sie sich unwillkürlich zu dieser schönen, strahlenden Frau hingezogen fühlte. Gilberts Lily Millington war betörend. Mit jedem seiner Worte liebkoste er ihr Wesen, von der Beschreibung der jungen

Frau, deren »Flamme hell loderte«, bis hin zu dem schmerzlichen Wendepunkt, mit dem die Geschichte endete.

Und in Kapitel sieben, in dem Radcliffes Absturz geschildert wurde, unterbreitete Gilbert entgegen aller Konvention seine neue Theorie, nach der der Künstler nicht durch den Tod seiner Verlobten, sondern durch den Verlust seiner großen Liebe und Muse Lily Millington aus der Bahn geworfen worden war. Aufgrund von Informationen aus »bisher nicht beachteten« Polizeiberichten gelangte Gilbert zu dem Schluss, dass Lily Millington in den Raub verwickelt gewesen sein musste, in dessen Verlauf Frances Brown erschossen wurde. Anschließend war sie seiner Theorie zufolge zusammen mit dem Einbrecher nach Amerika geflohen und hatte das Familienerbstück der Radcliffes mitgenommen.

Die offizielle Version der Ereignisse, so Gilbert, sei im Lauf der Jahre von der Familie Radcliffe, deren Einfluss bis in die örtliche Polizei reichte, und der Familie von Miss Brown manipuliert worden, der daran gelegen gewesen sei, jede Erwähnung »der Frau, die Edward Radcliffes Herz gestohlen hatte«, zu tilgen. Beiden Familien war im Hinblick auf die Nachwelt eine Tragödie wesentlich lieber gewesen als ein Skandal, und so lautete die offizielle Version der Geschichte, dass ein unbekannter Dieb ins Haus eingebrochen sei, die Halskette gestohlen und Frances Brown erschossen und damit ihrem Verlobten das Herz gebrochen habe. Die Polizei hatte überall nach dem kostbaren Anhänger gesucht, doch der blieb spurlos verschwunden.

Im Gegensatz zu der Leidenschaft, mit der Gilbert bisher geschrieben hatte, präsentierte er die Theorie von Lily Millingtons Niedertracht in einem unterkühlt sachlichen Ton, wobei er ausgiebig aus dem von ihm ausgegrabenen Polizeibericht zitierte. Elodie, die selbst in ihrem Beruf viel recherchierte, konnte verstehen, dass es Gilbert widerstrebte zu glauben, dass die Frau, die er in seinem Buch zum Leben erweckt hatte, zu solchem Verrat fähig gewesen sein sollte. Das siebte Kapitel las sich, als lägen zwei Seiten desselben Autors miteinander im Streit: der amibitionierte Akademiker, der eine faszinierende neue Theorie entwickelt hatte, und der Autor, dem eine Figur, auf die er viel Zeit und Energie verwandt hatte, sehr ans Herz gewachsen war. Und dann war da noch dieses Gesicht. Elodie musste daran denken, wie sehr ihr selbst der Anblick dieser Frau auf dem Foto unter die Haut gegangen war. Sie war sich durchaus der Macht bewusst, die natürliche Schönheit ausüben konnte, und doch sträubte auch sie sich gegen die Vorstellung, dass die Frau in Weiß in der Lage gewesen sein sollte, ein solches Doppelspiel zu spielen.

Aber auch wenn es ihm widerstrebte zu glauben, dass Lily Millington etwas mit dem Verschwinden des Familienerbstücks zu tun hatte, so schrieb Gilbert doch ausführlich über den Anhänger, denn bei dem Diamanten, der darin verarbeitet war, handelte es sich um ein ganz außergewöhnliches Exemplar. Der dreiundzwanzigkarätige Stein war ein blauer Diamant von solcher Seltenheit, dass er einen eigenen Namen hatte: Radcliffe Blue. Seine Herkunft ließ sich bis in die Zeit Marie Antoinettes zurückverfolgen, für die der bemerkenswerte Stein ursprünglich eingefasst worden war, und weiter ins vierzehnte Jahrhundert, als ein Söldner namens John Hawkwood den Diamanten bei einem Überfall in Florenz erbeutet und sich nicht wieder davon hatte trennen können. Laut zeitgenössischen Quellen war er »als reicher, ehrenhafter Mann gestorben«. Im zehnten Jahrhundert war der Diamant einer Legende zufolge von einem durchreisenden Händler aus der Wand eines hinduistischen Tempels gestohlen worden. Was auch immer an der Geschichte des Diamanten dran war, er wurde, nachdem er im Jahr 1816 in den Besitz der Familie Radcliffe gelangte, in eine filigrane Goldfassung neu eingearbeitet und auf eine zierliche Kette aufgezogen, sodass er in der Halsmulde anlag. Es war ein spektakuläres Schmuckstück, jedoch von so hohem Wert, dass es nicht getragen werden konnte: Während der ungefähr fünfzig Jahre, die der Diamant sich im Besitz der Radcliffes befand, wurde er fast ausschließlich im Bankschließfach der Familie bei Lloyd's in London aufbewahrt.

Elodie interessierte die Geschichte des Radcliffe Blue nicht sonderlich, doch was sie dann las, ließ sie hellhörig werden. Gilbert zufolge hatte sich Edward Radcliffe im Juni 1862 den Anhänger mit dem Diamanten aus dem Bankschließfach »geliehen«, damit Lily Millington ihn tragen konnte, während sie ihm über den Sommer hinweg für ein neues Meisterwerk Modell saß. Das also musste das unvollendete Werk sein, nach dem sich Kunstliebhaber und Akademiker seitdem verzehrten.

In der zweiten Hälfte des siebten Kapitels ging Gilbert der Möglichkeit nach, dass ein solches Gemälde, vollendet oder nicht, irgendwo existierte. Basierend auf seinen Recherchen in Bezug auf Radcliffes Werk, erörterte Gilbert mehrere infrage kommende Theorien, gelangte jedoch zu dem Schluss, dass ohne Beweise alles Spekulation bleiben musste. Zwar fanden sich in der Korrespondenz der anderen Mitglieder der Magenta Brotherhood einige vage Hinweise auf ein nicht vollendetes Werk, doch in Radcliffes Hinterlassenschaft gab es keinerlei Hinweis darauf.

Elodie betrachtete das Skizzenbuch, das sie im Archiv gefunden hatte. War es der Beweis, nach dem Gilbert gesucht hatte? Hatte die Bestätigung, auf die die Kunstwelt seit all den Jahren wartete, die ganze Zeit in einer Aktentasche im Haus des großen viktorianischen Reformers James Stratton gelegen? Die Frage brachte Elodie wieder zu Stratton zurück, wusste sie doch inzwischen, dass Lily Millington die Verbindung zwischen den beiden Männern darstellte. Stratton hatte die Frau gut genug gekannt, um ihr Foto aufzubewahren, Radcliffe hatte die Frau geliebt. Allerdings sah es nicht so aus, als hätten die beiden Männer einander gut gekannt, und dennoch war Radcliffe mitten in der Nacht ausgerechnet bei Stratton aufgekreuzt, als er nicht mehr aus noch ein gewusst hatte. Und anscheinend hatte Radcliffe Stratton auch die Vorarbeiten zu seinem geplanten Meisterwerk anvertraut. Nur: Warum? Elodie musste herausfinden, wer Lily Millington in Wahrheit gewesen war, das war der Schlüssel zur Lösung des Rätsels. Der Name war ihr nicht vertraut, aber Elodie nahm sich vor, in der Datenbank mit Strattons Korrespondenz danach zu suchen.

Im letzten Kapitel des Buchs kehrte Gilbert noch einmal zu Edward Radcliffes Interesse an Häusern zurück, das insbesondere dem Landhaus galt, das er in seinen Briefen als sein »charmantes Haus … mit seiner eigenen Flussbiegung« bezeichnete. Diesmal verwob Gilbert seine eigene Lebensgeschichte mit der von Radcliffe, denn Gilbert hatte einen Sommer in Radcliffes Haus verbracht und war in Radcliffes Fußstapfen gewandelt, während er seine Doktorarbeit fertiggestellt hatte.

Leonard Gilbert, der als Soldat auf den Schlachtfeldern des Ersten Weltkriegs sein eigenes schweres Trauma erlitten hatte, berichtete wehmütig über die Effekte von Verdrängung und Verstörung, beendete sein Buch jedoch hoffnungsvoll mit einer Meditation über die Sehnsucht nach einer »Heimat« und darüber, was es hieß, nach langen Irrungen und Wirrungen endlich an einem vertrauten Ort anzukommen. Um zu beschreiben, welche Bedeutung und welcher Sog von dem Wort »Heimat« ausgingen, griff er auf einen Zeitgenossen von Radcliffe zurück, den größten Viktorianer, Charles Dickens: »Heimat – ein Wort, das große Kraft in sich birgt, eine größere Kraft, als sie je ein Wort besaß, das ein Zauberer in der zwingendsten Beschwörung gesprochen oder der erscheinende

Geist ihm geantwortet hat.« Und für Edward Radcliffe war, so Gilbert, Birchwood Manor diese Heimat gewesen.

Elodie las die Zeile noch einmal. Das Haus hatte einen Namen. Sie gab ihn in die Suchmaschine auf ihrem Handy ein und wartete mit angehaltenem Atem. Und da war es. Ein Foto, eine Beschreibung, eine Adresse. Das Haus stand an der Grenze zwischen Oxfordshire und Berkshire im Vale of White Horse. Elodie klickte auf einen Link und erfuhr, dass es 1928 von Lucy Radcliffe an die Art Historians' Association übergeben worden war, die es als Unterkunft für Stipendiaten nutzte. Als die Instandhaltungskosten zu hoch geworden waren, hatte man in Erwägung gezogen, in dem Haus ein Museum einzurichten, um Edward Radcliffes Werke und die enorme künstlerische Kreativität zu würdigen, die unter dem Dach der Magenta Brotherhood entstanden war. Diese Idee scheiterte jedoch lange Zeit daran, dass die Mittel für ein solches Projekt nicht hatten beschafft werden können. Erst nach Jahrzehnten der Spendenbeschaffung und nachdem ein anonymer Spender der AHA seinen gesamten Nachlass vererbt hatte, konnte der Plan 1980 schließlich verwirklicht werden. Das Museum gab es immer noch, und es war jeden Samstag geöffnet.

Mit zitternden Fingern wischte Elodie über das Display, um sich die Wegbeschreibung anzusehen. Ein weiteres Foto von Birchwood Manor zeigte das Haus aus einem anderen Winkel. Elodie vergrößerte es, bis es den ganzen Bildschirm ausfüllte. Sie betrachtete den Garten, die Backsteinwände, die Gauben in dem steilen Dach. Dann sog sie die Luft ein …

Im selben Augenblick verschwand das Bild, und ihr Handy klingelte. Es war Alastair, der aus New York anrief, doch ehe sie recht wusste, was sie tat, drückte sie den Anruf weg und kehrte zu dem Foto von dem Haus zurück. Sie vergrößerte das Dach und fand, was sie suchte: die Wetterfahne mit Sonne, Mond und Sternen.

Radcliffe hatte sein eigenes Haus gezeichnet, das an seiner eigenen Flussbiegung stand, das Haus aus der Geschichte, die ihre Mutter ihr erzählt hatte, das Haus, in dem Tip während des Zweiten Weltkriegs evakuiert gewesen war. Elodies Familie stand irgendwie in Verbindung zu Radcliffe und einem Geheimnis, das ihr auf der Arbeit zufällig in den Schoß gefallen war. Es ergab überhaupt keinen Sinn, und doch ging die Verbindung sogar noch tiefer, denn Tip hatte Lily Millington, die Frau in Weiß, auf dem Foto erkannt, auch wenn er es nicht zugeben wollte.

Elodie nahm das Foto in die Hand. Wer war diese Frau? Wie lautete ihr richtiger Name, und was war aus ihr geworden? Aus Gründen, die ihr selbst unerklärlich waren, empfand Elodie plötzlich das brennende, beinahe verzweifelte Bedürfnis, das herauszufinden.

Sie fuhr mit den Fingerspitzen über den silbernen Rahmen, über die feinen Kratzer. Dabei fiel ihr auf, dass der Rücken des Bildes, an dem der Ständer befestigt war, nicht ganz plan war. Sie hielt sich den Rahmen horizontal vor die Augen; ja, der Rücken war ganz leicht ausgebeult. Vorsichtig drückte sie darauf. Fühlte sich die Pappe gepolstert an, oder bildete sie sich das ein?

Mit klopfendem Herzen und dem geschärften Instinkt der Schatzjägerin und obwohl ihr vollkommen klar war, dass es gegen die Vorschriften war, sich an Archivmaterial zu schaffen zu machen, sah Elodie sich nach einem Werkzeug um, mit dessen Hilfe sie den Rücken aus dem Rahmen lösen konnte, ohne etwas zu beschädigen. Sie zog das alte, papierne Klebeband ab, mit dem die Pappe fixiert wurde, und hob sie vorsichtig aus dem Rahmen. Zwischen Pappe und Foto lag ein mehrmals gefalteter Zettel. Elodie nahm ihn heraus und sah sofort, dass er alt war – sehr alt.

Es war ein Brief, in schwungvoller Handschrift verfasst, und er begann mit den Worten: *Mein geliebter J, mein Liebster und Einziger, was ich Dir erzählen muss, ist mein größtes Geheimnis …* Elodie stockte der Atem, denn hier, endlich, meldete sich die Stimme ihrer Frau in Weiß. Ihr Blick flog zum Ende des Briefes, der unterschrieben war mit: *Deine dankbare, Dich immer und ewig liebende BB.*

Teil 2

Die Besonderen

V

Bevor dieser neue Besucher kam und bevor die Art Historians' Association das Museum eröffnet hat, war das Haus über lange Jahre unbewohnt. Während dieser Zeit musste ich mich damit zufriedengeben, dass hin und wieder an einem Nachmittag ein paar Kinder durch die Fenster im Erdgeschoss eingestiegen sind, um ihre Freunde zu beeindrucken. Manchmal, wenn mir der Sinn danach stand, habe ich ihnen den Gefallen getan und ein paar Türen zugeknallt und an ein paar Fenstern gerüttelt, bis sie kreischend geflüchtet sind.

Aber mir hat die Gesellschaft eines richtigen Besuchers gefehlt. Im Lauf des Jahrhunderts gab es einige, die ich richtig ins Herz geschlossen habe. Stattdessen muss ich es mir jetzt gefallen lassen, dass jede Woche eine Flut von Wichtigtuern meine Vergangenheit seziert. Die Touristen ihrerseits reden viel über Edward, allerdings nennen die ihn »Radcliffe« oder »Edward Julius Radcliffe«, als wäre er ein spießiger alter Mann. Die Leute vergessen, wie jung er war, als er sich in diesem Haus aufgehalten hat. Er war gerade erst zweiundzwanzig geworden, als wir beschlossen haben, aus London wegzugehen. Die Leute reden in ernstem ehrfurchtsvollen Ton über Kunst, schauen aus den Fenstern, zeigen auf die Themse und sagen: »Diese Aussicht hat ihn zu seinen Themse-Gemälden inspiriert.«

Es gibt auch großes Interesse an Fanny – wie wir Frances meistens nannten. Sie ist zur tragischen Heldin geworden, was unfassbar ist für jemanden, der sie gekannt hat. Die Leute versuchen, sich vorzustellen, wo »es« passiert ist. In den Zeitungen wurde damals Widersprüchliches berichtet, die Aussagen der Personen, die an dem Tag im Haus waren, sind ungenau, und die Geschichte hat das ihre dazu beigetragen, dass die Einzelheiten begraben wurden. Ich habe nicht gesehen, wie es passiert ist – ich war nicht im Zimmer –, aber durch einen Zufall konnte ich die Polizeiberichte lesen. Einer meiner Besucher, Leonard, hatte sehr saubere Kopien, und wir haben manchen stillen Abend gemeinsam darüber gebrütet. Das waren natürlich lauter erfundene Geschichten, aber so war das damals. Vielleicht ist es auch heute noch so.

Edwards Porträt von Fanny, auf dem sie das grüne Samtkleid trägt und der herzförmige Smaragd auf ihrem blassen Dekolleté schimmert, wurde aufgehängt, als man das Haus für Besucher geöffnet hat. Es hängt an der Wand im Schlafzimmer im ersten Stock, gegenüber dem Fenster, von dem aus man den Obstgarten sieht und das Gässchen, das zum Dorffriedhof führt. Ich frage mich manchmal, was Fanny davon halten würde. Sie war ziemlich reizbar, und es gefiel ihr nicht, dass man vom Schlafzimmer aus auf Gräber schaute. »Es ist nur eine andere Art Schlaf«, hat Edward einmal gesagt, um sie zu beruhigen, »weiter nichts. Nur der lange Schlaf der Toten.«

Manchmal bleiben die Leute vor Fannys Porträt stehen und vergleichen es mit dem kleinen Abdruck in der Museumsbroschüre; sie reden über ihr hübsches Gesicht, ihr privilegiertes Leben, ihren tragischen Tod; sie stellen Vermutungen darüber an, was an jenem Tag passiert ist. Sie schütteln seufzend den Kopf angesichts der traurigen Geschichte und genießen es, in der Tragödie anderer zu schwelgen. Sie tauschen sich aus über Fannys Vater und sein Geld, über ihren Verlobten und sein gebrochenes Herz, über den Brief, den Thurston Holmes ihr eine Woche vor ihrem Tod geschrieben hat. Eins weiß ich jedenfalls: Wer ermordet wird, ist für immer für die Nachwelt interessant. (Außer man ist ein zehnjähriges Waisenkind in der Little White Lion Street, dann ist man, wenn man ermordet wird, einfach nur tot.)

Natürlich reden die Touristen auch über den Radcliffe Blue. Mit großen Augen und aufgeregten Stimmen fragen sie sich, wo der Anhänger geblieben sein könnte. »Dinge lösen sich doch nicht einfach in Luft auf«, sagen sie dann.

Manchmal reden sie sogar über mich. Auch dafür habe ich Leonard zu danken, meinem jungen Soldaten, denn er hat das Buch geschrieben, in dem ich als Edwards Geliebte vorkomme. Bis dahin war ich nur eins von seinen Modellen gewesen. Im Souvenirladen kann man das Buch kaufen, und wenn ich Leonards Gesicht auf der Rückseite sehe, dann muss ich an die Zeit denken, die er hier im Haus verbracht hat, und daran, wie er nachts »Tommy« geschrien hat.

Die Touristen, die samstags mit interessierter Miene durchs Haus schlendern, die Hände auf dem Rücken verschränkt, nennen mich Lily Millington, was natürlich nachvollziehbar ist. Manche fragen sich sogar, wo ich herkomme, wohin ich verschwunden bin, wer ich in Wirklichkeit war. Trotz ihrer verqueren Gedanken mag ich diese Leute. Es tut gut zu merken, dass sich jemand Gedanken über einen macht.

Egal wie oft ich höre, wie Fremde den Namen »Lily Millington« aussprechen, ich bin immer wieder überrascht. Ich habe versucht, meinen richtigen Namen zu flüstern, wenn sie durch die Zimmer gehen, aber nur ganz wenige haben mich gehört, so wie mein kleiner Freund mit dem feinen Haar, das ihm immer in die Augen fällt. Kein Wunder: Kinder sind in jeder Hinsicht einfühlsamer als Erwachsene.

Mrs. Mack hat immer gesagt, wer sich für Klatsch und Tratsch interessiert, wird Schlechtes über sich selbst zu Ohren bekommen. Mrs. Mack hat alles Mögliche gesagt, aber damit hatte sie recht. Ich bin den Leuten im Gedächtnis geblieben als Diebin, als Hochstaplerin, als eine, die höher hinauswollte, als liederlich.

All das und mehr bin ich im Lauf meines Lebens auch gewesen, aber eins war ich nicht: eine Mörderin. Nicht ich habe den Schuss abgegeben, der Fanny Brown getötet hat.

Mein derzeitiger Besucher ist jetzt seit anderthalb Wochen hier. Am Samstag hat er sich in aller Herrgottsfrühe auf den Weg gemacht – ach, könnte ich es ihm nachtun –, und seitdem er zurück ist, hat er wieder den Tagesablauf von letzter Woche aufgenommen. Ich hatte es schon aufgegeben herauszufinden, was er eigentlich vorhat, denn er ist nicht so kommunikativ wie manch anderer, der mich besucht hat: Er lässt nie irgendwelche Schriftstücke herumliegen, denen ich etwas entnehmen könnte, und er führt auch keine langen, ausführlichen Telefongespräche.

Aber gestern Abend kam ein Anruf. Jetzt weiß ich, warum er hier ist. Und ich kenne sogar seinen Namen. Er heißt Jack – Jack Rolands.

Er war wie immer am frühen Morgen mit Schaufel und Kameratasche aus dem Haus gegangen und den ganzen Tag unterwegs gewesen. Als er zurückkehrte, habe ich sofort gemerkt, dass etwas passiert war. Als Erstes hat er seine Schaufel an dem Wasserhahn beim alten Plumpsklo sauber gewaschen. Offenbar hat er nicht vor, noch mehr zu graben.

Er wirkte verändert, weniger angespannt und zugleich entschlossener. Er ist hereingekommen und hat sich ein Stück Fisch gebraten, was sehr ungewöhnlich war, denn bisher hat er sich von Dosensuppe ernährt.

Das Ganze hatte fast etwas Feierliches, was mich stutzig gemacht hat. Der ist fertig mit dem, was er hier vorhatte, dachte ich. Und dann, wie um meine Vermutung zu bestätigen, klingelte sein Telefon.

Jack hatte offenbar auf den Anruf gewartet. Während des Essens hatte er wiederholt zu seinem Telefon hinübergeschielt, und als es klingelte, wusste er offenbar sogleich, wer der Anrufer war.

Zuerst hatte ich befürchtet, es wäre Sarah, um ihre Verabredung zum Abendessen morgen Abend abzusagen, aber es war eine Frau namens Rosalind Wheeler, die aus Sydney anrief, und das Gespräch hatte nicht das Geringste mit den beiden Mädchen auf Jacks Foto zu tun.

Ich habe die ganze Zeit auf der Küchenbank gehockt und konnte das Telefonat mithören, und so hörte ich ihn einen Namen aussprechen, den ich nur zu gut kenne.

Zuerst verlief das Gespräch ein bisschen gestelzt und beschränkte sich auf den Austausch von Nettigkeiten, doch dann sagte Jack, offenbar ein Mann, der kein Blatt vor den Mund nimmt: »Hören Sie, es tut mir leid, dass ich Sie enttäuschen muss. Ich bin jetzt seit zehn Tagen hier und habe an allen Stellen gesucht, die Sie mir genannt haben. Der Stein ist nicht hier.«

Es gibt nur einen Stein, der jemals im Zusammenhang mit Edward und seiner Familie genannt wird, und deswegen wusste ich auf einmal ganz genau, wonach Jack die ganze Zeit gesucht hat. Ich muss gestehen, dass ich ein bisschen enttäuscht war. Es ist alles dermaßen vorhersehbar. Aber so sind die Menschen nun einmal. Die meisten zumindest. Sie können nichts dafür. Und ich bin wirklich die Letzte, der es zusteht, einen Schatzsucher zu verurteilen.

Allerdings finde ich es sehr interessant, dass Jack den Radcliffe Blue hier in Birchwood sucht. Ich habe genug Museumsbesucher bei ihren Gesprächen belauscht, um zu wissen, dass der Diamant nicht in Vergessenheit geraten ist – dass sich um seinen Verbleib sogar eine Legende rankt –, aber Jack ist der Erste, der hierhergekommen ist, um danach zu suchen. Seit die ersten Zeitungsartikel zu dem Thema gedruckt wurden, hieß es allgemein, der Anhänger mit dem Diamanten sei 1862 nach Amerika verbracht worden und dort verschwunden. Leonard hat sogar behauptet, *ich* hätte den Diamanten gestohlen. Das stimmt natürlich nicht, und ich bin mir sicher, dass er es im Grunde seines Herzens gewusst hat. Aber die Polizeiberichte haben ihn schließlich vom Gegenteil überzeugt – die merkwürdigen, verqueren Zeugenaussagen, die in den Tagen nach Fannys Tod aufgezeichnet wurden. Schade. Ich hatte eigentlich gedacht, wir beide hätten eine Vereinbarung gehabt.

Dass Jack im Auftrag dieser Mrs. Wheeler nach Birchwood gekommen war, um den Radcliffe Blue zu suchen, machte mich neugierig, und ich dachte gerade darüber nach, als er sagte: »Das klingt so, als verlangten Sie von mir, dass ich in das Haus einbreche.« Ich wurde sofort hellhörig.

»Ich weiß, wie viel er Ihnen bedeutet«, sagte er. »Aber das mache ich nicht. Ich werde da nicht einbrechen. Die Verantwortlichen haben mir klipp und klar gesagt, dass meine Unterkunft Beschränkungen unterworfen ist.«

Vor lauter Aufregung war ich ihm viel zu nahe gekommen, ohne es zu merken. Jack fröstelte, legte das Telefon auf den Tisch und machte das Fenster zu. Dabei muss er aus Versehen irgendwo draufgedrückt haben, denn von da an konnte ich auch die Stimme seiner Gesprächspartnerin hören, einer nicht mehr jungen Frau, die mit amerikanischem Akzent sprach. »Ich habe Sie für den Job bezahlt, Mr. Rolands.«

»Und ich habe an allen Stellen gegraben, die Ada Lovegrove in ihren Briefen an ihre Eltern erwähnt: im Wald, am Themseufer, auf dem Hügel an der Lichtung.«

Ada Lovegrove.

Wie lange hatte ich den Namen schon nicht mehr gehört; ich muss ehrlich gestehen, dass ich zutiefst berührt war. Wer war diese Frau, mit der Jack da telefonierte? Diese Amerikanerin, die ihn aus Sydney anrief? Und woher hatte sie Ada Lovegroves Briefe?

»Ich habe den Stein nicht gefunden, tut mir leid.«

»Bei unserem letzten Treffen habe ich Ihnen gesagt, dass wir, falls der Stein an keiner dieser Stellen zu finden ist, auf Plan B zurückgreifen müssen.«

»Aber Sie haben nichts davon erwähnt, dass ich dafür ins Museum einbrechen soll.«

»Diese Sache ist mir äußerst wichtig. Wie Sie wissen, hätte ich das selbst übernommen, wenn mir in meinem Zustand das Fliegen möglich wäre.«

»Hören Sie, es tut mir leid, aber …«

»Ich brauche Sie wohl nicht daran zu erinnern, dass ich Ihnen nur dann die zweite Hälfte Ihres Honorars zahle, wenn Sie liefern.«

»Und dennoch …«

»Ich werde Ihnen weitere Instruktionen per E-Mail zusenden.«

»Und ich werde am Samstag, wenn das Museum geöffnet ist, hineingehen und mich umsehen. Vorher nicht.«

Die Frau war offenbar verärgert, als sie sich verabschiedeten, aber Jack blieb gelassen. Er scheint eher unerschütterlich zu sein. Was eine angenehme Charaktereigenschaft ist, aber auch eine, die mich reizt, ihn auf die Palme zu bringen. Nur ein bisschen. Ich bin mit der Zeit etwas übermütig geworden, was zweifellos eine Folge der großen Langeweile und Frustration ist, die ich hier durchmache. Und auch etwas, das ich von Edward gelernt habe, für den Überschwang Schönheit war und der seine Lebenseinstellung so leidenschaftlich verteidigte, dass man sich dem unmöglich entziehen konnte.

Nach dem Telefonat war ich vollkommen aus dem Häuschen. Als Jack seine Kamera herausnahm und begann, die neuen Fotos auf den Computer zu übertragen, habe ich mich in die warme Ecke im Treppenhaus verzogen, um darüber nachzudenken, was das alles zu bedeuten hat.

Einerseits wusste ich natürlich, warum ich so aufgewühlt war. Nach so vielen Jahren den Namen Ada Lovegrove zu hören hatte mich mehr als verblüfft. Der Name hat viele Erinnerungen ausgelöst und auch einige Fragen aufgeworfen. Dass Ada mit dem Radcliffe Blue in Verbindung gebracht wurde, war nicht weiter überraschend, der Zeitpunkt dagegen war äußerst merkwürdig. Warum jetzt, mehr als hundert Jahre nachdem sie eine kurze Zeit hier im Haus verbracht hat?

Andererseits gibt es noch etwas anderes, das mich beunruhigt. Etwas, das weniger augenscheinlich ist, etwas Privates. Das nichts mit Ada zu tun hat. Es hat damit zu tun, dass Jack sich weigert zu tun, was Rosalind Wheeler von ihm verlangt. Es geht mir nicht um Mrs. Wheeler, nein, meine Irritation hängt mit meiner Erkenntnis zusammen, dass Jack die Aufgabe beendet hat, deretwegen er hergekommen ist. Seine Aufgabe hier hat nichts mit den beiden Mädchen auf seinem Foto zu tun, also wird er mich verlassen.

Aber ich möchte nicht, dass er mich verlässt.

Im Gegenteil, ich will, dass er bleibt, dass er zu mir ins Haus kommt. Nicht am Samstag, wenn all die anderen hier sind, sondern allein.

Schließlich gehört das Haus *mir*. Mehr noch, es ist mein Zuhause. Ich lasse widerstrebend zu, dass die anderen es nutzen, aber nur, weil sie es zu Ehren von Edward tun, der etwas Besseres verdient hat, als ihm damals zuteilwurde. Aber es gehört mir, und ich kann hier auch Besuch empfangen, wenn ich das möchte.

Es ist schon sehr lange her, dass mich jemand im Haus besucht hat.

Also habe ich mich wieder nach unten zu der ehemaligen Verwalterunterkunft begeben, wo Jack und ich jetzt sitzen – er betrachtet seine Fotos, während ich ihm dabei zusehe.

Er geht die Fotos nacheinander durch, und ich beobachte die kaum merklichen Veränderungen in seinem Gesicht. Alles ist ruhig, alles ist still. Ich höre die Uhr im Haus ticken, die Uhr, die Edward mir geschenkt hat, bevor wir in jenem Sommer hierhergekommen sind. »Ich werde dich bis in alle Zeiten lieben«, hat er an dem Abend zu mir gesagt, als wir überlegt haben, wo wir sie aufhängen sollten.

In der Wand hinter Jack befindet sich eine Tür, die in die Küche des Haupthauses führt. Von dort führt eine schmale Treppe in den ersten Stock. Auf halber Höhe befindet sich ein Fenster mit einer Fensterbank, die gerade breit genug ist, dass eine Frau darauf sitzen und sich ausruhen kann. Ich erinnere mich an einen Tag im Juli, an den Blumenduft und die sanfte Brise, die meinen nackten Hals liebkoste; Edwards hochgekrempelte Hemdsärmel, sein Handrücken, der sanft meine Wange streifte …

Jack hat aufgehört zu tippen. Er sitzt vollkommen reglos da, als lauschte er einer fernen Melodie. Dann widmet er seine Aufmerksamkeit wieder dem Bildschirm.

Ich muss daran denken, wie Edward meinen Blick gesucht hat, wie mein Herz in meiner Brust klopfte, wie er mir liebe Worte ins Ohr geflüstert hat, wie ich seinen warmen Atem auf der Haut gespürt habe …

Wieder hält Jack inne. Diesmal dreht er sich zu der Tür in der Wand hinter sich um.

Und dann begreife ich plötzlich. Ich nähere mich noch ein bisschen.

Komm, flüstere ich.

Er runzelt die Stirn; er hat den Ellbogen auf den Tisch, das Kinn in die Hand gestützt. Er starrt die Tür an.

Komm in mein Haus.

Er steht auf, bleibt vor der Tür stehen, legt die flache Hand dagegen. Er wirkt ein bisschen konsterniert, wie einer, der zu verstehen versucht, warum bei einer Rechenaufgabe ein unerwartetes Ergebnis herausgekommen ist.

Jetzt bin ich neben ihm.

Öffne die Tür …

Aber er tut es nicht. Er geht. Er verlässt den Raum.

Ich folge ihm, entschlossen, ihn zur Umkehr zu bewegen, doch er geht in sein Zimmer. Dort kramt er in seinem Koffer herum und bringt ein kleines, schwarzes Kästchen zum Vorschein. Er richtet sich auf, betrachtet es und wiegt es in der Hand, als versuchte er, sein Gewicht einzuschätzen. Dann wird mir klar, dass es etwas ganz anderes ist, was er einzuschätzen versucht, denn mit einem Mal dreht er sich mit entschlossener Miene um.

Er kommt!

Neben der Tür befindet sich eine Alarmanlage, die die Association hat anbringen lassen, nachdem es immer schwieriger wurde, einen Verwalter zu finden, und die jeden Samstag, wenn das Museum für eine Woche schließt, neu gestellt wird wie ein Uhrwerk. Begierig schaue ich zu, wie er mit einem Werkzeug aus dem Kästchen die Alarmanlage deaktiviert. Dann knackt er das Türschloss so schnell und geschickt, dass ich an den Captain denken muss, der sehr beeindruckt gewesen wäre. Die Tür geht auf, und ehe ich michs versehe, hat Jack die Schwelle überschritten.

Es ist dunkel in meinem Haus, und er hat keine Taschenlampe mitgebracht, sodass er sich mit dem silbrigen Mondlicht begnügen muss, das durch die Fenster hereinfällt. Er durchquert die Küche, geht in die Eingangshalle und bleibt stehen. Langsam und nachdenklich dreht er sich um. Dann steigt er die Treppe hinauf bis ganz oben unters Dach, wo er wieder stehen bleibt.

Dann geht er wieder nach unten und zurück in die Mälzerei.

Ich bin enttäuscht, ich hätte es gern gehabt, wenn er länger geblieben, sich gründlicher umgesehen hätte. Aber sein Gesichtsausdruck lässt mich hoffen, dass er zurückkommt. Das tun die meisten, wenn ich Interesse an ihnen zeige.

Also lasse ich ihn gehen und bleibe allein in meinem dunklen Haus, während er die Tür von außen verriegelt.

Ich habe schon immer Männer bewundert, die wissen, wie man ein Schloss knackt. Und auch Frauen. Das liegt vermutlich an meiner Erziehung: Mrs. Mack, die viel vom Leben und noch mehr vom Geschäftemachen verstand, hat immer gesagt, wenn man ein Schloss erblicke, solle man davon ausgehen, dass sich dahinter etwas Interessantes befinde. Ich selbst habe nie Schlösser geknackt, jedenfalls nicht offiziell. Mrs. Mack führte ein wesentlich komplexeres Unternehmen, und sie hat auf Risikostreuung gesetzt oder, anders ausgedrückt (in Worten, die man ihr in den Grabstein hätte meißeln sollen), nach dem Motto gehandelt: Viele Wege führen nach Rom.

Ich war eine gute Diebin. Wie Mrs. Mack es vorausgesehen hatte, war meine Verkleidung der beste Trick: Die Leute rechneten damit, dass schmuddelige Straßenkinder klauten, und waren auf der Hut, sobald sich welche auch nur blicken ließen. Aber frisch gewaschene kleine Mädchen in hübschen Kleidern und mit schön gekämmten Löckchen waren über jeden Verdacht erhaben. Seit ich zu ihrem Haushalt gehörte, konnte Mrs. Mack ihren Geschäftsbereich über die Grenzen des Leicester Square bis nach Mayfair im Westen und Lincoln's Inn Fields und Bloomsbury im Norden ausdehnen.

Der Captain rieb sich die Hände vor Freude. »Dort verkehren die vornehmen Herren«, sagte er gern. »Die haben immer die Taschen voll mit Bargeld.«

Das kleine Mädchen zu spielen, das sich verlaufen hatte, war wirklich einfach, ich brauchte nur herumzustehen und unglücklich dreinzublicken. Tränen halfen, waren aber eigentlich nicht nötig, und da sie mich zusätzliche Energie kosteten und sich nicht so schnell wegwischen ließen, wenn ich das Gefühl hatte, den falschen Fisch am Haken zu haben, setzte ich sie so spärlich wie möglich ein. Es dauerte nicht lange, und ich hatte einen sechsten Sinn dafür entwickelt, bei wem sich die Mühe lohnte.

Wenn der richtige Gentleman sich meiner annahm und mich fragte, wo ich wohnte und warum ich allein sei, erzählte ich ihm meine traurige Geschichte, nannte ihm eine respektable Adresse – natürlich keine derart vornehme, dass irgendjemand sie womöglich kannte – und ließ mich von ihm mit ausreichend Geld für die Fahrt in eine Droschke setzen. Es war ganz einfach, einem Mann auf diese Weise in die Tasche zu greifen, während er sich um alles kümmerte. Wenn ein Mann den rettenden Helfer gibt, fühlt er sich rechtschaffen wichtig und geht so sehr in dieser Rolle auf, dass er alles andere vergisst.

Aber wenn ich das verirrte Mädchen spielte, musste ich viel und lange irgendwo herumstehen, was ich ziemlich langweilig und im Winter, bei Kälte und Nässe, unangenehm fand. Ich fand bald heraus, dass es eine angenehmere Art gab, das gleiche Geld zu verdienen, womit sich sogar das Problem lösen ließ, falls mein Retter darauf bestand, mich »nach Hause« zu begleiten. Mrs. Mack wusste Einfallsreichtum zu schätzen: Als geborene Betrügerin bekam sie leuchtende Augen, wenn man ihr einen neuen raffinierten Plan unterbreitete. Ich hatte ja bereits erlebt, dass sie mit Nadel und Faden umgehen konnte, und als ich ihr von meiner Idee erzählte, besorgte sie sofort ein Paar weiße Glacéhandschuhe und änderte sie so, dass sie meinen Zwecken dienten.

Und so begann ich, Omnibus zu fahren. Hatte ich bis dahin versucht, als verirrtes kleines Mädchen Aufmerksamkeit zu erregen, so bemühte ich mich jetzt, so wenig wie möglich aufzufallen. Ich setzte mich still an einen Fensterplatz, die weißen

Handschuhe sittsam auf dem Schoß gefaltet. So klein und hübsch und unschuldig, wie ich wirkte, war es ganz natürlich, dass alleinreisende Damen sich neben mich setzten. Aber sobald die Damen sich entspannten und durch ein Gespräch oder die Aussicht, ein Buch oder ihren Blumenstrauß abgelenkt waren, schlüpften meine Hände – die gar nicht in den Handschuhen steckten – zwischen die üppigen Falten der Röcke der Frau, bis sie ihren Geldbeutel fanden. Ich erinnere mich noch gut daran, wie es sich anfühlte: die weiche, kühle Seide an meinen Fingerspitzen, während meine Glacéhandschuhe reglos auf meinem Schoß lagen.

Manche Omnibusfahrer ließen mich für eine kleine Summe Geld den ganzen Tag lang auf demselben Platz mitfahren. Und an Tagen, an denen es mir nicht gelang, den Fahrer zu bestechen, verfiel ich auf meine bewährte Rolle des kleinen, verirrten Mädchens.

In jener Zeit habe ich viel über die Menschen gelernt. Zum Beispiel:

1. Wohlstand macht die Leute, vor allem Frauen, vertrauensselig. Nichts bereitet sie darauf vor, dass sie einmal jemandem begegnen könnten, der ihnen übelwill.
2. Auf nichts kann man sich mehr verlassen als darauf, dass ein Gentleman sich gern in der Öffentlichkeit hilfsbereit zeigt.
3. Die Kunst der Täuschung besteht darin zu wissen, was die Leute sehen wollen, und dann dafür zu sorgen, dass sie genau das sehen.

Letzteres hatte ich von dem französischen Magier im Covent Garden gelernt, denn ich habe Lily Millingtons Rat befolgt und ihn so lange aufmerksam beobachtet, bis ich wusste, wie er die Münzen verschwinden ließ.

Und noch etwas habe ich gelernt: Sollte der schlimmste Fall eintreten, und sollten die Leute schreien: »Haltet den Dieb!«, waren die Londoner Gassen meine engsten Verbündeten. Für ein Kind, das sich in dem Gewirr aus Gassen und Durchlässen auskannte, war es ein Leichtes, in der Menschenmenge zu verschwinden, vor allem, wenn es Freunde hatte. Auch die verdankte ich Lily Millington. Da war zum Beispiel der Mann, der seine umgehängten Reklametafeln wie unabsichtlich schlenkern ließ und damit einen rennenden Polizisten zu Fall brachte, oder der Drehorgelspieler, dessen Instrument sich ganz plötzlich selbstständig machte und meinen Verfolgern in den Weg rollte, und natürlich der französische Magier, der nicht nur Münzen verschwinden lassen, sondern auch Brieftaschen wieder herbeizaubern konnte, sodass der Bestohlene doppelt düpiert war und sich irritiert ablenken ließ, während ich entkam.

Ich war also eine Diebin. Eine gute Diebin. Und verdiente meinen Lebensunterhalt.

Solange ich jeden Tag meine Beute ablieferte, waren Mrs. Mack und der Captain zufrieden. Mrs. Mack erzählte mir immer wieder, meine Mutter sei eine feine Dame gewesen, die Damen, die ich beklaute, seien nichts Besseres als ich, und es sei nur rechtens, dass ich lernte, wie gute Stoffe sich anfühlten. Ich nehme an, sie sagte das, um zu verhindern, dass ich ein schlechtes Gewissen bekam, was nur hinderlich gewesen wäre.

Die Mühe hätte sie sich sparen können. Jeder tut mal etwas im Leben, das er nachher bereut, und dass ich die Reichen um ein bisschen Kleingeld erleichtert habe, belastet mein Gewissen nicht besonders.

Nachdem Jack gestern Abend mein Haus wieder verlassen hatte, war ich ganz hibbelig, und er hat auch unruhig geschlafen und es schließlich im Morgengrauen aufgegeben. Heute trifft er sich mit Sarah, und er ist schon seit Stunden auf den

Beinen und fertig angezogen. Er hat sich ganz besonders fein gemacht, aber seine Sachen wirken eher unbequem.

Er hat wirklich viel Sorgfalt auf sein Äußeres verwendet. Zum Beispiel hat er versucht, einen eingebildeten Fleck an seinem Ärmel zu entfernen, und er hat mehr Zeit als gewöhnlich vor dem Spiegel verbracht; er hat sich rasiert und sich das nasse Haar gekämmt. Das habe ich ihn noch nie tun sehen.

Nachdem er fertig war, ist er noch einen Moment vor dem Spiegel stehen geblieben, um sich selbst zu begutachten. Ich habe gesehen, wie seine Pupillen sich im Spiegel bewegten, und einen kurzen Moment lang dachte ich schon, er hätte mich entdeckt. Mir ist fast das Herz stehen geblieben, bis ich gemerkt habe, dass er das Foto von den beiden kleinen Mädchen betrachtete. Dann hat er die Hand gehoben und die beiden kleinen Gesichter nacheinander zärtlich mit dem Daumen berührt.

Anfangs dachte ich, seine innere Unruhe hätte etwas mit der Verabredung mit Sarah zu tun, und das trifft sicherlich auch zu. Aber inzwischen frage ich mich, ob ihn noch etwas anderes umtreibt.

Er hat sich seinen Tee aufgegossen und wie immer die Hälfte verschüttet, dann hat er sich mit einer Scheibe Toast in der Hand an seinen Computer gesetzt, der auf dem kleinen runden Tisch in der Mitte des Zimmers steht. Im Lauf der Nacht waren ein paar E-Mails eingegangen, eine von Rosalind Wheeler mit einer ziemlich langen Liste und einer Art Skizze. Als Reaktion darauf hat Jack etwas kleines Schwarzes in den Computer gesteckt, auf ein paar Tasten gedrückt, das Ding wieder herausgezogen und in seiner Tasche verstaut.

Ich bin mir nicht sicher, ob es der Inhalt von Rosalind Wheelers E-Mail war, der dazu geführt hat, dass Jack noch einmal zu mir ins Haus gekommen ist. Nachdem er vom Tisch aufgestanden war, bin ich ein bisschen näher herangegangen und habe gesehen, was in der Betreffzeile stand: »Anweisungen bez. Ada Lovegroves Aufzeichnungen«. Mehr konnte ich nicht lesen, weil eine andere E-Mail geöffnet war, eine Werbung für den *New Yorker*.

Wie dem auch sei: Nachdem er die E-Mail gelesen hatte, hat er sich wieder sein Kästchen mit dem Spezialwerkzeug geschnappt und die Tür zu meinem Haus geöffnet.

Jetzt ist er hier bei mir.

Er hat kaum etwas getan, seit er hier im Haus ist, seine Bewegungen sind eher unentschlossen. Gerade ist er im Maulbeerzimmer und steht an den Schreibtisch unter dem Fenster gelehnt. Von dort aus sieht man die Kastanie mitten im Garten und dahinter die Scheune. Aber Jacks Blick ist auf die Themse gerichtet, die in der Ferne glitzert, und er hat wieder diesen bekümmerten Gesichtsausdruck. Er blinzelt, als ich mich nähere, und sein Blick wandert zu den Feldern und der Scheune.

Ich weiß noch, wie ich in jenem Sommer mit Edward in dieser Scheune auf dem Heuboden gelegen und die Staubkörner im Sonnenlicht, das durch die Astlöcher der Scheunenwand fiel, habe tanzen sehen und wie Edward mir all die Orte ins Ohr geflüstert hat, zu denen er gerne reisen wollte.

Genau in diesem Zimmer, im Maulbeerzimmer, hat Edward mir von seinem Plan erzählt, die Feenkönigin zu malen; hier hat er lächelnd die mit schwarzem Samt bezogene Schachtel aus der Brusttasche genommen und mir den darin enthaltenen Schatz gezeigt. Ich spüre immer noch die leichte Berührung seiner Fingerspitzen, als er mir die goldene Kette mit dem Anhänger angelegt hat.

Vielleicht will Jack sich nur ablenken – sich die Zeit vertreiben, bis er aufbrechen muss; zweifellos denkt er über das bevorstehende Treffen mit Sarah nach, denn er wirft immer wieder einen Blick auf meine Wanduhr, um zu sehen, wie spät es ist. Als es endlich so weit ist, hastet er los, verschließt die Küchentür hinter sich und stellt die Alarmanlage wieder ein, alles so schnell, dass ich kaum mitkomme.

Ich folge ihm bis zum Tor, wo ich ihn in sein Auto steigen und wegfahren sehe.

Ich hoffe, er bleibt nicht zu lange fort.

Ich werde mich wieder in die Mälzerei begeben. Vielleicht gelingt es mir ja, Rosalind Wheelers E-Mail zu lesen. Ich will unbedingt wissen, wie sie an Ada Lovegroves Briefe gekommen ist.

Die arme kleine Ada. Die Kindheit ist eine grausame Zeit. Eine Zeit der Extreme, in der man an einem Tag sorglos zwischen den silbernen Sternen fliegen kann, nur um am nächsten in ein tiefes schwarzes Loch der Verzweiflung zu stürzen.

Nachdem Fanny tot war und die Polizei ihre Ermittlungen abgeschlossen hatte, sind alle aus Birchwood abgereist, und lange war es hier still und ruhig. Das Haus hat sich ausgeruht. Zwanzig Jahre sind vergangen, bis Lucy zurückgekommen ist. Da habe ich erfahren, dass Edward gestorben war und dieses Haus, seinen kostbarsten Besitz, seiner jüngsten Schwester vermacht hatte.

Das war typisch Edward, denn er liebte seine Schwestern, und sie liebten ihn. Und ich weiß auch, warum er Lucy ausgewählt hat. Er wird sich gesagt haben, dass Clare allein zurechtkommen würde, indem sie einen reichen Mann heiratete oder jemanden dazu überredete, sich um sie zu kümmern. Aber Lucy war anders. Ich werde nie vergessen, wie ich sie zum ersten Mal gesehen habe, dieses blasse, wachsame Gesicht in einem Fenster im ersten Stock des dunklen Backsteinhauses in Hampstead. Das war an dem Tag, als Edward mich zum ersten Mal in sein Atelier im Garten seiner Mutter mitgenommen hat.

Für mich wird sie immer dieses Kind bleiben, das Mädchen,

das unter der Enge der Stadt litt, aber aufblühte, sobald es auf dem Land war, wo es nach Herzenslust durch die Natur stromern konnte. Ich sehe sie so deutlich vor mir in dem Sommer damals, wie sie, als wir vom Bahnhof zu Fuß zum Haus gegangen sind, weit hinter uns zurückblieb, weil ihr Koffer vollgepackt war mit ihren Lieblingsbüchern, sie ihn aber selber zum Haus schleppen wollte, anstatt ihn mit dem anderen Gepäck von der Kutsche hinbringen zu lassen.

Was für eine Überraschung das war, als sie plötzlich hier aufgetaucht ist, um das Haus in Augenschein zu nehmen. Aus der kleinen Lucy war eine asketische, ernsthafte Frau geworden. Dreiunddreißig Jahre alt, nach damaligen Standards nicht mehr jung. Sie trug einen langen, praktischen Rock in einem scheußlichen Olivgrün und einen unmöglichen Hut, bei dessen Anblick mir das Herz überging vor Zuneigung. Ihre Frisur unter dem Hut hatte sich schon halb aufgelöst – mit Haarnadeln konnte sie noch nie umgehen –, und ihre Schuhe waren schlammverkrustet.

Sie hat sich nicht alle Zimmer angesehen, aber das brauchte sie auch nicht, sie kannte das Haus und seine Geheimnisse ja genauso gut wie ich. Sie ist in die Küche gegangen, hat ihrem Anwalt die Hand geschüttelt und ihm gesagt, er könne gehen.

»Aber Miss Radcliffe«, sagte der Mann verdattert, »soll ich Ihnen denn nicht das ganze Anwesen zeigen?«

»Das ist nicht nötig, Mr. Matthews.«

Sie schaute ihm nach, bis er außer Sichtweite war, dann ging sie zurück in die Küche und blieb reglos stehen. Ich bin ganz nah an sie ran und habe die feinen Linien betrachtet, die ihr Gesicht inzwischen zeichneten. Dahinter konnte ich die kleine Lucy sehen, die ich früher gekannt hatte, denn die Menschen ändern sich nicht. Sie bleiben auch im Alter die, die sie als junge Menschen gewesen sind, sie werden nur schwächer und trauriger. Am liebsten hätte ich Lucy in die

Arme genommen. Lucy, die immer meine engste Verbündete gewesen war.

Plötzlich blickte sie auf, und mir war, als würde sie mich direkt anstarren. Oder durch mich durch. Etwas hatte sie aus ihren Gedanken gerissen. Sie wischte mich beiseite, durchquerte die Eingangshalle und eilte die Treppe hoch.

Ich fragte mich, ob sie vorhatte, in Birchwood Manor zu wohnen. Ich hoffte sehnlichst, sie würde bleiben. Und dann kamen die Möbel: zuerst die hölzerne Truhe, dann Schreibtische und Stühle und kleine Metallbetten. Es folgten Tafeln, Ablagekästen voller Kreide und schließlich eine streng dreinblickende Frau namens Thornfield, auf deren Schreibtisch ein Schild verkündete: »Stellvertretende Schulleiterin«.

Eine Schule. Und ich habe mich gefreut. Die kleine Lucy war immer so wissbegierig gewesen. Auch Edward hätte sich gefreut, denn er hat mich damals in jeden Buchladen gezerrt, an dem wir vorbeikamen, um ein neues Buch für Lucy zu kaufen. Ihre Neugier war unstillbar.

Manchmal höre ich die Schulmädchen immer noch. Leise, ferne Stimmen, die singen, streiten, lachen, ins Kopfkissen weinen, ihre Eltern anflehen, sie wieder abzuholen. Die Stimmen …

In den Jahren bei Mrs. Mack und dem Captain habe ich mich immer danach gesehnt, dass mein Vater kommen und mich holen würde, aber ich habe nie geweint. Der Brief, den mein Vater bei Mrs. Mack hinterlassen hatte, war eindeutig gewesen: Ich solle tapfer sein, hatte mein Vater geschrieben, und immer brav; solle fleißig und hilfsbereit sein und immer auf Mrs. Mack hören, sie habe sein volles Vertrauen, und sie wisse, was das Beste für mich sei.

»Wann kommt er denn?«, fragte ich immer wieder.

»Er lässt dich holen, sobald er sich eingelebt hat«, antwortete sie dann stets.

Die Wunde im Herzen eines verlassenen Kindes verheilt

niemals. Ich habe die Wunde bei Edward gespürt, und manchmal frage ich mich, ob es das war, was uns zueinander hingezogen hat. Denn er war auch als Junge verlassen worden. Er und seine beiden Schwestern lebten bei den Großeltern, während die Eltern die Welt bereisten.

Auch bei Ada Lovegrove habe ich diese Wunde gespürt.

Ich habe über die Jahre oft an sie gedacht. Die Lieblosigkeit der anderen Kinder. Wie sehr sie gelitten hat. Jener Tag an der Themse.

Es ist alles so lange her, und doch kommt es mir vor, als wäre es gestern gewesen. Ich sehe sie vor mir, wie sie im Schneidersitz auf dem Bett im Dachzimmer hockt, heiße Tränen der Wut, die ihr über die Wangen laufen, wie sie schneller schreibt, als ihr Federhalter es erlaubt, und ihre Eltern anfleht, sie von hier fortzuholen.

Kapitel 10

Sommer 1899

Ada Lovegrove hatte einen großen, wohlhabenden Vater und eine elegante, kluge Mutter, und sie hasste sie beide. Der Hass war neu – bis zum fünfundzwanzigsten April hatte sie sie beide noch geliebt –, aber deswegen nicht weniger tief empfunden. Ein Urlaub, hatten sie gesagt, eine Reise nach England. Ach, Ada, London wird dir gefallen – die Theater und die Parlamentsgebäude! Warte erst einmal, bis du siehst, wie herrlich grün die Landschaft im Sommer ist! Wie sanft und blütenreich, überall Geißblatt und Primeln und schmale, von Hecken gesäumte Straßen!

Diese fremden Wörter, ausgesprochen mit einer romantischen Sehnsucht, die sie nicht verstand und der sie nicht traute, hatte Ada mit dem leidenschaftslosen Interesse einer Archäologin, die sich ein Bild von einer fernen Zivilisation machen will, ein ums andere Mal hin und her gewendet. Sie war in Bombay geboren, und Indien gehörte zu ihr wie ihre Nase und ihre Sommersprossen. Wörter wie »sanft«, »schmal« und »Hecken« verstand sie nicht: Ihre Welt war weit und schroff und heiß. Sie war ein Ort von unbeschreiblicher Schönheit – leuchtend bunte Blumen auf der Terrasse und die Nachtluft erfüllt von betörenden Düften – und von unberechenbarer Grausamkeit. Sie war ihr Zuhause.

Ihre Mutter hatte ihr zum ersten Mal von der bevorstehenden Reise erzählt, als Ada eines späten Nachmittags im März gerade zu Abend aß. Sie aß in der Bibliothek, weil Mama und Papa an dem Abend Gäste hatten und der große Mahagonitisch (aus London) für das Dinner vorbereitet wurde. Die Bibliothek war vollgestopft mit Büchern (ebenfalls aus London), auf deren Rücken Namen wie Dickens und Brontë und Keats standen, und auf dem großen Schreibtisch lag das Buch mit den Theaterstücken, aus dem Mama ihr seit einigen Tagen *Der Sturm* vorlas. Es war so heiß, dass ihr die Haare an der Stirn klebten. Eine laut summende Fliege drehte träge ihre Runden.

Ada hatte über Caliban und Prospero nachgegrübelt und sich gefragt, warum Mama missbilligend die Stirn gerunzelt hatte über ihre Bemerkung, dass Caliban ihr leidtue, als die Worte »kleine Reise nach England« sie aus ihren Gedanken rissen.

Die Spitzengardinen blähten sich in der feuchten Brise. »Wie lange braucht man denn bis dort?«, fragte Ada.

»Seitdem der Kanal eröffnet wurde, dauert es gar nicht mehr so lange. Früher mussten wir mit der Eisenbahn reisen.«

Ada, die nicht schwimmen konnte, wäre viel lieber mit der Eisenbahn gereist.

»Und was machen wir in England?«

»Alles Mögliche. Verwandte und Freunde besuchen, uns Sehenswürdigkeiten anschauen. Ich freue mich schon darauf, dir die Orte zu zeigen, wo ich als Kind gewesen bin, die Galerien und die Parks, den Buckingham-Palast und die Gärten.«

»Wir haben doch auch hier Gärten.«

»Stimmt.«

»Und einen Palast.«

»Aber keinen Palast mit einem König und einer Königin darin.«

»Wie lange werden wir fort sein?«

»Lange genug, um alles zu unternehmen, was wir möchten, und keinen Moment länger.«

Diese Antwort, die eigentlich überhaupt keine Antwort war, war ganz und gar nicht typisch für Mama, die normalerweise sehr gut darin war, Adas Fragen zu beantworten, aber in dem Moment hatte Ada keine Zeit gehabt, der Sache auf den Grund zu gehen, denn gleich darauf hatte Mama mit ihren eleganten Fingern gewedelt und gesagt: »Und jetzt ab mit dir. Papa kommt gleich aus dem Club, und ich muss noch die Blumen arrangieren. Lord Curzon kommt zum Dinner, wie du weißt, und bis dahin muss alles perfekt sein.«

Später, auf der Terrasse, vertrieb sich Ada die Zeit mit Radschlagen, sodass sie die üppigen Blüten im Garten wie durch ein Kaleidoskop sah. Der Gärtner war in der Abenddämmerung dabei, den Rasen zu rechen, während sein Helfer die Rattanmöbel auf der Terrasse abwischte.

Normalerweise war Radschlagen eine von Adas Lieblingsbeschäftigungen, aber diesmal war sie nicht mit dem Herzen dabei. Anstatt es zu genießen, wie die Welt sich um sie herum drehte, wurde ihr schwindelig. Nach einer Weile setzte sie sich an den Rand der Veranda und betrachtete die Spinnenlilien.

Adas Vater war ein wichtiger Mann, und die Villa der Familie stand auf einem Hügel im Zentrum von Bombay; von der Terrasse aus konnte man über die hängenden Gärten hinweg bis zum Indischen Ozean blicken. Sie war dabei, eine große Spinnenlilie zu zerpflücken und ihren Duft einzuatmen, als ihre *aaya*, ihre Kinderfrau Shashi, plötzlich hinter ihr stand.

»Da bist du ja, *pilla*«, sagte Shashi in einstudiertem Englisch. »Komm, deine Mutter möchte, dass wir noch etwas Obst für den Nachtisch einkaufen.«

Ada stand auf und nahm Shashis Hand.

Normalerweise ging sie gern mit Shashi auf den Markt – ein Mann, der süßes Gebäck verkaufte, schenkte ihr jedes Mal ein

Chakli, das sie immer knabberte, während sie Shashi mit ihrem gewaltigen Korb zu den verschiedenen Obst- und Gemüsehändlern folgte –, aber diesmal, nach dem seltsamen Gespräch mit ihrer Mutter, schlich sie mit hängendem Kopf hinter Shashi den Hügel hinunter.

Im Osten türmten sich Gewitterwolken, und Ada hoffte, dass es regnen würde, dass die Schleusen des Himmels sich genau in dem Moment öffnen würden, wenn die Wagen mit den Gästen ihrer Eltern eintrafen. Seufzend dachte sie darüber nach, was ihre Mutter ihr gesagt hatte, und fragte sich, was das alles zu bedeuten hatte. England. Das ferne Land, in dem ihre Eltern geboren waren, das Reich ihrer geheimnisvollen und legendären »Großmutter«, Heimatland von Menschen, die Shashis Vater als Affenärsche bezeichnete …

»Du bist heute so still, *pilla*«, sagte Shashi jetzt auf Pandschabi. »Keine Sorge, meine Ohren genießen die Stille, aber ich frage mich: Hat dir vielleicht irgendetwas die Sprache verschlagen?«

Ada war noch zu keinem rechten Schluss gekommen, doch sie berichtete Shashi atemlos von dem Gespräch mit ihrer Mutter. Als sie geendet hatte, holte sie tief Luft. »Ich will da nicht hin!«

»Du stures kleines Eselchen. Was ist denn so schlimm an einer Reise in die Heimat?«

»England ist die Heimat meiner Eltern, nicht meine. Ich will nicht nach England, und das sage ich Mama, sobald wir vom Markt zurück sind.«

»Aber *pilla*, ihr fahrt auf eine Insel!«, sagte die kluge Shashi, die Adas große Schwäche für Inseln kannte. Die untergehende Sonne hatte den Horizont erreicht und goss flüssiges Gold ins Meer, das in gekräuselten Wellen ans Ufer gespült wurde.

Vor lauter Ärger über die geplante Reise hatte Ada ganz vergessen, dass England Teil einer Insel mitten in der Nordsee war, einer Insel in Form einer Sanduhr, pinkfarben, ganz oben auf der Weltkarte. Im Arbeitszimmer ihres Vaters stand ein Globus, eine riesige, cremefarbene Kugel in einer Halterung aus dunklem Mahagoniholz, die Ada manchmal, wenn sie das Zimmer mit dem Geruch nach Zigarrenrauch betreten durfte, ganz langsam drehte, weil sie so ein schönes klickendes Geräusch machte, das klang wie ein ganzer Schwarm Zikaden. Einmal hatte sie die Insel namens Großbritannien entdeckt und ihrem Vater gegenüber bemerkt, dass sie eigentlich nicht besonders »groß« aussehe. Darüber hatte er gelacht und ihr erklärt, dass manche Dinge täuschten. »Auf dieser kleinen Insel«, hatte er mit unterschwelligem Stolz gesagt, was Ada unerklärlicherweise irritiert hatte, »befindet sich der Motor, der die Welt antreibt.«

»Na ja«, sagte sie jetzt zu Shashi, »eine Insel ist natürlich nicht schlecht. Aber Großbritannien ist eine Insel voller Affenärsche.«

»*Pilla*!« Shashi unterdrückte ein Lachen. »So etwas darfst du nicht sagen – vor allem nicht, wenn deine Eltern in der Nähe sind.«

»Meine Eltern sind Affenärsche!«, zischte Ada wütend.

Die herrliche Kühnheit und Respektlosigkeit, die es bedeutete, ihre vornehmen Eltern als Affenärsche zu bezeichnen, waren ein Funke, der eine Flamme zündete, und Ada spürte, wie ihr Zorn nachließ. Sie musste sich zusammennehmen, um nicht laut zu lachen. Sie nahm die Hand ihrer *aaya* und drückte sie ganz fest. »Aber du musst mitkommen«, sagte sie.

»Ich werde hier sein, wenn du zurückkehrst.«

»Nein, du wirst mir zu sehr fehlen. Du musst uns begleiten. Mama und Papa sagen bestimmt Ja.«

Shashi schüttelte den Kopf. »Ich kann nicht mit euch nach England fahren, *pilla*. Ich würde verwelken wie eine gepflückte Blume. Ich gehöre hierher.«

»Ich gehöre auch hierher«, sagte Ada. Sie hatten die mit Palmen gesäumte Straße am Fuß des Hügels erreicht. Segelschiffe schaukelten mit gerafften Segeln sanft auf dem Meer, ganz in Weiß gekleidete Parsen sammelten sich am Strand zum abendlichen Gebet. Ada blieb stehen und schaute auf das goldene Meer hinaus, die untergehende Sonne wärmte ihr das Gesicht. Sie wurde überwältigt von einem Gefühl, für das sie keinen Namen hatte, ein Gefühl, das wundervoll und zugleich schmerzhaft war. Ganz leise sagte sie noch einmal: »Ich gehöre auch hierher, Shashi.«

Shashi lächelte sie liebevoll an, erwiderte jedoch nichts. Auch das war ungewöhnlich, und das Schweigen ihrer *aaya* beunruhigte Ada. Es schien, als wäre die Welt im Laufe eines einzigen Nachmittags in Schieflage geraten. Alle Erwachsenen in ihrem Leben benahmen sich auf einmal merkwürdig, wie Uhren, die immer verlässlich gewesen waren und plötzlich die falsche Zeit anzeigten.

In letzter Zeit erlebte sie so etwas häufig. Vielleicht hatte es etwas damit zu tun, dass sie kürzlich acht geworden war?, fragte sie sich. Vielleicht gehörte das zur Welt der Erwachsenen?

Der Wind trug den Geruch nach Salz und überreifen Früchten herbei. Ein blinder Bettler hob seinen Becher, als sie an ihm vorbeigingen, und Shashi warf eine Münze hinein. »Die können mich nicht zwingen«, sagte Ada betont beiläufig.

»Doch, das können sie.«

»Aber es wäre nicht fair.«

»Nein?«

»Kein bisschen.«

»Erinnerst du dich an die Geschichte von der Rattenhochzeit?«

»Natürlich.«

»War es fair, dass die Ratte, die nichts Böses getan hatte, am Ende nichts mehr hatte außer einem angesengten Hintern?«

»Nein!«

»Und was ist mit *Der Bär und das schlechte Geschäft*? War es fair, dass der arme Bär, der alles getan hat, was von ihm verlangt wurde, am Ende kein *khichri* und auch keine Birnen hatte?«

»Natürlich nicht!«

»Na dann.«

Ada runzelte die Stirn. Bis dahin war ihr noch nie aufgefallen, dass in vielen Geschichten, die Shashi ihr erzählte, die Moral lautete, dass das Leben nicht fair war. »Der Bär war *bevkuph*! Dumm. Ich an seiner Stelle hätte die Frau des Waldarbeiters bestraft.«

»Ja, er war sehr dumm«, pflichtete Shashi ihr bei. »Und ich weiß, dass du die Frau bestraft hättest.«

»Sie war eine Lügnerin.«

»Stimmt.«

»Und ein Nimmersatt.«

»Hmm. Apropos Nimmersatt …« Sie hatten den Markt erreicht. Shashi nahm Ada an der Hand und führte sie zu ihrem Lieblingsstand. »Als Erstes besorgen wir jetzt etwas für mein kleines Leckermaul, damit ich anschließend in Ruhe die besten Früchte aussuchen kann.«

Es war gar nicht so leicht, schlecht gelaunt zu sein, wenn man einen süßen, knusprigen *Chakli* in der Hand hielt, wenn der Gesang der Parsen vom Strand herüberklang und Hibiskusblüten auf den Wellen schaukelten und Kerzen die Marktstände erhellten und sich der Abendhimmel violett und orangefarben über allem wölbte. Ada war auf einmal so glücklich, dass sie sich kaum noch erinnern konnte, worüber sie sich derart aufgeregt hatte. Ihre Eltern wollten mit ihr eine Reise auf eine Insel unternehmen. Mehr nicht.

Mama wartete dringend auf die Früchte, deswegen konnte Shashi sich nicht so viel Zeit nehmen wie sonst, um die *besten*

Papayas und Honigmelonen auszuwählen, und Ada hatte ihr *Chakli* noch gar nicht aufgegessen, als sie sich auf den Rückweg machten. »Erzählst du mir die Geschichte von der Prinzessin Aubergine?«, fragte Ada.

»Schon wieder?«

»Es ist meine Lieblingsgeschichte.« Eigentlich liebte Ada alle Geschichten, die Shashi ihr erzählte. Sie mochte es so sehr, ihr zuzuhören, dass sie nicht einmal protestiert hätte, wenn Shashi ihr aus Papas diplomatischen Papieren vorgelesen hätte, denn es gab nichts Schöneres für Ada, als neben Shashi zu liegen – deren Name ›Mond‹ bedeutete –, während die Sterne am dunklen Nachthimmel zu leuchten begannen, und die betörende Stimme ihrer *aaya* zu hören, die weichen, klickenden Worte auf Pandschabi, mit denen sie ihre Geschichten erzählte. »Bitte, Shashi.«

»Mal sehen.«

»Bitte!«

»Also gut. Wenn du mir hilfst, die Früchte den Hügel hinaufzutragen, erzähle ich dir die Geschichte von der klugen Prinzessin Aubergine, die die böse Königin hereingelegt hat.«

»Kannst du sie mir nicht unterwegs erzählen?«

»Mein kleines Äffchen!«, sagte Shashi und tat so, als wollte sie Ada ohrfeigen. »Was ist das denn für ein Ansinnen?«

Ada grinste. Es war einen Versuch wert gewesen, auch wenn sie im Voraus gewusst hatte, dass Shashi Nein sagen würde. Ada kannte die Regeln. Die besten Geschichtenerzähler sprachen immer nur im Dunkeln. Wenn es nachts zu heiß war zum Schlafen und sie nebeneinander auf dem Dach des Hauses lagen, erzählte Shashi oft von ihrer Kindheit im Pandschab. »Als ich so alt war wie du«, sagte sie dann, »gab es keine Geschichten zwischen Sonnenaufgang und Sonnenuntergang, denn bei Tageslicht wurde gearbeitet. Ich hatte nicht so ein schönes Leben wie du! Ich musste den ganzen Tag lang Dungbriketts machen für das Herdfeuer am Abend, während meine Mutter am Spinnrad saß und mein Vater und meine Brüder mit dem Ochsengespann auf dem Feld arbeiteten. Im Dorf gab es immer Arbeit zu verrichten.«

Das alles hatte Ada schon oft zu hören bekommen. Es war dazu gedacht, ihr bewusst zu machen, wie gut sie es hatte, aber das störte sie nicht: Shashis Art zu sprechen hatte etwas Betörendes, egal ob sie Lebensweisheiten zum Besten gab oder alte Märchen erzählte. »Also gut«, sagte Ada und nahm den kleineren Korb. »Dann eben später. Aber wenn ich vor dir zu Hause bin, erzählst du mir die Geschichte von der Prinzessin Aubergine zweimal!«

»Äffchen!«

Ada rannte los, und Shashi stieß einen Freudenschrei aus. Lachend liefen sie den Hügel hoch, und als Ada sich zur Seite drehte und das Gesicht ihrer *aaya* sah, ihre gütigen Augen und das breite Lächeln, da wusste sie, dass sie niemanden auf der Welt so lieb hatte wie Shashi. Wenn jemand Ada fragte: »Was ist dir das Liebste auf der Welt?« – so wie die böse Königin die Prinzessin Aubergine fragte, um ihre Schwäche herauszufinden –, dann würde sie antworten: »Shashi.«

Und so verflog Ada Lovegroves schlechte Laune an jenem frühen Abend in Bombay mit dem Sonnenuntergang. Und als sie mit Shashi im Haus eintraf, wo die Terrasse sauber gefegt war und Kerzen in Gläsern flackerten, wo es nach frisch gemähtem Gras duftete und Klaviermusik aus den offenen Fenstern drang, war Ada derart überwältigt von Glücksgefühlen, dass sie ihren Korb mit Früchten fallen ließ, ins Haus rannte, ihrer Mama um den Hals fiel und sagte, sie habe nichts gegen die Reise, natürlich werde sie ihre Eltern nach England begleiten.

Aber Adas Eltern hatten ihr nicht die ganze Wahrheit gesagt.

Nach einer qualvollen Fahrt durch den Suezkanal, die Ada abwechselnd vor Übelkeit würgend an der Reling und mit einem nassen Lappen auf der Stirn im Bett verbracht hatte, hielten sie sich eine Woche in London auf und reisten dann eine Woche lang kreuz und quer durch Gloucestershire – während Mama, bis Ada es wirklich nicht mehr hören konnte, vom Frühling in England schwärmte und darüber lamentierte, dass sie in Indien nichts von den Jahreszeiten mitbekämen –, und standen schließlich vor einem zweigiebligen Haus an einer Biegung der Themse.

Dunkle Wolken waren aufgezogen, als sie durch das Dorf Burford gefahren waren, und als sie vor Lechlade abgebogen waren, hatte es angefangen zu regnen. Ada hatte die Wange ans Fenster gelegt, die nassen Felder betrachtet und sich gefragt, wie es kam, dass die Farben in diesem Land aussahen, als hätte man sie in Milch gewaschen. Ihre Eltern waren ungewöhnlich still, seit sie sich von ihrer Gastgeberin Lady Turner verabschiedet hatten, aber das fiel Ada erst im Nachhinein auf.

Sie fuhren in einem sehr kleinen Dorf an einem dreieckigen Anger vorbei, dann an einem Pub mit dem Namen *The Swan*, und hinter einer Kirche und einem kleinen Friedhof bogen sie auf einen gewundenen Feldweg ein, wo die Fahrt sehr holperig wurde.

Schließlich erreichten sie am Ende des Wegs ein doppelflügeliges, schmiedeeisernes Tor in einer hohen Mauer. Auf der einen Seite des Anwesens erhob sich auf einer sehr grünen Wiese eine Scheune, und weiter entfernt standen mehrere Weiden in einer Reihe.

Der Kutscher hielt die Pferde an, sprang von seinem Bock und hielt Mama die Tür auf. Einen großen, schwarzen Regenschirm in einer Hand, half er ihr beim Aussteigen.

»Birchwood Manor, Ma'am«, sagte er säuerlich.

Adas Eltern hatten ihr viel und ausführlich über die Leute erzählt, die sie in England treffen, und die Orte, die sie in England besuchen würden, doch Ada konnte sich nicht erinnern, dass sie Freunde erwähnt hätten, die in einem Haus namens Birchwood Manor lebten.

Sie folgten einem mit Steinplatten gepflasterten und von Rosen gesäumten Weg zum Haus. An der Tür wurden sie von einer Frau in Empfang genommen, deren Körperhaltung den Eindruck vermittelte, als wäre sie immerzu in Eile. Sie stellte sich als Miss Thornfield vor.

Mit ihren geröteten Wangen und der strengen Frisur war die Frau ganz anders als die Damen, die sie im Lauf der Woche besucht hatten, dachte Ada, bis ihr dämmerte, dass es sich um die Haushälterin handeln musste.

Adas Eltern waren überaus höflich – Mama ermahnte Ada immer wieder, dass eine wahre Dame das Dienstpersonal respektvoll behandelte –, und Ada tat es ihnen nach. Sie lächelte anmutig und unterdrückte ein Gähnen hinter geschlossenen Lippen. Mit ein bisschen Glück würde die Frau sie gleich zur Dame des Hauses führen, man würde ihnen Tee und ein Stück Kuchen anbieten (in England gab es wirklich guten Kuchen, das musste Ada zugeben), und in einer Stunde würden sie schon wieder weiterfahren.

Miss Thornfield führte sie durch dunkle Flure an einer Treppe vorbei in ein Zimmer, das sie als »Bibliothek« bezeichnete. In der Mitte standen ein Sofa und zwei verschlissene Sessel und an den Wänden Regale voller Bücher und anderer *objets d'art*. Durch das Fenster sah man in einen Garten mit einer großen Kastanie in der Mitte, dahinter die große Scheune auf der grünen Wiese. Es hatte aufgehört zu regnen, und schwaches Licht brach durch die weichen Wolken – nicht mal der Regen war richtiger Regen in England.

Dann geschah etwas Unerwartetes: Ada wurde angewiesen, in der Bibliothek zu warten, während ihre Eltern zum Tee an einen anderen Ort geführt wurden.

Ada bedachte ihre Mutter mit einem finsteren Blick, als ihre Eltern das Zimmer verließen – es war immer gut, es sich anmerken zu lassen, wenn einem etwas missfiel –, aber in Wirklichkeit war sie gar nicht böse, dass man sie ausschloss. Erwachsene konnten wirklich langweilig sein, das war ihr auf dieser Reise einmal mehr klar geworden, und in dieser Bibliothek gab es so viel Interessantes zu entdecken, da war sie nur froh, wenn niemand hinter ihr stand und sie ermahnte, nichts anzufassen.

Als die Erwachsenen fort waren, verlor sie keine Zeit. Sie zog Bücher aus den Regalen, hob die Deckel alt aussehender Dosen und Bonbonnieren an und nahm die Bilderrahmen näher in Augenschein, hinter deren Glasscheiben gepresste Federn, Blumen und Farne hübsch angeordnet waren, mit Erklärungen in sauberer Handschrift versehen. Zum Schluss nahm sie sich eine Vitrine vor, in der Steine in unterschiedlichen Größen ausgestellt waren. Die Tür war abgeschlossen, aber zu Adas Überraschung ließ sich der Deckel ganz leicht anheben, sodass sie hineinlangen und die Steine hin- und herdrehen und die seltsamen Muster betrachten konnte, die sich darauf befanden. Es dauerte eine Weile, bis ihr dämmerte, dass das gar keine normalen Steine, sondern Fossilien waren. Ada hatte einmal etwas über Fossilien gelesen, und zwar in einer Ausgabe der Zeitschrift *New Illustrated Natural History*, die ihr Vater aus London geordert und ihr zum siebten Geburtstag geschenkt hatte. Es handelte sich um versteinerte Spuren von längst ausgestorbenen Lebewesen. Über die Transmutation der Arten wusste Ada alles, denn Mama hatte ihr im Hausunterricht in Bombay aus einem Buch von Charles Darwin vorgelesen.

Auf dem Glasboden unter den Fossilien lag noch ein Stein, kleiner als die anderen und irgendwie dreieckig. Er war dunkelgrau und glatt, und auf ihm waren keine spiralförmigen

Muster zu entdecken wie auf den Fossilien. An einer Ecke befand sich ein säuberliches Loch, und daneben waren sehr feine, parallel angeordnete Rillen zu erkennen. Ada nahm den Stein aus der Vitrine und drehte ihn vorsichtig hin und her. Er fühlte sich kühl an in ihrer Handfläche und gab ihr ein merkwürdiges Gefühl.

»Weißt du, was das ist?«

Ada zuckte so heftig zusammen, dass ihr der Stein beinahe aus der Hand gefallen wäre.

Sie fuhr herum.

Es saß niemand auf dem Sofa oder auf einem der Sessel, und die Tür zur Bibliothek war immer noch geschlossen. Aus dem Augenwinkel bemerkte sie eine Bewegung und wandte sich in die Richtung. Eine Frau, die Ada beim Betreten der Bibliothek nicht bemerkt hatte, kam aus der Ecke neben dem offenen Kamin.

»Ich wollte die Sachen nicht anfassen«, stammelte Ada, während sich ihre Finger noch fester um den Stein schlossen.

»Aber warum denn nicht? Ich hätte gedacht, solche Schätze wären unwiderstehlich. Und du hast meine Frage nicht beantwortet: Weißt du, was das ist?«

Ada schüttelte den Kopf, auch wenn Mama ihr schon tausendmal gesagt hatte, dass das unhöflich war.

Die Frau kam näher und nahm ihr den Stein ab. Jetzt sah Ada, dass sie jünger war, als sie zuerst gedacht hatte – gar nicht so sehr viel älter als Mama –, aber ganz anders als Mama. Der Rocksaum der Frau war so schmutzig wie Adas, wenn sie im Küchengarten in Bombay mit den Hühnern gespielt hatte, und ihr Haar war nachlässig hochgesteckt, das hatte bestimmt keine Zofe gemacht, und sie hatte ihr bemerkenswert sommersprossiges Gesicht kein bisschen gepudert.

»Das ist ein Amulett«, sagte die Frau, während sie den Stein in ihrer Handfläche betrachtete. »Vor Tausenden von Jahren hat es vermutlich jemand als Schutz um den Hals getragen. Deswegen das Loch. Die Schnur, die es gehalten hat, ist natürlich längst verrottet.«

»Wovor sollte das Amulett denn schützen?«, fragte Ada.

»Vor Gefahr jeder Art.«

Ada merkte es immer genau, wenn Erwachsene die Wahrheit sagten; das war eine ihrer besonderen Fähigkeiten. Diese Frau, wer auch immer sie sein mochte, glaubte, dass das, was sie sagte, stimmte. »Wo findet man so etwas?«, fragte Ada.

»Ich habe es vor Jahren im Wald hinter dem Haus gefunden.« Die Frau legte den Stein zurück an seinen Platz in der Vitrine, zog einen Schlüssel aus der Tasche und drehte ihn im Schloss. »Aber manche behaupten auch, dass ein Amulett seinen Besitzer findet. Dass die Erde am besten weiß, wann sie wem ihre Geheimnisse anvertrauen kann.« Sie begegnete Adas Blick. »Du bist also das Mädchen aus Indien?«

Ada sagte ja, sie sei zu Besuch aus Bombay.

»Bombay«, wiederholte die Frau und ließ sich das Wort auf der Zunge zergehen. »Wie riecht das Meer in Bombay? Ist der Sand am Indischen Ozean grob oder fein? Und das Licht, ist es wirklich viel heller als unseres?«

Sie zeigte auf das Sofa, und Ada setzte sich und beantwortete diese und weitere Fragen mit der skeptischen Fügsamkeit eines Kindes, das es nicht gewohnt ist, dass Erwachsene echtes Interesse zeigen. Die Frau, die neben ihr auf dem Sofa Platz genommen hatte, hörte aufmerksam zu und schnalzte zwischendurch mit der Zunge, um Überraschung oder Freude oder eine Mischung aus beidem zum Ausdruck zu bringen. Schließlich sagte sie: »Schön. Vielen Dank. Ich werde mir alles merken, was du mir erzählt hast, Miss …?«

»Lovegrove. Ada Lovegrove.«

Die Frau reichte ihr die Hand, und Ada schüttelte sie, als wären sie zwei erwachsene Frauen, die sich auf der Straße getroffen hatten. »Freut mich, dich kennenzulernen, Miss Lovegrove. Mein Name ist Lucy Radcliffe, und das hier ist mein …«

In dem Moment ging die Tür auf, Adas Mutter kam hereingerauscht. Adas Vater und Miss Thornfield folgten ihr auf dem Fuße, und Ada sprang auf, bereit aufzubrechen. »Nein, Liebes«, sagte ihre Mutter mit einem Lächeln. »Du bleibst für den Rest des Nachmittags hier.«

Ada runzelte die Stirn. »Allein?«

Mama lachte. »Ach, Liebes, hier bist du nicht allein. Miss Thornfield ist hier und Miss Radcliffe und schau mal, all die netten Mädchen.«

Ada drehte sich um und schaute aus dem Fenster, und wie aufs Stichwort tauchten lauter Mädchen im Garten auf – englische Mädchen mit langen, blonden Locken und Haarbändern. Sie kamen lachend und plaudernd auf das Haus zu, einige trugen Staffeleien und Malwerkzeuge.

Alles war dermaßen überraschend und unerklärlich, dass Ada nicht begriff, was das für ein Ort war, an dem sie sich befand. Später, nachdem sie aufgehört hatte, sich über ihre Dummheit zu ärgern, meldete sich eine leise innere Stimme, die sie daran erinnerte, dass sie ja erst acht Jahre alt war und noch nie eine Schule besucht hatte. Tatsächlich hätte nichts in ihrem Leben sie auf das vorbereiten können, was ihre Eltern mit ihr vorhatten.

In dem Moment hatte sie es einfach über sich ergehen lassen, dass ihre Mutter sie zum Abschied umarmte – noch eine Überraschung an einem Tag voller seltsamer Überraschungen –, dass ihr Vater ihr auf die Schulter klopfte und sie ermahnte, immer schön brav und fleißig zu sein, und dann hatte sie zugesehen, wie die beiden einander untergehakt hatten und durch den langen Flur nach draußen gegangen waren, wo die Kutsche auf sie wartete.

Am Ende war es Miss Thornfield, die ihr alles erklärte. Ada war hinter ihren Eltern hergelaufen und hatte sie fragen wollen, womit sie sich denn den ganzen Nachmittag beschäftigen sollte, doch Miss Thornfield hatte sie am Handgelenk gepackt und festgehalten. »Willkommen in Miss Radcliffes Internat für junge Damen«, hatte sie mit einem gequälten Lächeln gesagt.

Internat. Junge Damen. Willkommen. Ada hatte ein Faible für Wörter – sie sammelte sie –, aber diese Wörter trafen sie wie Steine.

Sie geriet in Panik und vergaß alle Manieren, zu denen Mama sie unablässig ermahnte. Sie nannte Miss Thornfield eine Lügnerin und dumme Ziege, sie beschimpfte sie als böse alte Hexe.

Dann riss sie sich los und rannte so schnell wie ein Gepard vorbei an den Mädchen, die in den Fluren umherliefen, stieß mit einem großen, blonden Mädchen zusammen, das laut aufschrie. Ada zischte sie an, stieß sie zur Seite, stürzte durch die Tür nach draußen zu der Stelle, wo die Kutsche sie und ihre Eltern abgesetzt hatte.

Die Kutsche war fort, und Ada stieß einen wütenden Schrei aus.

Was hatte das zu bedeuten? Mama hatte gesagt, sie solle den Nachmittag hier verbringen, aber was Miss Thornfield gesagt hatte, das hatte sich angehört, als sollte sie hierbleiben, bis … bis wann eigentlich?

Auf jeden Fall länger als einen Nachmittag.

Die nächsten Stunden verbrachte Ada am Themseufer, riss Schilfstangen aus und schlug damit auf das hohe Ufergras ein. Vom Ufer aus betrachtete sie hasserfüllt das schreckliche Haus. Sie dachte an Shashi und weinte bittere Tränen.

Erst als die Sonne unterging und Ada bemerkte, dass sie sich allein in einem Wäldchen befand, machte sie sich auf den Weg über die Wiese, um die Mauer herum, die das Grundstück umgab, bis zum Tor. Dort setzte sie sich im Schneidersitz an einer Stelle auf den Boden, von der aus sie die Straße im Auge behalten konnte, die vom Dorf hier heraufführte. Auf diese Weise würde sie die Kutsche schon von Weitem entdecken. Sie sah, wie das gelbe Licht immer blasser wurde, und ihr blutete das Herz, als sie an die Silhouetten der Palmen vor dem violetten und orangefarbenen Horizont in Indien dachte, an die intensiven Gerüche und die lärmende Geschäftigkeit, an den Gesang der betenden Parsen.

Es war fast dunkel, als sie jemanden hinter sich spürte. »Es ist Zeit hineinzugehen, Miss Lovegrove«, sagte Miss Thornfield. »Das Abendessen ist aufgetragen. Es würde dir nicht guttun, am ersten Abend hungrig ins Bett zu gehen.«

»Ich esse mit meinen Eltern, wenn sie zurückkommen«, antwortete Ada.

»Sie werden nicht zurückkommen. Jedenfalls nicht heute Abend. Wie ich schon einmal versucht habe, dir zu erklären: Sie haben dich hiergelassen, denn du sollst von jetzt an diese Schule besuchen.«

»Ich will aber nicht hierbleiben.«

»Das mag sein.«

»Und ich bleibe auch nicht hier.«

»Miss Lovegrove …«

»Ich will nach Hause!«

»Du bist jetzt hier zu Hause, und je eher du das akzeptierst, desto besser.« Miss Thornfield straffte sich und schien tatsächlich zu wachsen, so als könnte sie sich auseinanderziehen wie eine Leiter, bis hin zu ihren eingezogenen Schultern. Ada fühlte sich an ein Krokodil erinnert, das seine Schuppen streckte. »Also, versuchen wir's noch einmal von vorne. Das Abendessen ist aufgetragen«, sagte sie, »und egal woran du auf dem Subkontinent gewöhnt bist, Miss Lovegrove, ich versichere dir, dass es hier bei uns nicht zweimal Abendessen gibt.«

Kapitel 11

Und jetzt, dreiundsechzig Tage später, hockte sie in der Dunkelheit eines geheimen, modrig riechenden Wandkabuffs in der Nähe der Eingangshalle von Miss Radcliffes Internat für junge Damen. Soweit sie wusste, waren ihre Eltern wieder in Bombay. Allerdings hatte sie das nicht von ihnen selbst erfahren, da sie, so hatte Miss Thornfield es ihr erklärt, Ada »Zeit zum Eingewöhnen« geben wollten, ehe sie ihr schrieben. »Sehr rücksichtsvoll von ihnen«, lautete Miss Thornfields Kommentar. »Sie wollen dich nicht durcheinanderbringen.«

Ada presste ihr Ohr an die Holzverkleidung und schloss die Augen. Es war schon dunkel, aber wenn sie die Augen zumachte, schärfte das ihre anderen Sinne. Manchmal glaubte sie tatsächlich, eine Art Rauschen im Holz hören zu können. Es klang fast wie Worte, und sie fand es eine angenehme Ablenkung, es sich so vorzustellen. Es war beinahe, als würde das Holz mit einer lieblichen Stimme zu ihr sprechen. Diese Stimme beruhigte sie.

Jetzt kamen zwei echte Stimmen aus dem Flur, und Ada riss die Augen auf.

»Aber ich habe sie hier entlanggehen sehen.«

»Unmöglich.«

»Doch.«

»Und? Wo ist sie dann? Hat sie sich in Luft aufgelöst?«

Stille. Dann die trotzige Antwort: »Ich habe sie wirklich

hier entlanggehen sehen, das weiß ich ganz genau. Sie *muss* hier irgendwo sein. Wir brauchen nur zu warten.«

In ihrem Versteck atmete Ada lautlos aus. Ein Fuß war eingeschlafen; sie kauerte jetzt seit mindestens fünfundzwanzig Minuten in derselben Haltung. Aber wenn es etwas gab, was sie meisterhaft beherrschte – im Gegensatz zu Nähen, Klavier spielen, Malen und fast allem anderen, was man ihr in diesem vermaledeiten Internat beizubringen versuchte –, dann war es Sturheit. Shashi nannte sie immer »mein Eselchen«. Diese Mädchen konnten da draußen warten, bis sie schwarz wurden; Ada würde einfach noch länger warten.

Charlotte Rogers und May Hawkins hießen die beiden Quälgeister. Sie waren älter als Ada, nämlich zwölf, und Charlotte war besonders groß für ihr Alter. Sie war die Tochter eines Parlamentsabgeordneten und May die eines Großindustriellen. Ada hatte noch nie viel Kontakt mit anderen Kindern gehabt, aber sie lernte schnell und war eine gute Beobachterin, und sie hatte nicht lange gebraucht, um herauszufinden, dass es in Miss Radcliffes Internat für junge Damen eine Gruppe älterer Mädchen gab, die alles unter Kontrolle hatten und von den jüngeren Schülerinnen absoluten Gehorsam verlangten.

Aber Ada war es nicht gewöhnt, sich von anderen Kindern sagen zu lassen, was sie zu tun und zu lassen hatte, und ihr ausgeprägter Gerechtigkeitssinn verbot ihr die schändliche Komplizenschaft mit diesen Mädchen. Als Charlotte Rogers die neuen Schleifen verlangt hatte, die Mama ihr in London gekauft hatte, sagte Ada Nein. Die Schleifen gefielen ihr, und sie wolle sie lieber selber behalten, hatte sie geantwortet. Als die beiden sie dann im Treppenhaus abgefangen und ihr geraten hatten, kein Geräusch von sich zu geben, während May Hawkins testete, wie weit sich Adas Zeigefinger nach hinten biegen ließ, hatte Ada ihr mit aller Kraft auf die Zehen getreten und geschrien: »Lass sofort meinen Finger los!« Und als die beiden der Hausmutter die Lüge auftischten, Ada habe in der Vorratskammer die neuen Marmeladengläser geöffnet, hatte Ada sofort lauthals protestiert, nein, sie sei das nicht gewesen, vielmehr sei Charlotte Rogers im Dunkeln den Flur hinuntergeschlichen, sie habe es mit eigenen Augen gesehen.

Damit hatte sie sich natürlich nicht beliebt gemacht bei den beiden, aber ihre Feindschaft hatte schon viel früher angefangen, eigentlich ganz zu Anfang. Denn als Ada aus der Bibliothek gerannt war, um ihre Eltern einzuholen, war sie im Flur ausgerechnet mit Charlotte Rogers kollidiert. Charlotte hatte vor Schreck einen Schrei ausgestoßen wie eine Todesfee und damit viel Gelächter geerntet, vor allem von den kleineren Mädchen. Und dass Ada ihr ins Gesicht gezischt hatte, hatte die Sache auch nicht besser gemacht.

»Da ist ja die kleine indische Wildkatze«, hatte Charlotte bei ihrer nächsten Begegnung bemerkt.

Ada hatte allein unter dem Japanischen Ahorn an der Gartenmauer gesessen, als Charlotte zusammen mit einer ganzen Schar kichernder, blond gelockter Mädchen aufgetaucht war.

Mit einem strahlenden, verschlagenen Lächeln hatte Charlotte die Aufmerksamkeit der anderen auf Ada gelenkt. »Das ist die, von der ich eben erzählt hab, Mädels. Ihre Eltern haben sie aus Indien hierher verfrachtet, um ihr ein bisschen Zivilisation beizubringen.« Ein Mädchen musste darüber lachen, und Charlotte, angestachelt, bedachte sie mit einem kalten Blick aus ihren aufgerissenen blauen Augen. »Ich wollte dir sagen, dass wir dir alle gern helfen, Ada. Wenn also irgendetwas ist, brauchst du es nur zu sagen. Apropos, im Haus gibt es ein Wasserklosett, aber du kannst dir natürlich jederzeit hier draußen ein Loch graben, falls du dich damit wohler fühlst.«

Die Mädchen hatten alle gelacht, und Ada hatte sich zutiefst gekränkt gefühlt. Vor Wut wären ihr beinahe die Tränen gekommen. Unwillkürlich war Shashis strahlendes Gesicht vor ihrem geistigen Auge aufgetaucht, wie sie zu Hause in Bombay neben ihr auf dem Dach lag und ihr Geschichten aus ihrer Kindheit im Pandschab erzählte und Ada ein bisschen wegen ihres privilegierten Lebens in einer vornehmen Villa aufzog. Wenn Charlotte sich über Indien lustig machte, fühlte es sich für Ada so an, als würde sie Shashi verspotten und als wollte sie Ada dabei zu ihrer Komplizin machen.

Aber Ada gönnte den anderen nicht die Genugtuung, sie leiden zu sehen; sie schob ihr Heimweh und die Gedanken an Shashi beiseite und schaute wortlos durch die Mädchen hindurch, als wären sie Luft. Als die Sticheleien nicht aufhörten, hatte sie angefangen, sich leise auf Pandschabi eine Geschichte zu erzählen, so als wäre sie völlig entspannt und sorglos. Das hatte Charlotte nicht gefallen; ihr spöttisches Lächeln war noch schiefer geworden, und als sie den anderen befahl, mit ihr zu kommen, hatte sie Ada mit einem nachdenklichen Blick bedacht, als wäre sie ein Problem, das es zu lösen galt. Eine Nuss, die geknackt werden musste.

In einem Punkt hatte Charlotte recht gehabt: Ihre Eltern hatten Ada in Miss Radcliffes Internat für junge Damen gebracht in der irrigen Annahme, sie würde sich dort auf wundersame Weise in ein braves englisches Schulmädchen verwandeln. Ada war zwar daran gewöhnt, ein Wasserklosett im Haus zu haben, aber sie war keine »junge Dame«, und sie hatte auch nicht die Absicht, eine zu werden. Sie hatte nie Sticken gelernt, sie stellte viel zu viele komplizierte Fragen, und sie konnte auch nicht Klavier spielen. Zwar klimperte ihre Mutter in ihrem Haus in Indien hübsche Melodien, die man im Garten durchs offene Fenster hörte, aber Ada hatte die Klaviertasten dermaßen gequält, dass selbst ihr Vater – der seiner geliebten Tochter alles nachsah – den Kopf eingezogen hatte wie eine Schildkröte, um seine Ohren zu schützen.

Und so waren die meisten Unterrichtsstunden im Internat

für Ada die reinste Tortur. Die einzigen Fächer, die sie gern mochte, waren die, die Miss Radcliffe selbst unterrichtete: Naturwissenschaften und Geografie. Außerdem war Ada Miss Radcliffes Naturkundezirkel beigetreten. Leider gab es außer ihr nur ein weiteres Mitglied, ein Mädchen namens Meg, das äußerst einfältig war und am liebsten umherspazierte und romantische Melodien vor sich hin summte oder sich aus Kleeblüten kunstvolle Haarkränze flocht.

Für Ada war der Naturkundezirkel der einzige Trost hier in Birchwood Manor. Jeden Samstagvormittag und jeden Donnerstagnachmittag nahm Miss Radcliffe ihre beiden Mitglieder mit auf eine Wanderung durch die Natur; manchmal stapften sie dann stundenlang über matschige Wiesen, sprangen über schmale Bachläufe, erklommen Hügel und stromerten durch den Wald. Manchmal fuhren sie auch mit dem Fahrrad bis nach Uffington, um sich das White Horse, das älteste Scharrbild in England, anzusehen, oder sie kletterten auf den Hügel, auf dem die Wallburg Barbury, eine Festung aus der Eisenzeit, zu finden war. Und gelegentlich kamen sie sogar bis zu dem Steinkreis von Avebury. Mit der Zeit wurde Ada richtig gut darin, die runden Mulden im Boden zu entdecken, die Miss Radcliffe als »Viehtränken« bezeichnete; Urzeitmenschen hätten sie angelegt, erklärte sie ihnen, um immer ausreichend Trinkwasser zu haben. Miss Radcliffe sagte, wer wisse, wo man suchen müsse, könne überall Spuren von Urzeitmenschen finden.

Selbst im Wald hinter dem Internat fanden sich lauter Geheimnisse der Vergangenheit: Miss Radcliffe hatte sie an der Lichtung vorbei zu einer kleinen Erhebung geführt, die sie als »Drachenhügel« bezeichnete. »Wahrscheinlich handelt es sich um eine vorzeitliche Grabanlage«, hatte sie gesagt und ihnen erklärt, dass sie es Drachenhügel nenne, weil die Angelsachsen geglaubt hätten, dass Drachen über ihre Gräber wachten. »Die

Kelten haben das natürlich anders gesehen. Sie hätten diesen Hügel als Feenhügel bezeichnet und behauptet, darunter befinde sich der Eingang zum Feenland.«

Da war Ada das Amulett in der Bibliothek eingefallen, und sie hatte gefragt, ob Miss Radcliffe es wohl hier an diesem Ort gefunden habe. »Nein, aber in der Nähe«, hatte Miss Radcliffe geantwortet. »Ganz in der Nähe.«

Mitglied des Naturkundezirkels zu sein bedeutete für Ada, wie eine Detektivin nach Spuren und Hinweisen zu suchen, die zur Lösung von Rätseln beitrugen. Jedes Fundstück, das sie ausgruben, hatte eine Geschichte zu erzählen von einem geheimen Leben in alten Zeiten. Mit der Zeit entwickelte sich eine Art Spiel zwischen ihnen, bei dem es darauf ankam, sich für jedes Fundstück die aufregendste Geschichte auszudenken (und die plausibelste natürlich, denn schließlich waren sie Forscherinnen und keine Romanautorinnen).

Miss Radcliffe erlaubte ihnen, alles zu behalten, was sie fanden. »Die Erde gibt ihre Geheimnisse zur rechten Zeit preis, und sie entscheidet, wer ihre Schätze bekommt«, sagte sie, und davon war sie felsenfest überzeugt. »Und was ist mit dem Fluss?«, hatte Ada eines Samstagmorgens gefragt, als ihre Erkundungen sie ans Ufer der Themse geführt hatten. Sie musste an eine Geschichte denken, die Shashi ihr erzählt hatte; der Fluss, an dessen Ufer sie groß geworden sei, sei einmal über die Ufer getreten, habe das ganze Dorf überflutet und alles mitgenommen, was ihr wichtig und kostbar gewesen sei. Zu spät erkannte Ada ihren schrecklichen Fauxpas: Es wurde gemunkelt, dass Miss Radcliffes Bruder ertrunken war.

»Flüsse sind anders«, hatte die Schulleiterin schließlich mit fester Stimme geantwortet, aber die Haut unter ihren Sommersprossen war ein bisschen blasser geworden. »Flüsse sind immer in Bewegung. Sie nehmen ihre Geheimnisse und ihre Rätsel mit ins Meer.«

Eigentlich war Miss Radcliffe selbst eine Art wandelndes Rätsel. Für eine Frau, die einem Internat ihren Namen gab, in dem junge Mädchen zu zivilisierten jungen Damen erzogen werden sollten, war sie nicht besonders damenhaft. Natürlich hatte sie all die guten »Manieren«, von denen Mama so gern sprach – sie kaute nicht mit offenem Mund und rülpste nicht bei Tisch –, aber andere Wesenszüge erinnerten Ada eher an Papa: ihr entschlossener Gang, wenn sie sich auf Wanderschaft begaben, ihre Vorliebe, über Themen wie Politik oder Religion zu diskutieren, ihre Überzeugung, dass jeder immerzu nach Wissen und Bildung streben sollte. Sie verbrachte einen Großteil ihrer Zeit in der freien Natur und hatte offenbar keinen Sinn für Mode, denn sie kleidete sich immer gleich: dunkle Lederstiefel mit Knöpfen, dunkelgrünes Kostüm (der Saum des langen Rocks war immer schlammverschmiert). Sie besaß einen großen Korb, der Ada an Shashi erinnerte, und sie trug ihn überall mit sich herum. Aber im Gegensatz zu Shashi, die ihren Korb mit Obst und Gemüse füllte, benutzte Miss Radcliffe den ihren, um Stöcke und Steine und Vogeleier und Federn und überhaupt alles zu sammeln, was auf ihren Wanderungen ihr Interesse weckte.

Ada war nicht die Einzige, der Miss Radcliffes Schrulligkeit aufgefallen war. Das Internat gehörte ihr, aber bis auf wenige Gelegenheiten, bei denen sie leidenschaftliche Reden hielt und den Mädchen ins Gewissen redete, sie sollten so viel wie möglich lernen, und ihnen banale Lebensweisheiten mit auf den Weg gab wie »Zeit ist euer kostbarstes Gut, Mädchen, und es gibt nichts Dümmeres, als seine Zeit zu vergeuden«, verließ sie sich in Sachen Verwaltung und Disziplin ganz auf ihre Vertreterin Miss Thornfield. Unter den Schülerinnen wurde gemunkelt, sie sei eine Hexe. Man brauchte ja nur all die Pflanzen und merkwürdigen Dinge zu sehen, die sie sammelte, ganz zu schweigen von dem Ort, an dem sie die Sachen aufbewahrte, einer kleinen Kammer, die an ihr Schlafzimmer grenzte und die niemand betreten durfte. »Da macht sie ihre Beschwörungen«, flüsterte Angelica Barry gern. »Ich hab schon oft durch die Wand ihren Singsang gehört.« Und Meredith Sykes, der es einmal gelungen war, einen heimlichen Blick durch den Türspalt zu erhaschen, schwor, dass sie zwischen all den Pflanzen und Fossilien einen menschlichen Schädel gesehen habe.

Eins jedenfalls stand außer Frage: Miss Radcliffe liebte ihr Haus. Nichts konnte sie aus der Ruhe bringen, außer sie erwischte eins der Mädchen dabei, wie es das Treppengeländer hinunterrutschte oder mit den Füßen gegen die Fußleisten trat. Während einer ihrer Wanderungen durch Wiltshire hatten sie über Einsamkeit und besondere Orte gesprochen, und Miss Radcliffe hatte Ada erzählt, dass Birchwood Manor einmal ihrem Bruder gehört habe, der schon viele Jahre tot sei, und dass sie sich, obwohl er ihr mehr fehle als irgendjemand auf der Welt, ihm nah fühle, wenn sie im Haus sei.

»Er war Künstler«, hatte Meg einmal aus heiterem Himmel gesagt und von dem Kleeblütenkranz aufgeblickt, den sie gerade flocht. »Also, Miss Radcliffes Bruder. Ein ganz berühmter sogar, aber seine Verlobte wurde erschossen, und die Trauer um sie hat ihn in den Wahnsinn getrieben.«

Nachdem ihre Peinigerinnen sie aus ihren Gedanken gerissen hatten, veränderte Ada in ihrem Versteck in der Wand vorsichtig ihre Position, darauf bedacht, nur ja kein Geräusch zu machen. Sie wusste nicht viel über Geliebte und Verlobte, aber sie wusste, wie sehr es schmerzte, von einem geliebten Menschen getrennt zu sein, und Miss Radcliffe tat ihr unendlich leid. Sie war zu dem Schluss gekommen, dass der Tod ihres Bruders die tiefe Traurigkeit erklärte, die manchmal über Miss Radcliffe kam, wenn sie sich unbeobachtet glaubte.

Plötzlich ertönte Miss Radcliffes Stimme, so als hätten Adas

Gedanken sie herbeigerufen. »Was macht ihr hier, Mädchen?«, fragte sie. »Ihr wisst doch, dass Miss Thornfield es nicht gern sieht, wenn ihr im Haus herumschleicht.«

»Ja, Miss Radcliffe«, antworteten sie im Chor.

»Ich kann mir nicht vorstellen, was es hier Interessantes zu sehen gibt.«

»Nichts, Miss Radcliffe.«

»Ich hoffe, ihr passt auf, dass ihr mit euren Hockeyschlägern keine Dellen in meine Wände schlagt.«

»Ja, Miss Radcliffe.«

»Und jetzt ab mit euch. Wenn ich nichts mehr von euch höre, werde ich vielleicht davon absehen, euren Regelverstoß Miss Thornfield zu melden.«

Als Ada die Mädchen weglaufen hörte, stieß sie einen Seufzer der Erleichterung aus.

»Du kannst herauskommen«, sagte Miss Radcliffe und klopfte an die Wand. »Du musst doch bestimmt auch zum Unterricht.«

Ada griff in den verborgenen Riegel, schob das Paneel beiseite und öffnete die Tür. Miss Radcliffe war bereits spurlos verschwunden. Ada kletterte aus ihrem Versteck und wunderte sich einmal mehr, wie nahtlos das Paneel wieder an seinen Platz glitt. Wer nicht wusste, dass hier eine Tür war, konnte sie unmöglich finden.

Es war Miss Radcliffe gewesen, die ihr das geheime Versteck gezeigt hatte. Sie hatte Ada einmal in der Bibliothek erwischt, wo sie sich hinter einem der schweren Brokatvorhänge versteckte und den Handarbeitsunterricht schwänzte. Miss Radcliffe hatte sie mit in ihr Büro genommen, um »ein Wörtchen« mit ihr zu reden. Ada hatte sich auf eine Standpauke gefasst gemacht, aber stattdessen hatte Miss Radcliffe sie aufgefordert, »irgendwo« Platz zu nehmen, und gesagt: »Ich war kaum älter als du, als ich zum ersten Mal in dieses Haus gekommen bin. Mein Bruder und seine Freunde waren schon erwachsen und viel zu sehr mit sich selbst beschäftigt, um sich für mich zu interessieren. Man hat mich einfach machen lassen, wie es so schön heißt, und da ich von Natur aus neugierig bin, habe ich Haus und Gelände gründlicher erforscht, als man vielleicht von mir erwartet hatte.«

Das Haus sei sehr alt, sagte sie, mehrere Hundert Jahre, und als es erbaut worden sei, hätten gewisse Leute guten Grund gehabt, sich zu verstecken. Dann hatte sie Ada aufgefordert, ihr zu folgen, und während alle anderen Mädchen Beethovens *Ode an die Freude* sangen, hatte Miss Radcliffe Ada das geheime Versteck in der Nähe der Eingangshalle gezeigt. »Ich weiß nicht, wie es dir geht«, hatte sie gesagt, »aber ich bin schon mehr als ein Mal in Situationen geraten, in denen ich mich unbedingt unsichtbar machen wollte.«

Jetzt lief Ada zur Haupttreppe. Aber anstatt nach unten zum Musikunterricht zu gehen, stieg sie die Treppe hinauf bis zum Dachboden in das Zimmer, das sie sich mit Margaret Worthington teilte.

Sie hatte nicht viel Zeit, der Musikunterricht war bald zu Ende, und dann war die Schule aus. Ada kniete sich vor ihr Bett, schob den leinenen Volant zur Seite und zog ihren Koffer unter ihrem Bett hervor.

Sie hob den Deckel an, und das winzige Fellknäuel schaute sie an und miaute kläglich.

Sie nahm den kleinen Kater heraus und drückte ihn liebevoll an sich. »Schsch, Kleiner«, flüsterte sie. »Es ist alles gut, ich bin bei dir.«

Das Katerchen knetete ihr Kleid mit seinen samtenen Pfötchen und begann, empört zu maunzen. Lächelnd langte Ada in die tiefe Tasche ihres Trägerkleids, das Mama für sie bei Harrods ausgesucht hatte, und nahm das Glas Sardinen heraus, das sie aus der Küche stibitzt hatte.

Während der kleine Kater sich streckte und die Dachkammer

abschritt, als wäre sie die weite Savanne, öffnete Ada das Glas und nahm eine einzelne glitschige Sardine heraus. Dann hielt sie sie zwischen zwei Fingern hoch und rief leise: »Komm her, Katerchen! Komm her, Bill.«

Bill kam sofort angelaufen und verschlang die Sardine und nacheinander auch alle anderen, bis das Glas leer war. Dann miaute er, bis Ada das Glas auf den Boden legte, sodass er es leer schlecken konnte. »Du kleiner Gierhals«, sagte sie liebevoll. »Du hast dir das ganze Schnäuzchen bekleckert.«

Eine Woche zuvor hatte Ada Bill das Leben gerettet. Um Charlotte und May aus dem Weg zu gehen, war sie bis ans Ende der Wiese spaziert, wo die Themse eine Biegung um das Wäldchen machte und aus dem Blickfeld verschwand.

Hinter den Bäumen hatte Ada Geräusche gehört, die sie an Festtage in Bombay erinnerten, und sie war der Themse gefolgt, bis sie an eine Lichtung kam, wo Zigeuner ihr Lager aufgeschlagen hatten. Mehrere Wohnwagen standen um ein Feuer herum, es gab Pferde und Hunde, und ein paar Kinder ließen einen Drachen mit einem bunten Schweif hoch in die Luft steigen.

Ada hatte einen zerlumpten Jungen entdeckt, der allein zum Ufer ging. Er trug einen Sack über der Schulter und pfiff ein Lied vor sich hin, das ihr irgendwie bekannt vorkam. Neugierig geworden, war Ada ihm gefolgt. Sie kauerte sich hinter einen Baum und sah zu, wie der Junge nacheinander Gegenstände aus seinem Sack nahm und ins Wasser warf. Zuerst dachte sie, er würde Kleidungsstücke in den Fluss werfen, um sie zu waschen, so wie sie es aus Dhobi Ghat in Indien kannte. Erst als sie das erste Miauen hörte, wurde ihr klar, dass das keine Kleidungsstücke waren und dass er auch nicht vorhatte, irgendetwas zu waschen.

Sie war aufgesprungen und zu ihm gelaufen. »He, du! Was machst du da!«

Der Junge hatte sich ruckartig zu ihr umgedreht, die Augen vor Schreck geweitet.

»Ich hab dich gefragt, was du da machst«, sagte Ada mit zitternder Stimme.

»Ich erlöse sie von ihrem Elend, wie man es mir aufgetragen hat.«

»Wie kannst du nur so grausam sein! Du elender Feigling! Du Verbrecher!«

Der Junge hob die Brauen, und zu ihrem Verdruss bemerkte Ada, dass er sich über sie amüsierte. Wortlos langte er in den Sack, nahm das letzte Kätzchen heraus und hielt es am Nackenfell hoch.

»Du *Mörder*!«, zischte sie.

»Mein Vater ermordet *mich*, wenn ich nicht tue, was er mir sagt.«

»Gib mir sofort das Kätzchen!«

Achselzuckend ließ der Junge das Kätzchen in Adas ausgestreckte Hände fallen, warf sich den Sack wieder über die Schulter und ging zurück ins Lager.

Seitdem hatte Ada viel über Bills Geschwister nachgedacht. Manchmal fuhr sie mitten in der Nacht aus dem Schlaf und wusste nicht, wie sie die Bilder von den ertrunkenen Kätzchen abschütteln sollte, deren leblose Körper von der Strömung hin- und hergeworfen und ins Meer hinausgetragen wurden.

Jetzt fauchte Bill leise, als Ada ihn allzu fest an sich drückte.

Ein Geräusch auf der Treppe schreckte sie auf, Schritte, die sich näherten. Hastig setzte Ada Bill zurück in den Koffer, klappte den Deckel zu, sorgsam darauf bedacht, einen Spalt offen zu lassen, und schob den Koffer wieder unters Bett. Es war keine ideale Lösung, aber vorerst musste es so gehen. Miss Thornfield gestattete keine Haustiere.

Ada hatte sich gerade aufgerichtet, als die Tür aufging. Sie bemerkte, dass der Volant noch hochgeschlagen war, doch daran ließ sich jetzt nichts ändern.

Charlotte Rogers stand in der Tür.

Sie lächelte Ada an, aber Ada war klug genug, das Lächeln nicht zu erwidern. Sie blieb wachsam.

»Da bist du ja«, sagte Charlotte zuckersüß. »Du hast dich heute ziemlich rargemacht.« Ada hoffte inständig, dass Bill in seinem Koffer stillhalten würde. »Ich bin hier, um dir eine Nachricht zu überbringen – eine schlechte, fürchte ich. Miss Thornfield weiß, dass du den Musikunterricht geschwänzt hast, und ich soll dich zu ihr schicken, damit sie dich bestrafen kann.« Sie setzte ein gespielt mitfühlendes Lächeln auf. »Du könntest hier viel besser zurechtkommen, wenn du dich an die Regeln halten würdest, Ada. Und Regel Nummer eins lautet, dass ich immer gewinne.« Sie wandte sich zum Gehen, drehte sich jedoch noch einmal um. »Und mach dein Bett ordentlich, sonst muss ich Miss Thornfield auch noch berichten, dass du schlampig bist.«

Auf dem Weg die Treppe hinunter hatte Ada die Fäuste dermaßen fest geballt, dass noch Stunden später zu sehen war, wo sich ihre Fingernägel in die Handballen gegraben hatten. Inzwischen war klar, dass sie den Zermürbungskrieg mit Charlotte Rogers und May Hawkins nicht gewinnen konnte, indem sie ihnen aus dem Weg ging. Aber aufzugeben kam auch nicht infrage, und das bedeutete, dass sie würde zurückschlagen müssen, und zwar auf eine Weise, die dazu führte, dass die beiden sie ein für alle Mal in Frieden ließen.

Sie hörte kaum, was Miss Thornfield ihr über Säumigkeit zu sagen hatte, und als die Strafe ausgesprochen wurde – zwei Wochen lang keine Wanderungen mit dem Naturkundezirkel, stattdessen den Schneiderinnen beim Nähen der Kostüme für das Schuljahresabschlusskonzert helfen –, war sie zu sehr in Gedanken, um zu protestieren.

Den ganzen Nachmittag zerbrach sie sich den Kopf, aber erst mitten in der Nacht, als Margaret im Bett an der anderen Wand leise schnarchte und Bill in ihren Armen schnurrte, kam ihr die richtige Idee.

Und als sie ihr kam, war sie so klar und eindeutig, als wäre jemand ins Zimmer gekommen, hätte sich neben ihr Bett gekniet und sie ihr ins Ohr geflüstert.

Ada lächelte im Dunkeln vor sich hin: Der Plan war perfekt und verblüffend simpel. Und das Beste war: Charlotte Rogers hatte einen entscheidenden Anteil daran, dass sich ihr die perfekte Gelegenheit bieten würde, ihren Plan in die Tat umzusetzen.

Kapitel 12

Das Konzert am Schluss des Schuljahrs hatte in Miss Radcliffes Internat für junge Damen Tradition, und die Proben dafür begannen immer schon in der ersten Woche des zweiten Halbjahrs. Miss Byatt, die magere, nervöse Musik- und Theaterlehrerin, hatte zahlreiche Schülerinnen vorsprechen lassen und fünfzehn Programmpunkte zusammengestellt, zu denen Musikdarbietungen, Vorträge von Gedichten und Theatermonologe gehörten.

Ada sollte »Maus zwei« in einer Szene des Märchenspiels Cinderella sein, eine Rolle, in der sie sich weder bewegen noch etwas sprechen musste. Als entfernte Cousine von Ms. Ellen Terry wurde Charlotte Rogers (vor allem von sich selbst) als überragende Shakespearedarstellerin angesehen und trat folglich dreimal im Programm auf: Sie rezitierte ein Sonett, sprach den »Fort, verdammter Fleck!«-Monolog von Lady Macbeth und sang ein Lied, am Klavier begleitet von ihrer Freundin May Hawkins.

Da es im Haus keinen ausreichend großen Raum gab, wurde das Konzert in der langen Scheune aufgeführt. Schon Tage vor der Veranstaltung mussten alle Mädchen Stühle aus dem Haus in die Scheune tragen und dort in Reihen aufstellen; alle, die nicht das Glück gehabt hatten, eine Rolle abzubekommen, waren automatisch damit beauftragt, sich an der Organisation zu beteiligen, wozu auch gehörte, die Bühne aufzubauen und die Bühnenvorhänge an den Balken aufzuhängen.

Wegen der Strafe, die Miss Thornfield ihr auferlegt hatte, verbrachte Ada ihre gesamte Freizeit bei den Näherinnen, die unter Hochdruck alle Kostüme fertigstellten. Leider lagen Ada Handarbeiten überhaupt nicht, und sie war nicht in der Lage, zwei Stoffteile mit sauberen Rückstichen zusammenzunähen. Also hatte man ihr eine winzige Schere in die Hand gedrückt und sie mit der Aufgabe betraut, alle losen Fäden abzuschneiden und die Nähte zu versäubern.

»Sie ist immer die Erste, die erscheint, und sie gibt die ganze Zeit keinen Mucks von sich, weil sie sich so sehr auf ihre Arbeit konzentriert«, berichtete die Handarbeitslehrerin Miss Thornfield, worauf die stellvertretende Internatsleiterin mit einem schmallippigen Lächeln antwortete: »Gut zu hören.«

Am Morgen des Konzerts herrschte im ganzen Internat reges Treiben. Der Unterricht fiel aus, damit noch einmal eine Generalprobe abgehalten werden und das Konzert pünktlich am Nachmittag um vier Uhr beginnen konnte.

Um zwei Minuten vor vier gab Miss Thornfield Valerie Miller (die sich vergeblich mit einer Nummer beworben hatte, die darin bestand, *My Wild Irish Rose* mit Kuhglocken vorzutragen) das Zeichen, ihre Glocken zu läuten und damit den Beginn des Konzerts anzukündigen. Die Schülerinnen, Eltern und Geschwister sowie einige sehr wichtige Gemeindemitglieder hatten ihre Plätze bereits eingenommen. Als das Glockensignal ertönte, kehrte Stille ein, das Licht ging aus, der schwarze Vorhang fiel, und das Rampenlicht wurde eingeschaltet.

Nacheinander kamen die Darstellerinnen und Musikerinnen auf die Bühne, sangen und rezitierten mit großem Einsatz, und das Publikum applaudierte eifrig. Aber das Programm war lang, und nach einer Stunde hatte die Begeisterung schon etwas nachgelassen. Als Charlotte Rogers zum dritten Mal die Bühne betrat, zappelten die kleineren Kinder mit knurrendem Magen auf ihren Plätzen herum.

Als erfahrene Schauspielerin jedoch ließ Charlotte sich nicht beirren. Sie stellte sich breitbeinig an den Bühnenrand und lächelte selbstbewusst ins Publikum. Ihre blonden Locken umspielten ihre Schultern, und May Hawkins am Flügel wartete mit bewunderndem Blick auf das Zeichen für ihren Einsatz.

Aber Ada interessierte sich nur für Charlottes Kostüm: eine sehr frauliche Kombination aus Rock und Bluse – natürlich einem der Bühnenkostüme nachempfunden, das Ellen Terry kürzlich getragen hatte –, die sie älter und erwachsener wirken ließ.

Von ihrem Platz in einer der hinteren Reihen aus verfolgte Ada das Geschehen auf der Bühne mit einer Konzentration, als könnte sie mit der Kraft ihres Blicks Dinge bewegen. Sie war nervös – viel nervöser als vorhin in ihrer Rolle als Maus zwei. Ihre Hände waren feucht und auf ihrem Schoß zu Fäusten geballt.

Es passierte, als Charlotte die höchste Note sang, an einer schwierigen Stelle, die sie seit einem Monat täglich geprobt hatte. Vielleicht lag es daran, dass sie besonders tief hatte einatmen müssen, um das hohe C zu treffen, oder daran, dass sie überaus flehentlich die Arme gehoben hatte. Wie auch immer – in dem Augenblick, als Charlotte das hohe C sang, fiel ihr Rock.

Der Rock rutschte nicht langsam herunter. Er fiel plötzlich und gänzlich und landete in einem Häufchen aus weißer Spitze und Leinen um ihre zarten Knöchel.

Es war tausendmal besser, als Ada es sich hätte träumen lassen.

Als sie ein Stück Naht am Bund von Charlottes Rock aufgetrennt hatte, hatte sie gehofft, dass der Rock ein bisschen verrutschen und für Verwunderung und Ablenkung sorgen würde, aber das hatte sie nicht erwartet. Wie der Rock heruntergefallen war! Noch dazu genau im perfekten Moment, so als wäre eine unsichtbare, von Ada herbeigerufene Macht in die Halle gerauscht und hätte Charlottes Rock auf Adas Befehl hin heruntergerissen …

Es war das Allerlustigste, was Ada seit Langem erlebt hatte. Und nach dem lauten, hemmungslosen Gelächter zu urteilen, das die ganze Scheune erfüllte, ging es allen anderen genauso.

Während Charlotte mit hochrotem Kopf ihr Lied zu Ende sang und das Publikum lachte und johlte und applaudierte, war Ada zum ersten Mal seit ihrer Ankunft in Birchwood Manor beinahe glücklich.

Beim Abendessen nach dem Konzert ging es traditionell etwas ungezwungener zu als gewöhnlich, und selbst Miss Thornfield, für die normalerweise jede schulische Veranstaltung bitterer Ernst war, ließ sich überreden, die Preise für die beliebtesten Schülerinnen des Jahrgangs persönlich zu überreichen. Dabei handelte es sich um eine Reihe von unterhaltsamen Auszeichnungen, die von den Schülerinnen nach Abstimmung vergeben wurden und zum Ziel hatten, zur festlichen Stimmung und zur Ausgelassenheit am Ende des Schuljahres beizutragen.

Für die meisten Schülerinnen war dies das letzte gemeinsame Abendessen bis zum Beginn des neuen Schuljahres. Nur ganz wenige Mädchen – diejenigen, die weder mit der Eisenbahn noch mit der Kutsche nach Hause fahren konnten, oder diejenigen, deren Eltern den Sommer auf dem Kontinent verbrachten und ihre Töchter nicht hatten mitnehmen können – blieben über die Sommerferien im Internat. Eine von ihnen war Ada.

Diese Aussicht versetzte ihrer Hochstimmung nach ihrem spektakulären Erfolg einen gewaltigen Dämpfer. Still und betrübt verdrückte sie gerade ihre zweite Portion Nachtisch und betrachtete ihren Preis für »besonderes Geschick mit Nadel und Faden« (zweifellos ausgestellt vor der Katastrophe mit Charlottes Kostüm), während die anderen Mädchen aufgeregt über die bevorstehenden Ferien schnatterten, als der Postbote kam.

Ada war so sehr daran gewöhnt, dass für sie nichts dabei war, dass ihre Tischnachbarin sie zweimal in die Rippen knuffen musste, als ihr Name aufgerufen wurde. Vorne am Lehrertisch hielt die Schülerin, die gerade Postdienst hatte, ein großes Paket hoch.

Ada sprang auf und wäre vor lauter Eile, ihr Paket entgegenzunehmen, beinahe über ihre eigenen Füße gestolpert.

Mit ihrer kleinen Nähschere zerschnitt sie hastig die Kordel, mit der das Paket verschnürt war.

Zum Vorschein kam eine wunderschöne, kunstvoll verzierte Schachtel, das perfekte Haus für Bill, dachte Ada sofort. Und in der Schachtel befanden sich ein dicker Briefumschlag, vermutlich mit einem Brief von Mama, ein neuer Sonnenhut, zwei Sommerkleider und ein kleines Päckchen, das Adas Herz höher schlagen ließ. Sie erkannte Shashis Handschrift auf der beiliegenden Karte sofort. »Liebe *pilla,* eine Kleinigkeit von mir«, schrieb sie auf Pandschabi, »die dich an Zuhause erinnern soll, während du unter den Affenärschen lebst.«

Ada riss das Päckchen auf; darin lag ein kleines, in schwarzes Leder gebundenes Buch. Es enthielt keine Wörter, sondern lauter gepresste Blumen: orangefarbene Hibiskusblüten, malvenfarbene Kräuselmyrte, violette Passionsblumen, weiße Spinnenlilien, rote Calliandra. Sie stammten alle aus Shashis eigenem Garten, und Ada fühlte sich augenblicklich wieder wie zu Hause. Sie spürte die schwüle Luft Indiens im Gesicht, sog den Sommerduft ein, hörte den Gebetsgesang bei Sonnenuntergang am Strand.

Ada war derart verzückt, dass sie Charlotte Rogers erst bemerkte, als ihr Schatten auf den Tisch fiel.

Ada blickte auf. Vor ihr stand Charlotte, wie üblich in Begleitung ihrer Adjutantin May Hawkins. Alle am Tisch waren verstummt, als die beiden sich Ada genähert hatten. Instinktiv klappte Ada Shashis Buch zu und schob es unter das Geschenkpapier.

»Ich nehme an, du hast gesehen, was auf der Bühne passiert ist«, sagte Charlotte.

»Ja, schrecklich«, antwortete Ada. »Was für ein Pech.«

Charlotte lächelte grimmig. »Ich war schon immer davon überzeugt, dass jeder seines Glückes Schmied ist.«

Ada wusste nicht, was sie darauf erwidern sollte. Sie konnte Charlotte ja schlecht zustimmen.

»Ich hoffe, dass ich in Zukunft mehr Glück habe«, sagte Charlotte und streckte die Hand aus. »Frieden?«

Ada beäugte Charlottes Hand, dann schlug sie ein. »Frieden.«

Sie schüttelten einander feierlich die Hand, und als Charlotte nach kurzem Zögern lächelte, erwiderte Ada ihr Lächeln.

Und so kam es, dass sich Ada, obwohl sie dem Picknick zum Schuljahresabschluss nicht gerade mit Begeisterung entgegengesehen hatte, nach ihrer Versöhnung mit Charlotte Rogers doch darauf freute. Es würde Ballspiele geben, Wettstreite im Ringewerfen und Seilspringen, und ein paar der älteren Mädchen hatten Miss Radcliffe sogar überredet, das kleine hölzerne Ruderboot aus der Scheune hinter dem Haus holen und zu Wasser lassen zu dürfen. Der Gärtner hatte sich das Boot angesehen, ein paar Reparaturen durchgeführt und es für flusstauglich erklärt.

Es war ein warmer, sonniger Tag. Bis zum Mittag hatte sich der sommerliche Morgennebel verzogen, der Himmel war strahlend blau, und der Garten schimmerte in allen Farben. Unten an der Themse wurden im Schatten unter zwei Trauerweiden die Körbe mit den Leckereien bereitgestellt, und auf dem Gras wurden Decken ausgebreitet, auf denen die Lehrerinnen es sich sogleich bequem machten. Einige Mädchen hatten weiße Parasols mitgebracht, andere trugen Sommerhüte. Auf Miss Radcliffes Anweisung hin hatte der Gärtner einen Holztisch aus dem Haus ans Ufer getragen. Er war geschmückt mit einer weißen Spitzendecke und einer Vase mit gelben und rosafarbenen Rosen, und darauf standen Krüge mit kalter Limonade, eine Teekanne aus Porzellan und verschiedene Gläser und Tassen bereit.

Shashi hatte Ada oft scherzhaft als Leckermaul bezeichnet, und es stimmte, Ada freute sich immer auf das Essen. Zum Glück war das Picknick keine Enttäuschung. Sie setzte sich auf die Decke neben Miss Radcliffe, die sich ein herzhaftes Käsesandwich einverleibte, während sie Ada auf das Wäldchen aufmerksam machte und ihr erzählte, wie sie Birchwood Manor zum ersten Mal gesehen hatte. Ihr Bruder Edward hatte darauf bestanden, dass sie vom Bahnhof in Swindon aus zu Fuß herkamen, und sie waren durch dieses Wäldchen gestapft, und als sie ins Freie getreten waren, hatte sich das Haus wie eine Vision vor ihnen erhoben.

Ada hörte ihr gespannt zu. Sie liebte Geschichten, und Miss Radcliffe war normalerweise in dieser Hinsicht nicht allzu freigiebig. Bisher hatte Ada sie erst ein einziges Mal so erlebt. Es war auf dem Rückweg von einer ihrer Wanderungen gewesen, es war spät geworden, und Birchwood Manor hatte sich wie ein großes Schiff vor dem Abendhimmel abgezeichnet. In einem der oberen Fenster hatte sich die untergehende Sonne orangefarben gespiegelt, und wie aus dem Nichts hatte sich eine Geschichte entsponnen von verwunschenen Kindern und einer Feenkönigin. Begeistert hatte Ada um eine weitere Geschichte gebeten, doch Miss Radcliffe hatte sich nicht erweichen lassen. Sie hatte behauptet, sie kenne keine andere Geschichte.

Einige Mädchen begannen, auf dem von der Sonne erwärmten Gras Blindekuh zu spielen. Indigo Harding bekam mit einem weißen Halstuch die Augen zugebunden, und dann wurde sie von den Mädchen zehnmal um die eigene Achse gedreht. Nachdem sie alle im Chor »Zehn!« gerufen hatten, bildeten sie einen großen Kreis um Indigo, die mit ausgestreckten Armen und ganz benommen lostorkelte, um ihre Mitspielerinnen zu fangen. Ada hatte eigentlich gar nicht mitspielen wollen, aber als sie näher heranging, wurde sie mit einbezogen, und dann begann auch sie, Indigo mit Rufen in die Irre zu locken, um ihren Armen auszuweichen, wenn sie in die Nähe kam.

Jede spielte einmal die »Blinde Kuh«, doch als Ada an die Reihe kam, war es vorbei mit ihrer Ausgelassenheit. Plötzlich war sie zutiefst argwöhnisch. Bei diesem Spiel ging es um Vertrauen, und sie kannte diese Mädchen kaum. Sie befanden sich am Ufer der Themse, und sie hatte Angst vor Wasser. Solche und ähnliche Gedanken schossen ihr durch den Kopf, als sie May Hawkins' Blick begegnete. May nickte kaum merklich, so als würde sie Ada signalisieren, dass sie sie verstand. Am Abend zuvor hatten sie einander Frieden versprochen, und jetzt war der Moment gekommen, dieses Versprechen auf die Probe zu stellen.

Sie hielt still, während ihr die Augen verbunden wurden, dann ließ sie sich von den anderen drehen, die im Chor von eins bis zehn zählten. Ada wurde schwindelig, und sie musste über sich selbst lachen, als sie wankend loslief, um die anderen zu fangen. Sie fuchtelte mit den Armen, lauschte auf die Stimmen. Die Luft fühlte sich schwer und feucht an, sie hörte die Grillen trotzig im trockenen Gras zirpen, und irgendwo hinter ihr sprang ein Fisch aus dem Wasser und landete mit einem fröhlichen Platsch wieder im Fluss. Endlich berührten ihre Fingerspitzen ein Gesicht, und jemand lachte. Ada riss sich das Tuch von den Augen. Schweiß hatte sich auf ihrer Oberlippe gebildet. Ihr Hals war ganz steif von der Anspannung. Als sie in dem hellen Licht blinzelte, empfand sie eine seltsame Mischung aus Erleichterung und Triumphgefühl.

»Komm«, sagte May, die plötzlich neben ihr stand. »Ich hab eine Überraschung für dich.«

Charlotte saß bereits im Boot, als May und Ada am Ufer ankamen. Sie lächelte ihnen entgegen und winkte. »Ich warte schon eine Ewigkeit!«

»Tut mir leid«, sagte May. »Wir haben Blindekuh gespielt.«

»Jetzt aber los!«

Ada blieb wie angewurzelt stehen. »Ich kann nicht schwimmen.«

»Ich auch nicht«, sagte May und kniff die Augen gegen das helle Sonnenlicht zusammen. »Wer hat denn was von Schwimmen gesagt?«

»Hier ist es sowieso ganz flach«, sagte Charlotte. »Wir rudern nur ein kleines Stück flussaufwärts und lassen uns dann gemütlich wieder flussabwärts treiben. Es ist so ein schöner Tag.«

Es stimmte, was Charlotte sagte: Wassergräser wiegten sich unter der Oberfläche, hier war es wirklich nicht sehr tief.

Charlotte hielt eine kleine Papiertüte hoch. »Ich hab ein paar Süßigkeiten eingepackt.«

May strahlte. Sie stieg von dem einfachen Holzsteg, an dem das Boot festgemacht war, ins Boot und setzte sich auf die Bank in der Mitte.

Ada betrachtete die Tüte mit den Süßigkeiten, die beiden lächelnden Mädchen, das Wasser, das in der Sonne glitzerte. Sie hörte Shashi sagen, sie solle keine Angst haben, manch einer lebe sein Leben nur halb, weil er sich vor allem fürchte …

»Los, komm!«, rief May. »Sonst wollen noch andere das Boot haben!«

Also entschloss sich Ada, ins Boot zu steigen. Sie lief ans Ende des Stegs und ließ sich von May helfen. »Und was mach ich jetzt?«, fragte sie, nachdem sie auf der hinteren Bank Platz genommen hatte.

»Nichts. Du brauchst nur dazusitzen«, sagte Charlotte, während sie das Boot losmachte. »Alles andere kannst du uns überlassen.«

Ada war erleichtert, denn sie war viel zu sehr damit beschäftigt, sich festzuklammern, als dass sie noch etwas anderes hätte tun können. Sie spürte, wie das Boot schaukelte, als Charlotte es mit dem Ruder vom Steg abstieß.

Dann glitten sie über das Wasser. Es war *beinahe* schön. Und sie wurde noch nicht einmal seekrank.

»Natürlich nicht«, sagte Charlotte lachend, als Ada eine Bemerkung dazu machte. »Wir sind schließlich nicht auf dem Meer.«

Charlotte ruderte, und langsam fuhren sie stromaufwärts. Eine Entenmutter ließ sich mit ihren neun Küken in die andere Richtung an ihnen vorbeitreiben. Vögel zwitscherten in den Weiden, die das Ufer säumten, auf einer Wiese wieherte ein Pferd. Immer weiter entfernten sie sich von den anderen Mädchen. Schließlich machte der Fluss eine Biegung, und sie waren allein.

In einiger Entfernung war das Zigeunerlager zu sehen. Ada fragte sich, ob die beiden vorhatten, bis dorthin zu rudern. Oder vielleicht sogar bis zur Schleuse.

Doch als sie sich dem Wäldchen näherten, hörte Charlotte auf zu rudern. »Das reicht. Mir tun die Arme weh.« Sie hielt die Papiertüte hoch. »Hunger?«

May nahm sich ein Zuckerbonbon und reichte die Tüte an Ada weiter, die sich für ein schwarz-weiß gestreiftes Minzbonbon entschied.

Die Strömung war nicht sehr stark, und anstatt stromabwärts

zu treiben, schaukelte das Boot ruhig an Ort und Stelle. Auch wenn das Picknick nicht mehr in ihrem Sichtfeld war, konnte Ada jenseits der Wiesen die beiden Giebel auf der Rückseite des Schulgebäudes sehen. Sie musste an Miss Radcliffes Beschreibung von Birchwood Manor als »Vision« denken und merkte, dass sie begann, eine ähnliche Zuneigung zu dem Haus zu entwickeln wie ihre Lehrerin.

»Schade, dass wir anfangs überhaupt nicht miteinander zurechtgekommen sind«, sagte Charlotte nach einer Weile. »Ich wollte dir eigentlich immer nur helfen, Ada. Ich weiß selbst, wie schwierig es ist, die Neue zu sein.«

Ada nickte.

»Aber du hörst ja nicht zu, du begreifst einfach nichts.«

Obwohl Charlotte immer noch lächelte, hatte Ada plötzlich eine ganz schlimme Vorahnung. Charlotte langte unter ihre Bank und holte etwas darunter hervor.

Es war die schöne Schachtel, die in dem Paket aus Indien gewesen war.

Starr vor Schreck sah Ada, wie Charlotte den Deckel von der Schachtel hob und ein kleines Fellknäuel herausnahm. »Er ist wirklich putzig, das muss ich zugeben. Aber in Miss Radcliffes Internat sind nun mal keine Haustiere erlaubt, Ada.«

Ada sprang so heftig auf, dass das Boot wie wild zu schaukeln begann. »Gib ihn mir!«

»Du wirst richtig großen Ärger bekommen, wenn du nicht zulässt, dass ich dir helfe.«

»Gib ihn mir!«

»Was glaubst du wohl, was Miss Thornfield sagt, wenn ich ihr von deinem Kätzchen erzähle?«

»Gib ihn mir!«

»Ich glaube, sie versteht nicht, was du meinst«, sagte May Hawkins.

»Nein, sie versteht es wirklich nicht«, sagte Charlotte. »Schade.

Dann muss ich wohl etwas deutlicher werden.« Sie rutschte zum Bootsrand und hielt Bill am ausgestreckten Arm über das Wasser, sodass er es beinahe berührte. Das winzige Kätzchen strampelte ängstlich mit den Hinterbeinen und versuchte verzweifelt, sich in Sicherheit zu bringen. »Ich hab's dir gesagt, Ada, Regel Nummer eins: Ich gewinne immer.«

Ada machte einen Schritt, und das Boot schaukelte noch heftiger. Sie musste Bill retten.

Um ein Haar hätte sie das Gleichgewicht verloren, aber sie setzte sich nicht. Sie musste jetzt mutig sein.

May hielt Ada an den Beinen fest, damit sie nicht an ihr vorbeikam.

»Zeit, dich zu verabschieden«, sagte Charlotte.

»Nein!« Ada riss sich von May los, um sich auf Charlotte zu stürzen.

Das Boot schaukelte jetzt so stark, dass Ada auf die Holzplanken fiel.

Charlotte hielt Bill immer noch über das Wasser, während Ada sich aufrappelte und noch einmal versuchte, sich auf Charlotte zu stürzen, aber wieder schlug sie der Länge nach hin. Diesmal jedoch nicht auf die Holzplanken.

Das Wasser war viel kälter, als sie es sich vorgestellt hatte, und viel härter. Sie japste nach Luft und ruderte mit den Armen. Sie bekam Wasser in den Mund und in die Augen und konnte kaum noch etwas sehen.

Es gelang ihr nicht, oben zu bleiben. Sie konnte nicht um Hilfe rufen. Sie geriet in Panik.

Sie sank unter Wasser, tiefer und immer tiefer, strampelte mit Armen und Beinen, schluckte Wasser. Ihre Lunge brannte.

Alles war so anders hier unten. Alles klang anders. Und es wurde immer dunkler. Die Sonne war nur noch als winziger, silbriger Fleck zu erkennen, aber Ada sank unaufhaltsam tiefer, so als schwebte sie durch das Weltall, umgeben von Sternen, die ihr zwischen den Fingern entglitten, wenn sie versuchte, sie zu fangen.

Durch das schlammige Wasser, zwischen dem Schilf, sah sie Shashi auf der Terrasse, sah ihr breites, liebevolles Lächeln, sie sah Mama am Schreibtisch in der Bibliothek und Papa in seinem Arbeitszimmer mit dem großen Globus. *Tick, tick, tick*, machte der Globus, während er sich drehte, *tick, tick, tick* …

Auf dem Markt würde sie ein Chakli bekommen.

Aber wo war Shashi? Sie war fort. Kerzen flackerten …

Ada war verloren.

Doch sie war nicht allein. Jemand war bei ihr hier im Wasser, da war sie sich ganz sicher. Sie konnte nicht sehen, wer es war, aber sie wusste, dass jemand da war. Ein Schatten … eine Bewegung …

Das Letzte, was Ada spürte, war ein sanfter Aufprall, als sie den Grund erreichte und mit Armen und Beinen die glatten Steine und die glitschigen Wasserpflanzen berührte, während ihre Lunge immer größer zu werden und sich bis in den Hals und in den Kopf auszudehnen schien.

Und dann passierte etwas ganz Merkwürdiges: Während ihr Gehirn brannte, sah sie etwas in einiger Entfernung, etwas blau Leuchtendes, ein Juwel, einen Mond, und plötzlich wusste sie: Wenn es ihr irgendwie gelang, dieses blaue Licht zu erreichen, würde es ihr den Weg weisen.

VI

Etwas sehr Interessantes ist passiert. Heute Nachmittag hatten wir einen weiteren Besucher.

Jack hat den ganzen Morgen in der Mälzerei über einem Stapel Unterlagen gebrütet, die er gestern Abend mitgebracht hat. Ich habe einen Blick darauf geworfen, als er in die Küche gegangen ist, um einen Pie fürs Mittagessen in den Ofen zu schieben, und habe gesehen, dass es sich um einen Ausdruck der E-Mail handelt, die Rosalind Wheeler gestern geschickt hat. Sie besteht hauptsächlich aus Text, aber es ist auch ein Plan dabei, genauer gesagt, ein Grundriss, handgezeichnet. Soweit ich das beurteilen konnte, ist es ein Grundriss meines Hauses, zweifellos angefertigt von dieser mysteriösen Mrs. Wheeler. Ich vermute, dass das alles dazu dient, Jack zu dem Radcliffe Blue zu führen.

Er ist kurz vor Mittag wieder ins Haus gekommen, und ich habe ihm eine Stunde lang still dabei zugesehen, wie er versucht hat, aus dem Grundriss schlau zu werden, und wie er dann jedes Zimmer mit Schritten abgemessen und immer wieder kleine Veränderungen an dem Plan vorgenommen hat.

Es war kurz vor eins, als es an der Tür klopfte. Jack war überrascht, aber ich nicht, denn ich hatte die zierliche, elegante Frau schon bemerkt, als sie am Rand der Straße stand, die vor dem Haus vorbeiführt. Sie hatte die Arme vor der Brust verschränkt und betrachtete das Haus, und etwas an ihrer ganzen Art kam mir vage bekannt vor, sodass ich mich fragte, ob ich ihr schon einmal begegnet war. War ich nicht. Das wurde mir klar, als ich mich ihr genähert habe: Ich vergesse kein Gesicht. (Ich vergesse überhaupt nichts. Nicht mehr.)

Es passiert häufig, dass Leute auf der Straße stehen bleiben, um sich das Haus anzusehen – Leute mit Hunden und schlammverkrusteten Stiefeln und Wanderführern –, das war also nichts Ungewöhnliches. Aber dass jemand in den Garten kommt und an die Tür klopft, das ist allerdings außergewöhnlich.

Trotz seiner Verwunderung über die Störung ist Jack völlig gelassen geblieben. Er hat einen Blick aus dem Küchenfenster geworfen, dann ist er mit seinen schweren, entschlossenen Schritten durch die Eingangshalle zur Tür gegangen und hat sie so energisch geöffnet, wie er alles tut. Seit er von seinem Treffen mit Sarah zurück ist, hat er furchtbar schlechte Laune. Er ist nicht wütend, eher traurig und frustriert. Natürlich bin ich neugierig zu erfahren, was sich zwischen den beiden abgespielt hat, aber bisher hat er mir den Gefallen nicht getan, mich einzuweihen. Gestern Abend hat er nur ein Mal telefoniert, und zwar mit seinem Vater. Sie haben sich über irgendeinen Jahrestag unterhalten, denn ich habe gehört, wie Jack sagte: »Heute sind es fünfundzwanzig Jahre. Kaum zu glauben, oder?«

»Oh«, sagte die Frau verblüfft, als Jack die Tür öffnete. »Guten Tag – eigentlich hatte ich nicht … Ich dachte, das Museum wäre unter der Woche geschlossen.«

»Und trotzdem haben Sie geklopft.«

»Ja.«

»Macht der Gewohnheit?«

»Scheint so.« Sie straffte sich und nahm eine elfenbeinfarbene Visitenkarte aus ihrer Handtasche, die sie Jack mit schlanken Fingern reichte. »Mein Name ist Elodie Winslow.

Ich arbeite als Archivarin bei Stratton, Cadwell & Co in London. Ich verwalte das Archiv von James William Stratton.«

Diesmal war *ich* überrascht, und das passiert mir weiß Gott nicht oft. Obwohl ich, seit Jack neulich den Namen Ada Lovegrove ausgesprochen hatte, in Bezug auf die Rückkehr meiner Vergangenheit gewappnet war, war ich jetzt einen Moment lang tatsächlich perplex. Diesen Namen hatte ich schon seit Jahren nicht mehr gehört, und ich hatte auch nicht damit gerechnet, ihn jemals wieder zu hören.

»Nie gehört«, sagte Jack, während er die Karte betrachtete. »Müsste ich den Namen kennen?«

»Eigentlich nicht. Er hat im Viktorianischen Zeitalter gelebt, ein Reformer, der versucht hat, die Not der Armen zu lindern. Sind Sie derjenige, den ich ansprechen muss, wenn ich etwas über das Museum wissen möchte?« Sie klang skeptisch, und das zu Recht. Jack hat kaum Ähnlichkeit mit den Leuten, die hier Führungen machen und die Besucher schon an der Tür mit ihren einstudierten Sprüchen begrüßen.

»In gewisser Weise ja, denn im Moment ist außer mir niemand da.«

Sie wirkte nicht überzeugt, sagte jedoch: »Ich weiß, dass Sie normalerweise freitags nicht geöffnet haben, aber ich komme aus London. Ich habe nicht damit gerechnet, hier jemanden anzutreffen. Eigentlich wollte ich nur mal über die Gartenmauer spähen, aber …«

»Wollen Sie sich mal im Haus umsehen?«

»Wenn Sie nichts dagegen hätten?«

Bitte sie herein!

Nach kurzem Zögern trat Jack zur Seite und bedeutete ihr mit einer lässigen Verbeugung, sie möge eintreten. Dann schloss er schnell die Tür hinter ihr.

Sie schaute sich in der Eingangshalle erst einmal um, wie die meisten es tun, und beugte sich vor, um die Fotos zu betrachten, die die Art Historians' Association an den Wänden aufgehängt hat.

An manchen Tagen, wenn ich mich langweile, treibe ich mich in der Eingangshalle herum und ergötze mich an den ehrfürchtigen Worten, mit denen gewisse Besucher die Fotos kommentieren. »Damals«, verkündet zum Beispiel der ältere Mann in Wanderkluft, »gab es innerhalb der Magenta Brotherhood heftige Debatten über den künstlerischen Wert der Fotografie, denn einige waren der Meinung, es handele sich eher um Wissenschaft als um Kunst.«

Worauf seine langmütige Gefährtin neben ihm sagt: »Ah, verstehe.«

»Fühlen Sie sich wie zu Hause«, sagte Jack. »Aber seien Sie ein bisschen vorsichtig.«

Elodie lächelte. »Keine Sorge. Ich bin Archivarin. Ich gehe Tag für Tag mit kostbaren Dingen um.«

»Bitte, entschuldigen Sie mich einen Moment – ich habe einen Pie im Ofen, und ich fürchte, der brennt gerade an.« Dann ist er vor sich hin fluchend in die Küche der Mälzerei geeilt, und ich habe mich unserer Besucherin angeschlossen.

Gedankenvoll ging sie im Erdgeschoss von Zimmer zu Zimmer. Nur einmal blieb sie stehen, weil es sie fröstelte, und schaute sich um, als spürte sie, dass sie nicht allein war.

Im ersten Stock betrachtete sie von dem Fenster aus, das zum Wald hinausgeht, kurz die Themse und stieg dann die Treppe zum Dachgeschoss hoch. Sie stellte ihre Tasche auf Mildred Mannings Tisch ab, was sie mir sofort sympathisch machte, dann nahm sie jedoch etwas heraus, das mich stutzen ließ. Es war eins von Edwards Skizzenbüchern. Ich habe es sofort erkannt. Der Schock ist mir durch und durch gegangen. Am liebsten hätte ich die Frau gepackt und sie angefleht, mir zu sagen, wer sie ist und woher sie Edwards Skizzenbuch hat. Sie hatte James William Stratton erwähnt, außerdem ein Unternehmen namens Stratton, Cadwell & Co und irgendetwas von einem Archiv. Kann es sein, dass das Skizzenbuch all die Jahre in diesem Archiv gelegen hat? Aber wie in aller Welt sollte das möglich sein? Die beiden Männer haben sich doch gar nicht gekannt, und soweit ich weiß, sind sie sich auch nie begegnet.

Sie hat in dem Skizzenbuch geblättert – zügig, so als hätte sie das schon oft getan und wüsste genau, wonach sie suchte – und eine bestimmte Zeichnung ganz genau studiert. Dann ist sie an das Fenster getreten, von wo aus man auf die Wiese schaut, hat sich auf die Zehenspitzen gestellt und den Hals gereckt.

Das Skizzenbuch lag aufgeschlagen auf dem Tisch. Ich bin sofort hin, um es mir anzusehen.

Es war das Buch, das Edward im Sommer 1862 benutzt hat. Ich habe neben ihm gesessen, als er diese Linien auf dieses Papier gezeichnet hat: Studien für das Gemälde, das er geplant hatte, etwas, das ihm schon seit Jahren vorschwebte. Ich wusste, was sich auf den nächsten Seiten befand: Zeichnungen von der Lichtung und dem Feenhügel an der Themse und in der unteren Ecke einer Seite, flüchtig hingeworfen, das Herz und das Schiff auf hoher See, kleine Dinge, die er nebenbei in sein Buch gekritzelt hat, während wir aufgeregt über unsere Pläne sprachen.

Wie gerne hätte ich die Seiten umgeblättert, mir die Zeichnungen angesehen, die Erinnerungen an jene Tage *berührt*, aber nach vielen vergeblichen Versuchen musste ich mich schließlich damit abfinden, dass meine Möglichkeiten in dieser Hinsicht sehr begrenzt sind. Ich kann eine Tür zuschlagen oder ein Fenster klappern lassen, ich kann dafür sorgen, dass einem boshaften Schulmädchen der Rock herunterfällt, aber für feinere Tätigkeiten – einen Faden abreißen oder eine Buchseite umblättern – reicht meine Willenskraft einfach nicht aus.

Ich muss unbedingt in Erfahrung bringen, was Elodie heute hierhergeführt hat. Ist sie einfach eine Kunstliebhaberin, oder steckt mehr dahinter? Es ist ja schon bemerkenswert, dass nach so vielen Jahren innerhalb weniger Tage ein Besucher den Namen Ada Lovegrove erwähnt und eine Besucherin von James Stratton spricht; aber dass diese dann auch noch Edwards Skizzenbuch aus dem Sommer 1862 aus der Tasche zieht, ist regelrecht unheimlich. Das lässt mich vermuten, dass irgendeine Art von Gefahr droht.

Mein junger Besucher Jack war auch neugierig. Als sie wieder nach unten gegangen ist und kurz in die Küche der Mälzerei schaute, um sich zu verabschieden, hat Jack von der geschwärzten Pieform aufgeblickt, die er gerade schrubbte, und gefragt: »Und? Haben Sie gefunden, wonach Sie gesucht haben?«

Worauf sie zu meinem großen Verdruss ausweichend geantwortet hat: »Vielen Dank, dass Sie mich an einem Freitag eingelassen haben. Das war sehr freundlich von Ihnen.«

Nicht die leiseste Andeutung zum Zweck ihres Besuchs.

»Haben Sie eine Unterkunft hier in der Nähe?«, fragte Jack, als sie zur Tür ging. »Oder fahren Sie zurück nach London?«

»Ich habe ein Zimmer im Swan gebucht, dem Pub unten im Dorf«, sagte sie. »Aber nur fürs Wochenende.«

Ich habe mich ein bisschen näher herangewagt und all meine Konzentration aufgewendet, um zu ihm durchzudringen. *Lad sie ein hierzubleiben. Lad sie ein, noch mal herzukommen.*

»Sie können jederzeit wiederkommen«, hat er dann mit einem etwas verdatterten Gesichtsausdruck gesagt. »Ich bin jeden Tag hier.«

»Vielleicht mach ich das.«

Na ja, besser als nichts, dachte ich.

Sie war nur kurz hier, aber sie hat eine Unruhe ins Haus gebracht, die noch den ganzen Nachmittag zu spüren war. Ich war verwirrt und aufgeregt, und nachdem Jack seine Erkundung des Hauses wiederaufgenommen hatte – jetzt gerade ist er im Flur im ersten Stock und tastet vorsichtig die Wand ab –, habe ich mich an mein Plätzchen auf dem Treppenabsatz zurückgezogen und mich den Erinnerungen an die alten Zeiten hingegeben.

Ich musste vor allem an Pale Joe denken und an den Tag, an dem wir uns kennengelernt haben.

Zwar war ich als Diebin sehr geschickt, aber mir sind natürlich auch Fehler unterlaufen. Normalerweise waren es unbedeutende Fehler: Ich habe mir das falsche Opfer ausgesucht, oder ich bin aus Versehen an einen Polizisten geraten, oder ich habe eine Brieftasche gestohlen, in der gähnende Leere herrschte. Aber einmal, als ich zwölf Jahre alt war, habe ich einen Fehler gemacht, der weitreichende Konsequenzen nach sich gezogen hat.

Es war einer dieser typischen Londoner Vormittage, an denen man nur am etwas helleren Grau des Nebels erkennt, dass die Sonne aufgegangen ist. Die Luft war rußig vom Qualm aus den Schloten der Fabriken, und ein öliger Gestank stieg von der Themse auf. So ging das schon seit Tagen, und ich hatte in der Woche kaum etwas erbeutet. Bei diesem Nebel blieben die feinen Londoner Damen lieber zu Hause.

An dem Morgen saß ich in dem Omnibus, der zwischen Regent's Park und Holborn verkehrte, in der Hoffnung auf eine Ehefrau oder Tochter eines Rechtsanwalts, die von ihrem morgendlichen Spaziergang im Park nach Hause fuhr. Der Plan war in Ordnung, aber ich war nicht richtig bei der Sache, weil ich in Gedanken bei der Auseinandersetzung war, die ich am Abend zuvor mit Mrs. Mack gehabt hatte.

Sie war zwar grundsätzlich optimistisch, aber sie hatte einen Ruf zu verlieren und hatte immer etwas zu meckern. Und da sie dafür sorgen musste, dass ich fein herausgeputzt war, beklagte sie sich ständig darüber, dass ich viel zu schnell wuchs: »Kaum habe ich an einem Kleid den Saum rausgelassen, kann ich schon wieder von vorne anfangen!« Aber diesmal beließ sie es nicht bei diesem Kommentar: »Der Captain und ich haben uns überlegt, dass es an der Zeit ist, uns andere Aufgaben für dich auszudenken. Du bist allmählich zu groß, um das verirrte kleine Mädchen zu spielen. Diese freundlichen Gentlemen werden bald auf andere Ideen kommen, wie sie so einer kleinen Katze wie dir helfen können. Oder auf welche Weise du *ihnen* helfen kannst.«

Ich wollte keine anderen Aufgaben, und Mrs. Macks Anspielungen, wie ich auf irgendeine Weise irgendwelchen Gentlemen »helfen« könnte, gefiel mir kein bisschen. Ich hatte schon gemerkt, dass mich die Stammgäste im Anchor & Whistle neuerdings anders anschauten, wenn Mrs. Mack mich in den Pub schickte, um den Captain zum Abendessen nach Hause zu holen, und ich hatte inzwischen genug verstanden, um zu wissen, dass das mit den »hübschen kleinen Knospen« zu tun hatte, die Mrs. Mack an mir bemerkt hatte, als sie das letzte Mal für ein neues Kleid Maß genommen hatte.

Auch Martin beäugte mich neuerdings mit großem Interesse. Er drückte sich im Flur vor meinem Zimmer herum, und wenn ich mich morgens anzog, fiel kein Licht durch das Schlüsselloch in meiner Tür. Ich konnte seinen Blicken kaum noch entkommen.

Er hatte im Unternehmen seiner Mutter schon immer die Rolle des Aufpassers innegehabt – er sorgte zum Beispiel dafür, dass keins von uns Kindern irgendwelchen Ärger mit nach Hause brachte –, aber so wie er sich neuerdings mir gegenüber verhielt, das war etwas anderes.

An jenem Morgen saß ich also im Omnibus, neben mir eine feine Dame. Als sie abgelenkt war, habe ich in ihrer Tasche nach ihrer Geldbörse getastet, aber ich war nicht so konzentriert wie sonst, weil mir Mrs. Macks Worte nicht aus dem Kopf gingen und ich mich zum tausendsten Mal fragte, warum mein Vater mich einfach nicht nach Amerika kommen ließ. Wenn Jeremiah einmal im Monat auftauchte, um das Geld abzuholen, das nach Amerika geschickt wurde, las Mrs. Mack mir den neuesten Brief meines Vaters vor, aber wenn ich sie fragte, ob er ihr aufgetragen habe, eine Schiffspassage für mich zu kaufen, antwortete sie jedes Mal, nein, es sei noch nicht so weit.

Und so war ich unachtsam, und als die Dame neben mir aufstand, um auszusteigen, steckte mein Arm noch bis zum Ellbogen in ihrer Rocktasche. Die Dame stieß einen Schrei aus: »Du miese kleine Diebin!«

Im Lauf der Jahre hatte ich mich auf eine solche Situation vorbereitet. Ich war sie unzählige Male im Kopf durchgegangen. Ich hätte mich dumm stellen, mit großen Augen beteuern müssen, dass es sich um einen Irrtum handelte, vielleicht ein paar Tränen vergießen müssen. Aber sie hatte mich kalt erwischt. Ich habe eine Sekunde zu lange gezögert. Ich hörte nur noch Mrs. Macks Stimme, die mir einschärfte: »Angriff ist die beste Verteidigung.« Aber gegen diese vornehme Dame mit dem eleganten Hut, den feinen Umgangsformen, der selbstgerechten Empörung war ich ein Nichts.

Ein Gentleman, der etwas weiter vorne saß, sprang auf, der Omnibusfahrer kam auf mich zu. Ich habe mich umgedreht, habe gesehen, dass der Weg zum Hinterausgang nicht blockiert war, und bin losgerannt.

Ich war eine gute Läuferin, doch zu meinem Pech bemerkte ein Polizist die Aufregung, sah mich flüchten und heftete sich an meine Fersen. »Haltet die Diebin!«, schrie er und fuchtelte mit seinem Schlagstock in der Luft herum.

Es war nicht das erste Mal, dass ich von einem Polizisten

gejagt wurde, aber an diesem Morgen habe ich mich im dichten Nebel in eine mir unvertraute Gegend verirrt, wo ich niemanden kannte, der mir hätte helfen können. Von Lily Millington wusste ich, dass Kinder in meinem Alter, die von der Polizei erwischt wurden, meistens im Arbeitshaus landeten, also bin ich, was das Zeug hielt, in Richtung Covent Garden gerannt.

Mit pochendem Herzen rannte ich über den Lion Square. Der Polizist war ziemlich beleibt, aber er war ein erwachsener Mann und schneller als ich. Auf der High Holborn drängten sich Fuhrwerke, Karren und Menschen; ich schlüpfte behände zwischen und unter den Fahrzeugen hindurch und wähnte mich bereits in Sicherheit. Doch als ich mich auf der anderen Straßenseite umdrehte, sah ich, dass der Polizist immer noch hinter mir war und näher kam.

Ich rettete mich in eine enge Gasse und erkannte sofort meinen Fehler: Am anderen Ende lag der Park Lincoln's Inn Fields mit seinen offenen Rasenflächen, wo ich keine Deckung finden würde. Ich wusste nicht mehr ein noch aus, und der Polizist hatte mich fast eingeholt. Dann entdeckte ich eine Gasse, die hinter einer Reihe eleganter Häuser mit verputzter Fassade verlief, und auf der Rückseite des ersten Hauses führte eine Feuerleiter bis unters Dach.

Ich konnte mein Glück nicht fassen. Ich war mir ganz sicher, dass ich besser klettern konnte als der Polizist.

So schnell ich konnte, kletterte ich die Leiter hoch, die unter meinen Händen vibrierte, als mein Verfolger mit seinen schweren Stiefeln die metallenen Sprossen erklomm. Höher und höher ging es hinauf, vorbei am ersten, zweiten, dritten Stock. Als die Leiter zu Ende war, zog ich mich auf das mit Schieferschindeln gedeckte Dach hoch.

Die Arme seitlich ausgestreckt, um das Gleichgewicht zu halten, balancierte ich an der Dachrinne entlang bis zum Dach des nächsten Hauses, stieg über das Trenngitter und krabbelte zwischen den Schornsteinen hindurch. Wie ich vermutet hatte, war ich hier oben im Vorteil; der Polizist war zwar immer noch hinter mir, aber ich hatte einen kleinen Vorsprung gewonnen.

Doch meine Erleichterung währte nur kurz, denn als ich das Ende der Häuserreihe erreicht hatte, ging es nicht weiter.

Aber als mir schon Übles schwante, entdeckte ich es! Ein Fenster in einer Dachgaube stand zur Hälfte offen. Ohne zu zögern, schob ich es ganz hoch und schlüpfte darunter hindurch.

Ich landete hart auf dem Boden, aber ich hatte keine Zeit, meine Wunden zu lecken. Ich kauerte mich unter die breite Fensterbank und drückte mich ganz fest gegen die Wand. Mein Herz klopfte so laut, dass ich mir sicher war, der Polizist würde es bemerken. Ich musste meinen Puls beruhigen, damit ich hören konnte, wie er vorbeiging, denn erst dann würde ich mein Versteck verlassen und nach Hause laufen können.

Vor lauter Erleichterung über das offene Fenster hatte ich überhaupt nicht darauf geachtet, in was für ein Zimmer ich da eigentlich gesprungen war. Als ich mich endlich umschaute, sah ich, dass ich in einem Kinderzimmer gelandet war. Was eigentlich nicht weiter schlimm war, nur dass das Kind nicht nur im Zimmer war, sondern im Bett saß und mich direkt anschaute.

Ich hatte noch nie einen dermaßen bleichen Jungen gesehen. Er war ungefähr in meinem Alter, mit einem blassen Gesicht und Haaren, die gelb wie Stroh waren. Er saß gegen dicke Federkissen gelehnt, die wächsernen Arme lagen auf einem Federbett. Ich versuchte, ihn anzulächeln, und öffnete den Mund, um etwas zu ihm zu sagen, als mir klar wurde, dass ich überhaupt nichts sagen konnte, das irgendwie normal klang; außerdem würde der Polizist jeden Augenblick auftauchen, und da war es sowieso besser, wenn wir beide den Mund hielten.

Ich legte einen Finger an die Lippen und sah den Jungen, der mein Schicksal in den Händen hielt, flehentlich an in der Hoffnung, dass er still blieb, da sagte er: »Wenn du näher kommst …«, er sprach so klar und deutlich, dass seine Worte die stickige Luft im Zimmer geradezu durchschnitten, »… rufe ich meinen Vater, dann kommst du auf einen Frachter nach Australien, bevor du auch nur ein Wort der Entschuldigung vorbringen kannst.«

So ein Frachter war garantiert noch schlimmer als das Arbeitshaus, und ich wollte dem Jungen gerade erklären, wie es dazu gekommen war, dass ich durch ein Dachfenster in sein Zimmer geklettert war, als ich über mir eine Stimme hörte. »Verzeihen Sie vielmals, junger Herr«, sagte ein Mann, der ziemlich verlegen klang. »Ich bin hier oben, weil ich ein Mädchen verfolgt habe, das vor mir davongelaufen ist.«

»Ein Mädchen? Auf dem Dach? Sind Sie verrückt geworden?«

»Ganz und gar nicht, junger Herr. Sie ist wie ein Affe die Leiter hochgeklettert und …«

»Und ich soll Ihnen glauben, dass ein kleines Mädchen schneller laufen kann als Sie?«

»Äh, nein … ja, Sir.«

»Schneller als ein erwachsener Mann?«

Der Mann zögerte. »Ja, Sir.«

»Entfernen Sie sich von meinem Fenster, sonst schreie ich, so laut ich kann. Sie wissen, wer mein Vater ist?«

»Ja, Sir, aber ich … Sehen Sie, dieses Mädch…«

»Fort mit Ihnen! Auf der Stelle!«

»Ja, Sir. Sehr wohl, Sir.«

Ich hörte ein scharrendes Geräusch auf dem Dach, dann ein Schlittern von etwas Schwerem über die Dachziegel, gefolgt von einem spitzen Aufschrei.

Der Junge wandte sich wieder mir zu.

Wenn es nichts zu sagen gab, war es nach meiner Erfahrung

das Beste, den Mund zu halten, also wartete ich erst einmal ab. Er musterte mich neugierig, dann sagte er schließlich: »Hallo.«

»Hallo«, sagte ich. Jetzt, wo der Polizist fort war, brauchte ich mich nicht mehr unter dem Fenstersims zu verstecken, also stand ich auf. Jetzt konnte ich mich richtig in dem Zimmer umsehen, und ich muss gestehen, mir blieb vor Staunen der Mund offen stehen.

So etwas hatte ich noch nie gesehen. Es war ein Kinderzimmer mit Dachschrägen und Regalen vom Boden bis zur Decke, die gefüllt waren mit Spielsachen, wie ich sie mir in meinen kühnsten Träumen nicht hätte ausdenken können: Zinnsoldaten und hölzerne Kegel, Bälle und Schläger und Glasmurmeln, eine aufziehbare metallene Lokomotive mit Waggons, in denen kleine Puppen saßen, eine Arche mit einem Pärchen von jeder Tierart unter der Sonne, Kreisel in verschiedenen Größen, eine rot-weiß gemusterte Trommel, ein Kistenteufel, und in einer Zimmerecke stand ein Schaukelpferd, das das Ganze mit gelassenem Blick zu überwachen schien. Außerdem gab es ein Kasperletheater, ein Puppenhaus, das so groß war wie ich, und einen Reifen mit Stock zum Reifentreiben, lauter Sachen, die aussahen, als wären sie noch nie benutzt worden.

Dann fiel mein Blick auf ein Tablett am Fußende des Betts des Jungen. Darauf befanden sich Speisen, wie ich sie schon in den Schaufenstern in Mayfair gesehen, aber noch nie gekostet hatte. Sofort begann mein Magen zu knurren. Der Junge schien das bemerkt zu haben, denn er sagte: »Du könntest mir einen großen Gefallen tun, wenn du etwas davon essen würdest. Ich bekomme ständig so viel zu essen, obwohl ich immer wieder betone, dass ich eigentlich fast nie Hunger habe.«

Das ließ ich mir nicht zweimal sagen.

Ich setzte mich auf die Bettkante. Das Essen war noch warm, und ich aß es mit großem Appetit. Eine Weile schauten wir einander argwöhnisch über das Tablett hinweg an.

Nachdem ich alles aufgegessen hatte, wischte ich mir den Mund mit einer Serviette ab, wie Mrs. Mack es immer machte, und lächelte vorsichtig. »Warum liegst du im Bett?«

»Ich bin krank.«

»Was fehlt dir?«

»Das scheint nicht ganz klar zu sein.«

»Wirst du sterben?«

Er überlegte. »Möglich. Aber bisher lebe ich noch, was ich als positives Zeichen deute.«

Ich nickte. Ich kannte diesen seltsamen bleichen Jungen nicht, aber ich war froh, dass er nicht an der Schwelle des Todes stand.

»Wie unhöflich von mir«, sagte er dann. »Verzeih mir, ich bekomme nicht oft Besuch.« Er streckte seine Hand aus. »Ich wurde natürlich nach meinem Vater benannt, aber für dich bin ich einfach nur Joe. Und du heißt …?«

Als ich seine Hand schüttelte, dachte ich an Lily Millington. Es wäre das Vernünftigste gewesen, einen Namen zu erfinden, und ich weiß bis heute nicht, warum ich ihm die Wahrheit gesagt habe. Es war ein unwiderstehlicher Drang, der tief aus meinen Eingeweiden kam. »Ich wurde nach dem Vater meiner Mutter benannt«, sagte ich. »Aber meine Freunde nennen mich Birdie.«

»Dann werde ich dich auch so nennen, immerhin bist du ja an meinem Fenster erschienen wie ein Vögelchen.«

»Danke, dass ich es benutzen durfte.«

»Keine Ursache. Ich habe mich schon oft gefragt, warum die Handwerker so viel Material vergeudet und so ein breites Fenster eingebaut haben. Jetzt weiß ich endlich, was sie sich dabei gedacht haben.«

Er lächelte mich an, und ich erwiderte das Lächeln.

Auf seinem Nachttisch befand sich etwas, das ich noch nie gesehen hatte. Von seiner Freundlichkeit ermutigt, nahm ich es in die Hand. Es war eine Scheibe mit zwei Fäden, die an zwei horizontal mittig gegenüberliegenden Punkten am Rand der Scheibe befestigt waren; auf einer Seite der Scheibe war ein Kanarienvogel aufgemalt, auf der anderen ein Metallkäfig.

»Was ist das?«

Er bedeutete mir, ihm das Ding zu reichen. »Das ist ein Thaumatrop.« Er hielt einen Faden fest und drehte dann die Scheibe, bis der Faden eng gezwirbelt war. Dann nahm er den anderen Faden und zog beide Fäden auseinander, sodass die Scheibe sich ganz schnell drehte. Ich klatschte in die Hände vor Begeisterung, als der kleine Vogel in seinen Käfig zu fliegen begann.

»Zauberei«, sagte er.

»Sinnestäuschung«, korrigierte ich ihn.

»Ja, du hast recht. Es ist ein Trick. Aber ein schöner.«

Nach einem letzten Blick auf das Thaumatrop bedankte ich mich für das Essen und sagte ihm, ich müsse mich auf den Heimweg machen.

»Nein«, erwiderte er hastig und schüttelte den Kopf. »Das verbiete ich dir.«

Die unerwartete Reaktion verschlug mir die Sprache. Ich musste mich beherrschen, um nicht laut darüber zu lachen, dass dieser kränkliche Junge glaubte, er könne mir irgendetwas verbieten. Aber es machte mich auch traurig, denn mit vier Wörtern hatte er seine bemitleidenswerte Situation offenbart – wie einsam seine Krankheit ihn machte, die ihn ans Bett fesselte.

Vielleicht war ihm im selben Moment ebenfalls bewusst geworden, wie absurd seine Reaktion war, denn er fügte beinahe flehentlich hinzu: »Bitte. Bleib doch noch ein bisschen.«

»Ich kriege Ärger, wenn ich nicht bis Einbruch der Dunkelheit zu Hause bin.«

»Bis die Sonne untergeht, dauert es noch mindestens zwei Stunden.«

»Aber ich habe meine Arbeit noch nicht erledigt. Ich hab nichts vorzuweisen.«

Verwundert fragte mich Joe, was für eine Art Arbeit ich meinte. Ob ich von Schularbeiten redete, und wenn ja, wo meine Bücher und meine Tafel seien und wo meine Gouvernante mich abholen werde. Ich erklärte ihm, dass ich noch nie zur Schule gegangen sei, und dann erzählte ich ihm von meinen Fahrten im Omnibus und von den Handschuhen und den Kleidern mit den tiefen Taschen, die die feinen Damen trugen.

Er hörte mir mit großen Augen zu, dann bat er mich, ihm meine Handschuhe zu zeigen. Ich rückte ein bisschen weiter nach oben auf der Bettkante, zog die Handschuhe aus der Tasche und legte sie mir auf den Schoß. »Siehst du meine Hände?«, fragte ich und deutete mit dem Kinn auf die Handschuhe.

Er nickte.

»Und was ist das?«, fragte ich.

Er schnappte nach Luft, denn wie aus dem Nichts hatte ich meine unbehandschuhte Hand vorschnellen lassen und hatte ihn am Knie gekitzelt.

»So funktioniert das«, sagte ich, sprang vom Bett und glättete meinen Rock.

»Das – das ist ja großartig!«, rief er mit einem strahlenden Lächeln aus, das ihn einen Moment lang richtig lebendig wirken ließ. »Und das machst du jeden Tag?«

Ich stand inzwischen am Fenster und schaute mir an, wie ich wieder von diesem Dach herunterkommen würde. »Fast jeden Tag. Manchmal tu ich auch so, als hätte ich mich verirrt, und beklaue irgendeinen freundlichen Gentleman, der versucht, mir zu helfen.«

»Und die Sachen, die du klaust – Brieftaschen, Schmuck –, lieferst du zu Hause bei deiner Mutter ab?«

»Meine Mutter ist tot.«

»Ein Waisenkind«, sagte er ehrfurchtsvoll. »Ich habe in Büchern über Waisenkinder gelesen.«

»Nein, ich bin keine Waise. Mein Vater ist fortgegangen, aber er lässt mich holen, sobald er sich eingerichtet hat.« Ich kletterte auf die Fensterbank.

»Geh noch nicht«, sagte Joe. »Bitte.«

»Ich muss.«

»Dann komm wieder … bitte. Versprichst du's mir?«

Ich zögerte. Mich darauf einzulassen wäre dumm: In dieser Gegend würde ein Mädchen ohne Begleitung schnell auffallen, und der Polizist am Ende der Straße kannte mich jetzt. Er mochte zwar mein Gesicht nicht gesehen haben, aber er hatte mich verfolgt, und beim nächsten Mal würde ich ihm vielleicht nicht entkommen. Andererseits, dieses Essen und diese Regale voller Spielsachen und Wunderdinge …

»Hier nimm«, sagte Joe und hielt mir das Thaumatrop hin. »Ich schenk es dir. Und wenn du das nächste Mal kommst, zeige ich dir noch etwas viel, viel Besseres. Versprochen.«

Und so lernte ich Pale Joe kennen, und er wurde mein heimlicher Freund. Und ich seine heimliche Freundin.

Die Stimmung im Haus hat sich geändert. Irgendetwas Wichtiges ist vorgefallen, während ich an meinen alten Freund Pale Joe gedacht habe. Und siehe da, Jack ist in der Eingangshalle, und er wirkt richtig zufrieden mit sich selbst. Ich brauche nicht lange, um herauszufinden, woran das liegt. Er steht vor dem geheimen Versteck, das Wandpaneel ist weit offen.

Jetzt läuft er in die Mälzerei, ich nehme an, um eine Taschenlampe zu holen. Zwar hat er Rosalind Wheeler gesagt, er würde das Haus nicht vor Samstag betreten, aber die Neugier war wohl stärker, wie es scheint, und ich zweifle nicht daran, dass er vorhat, jeden Winkel des Verstecks, jede Furche im Holz zu durchsuchen in der Hoffnung, den Diamanten zu finden. Er wird ihn nicht finden. Jedenfalls nicht dort. Aber es müssen nicht immer alle Wahrheiten gleichzeitig ausgesprochen werden. Das Versteck zu durchsuchen wird ihm nicht schaden. Er gefällt mir irgendwie, wenn er frustriert und brummig ist.

Ich werde mich in die Mälzerei zurückziehen, solange er mit dem Versteck beschäftigt ist. Es gibt wichtigere Dinge, über die ich nachdenken muss, wie zum Beispiel Elodie Winslows Besuch. Etwas an ihr kommt mir seltsam vertraut vor. Anfangs war es nur ein vages Gefühl, aber inzwischen weiß ich, was es ist. Als sie heute Nachmittag durchs Haus gegangen ist, hat sie einen Seufzer ausgestoßen, den niemand außer mir hätte wahrnehmen können, und dabei lag ein Ausdruck in ihrem Gesicht, den ich nur mit Erfüllung beschreiben kann. Es hat mich an Edward erinnert. Genau so ein Gesicht hat er auch gemacht, als wir damals in dieses Haus gekommen sind.

Aber Edward hatte einen Grund für derart intensive Gefühle. Er war emotional sehr stark mit diesem Haus verbunden, seit er als kleiner Junge dieses schreckliche Erlebnis im Wald hatte. Aber Elodie Winslow? Warum ist sie hier? In welcher Verbindung steht sie zu Birchwood Manor?

Ich hoffe, dass sie wiederkommt. Ich wünsche es mir mit einer Inbrunst, die ich seit Jahren nicht mehr empfunden habe. Endlich fange ich an zu begreifen, wie es für Pale Joe gewesen sein muss, als ich zum ersten Mal bei ihm war und er mir beim Abschied etwas Wunderbares versprochen hat, wenn ich wiederkäme. Wenn man ans Haus gebunden ist, wünscht man sich irgendwann nichts so sehr wie Besucher.

Nach Edward ist Pale Joe derjenige, der mir hier in meiner Zwischenwelt am meisten fehlt. Früher habe ich sehr viel an ihn gedacht und mich gefragt, was wohl aus ihm geworden ist, denn er war ein ganz besonderer Mensch; als ich ihn kennenlernte, war er schon seit einer ganzen Weile krank, und weil er in diesem Zimmer voller unangerührter Schätze eingesperrt war, interessierte er sich weit mehr als andere Menschen für alles, was sich in der Welt vor seinem Fenster abspielte. Da Pale Joe alles, was er wusste, aus Büchern hatte, verstand er vieles natürlich nicht. Er konnte mir nicht folgen, als ich ihm von den engen, feuchten Zimmern erzählte, in denen ich im Schatten der St. Anne's Kirche mit meinem Vater gehaust hatte, von dem Plumpsklo im Hof und der zahnlosen alten Frau, die es für ein bisschen übrig gebliebene Holzkohle sauber machte, oder als ich ihm erzählte, was Lily Millington zugestoßen war. Er wollte wissen, warum Menschen an solchen Orten lebten, und er konnte gar nicht genug bekommen von Geschichten über das London, das ich kannte, über die Gassen von Covent Garden, über die Schwarzmärkte unter Londons Brücken, über die vielen Waisenkinder in Londons Straßen. Vor allem interessierte er sich für die Säuglinge, die bei Mrs. Mack in Pflege gegeben wurden, und seine Augen füllten sich mit Tränen, wenn ich ihm von diesen armen Würmchen berichtete, die einfach nicht kräftig genug waren, um in dieser Welt zu überleben.

Ich frage mich, was er gedacht hat, als ich so plötzlich und endgültig aus seinem Leben verschwunden bin. Ob er wohl nach mir gesucht hat? Anfangs sicher nicht, aber später vielleicht, als mehr Zeit vergangen war, als sich logisch erklären ließ. Hat er sich Fragen gestellt, oder ist er vom Schlimmsten ausgegangen? Pale Joe war genau wie ich 1844 geboren. Falls er bis ins hohe Alter gelebt hat, war er siebenundachtzig, als Leonards Buch erschienen ist. Als leidenschaftlicher Leser – wir haben oft und viel zusammen gelesen in seinem Dachzimmer, haben wie zwei Vögel im Nest nebeneinander in seinem Bett gehockt – war er stets im Bilde über alle Neuerscheinungen; außerdem war er ein großer Kunstliebhaber, eine Leidenschaft, die er von seinem Vater geerbt hatte, in dessen Haus in Lincoln's

Inn Fields viele Turners an den Wänden hingen. Ja, ich bin mir ziemlich sicher, dass Pale Joe Leonards Buch gelesen hätte. Was er wohl von seinen Theorien gehalten hätte? Hätte er geglaubt, dass ich eine treulose Juwelendiebin war, die in der Hoffnung auf ein besseres Leben nach Amerika geflüchtet war?

Auf jeden Fall wusste Pale Joe, dass ich eine Diebin war. In mancher Hinsicht kannte er mich besser als Edward. Schließlich hatten wir uns kennengelernt, als ich gerade vor einem Polizisten auf der Flucht gewesen war, und er hatte mich von Anfang an mit Fragen zu Mrs. Mack und ihren Machenschaften gelöchert und sich von meinen Abenteuern als verirrtes kleines Mädchen und von meinen Busfahrten und später von meinen Erlebnissen in den Theaterfoyers berichten lassen, als handelte es sich um Heldentaten.

Pale Joe wusste auch, dass ich fest entschlossen war, auf eigene Faust nach Amerika zu fahren, um meinen Vater zu suchen. Denn obwohl Jeremiah regelmäßig Bericht erstattete und sich großspurig in Mrs. Macks Salon aufbaute und die Briefe vorlas, in denen mein Vater mir von seinen Fortschritten berichtete und mich ermahnte, auf Mrs. Mack zu hören, wurde ich den Verdacht nie los, dass mir irgendetwas verschwiegen wurde. Denn wenn es meinem Vater mittlerweile so gut ging, wie er es in seinen Briefen darstellte, warum ließ er mich dann nicht nachkommen?

Aber Pale Joe wusste auch, dass ich Edward liebte. Eigentlich hat er es als Erster gemerkt. Ich erinnere mich noch, wie ich 1861 nach der Vernissage in der Royal Academy, als Edward mich eingeladen hatte, bei der Enthüllung des Gemäldes mit dem Titel *La Belle* zugegen zu sein, anschließend zu Pale Joe gegangen bin. Seitdem habe ich viel Zeit gehabt, über das nachzudenken, was er gesagt hat, nachdem ich ihm von dem Abend erzählt habe. »Du bist verliebt«, hat er festgestellt. »Denn genauso fühlt sich Liebe an. Man legt seine Maske ab und zeigt dem anderen sein wahres Ich, und man muss der schrecklichen Wahrheit ins Auge blicken, dass der andere die Gefühle womöglich nicht erwidert.«

Für einen Jungen, der kaum jemals aus seinem Zimmer herauskam, war er sehr weise, vor allem, was die Liebe anging. Seine Mutter überredete ihn immer wieder dazu, an Bällen teilzunehmen, um heiratswillige Debütantinnen kennenzulernen, und oft genug, wenn ich mich von ihm verabschiedete, war er gerade dabei, sich für das eine oder andere Dinner anzukleiden. Und wenn ich dann durch die Gassen zurück nach Covent Garden eilte, dachte ich an meinen blassen, eleganten Freund mit dem Hinkebein und dem guten Herzen, der in den fünf Jahren, seit wir uns kennengelernt hatten, zu einem großen, gut aussehenden jungen Mann herangewachsen war. Dann sah ich uns beide wie von hoch oben, wie jeder von uns in dieser großen Stadt seinem Leben nachging.

Irgendwann hat Pale Joe auf einem dieser großen Bälle bestimmt eine Frau kennengelernt, eine vornehme Dame, in die er sich genauso verliebt hat wie ich mich in Edward und die vielleicht seine Liebe nicht erwidert hat, denn seine Worte an jenem Abend waren perfekt.

Er hatte nie Gelegenheit, mir zu erzählen, wer sie war. Als ich Pale Joe das letzte Mal gesehen habe, waren wir achtzehn Jahre alt. Ich war zu ihm gegangen, um ihm mitzuteilen, dass ich mich entschlossen hatte, mit Edward den Sommer in Birchwood Manor zu verbringen. Mehr habe ich ihm über meine Pläne nicht gesagt. Ich habe mich nicht einmal richtig verabschiedet. Ich hielt es in dem Moment nicht für nötig. Ich dachte, ich hätte noch Zeit. Aber das denken Menschen ja immer.

Jack ist zurück in die Mälzerei gegangen, und in meinem Haus ist wieder Ruhe eingekehrt, es entspannt sich nach einem ungewöhnlich ereignisreichen Tag. Es ist schon sehr lange her, dass sich jemand bis in das geheime Versteck am Treppenabsatz vorgewagt hat.

Jack ist niedergeschlagen, aber nicht, weil er den Diamanten nicht gefunden hat. Allerdings wird er deswegen noch einmal mit Rosalind Wheeler telefonieren müssen, und das wird unangenehm, denn sie wird nicht erfreut sein. Aber die Suche nach dem Radcliffe Blue ist für Jack nur ein Job; mit dem Stein verbindet ihn nichts Persönliches, das Einzige, was ihn antreibt, ist seine Neugier. Nein, ich bin mir sicher, dass seine finstere Stimmung etwas mit seinem gestrigen Treffen mit Sarah zu tun hat, bei dem es um die beiden kleinen Mädchen ging.

Ich wüsste zu gern, was sich zwischen den beiden abgespielt hat. Darüber nachzudenken ist für mich eine willkommene Ablenkung von meinen Erinnerungen und dem endlosen, ziellosen Verrinnen der Zeit.

Jack hat Mrs. Wheelers Aufzeichnungen beiseitegelegt und seine Kamera zur Hand genommen. Das ist ein Muster, das mir schon öfter aufgefallen ist: Wenn ihn etwas beunruhigt, nimmt er seine Kamera, schaut durch den Sucher, richtet sie hierhin und dahin aus, ändert die Einstellungen der Blende und der Bildschärfe, zoomt das Objekt heran und wieder weg. Manchmal drückt er auch auf den Auslöser, meistens aber nicht. Dann, wenn er sich beruhigt hat, legt er die Kamera wieder weg.

Aber heute scheint es nicht zu funktionieren. Er packt die Kamera ein und hängt sich die Tasche über die Schulter. Anscheinend will er nach draußen gehen, um Fotos zu machen.

Ich werde in meiner Lieblingsecke auf dem Treppenabsatz auf ihn warten. Ich mag es, die Themse zwischen den Bäumen am Ende der Wiese zu betrachten. Hier oben ist der Fluss ruhig, nur die schmalen Kanalboote ziehen ihre Bahn, und Rauch kräuselt sich aus ihren Schornsteinen. Man hört, wie

Angeln ausgeworfen werden, wie eine Ente auf dem Wasser landet, oder manchmal auch Gelächter im Sommer, wenn der Tag warm genug ist zum Schwimmen.

Ich habe gesagt, dass ich es noch nie bis zum Themseufer geschafft habe, aber das stimmt nicht ganz. Einmal, ein einziges Mal war ich dort. Ich habe es nicht erwähnt, weil ich es immer noch nicht erklären kann. Aber an dem Nachmittag, an dem Ada Lovegrove aus dem Boot gefallen ist, war ich dort im Wasser und habe gesehen, wie sie bis auf den Grund gesunken ist.

Edward hat immer gesagt, die Themse erinnere sich an alles, was jemals geschehen ist. Ich glaube, dass dasselbe für dieses Haus gilt. Es erinnert sich, genau wie ich. Es erinnert sich an alles.

Diese Gedanken führen mich zu Leonard.

Er war Soldat gewesen, und als er hier eintraf, war er Student. Er schrieb eine Doktorarbeit über Edward, und der Schreibtisch im Maulbeerzimmer im Erdgeschoss war übersät mit seinen Papieren. Vor allem von ihm habe ich erfahren, was nach Fannys Tod passiert ist. Unter seinen Rechercheunterlagen befanden sich Kopien von Briefen und Zeitungsartikeln und sogar des Polizeiberichts. Was war das für ein merkwürdiges Gefühl, den Namen »Lily Millington« in seinen Unterlagen zu lesen. Und auch andere Namen: Thurston Holmes, Felix und Adele Bernard, Frances Brown, Edward, Clare und Lucy Radcliffe.

Ich habe die Polizisten gesehen, die nach Fannys Tod hierherkamen. Ich habe sie beobachtet, wie sie die Zimmer durchsucht haben, wie sie Adeles Kleider durchwühlt und in Felix' Dunkelkammer die Verkleidung von den Wänden gerissen haben. Ich war dabei, als der kleinere der beiden ein Foto von Clare, auf dem sie nichts als einen Spitzenslip trug, heimlich in die Tasche seines Jacketts gesteckt hat, das über dem Bauch spannte. Und ich war dabei, als sie Edwards Atelier ausgeräumt und alles mitgenommen haben, was ihrer Meinung nach Aufschluss über mich geben konnte …

Leonard hatte einen Hund, der immer im Sessel schlief, während er arbeitete, ein großes, zotteliges Tier mit dreckigen Pfoten und einem langmütigen Blick. Ich mag Tiere: Im Gegensatz zu Menschen bemerken sie mich und geben mir ein Gefühl von Wertschätzung. Es ist erstaunlich, wie gut ein bisschen Beachtung tut, wenn man es gewohnt ist, ignoriert zu werden.

Leonard hatte ein Grammofon mitgebracht, auf dem er spätabends Platten laufen ließ, und auf seinem Nachttisch lag immer eine Glaspfeife, genau so eine, wie mein Vater sie in der Kaschemme des Chinesen benutzt hat. Hin und wieder kam eine Frau namens Kitty Leonard besuchen, dann hat er die Pfeife jedes Mal versteckt.

Manchmal habe ich ihm beim Schlafen zugesehen, so wie ich es jetzt bei Jack mache. Er hatte militärische Angewohnheiten, so wie der alte Major, der im Haus von Mrs. Mack und dem Captain verkehrte, der ein kleines Mädchen schlagen konnte, aber niemals auf die Idee gekommen wäre, sich ins Bett zu legen, ohne vorher seine Stiefel zu polieren und sie ordentlich nebeneinander vors Bett zu stellen.

Leonard war nicht gewalttätig, aber er hatte schlimme Albträume. Er war sauber und ordentlich, tagsüber war er still und höflich, aber er hatte düstere Träume. Er zitterte im Schlaf, wimmerte und schrie vor Angst. »Tom«, rief er immer wieder, »Tommy.«

Ich habe mich oft gefragt, wer Tommy sein mochte. Leonard weinte um ihn wie um ein verstorbenes Kind.

Wenn er aus der Glaspfeife geraucht hatte und in einen wohligen Schlaf sank, in dem Tommy ihn nicht heimsuchen konnte, saß ich in der Stille des dunklen Hauses und dachte an meinen Vater und daran, wie lange ich darauf gewartet habe, dass er mich nachkommen ließ.

Aber wenn Leonard die Pfeife nicht benutzte, blieb ich bei ihm. Ich weiß, was Verzweiflung ist, und deswegen habe ich in jenen Nächten bei dem jungen Mann gewacht und ihm ins Ohr geflüstert: »Es ist alles gut. Finde deinen Frieden. Tommy sagt, es geht ihm gut.«

Tom … Tommy … In manchen Nächten, wenn der Wind über der Themse heult und die Bodendielen beben, höre ich den Namen noch immer.

Kapitel 13

Sommer 1928

Es war der heißeste Tag bisher, und Leonard hatte sich nach dem Aufstehen entschlossen, baden zu gehen. Er hatte es sich zur Gewohnheit gemacht, am frühen Morgen den Treidelpfad entlangzuspazieren, manchmal auch noch ein weiteres Mal an den langen Nachmittagen, an denen die Sonne erbarmungslos vom Himmel brannte, nur um dann plötzlich wie ein Scheinwerfer auszugehen.

Hier war die Themse nicht das breite, schlammige Ungetüm, das sich durch London wälzte. Hier war sie anmutig und flink und erstaunlich unbeschwert. Sie sprang über Steine und umspielte die Ufer, ihr Wasser so klar, dass man sehen konnte, wie sich das Wassergras in der Strömung wiegte. Für Leonard war die Themse eine Frau, das stand fest. Trotz all ihrer Klarheit gab es Stellen, an denen sie plötzlich unergründlich war.

Eine lange regenlose Zeit im Juni hatte Leonard reichlich Gelegenheit geboten, die Gegend zu erkunden, und dabei hatte er eine besonders einladende Flussbiegung etwa drei Kilometer vor der Lechlade Halfpenny Bridge entdeckt. Eine Gruppe lärmender Kinder hatte dort auf einem angrenzenden Feld für den Sommer ihre Zelte aufgeschlagen, doch ein Birkenwäldchen schirmte die Biegung vor ihren Blicken ab.

Jetzt saß Leonard an eine Weide gelehnt im Gras und wünschte sich, er hätte das hölzerne Ruderboot bereits repariert, das er im Schuppen hinter dem Haus gefunden hatte. Es war ein ruhiger Tag, und er konnte sich nichts Schöneres vorstellen, als im Boot zu liegen und sich flussabwärts treiben zu lassen.

In einiger Entfernung rannte ein etwa elfjähriger Junge mit langen, dünnen Beinen und knubbeligen Knien von einem Baum zum nächsten. Er lief über die sonnige Lichtung und ließ dabei die Arme kreisen, einfach aus Spaß, ein breites Grinsen im Gesicht.

Für den Bruchteil einer Sekunde konnte Leonard sich daran erinnern, wie es war, jung und flink und frei zu sein. »Komm mit, Lenny!« Manchmal hörte er es immer noch, wenn der Wind auf eine bestimmte Weise wehte oder ein Vogel über ihn hinwegflog. »Komm mit, Lenny!«

Der Junge hatte Leonard nicht gesehen. Er und seine Freunde waren damit beschäftigt, Stöcke zu sammeln und sie einem anderen Jungen vor einem der Zelte zu bringen, der sie begutachtete, einige akzeptierte und andere kopfschüttelnd ablehnte. Für das Auge des Erwachsenen war nichts an dem Jungen zu erkennen, das ihn zum Anführer machte. Er war vielleicht ein bisschen größer als die anderen, vielleicht ein bisschen älter, aber Kinder spüren Stärke instinktiv.

Leonard verstand sich gut mit Kindern. Sie verstellten sich nicht wie Erwachsene, um sich einen Vorteil zu verschaffen. Sie sagten, was sie meinten, beschrieben, was sie sahen, stritten sich und vertrugen sich wieder. Genau so waren Tom und er auch gewesen.

Ein Tennisball flog aus dem Nichts herbei, schlug mit einem dumpfen Geräusch auf und rollte über das Gras zum Ufer. Der Hund rannte hinterher, dann trottete er zurück und ließ seinem Herrchen den Ball vor die Füße fallen. Leonard nahm das triefende Geschenk auf, hielt es kurz in der Hand, dann schleuderte er es zurück in die Richtung, aus der es gekommen war.

Mittlerweile war es sehr warm geworden. Leonard zog sich bis auf die Unterhose aus, ging zum Ufer und tauchte einen Zeh ins Wasser. Eine Entenfamilie schwamm vorbei.

Ehe er es sich anders überlegen konnte, machte er einen Kopfsprung.

Das Wasser war derart kalt, dass ihm fast das Herz stehen blieb. Mit offenen Augen tauchte er, so tief er konnte. Auf dem Grund angekommen, streckte er die Hand aus, grub die Finger in den Schlick und begann zu zählen. Aus einem Büschel Wassergras lachte Tom ihn an.

Leonard konnte sich nicht an eine Zeit vor Tom erinnern. Zwischen ihnen hatten nur dreizehn Monate gelegen. Bevor Leonard geboren wurde, war seine Schwester June im Alter von zwei Jahren an Scharlach gestorben. Danach hatte seine Mutter es darauf angelegt, möglichst schnell wieder schwanger zu werden. Einmal hatte Leonard zufällig gehört, wie sie seiner Tante beim Tee gestand, sie hätte zehn Kinder bekommen, wenn gewisse »Frauenprobleme« sie nicht daran gehindert hätten.

»Du hast einen Stammhalter und einen in Reserve«, hatte seine Tante sie, pragmatisch wie immer, getröstet. »Und das ist besser als nichts.«

Jahrelang hatte Leonard sich immer wieder gefragt, ob er diesen »Stamm« halten sollte und ob das überhaupt möglich war, besonders dann, wenn es nachts so heftig stürmte, dass die Fenster in ihren Rahmen wackelten.

Tom war der Jüngere, aber er war kräftiger gewesen als Leonard. Mit vier war er größer als sein ein Jahr älterer Bruder. Er war auch breiter gebaut, mit muskulösen Schultern – wie ein Schwimmer, hatte ihr Vater voll männlichem Stolz immer gesagt – und einem charmanten Wesen, offen und unbeschwert, und das gefiel den Leuten. Leonard hingegen war in sich gekehrt. Ihre Mutter erzählte ihnen gern, dass sie ihre jeweilige Persönlichkeit in dem Augenblick erkannt habe, als sie ihr als Neugeborene in die Arme gelegt worden seien. »Du hattest die Ärmchen und Beinchen fest angezogen und das Kinn auf die Brust gedrückt, als wolltest du dich vor der Welt verstecken. Tom war anders – er hatte die Händchen zu Fäusten geballt und die Unterlippe vorgeschoben, als wollte er sagen: ›Wollen wir doch mal sehen, ob ihr mich kriegt!‹«

Leonards Lunge schmerzte, doch er blieb unter Wasser. Sein Bruder lachte ihn an. Ein Schwarm kleiner Fische schwamm vorbei. Er zählte weiter.

Die Frauen hatten Tom gemocht. Er sah gut aus – das hatte selbst Leonard zugeben müssen –, aber das war nicht alles. Es war seine Art. Er war witzig und großzügig, und wenn er lachte, war es, als würde der Himmel aufreißen und die Sonne einem direkt auf die Haut scheinen. Leonard hatte viel Zeit gehabt, darüber nachzudenken, und war zu der Überzeugung gelangt, dass es Toms angeborene Ehrlichkeit war, worauf die Leute reagierten. Selbst sein Zorn oder sein Unmut waren so unverfälscht, dass niemand sich davon abgestoßen fühlte.

Inzwischen hörte Leonard sein Blut in den Ohren rauschen. Ihm dröhnte der Schädel, als würde er gleich platzen. Schließlich hielt er es nicht mehr aus. Er drückte sich vom Grund ab, schwamm mit zwei kräftigen Zügen nach oben und stieß japsend durch die glitzernde Wasseroberfläche. Die Augen gegen die plötzliche Helligkeit zusammengekniffen, drehte er sich auf den Rücken und ließ sich eine Weile treiben, um zu Atem zu kommen.

Arme und Beine von sich gestreckt, lag er wie ein Stern auf

dem Wasser, die Sonnenstrahlen angenehm warm auf seinem Bauch. Dreiundneunzig Sekunden. Damit hatte er Toms Rekord vom Sommer 1913 noch lange nicht eingeholt, aber morgen würde er es noch einmal versuchen. In der Nähe trällerte eine Lerche, und Leonard schloss die Augen. Das Wasser plätscherte sanft. In der Ferne ertönte das vergnügte Kreischen der Jungen, die den Sommer genossen.

Langsam schwamm Leonard zum Ufer zurück. Ein Tag wie jeder andere.

Hora pars vitae. Sein Lateinlehrer hatte es seine Schüler wieder und wieder aufschreiben lassen. *Jede Stunde ist ein Teil des Lebens.*

Serius est quam cogitas, hatte die Sonnenuhr in Frankreich verkündet. Ein bescheidenes Gebilde im Garten einer kleinen Kirche, wo Leonards Einheit erschöpft und verdreckt eine kurze Verschnaufpause eingelegt hatte. *Es ist später, als du denkst.*

»Komm, Hund.« Der Hund sprang auf, und Leonard wunderte sich einmal mehr über seinen Optimismus. Er war an Leonards erstem Abend in Birchwood Manor vor fast einem Monat aufgetaucht, und sie hatten sich in unausgesprochenem Einverständnis einander angenommen. Schwer zu sagen, was für eine Art Hund er war: groß und braun, buschiger Schwanz und sehr eigensinnig.

Zusammen spazierten sie zum Haus zurück. Leonards Hemd klebte ihm auf der Haut. Zwei Drachen mit roten Papierschwänzen schwebten wie durch Zauberei über einem Weizenfeld in der Luft, und plötzlich fühlte Leonard sich an die Front zurückversetzt. Sie hatten eine Nacht in einem riesigen, verfallenen Herrenhaus verbracht, von dem eine Hälfte eingestürzt und die andere intakt war. Eine Standuhr im Flur mit schwarz-weißen Fliesen hatte in der Nacht noch lauter getickt als tagsüber, hatte die Minuten heruntergezählt, aber wohin? Das Elend schien einfach kein Ende zu nehmen.

Im ersten Stock, in einem verstaubten Zimmer voller Bücher und Brettspiele, hatte einer seiner Kameraden eine Violine entdeckt, sie mit in den Garten gebracht und darauf zu spielen begonnen, ein bewegendes Stück, das Leonard entfernt bekannt vorkam. Der Krieg war surreal: Alles war so schockierend, dass es niemals Normalität werden konnte, und noch schockierender war es, wenn es doch geschah. Tag für Tag das Zerrissensein zwischen der alten und der neuen Realität, Männer, die wenige Monate zuvor noch Drucker, Schuhmacher und Angestellte gewesen waren, in nassen Schützengräben, wo sie ihre Waffen luden und Ratten verscheuchten.

Für Leonard hatte es während der vier langen Jahre keine größere Absurdität gegeben als diesen Nachmittag mit Violinenmusik in einem sommerlichen Garten, während ganz in der Nähe Bomben explodierten und Männer starben wie die Fliegen. Falken waren damals am Himmel gekreist, Wanderfalken, hoch über dem Geschehen. Es kümmerte sie nicht, was sich auf den Feldern unter ihnen abspielte. Der Schlamm, das Blut, das Gemetzel, das sinnlose Töten. So war das zu allen Zeiten. Sie hatten das alte Gedächtnis von Vögeln und all das schon einmal gesehen.

Inzwischen waren auch die Menschen in der Lage, in der Zeit zurückzublicken. Dafür hatte es nur einen Krieg gebraucht. Auch das war absurd: dass ausgerechnet die Aerofotografie, die entwickelt wurde, damit Bombenflieger den größtmöglichen Schaden anrichten konnten, nun von Kartografen dazu verwendet wurde, Spuren untergegangener Kulturen zu entdecken.

Dafür waren Kriege offenbar nützlich. Das hatte Leonards alter Schulfreund Anthony Baxter ihm vor ein paar Monaten bei einem Bier erzählt. Not mache erfinderisch, hatte er gesagt, und nichts sei so motivierend wie der Überlebenswille. Anthony arbeitete an der Herstellung eines neuen Materials, das das Glas ersetzen sollte. Damit lasse sich eine Menge Geld verdienen, fuhr er mit von Bier und Habsucht geröteten Wangen fort, man brauche nur ein bisschen kreativ zu denken.

Leonard verachtete Geld, oder vielmehr das Streben danach. Seiner Meinung nach war das einzig Gute, das der Krieg gebracht hatte, die Erkenntnis, wie wenig der Mensch brauchte, um zu überleben. Wie wenig alles andere bedeutete. All die zurückgelassenen Standuhren, all die verlassenen Häuser … Die Leute hatten einfach alles stehen und liegen lassen und hatten sich und ihre Angehörigen in Sicherheit gebracht. Jetzt wusste er, dass nur der Boden unter seinen Füßen echt war. Die Erde, die Natur, die einen mit allem versorgte und die Spuren jedes Menschen, der jemals gelebt hatte, für immer bewahrte.

Bevor er nach Birchwood Manor gekommen war, hatte Leonard sich bei Stanfords in London ein paar topografische Karten gekauft, die Oxfordshire, Wiltshire und Berkshire umfassten. Darauf waren römische Straßen eingezeichnet, die jahrtausendelang in den Kalk getreten worden waren, Getreidekreise, wo sich frühzeitliche Ringgrabenanlagen befunden hatten, und parallel verlaufende Linien, Spuren von mittelalterlichen Pflügen. Noch weiter in die Vergangenheit reichten die wie Blutgefäße vernetzten neolithischen Grabstätten aus der letzten Eiszeit.

Die Erde war das ultimative Museum. Sie erzählte von alten Zeiten, und dieses Gebiet, der Ridgeway – mit dem Kalk der Salisbury-Ebene, dem Riesen von Cerne Abbas, dem Uffington White Horse –, hatte besonders viel zu berichten. Bei Kalk war die Gefahr eines Erdrutsches geringer als bei Tonerde, weshalb solche Strukturen besser erhalten blieben. Mit Kalk kannte Leonard sich aus. In Frankreich hatte eine seiner Aufgaben darin bestanden, unter dem Schlachtfeld einen Tunnel zu graben; er war in Larkhill in Wiltshire ausgebildet worden, hatte gelernt, Horchposten zu bauen und stundenlang mit einem Stethoskop an die kalte Erde gepresst auszuharren. Und in Arras hatte er dann zusammen mit den Neuseeländern den Tunnel gegraben. Wochenlang hatten sie im Dunkeln geschuftet, mit Kerzen als einziger Lichtquelle und einem Feuer in einem Eimer gegen die schlimmste Kälte.

Mit Kalk kannte Leonard sich aus.

Großbritannien war eine uralte Insel, ein Ort der Geister, und jeder Morgen Land war ein Vermächtnis, aber hier gab es besonders viel zu entdecken. Verschiedene Ebenen menschlicher Besiedlung waren in ein und demselben Stück Land sichtbar: aus prähistorischer Zeit, aus der Eisenzeit, aus dem Mittelalter; und eben auch Übungstunnel aus dem Ersten Weltkrieg. Die Themse entsprang aus mehreren Quellen in den Cotswolds und schlängelte sich, immer breiter werdend, über die Mitte der Karte. An einer Flussgabelung an einem schmalen Nebenfluss lag das Dorf Birchwood, und nicht weit davon entfernt verlief ein Pfad über einer Hügelkette, gerader als von der Natur erschaffen: eine Ley-Linie. Leonard hatte Alfred Watkins gelesen und den Bericht von William Henry Black an die British Archaeological Association in Hereford, in dem Black die Vermutung aufstellte, dass solche »großen geometrischen Linien« neolithische Kultstätten überall in Großbritannien und Westeuropa miteinander verbanden. Das waren die alten Pfade, vor Jahrtausenden angelegt, magisch, mächtig, heilig.

Diese geheimnisvolle und mystische Vergangenheit war es gewesen, die Edward Radcliffe und seine Freunde im Sommer 1862 hierhergelockt hatte. Sie war auch ein Grund gewesen, warum Radcliffe das Haus überhaupt gekauft hatte. Leonard hatte das Manifest viele Male gelesen, genauso wie die Briefe, die Radcliffe an seinen Vertrauten und Künstlerfreund Thurston Holmes geschrieben hatte. Anders als Radcliffe, der nach dem Tod seiner Verlobten weitgehend in Vergessenheit geraten war und dessen künstlerisches Vermächtnis nur von einer Schar treuer Anhänger bewahrt wurde, hatte Holmes bis ins hohe Alter gemalt und die öffentliche Aufmerksamkeit genossen. Er war erst vor Kurzem gestorben und hatte der Nachwelt seinen Briefverkehr und seine Tagebücher hinterlassen. Leonard hatte mehrmals die Universität in York besucht und die Schriftstücke wochenlang nach neuen Erkenntnissen über Edward Radcliffes Verbindung zu dem Haus in Birchwood durchforstet.

In einem Brief vom Januar 1861 hatte Radcliffe geschrieben:

Ich habe ein Haus gekauft. Ein bezauberndes Haus, vielleicht nicht prachtvoll, aber doch mit formschönen Proportionen. Es steht wie ein bescheidener, anmutiger Vogel an seiner eigenen Flussbiegung, am Rand eines Waldes, in der Nähe eines zwar kleinen, aber idealen Dorfes. Und das ist noch nicht alles, Thurston. Ich will es hier nicht zu Papier bringen, sondern damit warten, bis wir uns wiedersehen. Ich verrate nur so viel: Es gibt noch etwas anderes an diesem Haus, das mich anzieht, etwas Altes und Wesentliches, das nicht völlig von dieser Welt ist. Es ruft schon seit langer Zeit nach mir, denn mein neues Haus und ich sind einander nicht fremd.

Weiter hatte Radcliffe das Thema an dieser Stelle nicht ausgeführt, und obwohl Leonard aus seinen Nachforschungen wusste, dass der Maler als Junge eine Weile in der Gegend gelebt hatte, blieb es ein Geheimnis, was genau ihn zu diesem Haus geführt hatte und wann: Radcliffe hatte wiederholt vage Andeutungen über ein sowohl »lebensveränderndes« als auch »tief bewegendes« Kindheitserlebnis gemacht, aber bisher hatte

Leonard nicht in Erfahrung bringen können, worum genau es sich dabei gehandelt hatte. Was auch immer es war, irgendetwas war passiert, und zwar etwas, worüber Radcliffe sich nicht schriftlich auslassen wollte und was entscheidend dazu beigetragen hatte, dass er auf dieses Haus fixiert war und es schließlich erworben hatte. Im Dezember 1860 hatte er alle seine Gemälde verkauft und einem Stifter für die restlichen zweihundert Pfund, die er brauchte, sechs weitere versprochen. Anschließend hatte er den Kaufvertrag unterschrieben, und endlich gehörten Birchwood Manor und das dazugehörige Grundstück ihm.

Der Hund bellte aufgeregt, und Leonard folgte seinem Blick. Er hatte damit gerechnet, Enten oder Gänse zu sehen, aber stattdessen kamen ein Mann und eine Frau auf ihn zu. Ein verliebtes Paar, das war offensichtlich.

Der Mann lachte so herzhaft über etwas, was die Frau gesagt hatte, dass es über die Wiese schallte und er sich einen Rippenstoß einfing.

Die Frau lächelte, und Leonard musste auch lächeln. Die beiden wirkten so glücklich und unbeschwert. Sie bewegten sich, als hätten sie jedes Recht, auf der Welt zu sein, als zweifelten sie keine Sekunde daran, genau jetzt hierherzugehören.

Leonard spürte, dass er im Vergleich zu ihnen dünn und unscheinbar war, und diese Unzulänglichkeit machte ihn schüchtern. Er wusste nicht, ob er einen fröhlichen Guten-Morgen-Plausch aushalten würde, ob er die richtigen Worte finden oder ob ein einfaches Nicken ausreichen würde. Er war noch nie ein geselliger Typ gewesen, selbst bevor der Krieg eine leere Hülle aus ihm gemacht hatte.

Leonard hob einen schönen Stock aus hellem Holz vom Boden auf und wog ihn in der Hand.

»Los, Hund, such!«

Leonard warf den Stock über die Wiese, und der Hund rannte begeistert hinterher. Der Mann und die Frau waren bereits vergessen.

Leonard wandte sich vom Ufer ab und folgte dem Hund. Über den Weiden entlang des Hafodsted-Bachs waren die beiden Giebel von Birchwood Manor zu sehen, und Leonard bemerkte, dass eins der Dachgeschossfenster im Sonnenlicht zu leuchten schien.

Als Leonard im Alter von achtzehn Jahren nach Oxford gegangen war, hätte er sich nicht träumen lassen, dass er sich einmal ganz auf Radcliffe und ein vierhundert Jahre altes Haus in einem verschlafenen Winkel des Landes konzentrieren würde. Andererseits hatte vieles, was in den folgenden fünfzehn Jahren geschehen war, seine jugendliche Vorstellungskraft überstiegen. In Wahrheit hatte er im Jahr 1913 kaum eine Vorstellung von einem akademischen Studium gehabt. Er war nach Oxford gegangen, weil es für einen intelligenten jungen Mann aus der Oberschicht eigentlich keine anderen Optionen gab. Er hatte sich für das Fach Kunstgeschichte am Christ Church College eingeschrieben, weil er die Grünflächen und das große steinerne Gebäude mochte, von dem aus man das Gelände überblicken konnte. In einer Einführungsveranstaltung im ersten Jahr hatte er Professor Harris kennengelernt und die moderne Kunst für sich entdeckt.

Das zufällig gewählte Fach entwickelte sich schnell zur Leidenschaft. Leonard begeisterte sich für den Mut und die Wirkung von Marcel Duchamps *Akt, eine Treppe herabsteigend Nr. 2* und für Picassos revolutionäres und verstörendes Werk *Les Desmoiselles d'Avignon*; er las bis spät in die Nacht hinein Marinetti und fuhr nach London, um die Umberto-Boccioni-Ausstellung in der Doré Gallery zu sehen. Die Ironie des Readymade, Duchamps' Fahrrad-Rad auf dem Hocker, waren wie eine Erleuchtung, und Leonard war voller Optimismus gewesen. Er sehnte sich nach Innovation, verehrte Schnelligkeit und Fortschritt und begrüßte neue Ideen über Raum, Zeit und deren Darstellung; er fühlte sich, als hätte er den höchsten Punkt einer riesigen Welle erklommen und würde darauf in die Zukunft reiten.

Aber dann kam das Jahr 1914, und eines Abends besuchte sein Bruder ihn im College. Bevor sie zum Abendessen aufbrachen, schlug Tom einen Spaziergang über die Felder vor. Es war ein lauer Sommerabend und noch hell, und als Tom wehmütig wurde und von ihrer Kindheit zu sprechen begann, hatte Leonard gewusst, dass etwas im Busch war. Später, im Restaurant, sagte Tom unvermittelt: »Ich habe mich zum Kriegsdienst gemeldet.«

Mit diesen Worten hatte der Krieg, der bisher nur in Form von Schlagzeilen präsent gewesen war, plötzlich Gestalt angenommen.

Leonard wollte nicht in den Krieg ziehen. Im Gegensatz zu Tom suchte er nicht nach Abenteuern, zumindest nicht solcher Art. Es fiel ihm schwer, auch nur einen Hauch von Pflichtgefühl zu empfinden. Was ging es ihn an, wenn ein schießwütiger Verrückter in Sarajevo seine Wut an einem österreichischen Erzherzog mit Federhelm ausließ? Diesen Gedanken hatte er nie laut ausgesprochen, jedenfalls nicht seinen Eltern gegenüber, denen vor Stolz die Tränen kamen, wenn sie Tom in seiner Uniform sahen, erst recht nicht, dass ihm der Krieg furchtbar ungelegen kam, jetzt, wo er gerade seine Leidenschaft entdeckt hatte.

Andererseits.

Er überlegte.

Wie lange konnte so ein Krieg schon dauern?

Es würde nur eine kurze Unterbrechung sein, eine neue Erfahrung, die ihm nicht nur helfen würde, die Welt von verschiedenen Standpunkten aus zu sehen; er würde Technik und Modernität aus nächster Nähe erfahren …

Es war sinnlos, sich den Kopf über das Wie und Warum zu zerbrechen. Tom war nach Frankreich in den Krieg gezogen und Leonard ebenfalls.

Fünf Jahre später war Leonard in ein fremdes Land und eine fremde Welt zurückgekehrt.

Kapitel 14

London nach dem Krieg war ein Schock gewesen. Die Geschichte hatte zuletzt gelacht, und Leonard sah sich plötzlich mit Veränderung und Fortschritt in einem Ausmaß konfrontiert, das er sich nie hätte träumen lassen. Und das betraf nicht nur die Welt, sondern auch die Menschen darin. Überall großäugige Menschen, die nur darauf aus waren, zu tanzen und zu feiern, wie die Ziegen zu lachen und ihre langen Haare und altmodischen Gewohnheiten und überhaupt alles loszuwerden, was eine Verbindung zur Vergangenheit und dem Elend des Kriegs darstellte.

Leonard hatte sich ein Zimmer im Dachgeschoss eines Hauses in der Nähe der Holloway Road gemietet. Im kleinen Garten des Hauses lebte ein Schwein, und tief in den Eingeweiden der Erde darunter verlief ein Zugtunnel. Das Schwein hatte er bei der ersten Besichtigung gesehen, aber das mit den Zügen hatte er erst mitbekommen, nachdem er die erste Monatsmiete bezahlt hatte und mit einem Glas Ale und einer Zigarette an dem kleinen Holztisch neben seinem Bett saß. Die Abenddämmerung hatte eingesetzt – eine Zeit, die Leonard nervös machte, war doch dem Tageslicht schon nicht zu trauen –, und im ersten Moment dachte er, die Stadt werde bombardiert; dass alles nur ein furchtbarer Irrtum und der Krieg gar nicht zu Ende war. Aber es war nur ein Zug gewesen. In seiner Panik stieß Leonard das Bier vom Tisch, woraufhin seine Nachbarin von unten wütend mit dem Besen gegen die Decke klopfte.

Er hatte versucht, mit der Zeit zu gehen, aber anstatt frei und ungebunden zu sein, fühlte er sich bloß entwurzelt. Alle tranken zu viel, aber während der Alkohol andere Leute fröhlich stimmte, machte er Leonard nur melancholisch. Einladungen in einen Club kam er mit den besten Absichten nach: Er trug einen neuen Anzug und gab sich alle Mühe, gut gelaunt zu sein, zuzuhören, zu nicken und manchmal sogar zu lächeln. Irgendwann ließ er sich jedoch unweigerlich in ein Gespräch verwickeln, und dann erzählte er von den Freunden, die er verloren hatte, wie sie ihn in der Stille seiner Wohnung heimsuchten, neben ihm im Spiegel auftauchten, während er sich rasierte, und dass er manchmal sogar im abendlichen Halbdunkel die Schritte ihrer schweren Stiefel hinter sich auf dem Gehweg hörte.

Die Leute um ihn herum, aufgekratzt vom Alkohol, schauten ihn misstrauisch an und wandten sich betreten ab, so als könnten sie nicht verstehen, warum er ihnen den Spaß verderben wollte. Aber selbst wenn er nicht von seinen toten Freunden sprach, fehlte Leonard das Talent für feuchtfröhliches Geplapper. Er war einfach zu ernst. Zu aufrichtig. Die Welt war für ihn zu einer hauchdünnen, schimmernden Blase geworden, und alle anderen hatten ihren Weg hineingefunden. Aber Leonard war zu schwerfällig für diese Blase. Er war aus der Zeit gefallen: zu alt für die übermütigen jungen Leute, zu jung für die hoffnungslosen Trinker am Themseufer. Er fühlte sich nichts und niemandem verbunden.

Eines Nachmittags begegnete er auf der Charing Cross Bridge, unter der gerade ein Schlepper das Wasser aufwühlte, zufällig seinem alten Professor, der auf dem Weg zur National Gallery war. Professor Harris lud Leonard ein, ihn zu begleiten, und sprach angeregt über die Kunst und das Leben und die Menschen, die sie beide einmal gekannt hatten, und Leonard hörte zu und nickte und betrachtete die Anekdoten in Gedanken wie interessante Reliquien. Als sie die Renaissance-Abteilung des Museums betraten und der Professor Leonard fragte, ob er sein Studium nicht wieder aufnehmen wolle, war es, als hätte er Chinesisch gesprochen. Selbst wenn Leonard sich hätte vorstellen können, zu den beunruhigend schönen Gebäuden Oxfords zurückzukehren, so war die Moderne doch längst tot: Boccioni war 1916 ums Leben gekommen, und einige französische Kritiker verlangten nun eine »Rückkehr zur Ordnung«. Alle Jugendlichkeit und Lebensfreude der Bewegung war mit Leonards eigener geschwunden und lag nun im Schlamm der Schützengräben begraben.

Aber irgendetwas musste er tun. London war zu hektisch und zu laut, und in ihm regte sich sein Fluchtinstinkt. Er spürte es wie den steigenden Luftdruck vor einem Gewitter: Sein Trommelfell schmerzte, und seine Beine wurden rastlos. Nachts wachte er oft verschwitzt auf, wenn die Nachtzüge sein Bett erzittern ließen und die dünne, aufdringlich geschminkte Frau in der Wohnung unter ihm die Tür hinter einem randalierenden Freier zuknallte. Panik umschloss seine Kehle mit feinen, schwarzen Flügeln, und er betete, dass sie fester zudrücken und seinem Leben ein Ende setzen würden. In Gedanken ging er die Wege nach, die er als Kind gelaufen war – mit Tom zusammen, über die Gartenmauer, durch die Sträucher und den Weg entlang, der sich hinter den Feldern in Richtung Wald verlor. »Komm, Lenny!« Immer häufiger hörte er Toms Stimme hinter sich, aber wenn er sich umdrehte, sah er nur alte Männer in Kneipen und Jungen an Straßenecken und schäbige, ausgemergelte Straßenhuren, die ihm mit glasigen Augen nachschauten.

Noch bevor sein Mietvertrag auslief, steckte er zwei Monatsmieten in das Glas auf dem Schreibtisch und verließ sein Zimmer, verließ London mit einem der Züge, die an den kleinen Fenstern zum Leben anderer Leute vorbeiratterten. Sein Elternhaus war kleiner, als er es in Erinnerung hatte, und es war ein bisschen heruntergekommen, aber es roch noch genauso wie früher, und das war gut so. Seine Mutter richtete ihm sein altes Kinderzimmer her, aber das leere Bett an der gegenüberliegenden Wand blieb stehen, wo es war. Unzählige Gespräche hingen in den Ecken des Zimmers, stumm bei Tag, aber laut bei Nacht, sodass Leonard manchmal im Bett hochfuhr und die Nachttischlampe anschaltete, überzeugt, seinen Bruder grinsend auf dem anderen Bett sitzen zu sehen. Im Dunkeln hörte er die Federn unter seiner Matratze quietschen, wenn die Erinnerung an Tom ihn um den Schlaf brachte.

Ihre alten Spielsachen und Bücher lagen immer noch in den Regalen – die Holzsoldaten, der Kreisel, der abgenutzte Karton mit dem Leiterspiel. Leonard las *Die Zeitmaschine* von H. G. Wells, sein Lieblingsbuch, als er dreizehn Jahre alt gewesen war. Und Toms. Damals hatten sie nur von der Zukunft geträumt, davon, durch die Zeit zu reisen und die Wunder zu entdecken, die auf sie warteten. Jetzt blickte Leonard nur noch zurück. Manchmal saß er einfach nur da, das Buch in den Händen, und bewunderte seine Form und Stabilität. Was für ein ehrwürdiges Objekt ein Buch doch war, in seiner Bestimmung beinahe edel.

Manchmal nahm er das Leiterspiel aus dem Regal. Sie hatten immer dieselben Figuren ausgewählt. Leonard hatte mit einem perfekt runden, grauen Stein gespielt, den er bei einem Ausflug mit den Eltern am Strand in Salcombe gefunden hatte, Tom mit einer silbernen Zwei-Pence-Münze, die ihm ein alter Mann gegeben hatte, weil er ihm nach einem Sturz auf der Straße aufgeholfen hatte. Sie hatten ihre Spielfiguren als Glücksbringer betrachtet, jeder davon überzeugt, den besseren zu haben, aber Leonard erinnerte sich, dass er Tom um seine Münze beneidet hatte, denn meistens gewann sein Bruder das Spiel. Tom hatte immer schon mehr Glück gehabt. Außer bei dem einen Mal, als es entscheidend gewesen wäre.

An einem Tag im Frühjahr 1924 waren Leonards Beine besonders rastlos. Er packte etwas zu trinken in seinen Ranzen und ging spazieren, wie er es oft tat, aber anstatt sich auf den Heimweg zu machen, als es zu dunkeln begann, lief er weiter. Er wusste nicht, wohin er ging, aber das kümmerte ihn nicht. Schließlich legte er sich mitten auf einem Feld schlafen, über sich am wolkenlosen Nachthimmel den leuchtenden Halbmond. Und als ihn bei Sonnenaufgang eine Lerche weckte, packte er seine Sachen und ging weiter. Er wanderte quer durch Dorset bis nach Devon und weiter durch Dartmoor, wo ihn die Geister begleiteten. Ihm fiel auf, wie viele verschiedene Grüntöne es gab, im Laub der Bäume über ihm, ebenso wie an Grashalmen, die zum Boden hin immer heller wurden.

Mit der Zeit wuchs ihm ein Bart, und seine Haut bräunte sich. Zuerst bekam er Blasen an Fersen und Zehen, später Hornhaut, die seine Füße zu denen eines anderen Mannes machte, eines Mannes, der ihm besser gefiel. Er wurde ein Meister darin, den besten Wanderstock zu finden. Er lernte, wie man Feuer machte, und bekam Schwielen an den Händen. Er nahm Gelegenheitsarbeiten an, für die er sich nicht vertraglich binden und keine Beziehungen aufbauen musste, und wenn die Arbeit getan war, steckte er den kargen Lohn ein und wanderte weiter. Manchmal begegnete er Fremden, sie nickten einander zu oder hoben im Vorbeigehen die Hand zum Gruß. Manchmal, wenn er in einem Pub mit einem anderen Wanderer ein paar Worte wechselte, überraschte ihn der Klang seiner eigenen Stimme.

In einem solchen Pub sah er zum ersten Mal eine Luftaufnahme von England. Es war Samstagmittag, und der Pub war gut besucht; ein Mann saß allein an einem der Holztische draußen, auf dem Kopf einen Lederhelm, neben sich ein verstaubtes, schwarzes Fahrrad. Er saß über ein großes Foto gebeugt und machte sich Notizen, sodass er zunächst nicht bemerkte, dass Leonard ihn beobachtete. Als es ihm schließlich auffiel, machte er ein finsteres Gesicht und verdeckte seine Arbeit instinktiv mit dem Arm. Leonard rechnete schon damit, dass der Mann ihn anfahren würde, doch dann veränderte sich sein Gesichtsausdruck, und Leonard wusste, dass er erkannt worden war. Sie waren einander noch nie begegnet. Aber irgendwie waren sie alle gebrandmarkt, nach allem, was sie erlebt und getan hatten.

Der Mann hieß Crawford und hatte im Royal Flying Corps gedient. Nach dem Krieg hatte er eine Stelle bei der Behörde für Landvermessung angenommen und reiste nun durch Wiltshire und Dorset, um archäologische Fundstätten zu kartieren. Er hatte bereits mehrere bisher unbekannte Stellen ausfindig gemacht. Leonard hatte schon immer lieber zugehört als geredet, und was Crawford ihm erzählte, war ihm ein Trost. Es bestätigte ihm seine vagen, unausgereiften Ahnungen über die Zeit und deren Formbarkeit. Crawfords Aufnahmen fügten Zeit und Raum in einem einzigen Foto zusammen, zeigten gleichzeitig Vergangenheit und Gegenwart, und Leonard wurde bewusst, dass er sich den alten Völkern, die über dieselben Wege geschritten waren, denen er jetzt folgte, verbundener fühlte als den lebensfrohen jungen Leuten, die in London die Nächte durchtanzten. Beim Wandern hatte er ein Gefühl der Zugehörigkeit; auf eine bestimmte, tiefgründige Weise wusste er, dass er zur Erde gehörte, und jeder Schritt festigte diese Gewissheit. *Zugehörigkeit.* Das Wort setzte sich in seinem Kopf fest, und als er an diesem Nachmittag seine Wanderung fortsetzte, bewegten sich seine Füße automatisch im Rhythmus der Silben.

Als Leonard am späten Abend nach einem Schlafplatz suchte, kam ihm ein Gedanke, eine vage Erinnerung aus dem Geschichtskurs in seinem ersten Jahr in Oxford: ein Artikel über eine viktorianische Bewegung, an der ein Künstler namens Edward Radcliffe beteiligt gewesen war. Der Magenta Brotherhood, wie sich die Bewegung nannte, hatten mehrere Künstler angehört, aber Radcliffe war Leonard wegen seiner tragischen Geschichte im Gedächtnis haften geblieben: Nach dem Mord an seiner jungen Verlobten war der Künstler in Depressionen versunken. Damals hatte sich Leonard nicht weiter für die Gruppe interessiert – die Viktorianer hatten ihn gelangweilt. Sie hatten ihn geärgert mit all ihren Gewissheiten, er hatte ihren Hang zu schwarzer Spitze und überladenen Wohnungen verachtet. Wie alle Vertreter der Moderne, wie alle Kinder, hatte Leonard die eigene Identität über den Widerstand gegen die alles beherrschende Gesellschaftsordnung definiert.

Doch Professor Harris' Einführung in die Kunstgeschichte war umfassend gewesen und der Artikel Pflichtlektüre. Darin wurde ein Manifest mit dem Titel »Die Kunst der Zugehörigkeit« erwähnt, das Edward Radcliffe 1861 verfasst hatte und in dem er voller Begeisterung über die Verbindung schrieb, die er zwischen Menschen und Orten spürte, zwischen Orten und Kunst. »Das Land vergisst nicht«, hatte Leonard gelesen. »Orte sind Türen, die einen in andere Zeiten führen.« Außerdem wurde in dem Artikel ein Haus erwähnt, von dem der Künstler geradezu besessen gewesen war und in dem er seine eigene »Zugehörigkeit« gefunden zu haben glaubte. Dem achtzehnjährigen Leonard war Radcliffes Sinnieren über Raum, Vergangenheit und Zugehörigkeit fremd und langweilig gewesen. Nun jedoch, zehn Jahre später, wollten ihm die Worte nicht mehr aus dem Kopf gehen.

Als Leonard letztendlich in sein Elternhaus zurückkehrte, war er abgemagert und bärtig; seine Haut war wettergegerbt und seine Kleidung verschlissen. Er rechnete damit, dass seine Mutter ihn entsetzt ins Bad schicken würde. Sie tat nichts dergleichen. Sie öffnete die Tür, riss überrascht die Augen auf, ließ ihr Geschirrtuch fallen und umarmte ihn derart fest, dass er dachte, sie würde ihm die Rippen brechen.

Wortlos bugsierte sie ihn zum Sessel seines Vaters und holte einen Eimer mit warmem Seifenwasser. Sie zog ihm Stiefel und Socken aus und wusch ihm die Füße. Er konnte sich nicht daran erinnern, dass sie das jemals getan hatte, nicht seit er ein kleiner Junge gewesen war, und eine Träne lief ihm über die Wange. Seine Mutter hielt den Kopf gesenkt, und zum ersten Mal fiel Leonard auf, dass ihr Haar ergraut war. Hinter ihr, auf dem mit einem Spitzentuch bedeckten Tisch, standen mehrere Familienfotos nebeneinander: Tom und Leonard als Soldaten, als kleine Jungen in kurzer Hose und mit Mütze auf dem Kopf, als Babys mit gehäkelten Häubchen. Jede Lebensphase hatte ihre Uniform. Das Wasser war so warm, die Güte seiner Mutter so rein und unerwartet und Leonard so ungeübt darin, solche Zuwendung zu empfangen, dass ihm immer mehr Tränen kamen.

Später, beim Tee, fragte ihn seine Mutter, was er in den vergangenen Monaten getan habe.

»Ich bin gewandert«, sagte Leonard.

»Gewandert«, wiederholte sie. »Und war es schön?«

»Ja«, sagte Leonard.

»Vor ein paar Tagen hat mich jemand besucht«, sagte sie ein wenig nervös. »Jemand, den du kennst.«

Offenbar hatte Leonards Professor in einem Verzeichnis des College seine Adresse gefunden. Professor Harris hatte eine von Leonards Arbeiten bei einem Wettbewerb der Universität eingereicht. Die Arbeit hatte einen Preis gewonnen, eine Geldsumme, die ausreichte, um ein Paar neue Wanderschuhe und bei Stanfords einige Landkarten zu kaufen. Vom Rest löste er eine Zugfahrkarte. Während seiner Wanderung hatte er ein Gefühl der Verbundenheit mit Radcliffe entwickelt, und jetzt fuhr er nach York, um Thurston Holmes' Briefe zu lesen. Es musste einen Grund dafür geben, dass ein junger Mann – gerade mal zwanzig Jahre alt – mit solcher Begeisterung über Raum und Zugehörigkeit schrieb und sich Hals über Kopf in ein Haus verliebte. Das konnten nur die Gedanken eines Außenseiters sein.

Er hatte kein Glück. Zwar enthielt das Holmes-Archiv viele Briefe von Radcliffe, aber keine aus der Zeit, die Leonard interessierte. Das war überaus frustrierend und zugleich merkwürdig. Von 1859 bis 1861 hatten Radcliffe und Holmes einander regelmäßig geschrieben, und ihre intensive Korrespondenz ließ erkennen, dass die beiden Männer sich im jeweils anderen gespiegelt und einander in ihrem Schaffen und Denken stimuliert hatten. Das Haus jedoch erwähnte Radcliffe nicht mehr, und nach einem kurzen, fast schroffen Brief, in dem er seinen Farbkasten zurückverlangte, den er Holmes im Januar 1862 geliehen hatte, schienen die beiden Männer sich nur noch sporadisch und oberflächlich ausgetauscht zu haben.

Möglicherweise war daran gar nichts Rätselhaftes, und sie hatten sich einfach auseinandergelebt; oder aber sie hatten einander weiterhin geschrieben, und die gehaltvolleren Briefe waren in einem Feuer gelandet oder in einem schlechten Archiv oder bei einem übergründlichen Frühjahrsputz verloren gegangen. Das würde Leonard jedoch nie herausfinden, und so verschwendete er keine weiteren Gedanken daran. Auf jeden Fall hatten sie sich im Jahr 1862 offenbar nahe genug gestanden, um zusammen mit den anderen Mitgliedern der Magenta Brotherhood – Felix und Adele Bernard sowie Edwards Schwester Clare, die für Thurston Holmes Modell stand –

den Sommer in Edward Radcliffes Haus in Birchwood zu verbringen.

Zwar hatte Leonard nicht gefunden, was er gesucht hatte, doch er ging nicht mit leeren Händen. Er hatte eine Tür entdeckt, und auf der anderen Seite befand sich eine Gruppe junger Leute aus dem vorigen Jahrhundert, die ihm über die Zeit hinweg die Hand reichten.

Edward Radcliffe schien der Charismatischste gewesen zu sein. Seine Energie und Offenheit, sein Wille, sich dem Leben und allem, was es zu bieten hatte, hinzugeben, seine Bereitschaft, in seiner Kunst zu wachsen, sich zu wandeln und Erfahrungen einzufangen, sprachen deutlich aus seinen Briefen. Jede Zeile pulsierte vor jugendlicher Energie und Sinnlichkeit, und Leonard konnte sich den Zustand herrlicher häuslicher Unordnung vorstellen, in dem Radcliffe am Rande künstlerischer Armut gelebt hatte. Er verstand die Vertrautheit und Ungezwungenheit in der Gruppe, den Kameradschaftsgeist, den andere zugleich als cliquenhaft und als verlockend empfanden; sie waren wahrlich Brüder gewesen. Die gleichen Gefühle hatte Leonard für Tom gehegt, als wären sie aus demselben Holz geschnitzt und ein und dieselbe Person. Deshalb konnten sie sich streiten und miteinander ringen und anschließend nach Luft schnappend auf dem Boden liegen und darüber lachen, und wenn einem eine Mücke auf dem Bein saß, beugte sich der andere vor und schlug sie tot, so wie er es bei sich selbst getan hätte. Leonard fiel auch auf, dass die Künstler wie Brüder durch den Wettstreit untereinander angespornt wurden, wie jeder fieberhaft arbeitete, um Werke zu erschaffen, die bei der herrschenden Gesellschaft einen untilgbaren Eindruck hinterlassen würde. Und dabei strebten sie alle nach Lob von John Ruskin, nach einer begeisterten Kritik von Charles Dickens, nach der Gunst eines Herrn mit tiefen Taschen.

Leonard war völlig fasziniert; die Briefe der jungen Männer zu lesen, das Erblühen ihrer Kreativität und ihr Bemühen, ihre Gedanken und Ideen in Worte zu fassen, erweckten etwas Tiefgründiges, Vergessenes in ihm. Nach der intensiven Lektüre in der Bibliothek in York setzte Leonard seine Wanderung fort und zerbrach sich den Kopf über die Aufgabe der Kunst, die Bedeutung von Raum und den Fluss der Zeit. Edward Radcliffe ging ihm immer tiefer unter die Haut, bis er eines Tages an die Universität zurückkehrte und an Professor Harris' Tür klopfte.

Die große Scheune kam in Sicht, und der Hund rannte voraus, quer durch den Hafodsted-Bach, offenbar voller Vorfreude auf das Frühstück, das ihn erwartete. Für einen Streuner hatte er ein tiefes Vertrauen in die Güte von Fremden. Aber eigentlich waren sie sich ja auch gar nicht mehr fremd.

Mittlerweile war Leonards Hemd fast trocken, als er über einen umgestürzten Baum stieg. Er überquerte die sonnige Wiese und ging wieder über den staubigen Kutschenweg, der an der Mauer um den Vorgarten des Hauses entlangführte. Schwer vorstellbar, dass hier einmal Kutschen vorgefahren waren, gezogen von schweißnassen Pferden, die ungeduldig mit den Hufen scharrten und sich nach dem langen Weg von London nach Wasser und Ruhe sehnten. Heute war niemand hier außer Leonard, dem Hund und den summenden Bienen.

Das schmiedeeiserne Tor hing genauso schief in den Angeln wie zuvor, die grüne Farbe war fast so blass wie die Blätter des Lavendels. Jasmin rankte an der Mauer und am Torbogen hinauf; die kleinen rosafarbenen und weißen, betörend duftenden Blüten rieselten wie sanfter Regen zu Boden.

Leonard kniff sich, wie jedes Mal, wenn er auf das Haus zuging. Birchwood Manor, Edward Radcliffes ganzer Stolz. Es war wirklich ein Glücksfall gewesen. Kurz nachdem er als Doktorand angenommen worden war, hatte Leonard sich ausnahmsweise einmal zur richtigen Zeit am richtigen Ort befunden: Eine Frau namens Lucy Radcliffe hatte angekündigt, sie werde der Art Historians' Association eine bedeutende Schenkung zukommen lassen. Miss Radcliffe hatte das Haus nach dem Tod ihres Bruders geerbt und seitdem darin gewohnt. Jetzt, kurz vor ihrem achtzigsten Geburtstag, hatte sie sich entschlossen, in eine Wohnung mit weniger Treppen und Winkeln zu ziehen, und wünschte, das Haus als Nachlass im Namen ihres Bruders zu stiften. Es sollte ein Ort werden, an dem Kunststudenten in Ruhe arbeiten konnten, ein Treffpunkt für Künstler, die Wahrheit und Schönheit, Licht, Raum und Heimat erforschten. Miss Radcliffes Anwalt hatte ihr zu einer Erprobungsphase geraten, bevor sie eine endgültige Entscheidung traf.

Leonard hatte von dem neuen Residenzstipendium im *Cherwell,* Oxfords unabhängiger Studentenzeitung, gelesen und umgehend eine Bewerbung eingereicht. Ein paar Monate später hatte er die Bestätigung bekommen: eine handgeschriebene Antwort, mit der er eingeladen wurde, sich im Sommer 1928 drei Monate lang zwecks Studiums in Birchwood Manor aufzuhalten. Dass es keinen Strom im Haus gab und er sich mit Kerzen und Laternen würde behelfen müssen, hatte ihn kurz abgeschreckt, doch dann hatte er alle Gedanken an die düsteren Kalktunnel in Frankreich abgeschüttelt und sich gesagt, dass es schließlich Sommer und meistens hell sein würde. Er würde einfach mit der Sonne aufstehen und mit der Sonne schlafen gehen. *Ad occasum tendimus omnes*, hatte er einmal auf einem grauen, verwitterten Grabstein in Dorset gelesen. *Wir alle streben dem Sonnenuntergang entgegen.*

Leonard war nach Birchwood gefahren in der Überzeugung, dass ihm das Haus gefallen würde, aber die Wirklichkeit hatte – etwas, was selten vorkam – alle seine Erwartungen übertroffen. Er war vom Dorf her gekommen, über die gewundene Landstraße, die immer schmaler wurde und schließlich zwischen Wiesen hindurchführte, auf denen gelangweilte Kühe und neugierige Kälber standen.

Als Erstes kamen die zweieinhalb Meter hohe Gartenmauer und die beiden Giebel des grauen Schieferdachs in Sicht. Leonard fiel auf, dass die Schindeln die Natur nachahmten: winzige, säuberlich angeordnete Rechtecke ganz oben, die zur Dachtraufe hin immer größer wurden, genau wie Federn eines Flügels. Das also war Radcliffes anmutiger Vogel, der an seiner eigenen Flussbiegung hockte.

Wie in dem Brief mit den Anweisungen beschrieben, fand er den Schlüssel in einem kleinen Hohlraum hinter einem losen Stein in der Mauer. Leonard fragte sich flüchtig, wer den silbernen Schlüssel in das Versteck gelegt hatte.

Er öffnete das Tor und blieb wie gebannt stehen, als es den Blick auf eine Szenerie freigab, die zu perfekt schien, um wahr zu sein. In einem üppigen Garten wiegte sich leuchtend roter Fingerhut in der sanften Brise, Maßliebchen und Veilchen zitterten am Wegrand. Jasmin überwucherte die Gartenmauer, umrahmte die Sprossenfenster, wo er sich mit den roten Geißblattblüten mischte, und kletterte bis über das Dach des Eingangsportikus. Im Garten wimmelte es von Insekten und Vögeln. Im Gegensatz dazu stand das Haus still und reglos da, wie im Dornröschenschlaf. Und als Leonard einen Fuß auf den Pfad setzte, fühlte er sich, als würde er in der Zeit zurückgehen; beinahe konnte er Radcliffe und seine Freunde mit ihren Farben und Staffeleien auf dem Rasen hinter den Brombeersträuchern sehen …

An diesem Morgen hatte Leonard jedoch keine Zeit, sich mit den Geistern der Vergangenheit zu beschäftigen, denn eine Frau aus Fleisch und Blut stand an eine der Säulen des Portikus gelehnt. Sie hatte sein Hemd an und fast nichts darunter, wie ihm auffiel, und sie zog an einer Zigarette, während sie zu dem Japanischen Ahorn hinüberschaute.

Sie musste ihn gehört haben, denn sie drehte sich um, und ihr Gesichtsausdruck veränderte sich. Sie lächelte ihn an und hob eine grazile Hand zum Gruß.

Er erwiderte die Geste. »Ich dachte, du müsstest am Mittag in London sein.«

»Willst du mich loswerden?« Sie kniff ein Auge zusammen, als sie erneut an der Zigarette zog. »Ach ja, stimmt, du erwartest Besuch. Von der alten Dame. Soll ich verschwinden, bevor sie kommt? Es würde mich nicht wundern, wenn das eine der Hausregeln wäre: Keine Gäste über Nacht.«

»Sie kommt nicht hierher. Ich gehe zu ihr.«

»Sollte ich eifersüchtig sein?« Sie lachte, aber ihr Lachen stimmte Leonard traurig.

Kitty war nicht eifersüchtig, sie zog ihn nur auf, das tat sie gern. Kitty liebte Leonard nicht, und er ließ den Gedanken nicht zu, dass sie es vielleicht doch tat, nicht einmal in den Nächten, in denen sie sich so fest an ihn klammerte, dass es wehtat.

Er küsste sie auf die Wange, und sie erwiderte seinen Kuss mit einem unbefangenen Lächeln. Sie kannten sich schon lange, seit sie sechzehn und er siebzehn gewesen war. Seit der Osterkirmes 1913. Sie hatte ein hellblaues Kleid getragen und dazu eine kleine Tasche aus Satin. Irgendwo hatte sich eine Schleife gelöst und war zu Boden gefallen. Sie hatte es nicht bemerkt und auch niemand sonst, und nach kurzem Zögern hatte Leonard sich danach gebückt und sie für sie aufgehoben.

»Bleibst du zum Frühstück?«, fragte er. »Der Hund ist ganz versessen auf Eier.«

Sie folgte ihm in die Küche, die nach dem grellen Sonnenlicht dunkel wirkte. »Ich bin zu nervös, um etwas zu essen. Aber eine Tasse Tee wäre nicht schlecht.«

Leonard nahm die Streichholzschachtel vom Regal hinter dem alten Herd.

»Ich verstehe nicht, wie du es hier allein aushältst.«

»Es ist friedlich.« Leonard machte mit einiger Mühe Feuer im Herd und schlug Eier in die Pfanne, während das Wasser kochte.

»Erzählst du mir noch mal, wo es passiert ist, Lenny?«

Leonard seufzte. Er wünschte, er hätte ihr nie von Frances Brown erzählt. Er wusste nicht, was über ihn gekommen war, aber er wurde so selten nach seiner Arbeit gefragt, und hier in Birchwood Manor war alles so viel greifbarer. Kitty war ganz begeistert gewesen, als er den Juwelendieb erwähnte, der sich eines Tages ins Haus geschlichen und Radcliffes Verlobte erschossen hatte.

»Mord?«, hatte sie aufgeregt ausgerufen. »Wie furchtbar!« Jetzt sagte sie: »Ich habe mir den Salon angeschaut, aber ich konnte nichts entdecken.«

Leonard hatte keine Lust, schon wieder über Mord oder Hinweise darauf zu sprechen, nicht jetzt, nicht mit Kitty. »Reichst du mir bitte die Butter?«

Kitty gab sie ihm. »Hat die Polizei ermittelt? Wie konnte der Dieb denn spurlos verschwinden? Würde nicht irgendjemand einen derart seltenen Diamanten erkennen, wenn der wieder auftaucht?«

»Du weißt genauso viel wie ich, Kitty.«

In Wahrheit hätte auch Leonard gern gewusst, was aus dem Radcliffe Blue geworden war. Es stimmte, was Kitty gesagt hatte: Der Diamant war derart wertvoll und selten, dass jeder Diamantenhändler ihn sofort erkannt hätte; seine Entdeckung und den Verkauf geheim zu halten hätte einen enormen Aufwand erfordert. Und Diamanten verschwanden nicht einfach so, selbst wenn man sie in kleinere Brillanten schnitt. Außerdem war, als der Radcliffe Blue gestohlen wurde, Radcliffes

Verlobte erschossen worden, und es hieß, Fanny Browns Tod habe Radcliffes Lebenswillen gebrochen und ihn langsam, aber sicher auf den Abgrund zugetrieben. All das interessierte Leonard sehr, nicht zuletzt, weil er allmählich Zweifel an dieser Theorie hatte.

Während Leonard das Frühstück zubereitete, spielte Kitty mit den anderen Gegenständen auf dem großen Holztisch herum. Nach einer Weile verschwand sie und kam mit ihrer Tasche zurück, als Leonard gerade das Essen auf ein Tablett lud, um es nach draußen zu tragen.

Sie setzten sich an den Eisentisch unter dem Holzapfelbaum.

Kitty hatte sich ihre eigenen Sachen angezogen, ein elegantes Kostüm, das sie älter wirken ließ. Sie hatte heute ein Vorstellungsgespräch für eine Stelle als Schreibkraft in einer Versicherungsagentur in Holborn. Sie wollte zu Fuß nach Lechlade gehen, wo ein Freund ihres Vaters sie abholen würde.

Wenn sie die Stelle bekam, würde sie nach London ziehen müssen. Leonard wünschte ihr, dass es diesmal mit der Stelle klappte. Es war bereits ihr viertes Vorstellungsgespräch in genauso vielen Wochen.

»… natürlich nicht die alte Dame, aber es gibt bestimmt eine andere.«

Leonard blickte auf. Kittys Nervosität hatte sie redselig gemacht, und er hatte nicht zugehört.

»Ich weiß, dass du jemanden kennengelernt hast. Du bist so abwesend – noch mehr als sonst. Also … Wer ist sie, Lenny?«

»Wie bitte?«

»Die Frau. Du hast gestern im Schlaf geredet.«

Leonard spürte, wie seine Wangen zu glühen begannen.

»Du wirst ja ganz rot.«

»Stimmt nicht.«

»Und du weichst mir aus.«

»Ich habe einfach viel zu tun.«

»Wenn du meinst.« Kitty nahm ihre Zigaretten aus der Tasche und zündete sich eine an. Sie blies den Rauch aus und wedelte ihn geistesabwesend fort. Leonard bemerkte, wie ihr schmaler, goldener Ring das Licht einfing. »Hast du dir schon mal gewünscht, du könntest in die Zukunft sehen?«

»Nein.«

»Noch nie?«

Der Hund stupste Leonards Knie an und ließ ihm einen Ball vor die Füße fallen. Bisher hatte er keinen Ball besessen. Einer der Jungs unten an der Themse würde ihn später sicherlich vermissen.

Leonard hob ihn auf, warf ihn, so weit er konnte, und sah zu, wie der Hund durch die Blumen und Kräuter in Richtung Bach rannte.

Es gab keine andere – nicht auf die Weise, die Kitty meinte –, und trotzdem konnte Leonard nicht leugnen, dass etwas Merkwürdiges mit ihm passierte. Seit er in Birchwood war, hatte er die bildhaftesten Träume. Es waren sehr intensive, lebhafte Fantasien über das Malen, über Farben und Pigmente, über Natur und Schönheit. Wenn er aufwachte, war er für einen Sekundenbruchteil davon überzeugt, einen flüchtigen Blick auf Antworten auf die wichtigsten Fragen des Lebens erhascht zu haben. Dann hatten die Träume sich verändert, und er begann, im Schlaf eine Frau zu sehen. Und zwar nicht irgendeine, sondern eine von den Frauen, die Radcliffe gemalt hatte. In seinen Träumen sprach sie zu ihm, erzählte ihm Dinge, als wäre er Radcliffe und zugleich er selbst, Dinge, an die er sich nicht immer erinnern konnte, wenn er aufwachte.

Es lag natürlich daran, dass er hier war, an dem Ort, in den Radcliffe so viel seiner Leidenschaft und Kreativität gesteckt hatte, einen Ort, den er mit seinen Briefen unsterblich gemacht hatte. Es war nur natürlich, dass sich Leonard, der mittlerweile schon eine Obsession entwickelt hatte, in Radcliffes Haut schlüpfte und die Welt durch Radcliffes Augen sah, vor allem im Schlaf.

All das würde er Kitty jedoch niemals erzählen, denn er konnte sich vorstellen, wie so ein Gespräch verlaufen würde. *Ich habe mich in eine Frau namens Lily Millington verliebt, Kitty. Ich habe sie noch nie gesehen oder auch nur mit ihr gesprochen. Höchstwahrscheinlich ist sie sogar tot oder steinalt; sie könnte auch eine Juwelendiebin sein. Aber ich kann nicht aufhören, an sie zu denken, und ich sehe sie nachts in meinen Träumen.* Leonard wusste genau, was Kitty dazu sagen würde. Sie würde ihm sagen, dass er nicht träume, sondern halluziniere, und dass es höchste Zeit sei, damit aufzuhören.

Kitty machte kein Geheimnis daraus, was sie von seiner Pfeife hielt. Es spielte keine Rolle, wie oft Leonard ihr erklärte, dass nur Opium ihn vor seinen Albträumen bewahren konnte: vor den kalten, nassen Schützengräben, dem Gestank und dem Lärm, den ohrenbetäubenden Explosionen, die die Erde unter ihm erschütterten, während er hilflos zusehen müsse, wie seine Freunde, sein Bruder durch den Rauch und den Schlamm in ihr Verderben rannten. Wenn die Frau aus dem Gemälde dafür sorgte, dass er nachts nicht an Tom dachte … was konnte daran schlimm sein?

Kitty war aufgestanden und hatte sich die Tasche über die Schulter gehängt. Plötzlich hatte Leonard ein schlechtes Gewissen, weil sie den weiten Weg auf sich genommen hatte. Er hatte sie nicht darum gebeten oder es von ihr erwartet, aber in gewisser Weise hatten sie eine Beziehung, und er fühlte sich für sie verantwortlich.

»Soll ich dich nach Lechlade bringen?«

»Nicht nötig. Ich melde mich.«

»Bist du sicher?«

»Klar.«

»Also gut. Viel …«

»Sag's nicht.«

»Dann Hals- und Beinbruch!«

Sie lächelte ihn an, aber ihre Augen blieben davon unberührt. Ihr Blick war unergründlich.

Sie machte sich auf den Weg in Richtung Scheune. Bald würde sie die Straße erreichen, die durch das Dorf zur Landstraße nach Lechlade führte. Sie würde aus seinem Blickfeld verschwinden, bis zum nächsten Mal.

Er sollte es jetzt tun, es ein für alle Mal beenden, um ihrer beider willen. Er sagte sich, dass er sie damit befreien würde, dass es falsch war, so an ihr festzuhalten. »Kitty?«

Sie drehte sich um und hob fragend eine Augenbraue.

Leonard verließ der Mut. »Du schaffst das bestimmt«, sagte er. »Hals- und Beinbruch.«

Kapitel 15

Leonard wurde von der alten Dame um vier Uhr »zum Nachmittagstee« erwartet. Ihre Ausdrucksweise ließ vermuten, dass sie in einem vornehmen Haus aufgewachsen war, wo der »Nachmittagstee« mit Gurkensandwiches und Dominokuchen ebenso zum täglichen Leben gehörte wie Sonnenaufgang und Sonnenuntergang.

Nachdem er noch einmal alle seine Notizen durchgegangen war und eine Liste mit präzisen Fragen zusammengestellt hatte, machte er sich auf den Weg. Eigentlich war es noch viel zu früh, aber er war vor Aufregung ganz zappelig, und außerdem wollte er noch einen Abstecher zum Dorffriedhof machen.

Zwei Wochen zuvor hatte er den Grabstein zufällig entdeckt. Auf dem Rückweg von einem langen Spaziergang war der Hund vorausgelaufen und durch ein Loch im Zaun geschlüpft, um in dem Efeu herumzuschnüffeln, der zwischen den Gräbern wucherte. Angezogen von der schlichten Schönheit der Kirche, war Leonard ihm auf den Friedhof gefolgt.

Er hatte sich auf eine marmorne Bank in einer Ecke des Friedhofs gesetzt und die schönen Proportionen der Kirche aus dem zwölften Jahrhundert betrachtet, während er darauf wartete, dass der Hund seine Erkundungstour beendete. Schließlich war sein Blick auf einen Grabstein gefallen, der sich direkt vor ihm befand, und auf den in den Stein gemeißelten, vertrauten Namen: Edward Julius Radcliffe.

Seitdem kam er fast jeden Tag hier vorbei. Es war ein stiller, idyllischer Ort, ganz in der Nähe des Hauses, das Radcliffe so geliebt hatte. Dort begraben zu sein war dem Maler sicherlich ein großer Trost.

Leonard warf einen Blick auf seine Armbanduhr, als der Friedhof in Sichtweite kam. Es war erst halb vier, ihm blieb genug Zeit für einen kurzen Besuch, bevor er zu dem Häuschen am anderen Ende des Dorfs ging. »Dorf« war allerdings eine Übertreibung: Birchwood bestand aus kaum mehr als drei ruhigen Straßen, die auf einen dreieckigen Anger zuliefen.

Wie gewohnt setzte er sich auf die Marmorbank. Sein Hund schnüffelte an den Rändern des Grabs, wo die Erde leicht aufgewühlt war, fand jedoch nichts Interessantes. Plötzlich neigte er den Kopf in Richtung eines Geräuschs aus dem Gebüsch und rannte los.

Unter Radcliffes Namen war in kleineren Buchstaben eine Inschrift in den Grabstein gemeißelt: *Hier ruht ein Mensch, der Wahrheit und Licht suchte und Schönheit in allen Dingen sah, 1840–1881.* Einmal mehr blieb Leonards Blick an dem Gedankenstrich zwischen den Jahreszahlen hängen. In diesem von Flechten überwucherten Wortzeichen lag ein ganzes Menschenleben: Kindheit, Romanzen, Verluste und Ängste, alles reduziert auf eine einzige in Stein gemeißelte Linie auf einem ruhigen Friedhof am Ende einer Landstraße. An manchen Tagen fand Leonard den Gedanken tröstlich, an anderen erschreckend.

Tom war in Frankreich begraben worden, auf einem Friedhof in der Nähe eines Dorfs, in das er nie einen Fuß gesetzt hatte. Leonard hatte den Brief gesehen, den Toms befehlshabender Offizier ihren Eltern geschrieben hatte; da war von Ehre und Tapferkeit die Rede gewesen, vom Tod auf dem Feld der Ehre als notwendigem Opfer. Vermutlich war das einfach eine Frage der Übung. Die Offiziere hatten weiß Gott genug Briefe dieser Art verfassen müssen und waren zu Experten darin geworden, nichts vom Chaos und Horror und erst recht nichts von der Sinnlosigkeit all des Sterbens durchblicken zu lassen. Unfassbar, wie wenig offizielle Sinnlosigkeit es im Krieg gab, wie wenig Fehler begangen wurden.

Leonard hatte den Brief zweimal gelesen. Hinter den geschmeidigen Worten, die seiner Mutter ein großer Trost gewesen waren, hatte er die angstvollen Schmerzensschreie seiner Kameraden gehört, die nach ihren Müttern riefen. Nichts war weiter von der Heimat entfernt als ein Schlachtfeld, und kein Heimweh war elender als das von Soldaten, die dem sicheren Tod entgegensahen.

Vor ein paar Tagen hatte Leonard auf der Marmorbank gesessen und über Tom, Kitty und Edward Radcliffe nachgedacht, als die alte Dame gekommen war und einen kleinen Blumenstrauß auf Radcliffes Grab gelegt hatte. Leonard hatte sich gefragt, ob sie den Maler persönlich gekannt hatte oder ob sie lediglich eine Bewunderin seiner Kunst war.

Ihr Gesicht war faltig, das feine weiße Haar hatte sie zu einem Nackenknoten gebunden, und sie war gekleidet, als wollte sie auf Safari gehen. Sie stand auf einen eleganten Stock mit silbernem Knauf gestützt, den Kopf in stiller Zwiesprache gebeugt. Aus ihrer Haltung sprach eine Ehrfurcht, die die einer Kunstliebhaberin überstieg. Als sie sich nach einer Weile bückte, um das Unkraut zwischen den Steinen der Grabumrandung auszuzupfen, war Leonard davon überzeugt gewesen, dass sie eine Verwandte oder Freundin des Verstorbenen sein musste.

Leonard war wie elektrisiert gewesen. Er musste diese Frau ansprechen, die Edward Radcliffe gewiss persönlich gekannt hatte. Die Aussicht, bei einem historischen Thema unverhofft auf neue Erkenntnisse zu stoßen, ließ sein Forscherherz höher schlagen.

Vorsichtig hatte er sich ihr genähert. »Guten Morgen.«

Ruckartig wie ein wachsamer Vogel hob sie den Kopf.

»Ich wollte nicht stören«, sagte er hastig. »Ich bin neu im Dorf. Ich wohne im Haus an der Flussbiegung.«

Sie richtete sich auf und beäugte ihn über ihre schmale Brille hinweg. »Und wie gefällt Ihnen Birchwood Manor, Mr. Gilbert?«

Jetzt war es an Leonard, überrascht zu sein: Sie kannte seinen Namen. Andererseits war das Dorf sehr klein, und es war klar, dass Neuigkeiten sich rasant verbreiteten. Er antwortete, Birchwood Manor gefalle ihm sehr gut, er habe vor seiner Anreise viel darüber gelesen, die Realität übertreffe jedoch all seine Vorstellungen bei Weitem.

Sie hörte ihm blinzelnd zu, ließ jedoch nicht erkennen, was sie von seinen Worten hielt. Sie sagte nur: »Es war einmal ein Internat für Mädchen.«

»Davon habe ich gehört.«

»Es ist schrecklich, was damals passiert ist. Das Internat sollte revolutionär sein, bahnbrechend für die Bildung junger Mädchen. Edward hat immer gesagt, nur Bildung könne die Frauen retten.«

»Edward Radcliffe?«

»Wer sonst?«

»Sie haben ihn also gekannt.«

Ihre Augen wurden schmal. »Ja.«

Nur mit größter Mühe gelang es Leonard, beiläufig zu klingen. »Ich bin Student in Oxford. Ich schreibe eine Doktorarbeit über Radcliffe, sein Haus und seine Kunst. Wären Sie vielleicht bereit, sich mit mir zu unterhalten?«

»Tue ich das nicht bereits?«

»Natürlich …«

»Sie meinen, Sie möchten mit mir über Edward reden, mir Fragen stellen.«

»Bisher ist das Archivmaterial meine einzige Quelle – Edwards Briefe und Berichte seiner Freunde. Von Thurston Holmes zum Beispiel …«

»Pah!«

Ihre heftige Reaktion ließ Leonard zusammenzucken.

»Ausgerechnet dieser Wichtigtuer! Ich würde mich auf nichts verlassen, was aus seiner Feder stammt!«

Ein weiteres Büschel Unkraut hatte ihre Aufmerksamkeit erregt, und sie begann, es mit ihrem Stock zu lockern. »Ich bin nicht besonders redselig«, sagte sie. Sie bückte sich, riss das Unkraut heraus, schüttelte die Erde ab und warf es ins Gebüsch. »Aber mir wird wohl nichts anderes übrig bleiben, als mich mit Ihnen zu unterhalten, Mr. Gilbert. Es sind schon genug Lügen verbreitet worden.«

Leonard wollte sich bei ihr bedanken, doch sie winkte ungehalten ab.

»Das können Sie sich für später aufheben. Ich tue das wider besseres Wissen, aber ich erwarte Sie am Donnerstag zum Tee.« Sie gab ihm ihre Adresse, und als Leonard sich gerade verabschieden wollte, wurde ihm bewusst, dass er sie nicht einmal nach ihrem Namen gefragt hatte. »Aber Mr. Gilbert«, sagte sie stirnrunzelnd, »was ist denn mit Ihnen los? Ich heiße Lucy. Lucy Radcliffe.«

Er hätte es sich denken können. Lucy Radcliffe – die jüngere Schwester, die das Haus geerbt hatte; die ihren Bruder zu sehr geliebt hatte, um das Haus an jemanden zu verkaufen, dem es nicht so viel bedeutet hätte wie Edward. Nach ihrer Begegnung war Leonard ins Haus zurückgekehrt und an den Mahagonischreibtisch im Maulbeerzimmer geeilt, auf dem er sein Recherchematerial ausgebreitet hatte. Er war alle seine handgeschriebenen Notizen durchgegangen, Hunderte Zitate, die er aus Briefen und Tagebüchern in Bibliotheken und Privathäusern kopiert hatte; Ideen, die er sich notiert, eingekreist und mit Diagrammen und Pfeilen versehen hatte.

Mitten in der Nacht, die Lampe brannte schon so lange,

dass es im ganzen Zimmer nach Petroleum roch, fand er endlich, was er gesucht hatte. In der Privatsammlung einer Familie in Shropshire befand sich ein Briefwechsel zwischen Edward und seiner jüngsten Schwester aus Edwards Zeit im Internat. Irgendwie waren die Briefe bei den Nachkommen von Edwards Schwester Clare gelandet, ein Schatz in einer großen Sammlung familiärer Korrespondenz.

Zunächst waren sie Leonard unwichtig erschienen, denn sie hatten weder etwas mit dem Haus noch mit Radcliffes Kunst zu tun; es waren private Briefe zwischen Geschwistern mit neun Jahren Altersunterschied. Leonard hatte das Wesentliche daraus abgeschrieben, weil die Familie ihm zu verstehen gegeben hatte, dass sein Besuch unerwünscht war und er sich die Briefe nicht ein zweites Mal würde ansehen dürfen. Doch als er seine Notizen jetzt erneut überflog – lustige Anekdoten, bezaubernde und gruselige Märchen, kindlicher Klatsch über Familienmitglieder – und an die alte Dame dachte, die, gebrechlich, wie sie war, quer durch das Dorf lief, um fast fünfzig Jahre nach dem Tod ihres Bruders frische Blumen auf dessen Grab zu legen, entdeckte er eine andere Seite an Edward Radcliffe.

Bisher hatte Leonard sich auf Radcliffe, den Künstler, konzentriert, den kühnen Denker, den Verfasser des Manifests. Aber die langen Briefe des unglücklichen Internatsschülers an seine ernste kleine Schwester, die ihn – recht frühreif für eine Fünfjährige, wie Leonard fand – um Bücher über »die Geburt von Sternen« und »die Möglichkeit von Zeitreisen« anbettelte, ließen ihn in einem neuen Licht erscheinen. Außerdem hatten sich in den Briefen Hinweise auf etwas gefunden, das Leonard bisher nicht hatte einordnen können. Sowohl Lucy als auch Edward bezogen sich mehr als ein Mal auf die »Schreckensnacht« und das »Haus mit dem Licht«. Aus dem Kontext ging nur hervor, dass es um etwas Beängstigendes ging, das Edward widerfahren war.

Im Archiv in York hatte Leonard sich den Kopf über den Brief zerbrochen, in dem Edward 1861 Thurston Holmes mitteilte, dass er Birchwood Manor gekauft habe, ein Haus, das ihm seit Längerem bekannt gewesen sei. Jetzt kam Leonard der Gedanke, dass womöglich zwischen den beiden Briefwechseln ein Zusammenhang bestand. In beiden gab es Anspielungen auf ein rätselhaftes Ereignis in Edwards Vergangenheit, und Leonard beschlich das Gefühl, dass, was in der »Schreckensnacht« geschehen war, zu Radcliffes Fixierung auf Birchwood Manor geführt hatte. Nach dieser Sache würde er Lucy als Allererstes fragen.

Leonard stand auf und zündete sich eine Zigarette an. Wo Lucy Radcliffe das Unkraut ausgerupft hatte, war die Erde immer noch locker, und er trat sie mit dem Fuß fest. Als er das Feuerzeug in die Tasche steckte, berührten seine Fingerspitzen Toms Glückspenny. Er hatte nie am Grab seines Bruders gestanden. Er hatte keinen Sinn darin gesehen; Tom lag ja dort gar nicht. Aber wo war er?, fragte Leonard sich. Wo waren sie alle? Es schien unmöglich, dass alles einfach so enden sollte. Unmöglich, dass die Hoffnungen, Träume und Körper so vieler junger Männer in der Erde begraben sein sollten und die Erde selbst davon unberührt blieb. Eine derart gigantische Übertragung von Energie und Materie hätte das Gleichgewicht der Welt doch grundlegend – elementar – beeinflussen müssen: all die Menschen, die einst da gewesen waren, auf einen Schlag fort.

Zwei Vögel flogen aus einer riesigen Eiche auf und landeten auf der Kirchturmspitze. Leonard pfiff nach dem Hund. Zusammen verließen sie den Friedhof und kehrten zu dem schartigen Steinsockel zurück, den die Dorfbewohner »Wegekreuz« nannten.

Der dreieckige Dorfanger, mit einer gewaltigen Eiche in

seiner Mitte, lag direkt dahinter. An einer Ecke befand sich ein gepflegter Pub namens *The Swan*. Eine Frau fegte den Gehweg vor einer Bank unter dem Fenster. Sie hob eine Hand zum Gruß, und Leonard erwiderte die Geste. Er nahm die schmalste der drei Straßen, die sich in der Dorfmitte kreuzten, und ging an der Gedenkstätte vorbei in Richtung einer Reihe kleiner Häuser. Nummer sechs, hatte Lucy Radcliffe gesagt, und die lag ganz am Ende der Straße.

Die Häuschen waren aus hellem, ockerfarbenem Stein, hatten mittig einen Giebel, Kamine auf beiden Seiten und einen hübschen Ortgang bis zur Spitze und einen kleinen Säulenvorbau mit einem zu dem Giebel passenden Spitzdach. Die Tür von Nummer sechs war fliederfarben gestrichen. Während in den Vorgärten der anderen Häuser englische Sommerblumen blühten, wuchsen hier lauter exotische Pflanzen, die er noch nie gesehen hatte.

Eine Katze erhob sich von einem sonnenbeschienenen Fleck auf dem Kiesweg, miaute, streckte sich und verschwand durch die Tür, die einen Spaltbreit offen stand. Lucy erwartete ihn offenbar.

Leonard war ungewohnt nervös. Anstatt die Straße sofort zu überqueren, gönnte er sich noch eine Zigarette und ging in Gedanken die Fragen durch, die er sich zurechtgelegt hatte. Er sollte besser keine zu hohen Erwartungen haben, ermahnte er sich. Er musste damit rechnen, dass sie seine Fragen gar nicht beantworten konnte – oder wollte. Auf dem Friedhof hatte sie sich deutlich ausgedrückt: »Ich stelle zwei Bedingungen, Mr. Gilbert. Erstens: Ich spreche nur mit Ihnen, wenn Sie mir strikte Anonymität garantieren – ich habe kein Interesse daran, meinen Namen gedruckt zu sehen. Zweitens: Ich gebe Ihnen eine Stunde, mehr nicht.«

Leonard atmete tief durch, öffnete das rostige Metalltörchen und schloss es vorsichtig hinter sich.

Vorsichtig klopfte er an. »Hallo? Miss Radcliffe?«
»Ja?«, kam eine geistesabwesende Stimme von drinnen.
»Ich bin's, Leonard Gilbert. Von Birchwood Manor.«
»Herrgott noch mal, Leonard Gilbert von Birchwood Manor, nun kommen Sie schon rein!«

Kapitel 16

Im Haus war es angenehm dunkel, und Leonard brauchte einen Augenblick, bis er Lucy Radcliffe inmitten ihrer Schätze entdeckte. Er war nur eine Minute zu spät, aber sie hatte offenbar Wichtigeres zu tun, als untätig auf ihn zu warten. Sie saß in einem senffarbenen Sessel, eine winzige Gestalt im Profil, den Rücken gebeugt, und las mithilfe einer Lupe in einer Zeitschrift. Auf einem kleinen Halbmondtisch neben ihr standen eine Lampe, die gelbliches, diffuses Licht verbreitete, und eine Teekanne mit zwei Tassen.

»Miss Radcliffe«, sagte er.

»Was sagen Sie dazu, Mr. Gilbert?« Sie blickte nicht von der Zeitschrift auf. »Offenbar dehnt sich das Universum aus.«

»Ach ja?« Leonard nahm den Hut ab. Da er keinen Haken entdecken konnte, behielt er ihn in der Hand.

»Hier steht es. Ein Belgier – ausgerechnet ein Priester – hat die Theorie aufgestellt, dass das Universum sich stetig ausdehnt. Und sofern mein Französisch nicht eingerostet ist, und das bezweifle ich, hat er sogar die Geschwindigkeit berechnet. Sie wissen natürlich, was das bedeutet.«

»Da bin ich mir nicht so sicher.«

Sie nahm ihren Gehstock, der am Tisch neben ihr lehnte, und begann, auf dem abgenutzten Perserteppich hin und her zu gehen. »Wenn wir annehmen, dass das Universum sich mit konstanter Geschwindigkeit ausdehnt, folgt daraus, dass es das schon immer tut. Von Anbeginn an, Mr. Gilbert.« Sie schaute ihn an. »Anbeginn. Damit meine ich nicht Adam und Eva. Ich meine einen *Moment*, eine Art *Handlung* oder *Ereignis*, mit dem alles angefangen hat. Raum und Zeit, Materie und Energie. Ein einziges Atom, das irgendwie« – sie spreizte blitzschnell die Finger einer Hand – »explodiert ist. Grundgütiger!« Ihre Augen funkelten. »Wir könnten kurz davor sein, die Geburt der Sterne zu verstehen, Mr. Gilbert – der *Sterne*!«

Das einzige natürliche Licht im Zimmer fiel durch ein kleines Fenster in der Eingangstür und schien ihr begeistertes Gesicht leuchten zu lassen. Es war schön und aufgeweckt, und Leonard konnte sich vorstellen, wie sie als junges Mädchen ausgesehen haben musste.

Doch vor seinen Augen änderte sich ihr Gesichtsausdruck. Das Leuchten verschwand aus ihren Zügen, und ihre Haut wurde schlaff und faltig. Ihre Haut war nicht gepudert, ihr wettergegerbtes Gesicht war das einer Frau, die ihr Leben in der Natur verbracht hatte, mit Falten, die Hunderte von Geschichten erzählten. »Ach, das ist das Schlimmste am Älterwerden, Mr. Gilbert. Zeit. Es bleibt nicht mehr genug Zeit. Es gibt zu viel zu wissen und zu wenige Stunden, es zu lernen. Manchmal hält mich diese furchtbare Tatsache die ganze Nacht wach – ich schließe die Augen und höre, wie mein Puls die Sekunden zählt –, und dann setze ich mich hin und lese. Ich lese und mache mir Notizen und präge mir Dinge ein, und dann fange ich etwas Neues an. Und trotzdem ist alles vergebens, denn meine Zeit geht zu Ende. Welche Wunder werde ich verpassen?«

Leonard konnte ihr nicht viel Trost bieten. Nicht, dass er ihr Bedauern nicht verstand, doch er hatte zu viele Menschen sterben sehen, die nicht einmal ein Viertel der Zeit gehabt hatten, die ihr gegeben worden war.

»Ich weiß, was Sie denken, Mr. Gilbert, Sie brauchen es nicht zu sagen. Ich rede wie eine selbstsüchtige, reizbare alte Frau, und die bin ich auch! Aber ich bin schon zu lange so, wie ich bin, um mich noch zu ändern. Und Sie sind nicht hier, um mit mir darüber zu reden, was ich bedauere. Setzen Sie sich. Der Tee ist fertig, und ich habe bestimmt irgendwo noch ein paar Scones.«

Leonard bekräftigte noch einmal, wie dankbar er sei, dass ihm das Residenzstipendium in Birchwood Manor bewilligt worden sei, betonte, wie gerne er dort wohne und wie sehr er sich freue, das Haus kennenzulernen, über das er so viel gelesen und mit dem er sich so viel beschäftigt habe. »Es hilft mir enorm bei meiner Arbeit«, sagte er. »In Birchwood Manor fühle ich mich Ihrem Bruder näher.«

»Ich weiß genau, was Sie meinen, Mr. Gilbert. Und ich stimme Ihnen zu. Mein Bruder ist auf eine Art Teil dieses Hauses, die die meisten Menschen nicht verstehen können. Das Haus war ein Teil von ihm: Er hat sich in Birchwood Manor verliebt, lange bevor er es gekauft hat.«

»Ja, das weiß ich. In einem Brief an Thurston Holmes, in dem er ihm vom Kauf berichtet, deutet er an, dass er das Haus schon eine Weile kannte. Woher, hat er aber nicht weiter ausgeführt.«

»Nein, natürlich nicht. Thurston Holmes war zwar einigermaßen talentiert, aber zum Leidwesen aller ein aufgeblasener Wichtigtuer. Tee?«

»Ja, gern.«

Während sie einschenkte, fuhr sie fort: »Thurston fehlte das Feingefühl, das ein wahrer Künstler braucht; Edward hätte ihm niemals erzählt, wie er Birchwood Manor entdeckt hat.«

»Aber Ihnen hat er es erzählt?«

Sie schaute ihn an, den Kopf auf eine Art geneigt, die Leonard an einen Lehrer erinnerte, an den er seit Jahren nicht mehr gedacht hatte; oder vielmehr an den Sittich, den der Lehrer in einem goldenen Käfig in seinem Klassenzimmer gehalten hatte. »Sie haben einen Bruder, Mr. Gilbert. Ich erinnere mich daran, es in Ihrer Bewerbung gelesen zu haben.«

»Ich hatte einen Bruder. Tom. Er ist im Krieg gefallen.«

»Das tut mir leid. Sie haben einander wohl nahegestanden.«

»Ja.«

»Edward war neun Jahre älter als ich, aber die Umstände haben uns früh zusammengeschweißt. Meine ersten und schönsten Erinnerungen handeln davon, dass Edward mir Geschichten erzählt. Wenn Sie meinen Bruder verstehen möchten, Mr. Gilbert, dürfen Sie ihn nicht in erster Linie als Maler betrachten, sondern als Geschichtenerzähler. Es war seine größte Begabung. Er konnte sich ausdrücken, er konnte die Menschen fühlen, sehen und glauben lassen. Dabei war es unerheblich, welches Medium er nutzte, um sich mitzuteilen. Es ist nicht einfach, eine ganze Welt zu erfinden, aber Edward konnte es. Eine Szenerie, eine Geschichte, Figuren, die lebten und atmeten – er konnte eine Geschichte in den Köpfen anderer zum Leben erwecken. Haben Sie jemals darüber nachgedacht, was dazu gehört, Mr. Gilbert? Zum Übertragen einer *Idee*? Und natürlich besteht eine Geschichte nicht aus einer einzelnen Idee; sie besteht aus Tausenden von Ideen, die alle aufeinander abgestimmt sind.«

Sie hatte recht. Als Künstler konnte Edward Radcliffe Menschen mitreißen, sodass sie nicht nur Betrachter seiner Bilder waren, sondern Teilnehmer, Mitverschwörer in der Verwirklichung der Welt, die er kreierte.

»Ich habe ein ausgezeichnetes Gedächtnis, Mr. Gilbert. Manchmal fürchte ich, es ist zu gut. Ich kann mich noch an die Zeit erinnern, als ich ganz klein war. Damals lebte mein Vater noch, und wir wohnten alle zusammen in Hampstead. Meine Schwester Clare war fünf Jahre älter als ich und wollte nicht mehr mit mir spielen, aber Edward hat uns beide mit seinen Geschichten verzaubert. Sie waren oft Furcht einflößend, aber immer fesselnd. Ihm zuzuhören, wenn er seine Geschichten spann, gehört zu den glücklichsten Momenten meines Lebens. Aber eines Tages änderte sich alles bei uns zu Hause, und eine schreckliche Dunkelheit legte sich über uns.«

Leonard hatte über den Tod von Edwards Vater gelesen, der eines späten Abends in Mayfair von einer Kutsche überfahren worden war. »Wie alt waren Sie, als Ihr Vater starb?«

»Mein Vater?« Sie runzelte die Stirn, doch dann lachte sie. »Ach du liebe Zeit, Mr. Gilbert, nein. Ich erinnere mich kaum an ihn. Ich meinte die Zeit, als Edward ins Internat geschickt wurde. Es war schrecklich für uns alle, aber für ihn war es ein Albtraum. Er war zwölf Jahre alt und kreuzunglücklich. Für einen Jungen mit seiner überbordenden Fantasie und einem dermaßen ungezügelten Temperament, der sich weder für Cricket noch für Rugby interessierte und sich lieber in uralten Büchern über Alchemie und Astronomie vergrub, war ein Internat wie Lechmere der denkbar schlechteste Ort.«

Leonard wusste genau, was sie meinte. Als Junge hatte er ein ähnliches Internat besucht, und er versuchte immer noch, sich von den Nachwirkungen zu befreien. »Hat Edward das Haus während seiner Internatszeit entdeckt?«

»Also wirklich, Mr. Gilbert. Lechmere liegt meilenweit von hier entfernt, in der Nähe des Lake District – wie soll er da auf Birchwood Manor gestoßen sein? Nein, es ist passiert, als er vierzehn war, während der Sommerferien. Unsere Eltern waren oft verreist, und dann haben sie uns immer zu unseren Großeltern geschickt. Sie wohnten in Beechworth, nicht weit von hier. Unser Großvater fand, dass Edward zu viel von unserer Mutter hatte – er war seiner Meinung nach zu wild und zu aufsässig –, und hielt es für seine Pflicht, das aus Edward herauszuprügeln und einen anständigen Radcliffe aus ihm zu machen. Und Edward hat natürlich erst recht alles getan, um den alten Mann gegen sich aufzubringen. Er hat seinen Whisky geklaut, und nachdem wir zu Bett geschickt worden waren, ist er aus dem Fenster geklettert und über die Felder gestromert, und wenn er zurückkam, hatte er sich esoterische Symbole mit Holzkohle auf den Körper gemalt und die Taschen voll mit Steinchen, Stöckchen und Wassergras gestopft. Er war einfach nicht zu bändigen«, sagte sie voller Bewunderung. Doch dann fuhr sie mit düsterer Miene fort: »Eines Nachts ist er nicht nach Hause gekommen. Als ich aufgewacht bin, war sein Bett leer, und als er endlich kam, war er bleich und sehr schweigsam. Es hat Tage gedauert, bis er mir erzählt hat, was passiert war.«

Leonard wartete gespannt. Nach all den vagen Andeutungen über ein Ereignis in Radcliffes Vergangenheit, das zu seiner Fixierung auf Birchwood Manor geführt hatte, würde er vielleicht endlich etwas Konkretes erfahren.

Lucy beobachtete ihn aufmerksam. Dieser Frau entging nicht viel. Sie trank einen großen Schluck Tee. »Glauben Sie an Geister, Mr. Gilbert?«

Die Frage kam so unerwartet, dass Leonard unwillkürlich zusammenzuckte. »Ich glaube, dass ein Mensch das Gefühl haben kann, heimgesucht zu werden.«

Sie hatte ihn nicht aus den Augen gelassen, und nach einer Weile lächelte sie. Leonard überkam das beunruhigende Gefühl, dass sie ihm tief in die Seele blickte. »Ja«, sagte sie. »Das ist wahr. Ein Mensch kann heimgesucht werden. Und genau das ist meinem Bruder passiert. Etwas hat ihn in dieser Nacht damals verfolgt, und er konnte es nie wieder abschütteln.«

Die »Schreckensnacht«. Das war es also, worüber Lucy und Edward in ihren Briefen geschrieben hatten. »Und was war dieses Etwas?«

»Edward ist in jener Nacht losgezogen, um einen Geist zu beschwören. Er hatte in der Schulbibliothek ein Buch gefunden, ein uraltes Buch mit Beschwörungsformeln. Wie Edward nun einmal war, wollte er sie ausprobieren, aber letzten Endes ist er nicht dazu gekommen. Etwas ist ihm dazwischengekommen. Später hat er alles darüber gelesen, was er finden konnte, und ist zu dem Schluss gekommen, dass es der Schwarze Hund war, der ihn verfolgt hat.«

»Ein Geist?« Vage Erinnerungen aus seiner Kindheit kamen Leonard hoch: von finsteren Kreaturen, die laut Volksglauben an Schwellenorten hausten, wo das Hier und das Dort aufeinandertrafen. »Wie in *Der Hund von Baskerville*?«

»Was es war, ist unwichtig, Mr. Gilbert. Das einzig Wichtige ist, dass er Todesangst hatte und dass er, als er über die Felder gerannt ist, im Dachfenster eines Hauses ein Licht gesehen hat. Und als er bei dem Haus angekommen ist, stand die Tür offen, und im Kamin brannte ein Feuer.«

»Und dieses Haus war Birchwood Manor«, sagte Leonard leise.

»Ja, und kaum hatte er das Haus betreten, wusste er, dass er in Sicherheit war.«

»Haben die Leute, die dort wohnten, sich um ihn gekümmert?«

»Mr. Gilbert, Sie verstehen überhaupt nicht, worum es geht.«

»Aber ich dachte …«

»Ich nehme an, Sie haben sich im Zuge Ihrer Nachforschungen auch mit der Geschichte von Birchwood Manor beschäftigt?«

Leonard musste zugeben, dass das nicht der Fall war. Es war ihm gar nicht in den Sinn gekommen, dass die Vergangenheit des Hauses, bevor Edward es gekauft hatte, eine Rolle spielen könnte.

Lucy hob mit einer Mischung aus Enttäuschung und Überraschung die Augenbrauen, als hätte er ihr gerade sein Notizbuch in die Hand gedrückt und sie gebeten, seine Doktorarbeit für ihn zu schreiben. »Das Haus stammt aus dem sechzehnten Jahrhundert. Es wurde damals entworfen von einem Mann namens Nicholas Owen, der katholischen Priestern einen sicheren Ort bieten wollte. Aber es gab da einen ganz bestimmten Grund, warum ausgerechnet diese Stelle als Baugrundstück ausgewählt wurde, Mr. Gilbert. Hat Ihnen denn noch nie jemand von den Eldritch-Kindern erzählt?«

Eine Bewegung am Rande seines Blickfelds ließ Leonard zusammenfahren. In der dunkelsten Ecke des Zimmers entdeckte er die Katze, die vor ihm durch die Tür geschlüpft war; sie streckte sich ausgiebig und schaute ihn mit ihren funkelnden Augen an.

»Es ist ein altes Volksmärchen aus dieser Gegend, Mr. Gilbert, und es handelt von drei unheimlichen Feenkindern, die vor vielen Jahren zwischen den Welten wandelten. Eines Tages tauchten sie auf den abgeernteten Feldern auf, wo die Bauern gerade dabei waren, die Strohstoppel abzubrennen. Ein älteres Bauernpaar hat die Feenkinder bei sich aufgenommen. Aber von Anfang an hatten sie etwas Unheimliches an sich. Sie redeten in einer seltsamen Sprache, hinterließen keine Fußspuren, und es heißt, dass ihre Haut manchmal regelrecht zu leuchten schien.

Anfangs wurden sie von den Leuten geduldet, aber dann haben sich im Dorf schlimme Dinge ereignet – eine Missernte, eine Fehlgeburt, der Metzgersohn ist gestorben –, und die Dörfler haben angefangen, die drei seltsamen Kinder misstrauisch zu beäugen. Als schließlich auch noch der Brunnen ausgetrocknet ist, haben sie von dem alten Paar verlangt, ihnen die Kinder auszuliefern. Doch die Bauersleute haben sich geweigert, und so wurden sie mitsamt den Kindern aus dem Dorf verbannt.

Sie haben sich in einem kleinen Hof am Themseufer außerhalb des Dorfs niedergelassen, wo man sie eine Weile in Frieden gelassen hat. Aber als das Dorf von einer Seuche heimgesucht wurde, sind die Dörfler eines Nachts mit brennenden Fackeln zu dem Hof marschiert. Die beiden Alten und die Kinder haben sich verzweifelt aneinandergeklammert, denn ihr Schicksal schien unabwendbar. Doch plötzlich ertönte der unheimliche Klang eines Horns, und aus dem Nichts erschien eine atemberaubend schöne Frau mit langem, glänzendem Haar und leuchtender Haut.

Die Feenkönigin war gekommen, um ihre Kinder zurückzuholen. Aus Dankbarkeit gegenüber dem alten Paar, weil es den Prinz und die Prinzessinnen des Feenreichs beschützt hatte, hat sie ihr Haus und ihr Land mit einem Schutzbann belegt.

Die Flussbiegung, an der Birchwood Manor heute steht, wird seitdem von den Einheimischen als sicherer Ort angesehen. Man munkelt sogar, dass es Leute gibt, die den Feenzauber immer noch sehen können – als Licht hoch oben im Dachfenster.«

Leonard hätte Lucy, die offenbar sehr gebildet war und wissenschaftlich dachte, am liebsten gefragt, ob sie wirklich glaubte, dass das stimmte – dass Edward in jener Nacht ein Licht im Dachfenster gesehen und das Haus ihn beschützt hatte –, aber wie auch immer er die Worte in Gedanken drehte und wendete, die Frage schien ihm unhöflich und zudem undiplomatisch zu sein. Glücklicherweise hatte Lucy offenbar seine Gedanken gelesen.

»Ich glaube an die Wissenschaft, Mr. Gilbert. Eine meiner ersten Leidenschaften war die Naturkunde. Die Erde ist uralt und riesig, und es gibt sehr vieles, das wir noch nicht verstehen. Ich weigere mich zu akzeptieren, dass Wissenschaft und Magie einander ausschließen; beide helfen uns zu verstehen, wie unsere Welt funktioniert. Und ich habe schon viel erlebt, Mr. Gilbert; ich habe Dinge ausgegraben und in den Händen gehalten, ich habe Dinge gespürt, die unsere Wissenschaft noch keineswegs erklären kann. Die Geschichte der unheimlichen Feenkinder ist ein Volksmärchen. Ich habe nicht mehr Grund, sie zu glauben, als dass ich glaube, dass König Artus ein Schwert aus einem Felsbrocken gezogen hat oder dass einst Drachen durch die Lüfte geflogen sind. Aber mein Bruder hat mir erzählt, dass er in jener Nacht ein Licht im Dachfenster von Birchwood Manor gesehen und das Haus ihn beschützt hat, und ich weiß, dass er die Wahrheit gesagt hat.«

Leonard zweifelte nicht an ihren Worten, aber er verstand auch etwas von Psychologie und von der Verehrung, die manche Menschen ihren älteren Geschwistern ein Leben lang entgegenbrachten. Als er und Tom Kinder gewesen waren, hatte Tom ihm bedingungslos alles geglaubt, egal wie oft er ihn auf den Arm nahm oder anlog. Lucy war um einiges jünger gewesen als Edward. Sie hatte ihn über alles geliebt, und dann war er aus ihrem Leben verschwunden. Jetzt war sie neunundsiebzig, und sie ließ sich nichts vormachen, doch wenn es um Edward ging, würde ein Teil von ihr immer das junge Mädchen von damals bleiben.

Trotz allem machte Leonard sich eine Notiz über die Feenkinder. Für seine Doktorarbeit spielte es keine Rolle, was an der Geschichte dran war. Wichtig war, dass Radcliffe von einer Idee verfolgt worden war, dass er glaubte, das Haus besäße ganz bestimmte Eigenschaften, und es war faszinierend, diese Eigenschaften mit einem bestimmten Volksglauben in Verbindung zu bringen. Die Uhr tickte. Er unterstrich die Anmerkung und wechselte das Thema. »Miss Radcliffe, könnten wir vielleicht über den Sommer 1862 sprechen?«

Sie hielt ihm eine Zigarettenschachtel aus Walnussholz hin, und er nahm eine Zigarette und wartete, während sie dem silbernen Feuerzeug geschickt eine Flamme entlockte. Sie zündete sich selbst eine an und wedelte den Rauch mit der Hand weg. »Sie würden wohl gerne hören, dass mir der Sommer 1862 vorkommt wie gestern. Dem ist nicht so. Es kommt mir eher so vor, als hätte dieser Sommer in einem anderen Land stattgefunden. Seltsam, nicht wahr? Wenn ich an Edward und seine Geschichten denke, rieche ich eher die feuchte, modrige Luft auf unserem Dachboden in Hampstead. Aber wenn ich an jenen Sommer zurückdenke, ist es, als würde ich durch ein Teleskop einen weit entfernten Stern betrachten. Ich sehe mich selbst von außen.«

»Sie waren damals auch hier? In Birchwood Manor?«

»Ich war dreizehn. Meine Mutter wollte den Sommer bei Freunden auf dem Kontinent verbringen und mich zu meinen Großeltern nach Beechworth schicken. Aber dann hat Edward vorgeschlagen, ich könnte ihn und seine Freunde hierherbegleiten. Ich fand es aufregend, in ihrer Gesellschaft zu sein.«

»Wie war es denn?«

»Es war Sommer und heiß, und die ersten zwei Wochen haben wir mit Bootsfahrten, Picknicks, Malen und Spaziergängen verbracht. Edward und seine Freunde haben immer bis tief in die Nacht zusammengesessen, sich Geschichten erzählt und über die aktuellen wissenschaftlichen, künstlerischen und philosophischen Theorien diskutiert.«

»Und was ist dann passiert?«

Sie schaute ihm in die Augen. »Wie Sie ja wissen, Mr. Gilbert, hat es ein böses Ende genommen.«

»Edwards Verlobte wurde ermordet.«

»Fanny Brown, ja.«

»Und der Anhänger mit dem Radcliffe Blue wurde gestohlen.«

»Sie haben Ihre Hausaufgaben gemacht.«

»Im Zeitungsmuseum gab es einige Artikel darüber.«

»Kein Wunder. Es wurde viel über Fanny Browns Tod berichtet.«

»Ich hatte eher den Eindruck, dass es hauptsächlich um die Frage ging, was aus dem Diamanten geworden ist.«

»Die arme Fanny. Sie war eine liebenswerte junge Frau, wurde aber immer in den Schatten gestellt – im Leben und, wie Sie sagten, sogar im Tod. Ich brauche Ihnen wohl nicht die Vorlieben der Leserschaft der Klatschpresse zu erklären, Mr. Gilbert?«

»Ganz und gar nicht. Was mich interessiert, sind die Reaktionen der Menschen, die Frances Brown kannten. Denn mir ist eines aufgefallen: Während die Öffentlichkeit völlig fasziniert war von den Ereignissen in Birchwood Manor, werden sie in der Korrespondenz zwischen Edwards Freunden Thurston Holmes und Felix und Adele Bernard so gut wie mit keinem Wort erwähnt. Als wäre das alles nie passiert.«

Hatte er sich das kurze Aufflackern in ihrem Blick eingebildet?

»Es war ein schrecklicher Tag, Mr. Gilbert. Es sollte Sie eigentlich nicht wundern, dass diejenigen, die das Pech hatten, ihn mitzuerleben, sich nachher nicht weiter damit befassen wollten.«

Sie beobachtete ihn über ihre Zigarette hinweg. Was sie sagte, war zwar nachvollziehbar, aber Leonard wurde das Gefühl nicht los, dass doch mehr dahintersteckte. Dass etwas *Unnatürliches* hinter dem Schweigen der Beteiligten steckte. Es war ja nicht nur so, dass sie sich über den verhängnisvollen Tag selbst nicht ausgetauscht hatten; wenn man all die Briefe las, die die anderen einander unmittelbar nach dem Ereignis geschrieben hatten, hätte man meinen können, Edward Radcliffe und Frances Brown hätten nie existiert. Erst nach Edward

Radcliffes Tod tauchte sein Geist wieder in den Briefen von Thurston Holmes auf.

Etwas an der Freundschaft zwischen den beiden Männern war merkwürdig, und zwar nicht erst nach dem Mord an Frances Brown. Leonard dachte an seinen Besuch im Holmes-Archiv in York: Der Ton in der Korrespondenz zwischen den beiden hatte sich schon früher geändert. Hatten sie sich nach ihrem Kennenlernen im Jahr 1858 ausführlich und vorbehaltlos über Kunst, Philosophie und das Leben im Allgemeinen ausgetauscht, so waren ihre Briefe von 1862 an kurz, oberflächlich und formell. Etwas war zwischen ihnen vorgefallen, dessen war Leonard sich ganz sicher.

Lucy runzelte die Stirn, als er sie danach fragte. »Ich erinnere mich daran, dass Edward eines Morgens sehr wütend nach Hause kam – das war vor seiner zweiten Ausstellung. Seine Fingerknöchel waren aufgeschürft, und sein Hemd war zerrissen.«

»Hatte er sich mit jemandem geprügelt?«

»Er hat mir keine Einzelheiten erzählt, aber ein paar Tage später habe ich Thurston Holmes gesehen, und der hatte ein blaues Auge.«

»Was war der Grund für den Streit?«

»Ich weiß es nicht, und ich habe damals auch nicht darüber nachgedacht. Die beiden waren sich häufig uneinig, selbst zu der Zeit, als sie noch gute Freunde waren. Thurston war sehr ehrgeizig und eitel. Ein Stier, ein eitler Geck, ein Gockel – suchen Sie sich irgendetwas aus. Er konnte charmant und großzügig sein, und als der Ältere hat er Edward mit einigen einflussreichen Personen bekannt gemacht. Ich glaube, er war stolz auf Edward. Er genoss das Prestige, das damit einherging, einen so dynamischen, talentierten jungen Freund zu haben. Sie bekamen eine Menge Aufmerksamkeit, wenn sie zusammen waren, so wie sie sich kleideten, mit lockeren

Hemden und Schals, mit ihren wilden Frisuren und liberalen Standpunkten. Aber Thurston Holmes gehörte zu der Sorte Mensch, die immer an erster Stelle stehen muss. Es gefiel ihm gar nicht, dass Edward mit der Zeit mehr Beifall bekam als er. Ist Ihnen je aufgefallen, dass das für gewöhnlich solche Freunde sind, die einem später die ärgsten Feinde werden, Mr. Gilbert?«

Leonard machte sich eine Notiz zu dieser Erkenntnis über die Freundschaft zwischen den beiden Künstlern. Der Nachdruck, mit dem Lucy darüber sprach, machte deutlich, warum sie ihn heute zu sich eingeladen hatte. Auf dem Friedhof hatte sie ihm gesagt, man dürfe Holmes' Berichten über Edward keinen Glauben schenken; sie wolle die Dinge ins rechte Licht rücken, es seien schon genug Lügen verbreitet worden. Jetzt begriff er: Er sollte wissen, dass Holmes seine eigenen Ziele verfolgt hatte, dass er ein eifersüchtiger Freund gewesen war, der nur auf seinen eigenen Vorteil aus gewesen war.

Leonard war jedoch nicht überzeugt, dass beruflicher Neid allein zu dem Zerwürfnis geführt hatte. In den Jahren 1861 und 1862 war Radcliffe bereits ein anerkannter Maler gewesen; die Ausstellung, die ihn jedoch wirklich berühmt gemacht hatte, hatte erst im April 1862 stattgefunden, und da war der Briefwechsel zwischen den beiden Männern bereits deutlich abgekühlt gewesen. Leonard vermutete, dass etwas anderes dahintersteckte, und er hatte auch eine Ahnung, was das gewesen sein könnte. »1861 hat Edward angefangen, mit einem neuen Modell zu arbeiten, nicht wahr?« Er bemühte sich um einen beiläufigen Tonfall, doch als er das Thema jetzt ansprach, brach ein Sturm von Bildern aus seinen jüngsten Träumen über ihn herein, und er spürte, wie ihm die Hitze ins Gesicht stieg; er konnte Lucy nicht in die Augen sehen und tat so, als konzentrierte er sich auf seine Notizen. »Sie hieß doch Lily Millington, nicht wahr?«

Offenbar hatte er sich verraten, denn Lucy fragte argwöhnisch: »Warum fragen Sie?«

»Nach allem, was ich gelesen habe, standen die Mitglieder der Magenta Brotherhood sich sehr nahe. Sie haben ihre Ideen miteinander geteilt, ihre Geheimnisse, ihre Häuser und sogar ihre Modelle. Sowohl Edward als auch Thurston Holmes haben Diana Barker gemalt, und alle drei malten Adele Winterson. Aber Lily Millington taucht nur in Edwards Bildern auf. Das erschien mir ungewöhnlich, und ich habe mich gefragt, warum. Ich konnte mir nur zwei Möglichkeiten vorstellen: Entweder die anderen wollten sie nicht malen, oder Edward wollte sie für sich allein haben.«

Lucy nahm ihren Stock, stand auf und ging langsam zu dem Fenster, das zur Straße hin lag. Immer noch fiel Sonnenlicht herein, doch es war seit Leonards Ankunft gewandert, sodass Lucys Profil jetzt im Schatten lag. »Die Kreuzung da vorne nennt man ›das Wegekreuz‹. In der Mitte stand früher ein mittelalterliches Kreuz. Es ging in den Zeiten der Reformation verloren; als die Soldaten Elizabeths in der Region umherstürmten und alle Symbole katholischer Macht zerstört und die Kirchen angezündet und die Kunstschätze geraubt und die Priester verfolgt haben, wenn sie ihrer denn habhaft werden konnten. Seitdem ist von dem Kreuz nur noch der Sockel übrig. Und der Name hat die Zeiten überlebt. Ist es nicht erstaunlich, Mr. Gilbert, dass ein Name, ein einfaches Wort, alles ist, was ein solch traumatisches, historisches Ereignis überdauert? Jedes Mal, wenn ich an dem Wegekreuz vorbeikomme, muss ich an die Vergangenheit denken. An die Kirche, an die Priester, die sich verstecken mussten, und an die Soldaten, die sie gesucht und getötet haben. Ich denke über Schuld und Vergebung nach. Machen Sie sich jemals Gedanken über derlei Dinge?«

Sie lenkte ab, versuchte, seinen Fragen über Lily Millington aus dem Weg zu gehen. Nicht zum ersten Mal hatte Leonard den leisen Verdacht, dass sie auf irgendeine Art und Weise in ihn hineinsehen konnte. »Manchmal«, antwortete er. Das Wort blieb ihm im Hals stecken, und er räusperte sich.

»Ja, bei jemandem, der im Krieg gewesen ist, ist das wohl nicht verwunderlich. Normalerweise erteile ich keinen Rat, Mr. Gilbert, aber ich lebe schon lange, und ich habe gelernt, dass man sich selbst für seine Vergangenheit vergeben muss, sonst wird die Reise in die Zukunft unerträglich.«

Ihre Worte überrumpelten und beschämten Leonard. Ein Zufallstreffer, mehr nicht. Sie kannte seine Vergangenheit nicht. Sie hatte es selbst gesagt: Die meisten Männer, die in den Krieg gezogen waren, hatten Dinge gesehen und getan, die sie am liebsten vergessen würden. Er würde sich nicht aus der Fassung bringen lassen. Trotzdem zitterte seine Stimme mehr, als ihm lieb war, als er fortfuhr: »Ich habe einen Auszug aus einem Brief, den Edward im August 1861 an Ihren Vetter Hamish geschrieben hat. Darf ich Ihnen daraus vorlesen, Miss Radcliffe?«

Sie drehte sich nicht wieder zu ihm um, versuchte aber auch nicht, ihn aufzuhalten. Leonard las vor: »›Ich habe sie gefunden, eine Frau von solch bemerkenswerter Schönheit, dass meine Hand es nicht erwarten kann, die Tuschfeder zu ergreifen. Ich sehne mich danach, alles einzufangen, was ich sehe und fühle, aber wenn ich ihr Gesicht betrachte, bringe ich es nicht fertig anzufangen. Denn wie kann ich hoffen, ihr gerecht zu werden? Ihre Haltung hat etwas Edles, aber das liegt nicht in ihrer Herkunft, das liegt in ihrer Natur. Sie putzt sich nicht heraus; ihre Anziehungskraft liegt in ihrer Offenheit, ihrer Art, der ihr entgegengebrachten Aufmerksamkeit zu begegnen, anstatt den Blick abzuwenden. Ihre Lippen zeugen von einer Selbstsicherheit, gar von einem Stolz, der atemberaubend ist. *Sie* ist atemberaubend. Gegen sie ist jede andere eine Hochstaplerin. Sie ist die Wahrheit; Wahrheit ist Schönheit; und Schönheit ist göttlich.‹«

»Ja«, sagte Lucy leise. »Das ist Edwards Stimme. Ich würde sie immer und überall erkennen.« Sie drehte sich um und ging langsam zu ihrem Sessel zurück, und als sie sich setzte, sah Leonard zu seiner Überraschung, dass ihre Wangen feucht waren. »Ich erinnere mich an den Abend, an dem er sie kennengelernt hat. Er war im Theater gewesen und kam wie benommen nach Hause. Wir wussten sofort, dass etwas vorgefallen war. Er hat uns alles in großer Eile erzählt und ist dann in sein Atelier gegangen, um zu zeichnen. Er hat tagelang pausenlos gearbeitet. Er hat nichts gegessen, hat nicht geschlafen, hat mit niemandem gesprochen, stattdessen nur Seite um Seite in seinem Buch mit Bildern von ihr gefüllt.«

»Er war verliebt.«

»Ich wollte Ihnen gerade sagen, dass mein Bruder zu zwanghaftem Verhalten neigte, Mr. Gilbert. Dass er sich immer so verhalten hat, wenn er ein neues Modell kennengelernt, eine neue Technik entdeckt oder eine neue Idee entwickelt hatte. Und das wäre die Wahrheit.« Sie ließ die Hand auf die Sessellehne sinken. »Und gleichzeitig wäre es auch falsch. Denn bei Lily Millington war es anders, das haben alle gemerkt. Ich habe es gesehen, Thurston hat es gesehen und die arme Fanny Brown auch. Edward hat Lily Millington mit einer Leidenschaft geliebt, die nichts Gutes verhieß, und in dem Sommer hier in Birchwood hat sich dann alles zugespitzt.«

»Also ist Lily Millington wirklich hier gewesen. Eigentlich hatte ich mir das schon gedacht, aber sie wird nirgendwo erwähnt. In keinem Brief oder Tagebuch und auch in keinem Zeitungsartikel.«

»Haben Sie die Polizeiberichte gelesen, Mr. Gilbert? Ich nehme an, dort wird dergleichen festgehalten.«

»Wollen Sie damit sagen, dass in diesen Berichten etwas anderes steht?«

»Mein lieber Mr. Gilbert, Sie waren als Soldat im Ersten Weltkrieg. Sie wissen besser als die meisten, dass die Berichte, die die Zeitungen der Öffentlichkeit auftischen, oft wenig mit der Wahrheit zu tun haben. Fannys Vater war ein mächtiger Mann. Ihm war sehr daran gelegen, jede Andeutung aus der Presse zu halten, dass Edward seine Tochter durch eine andere Frau ersetzt hatte.«

Allmählich ergab alles einen Sinn. Edward hatte Lily Millington geliebt. Nicht der Tod von Frances Brown hatte ihm das Herz gebrochen und ihn aus der Bahn geworfen, sondern der Verlust von Lily. Aber was war mit ihr geschehen? »Wenn sie und Edward sich geliebt haben, warum war er am Ende allein? Wie hat er sie verloren?« Lucy hatte angedeutet, dass die Polizeiberichte ganz besonders auf Lily Millingtons Anwesenheit in Birchwood Manor in der Nacht des Einbruchs und des Mords eingingen … Und dann fiel der Groschen: »Lily Millington war in den Einbruch verwickelt. Sie hat Edward verraten – das war es, was ihn in den Wahnsinn getrieben hat.«

Lucys Miene verfinsterte sich, und im selben Moment bereute Leonard seine Worte. Die plötzliche Erkenntnis hatte ihn ganz vergessen lassen, dass es um den Bruder der alten Dame ging. Er hatte beinahe hämisch geklungen. »Miss Radcliffe, es tut mir leid«, sagte er. »Das war sehr unsensibel von mir.«

»Nicht doch, Mr. Gilbert. Aber ich werde langsam müde.«

Leonard sah auf die Uhr und bemerkte mit Bedauern, dass er ihre Gastfreundschaft bereits überstrapaziert hatte. »Natürlich. Ich werde Ihre Zeit nicht länger in Anspruch nehmen. Vielen Dank für den Hinweis auf die Polizeiberichte, ich werde sie mir so bald wie möglich vornehmen. Bestimmt lässt sich darin etwas Erhellendes zum Thema finden.«

»Es gibt wenige Gewissheiten auf dieser Welt, Mr. Gilbert, aber eins kann ich Ihnen versichern: Die Wahrheit bestimmt derjenige, der die Geschichte erzählt.«

Kapitel 17

Während er die Dorfstraße entlang zurückschlenderte, grübelte Leonard über Lucy Radcliffe nach. Einer Frau wie ihr – oder überhaupt jemandem wie ihr – war er noch nie begegnet. Sie war sehr klug. Das Alter hatte ihre Begeisterung für alle möglichen Wissensgebiete nicht getrübt; ihre Interessen waren breit gefächert, ihre Fähigkeit, komplexe Informationen aufzunehmen und zu verarbeiten, war beeindruckend. Sie war verschroben und selbstkritisch. Er mochte sie.

Und sie tat ihm leid. Beim Abschied hatte er sie nach dem Mädcheninternat gefragt, und da war sie ganz wehmütig geworden. »Ich hatte große Hoffnungen, Mr. Gilbert, aber es war einfach zu früh. Ich wusste, dass ich Kompromisse würde eingehen müssen. Dass ich gewisse Ansprüche der Eltern würde erfüllen müssen, um genügend Schülerinnen zu gewinnen. Ich dachte, dass ich mein Versprechen, die Mädchen zu ›jungen Damen‹ zu erziehen, halten und ihnen gleichzeitig die Liebe zum Lernen beibringen könnte.« Sie hatte gelächelt. »Ich glaube, ich prahle nicht, wenn ich sage, dass ich immerhin einige auf einen Weg geführt habe, den sie andernfalls nicht eingeschlagen hätten. Aber letztlich wurde mehr gesungen und genäht, als ich es mir vorgestellt hatte.«

Während des kurzen Gesprächs war ihm aufgefallen, dass es in Birchwood Manor kaum Hinweise darauf gab, dass es einmal als Internat gedient hatte. Nichts wies darauf hin, dass einst Schulmädchen auf dem Weg zum Unterricht durch die Flure gelaufen waren, und es fiel schwer, sich vorzustellen, dass Birchwood Manor je etwas anderes gewesen war als das Landhaus eines Künstlers. Wenn man das Museum betrat, das genauso eingerichtet war wie zu Radcliffes Lebzeiten, war es, als würde man in der Zeit zurückreisen.

Als er dies Lucy gegenüber erwähnt hatte, hatte sie sinniert: »Zeitreisen sind natürlich eine logische Unmöglichkeit: Wie kann jemand zur selben Zeit an zwei verschiedenen Orten sein? Der Ausdruck ist ein Paradoxon. Zumindest in diesem Universum …«

Um nicht in eine wissenschaftliche Diskussion hineingezogen zu werden, hatte Leonard gefragt, wann das Internat geschlossen worden sei.

»Ach, schon vor Jahrzehnten. Seit dem Tod der Queen 1901. Ein paar Jahre zuvor hatte es einen Unfall gegeben, ein schreckliches Unglück. Ein Mädchen ist während eines Picknicks in der Themse ertrunken, und danach wurden die anderen Schülerinnen eine nach der anderen von der Schule genommen. Es gab keine neuen Anmeldungen, und schließlich blieb uns nichts anderes übrig, als der Realität ins Auge zu sehen. Der Tod einer Schülerin ist nicht gut fürs Geschäft.«

Lucys Direktheit gefiel Leonard. Sie war aufgeschlossen und interessant, aber als er das Gespräch noch einmal Revue passieren ließ, wurde er das Gefühl nicht los, dass sie ihn nicht mehr hatte wissen lassen, als sie sich vorgenommen hatte. Nur einmal während ihrer Unterhaltung war ihre Maske ein wenig verrutscht. Etwas an der Art, wie sie die Ereignisse des Jahres 1862 beschrieben hatte, ließ Leonard nicht los. Im Nachhinein schien es ihm, als hätte sie beinahe schuldbewusst geklungen, als sie darüber gesprochen hatte, wie Frances Browns Tod ihren Bruder hatte schwermütig werden lassen. Und dann war da noch diese merkwürdige Geschichte von dem Wegekreuz gewesen, über Schuld und die Notwendigkeit, sich selbst zu vergeben.

Aber 1862 war Lucy Radcliffe noch ein Kind gewesen und so, wie sie es dargestellt hatte, eher eine Beobachterin der sommerlichen Eskapaden ihres Bruders und seiner amüsanten, hochtalentierten Freunde. Es hatte ein Raub stattgefunden, ein wertvoller Edelstein war gestohlen und Frances Brown war umgebracht worden. Lily Millington, das Modell, in das Edward sich verliebt hatte, war verschwunden. Vermutlich war die Polizei davon ausgegangen, dass sie mit dem Dieb unter einer Decke gesteckt hatte. Lucys geliebter Bruder hatte sich verraten gefühlt, und darüber war er nie hinweggekommen. Leonard konnte Lucys Trauer und Wehmut verstehen, aber warum empfand sie Schuldgefühle? Sie hatte ebenso wenig die Kugel abgefeuert, die Frances Brown getötet hatte, wie Leonard für den Granatsplitter verantwortlich war, der Tom erwischt hatte.

Glauben Sie an Geister, Mr. Gilbert?

Leonard hatte sich seine Antwort gut überlegt. *Ich glaube, dass ein Mensch das Gefühl haben kann, heimgesucht zu werden.* Jetzt, wo er über Lucys offensichtliche, aber irrationale Schuldgefühle nachgrübelte, dämmerte ihm, was sie meinte: Feen und rätselhafte Lichter in Fenstern hin oder her, mit ihrer Frage hatte sie nicht auf Gespenster angespielt. Sie hatte wissen wollen, ob Leonard von Toms Geist heimgesucht wurde genauso wie sie von dem ihres Bruders. Sie hatte in ihm, Leonard, einen Seelenverwandten erkannt, jemanden, der genauso litt wie sie: unter den Schuldgefühlen des überlebenden Geschwisterteils.

Als er am Pub vorbeikam und der Hund von irgendwoher wieder an seiner Seite auftauchte, nahm Leonard eine kleine Visitenkarte aus der Tasche und fuhr mit dem Daumen über den abgenutzten Rand. Er hatte die Frau, die sie ihm gegeben hatte, vor einigen Jahren auf einer Party kennengelernt, als er noch in der Einzimmerwohnung über den Bahngleisen in London gewohnt hatte. Sie hatte in einem Hinterzimmer an einem runden Tisch gesessen, auf dem auf einem violetten Samttuch eine Art Brettspiel lag. Mit ihrem perlenbesetzten Turban war sie eine eindrucksvolle Erscheinung gewesen. Und dann die fünf Leute, die in dem verrauchten Zimmer mit ihr am Tisch gesessen, sich an den Händen gehalten und mit geschlossenen Augen ihren Worten gelauscht hatten. Leonard hatte sich an den Türrahmen gelehnt und zugesehen.

Plötzlich hatte die Frau die Augen geöffnet und ihn direkt angesehen. »Sie«, hatte sie gesagt und mit einem langen roten Fingernagel auf ihn gezeigt, worauf die anderen am Tisch die Augen aufgerissen und sich zu ihm umgedreht hatten. »Hier ist jemand für Sie.«

Er hatte sich wortlos verzogen, doch ihre Worte und ihr eindringlicher Blick hatten ihn nicht mehr losgelassen, und später, als er die Party zufällig gleichzeitig mit der Frau verließ, hatte er sich erboten, ihre merkwürdig geformte Tasche die vier Stockwerke hinunterzutragen. Auf dem Gehweg wünschte er ihr eine gute Nacht, woraufhin sie ihm die Visitenkarte gegeben hatte.

»Sie gehen in die Irre«, sagte sie ruhig.

»Wie bitte?«

»Sie sind vom Weg abgekommen.«

»Es geht mir gut, vielen Dank.« Leonard war losgegangen, hatte die Karte eingesteckt und versucht, das merkwürdige, unangenehme Gefühl abzuschütteln, das die Frau in ihm ausgelöst hatte.

»Er versucht, Sie zu finden«, hatte die Frau ihm nachgerufen.

Erst als Leonard unter einer Straßenlaterne die Karte las, begriff er.

Madame Mina Waters
Spiritualistin

Apartment 2B
16 Neal's Yard
Covent Garden
London

Kurz darauf hatte er Kitty von dem Gespräch mit Madame Mina erzählt. Sie hatte gelacht und gesagt, es gebe in London jede Menge Spinner, die nur darauf aus seien, den Kummer ihrer Opfer auszunutzen. Leonard jedoch fand das zynisch. »Sie wusste von Tom«, beharrte er. »Sie wusste, dass ich jemanden verloren habe.«

»Herrgott, sieh dich doch mal um: *Jeder* hat irgendwen verloren!«

»Du hast nicht gesehen, wie sie mich mit ihrem Blick durchbohrt hat.«

»Ungefähr so?« Sie schielte und verzog das Gesicht, dann hatte sie grinsend ihre Strümpfe von der Bettdecke genommen und nach ihm geworfen.

Leonard schüttelte sie von sich ab. Ihm war nicht nach Spaßen zumute. »Sie meinte, er versucht, mich zu finden. Sie hat gesagt, ich sei vom Weg abgekommen.«

»Ach, Lenny«, sagte Kitty ernst. Plötzlich wirkte sie müde. »Sind wir das nicht alle?«

Leonard fragte sich, wie Kittys Vorstellungsgespräch in London wohl gelaufen war. Sie hatte elegant ausgesehen, als sie sich am Morgen auf den Weg gemacht hatte; irgendetwas an ihren Haaren war anders gewesen. Er wünschte, er hätte ihr ein Kompliment gemacht. Kitty gab gern die Zynische, aber Leonard kannte sie schon seit vor dem Krieg und wusste, wie dünn ihr Nervenkostüm war.

Hinter der Kirche bog Leonard in die einsame Straße nach Birchwood Manor ein. Nach einer Weile bückte er sich und hob eine Handvoll Kieselsteine vom Straßenrand auf. Er wog sie in der Hand, dann ließ er sie im Weitergehen durch die Finger rieseln. Einer, bemerkte er, war glatt und rund, ein perfekter Quarz.

Leonard und Kitty hatten zum ersten Mal in einer lauen Oktobernacht im Jahr 1916 miteinander geschlafen. Er war auf Heimaturlaub gewesen und hatte den Nachmittag im Wohnzimmer seiner Mutter verbracht, wo er Tee aus einer Porzellantasse getrunken und den Freundinnen seiner Mutter dabei zugehört hatte, wie sie missbilligend mit den Zungen schnalzten und sich abwechselnd und mit gleichem Elan über den Krieg und den bevorstehenden Weihnachtsmarkt ausließen.

Es hatte an der Tür geklopft, und Rose, das Stubenmädchen seiner Mutter, kündigte die Ankunft von Miss Barker an. Kitty brachte einen Karton mit Schals für die Soldaten an der Front vorbei. Als Leonards Mutter sie zum Tee einlud, sagte sie, sie habe leider keine Zeit: Im Gemeindehaus finde ein Tanzabend statt, und sie sei für die Verpflegung und das Einsammeln von Spenden zuständig.

Daraufhin hatte seine Mutter ihn dazu ermuntert, zu dem Tanzabend zu gehen. Ein Tanzabend war das Letzte, was er an dem Abend im Sinn gehabt hatte, aber alles war besser, als in diesem Wohnzimmer zu bleiben, wo die Vorzüge von Glühwein und Sherry verglichen wurden, also sprang er auf und sagte: »Ich hole meinen Mantel.«

Als sie in der Abenddämmerung die Dorfstraße entlangschlenderten, erkundigte Kitty sich nach Tom.

Da ihn jeder nach Tom fragte, hatte er eine Antwort parat. »Du kennst ihn ja«, sagte er. »Den bringt nichts aus der Fassung.«

Kitty lächelte, und Leonard fragte sich, warum er das Grübchen in ihrer linken Wange noch nie bemerkt hatte.

An jenem Abend hatte er sehr viel getanzt. Im Dorf gab es kaum noch Männer, und so war er ein gefragter Tänzer. Junge Frauen, die ihn bisher nie beachtet hatten, rissen sich plötzlich darum, mit ihm zu tanzen.

Es war schon spät, als er Kitty an einem Tisch am Rand der Tanzfläche stehen sah. Sie hatte den ganzen Abend lang Gurkensandwiches und Biskuitkuchen serviert, und ihre Hochfrisur löste sich allmählich auf. Das Musikstück ging gerade zu Ende, als sie ihn entdeckte. Sie winkte ihm zu, und Leonard entschuldigte sich bei seiner Tanzpartnerin.

»Na, Miss Barker«, sagte er, als er vor Kitty stand. »Ein voller Erfolg, oder?«

»Kann man wohl sagen. Wir haben viel mehr Geld gesammelt, als ich zu hoffen gewagt hatte. Nur schade, dass ich kein einziges Mal getanzt habe heute Abend.«

»Ja, wirklich. Wie wär's denn mit einem Foxtrott zum Abschluss?«

Da war wieder das Grübchen, als sie lächelte.

Beim Tanzen lag seine Hand sanft an ihrem Rücken, ihr Kleid fühlte sich weich an, das Goldkettchen an ihrem Hals glänzte im Licht, und ihre Haare schimmerten.

Er begleitete sie nach Hause, und sie plauderten ungezwungen miteinander. Sie war erleichtert, dass der Abend so gut verlaufen war, viel besser, als sie erwartet hatte.

Es war kühl geworden, und Leonard bot ihr seinen Mantel an.

Sie fragte ihn nach der Front, und er merkte, dass es im Dunkeln einfacher war, darüber zu reden. Sie hörte ihm schweigend zu, und als er so viel erzählt hatte, wie er konnte, und ihr gestand, dass ihm jetzt in der Heimat alles vorkam wie ein böser Traum, versprach sie ihm, ihn nicht wieder nach seinen Kriegserlebnissen zu fragen. Stattdessen schwelgten sie in Erinnerungen an die Osterkirmes 1913, an den Tag, als sie sich kennengelernt hatten, und wie sie zu dritt auf den Hügel gestiegen waren – Kitty, Leonard und Tom – und sich vor die riesige Eiche gesetzt hatten, von der aus sie ganz Südengland überblicken konnten.

»Ich habe behauptet, wir könnten bis nach Frankreich sehen, weißt du noch?«, sagte Kitty. »Und du hast mich korrigiert. Du meintest: ›Das ist nicht Frankreich, das ist Guernsey.‹«

»Gott, war ich ein Schnösel.«

»Nein, warst du nicht.«

»Doch, war ich.«

»Vielleicht ein bisschen.«

»Hey!«

Sie lachte und nahm seine Hand. »Lass uns auf den Hügel gehen!«

»Im Dunkeln?«

»Warum nicht?«

Zusammen rannten sie den Hügel hoch, und Leonard hatte den flüchtigen Gedanken, dass er zum ersten Mal seit über einem Jahr rannte, ohne um sein Leben zu fürchten; der Gedanke, das Gefühl, die Freiheit waren berauschend.

Oben angekommen, legten sie sich unter den Baum. Der silberne Mond beschien Kittys Gesicht, und Leonard fuhr sachte mit dem Finger über ihre Nasenspitze bis zu ihren Lippen. Er konnte nicht anders. Sie war perfekt, ein Wunder.

Keiner von beiden sagte ein Wort. Kitty, immer noch seinen Mantel um die Schultern, kniete sich über ihn und knöpfte sein Hemd auf. Sie fuhr mit der Hand unter den Baumwollstoff und legte sie auf sein Herz. Er legte seine Hand an ihr

Gesicht, streichelte es mit dem Daumen, und sie schmiegte ihre Wange in seine Hand. Er zog sie an sich, und sie küssten sich, und dann hatte es kein Halten mehr gegeben.

Hinterher zogen sie sich schweigend wieder an und blieben noch eine Weile unter dem Baum sitzen. Er bot ihr eine Zigarette an. Nachdem sie aufgeraucht hatte, sagte sie: »Tom darf niemals davon erfahren.«

Leonard nickte. Natürlich durfte Tom nichts davon erfahren.

»Es war ein Fehler.«

»Ja.«

»Der verfluchte Krieg.«

»Es war meine Schuld.«

»Nein, war es nicht. Aber ich liebe ihn, Leonard. Schon immer.«

»Ich weiß.«

Er nahm ihre Hand und drückte sie, denn er wusste es wirklich. Und er wusste, dass auch er Tom liebte.

Zweimal sahen sie einander noch, bevor er an die Front zurückkehrte, aber nur im Vorbeigehen, und immer waren andere Leute dabei. Seltsam, in diesen Momenten wusste er, dass Tom niemals davon würde erfahren müssen, dass sie einfach so weiterleben konnten, als wäre nichts geschehen.

Erst als er eine Woche später wieder an der Front und dem ganzen Grauen des Kriegs ausgesetzt war, begann er, über alles nachzugrübeln; und jedes Mal landete er bei derselben Frage – der Frage eines kleinen, bedürftigen Jungen, für die er sich selbst verachtete: Warum war ihm sein Bruder immer eine Nasenlänge voraus?

Tom begrüßte ihn, als er bei den Schützengräben eintraf, ein Grinsen im dreckverschmierten Gesicht. Er tippte sich an den Helm. »Da bist du ja wieder, Lenny. Hab ich dir gefehlt?«

Etwa eine halbe Stunde später, als sie Tee aus einer Blechtasse tranken, erkundigte Tom sich nach Kitty.

»Ich habe sie nur ein- oder zweimal gesehen.«

»Ja, sie hat's in ihrem Brief erwähnt. Habt ihr über irgendwas Besonderes gesprochen?«

»Wie meinst du das?«

»Na ja, irgendwas Privates.«

»Red keinen Quatsch. Wir sind uns nur flüchtig begegnet.«

»Der Heimaturlaub scheint deine Stimmung ja nicht gerade verbessert zu haben. Ich meinte nur ...« Tom musste lächeln. »Kitty und ich haben uns verlobt. Ich war mir sicher, dass sie nicht widerstehen könnte, es dir zu sagen. Wir haben einander geschworen, es niemandem zu verraten, bevor der Krieg vorbei ist – wegen ihres Vaters, du weißt schon.«

Tom strahlte wie ein kleiner Junge an Weihnachten, und Leonard konnte nicht anders, als ihn zu umarmen und ihm auf den Rücken zu klopfen. »Herzlichen Glückwunsch, Tom, ich freue mich wirklich für euch.«

Drei Tage später war sein Bruder tot. Von einem Granatsplitter getroffen. In den langen dunklen Stunden, nachdem die Bombe gefallen war, im Niemandsland verblutet, während Leonard vom Schützengraben aus seine Hilferufe gehört hatte. Und alles, was ihm von seinem Bruder geblieben war, von Tom dem Alleskönner, dem Meister im Luftanhalten, dem Jungen mit der strahlenden Zukunft, war ein parfümierter Brief von Kitty und eine dreckige alte Zwei-Pence-Münze.

Nein, Lucy Radcliffe hatte es gut gemeint, als sie von Schuld und Selbstvergebung sprach, aber welche Ähnlichkeiten sie auch immer zwischen ihnen beiden zu sehen glaubte, sie irrte sich. Das Leben war kompliziert; Menschen machten Fehler, keine Frage. Aber sie waren unterschiedlich. Lucy und er waren nicht auf die gleiche Weise schuld am Tod ihrer Brüder.

Nach Toms Tod hatte Kitty angefangen, Leonard nach Frankreich zu schreiben, und er hatte ihr geantwortet, und als er nach dem Krieg nach England zurückgekehrt war, hatte sie ihn eines Abends in London besucht. Sie hatte eine Flasche Gin mitgebracht, und sie hatten zusammen getrunken, über Tom geredet und geweint. Nachdem sie sich verabschiedet hatten, war Leonard davon ausgegangen, dass sie sich nicht wiedersehen würden. Doch irgendwie hatte Toms Tod sie zusammengeschweißt. Sie waren zwei Monde, verbunden in ihrer Kreisbahn um die Erinnerung an ihn.

Am Anfang redete Leonard sich ein, dass er sich seinem Bruder zuliebe um Kitty kümmerte, und vielleicht hätte er das auch wirklich geglaubt, wäre da nicht jene Nacht im Jahr 1916 gewesen. In Wahrheit war die Sache jedoch komplizierter und weniger ehrenhaft, und lange konnte er nicht vor der Wahrheit davonlaufen. Kitty und er wussten beide, dass ihr Verrat in jener Nacht zu Toms Tod geführt hatte. Der Gedanke war zwar nicht ganz rational, aber das änderte nichts daran, dass es stimmte. Lucy Radcliffe hatte recht: Eine so große Schuld hielt niemand ewig aus. Sie mussten die verheerenden Folgen ihrer Tat rechtfertigen, und so einigten sie sich ohne Worte darauf zu glauben, dass es Liebe war, was in jener Nacht auf dem Hügel geschehen war.

Sie blieben zusammen, aneinandergekettet durch Trauer und Schuld. Das Wissen darum, was sie aneinanderband, quälte sie, und doch konnten sie einander nicht loslassen.

Sie sprachen nie mehr über Tom, zumindest nicht direkt, aber er war immer bei ihnen. Er war in dem filigranen Reif mit dem hübschen, kleinen Diamanten, den Kitty am rechten Handgelenk trug. Er war in der Art, wie sie Leonard manchmal mit einer Spur Überraschung anschaute, so als hätte sie jemand anderen erwartet. Er war in jeder dunklen Ecke in jedem Raum, in jedem Atom der sonnenhellen Luft.

Ja, Leonard glaubte an Geister.

Leonard öffnete das Tor zum Vorgarten von Birchwood Manor. Die Sonne stand nun tiefer am Himmel, und die Schatten wurden länger. Plötzlich blieb er wie angewurzelt stehen. In dem sonnigen Fleck unter dem Japanischen Ahorn lag eine Frau, und sie schlief tief und fest. Zuerst dachte Leonard, dass Kitty sich entschlossen hatte, doch nicht nach London zu fahren.

Er fragte sich, ob er halluzinierte, aber dann wurde ihm klar, dass es gar nicht Kitty war. Es war die Frau, die er am Morgen an der Themse gesehen hatte: eine Hälfte des Pärchens, dem er weitläufig aus dem Weg gegangen war.

Jetzt konnte er den Blick nicht von ihr abwenden. Sie hatte ihre Schuhe ordentlich neben sich abgestellt, und er hatte das Gefühl, noch nie etwas so Erotisches gesehen zu haben wie ihre nackten Füße im Gras. Er zündete sich eine Zigarette an. Wahrscheinlich war es ihre Unbekümmertheit, die ihn zu ihr hinzog. Ihr plötzliches Auftauchen, hier, heute, an diesem Ort.

Sie wachte auf und streckte sich mit einem Ausdruck der Verzückung. Die Art, wie sie das Haus betrachtete, rief in Leonard etwas lange Vergessenes in Erinnerung. Reinheit, Schlichtheit, Liebe. Er hätte weinen können, wie er es nicht mehr getan hatte, seit er ein kleiner Junge gewesen war. Er wollte um Tom weinen, und er wollte weinen, weil er das Gefühlschaos nicht mehr ertrug und weil er, sosehr er es sich auch wünschte, die Zeit nicht zurückdrehen und alles ungeschehen machen konnte; und er wollte weinen, weil er wusste, dass der Krieg, der Tod seines Bruders und die vergeudeten Jahre danach immer ein Teil seiner Geschichte sein würden, egal wohin das Leben ihn noch führen mochte.

»Verzeihung«, rief die Frau, denn sie hatte ihn entdeckt. »Ich wollte nicht stören. Ich habe mich verlaufen.«

Ihre Stimme klang glockenhell, rein und unverfälscht, und am liebsten hätte er sie an den Schultern gepackt und geschüttelt und ihr gesagt, dass das Leben brutal sein könne, unbarmherzig, kalt und ermüdend.

Er hätte ihr gern gesagt, dass nichts von Bedeutung sei, dass gute Menschen grundlos und zu früh stürben und dass die Welt voller Menschen sei, die ihr Böses wollten, und dass man nie wisse, was einen hinter der nächsten Ecke erwartete, oder ob es überhaupt eine nächste Ecke gebe.

Doch während er sie ansah und sie das Haus betrachtete, ließ etwas in der Art, wie das Laub des Ahorns in der Sonne leuchtete und die Frau mit einem zarten Schimmer überzog, sein Herz aufgehen, und plötzlich wollte er ihr nur noch sagen, dass es durch irgendeine merkwürdige Fügung gerade die Bedeutungslosigkeit des Lebens sei, die alles so wunderschön, außergewöhnlich und wunderbar mache. Dass der Krieg trotz all seiner Grausamkeit – *aufgrund* seiner Grausamkeit – die Farben heller leuchten lasse. Dass ohne die Dunkelheit kein Stern zu sehen wäre.

All das hätte er ihr gern gesagt, aber die Worte blieben ihm im Hals stecken, und so winkte er ihr stattdessen zu, eine alberne Geste, die sie wohl nicht einmal bemerkte, denn sie hatte den Blick bereits abgewandt.

Er ging ins Haus und beobachtete vom Küchenfenster aus, wie sie ihre Tasche nahm und mit einem letzten, umwerfenden Lächeln in Richtung des Hauses ins Sonnenlicht verschwand. Er kannte sie nicht. Er würde sie nie wiedersehen. Und doch wünschte er sich, er hätte ihr sagen können, dass auch er sich verlaufen hatte. Er war vom Weg abgekommen, doch die Hoffnung flatterte immer noch vor ihm her wie ein Vogel, sang davon, dass er es immer noch nach Hause schaffen konnte, wenn er nur beharrlich einen Fuß vor den anderen setzte.

VII

Mein Vater hat mir erzählt, dass er, als er meine Mutter am Fenster ihres Elternhauses gesehen habe, das Gefühl gehabt habe, bisher im Halbdunkel gelebt zu haben. Seit der Begegnung mit ihr sei jede Farbe, jeder Duft, jede Sinneswahrnehmung, die die Welt zu bieten habe, heller, schärfer, wahrer gewesen.

Ich war damals noch klein und hielt die Geschichte für ein Märchen, aber an dem Abend, als ich Edward kennenlernte, musste ich an die Worte meines Vaters denken.

Es war keine Liebe auf den ersten Blick. Solche Behauptungen sprechen der Liebe Hohn.

Es war eine Vorahnung. Die unerklärliche Gewissheit, dass etwas Wichtiges passiert war. Es gibt solche Momente: Sie glänzen wie Goldkörner in der Schale des Goldwäschers.

Ich erwähnte bereits, dass ich zweimal geboren wurde, ein Mal von meiner Mutter und ein zweites Mal, als ich im Haus von Mrs. Mack über dem Vogelhändler in der Little White Lion Street aufgewacht bin.

Das ist die Wahrheit. Aber es ist nicht die ganze Wahrheit. Denn meine Lebensgeschichte hat noch einen dritten Teil.

Ich wurde noch einmal geboren, und zwar an einem warmen Abend des Jahres 1861 vor dem Theatre Royal in der Drury Lane, einen Monat vor meinem siebzehnten Geburtstag. Ich war genauso alt wie meine Mutter, als ich auf die

Welt kam, in jener sternenklaren Nacht in dem winzigen Haus in Fulham am Ufer der Themse.

Mrs. Mack hatte natürlich recht gehabt damit, dass ich das verirrte, unschuldige kleine Mädchen nicht mehr lange spielen konnte. Sie dachte sich einen neuen Trick für mich aus und erfand ein neues Kostüm für eine neue Rolle. Von nun an sollte ich mich in den Theaterfoyers herumtreiben, wo es von Menschen nur so wimmelte. Die Kleider der Damen waren bunt und faltenreich, der Whisky und die freudige Erwartung machten die Männer unachtsam. Für eine Frau mit geschickten Fingern war es ein Leichtes, einem Gentleman seine Geldbörse zu entwenden.

Das einzige Problem war Martin. Ich war kein Kind mehr, doch er glaubte immer noch, er müsse für mich den Aufpasser spielen. Er lag Mrs. Mack ständig in den Ohren mit Warnungen, wie ich auf alle möglichen Weisen zu Schaden kommen könnte – ich hörte ihn flüstern, wenn er sich mit ihr allein wähnte – oder, schlimmer noch, wie jemand mich »gegen sie aufbringen« könnte, und er versuchte, sie davon zu überzeugen, dass ich bei meiner Arbeit einen Begleiter brauchte. Ich erklärte Mrs. Mack, dass er alles nur komplizierter mache, dass ich lieber allein arbeitete, aber wo ich auch ging und stand, er war immer da und beobachtete mich mit Besitzermiene.

Aber an jenem Abend war ich ihm entwischt. Nach der Vorstellung war ich durch einen Seitenausgang in eine Gasse hinausgeschlüpft, die vom Theater wegführte. Es war ein erfolgreicher Abend gewesen: Die tiefen Taschen meines Kleids waren prallvoll und schwer, und ich war zufrieden. In seinem letzten Brief hatte mein Vater geschrieben, dass seine Uhrmacherwerkstatt in New York nach einigen Rückschlägen endlich Gewinn abwerfe. Ich war voller Hoffnung, dass er mich, wenn ich den Sommer über ordentlich Geld heranschaffte, im Herbst nach Amerika holen würde. Es war jetzt elf Jahre her, dass er mich bei Mrs. Mack zurückgelassen hatte.

Ich stand da und überlegte, ob ich den kürzeren Weg durch die dunklen Gassen nach Hause nehmen oder lieber über die belebte Straße The Strand gehen sollte, wo ich unterwegs noch ein paar Brieftaschen erbeuten konnte. In dem Augenblick kam Edward aus derselben Tür, durch die ich das Theater verlassen hatte, und erwischte mich ohne meine aufgesetzte Maske.

Es war ein Moment vollkommener Klarheit, so wie wenn Nebel sich plötzlich verzieht. Ich war wie elektrisiert, mit plötzlicher Vorfreude und doch kein bisschen überrascht – denn wie hätte dieser Abend enden sollen, ohne dass wir uns begegneten?

Er kam auf mich zu, und als er vor mir stand, streichelte er leicht meine Wange, und seine Berührung war behutsam, als wäre ich ein Juwel aus der Kunstsammlung von Pale Joes Vater. Er musterte mich.

Ich weiß nicht, wie lange wir so dastanden – Sekunden, Minuten –, es war, als wäre die Zeit stehen geblieben.

Erst als Martin aufkreuzte und »Finger weg, du Dieb!« schrie, war der Bann gebrochen. Ich blinzelte und trat einen Schritt zurück.

Martin wollte seinen üblichen Trick abziehen, aber plötzlich widerte mich das alles an. »Nein«, sagte ich bestimmt. »Dieser Mann ist kein Dieb.«

Nein, er sei tatsächlich kein Dieb, sagte Edward daraufhin. Er sei Maler, und er wolle mich porträtieren.

Martin faselte irgendwas von »Schwester« und »Anstand«, doch Edward hörte gar nicht hin. Er sprach von seiner Familie und sagte, er werde mich zusammen mit seiner Mutter besuchen, um meine Eltern kennenzulernen, ihnen versichern, dass er ein Gentleman sei und eine Bekanntschaft mit ihm meinem Ruf nicht schaden werde.

Der Vorschlag, zu mir nach Hause und zu meinen Eltern zu kommen, war ebenso unerwartet wie bizarr, aber ich muss gestehen, dass mir die Vorstellung gefiel, eine junge Dame zu sein, deren Sittsamkeit geschützt werden musste.

Ich erklärte mich einverstanden, und als er mich beim Abschied nach meinem Namen fragte, nannte ich ihm den ersten, der mir einfiel: »Lily«, sagte ich. »Ich heiße Lily Millington.«

Wie immer, wenn Mrs. Mack Profit witterte, wurde sie sofort aktiv, und so machte sie sich daran, ihren Salon in ein gediegenes Wohnzimmer zu verwandeln. Eins der neuen Mädchen, Effie Granger, elf Jahre alt, aber ziemlich groß für ihr Alter, wurde als Dienstmädchen verkleidet – das schwarze Kleid und die weiße Schürze hatte Martin in Chelsea von einer Wäscheleine geklaut – und bekam eine kurze Einweisung in ihre Tätigkeiten. Der Captain und Martin sollten als gütiger Vater und rechtschaffener Bruder auftreten, und Mrs. Mack stürzte sich mit einer Inbrunst in die Rolle der liebevollen, sich in schweren Zeiten aufopfernden Mutter, die die Schauspielerinnen in der Drury Lane beschämt hätte.

Als der vielversprechende Tag gekommen war, wurden die kleineren Kinder nach oben geschickt, mit der Drohung, sie würden den Hosenboden vollkriegen, wenn wegen ihrer Neugier auch nur das leiseste Zucken einer Gardine zu sehen wäre, und wir anderen warteten nervös darauf, dass es an der Tür klingelte.

Edward und seine Mutter, die sich verstohlen umsah, als sie ihren Hut abnahm, und von der Mrs. Mack später sagte, man habe ihr angesehen und angemerkt, dass sie vom Kontinent stamme, wurden höflich hereingebeten. Was auch immer Edwards Mutter über »Mr. und Mrs. Millington« und deren

Haushalt denken mochte, ihr Sohn war ihr Stolz und ihr Augapfel, in ihn setzte sie all ihre künstlerischen Hoffnungen, und wenn er glaubte, dass er Miss Millington für seine Inspiration brauchte, dann sollte er sie haben. Wenn das bedeutete, mit einem merkwürdigen Paar in Covent Garden Tee zu trinken, dann würde sie auch das in Kauf nehmen.

Ich saß die ganze Zeit an einem Ende des Sofas – wo ich nur äußerst selten sitzen durfte – und Edward am anderen, während Mrs. Mack sich auf eine Weise, die sie vermutlich für stilvoll hielt, über meine Herzensgüte und meine Tugendhaftigkeit ausließ. »Meine Lily ist ein anständiges Mädchen, gesittet und unberührt.«

»Ich bin sehr erfreut, das zu hören«, sagte Mrs. Radcliffe mit einem charmanten Lächeln. »Und daran wird sich auch nichts ändern. Der Vater meines verstorbenen Mannes ist der Earl of Beechworth, und mein Sohn ist ein Gentleman mit einem noblen Charakter. Sie haben mein Wort, dass er sich fürsorglich um Ihre Tochter kümmern und sie in demselben Zustand zu Ihnen zurückbringen wird, in dem sie bei ihm erscheint.«

Der Captain, dem Mrs. Mack die Rolle des zögerlichen Vaters zugedacht hatte, räusperte sich. (»Wenn du nicht weißt, was du sagen sollst, mach irgendein Geräusch«, hatte sie ihn angewiesen. »Aber egal was passiert, lass dein Holzbein, wo es ist.«)

Schließlich erklärten Mrs. Mack und der Captain ihr Einverständnis, man einigte sich auf ein Honorar, dessen Höhe, so Mrs. Mack, ihr die Gewissheit gebe, dass die Sittsamkeit ihrer Tochter keinen Schaden nehmen werde.

Und dann, als ich es endlich wagte, Edward in die Augen zu sehen, wurde ein Termin für die erste Sitzung vereinbart.

Sein Atelier befand sich in Hampstead im Gartenhaus seiner Mutter, und am ersten Tag nahm er meine Hand, um mich über den etwas rutschigen Weg zu führen. »Kirschblüten«, sagte er. »Wunderschön, aber tödlich.«

Ich war noch nie einem Maler begegnet, und alles, was ich über Kunst wusste, hatte ich aus Pale Joes Büchern und aus dem Haus seines Vaters, wo die Wände mit wertvollen Kunstwerken dekoriert waren. Und als Edward die Tür seines Ateliers öffnete, hatte ich keine Ahnung, was mich erwartete.

Der Raum war klein, auf dem Boden lag ein Perserteppich, in der Mitte stand eine Staffelei und davor ein Sessel. Die Decke war aus Glas, und die Wände waren aus Holz und weiß gestrichen. An zwei Wänden standen Werkbänke mit breiten Schubladen und abgenutzten Arbeitsflächen, auf denen lauter kleine Gläser mit Farbpigmenten und Flüssigkeiten und Pinseln in allen Größen aufgereiht waren.

Als Erstes machte Edward Feuer im Ofen in der hinteren Ecke. Ich solle nicht frieren, meinte er, ich solle es ihm sagen, falls ich mich unwohl fühlte. Er half mir aus dem Mantel, und als seine Finger meinen Nacken streiften, wurde mir ganz heiß. Er bedeutete mir, auf dem Sessel Platz zu nehmen, er werde heute ein paar erste Skizzen machen. In dem Augenblick fiel mir auf, dass an der hinteren Wand des Ateliers wie zufällig angeordnet zahlreiche Tusche- und Bleistiftzeichnungen hingen.

Jetzt, in meiner merkwürdigen Zwischenwelt, kann ich zwar sehen, aber nicht gesehen werden. Früher habe ich gar nicht begriffen, wie wichtig es ist, Blicke auszutauschen, einem anderen Menschen in die Augen zu schauen. Ich habe auch nicht begriffen, wie selten man Gelegenheit hat, einem anderen Menschen seine ganze Aufmerksamkeit zu widmen, ohne befürchten zu müssen, dass man dabei erwischt wird.

Während Edward mich betrachtete, betrachtete ich ihn ebenfalls.

Mit der Zeit wurde ich regelrecht süchtig nach seiner konzentrierten Aufmerksamkeit. Und ich lernte, was es bedeutet, betrachtet zu werden. Sobald ich zum Beispiel das Kinn auch nur einen Deut anhob, spiegelte sich das in seinem Gesicht. Ein Zucken in seinen Wimpern, wenn er den veränderten Lichteinfall wahrnahm.

Und noch etwas: Es ist schwer, sich nicht in einen gut aussehenden Mann zu verlieben, der einem seine ganze Aufmerksamkeit schenkt.

Im Atelier gab es keine Uhr. Dort existierte die Zeit nicht. Während wir zusammen arbeiteten, löste sich die Welt außerhalb der Wände des Ateliers in Luft auf. Es gab nur noch Edward und mich, und selbst die Grenzen zwischen uns verwischten sich, je mehr wir uns in dieses seltsame Unterfangen vertieften.

Manchmal stellte er mir mitten in die Stille hinein Fragen über mich, und ich beantwortete sie, so gut ich konnte, während er zuhörte und malte und sich vor lauter Konzentration eine senkrechte Furche zwischen seinen Brauen bildete. Eine Zeit lang gelang es mir, die Wahrheit zu umgehen, aber mit der Zeit begann ich zu befürchten, dass er all meine Ausflüchte und Ausschmückungen durchschaute. Mehr noch, ich empfand ein mir bis dahin unbekanntes, verstörendes Bedürfnis, mich ihm ganz zu öffnen.

Deswegen lenkte ich das Gespräch hin zu ungefährlichen Themen wie Kunst und Wissenschaft und sprach über das Leben und die Zeit, Themen, über die ich mich auch mit Pale Joe austauschte. Das überraschte Edward, und dann lächelte er, zog die Brauen zusammen und sah mich über seine Leinwand hinweg fragend an. Auch ihn interessierten diese Themen sehr, sagte er einmal, und er erzählte mir von einem Aufsatz, den er kürzlich geschrieben hatte, über die Verbindung zwischen Orten und Menschen, darüber, dass bestimmte Landschaften einen größeren Einfluss ausübten, indem sie in der Gegenwart über Ereignisse der Vergangenheit Auskunft gäben.

Einem Menschen wie Edward war ich noch nie begegnet. Wenn er redete, war es unmöglich, ihm nicht zuzuhören. Alles, was er tat oder empfand oder zum Ausdruck brachte, tat er mit großer Leidenschaft. Wenn wir nicht zusammen waren, dachte ich an ihn, an ein Gefühl, das er mir beschrieben hatte, an die Art, wie er die Hand in die Luft geworfen und unbefangen über eine Anekdote gelacht hatte, die ich ihm erzählt hatte. Und dann sehnte ich mich danach, ihn noch einmal auf diese Weise zum Lachen zu bringen. Irgendwann konnte ich mich gar nicht mehr erinnern, womit ich mich in Gedanken beschäftigt hatte, bevor ich ihn kannte. Er war wie die Musik, die einem im Kopf umherspukt und das Blut in einem anderen Rhythmus pulsieren lässt; der unerklärliche Drang, der einen Menschen dazu bringt, entgegen bessere Einsicht zu handeln.

Wir wurden nie gestört, nur hin und wieder wurde frischer Tee gebracht, meistens vom Dienstmädchen, aber auch manchmal von seiner Mutter, die jedes Mal versuchte, einen Blick auf das Bild zu erhaschen, um zu sehen, wie weit er mit dem Porträt gekommen war. Nachdem ich schon fast zwei Wochen lang für Edward Modell gesessen hatte, klopfte es eines Morgens wieder an der Tür, und als Edward »Herein!« rief, trat ein junges Mädchen von vielleicht zwölf Jahren ein, das das Teetablett vorsichtig umklammerte.

Die Nervosität der Kleinen machte sie mir sofort sympathisch. Sie hatte kein besonders hübsches Gesicht, aber so wie sie ihr Kinn hielt, hatte ich den Eindruck, dass man sie nicht unterschätzen sollte. Und sie war neugierig, das habe ich gleich an ihrem Blick gesehen, der von mir zu Edward zu den Skizzen an der Wand huschte. Neugier war ein Wesenszug, mit dem ich mich identifizierte, einer, den ich bis heute für lebensnotwendig halte. Welchen Sinn sollte man in dem langen Marsch sehen, den das Leben bedeutet, ohne die Neugier, die einem den Weg leuchtet? Instinktiv wusste ich sofort, wer dieses Mädchen war, und im nächsten Moment sagte Edward mit einem Lächeln: »Das ist meine kleine Schwester Lucy. Lucy, das ist Lily Millington. ›La Belle‹.«

Ein halbes Jahr nachdem ich Edward kennengelernt hatte, wurde das Gemälde mit dem Titel *La Belle* im November 1861 in der Royal Academy ausgestellt. Ich sollte um Punkt sieben Uhr dort sein, und Mrs. Mack sorgte dafür, dass ich ein dem Anlass entsprechendes Kleid trug. Es hatte fast etwas Rührendes, wie diese Frau mit ihrem primitiven Selbstbewusstsein sich von gesellschaftlichem Ansehen beeindrucken ließ, vor allem, wenn sie sich auch noch Profit davon versprach. »So«, sagte sie, als sie den letzten der winzigen Perlmuttknöpfe in meinem Nacken schloss. »Spiel deine Trümpfe richtig aus, meine Kleine, das könnte der Anfang von etwas ganz Großem sein.« Sie deutete mit einer Kinnbewegung zum Kaminsims, wo diverse Visitenkarten von Mitgliedern der königlichen Familie und anderen vornehmen Personen ausgestellt waren. »Eines Tages gehörst du vielleicht dazu.«

Martin teilte ihre Begeisterung natürlich nicht. Es hatte ihn die ganze Zeit geärgert, dass ich für Edward Modell saß, anscheinend empfand er meine Abwesenheit als persönlichen Affront. An manchen Abenden hörte ich, wie er sich bei Mrs. Mack über die schwindenden Einnahmen beklagte, und als das nicht fruchtete – was Edward mir dafür bezahlte, dass ich ihm Modell saß, übertraf das, was ich als Diebin hätte ergattern können, bei Weitem –, versuchte er, ihr einzureden, es sei »riskant«, wenn ich einen allzu vertraulichen Umgang mit dem Opfer pflegte. Aber es war immer noch Mrs. Mack, die in der Wohnung über dem Vogelhändler das Sagen hatte. Ich war zur Vernissage der Ausstellung in der Royal Academy eingeladen, einer der schillerndsten und wichtigsten Veranstaltungen der Londoner Gesellschaft, und so wurde ich dorthin geschickt – mit Martin als Aufpasser.

Als ich eintraf, herrschte bereits reges Treiben. Männer mit glänzenden Zylindern und Frauen in erlesenen Seidenkleidern drängten sich in dem großen Saal. Ich spürte ihre Blicke, als ich mich durch das Gedränge schob. Die stickige Luft vibrierte vom lauten Rauschen der Gespräche, das ab und zu durch ein Gelächter unterbrochen wurde.

Ich hatte schon fast die Hoffnung aufgegeben, Edward in dem Trubel zu finden, als er plötzlich vor mir stand. »Da bist du ja«, sagte er. »Ich habe am Eingang auf dich gewartet, aber wir haben uns wohl verpasst.«

Ich war wie elektrisiert, als er meine Hand nahm. Bisher war ich immer in seinem Atelier mit ihm allein gewesen, ihn jetzt in der Öffentlichkeit zu erleben war etwas ganz Neues. Wir hatten uns über so viele Dinge unterhalten, ich wusste inzwischen so viel über ihn, aber hier, inmitten von all diesen schwatzenden, lachenden Menschen, war er mir auf einmal fremd. Diese Umgebung, die ihm vertraut, mir jedoch vollkommen neu war, machte ihn für mich zu einem anderen Menschen.

Er führte mich durch die Menge zu dem Gemälde. Ich hatte es im Atelier gesehen, aber nichts hätte mich darauf vorbereiten können, wie groß es hier an der Wand wirkte. Er schaute mich erwartungsvoll an. »Was sagst du?«

Mir hatte es die Sprache verschlagen. Das Bild war ganz und gar außergewöhnlich. Es war in satten Farben gehalten, und meine Haut hatte etwas Leuchtendes, als müsste sie sich warm anfühlen, wenn man sie mit den Fingerspitzen berührte. Er hatte mich so gemalt, dass ich die Mitte des Bilds einnahm, mein Haar umspielte meine Schultern in sanften Wellen, mein Blick war direkt auf den Betrachter gerichtet, und mein Gesichtsausdruck schien zu sagen, dass ich gerade ein Geheimnis preisgegeben hatte, von dem ich niemand anderem jemals erzählen würde. Und doch lag noch mehr in diesem Bild. In dem schönen Gesicht – das viel schöner war als mein wirkliches Gesicht – hatte Edward eine Verletzlichkeit eingefangen, die dem Ganzen etwas Erlesenes verlieh.

Aber was mich sprachlos machte, hatte nicht nur mit dem Bild zu tun. *La Belle* war eine Zeitkapsel. Eingefangen unter den Farbschichten, lagen jedes Wort, jeder Blick, den Edward und ich ausgetauscht hatten, jedes Lachen, jede zarte Berührung mit seinen Fingerspitzen, wenn er ganz vorsichtig mein Kinn zurechtgerückt hatte, jeder seiner Gedanken, jeder gemeinsame Moment, den wir in dem Atelier dort hinten im Garten seiner Mutter erlebt hatten. In La Belles Gesicht lagen tausend Geheimnisse, die zusammen eine Geschichte erzählten, die allein Edward und mir bekannt war. Sie dort in dem Saal voller lärmender Fremder hängen zu sehen war geradezu überwältigend.

Edward wartete immer noch auf eine Antwort von mir. Ich sagte: »Sie ist …«

Er drückte meine Hand. »Ja, nicht wahr?«

Dann entdeckte er Mr. Ruskin, und Edward entschuldigte sich, nicht ohne mir zu versichern, dass er gleich wieder bei mir sein werde.

Während ich das Bild betrachtete, merkte ich, dass ein großer, gut aussehender Mann sich neben mich stellte. »Was meinen Sie?«, fragte er, und zuerst dachte ich, er meinte mich. Während ich nach Worten suchte, antwortete ihm eine Frau, die auf der anderen Seite neben ihm stand, hübsch und zierlich, mit dunkelblondem Haar und einem kleinen Mund.

»Es ist wunderschön, wie alle seine Bilder«, sagte sie. »Ich verstehe nur nicht, warum er sich ein Modell aus der Gosse sucht.«

Der Mann lachte. »Sie kennen doch Edward. Er hat schon immer einen Hang zum Exzentrischen gehabt.«

»Sie wirkt so ordinär. Diese direkte Art, wie sie einen ansieht … Kein Schamgefühl, keine Klasse … und diese Lippen! Das hab ich auch zu Mr. Ruskin gesagt.«

»Und was hat er geantwortet?«

»Er war geneigt, mir zuzustimmen, aber er meinte auch, Edward habe wahrscheinlich genau das angestrebt. Den Kontrast zwischen der unschuldigen Szene und der Kühnheit der Frau.«

Alle Zellen meines Körpers schienen zu schrumpfen. Ich wäre am liebsten im Erdboden versunken. Es war ein großer Fehler gewesen, zu der Vernissage zu kommen, das war mir plötzlich klar. Martin hatte recht gehabt. Ich hatte mich von der Energie, die Edward umgab, anstecken lassen. Ich war unachtsam geworden. Ich dachte, wir hätten wie Partner an einem großen Werk gearbeitet. Ich war unfassbar dumm gewesen.

Vor Scham glühten mir die Wangen, und ich wollte nur noch weg. Ich warf einen Blick über die Schulter, um zu sehen, wie ich zum Ausgang gelangen konnte. Der Saal war vollkommen überfüllt, Leute drängten sich überall, die Luft war stickig von Parfum und Zigarrenrauch.

»Lily.« Edward war zurück, er strahlte vor Aufregung. Doch dann verdüsterte sich seine Miene. »Was ist passiert?« Er schaute mich forschend an.

»Ah, Edward, da bist du ja!«, sagte der große, gut aussehende Mann neben mir. »Ich habe dich schon gesucht. Wir bewundern gerade das Gemälde.«

Edward warf mir einen aufmunternden Blick zu, dann wandte er sich seinem grinsenden Freund zu, der ihm auf die Schulter klopfte. Er legte mir eine Hand in den Rücken und zog mich sanft an seine Seite. »Das ist Lily Millington«, sagte er. »Und das ist Thurston Holmes, Mitglied der Magenta Brotherhood und mein Freund.«

Thurston nahm meine Hand und hauchte einen Handkuss darauf. »Soso, das ist also die berühmte Miss Millington, von der wir bereits so viel gehört haben.« Unsere Blicke begegneten sich, und ich spürte sofort sein unmissverständliches Interesse. Wer in den dunklen Gassen von Covent Garden und in den feuchten Straßen entlang der Themse aufgewachsen war, kannte diesen Blick. »Es ist mir ein Vergnügen, Sie endlich kennenzulernen. Es wurde auch höchste Zeit, dass er Sie uns vorstellt.«

Die honigblonde Frau neben ihm reichte mir ihre kalte, kleine Hand und sagte: »Offenbar muss ich mich selbst vorstellen. Ich bin Miss Frances Brown, die zukünftige Mrs. Edward Radcliffe.«

Als ich sah, dass Edward mit einem Gast ins Gespräch vertieft war, murmelte ich eine vage Entschuldigung in die Runde und bahnte mir meinen Weg durch die Menge zum Ausgang.

Es war eine Wohltat, aus dem Saal zu entkommen, aber als mich die kühle Nacht umfing, hatte ich das Gefühl, durch mehr als eine Tür gegangen zu sein. Ich hatte eine verführerische, helle Welt der Kreativität hinter mir gelassen und kehrte jetzt in die dunklen Gassen meiner Vergangenheit zurück.

Während mir diese Gedanken durch den Kopf gingen, packte mich plötzlich jemand am Handgelenk. Ich fuhr herum in der Erwartung, Martin vor mir zu sehen, der sich den ganzen Abend auf dem Trafalgar Square herumgetrieben hatte, aber es war Edwards Freund Thurston Holmes. Ich hörte die Geräuschkulisse von der Straße The Strand, aber bis auf einen Herumtreiber, der in der Gosse seinen Rausch ausschlief, waren wir hier allein.

»Miss Millington«, sagte er. »Sie waren so plötzlich verschwunden, da habe ich mir Sorgen gemacht.«

»Es geht mir gut, danke. Es war nur derart heiß da drinnen – ich brauchte ein bisschen frische Luft.«

»Das kann ganz schön erdrückend sein, wenn man so viel Aufmerksamkeit nicht gewöhnt ist. Aber zu so später Stunde sollte eine junge Dame nicht allein unterwegs sein. In den Straßen Londons lauern viele Gefahren.«

»Danke für Ihre Fürsorglichkeit.«

»Vielleicht sollte ich Sie auf eine Erfrischung einladen. Ich habe eine Wohnung hier ganz in der Nähe und eine sehr verständnisvolle Vermieterin.«

Mir war natürlich klar, was für eine Art Erfrischung er im Sinn hatte. »Nein danke. Ich möchte Sie nicht von Ihren Freunden fernhalten.«

Er kam näher, legte eine Hand an meine Taille, ließ sie um meinen Rücken herumgleiten und zog mich an sich. Mit der anderen Hand nahm er zwei Goldmünzen aus seiner Tasche und hielt sie mit Daumen und Zeigefinger hoch. »Ich verspreche Ihnen, dass es sich für Sie lohnen wird.«

Ich wich seinem Blick nicht aus. »Wie gesagt, Mr. Holmes, ich brauche frische Luft.«

»Wie Sie wünschen.« Er zog seinen Zylinder und nickte mir zu. »Gute Nacht, Miss Millington. Auf ein baldiges Wiedersehen.«

Es war eine unangenehme Begegnung gewesen, aber mich beschäftigten wichtigere Dinge. Zu Mrs. Mack wollte ich noch nicht zurück, und so machte ich mich, darauf bedacht, Martin nicht in die Arme zu laufen, auf den Weg zu dem einzigen Ort, an den ich mich um diese Zeit begeben konnte.

Falls Pale Joe über mein Erscheinen überrascht war, ließ er sich nicht viel anmerken: Er steckte sein Lesezeichen in sein Buch und klappte es zu. Wir hatten viel über die Enthüllung des Gemäldes gesprochen, und jetzt wollte er die Geschichte meines Triumphs hören. Aber als ich den Mund aufmachte, brach ich stattdessen in Tränen aus – ich, die ich nicht mehr geweint hatte, seit mein Vater mich bei Mrs. Mack abgeliefert hatte.

»Was ist denn los?«, fragte Pale Joe besorgt. »Was ist passiert? Hat dir jemand wehgetan?«

Nein, antwortete ich, mir sei nichts Schlimmes passiert. Ich wisse selbst nicht so genau, warum ich weinte.

»Dann musst du mir alles erzählen, und zwar ganz von vorne. Vielleicht kann ich dir ja dann sagen, warum du weinst.«

Also erzählte ich ihm alles. Zuerst berichtete ich ihm von dem Bild: Wie ich davorgestanden hatte und mich von mir selbst eingeschüchtert fühlte. Dass das Gemälde, das Edward in dem Atelier mit dem Glasdach erschaffen hatte, viel mehr war als nur ein Abbild von mir. Dass es eine ganz eigene Ausstrahlung hatte, die den Betrachter alle alltäglichen Sorgen vergessen ließ, dass es Verletzlichkeit und Hoffnung und …

»Dann weinst du, weil du überwältigt bist von der Schönheit des Werks.«

Ich schüttelte den Kopf, denn das war es nicht.

Ich erzählte Joe von dem großen, gut aussehenden Mann, der neben mir gestanden hatte, und von der hübschen Frau mit dem honigblonden Haar und dem kleinen Mund, und wie sie über das Bild geredet hatten und wie sie gelacht hatten.

Joe seufzte. »Du weinst, weil die Frau schlecht über dich gesprochen hat.«

Wieder schüttelte ich den Kopf, denn die Meinung anderer Leute hatte mir noch nie etwas bedeutet.

Dann erzählte ich ihm, dass mir, während ich den Leuten

zugehört hatte, auf einmal bewusst geworden war, wie geschmacklos das Kleid war, das Mrs. Mack für mich organisiert hatte. Anfangs hatte ich es ganz großartig gefunden – den Pannesamt, den Spitzenbesatz am Dekolleté –, doch in dem Moment fand ich es mit einem Mal ordinär und aufdringlich.

Pale Joe runzelte die Stirn. »Also, du weinst jedenfalls nicht, weil du dir ein anderes Kleid gewünscht hättest.«

Ich stimmte ihm zu, dass das Kleid nicht der Grund für meine Tränen war, vielmehr war ich mir in diesem Saal, unter all den vornehmen Leuten, selbst ordinär und aufdringlich vorgekommen, und plötzlich war ich richtig wütend auf Edward gewesen. Ich hatte ihm vertraut, und er hatte mich verraten, oder nicht? Er hatte dafür gesorgt, dass ich mich in seiner Gesellschaft und in seiner Welt wohlfühlte, er hatte mir mit seiner vollkommenen Aufmerksamkeit geschmeichelt – diese tiefgründigen, wachsamen Augen, die angespannten Kiefermuskeln, wenn er sich konzentrierte, die unterschwellige Begierde – das alles hatte ich mir doch nicht eingebildet, oder? –, nur um mich dann vor all diesen Leuten zu beschämen, die mir sofort ansahen, dass ich nicht zu ihnen gehörte. Als er mich eingeladen hatte, bei der Enthüllung zugegen zu sein, hatte ich gedacht – nun, ich hatte ihn offenbar missverstanden. Und natürlich hatte er eine Verlobte, und zwar diese hübsche kleine Frau mit den feinen Kleidern. Das hätte er mir sagen müssen, dann hätte ich mich darauf einstellen können, dann wäre ich vorbereitet gewesen. Er hatte mich hereingelegt, und ich wollte ihn nie wiedersehen.

Pale Joe schaute mich liebevoll und traurig an. Ich wusste, was er mir sagen würde. Dass mein Vorwurf ungerecht sei, dass ich dumm gewesen sei und mir das alles selbst zuzuschreiben hätte, denn Edward sei mir nichts schuldig. Er habe mich dafür engagiert und bezahlt, dass ich ihm für ein Gemälde

Modell säße, das er vor Publikum in der Royal Academy ausstellen wolle.

Aber Pale Joe sagte nichts dergleichen. Stattdessen nahm er mich in die Arme und sagte: »Meine arme Birdie. Du weinst, weil du verliebt bist.«

Nachdem ich mich von Pale Joe verabschiedet hatte, lief ich durch die dunklen Straßen von Covent Garden, wo rotwangige Männer aus Nachtclubs torkelten und betrunkenes Gegröle aus Kellerräumen drang und sich Zigarrenrauch mit dem Gestank nach Tieren und faulem Obst mischte.

Meine langen Röcke schleiften über den Boden, als ich über das Kopfsteinpflaster lief, und als ich in die Little White Lion Street einbog, schaute ich zum Himmel hoch. Der Mond hing verschwommen zwischen zwei Häusern, und Sterne waren in der trüben Londoner Luft überhaupt keine zu sehen. Ich öffnete die Eingangstür der Vogelhandlung, darauf bedacht, mich möglichst leise zu bewegen, um die Vögel unter ihren Tüchern nicht zu wecken, und schlich auf Zehenspitzen die Treppe hoch. Als ich an der Küchentür vorbeiging, rief Martin: »Sieh mal einer an, kommst du auch noch mal nach Hause?«

Er saß am Küchentisch, eine offene Flasche Gin vor sich. Das fahle Mondlicht, das durchs Fenster fiel, beschien nur eine Hälfte seines Gesichts.

»Du hältst dich wohl für besonders schlau, was? Mich da einfach hängen zu lassen. Ich hab einen ganzen Abend verloren, weil ich auf dich gewartet hab. Da ich das Theater nicht allein beackern konnte, hab ich mich auf die Stufen der Nelsonsäule gesetzt und meine Zeit damit vergeudet, die feinen Pinkel zu beobachten. Was soll ich Ma und dem Captain erzählen, wenn sie wissen wollen, warum ich heute keine Kohle rangeschafft hab?«

»Ich habe dich nicht gebeten, auf mich zu warten, Martin, und ich wäre sehr erfreut, wenn du das nie wieder tun würdest.«

»Ach, da wärst du *erfreut*, ja?« Er stieß ein trockenes Lachen aus. »Was sagt man dazu. Bist ja auf einmal 'ne richtige kleine Lady.« Plötzlich schob er seinen Stuhl zurück, kam auf mich zu und packte mich am Kinn. Ich spürte seinen Atem an meinem Hals, als er sagte: »Weißt du, was meine Ma gesagt hat, als du zu uns gekommen bist? Sie hat mich nach oben geschickt, wo du im Bett gelegen und geschlafen hast, und zu mir gesagt: ›Geh rauf und sieh dir deine hübsche neue Schwester an, Martin. Auf die musst du besonders gut aufpassen. Die müssen wir im Auge behalten, merk dir meine Worte.‹ Und Ma hatte recht. Ich seh ganz genau, wie die Männer dich anglotzen. Ich weiß genau, was die denken.«

Ich war zu müde, um mich schon wieder mit ihm über dasselbe leidige Thema zu streiten. Ich wollte nach oben in mein Zimmer und über das nachdenken, was Pale Joe gesagt hatte. Martins lüsterner Blick stieß mich ab, aber gleichzeitig tat er mir leid, denn er war ein Mann, in dessen Palette es keine Farben gab. Die Grenzen seines Lebens waren eng gesteckt, seit er das Licht der Welt erblickt hatte, und sie würden sich auch nie erweitern. Er hielt mich immer noch am Kinn gepackt. »Mach dir keine Sorgen, Martin«, sagte ich leise. »Das Gemälde ist jetzt fertig. Ich bin zu Hause. Die Welt ist wieder in Ordnung.«

Vielleicht hatte er damit gerechnet, dass ich mich mit ihm anlegen würde, auf jeden Fall schluckte er hinunter, was er hatte sagen wollten. Er blinzelte langsam, dann nickte er. »Eins rate ich dir«, sagte er. »Vergiss nie, dass das hier dein Zuhause ist. Du gehörst nicht zu denen, egal was Ma dir erzählt, wenn sie das Geld von diesem Künstler wittert. Das ist alles nur Augenwischerei, kapiert? Wenn du vergisst, dass du eine von uns bist, wird dir das übel bekommen, und daran bist du dann ganz allein schuld.«

Endlich ließ er mich los, und ich rang mir ein Lächeln ab. Aber als ich mich zum Gehen wandte, packte er mich am Handgelenk und riss mich noch einmal zu sich herum. »Du siehst hübsch aus in dem Kleid. Du bist eine schöne Frau geworden.«

Seine Stimme klang bedrohlich. Wenn er eine junge Frau auf diese Weise auf der Straße ansprach, würde sie zweifellos vor Schreck gelähmt sein, sobald sie seinen durchdringenden Blick und seine zu einem lüsternen Grinsen verzogenen Lippen bemerkte, und das völlig zu Recht. Aber ich kannte Martin lange genug. Solange seine Mutter lebte, würde er mir kein Haar krümmen. Ich war viel zu wichtig für ihr Geschäft. Also sagte ich: »Ich bin erledigt, Martin. Es ist schon spät. Morgen wartet viel Arbeit auf mich, ich muss jetzt ins Bett, und du solltest dich auch hinlegen. Es würde Ma nicht gefallen, wenn einer von uns morgen früh zu müde zum Arbeiten wäre.«

Als ich seine Mutter erwähnte, lockerte sich sein Griff, und ich riss mich los und eilte die Treppe hoch. Anstatt mein Talglicht anzuzünden, zog ich mich im Dunkeln aus, und als ich das Samtkleid an den Haken an der Tür hängte, achtete ich darauf, dass es das Schlüsselloch verdeckte.

Ich lag noch lange wach, dachte über das nach, was Pale Joe zu mir gesagt hatte, und ließ alles vor meinem inneren Auge Revue passieren, was ich mit Edward in seinem Atelier erlebt hatte.

»Liebt er dich auch?«, hatte Pale Joe mich gefragt.

»Ich glaube nicht«, hatte ich geantwortet. »Er ist verlobt.«

Darüber hatte Pale Joe milde gelächelt. »Du kennst ihn jetzt schon ein paar Monate. Du hast dich oft und lange mit ihm unterhalten. Er hat dir von seinem Leben erzählt, von seinen Liebschaften, seinen Leidenschaften, seinen Interessen. Aber heute Abend hast du zum ersten Mal etwas davon gehört, dass er verlobt ist.«

»Ja.«

»Birdie. Wenn ich mit einer Frau verlobt wäre, die ich liebte, würde ich sogar dem Schornsteinfeger von ihr erzählen. Ich würde ihren Namen von den Dächern trällern. Ich kann dir natürlich nicht sagen, was er für dich empfindet, aber ich kann dir sehr wohl sagen, dass er die Frau, die du heute kennengelernt hast, nicht liebt.«

Kurz nach Sonnenaufgang hörte ich es unten an der Tür klopfen. In den Straßen von Covent Garden wimmelte es bereits von Karren und Fuhrwerken und Frauen mit Körben voll Obst auf dem Kopf, die auf dem Weg zum Markt waren, und ich nahm an, dass es der Wachmann war, der geklopft hatte. Mrs. Mack kannte den Mann, und sie hatte mit ihm vereinbart, dass er, bevor er seine tägliche Runde drehte und jeweils die halbe Stunde ausrief, damit die Leute wussten, wie spät es war, morgens an unsere Tür klopfte, um alle zu wecken.

Aber diesmal klang das Klopfen leiser als gewöhnlich, und als es erneut ertönte, bin ich aufgestanden und habe durch die Gardine nach unten gelugt.

An der Tür stand nicht der Wächter mit seinem Schlapphut und dem langen Mantel. Es war Edward, und er trug noch den Anzug und den Schal vom Vorabend. Mir ist fast das Herz stehen geblieben, aber dann habe ich das Fenster aufgerissen und ihm halb flüsternd zugerufen: »Was machst du hier?«

Er machte einen Schritt zurück, um nach oben zu schauen, und wäre beinahe mit einem Karren voller frischer Blumen zusammengestoßen, den jemand die Straße hinunterschob. »Lily«, sagte er und strahlte mich an. »Lily, komm runter.«

»Was machst du hier?«

»Komm runter, ich muss mit dir reden.«

»Aber die Sonne ist doch noch gar nicht richtig aufgegangen.«

»Ich weiß, aber ich kann sie nicht schneller aufgehen lassen. Ich stehe schon die ganze Nacht hier. Ich habe an dem Stand dahinten mehr Kaffee getrunken, als mir guttut, aber jetzt kann ich nicht länger warten.« Dann hat er sich eine Hand aufs Herz gelegt. »Komm runter, Lily, sonst sehe ich mich gezwungen, zu dir raufzuklettern.«

Ich konnte nur nicken und habe mich hastig angezogen. Ich war so aufgeregt, dass ich die Knöpfe kaum zubekam und mir einen Strumpf zerrissen habe. Ohne mir das Haar hochzustecken, bin ich nach unten gerannt, um an der Tür zu sein, bevor irgendjemand anders im Haus aufwachte.

Als wir uns an der Türschwelle gegenüberstanden, wusste ich, dass Pale Joe die Wahrheit gesagt hatte. In dem Moment wollte ich Edward alles erzählen – von meinem Vater und von Mrs. Mack und von meinem Trick, das verirrte Mädchen zu spielen, und von Pale Joe. Ich wollte ihm sagen, dass ich ihn liebte und dass mein Leben bis dahin nur eine Bleistiftzeichnung gewesen war, flüchtig und blass, nur eine Skizze in Erwartung unserer Begegnung. Ich wollte ihm meinen wahren Namen sagen.

Aber ich wusste gar nicht, wo ich anfangen sollte, und dann stand plötzlich Mrs. Mack neben mir, den Hausmantel über ihrem dicken Bauch schief zusammengebunden, das Gesicht verschlafen. »Was hat das zu bedeuten? Was in aller Welt haben Sie zu so früher Stunde hier zu suchen?«

»Guten Morgen, Mrs. Millington«, sagte Edward. »Ich bitte um Verzeihung für die Störung.«

»Es ist noch nicht einmal richtig hell.«

»Das weiß ich, Mrs. Millington, aber die Sache ist dringend. Lassen Sie mich Ihnen beteuern, dass ich Ihre Tochter sehr bewundere. Das Gemälde *La Belle* wurde gestern Abend verkauft, und ich würde Ihre Tochter gern noch einmal malen.«

»Ich kann sie nicht erneut entbehren«, entgegnete Mrs. Mack mit einem Schniefen. »Ich brauch sie hier. Wenn sie nicht hier ist, muss das Dienstmädchen ihre Arbeit übernehmen, und ich bin zwar eine ehrbare Frau, aber reich bin ich nicht.«

»Ich werde für Ihre Unkosten aufkommen, Mrs. Millington. Für mein nächstes Gemälde werde ich wahrscheinlich länger brauchen, deswegen schlage ich vor, dass ich Ihnen doppelt so viel zahle wie beim letzten Mal.«

»Doppelt so viel?«

»Wenn das für Sie akzeptabel ist.«

Mrs. Mack lehnte so leicht kein gutes Angebot ab, aber sie hatte einen Riecher dafür, wenn noch mehr herauszuholen war. »Ich fürchte, doppelt so viel wird mir nicht reichen«, sagte sie. »Aber wenn Sie vielleicht dreimal so viel zahlen würden …«

Inzwischen war auch Martin nach unten gekommen und beobachtete das Geschehen von der Tür aus, die in den Laden führte.

»Mrs. Millington«, sagte Edward, während er mich anschaute. »Ihre Tochter ist meine Muse, sie ist mein Schicksal. Ich zahle Ihnen alles, was Sie für angemessen halten.«

»Das Vierfache, und wir sind uns einig.«

»Abgemacht.« Er lächelte mich an. »Musst du noch irgendetwas aus dem Haus holen?«

»Nein, nichts.«

Ich habe mich von Mrs. Mack verabschiedet, und dann hat Edward mich an der Hand genommen, und wir sind zusammen durch die Straßen von Seven Dials gegangen. Wir haben kein Wort gesagt, aber etwas hatte sich zwischen uns geändert. Nein, es hatte sich nichts geändert, es war die ganze Zeit da gewesen.

Als wir Covent Garden verließen, hat Edward mich angeschaut, und da wusste ich, dass es kein Zurück geben würde.

Jack ist wiedergekommen, und eigentlich bin ich ganz froh darüber. Die Knochen der Vergangenheit sind verführerisch, und ich bringe es fertig, die ganze Nacht lang daran herumzunagen.

Ich erinnere mich nur zu gut daran, wie sich die Liebe anfühlt.

Viele Stunden sind vergangen, seit Jack in seiner düsteren Stimmung mit der Kamera losgezogen ist. Inzwischen ist es Abend geworden, und die Geräusche der Dämmerung erfüllen die Luft.

In der Mälzerei verbindet er die Kamera mit dem Computer, und die Bilder werden blitzschnell übertragen. Ich kann sie alle sehen. Er war fleißig: Fotos vom Friedhof, vom Wald, von der Straßenkreuzung im Dorf, dann kommen ein paar, auf denen Muster und Farben zu sehen sind, die ich nicht zuordnen kann. Es gibt keine Fotos von der Themse, wie mir auffällt.

Jetzt läuft die Dusche. Seine Kleider liegen in einem Haufen auf dem Boden, das Bad füllt sich mit Dampf. Ich stelle mir vor, dass er anfängt, sich zu überlegen, was er zu Abend essen möchte.

Aber nach dem Duschen geht er nicht in die Küche. Stattdessen nimmt er das Telefon in die Hand, das Handtuch immer noch um die Hüften, und überlegt. Ich beobachte ihn vom Fußende des Betts aus und warte gespannt darauf, was passiert, ob er Rosalind Wheeler enttäuschen wird, indem er von dem Versteck berichtet, wo er den Stein nicht gefunden hat.

Er atmet so tief aus, dass seine Schultern sichtbar sinken, dann wählt er eine Nummer und hält sich das Telefon ans Ohr. Er klopft sich leicht mit dem Zeigefinger an die Lippen, eine nervöse Angewohnheit.

»Sarah, ich bin's.«

Ah, sehr schön! Viel besser als ein Gespräch mit Rosalind Wheeler.

»Hör zu, du siehst das falsch. Ich werde es mir nicht anders überlegen. Ich werde nicht wieder nach Hause kommen. Aber ich will wissen, wie es ihnen geht – ich will sie regelmäßig sehen.« Sie. Die Zwillinge. Seine und Sarahs Kinder. (Eins ist sicher: Die Gesellschaft hat sich verändert. Zu meiner Zeit wäre die Frau vom Leben ihrer Kinder ausgeschlossen worden, wenn sie es gewagt hätte, sich von deren Vater zu trennen.)

Eine Weile hört er Sarah zu, anscheinend erklärt sie ihm gerade, dass es nicht um *seine* Bedürfnisse geht, denn er entgegnet: »Ich weiß, aber das habe ich nicht gemeint. Was ich sagen wollte, ist, dass sie mich brauchen. Sie brauchen einen Vater, Sarah, zumindest gelegentlich.«

Wieder hört er zu. Sarah wird am anderen Ende der Leitung so laut, dass sogar ich es hören kann, woraus ich schließe, dass sie nicht seiner Meinung ist.

»Ja«, sagt er. »Ja, ich weiß. Ich war ein schlechter Ehemann … Ja, du hast recht, ich hab mich ziemlich mies benommen, das gebe ich zu. Aber das ist lange her, Sarah, sieben Jahre. Ich bin jetzt ein anderer Mensch … Nein, das soll kein Witz sein, das meine ich ernst. Ich habe mich geändert. Ich habe sogar ein Hobby. Erinnerst du dich an die alte Kamera …«

Sie fällt ihm ins Wort, und er nickt und stöhnt ab und zu leise, den Kopf in den Nacken gelegt. Sein Blick wandert ziellos an den Deckenbalken entlang, während er darauf wartet, dass sie fertig wird.

Er wirkt entmutigt, als er schließlich sagt: »Hör zu, Sarah, ich bitte dich nur, mir eine Chance zu geben. Hin und wieder ein Besuch – ein Ausflug zum Legoland oder zur Harry Potter World oder wo auch immer sie hinwollen. Du entscheidest, wann und wie oft. Ich möchte nur eine Chance.«

Am Ende einigen sie sich auf irgendetwas. Er lässt das Telefon aufs Bett fallen und reibt sich den Nacken; dann geht er langsam ins Bad und nimmt das Foto von den Mädchen vom Spiegel.

Heute Abend geht es uns ähnlich: Wir sind beide von den Menschen getrennt, die wir lieben, beide plagen wir uns mit Erinnerungen an die Vergangenheit herum, auf der Suche nach einer Lösung.

Alle Menschen sehnen sich nach Nähe, selbst die introvertierten: Das Alleinsein macht zu viel Angst. Die Welt, das Universum – die Existenz – ist einfach zu groß. Zum Glück ahnen wir nicht, wie groß das Universum wirklich ist. Manchmal denke ich an Lucy und frage mich, was sie von all dem gehalten hätte.

In der Küche isst Jack irgendwelche Bohnen direkt aus der Dose. Macht sich noch nicht einmal die Mühe, sich das Zeug warm zu machen. Als das Telefon klingelt, eilt er hin, um einen Blick aufs Display zu werfen, legt es jedoch enttäuscht wieder weg, ohne den Anruf anzunehmen.

Sie haben alle eine Geschichte. Jedenfalls diejenigen, zu denen ich mich hingezogen fühle.

Jeder Besucher hat eine andere Geschichte, aber es gibt etwas im Herzen jedes einzelnen, das sie alle verbindet. Ich habe mit der Zeit begriffen, dass Verlust ein Loch im Herzen eines Menschen hinterlässt und dass so ein Loch gefüllt werden möchte. Das ist ganz natürlich.

Diejenigen, die einen Verlust erlitten haben, sind die, bei denen eine Chance besteht, dass sie mich hören, wenn ich mit ihnen rede … und manchmal, wenn ich Glück habe, antworten sie mir sogar.

Kapitel 18

Sommer 1940

Sie fanden die Streichhölzer in einer alten, grünen Blechdose auf einem Regalbrett über dem Herd. Freddy hatte sie entdeckt, und er sprang vor Begeisterung von einem Fuß auf den anderen und erklärte sich selbst zum Sieger. Dieser Freudentanz ließ Tip erneut in Tränen ausbrechen, und Juliet fluchte leise vor sich hin, während sie versuchte, den Brenner unter dem Wasserkessel anzuzünden. »Ach, komm, Tippy«, sagte sie, als das letzte Streichholz aufflammte, »ist doch schon vergessen, mein Kleiner.« Sie wandte sich Freddy zu, der sich gar nicht mehr beruhigen wollte. »Also wirklich, Red. Du bist vier Jahre älter als er.«

Unbeirrt machte Freddy mit seinem Veitstanz weiter, während Juliet Tips Tränen trocknete.

»Ich will nach Hause«, jammerte Tip.

Juliet wollte etwas antworten, doch Beatrice kam ihr zuvor. »Du kannst nicht nach Hause«, rief sie aus dem Nebenzimmer. »Es ist nämlich nichts mehr davon übrig. Es gibt kein Zuhause mehr.«

Juliet war mit ihrer Geduld fast am Ende. Auf dem Weg von London hierher hatte sie ihre Kinder aufgemuntert, aber anscheinend wurde noch mehr Aufmunterung gebraucht. Ihre spitzzüngige Tochter – die offenbar ein Jahr zu früh in die

Pubertät gekommen war – würde sie sich später vorknöpfen. Sie beugte sich zu Tip hinunter, dessen Gesicht ganz fleckig war, und bemerkte voller Sorge seine Kurzatmigkeit und seine knochigen Schultern. »Komm, hilf mir, das Abendessen fertig zu machen«, sagte sie zu ihm. »Vielleicht finde ich auch ein Stückchen Schokolade für dich.«

Der Willkommenskorb war eine nette Geste gewesen. Mrs. Hammett, die Frau des Gastwirts, hatte ihn zusammengestellt: ein frisch gebackenes Brot, ein Stück Käse und ein Stück Butter, Erdbeeren und Stachelbeeren, vorsichtig in ein Tuch gewickelt, eine Kanne sahnige Milch und sogar – was für eine Freude! – eine kleine Tafel Schokolade.

Sie gab Tip ein Stückchen Schokolade, und nachdem er sich damit wie eine Katze in ein stilles Eckchen verzogen hatte, um seine Wunden zu lecken, schmierte Juliet einen Stapel Butterbrote für alle. Sie war nie eine besonders gute Köchin gewesen – als sie Alan kennengelernt hatte, war sie in der Lage gewesen, ein Ei zu kochen, und seitdem hatte sich ihr Repertoire nicht nennenswert erweitert –, aber Butterbrote schmieren hatte fast etwas Meditatives: eine Scheibe Brot abschneiden, mit Butter beschmieren, Käse drauflegen, wieder von vorne anfangen.

Während sie mit dem Messer hantierte, warf sie einen Blick auf die handgeschriebene Karte, die in dem Korb gelegen hatte. Mrs. Hammett wünschte ihnen alles Gute und hatte sie alle für Freitagabend zum Abendessen in den Swan eingeladen. Bea hatte die Karte aus dem Umschlag genommen, und sie hatte mit einer solchen Begeisterung auf die Aussicht reagiert, den Ort kennenzulernen, wo ihre Eltern ihre Flitterwochen verbracht hatten, dass Juliet es nicht übers Herz gebracht hatte, die Einladung auszuschlagen. Aber es fühlte sich seltsam an, noch einmal in den Pub zu gehen, vor allem ohne Alan. Es war jetzt zwölf Jahre her, dass sie in dem winzigen Zimmer mit der gelb gestreiften Tapete und dem Bleiglasfenster gewohnt hatten, von wo aus man über die Felder bis zur Themse sehen konnte. Sie erinnerte sich noch an zwei wunderschöne getrocknete Disteln in einer Vase auf dem Kaminsims und an einen Strauß Ginster auf der Kommode, der das Zimmer mit seinem Duft erfüllt hatte.

Der Wasserkessel pfiff, und Juliet rief Bea zu, sie solle ihre Blockflöte weglegen und den Tee aufsetzen.

Bea maulte vor sich hin, aber schließlich stellte sie eine Kanne Tee auf den Tisch, auf dem die Butterbrote schon bereitstanden.

Juliet war müde. Sie waren alle müde. Sie hatten den ganzen Tag in einem überfüllten Zug von London hierher verbracht. Ihren Proviant hatten sie schon aufgegessen, bevor sie Reading erreicht hatten, und danach war ihnen die Fahrt schier endlos erschienen.

Der arme kleine Tip, der jetzt neben ihr am Tisch saß, hatte dunkle Ränder unter den Augen. Er saß in sich zusammengesunken da, den Kopf in eine Hand gestützt. Sein Butterbrot hatte er noch nicht angerührt.

Juliet beugte sich so tief zu ihm hinunter, dass sie seine Haare riechen konnte. »Wie geht es dir, mein Kleiner?«

Er öffnete den Mund, als wollte er etwas sagen, gähnte jedoch stattdessen.

»Zeit für Mrs. Marvels Gartenfest?«

Tip nickte langsam.

»Dann komm«, sagte Juliet. »Ich bringe dich ins Bett.«

Er war eingeschlafen, noch ehe sie den Garten in ihrer Geschichte hatte beschreiben können. Sie waren auf dem Weg ums Haus, kurz vor dem Gartentor, als sie spürte, wie er gegen sie sank.

Sie schloss einen Moment lang die Augen, atmete mit ihm

im Takt und genoss es, seinen kleinen, warmen Körper zu spüren, seinen unregelmäßigen Atem, der ihre Wange kitzelte.

Eine sanfte Brise wehte durch das offene Fenster, und sie hätte leicht einschlafen können, wenn nicht immer wieder von unten aufgekratztes Gelächter zu ihr nach oben gedrungen wäre, gefolgt von dumpfem Rumsen. Juliet ignorierte die Geräusche, bis die Stimmung, wie vorherzusehen war, umkippte und in einen Geschwisterstreit ausartete. Schweren Herzens löste sie sich aus Tips Umarmung und ging nach unten in die Küche. Sie schickte die beiden großen Kinder ins Bett, und als sie endlich allein war, ließ sie sich ihre Situation durch den Kopf gehen.

Der Beauftragte der AHA, der ihr den Schlüssel gegeben hatte, hatte ein Gesicht gemacht, als müsste er sich entschuldigen. Seit mindestens einem Jahr, seit dem Beginn des Kriegs, sei das Haus unbewohnt. Jemand hatte offenbar versucht, halbwegs Ordnung zu schaffen, aber es gab einige verdächtige Anzeichen. Aus dem offenen Kamin ragten Efeuranken, und die Geräusche, die von oben kamen, als Juliet an den Ranken gezogen hatte, ließen darauf schließen, dass es dort ein paar Mitbewohner gab. Aber es war Sommer, Juliet würde sich später darum kümmern. Außerdem hatte der Mann von der AHA, als ihnen aus der Vorratskammer eine Schwalbe entgegengeflogen kam, geknurrt, es sei Krieg, und man habe weiß Gott andere Probleme.

Das Bad im ersten Stock war einfach, aber die Ränder in der Badewanne würden sich wegschrubben lassen, ebenso wie der Schimmel in den Fugen der Bodenfliesen. Am Telefon hatte Mrs. Hammett Juliet erklärt, die alte Frau, der das Haus gehört habe, habe sehr daran gehangen, aber am Ende nicht mehr die Mittel besessen, es in Schuss zu halten. Außerdem sei sie in Bezug auf Mieter »extrem wählerisch« gewesen, sodass das Haus immer wieder über längere Zeit leer gestanden habe.

Sicher, es gebe viel zu tun an dem Haus, aber bewohnt zu werden tue ihm gut. Und es werde den Kindern ein Gefühl von Zuhause geben.

Die Kinder schliefen alle, obwohl es an diesem langen Sommerabend immer noch hell war. Juliet stand in der Tür zu dem größeren Zimmer im hinteren Teil des Hauses. Die Furche, die sich seit einigen Monaten ständig auf Beas Stirn zeigte, war verschwunden. Ihre Arme, lang und dünn, lagen auf der Bettdecke. Als sie geboren wurde, hatte die Hebamme ihre Arme und Beine betrachtet und verkündet, sie werde einmal eine Läuferin werden, aber Juliet hatte einen Blick auf die zarten, blassen Finger geworfen und sofort gewusst, dass ihre Tochter einmal Musikerin werden würde.

Eine Erinnerung kam hoch. Sie und Bea überquerten Hand in Hand den Russell Square. Bea war vier, redete mit ernstem Gesicht und großen Augen, während sie wie ein Rehkitz neben Juliet hersprang, um mit ihr Schritt zu halten. Sie war ein reizendes Kind gewesen, offenherzig und von einnehmendem Wesen, still, aber nicht schüchtern. Der missmutige Wechselbalg, in den sie sich neuerdings verwandelt hatte, war Juliet immer noch fremd.

Freddy dagegen war ihr zutiefst vertraut. Er lag mit nacktem Oberkörper und gespreizten Beinen da, als wäre er nach einem Kampf ermattet ins Bett gesunken. Sein Laken war völlig verdreht. Juliet versuchte erst gar nicht, es zu glätten, um ihn besser zuzudecken. Im Gegensatz zu Bea war er bei der Geburt dunkelrot und kompakt gewesen. »Lieber Himmel, du hast einen roten Zwerg zur Welt gebracht!«, hatte Alan ausgerufen, als er das dralle Bündel in Juliets Armen gesehen hatte. »Noch dazu einen wütenden!« Und so war Freddy zu seinem Spitznamen »Red« gekommen. Sein Ungestüm hatte seitdem nicht nachgelassen. Jedes Gefühl tat er lauthals kund. Er war theatralisch, bezaubernd, ein guter Kamerad und ein

Clown. Er war sehr anstrengend, ein heiterer Sonnenschein, aber auch jähzornig.

Schließlich ging Juliet zu Tip. Er lag zusammengerollt in einem Nest aus Kissen auf dem Boden neben seinem Bett. Seine allerneueste Angewohnheit. Um seinen verschwitzten Kopf hatte sich ein dunkler Kreis auf dem Kissenbezug gebildet, und das blonde Haar klebte ihm am Schädel. (Alle ihre Kinder schwitzten dauernd. Das hatten sie von Alan geerbt.)

Juliet hob das Laken an und deckte Tip damit zu. Zärtlich streichelte sie ihren kleinen Sohn.

Sorgte sie sich deswegen immer besonders um Tip, weil er ihr Jüngster war? Oder war es etwas anderes – eine angeborene Zerbrechlichkeit, die sie an ihm spürte, die Angst, ihn nicht beschützen zu können, ihn nicht heilen zu können, wenn ihm etwas Schlimmes zustieß?

»Mach dir nicht solche Sorgen«, hörte sie Alans scheltende Stimme. »Das raubt dir nur den Schlaf.«

Er hatte recht. Sie war mal wieder gefühlsduselig. Tip war ein ganz normales Kind.

Sie warf noch einen letzten Blick auf ihre drei schlafenden Kinder, dann zog sie die Tür hinter sich zu.

Für sich selbst hatte sie das kleinere Zimmer in der Mitte ausgewählt. Sie hatte enge Räume schon immer gern gemocht – das hatte bestimmt etwas mit dem Mutterschoß zu tun. Es gab keinen richtigen Schreibtisch, aber eine Kommode unter dem Fenster, auf die Juliet ihre Schreibmaschine gestellt hatte. Das war zwar nicht besonders elegant, aber praktisch, und was wollte sie mehr?

Juliet setzte sich ans Fußende des Metallbetts mit dem verschossenen Quilt. An einer Wand hing ein Gemälde von einer Waldlichtung mit grell pinkfarbenen Rhododendren im Vordergrund. Der Rahmen war mit einem rostigen Stück Draht, das das Gewicht des Bilds kaum zu tragen imstande schien, an einem Nagel in der Wand befestigt. Aus dem Hohlraum über der Decke war leises Scharren zu hören, und das Bild bewegte sich kaum merklich.

Dann kehrte wieder Stille ein, und Juliet atmete tief aus. Ihr war gar nicht bewusst gewesen, dass sie den Atem angehalten hatte. Sie hatte sehnlichst darauf gewartet, dass die Kinder schlafen gingen und sie endlich ein bisschen Zeit für sich allein hatte, doch jetzt fehlten ihr der Lärm, den die drei immer machten, und ihr kindliches Urvertrauen ins Leben. Es war so still im Haus. Alles war so fremd. Und Juliet fühlte sich sehr allein.

Sie öffnete ihren Koffer, der auf dem Bett lag. Das Leder war an den Ecken schon ziemlich abgestoßen, aber der Koffer war ein treuer Freund aus ihrer Zeit beim Repertoiretheater, und sie hing an ihm. Sie befühlte ihre sorgfältig gefalteten Blusen und Kleider und überlegte, ob sie alles auspacken sollte.

Doch dann zog sie eine schlanke Flasche zwischen den Kleidungsstücken heraus und nahm sie mit nach unten.

Sie holte ein bauchiges Glas aus der Küche und ging nach draußen.

Die Luft im ummauerten Garten war warm, das Licht bläulich. Es war einer von diesen langen, lauen Sommerabenden, an denen der Tag nicht zu enden schien.

In der Gartenmauer befand sich ein Tor, das zu einem staubigen Weg führte, den der Mann der AHA als »Kutschenweg« bezeichnet hatte. Juliet folgte dem Weg und entdeckte zwischen zwei Trauerweiden auf einem grasbewachsenen Hügel einen Gartentisch mit Bank. Dahinter plätscherte in einem Graben ein Bach, nicht so breit wie die Themse, wahrscheinlich nur ein kleiner Zufluss. Sie stellte das Glas auf den Tisch und schenkte vorsichtig einen Fingerbreit Whisky ein. Dann goss sie noch einen guten Schuss nach.

»Prost«, sagte sie in die Dämmerung.

Der erste lange Schluck tat gut. Juliet schloss die Augen und gestattete sich zum ersten Mal seit Stunden, an Alan zu denken.

Sie fragte sich, was er wohl dazu sagen würde, wenn er wüsste, dass sie und die Kinder hier waren. Es hatte ihm hier gefallen, wenn auch nicht so sehr wie ihr. Es hatte ihn amüsiert, wie sehr sie sich in das kleine Dorf an der Themse und vor allem in dieses Haus mit den zwei Giebeln verliebt hatte, und er hatte sie eine Romantikerin genannt.

Vielleicht war sie das ja. Aber sie war keine Schwärmerin. Selbst als Alan nach Frankreich gegangen war, hatte sie ihn nicht mit Liebesschwüren überschüttet. Es war nicht nötig gewesen – er wusste, was sie für ihn empfand –, und sich wegen des Kriegs, der sie trennte, zu Übertreibungen hinreißen zu lassen, die ihr nur peinlich gewesen wären, hätte für sie bedeutet, dass sie nicht wirklich an ihre Liebe glaubte. Liebte sie ihn mehr, weil England gegen Deutschland Krieg führte? Hätte sie ihn weniger geliebt, wenn er mit einer Schürze um den Bauch in der Küche gestanden und, fröhlich vor sich hin pfeifend, den Fisch fürs Abendessen gebraten hätte?

Nein. Auf keinen Fall.

Und so hatten sie, anstatt sich auf Kriegspoesie zu verlegen, einander geehrt, indem sie sich an die Wahrheit gehalten hatten.

Sein letzter Brief steckte in ihrer Tasche, doch sie nahm ihn jetzt nicht heraus, sondern folgte mit der Whiskyflasche in der Hand dem grasbewachsenen Pfad zum Fluss hinunter.

Alans Brief war für sie zu einer Art Talisman geworden, der sie auf dieser Reise begleitete. Sie hatte ihn auch in der Nacht im Luftschutzbunker bei sich gehabt, sicher verwahrt in dem Buch *David Copperfield*, das sie zu der Zeit zum wiederholten Mal las. Während die alte Frau aus der Nummer vierunddreißig zum leisen Geklapper ihrer Stricknadeln *We'll Meet Again* vor sich hin gesummt hatte und die vier Whitfield-Jungs beim Herumtollen über die Beine der Leute gestolpert waren und gekreischt hatten wie eine Schar Gänse, hatte Juliet noch einmal Alans Bericht von den Geschehnissen in Dünkirchen gelesen, der zwar kräftig zensiert, aber dennoch sehr beeindruckend gewesen war. Er hatte beschrieben, wie sie über den Strand gelaufen waren und wie sie es überhaupt bis dorthin geschafft hatten, er hatte von den Dörflern erzählt, denen sie auf ihrem Weg begegnet waren, von Kindern und alten Frauen mit krummen Beinen, von Karren, auf denen sich Koffer und Vogelkäfige und handgestrickte Decken türmten, von den vielen Menschen, die auf der Flucht waren vor Tod und Zerstörung.

»Wir kamen an einem Jungen vorbei, dessen Bein blutete«, hatte er geschrieben. »Er hockte auf einem kaputten Zaun, und er hatte diesen Blick, der schlimmer ist als Panik, diesen Ausdruck von stiller Schicksalsergebenheit. Ich habe ihn nach seinem Namen gefragt und ob er Hilfe brauchte, wo seine Angehörigen waren, und nach einer Weile hat er mir auf Französisch geantwortet. ›Ich weiß es nicht‹, hat er immer nur wiederholt, ›ich weiß es nicht‹. Der arme Kerl konnte nicht laufen, und seine Wangen waren von Tränen verschmiert, und ich konnte ihn nicht einfach so allein dort sitzen lassen. Er hat mich an Tip erinnert. Er war ein bisschen älter, aber er war genauso ernst wie unser Jüngster. Am Ende hat er sich von mir huckepack nehmen lassen, und ich habe ihn bis zum Strand getragen.«

Juliet erreichte den hölzernen Steg, und selbst im Dämmerlicht konnte sie erkennen, dass er ziemlich gelitten hatte, seit sie und Alan vor zwölf Jahren an seinem Ende gesessen und Tee aus Mrs. Hammetts Thermoskanne getrunken hatten. Juliet schloss für einen kurzen Moment die Augen und lauschte auf die Geräusche der Themse. Ihre Beständigkeit hatte etwas Tröstliches: Die Themse würde immer fließen, egal was auf der Welt passierte, ungeachtet der Torheit der Menschheit und der Qualen des Einzelnen.

Juliet öffnete die Augen und schaute zu dem dichten Wald hinüber, der sich für die Nacht bereit machte. Weiter würde sie jetzt nicht gehen, die Kinder würden sich ängstigen, falls sie aufwachten und sie nicht fanden.

Als sie sich in die Richtung drehte, aus der sie gekommen war, konnte sie jenseits der weichen Umrisse des Gartens so gerade noch die Silhouette des Hauses mit seinen zwei Giebeln und acht Kaminen ausmachen.

Sie setzte sich unter eine Weide, lehnte sich gegen den Stamm und stellte die Whiskyflasche in ein Grasbüschel neben ihre Füße.

Sie war aufgeregt und zugleich bedrückt wegen der traurigen Umstände, die sie hierhergeführt hatten.

Die Idee, noch einmal an diesen Ort zurückzukehren, zwölf Jahre nachdem sie ihn zum ersten Mal für sich entdeckt hatte, war ihr aus heiterem Himmel gekommen. Es hatte soeben Entwarnung gegeben, sie stiegen gerade aus dem Luftschutzkeller, und sie war eigentlich mit ganz anderen Dingen beschäftigt gewesen.

Der Geruch, der ihnen entgegenschlug, als sie nach draußen kamen, war das erste Anzeichen dafür, dass irgendetwas nicht stimmte – nach Rauch und Staub und Schwelbrand –, und dann waren sie von einer Staubwolke umhüllt worden und von einer geradezu unheimlichen Helligkeit. Es hatte einen Moment gedauert, bis sie begriffen hatte, dass ihr Haus nicht mehr da war und das erste Morgenlicht sie in der Lücke begrüßte, die jetzt zwischen den Reihenhäusern klaffte.

Erst als sie ihre Sachen auf dem Boden zwischen dem Schutt liegen sah, wurde ihr bewusst, dass sie ihre Tasche fallen gelassen hatte. Ihr Buch war aufgeschlagen, und die Seiten wurden vom Wind umgeblättert, und die alte Postkarte, die sie als

Lesezeichen benutzt hatte, lag daneben. Später hatte sie tausend Dinge bedenken und organisieren müssen, aber als sie sich in dem Moment gebückt hatte, um ihre Sachen einzusammeln, und das Bild des Swan auf der Postkarte erblickt hatte, als sie die panischen Stimmen ihrer Kinder in dem Chaos gehört hatte und als ihr die Ungeheuerlichkeit dessen dämmerte, was geschehen war, hatte sie plötzlich nur noch einen einzigen klaren Gedanken gehabt.

Ein überwältigendes Gefühl war von dort aufgestiegen, wo die Erinnerungen schlummern, und mit ihm eine Idee, die ihr in dem Augenblick keineswegs verrückt, sondern vollkommen selbstverständlich erschienen war. Juliet hatte nur eins gewusst: Sie musste ihre Kinder in Sicherheit bringen. Es war ein animalischer Instinkt gewesen, sie hatte an nichts anderes mehr denken können, und das Sepia-Foto der Postkarte, die Alan ihr einmal als Andenken an ihre Hochzeitsreise geschenkt hatte, hatte ihr das Gefühl gegeben, als stünde er neben ihr, als hielte er ihre Hand. Und nachdem er ihr so lange gefehlt hatte, nachdem sie sich ständig so schreckliche Sorgen gemacht hatte, während er an der Front gewesen war, so weit fort, dass sie nichts für ihn tun konnte, waren ihr vor Erleichterung fast die Tränen gekommen. Als sie über den Schutt und die Trümmer gestiegen war, um Tip bei der Hand zu nehmen, war sie plötzlich richtig glücklich gewesen, weil sie genau gewusst hatte, was sie tun musste.

Später dachte sie, dass dieses Gefühl der absoluten Gewissheit ein Zeichen von geistiger Umnachtung gewesen sein musste, eine Folge des Schocks, aber im Lauf der folgenden Tage, als sie bei Freunden auf dem Fußboden geschlafen und sich das Nötigste an Kleidung und Gebrauchsgegenständen besorgt hatten, war die Idee in ihrem Kopf gereift. Die Schulen waren geschlossen, und Kinder verließen die Stadt in Scharen. Aber Juliet konnte sich nicht vorstellen, ihre drei Sprösslinge allein fortzuschicken. Möglicherweise hätten die beiden Größeren es als Abenteuer aufgefasst – vor allem Bea mit ihrem Freiheitsdrang, die im Moment jeden lieber um sich hatte als ihre Mutter –, aber nicht der kleine Tip.

In den Tagen nachdem sie ausgebombt worden waren, hing er permanent an ihrem Rockzipfel und verfolgte jede ihrer Bewegungen mit großen, ängstlichen Augen, sodass Juliet abends der Kiefer schmerzte von der Anstrengung, den ganzen Tag ein fröhliches Gesicht aufzusetzen. Aber schließlich, nach viel liebevoller Zuwendung und ein paar neuen Steinen für seine Sammlung, hatte er sich einigermaßen beruhigt, und sie hatte ein bisschen Zeit für sich selbst gefunden.

Sie hatte ihre drei Kinder bei Jeremy gelassen, Alans bestem Freund, einem bekannten Dramatiker, auf dessen Fußboden sie derzeit campierten, und hatte von der Telefonzelle in der Gower Street aus im Swan angerufen; Mrs. Hammett persönlich hatte den Anruf entgegengenommen. Juliet erzählte ihr von ihrer Hochzeitsreise, und die alte Frau erinnerte sich sofort und freute sich, von ihr zu hören. Als Juliet ihr erklärte, sie wolle mit ihren drei Kindern aufs Land ziehen, versprach sie, sich im Dorf umzuhören. Bei ihrem nächsten Telefongespräch am folgenden Tag sagte Mrs. Hammett, es gebe ein leer stehendes Haus, das sie mieten könne. »Es ist ein bisschen heruntergekommen, aber Sie könnten es schlimmer antreffen. Es gibt keinen Strom, aber da wir alle verdunkeln müssen, macht das wohl nichts aus. Der Mietpreis ist fair, und letztlich ist es sowieso das Einzige, was Sie weit und breit bekommen können, jetzt, da die Evakuierten jedes freie Bett belegen.«

Juliet hatte sich erkundigt, ob sich das Haus in der Nähe des Swan befinde, und als Mrs. Hammett ihr die Lage beschrieb, hatte sie ihren Ohren kaum getraut. Sie hatte sofort gewusst, um welches Haus es sich handelte, und sie hatte sofort zugesagt und mit Mrs. Hammett vereinbart, die erste Monatsmiete umgehend telegrafisch an die Organisation zu schicken, die das Haus verwaltete. Dann hatte sie aufgelegt und einen Moment lang wie benommen in der Telefonzelle gestanden. Draußen hatten sich die schnellen Morgenwolken zusammengezogen und den Himmel verdunkelt, und die Leute gingen schneller als gewöhnlich, den Kopf gegen die Kälte eingezogen.

Bis dahin hatte Juliet ihre Pläne für sich behalten, denn sie wollte nicht, dass irgendjemand ihr die Sache ausredete. Aber jetzt, nachdem sie diesen Schritt getan hatte, gab es einiges zu erledigen. Als Erstes musste sie Mr. Tallisker Bescheid sagen, ihrem Chef und Herausgeber der Zeitung, für die sie arbeitete.

Sie ging auf direktem Weg in die Redaktion in der Fleet Street, schaffte es jedoch nicht, bevor der Regen einsetzte. In der Damentoilette im ersten Stock versuchte sie, ihre nassen Haare wieder in Form zu bringen und ihre Bluse ein bisschen trocken zu wedeln. Im Spiegel sah sie, wie abgespannt sie wirkte, wie blass. In Ermangelung eines Lippenstifts kniff sie sich mehrmals in die Lippen und presste sie aufeinander, dann lächelte sie ihr Spiegelbild an. Der Effekt war nicht überzeugend.

»Großer Gott«, bemerkte Mr. Tallisker auch prompt, nachdem seine Sekretärin gegangen war. »Sie sehen ja furchtbar aus.« Er zog die Brauen zusammen, als Juliet ihm erzählte, was sie vorhatte, und lehnte sich mit verschränkten Armen in seinem Schreibtischsessel zurück. »Birchwood«, sagte er schließlich über seinen riesigen, mit Papieren überladenen Schreibtisch hinweg. »Das liegt in Berkshire, oder?«

»Ja.«

»Mit Theater ist dort aber nicht viel.«

»Nein, aber ich komme alle vierzehn Tage nach London – jede Woche, wenn es sein muss –, um hier meine Besprechungen zu schreiben.«

Er gab ein Grunzen von sich, das alles andere als begeistert klang, und Juliet sah ihre Zukunft schon den Bach runtergehen. Als er antwortete, konnte sie seinen Ton nicht deuten. »Ich hab gehört, was Ihnen passiert ist. Tut mir leid.«

»Danke.«

»Verdammte Bomben.«

»Ja.«

»Verdammter Krieg.« Er nahm seinen Stift und ließ ihn mehrmals auf seinen Schreibtisch fallen. Hinter der halb heruntergelassenen Jalousie mühte sich eine Fliege vergeblich ab, durchs Fenster zu kommen.

Eine Uhr tickte.

Im Flur lachte jemand.

Schließlich, mit einer Schnelligkeit und Geschicklichkeit, die man so einem dicken Mann gar nicht zugetraut hätte, legte Mr. Tallisker den Stift weg und nahm sich eine Zigarette. »Birchwood«, sagte er nachdenklich, während er den Rauch ausblies. »Es könnte funktionieren.«

»Ich sorge dafür, dass es funktioniert. Ich kann in London sein, sobal…«

»Nein.« Er machte eine wegwerfende Handbewegung. »Nicht London. Kein Theater.«

»Sir?«

»Die Londoner sind sehr tapfer, Juliet, aber sie sind erschöpft«, sagte er und zeigte mit der Zigarette auf sie. »Sie wollen abhauen, was den meisten leider nicht möglich ist. Theater sind gut und schön, aber ein gemütliches Leben in einem sonnigen Dorf? Das ist guter Stoff. So etwas wollen die Leute hören.«

»Mr. Tallisker, ich …«

»Eine wöchentliche Kolumne.« Er breitete die Arme aus, als würde er ein Banner hochhalten. »›Briefe aus der Provinz‹. Sachen, die Sie Ihrer Mutter schreiben würden. Geschichten aus Ihrem Leben, über Ihre Kinder, über Leute, die Sie kennenlernen. Anekdoten über Sommertage und eierlegende Hühner und Dorfklatsch.«

»Klatsch?«

»Na ja, was die Bauern und Hausfrauen und Pfarrer und Nachbarn halt so tratschen.«

»Wie bitte?«

»Je lustiger, desto besser.«

Juliet zog die Brauen zusammen und lehnte sich etwas bequemer gegen den rauen Baumstamm. Ihr stand nicht der Sinn nach lustigen Geschichten, jedenfalls nicht schriftlich, und erst recht nicht, um irgendwelche Leute zu unterhalten. Sie konnte spitzzüngig sein – sarkastisch, wie manche fanden –, aber das Lustige war nicht ihr Fach. Mr. Tallisker jedoch hatte sich nicht erweichen lassen, und am Ende war der faustische Pakt besiegelt worden. Für die Chance, aus London zu entkommen, in dieses Haus ziehen zu können, hatte sie – was geopfert? »Na, deine Integrität«, hätte Alan mit einem spöttischen Lächeln gesagt. »Nur deine Integrität.«

Juliet schaute an sich hinunter. Die Bluse, die sie anhatte, gehörte ihr nicht, und sie trug sie wie eine Entschuldigung. Natürlich war es nett von den Freiwilligen gewesen, sie mit Kleidung auszustatten. Es war erstaunlich, wie selbstverständlich sich solche Gruppen bildeten, um die Bedürftigen mit dem Nötigen zu versorgen. Sie musste daran denken, wie sie vor einigen Jahren mit Alan in Italien gewesen war; als sie aus dem Petersdom kamen, regnete es in Strömen, und ganz plötzlich hatten die Zigeuner, die noch eine Stunde zuvor Sonnenhüte und Sonnenbrillen verkauft hatten, Regenschirme im Angebot gehabt.

Sie schüttelte sich bei der Erinnerung, oder vielleicht fröstelte sie auch einfach nur. Es war dunkel geworden, es würde eine kühle Nacht werden. Hier draußen verzog sich mit dem Licht auch die Wärme. Als Juliet und Alan zum ersten Mal hier gewesen waren, hatte es sie überrascht, die kühle Nachtluft zu spüren in dem winzigen Zimmer über dem Pub mit der gestreiften Tapete und dem schmalen Fensterbrett, auf das sie sich zu zweit gequetscht hatten. Damals waren sie andere Menschen gewesen, jüngere Versionen ihrer selbst: leichter, schlanker, mit weniger komplizierten Lebensschichten.

Juliet schaute auf ihre Uhr, aber es war zu dunkel, um etwas zu erkennen. Zeit, zurück ins Haus zu gehen.

Sie drückte sich von dem Baumstamm ab und stand auf.

Ihr wurde schwindelig; sie hatte mehr Whisky getrunken, als ihr bewusst gewesen war, und sie brauchte einen Augenblick, um ihr Gleichgewicht wiederzufinden.

Als ihr Blick zum Haus wanderte, erregte etwas ihre Aufmerksamkeit. Ein Leuchten war in einem der Giebel zu sehen. Wo mochte es herrühren? Vom Dachboden vielleicht?

Juliet blinzelte und schüttelte den Kopf. Wahrscheinlich hatte sie es sich nur eingebildet. In Birchwood Manor gab es keinen Strom, und sie war gar nicht auf dem Dachboden gewesen, es konnte also nicht sein, dass sie eine Lampe hatte brennen lassen.

Und als sie noch einmal hinschaute, war das Licht verschwunden.

Kapitel 19

Am nächsten Morgen wachten sie mit der Sonne auf. Juliet lag noch im Bett und hörte, wie die Kinder aufgeregt von Zimmer zu Zimmer liefen, über das Licht staunten, über das Vogelgezwitscher, den Garten, während sie beinahe über ihre eigenen Füße stolperten vor Eile, nach draußen zu gelangen. Sie war noch ganz benommen von dem vielen Whisky, und sie tat so, als schliefe sie noch. Erst als sie spürte, wie sich jemand über sie beugte, gab sie zu, dass sie wach war. Es war Freddy, dessen Gesicht – von Natur aus ausdrucksstark – aus der Nähe unnatürlich groß wirkte.

Jetzt verzog er den Mund zu einem breiten Grinsen, das seine Zahnlücken zeigte. Tanzende Sommersprossen, leuchtende Augen. Von irgendetwas hatte er bereits Krümel in den Mundwinkeln.

»Sie ist wach!«, rief er, und Juliet zuckte zusammen. »Komm, Mummy, wir gehen runter zur Themse!«

Die Themse. Genau. Vorsichtig drehte Juliet den Kopf und sah einen schockierend blauen Himmel durch den Spalt zwischen den Vorhängen. Freddy zerrte an ihrem Arm, und sie schaffte es, tapfer zu nicken. Ihm genügte die Geste, um mit einem Freudenschrei loszurennen.

Leider waren sie nicht hier, um ihre Ferien zu verbringen, aber diesen Umstand Freddy erklären zu wollen, für den die Welt aus Abenteuern bestand, war aussichtslos. Um elf Uhr hatte Juliet einen Termin mit dem örtlichen Komitee des Freiwilligen Frauendienstes, bei dem sie hoffte, ein Thema für den ersten ihrer »Briefe aus der Provinz« zu finden. Das Gute daran, zu so einer unchristlichen Zeit aus dem Schlaf gerissen zu werden – man musste das positiv sehen –, war, dass sie ein paar unerwartete freie Stunden zur Verfügung hatte, bevor die Pflicht rief.

Juliet zog sich eine gepunktete Baumwollbluse an und eine Hose, die ihr zu weit war, aber zum Glück einen Gürtel hatte, und fuhr sich mit den Fingern durchs Haar. Im Bad spritzte sie sich etwas kaltes Wasser ins Gesicht, dann war sie fertig. Ein bisschen notdürftig, aber das musste reichen. Sie ging nach unten, nahm Mrs. Hammetts Korb mit dem Brot und dem Käse, und dann zogen sie los, über denselben gepflasterten Weg, den Juliet am Abend zuvor genommen hatte.

Tip, in einer Hose, die ihm mehrere Zentimeter zu kurz war, rannte wie aufgezogen hinter seinen großen Geschwistern her. Beatrice blieb oben bei der großen, alten Scheune stehen und breitete die Arme aus, und als Tip sich ihr entgegenwarf, fing sie ihn auf und nahm ihn huckepack. Es musste einfach großartig sein, das jüngste Kind zu sein – in eine lebenslustige, ausgelassene Familie geboren zu werden, deren Mitglieder in einen vernarrt waren.

Ein paar Gänse ergriffen die Flucht, als die Kinder an ihnen vorbeistürmten. Red lachte vor lauter Vergnügen darüber, dass er einfach nur die Sonne auf der Haut und den Wind in den Haaren spürte. Die drei sahen gar nicht aus wie ihre Kinder, dachte Juliet, hier draußen, wo alles so ganz anders war als in London, dem einzigen Ort, den sie bisher gekannt hatten, in der Welt, zu der ihr Vater gehört hatte. Sie erinnerte sich noch daran, wie sie ihm zum ersten Mal begegnet war, diesem großen, schlanken Londoner mit der hölzernen Pfeife, die er mit einem angeberischen Stirnrunzeln rauchte. Damals hatte sie ihn für arrogant gehalten – für talentiert, aber mit einem völlig übertriebenen Selbstbewusstsein, regelrecht blasiert mit seiner manierierten Art zu sprechen und seine Meinung zu allem und jedem kundzutun. Erst nach einer ganzen Weile und nach dem unglückseligen Vorfall in der Drehtür bei Claridge's hatte sie erkannt, dass unter der Fassade ein liebevolles Herz schlug.

Sie hatte die Kinder eingeholt, und sie stiegen nacheinander über den unter all dem Efeu kaum zu findenden hölzernen Zaunübertritt, um dann am Themseufer weiterzugehen. Am Ufer lag ein rotes Kanalboot vertäut, was Juliet daran erinnerte, dass es irgendwo in der Nähe eine Schleuse oder ein Wehr gab. Sie nahm sich vor, demnächst mit den Kindern einen Ausflug dorthin zu machen. So etwas würde Alan vorschlagen, wenn er hier wäre; stell dir vor, würde er sagen, wie sie sich freuen, wenn sie die Schleuse erst in Aktion sehen.

Ein bärtiger Mann mit Schirmmütze nickte ihnen vom Heck des Boots aus zu, und Juliet erwiderte seinen Gruß. Ja, dachte sie, es war genau das Richtige gewesen hierherzukommen. Hier würde es ihnen allen besser gehen; der Tapetenwechsel war ein Segen nach allem, was sie in London durchgemacht hatten.

Die Jungs liefen weiter voraus, doch Bea ging jetzt neben ihrer Mutter her. »Bist du auch mit Daddy am Ufer spazieren gegangen, als ihr hier auf Hochzeitsreise wart?«

»Ja.«

»Ist das der Weg zum Steg?«

»Ja.«

»Mein Steg.«

Juliet lächelte. »Ja.«

»Warum seid ihr hierhergekommen?«

Sie schaute ihre Tochter aus dem Augenwinkel an.

»Ich meine, in dieses Dorf«, insistierte Beatrice. »Die meisten fahren doch ans Meer.«

»Hm, ich weiß nicht. Es ist so lange her, ich erinnere mich nicht mehr.«

»Hatte euch vielleicht jemand von dem Dorf erzählt?«

»Kann sein.« Juliet runzelte nachdenklich die Stirn. Seltsam, wie sie sich an manches aus jener Zeit klar und deutlich erinnerte und an anderes überhaupt nicht. Bea hatte recht: Es war ziemlich wahrscheinlich, dass jemand – der Freund eines Freundes – ihnen den Ort genannt hatte, vielleicht sogar den Namen des Pubs. So lief das in der Theaterwelt. Man tauschte sich aus – in der Garderobe, bei einem Probedurchlauf hinter der Bühne oder bei einem Bier nach der Vorstellung.

Wie auch immer es gewesen war, sie hatten das kleine Zimmer im Swan telefonisch gebucht und waren am Nachmittag nach der Hochzeit angekommen. Juliet hatte irgendwo zwischen Reading und Swindon ihren Lieblingskugelschreiber verloren – und die Zugfahrt gehörte zu den Dingen, an die sie sich glasklar erinnerte. Sie hatte gerade flüchtig etwas über einen West Highland Terrier in ihrem Tagebuch festgehalten, der in der Sitzreihe auf der anderen Seite des Mittelgangs auf dem Boden lag. Alan, ein großer Hundeliebhaber, hatte sich mit dem Herrchen, einem Mann mit grüner Krawatte, unterhalten, der ihm lang und breit von Mr. Percivals Diabetes erzählt hatte und über die Insulinspritzen, die er ihm täglich verabreichen musste. Juliet hatte sich wie üblich Notizen gemacht, weil der Mann sie interessiert hatte und sie für die Entwicklung einer Figur für ein Theaterstück inspirierte, an dem sie gerade schrieb. Doch dann war ihr plötzlich übel geworden, und sie war zur Toilette gestürzt, und in der darauf folgenden Aufregung hatte sie beim Aussteigen in Swindon ihren Kugelschreiber im Zug liegen lassen.

Juliet trat gegen einen kleinen, runden Stein und sah zu, wie er über das Gras kullerte und ins Wasser plumpste. Sie hatten den Steg fast erreicht. Jetzt, bei Tageslicht, sah sie, wie sehr er in den vergangenen zwölf Jahren verwittert war. Damals hatte sie mit Alan abends immer am Ende des Stegs gesessen und die Füße ins Wasser baumeln lassen, aber jetzt fürchtete sie, dass er zusammenbrechen würde, wenn nur sie allein ihn betrat.

»Ist er das?«

»Das ist er.«

»Erzähl mir noch mal, was er gesagt hat.«

»Er war glücklich. Er hat gesagt, endlich würde er die Tochter bekommen, die er sich schon so lange wünschte.«

»Das hat er nicht gesagt.«

»Doch, hat er.«

»Das hast du dir nur ausgedacht.«

»Nein.«

»Wie war das Wetter?«

»Die Sonne schien.«

»Was habt ihr gegessen?«

»Scones.«

»Woher wusste er, dass es ein Mädchen werden würde?«

»Ah …« Juliet lächelte. »Du bist schlauer geworden, seit ich dir die Geschichte das letzte Mal erzählt habe.«

Beatrice senkte den Kopf ein wenig, um ihre Freude zu verbergen, und Juliet unterdrückte den Impuls, diese kratzbürstige kleine Kindfrau zu umarmen, denn das würde überhaupt nicht gut bei ihr ankommen.

Schweigend gingen sie weiter. Bea pflückte eine Pusteblume und blies die flaumigen Samen in die Luft. Der Effekt war so elementar und traumhaft, dass Juliet nicht widerstehen konnte, es ihr nachzutun.

Beatrice fragte: »Was hat Daddy gesagt, als du ihm erzählt hast, dass wir hierherziehen würden?«

Juliet überlegte. Sie hatte sich von Anfang an geschworen, ihren Kindern immer die Wahrheit zu sagen. »Ich hab's ihm noch nicht erzählt.«

»Was glaubst du denn, was er sagen wird?«

Dass sie vollkommen verrückt geworden war? Dass ihre Kinder Stadtpflanzen waren, genau wie ihr Vater? Dass sie schon immer eine Romantikerin gewesen war …? Ein vertrautes, halb vergessenes Trillern ertönte über ihnen, Juliet blieb abrupt stehen und hielt Bea am Arm fest. »Hör mal!«

»Was ist das?«

»*Schsch* … Eine Feldlerche.«

Einen Moment lang standen sie ganz still. Beatrice blinzelte in den blauen Himmel, auf der Suche nach dem Vogel, Juliet beobachtete das Gesicht ihrer Tochter. Wenn Bea sich konzentrierte, sah sie ihrem Vater immer ganz besonders ähnlich: die Furche über der Adlernase, die zusammengezogenen Brauen.

»Da!«, rief Bea mit großen Augen. Die Feldlerche schoss im Sturzflug in Richtung Boden wie eine von Hitlers Brandbomben. »Freddy, Tip, guckt mal!«

Die Jungen drehten sich um und schauten in die Richtung, in die ihre große Schwester zeigte.

Kaum vorstellbar, dass diese langbeinige Elfeinhalbjährige vor zwölf Jahren genau an dieser Stelle die Ursache für all die Aufregung gewesen sein sollte.

Nach dem Vorfall im Zug war es Juliet gelungen, Alan zu beruhigen. Das schwere Mittagessen, die Schaukelei im Zug … Außerdem habe sie, anstatt aus dem Fenster zu schauen, in ihr Tagebuch geschrieben … Aber sie hatte gewusst, dass sie ihm bald die Wahrheit würde sagen müssen.

Gleich an ihrem ersten Morgen im Swan hatte Mrs. Hammett mit einem strahlenden Lächeln gefragt, als sie das Milchkännchen auf den Tisch stellte: »Wann ist es denn so weit?« Juliets Gesicht hatte offenbar Bände gesprochen, denn die gute Frau hatte einen Finger an die Lippen gelegt und ihr zugezwinkert, um ihr zu bedeuten, dass das Geheimnis bei ihr gut aufgehoben war.

Am frühen Nachmittag hatte Mrs. Hammett sie mit einem Picknickkorb – »Nachträglich zur Hochzeit!« – losgeschickt, und Juliet hatte Alan bei Tee und richtig leckeren Scones auf dem Bootssteg die gute Nachricht beigebracht.

»Ein Kind?« Alan hatte verdattert auf ihren Bauch gestarrt. »Da drin? Jetzt?«

»Wahrscheinlich.«

»Großer Gott.«

»Tja.«

Er hatte es gefasst aufgenommen, das musste man ihm lassen. Selbst Juliet hatte sich ein bisschen entspannt; dass er die Neuigkeit so bereitwillig akzeptierte, verlieh dem heiklen Bild von ihrer Zukunft, das sie vor ihrem geistigen Auge sah, seit die Krankenschwester ihr ihre Befürchtung bestätigt hatte, festen Boden.

Doch dann sagte Alan: »Ich such mir eine Arbeit.«

»Wie bitte?«

»Ich habe durchaus Fähigkeiten.«

»Das weiß ich. Du bist der beste Macbeth des englischen Theaters.«

»Nein, ich meine richtige Arbeit, Jules. Tagsüber, wie ein normaler Mensch. Arbeit, für die man bezahlt wird.«

»Für die man bezahlt wird?«

»Damit du zu Hause bleiben und das Kind großziehen kannst, damit du dich auf deine Rolle als Mutter konzentrieren kannst. Ich könnte zum Beispiel … Schuhe verkaufen.«

Sie wusste nicht mehr, was sie darauf entgegnet hatte, nur noch, dass die Thermoskanne umgekippt war und der heiße Tee ihr den Oberschenkel verbrüht hatte und dass sie als Nächstes wild gestikulierend am Ende des Stegs gestanden und erklärt hatte, sie habe nicht die Absicht, zu Hause zu bleiben, und dass er sie nicht dazu zwingen könne, dass sie das Kind notfalls mit zur Arbeit nehmen würde, dass Kinder sich an alles gewöhnen könnten und dass sie das schon irgendwie hinbekommen würden. Das war natürlich nicht die Version der Geschichte, die sie Beatrice erzählt hatte.

Juliet hatte sich selbst reden hören, wie von außen – sie hatte das Gefühl, deutlich und verständlich zu sprechen –, bis Alan sie am Arm gepackt und gesagt hatte: »Lieber Himmel, Juliet, setz dich hin!«, und sie hatte es tatsächlich in Erwägung gezogen und hatte einen Schritt auf ihn zu gemacht, doch dann hatte er fatalerweise hinzugefügt: »Du musst vorsichtig sein, in deinem Zustand.« Plötzlich hatte sie sich gefühlt wie in einem Würgegriff, sie hatte keine Luft mehr bekommen und nur eins gewusst: dass sie wegmusste, von dem Steg, von ihm, dass sie frische Luft brauchte.

Sie war am Ufer entlanggerannt, in die entgegengesetzte Richtung, aus der sie gekommen waren, auf einen Wald zu, ohne auf Alans Rufe zu achten, sie solle zurückkommen.

Juliet weinte fast nie, eigentlich hatte sie nicht mehr geweint, seit sie sechs war, als ihr Vater gestorben war und ihre Mutter ihr gesagt hatte, sie würden aus London weggehen und zu ihrer Großmutter in Sheffield ziehen. Jetzt jedoch, wütend und frustriert darüber, dass Alan derart borniert war – dass er annahm, sie würde ihre Arbeit aufgeben und zu Hause bleiben, während er als … als was? als Schuhverkäufer sein Geld verdiente –, das war zu viel.

Dann war sie auch schon bei dem Wald angekommen und, beseelt von dem plötzlichen Wunsch zu verschwinden, einfach hineinmarschiert. Ein schmaler Trampelpfad führte von der Themse weg. Sie hatte vermutet, dass er sie in einem großen Bogen zurück ins Dorf führen würde, zurück zum Swan, aber mit ihrem Orientierungssinn war es noch nie weit her gewesen. Kochend vor Wut, war sie immer weitergestapft, und als sie wieder ins Sonnenlicht hinaustrat, war weit und breit kein Dorf zu sehen gewesen. Sie hatte keine Ahnung, wo sie sich befand. Und als wäre das nicht schon schlimm genug gewesen, war ihr plötzlich speiübel geworden, und sie hatte sich an einem Baum festgehalten und sich übergeben…

»Roooaaarrr!«

Juliet zuckte zusammen. Freddy kam mit ausgebreiteten Armen auf sie zugelaufen. »Ich bin eine Spitfire, und du bist eine Junker!«

Instinktiv wich sie aus, um einen Zusammenstoß zu vermeiden.

»Das ist aber nicht sehr patriotisch von dir, Mummy«, schalt Freddy.

»Tut mir leid«, murmelte sie, doch er kurvte schon wieder davon.

Bea war schon weitergegangen und hatte fast den Wald erreicht.

Juliet war enttäuscht: Der Steg hatte seit über zehn Jahren zu ihrer Familiengeschichte gehört, sie hatte sich so sehr darauf gefreut, eines Tages mit ihrer Tochter hierherzukommen und ihr die Stelle zu zeigen. Sie war sich selbst nicht sicher, was sie eigentlich erwartet hatte – keine Ehrfurcht, das nicht, aber irgendetwas.

»Bist du traurig, Mummy?«

Tip stand vor ihr und schaute sie besorgt an.

Juliet lächelte. »Mit dir im Zimmer? Nie im Leben.«

»Wir sind doch in gar keinem Zimmer.«

»Stimmt. Wie dumm von mir.«

Er schob seine kleine Hand in ihre, und zusammen gingen sie zu den anderen beiden hinüber. Es verblüffte Juliet immer wieder von Neuem, wie perfekt die Hände ihrer Kinder in ihre passten und wie herzerwärmend sie diese simple Geste fand.

Am anderen Ufer leuchtete gelb ein Gerstenfeld. Wenn man die Themse betrachtete, die gemächlich dahinfloss, und die Bienen, die im Klee nach Honig suchten, konnte man sich kaum vorstellen, dass irgendwo auf der Welt ein Krieg wütete. Natürlich gab es im Dorf Anzeichen: Alle Straßenschilder waren abmontiert worden, alle Fensterscheiben waren kreuz und quer mit Klebestreifen versehen, und an einer Telefonzelle hatte Juliet ein Plakat gesehen, das alle Bürger aufrief, sich für den Sieg einzusetzen. Man hatte sogar das Uffington White Horse abgedeckt, damit es keinem feindlichen Piloten als Wegmarke für den Heimflug dienen konnte. Aber hier und jetzt, an dieser friedlichen Flussbiegung, konnte man das alles kaum glauben.

Sie hörte Tip leise seufzen. Irgendwie war er stiller als sonst, dachte Juliet. Die dunklen Flecken vom Abend zuvor waren immer noch unter seinen Augen.

»Hast du gut geschlafen, mein Kleiner?«

Er nickte.

»In einem neuen Bett ist es immer ein bisschen schwierig.«

»Ja?«

»Aber nur am Anfang.«

Darüber schien er nachzudenken. »Ist es in deinem Bett auch schwierig, Mummy?«

»Na klar. Weil ich groß bin, und für uns Große ist alles schwierig.«

»Aber nur am Anfang?«

»Ja.«

Das schien Tip zu erleichtern, was sie amüsierte, aber zugleich auch ein bisschen beunruhigte. Juliet hatte nicht gedacht, dass der kleine Tip sich um ihr Wohlergehen sorgte. Sie schaute zu ihren beiden Großen hinüber, die weit vorausgelaufen waren. Sie war sich ziemlich sicher, dass die beiden sie noch nie gefragt hatten, ob sie gut schlief.

»Guck mal, ein Stock!«

»Tatsächlich! Ist ja ein Ding. Ein richtig schöner.«

»Und ganz glatt.«

»Ich glaube, der ist aus Weidenholz. Oder Birke.«

»Mal sehen, ob er schwimmt.«

»Geh nicht zu dicht ans Wasser«, ermahnte sie ihn und wuschelte ihm durch das Haar.

»Mach ich nicht. Es ist ziemlich tief.«

»Das stimmt.«

»Da ist das Mädchen ertrunken.«

Juliet erschrak. »Nein, mein Schatz.«

»Doch, Mummy.«

»Ganz bestimmt nicht.«

»Doch. Sie ist aus einem Boot gefallen.«

»Wer? Woher weißt du das?«

»Birdie hat's mir erzählt.« Er lächelte sein beunruhigendes, ernstes Kleine-Jungen-Lächeln, und dann, einer spontanen Eingebung folgend, rannte er zu seinen beiden Geschwistern hinüber, die sich um zwei lange Stöcke zankten, und schwang seinen eigenen Stock triumphierend über dem Kopf.

Juliet schaute ihm nach.

Sie wusste nicht, was sie mehr beunruhigte: dass er von ertrunkenen Mädchen sprach oder dass er behauptete, ein Vogel habe ihm davon erzählt.

Er hat eben eine blühende Fantasie, hörte sie Alan sagen.

»Er redet mit Vögeln«, flüsterte Juliet.

Sie rieb sich die Augen, die Stirn, die Schläfen. Sie hatte immer noch einen Kater, und sie würde sich am liebsten wieder ins Bett legen und ein paar Stunden schlafen; oder ein paar Tage.

Sie stieß einen tiefen Seufzer aus und entschloss sich, ihre Sorgen beiseitezuschieben. Später würde sie noch genug Zeit haben, sich den Kopf zu zerbrechen. Tip rannte jauchzend über die Wiese, drehte sich immer wieder aufgeregt um, während sein großer Bruder so tat, als würde er ihn jagen. Wie ein ganz normaler Junge. (Er *ist* ein ganz normaler Junge, sagte Alan.)

Juliet warf einen Blick auf ihre Uhr und sah, dass es kurz vor acht war. Sie straffte die Schultern und ging zu ihren Kindern, die alle drei vor dem Wald auf sie warteten.

Mit einer Armbewegung bedeutete sie ihnen, ihr in den Wald zu folgen, und während die drei zwischen den Bäumen umhersprangen und Ritter und Räuber spielten, dachte Juliet wieder an Alan und an den Tag vor zwölf Jahren, als sie wutentbrannt von ihm weggelaufen und zum ersten Mal diesen Pfad entlanggegangen war …

Sie war nicht beim Dorf rausgekommen. Stattdessen stand sie am Rand eines Felds, auf dem große, runde Heuballen lagen. Jenseits des Felds befand sich eine steinerne Scheune, und noch etwas weiter entfernt konnte sie ein spitzes Dach ausmachen. Ein Dach mit zwei Giebeln und einer verwirrenden Anzahl an Schornsteinen.

Die Sonne stand hoch und brannte fürchterlich, und ihre Wut hatte sich in einen finsteren Groll verwandelt, der ihr schwer im Magen lag. Sie stieß einen Seufzer aus und machte sich auf den Weg quer über das Feld auf die Scheune zu.

Unglaublich, dass Alan sie dermaßen missverstehen konnte; dass er auch nur eine Sekunde lang annehmen konnte, sie würde ihren Beruf aufgeben. Das Schreiben war für sie keine Arbeit, das Schreiben gehörte zu ihr. Wie war es möglich, dass der Mann, dem sie ein Eheversprechen gegeben hatte, dem sie ihre geheimsten Geheimnisse anvertraut hatte, dass dieser Mann das nicht wusste?

Sie hatte einen Fehler gemacht. Das war ihr jetzt klar. Die Heirat war ein Fehler gewesen, und jetzt bekam sie ein Kind, und es würde klein und hilflos sein und wahrscheinlich die ganze Zeit schreien, sodass sie es nicht mit ins Theater nehmen konnte, und sie würde nun doch wie ihre Mutter enden, eine Frau, deren Träume zu einem Netz verdorrt waren, in dem sie inzwischen gefangen war.

Vielleicht war es noch nicht zu spät, es sich anders zu überlegen? Sie waren ja erst einen Tag verheiratet. Gerade mal vierundzwanzig Stunden. Wenn sie noch heute Nachmittag nach London zurückfuhren, konnten sie vielleicht mit dem Mann sprechen, der sie getraut hatte, und ihn anflehen, ihnen die Urkunde zurückzugeben, bevor er sie offiziell registrieren ließ. Dann könnten sie so tun, als wäre nie etwas geschehen.

Als spürte es die Ungewissheit seiner Zukunft, schickte das winzige Leben in ihr eine neue Welle der Übelkeit: *Ich bin hier!*

Und es hatte recht. Es war da. Er oder sie, ein winziges Menschlein, wuchs in ihr, und eines Tages, in gar nicht weit entfernter Zukunft, würde es zur Welt kommen. Die Heirat mit Alan rückgängig zu machen würde daran nichts ändern.

Juliet hatte das erste Feld durchquert. Sie öffnete ein einfaches Holztor und ging weiter. Sie hatte Durst. Sie wünschte, sie hätte die Thermoskanne mit dem Tee mitgenommen.

Mitten auf dem zweiten Feld stand die Scheune. Das riesige Tor stand offen, und als sie daran vorbeiging, sah sie eine große Landmaschine – eine Dreschmaschine, ja, so hießen diese Dinger –, und darüber, an den Dachsparren befestigt, hing ein Ruderboot, das ziemlich ramponiert aussah.

Als Juliet den Rand des Felds erreichte, wurde das gelbe Getreide vom saftigen Grün eines üppigen Landgartens abgelöst. Der Garten gehörte zu dem Haus mit den zwei Giebeln. Der größte Teil des Zauns war unter einer Schlehenhecke verborgen, aber es gab ein kleines Tor, durch das Juliet einen mit Kies bedeckten Hof mit einer Kastanie in der Mitte sehen konnte. Um die Kastanie herum waren hübsche Blumenbeete angelegt.

Sie ging an der Hecke entlang bis zum Ende des Felds, wo sie auf einen Weg stieß. Anstatt rechts abzubiegen und in die Richtung zurückzukehren, aus der sie gekommen war, bog sie nach links ab. Die Schlehenhecke fasste den Garten ein, bis sie auf eine Mauer stieß, die an das Haus grenzte. In dieser Mauer befand sich ein kunstvoll gefertigtes schmiedeeisernes Tor mit einem Rundbogen.

Von diesem Tor führte ein mit Steinplatten ausgelegter Weg zur Eingangstür des eleganten Hauses, und Juliet nahm sich einen Moment Zeit, seine schönen Details zu betrachten. Sie hatte immer schon einen Sinn für Schönheit besessen, vor allem, was Architektur betraf. Manchmal waren sie und Alan am Wochenende mit dem Zug aufs Land gefahren, oder sie hatten sich von einem Freund ein Auto geliehen und waren über schmale, gewundene Straßen von Dorf zu Dorf geknattert. Juliet hatte stets ein kleines Heft dabeigehabt und sich Notizen gemacht über interessante Dächer oder Pflastermuster, die ihr besonders gut gefielen. Alan hatte über ihr Hobby gelacht und sie »meine kleine Mosaikexpertin« genannt, wenn sie ihn mal wieder auf ein besonders schönes Fliesenmuster aufmerksam gemacht hatte.

Dieses Haus hier war aus grauem Feldstein erbaut und zweistöckig. Das Dach war eindrucksvoll. Die Schieferpfannen oben am Giebel waren klein und wurden nach unten hin mit jeder Reihe größer. Im Sonnenlicht wirkten sie wie die schimmernden Schuppen eines riesigen Fisches. In jedem Giebel befand sich ein Fenster. Juliet beugte sich vor, um besser sehen zu können. Einen Moment lang meinte sie, hinter einem der Fenster eine Bewegung wahrzunehmen, aber da war nichts, nur die Spiegelung eines vorüberfliegenden Vogels.

Während sie das Haus betrachtete, gab das Tor unter dem Druck ihrer Hand nach, so als wollte es sie einladen.

Juliet zögerte nur eine Sekunde, dann betrat sie den gepflasterten Weg und war sofort erfüllt von einem Gefühl tiefer Zufriedenheit. Der Garten war wunderschön: die Proportionen, die Pflanzen, die den Garten umgebende Mauer. Der Duft war betörend, eine Mischung aus spät blühendem Jasmin, Lavendel und Geißblatt. Vögel flogen durch die Lücken im Blattwerk, und Bienen und Schmetterlinge schwirrten über den Blumenbeeten.

Das Tor, durch das sie den Garten betreten hatte, war der Seiteneingang, wie Juliet jetzt feststellte, denn ein breiterer Weg führte vom Haus zu einem massiven Holztor in der vorderen Mauer. Dieser Weg war von rosafarbenen Rosen gesäumt, und an seinem Ende stand ein großer Japanischer Ahorn, der das Tor überragte.

Der Rasen war saftig grün, und ohne nachzudenken zog Juliet sich die Schuhe aus. Das Gras fühlte sich kühl und weich an zwischen ihren Zehen. Es war himmlisch – ja, genau, das war das passende Wort.

Juliet setzte sich in den Schatten des Ahornbaums. Natürlich war sie unbefugt in den Garten eingedrungen, aber jemand, der ein solches Haus und einen solchen Garten besaß, konnte nur sympathisch sein.

Die Sonne war warm, die Brise war sanft, und Juliet gähnte herzhaft. Sie spürte, dass sie nicht gegen ihre Müdigkeit ankam. Das passierte ihr neuerdings öfter – seit sie erfahren hatte, dass sie schwanger war –, meistens in den unmöglichsten Momenten.

Sie faltete ihre Strickjacke zu einem Kopfkissen zusammen und legte sich so auf den Rücken, dass sie das Haus vor sich sah. Sie würde sich nur ein paar Minuten ausruhen, sagte sie sich, aber die Sonne wärmte ihr die Füße, und ehe sie wusste, wie ihr geschah, fielen ihr die Augen zu.

Als sie aufwachte, brauchte sie einen Moment, um sich zu orientieren. Sie hatte so tief und traumlos geschlafen, wie schon seit Wochen nicht mehr.

Sie setzte sich auf und streckte sich. Da bemerkte sie, dass sie nicht allein war.

Ein Mann stand an der Hausecke, in der Nähe des Tors. Er war älter als sie, nicht viel, zumindest in Jahren, doch sie spürte, dass seine Seele eine Menge durchgemacht hatte. Er war Soldat gewesen, das sah sie ihm sofort an. Sie trugen immer noch ihre Uniformen, diese armen, gebrochenen Männer. Sie würden immer eine geschlagene Generation sein.

Er schaute sie an, ernst, aber nicht streng.

»Verzeihung«, rief sie ihm zu. »Ich wollte nicht stören. Ich habe mich verlaufen.«

Zuerst reagierte er nicht, dann machte er eine wegwerfende Handbewegung. Aus der Geste schloss Juliet, dass alles in Ordnung war, dass er sie nicht als Eindringling empfand, dass er wusste, welche Verlockung dieser Garten und das Haus darstellten, die magische Anziehung, die es ausübte, und dass jemand, der an einem heißen Tag hier vorbeikam, nicht anders konnte, als sich in den Schatten unter dem Ahorn zu legen.

Wortlos verschwand der Mann im Haus. Juliet sah, wie die Tür hinter ihm ins Schloss fiel, dann betrachtete sie ihre Schuhe im Gras. Der Schatten war gewandert, seit sie hergekommen war. Sie warf einen Blick auf ihre Uhr. Vier Stunden waren vergangen, seit sie Alan auf dem Steg zurückgelassen hatte.

Sie schlüpfte in ihre Schuhe, band sie zu und stand auf.

Sie musste sich auf den Rückweg machen, aber sie wusste immer noch nicht, in welcher Richtung das Dorf lag. Und sie konnte sich nicht losreißen. Sie spürte einen Schmerz in der Brust, als würde etwas sie hier festhalten. Sie stand auf dem gepflegten Rasen, betrachtete das Haus, und ein merkwürdiges Licht ließ alles glasklar erscheinen.

Liebe – das war es, was sie empfand. Eine seltsame, tiefe, allgemeine Liebe, die von allem ausging, was sie sah und hörte: von den von der Sonne beschienenen Blättern, von den dunklen Schatten unter den Bäumen, von den Steinen, aus denen das Haus bestand, von den Vögeln, die über sie hinwegflogen. Und in diesem Leuchten erhaschte sie einen flüchtigen Eindruck von dem, was religiöse Menschen vermutlich in der Kirche empfanden: das Gefühl, im Licht der Gewissheit zu baden, das nur aus dem tiefsten Inneren kommen kann, von dem Gefühl, irgendwohin und zu irgendjemandem zu gehören. Es war einfach. Es war hell, es war schön, und es war wahr.

Alan wartete schon auf sie, als sie endlich den Weg zum Swan gefunden hatte. Juliet war die Treppe hinaufgerannt, hatte immer zwei Stufen auf einmal genommen, das Gesicht warm von der Hitze des Tages, von der Offenbarung, die ihr zuteilgeworden war.

Er stand an dem kleinen Bleiglasfenster, von dem aus man die Themse sah, und wirkte steif und befangen, so als hätte er sich eilig aufgerichtet, als er sie kommen hörte. Sein Gesichtsausdruck war misstrauisch, und Juliet brauchte einen Moment, um sich zu erinnern, warum: der Streit am Steg, ihr Wutausbruch.

»Bevor du etwas sagst«, begann Alan, »möchte ich dir sagen, dass ich mit keinem Wort …«

Juliet schüttelte den Kopf. »Es spielt keine Rolle, siehst du das nicht? Das alles ist nicht mehr wichtig.«

»Wieso? Was ist passiert?«

Es war alles in ihr – die Klarheit, die Erleuchtung –, aber sie konnte die Worte nicht finden, sich zu erklären, sondern spürte nur die goldene Energie, die sie durchdrungen hatte und die sie nicht länger für sich behalten konnte. Sie eilte zu ihm hin, voller Leidenschaft, nahm sein Gesicht in ihre Hände und küsste ihn so stürmisch, dass sich alle Verstimmung zwischen ihnen, alle nachklingenden Vorbehalte in Wohlgefallen auflösten. Als er verblüfft den Mund öffnete, um etwas zu sagen, schüttelte sie den Kopf und legte ihm einen Finger auf die Lippen. Es gab keine Worte. Worte würden nur alles verderben.

Es gab nur diesen Augenblick.

Es gab nur das Hier und Jetzt.

Kapitel 20

Der Garten sah mehr oder weniger so aus, wie Juliet ihn in Erinnerung hatte. Ein bisschen verwildert vielleicht, aber Mrs. Hammett hatte erwähnt, dass die ehemalige Besitzerin bereits vor Jahren gezwungen gewesen war, das Haus aus der Hand zu geben. »Sie ist letztes Jahr gestorben, da war sie neunzig!« Der Gärtner komme immer noch einmal im Monat, aber er sei ziemlich schludrig, außerdem, hatte sie mit einem verächtlichen Unterton hinzugefügt, sei er von auswärts. Lucy würde sich im Grab umdrehen, hatte Mrs. Hammett gesagt, wenn sie sehen könnte, wie er ihre Rosen für den Winter zurückgeschnitten habe.

Juliet, die sich erinnerte, wie wunderschön der Garten 1928 gewesen war, fragte, ob Lucy damals noch im Haus gewohnt habe, worauf Mrs. Hammett sagte, nein, da habe sie schon das »Arrangement« mit der Art Historians' Association gehabt und in dem kleinen Haus im Dorf gewohnt. »In einem von diesen hübschen Häuschen am Ende der Straße, Sie haben sie vielleicht gesehen? Sie wollte irgendwo wohnen, wo es weniger Treppenstufen gab, hat Lucy immer gesagt, aber ich glaube, sie meinte eher weniger Erinnerungen.«

»Hatte sie denn schlechte Erinnerungen an Birchwood Manor?«

»Nein, nein, so habe ich das nicht gemeint. Sie hat das Haus geliebt. Sie sind zu jung, um das zu verstehen, aber wenn man alt wird, wiegen alle Erinnerungen schwer, auch die guten.«

Juliet war sich sehr deutlich der Schwere der Zeit bewusst, aber darüber hatte sie nicht mit Mrs. Hammett sprechen wollen.

Das Arrangement mit der AHA sah eigentlich vor, dass Studenten der Kunstgeschichte im Rahmen eines Stipendiums eine Zeit lang im Haus wohnen sollten. Der Mann, der Juliet am Abend ihrer Ankunft aus London die Schlüssel übergeben hatte, hatte sich seine Brille auf der Nase zurechtgerückt und gesagt: »Es ist kein modernes Haus. Normalerweise bringen wir keine Familien, sondern Einzelpersonen unter, die nicht lange bleiben. Es gibt keinen Strom, aber, na ja – der Krieg … Ich denke, alles andere ist in Ordnung …« Und dann war diese Schwalbe im Sturzflug von der Tür der Speisekammer über ihre Köpfe hinweggeflogen, woraufhin der Mann etwas ungehalten war, aber Juliet hatte sich bei ihm dafür bedankt, dass er gekommen war, und ihn hinausbegleitet, und sie hatten alle erleichtert aufgeatmet, als er endlich gegangen war und sie die Tür hinter ihm schließen konnte. Und dann hatte sie sich umgedreht und in die Gesichter von drei Vertriebenen geschaut, die auf ihr Abendessen warteten.

Seitdem hatten sie sich ganz gut eingewöhnt. Vier Tage waren sie jetzt hier, und jeden Tag verbrachten sie die frühen Morgenstunden im Garten. Bea kletterte am liebsten auf die Gartenmauer, suchte sich das sonnigste Plätzchen und spielte im Schneidersitz auf ihrer Blockflöte, während Red, der zwar nicht ganz so geschickt war, sich aber nicht ausstechen lassen wollte, auf den niedrigsten Teil der Mauer kletterte, um dort mit seinem Arsenal aus sorgfältig ausgewählten Stöcken das Lanzenstechen zu üben. Juliet wies ihre Kinder immer wieder darauf hin, dass sie auch auf dem Rasen spielen konnten, doch ihre Worte stießen auf taube Ohren. Zum Glück hatte Tip kein Interesse am Klettern. Er suchte sich lieber ein schattiges Fleckchen im Gebüsch und spielte mit seinen Zinnsoldaten, die eine nette Frau vom Freiwilligendienst Juliet für die Kinder mitgegeben hatte.

Dies war jetzt also ihr Zuhause. Seltsam, wie schnell das Wort sich in Bezug auf Birchwood Manor in ihre Gedanken eingeschlichen hatte. Es war ein Wort mit mehreren Bedeutungen: Es bezeichnete das Haus, in dem man wohnte, aber auch den Ort, an dem man sich sicher und geborgen fühlte. Für Juliet bedeutete das Zuhause auch Alans Stimme am Ende eines langen, anstrengenden Tages, seine Arme, die sie hielten, die Gewissheit, dass er sie liebte und sie ihn.

Gott, wie sehr er ihr fehlte.

Nicht nur die Kinder, sondern auch ihre Arbeit waren eine willkommene Ablenkung. Juliet hatte sich wie geplant am Montag mit den Frauen vom Freiwilligendienst getroffen. Die Versammlungen fanden immer im Rathaus statt, gegenüber dem Swan, und als sie eintraf, hatte sie schon von draußen Musik und Lachen und Gesang gehört. Sie war auf den Eingangsstufen des Rathauses stehen geblieben und hatte sich gefragt, ob sie sich in der Adresse geirrt hatte, doch als sie den Kopf zur Tür hineinstreckte, hatte sie die Frauen gesehen, die mitten im Saal einen Stuhlkreis gebildet hatten. Mrs. Hammett hatte Juliet entdeckt und sie hereingewinkt. An kreuz und quer durch den Saal gespannten Leinen hingen lauter britische Fähnchen, und von allen Wänden schaute Churchill mit finsterem Blick in die Runde.

Eigentlich war Juliet mit einer ganzen Liste von Fragen gekommen, doch sie hatte schnell die nächste Seite ihres Notizhefts aufgeschlagen und stattdessen einfach die Gespräche mitstenografiert. Zwar hatte sie noch bis spät in die Nacht über der Planung ihrer Kolumne gebrütet, aber es stellte sich heraus, dass ihre Fantasie bei Weitem nicht ausreichte, sich die Wirklichkeit dieser Frauen vorzustellen, die sie mit ihren Wunderlichkeiten, ihrem Humor und ihrer Klugheit zum

Lachen brachten, aber auch ihr Mitgefühl weckten. Marjorie Stubbs zum Beispiel sprach über die Mühen und Plagen der Schweinehaltung im Garten, Milly Macklemore erzählte ihr, was man alles mit löchrigen Strümpfen machen könne, und Imogen Stephens rührte alle zu Tränen, als sie berichtete, dass der Verlobte ihrer Tochter, ein Pilot, der als vermisst gegolten hatte und schon für tot gehalten worden war, kürzlich vor der Tür stand.

Die Frauen kannten einander gut, die meisten waren miteinander verwandt, andere seit Kindertagen befreundet, doch sie nahmen Juliet mit offenen Armen in ihren Kreis auf. Sie waren genauso neugierig darauf zu erfahren, was eine Londonerin über das Leben im Allgemeinen und die schlimmen Zeiten, die sie gerade durchmachten, zu berichten hatte, wie umgekehrt. Als Juliet sich verabschiedete und versprach, zur nächsten Versammlung wiederzukommen, hatte sie genug Material gesammelt, um ihre Leser bis zur Jahrtausendwende zu unterhalten. Falls England den Krieg gewann, hatte sie auf dem Heimweg gedacht, dann war das zu einem Gutteil diesen Frauen zu verdanken, die die Moral hochhielten und sich standhaft weigerten, sich unterkriegen zu lassen.

Und so hatte Juliet, angesteckt vom Kampfgeist der freiwilligen Helferinnen, an den vergangenen drei Tagen viele Stunden an ihrer Schreibmaschine unter dem Fenster in ihrem Zimmer verbracht. Es war zwar kein sehr komfortabler Arbeitsplatz – die Kommode, auf der ihre Schreibmaschine stand, war zwar hübsch, aber man wusste nicht so recht, wohin mit den Beinen –, aber Juliet war trotzdem sehr zufrieden damit. Zarte, herrlich duftende Geißblatt- und Klematisranken wagten sich durchs offene Fenster und kringelten sich um die Vorhangstange, und der Blick über den Obstgarten hinweg auf das Dorf, vor allem auf den Friedhof am Ende der Straße, war mehr als erholsam. Die alte Kirche war wunderschön, ihre Mauern waren von Efeu berankt, die teils windschiefen Grabsteine waren mit Moos bewachsen. Juliet hatte noch nicht die Zeit dazu gefunden, aber sie hatte sich fest vorgenommen, bald einen Spaziergang dorthin zu machen.

An manchen Tagen, wenn das Wetter einfach zu herrlich war, um sich im Haus aufzuhalten, nahm Juliet ihr Notizheft mit in den Garten. Dann legte sie sich bäuchlings auf den Rasen, stützte den Kopf in eine Hand, schrieb ihre Gedanken auf und schaute ihren Kindern zu. Sie fühlten sich offensichtlich ausgesprochen wohl, sie lachten und tollten herum, sie hatten einen guten Appetit, und sie zankten und stritten sich wie immer und machten ihre Mutter halb verrückt.

Juliet war fest entschlossen, stark zu bleiben. Sie war die Pilotin, die das kleine Flugzeug ihrer Familie steuerte, und egal wie unentschlossen sie manchmal war, egal mit wie vielen Fragen sie sich plagte, wenn sie abends das Licht ausmachte und dann noch lange schlaflos dalag, egal wie groß die Angst war, die falschen Entscheidungen zu treffen und sie dadurch alle ins Unglück zu stürzen, es war ihre Verantwortung, ihren Kindern am nächsten Morgen ein Gefühl der Sicherheit zu geben, damit sie den Tag in Angriff nehmen konnten. Aber jetzt, ohne Alan, lastete die Verantwortung viel schwerer auf ihr. Es war nicht einfach, der einzige Erwachsene in der Familie zu sein.

Meistens gelang es ihr, das Leben von der heiteren Seite zu sehen, aber am Mittwochabend hatte es diesen einen unglücklichen Moment gegeben. In der Annahme, die Kinder wären alle drei auf der Wiese hinter dem Garten, hatte sie hoch konzentriert in die Tasten gehauen, um den Artikel für Mr. Tallisker noch vor dem Abendessen fertigzustellen. Seit ihrer Begegnung mit den Frauen am Montag war sie fest davon überzeugt, dass die Entscheidung ihres Chefs richtig gewesen war: Die Frauen des Freiwilligendienstes von Lechlade und Birchwood hatten sie inspiriert, und Juliet war entschlossen, die wohltätige

Arbeit dieser so unterschiedlichen Frauen mit ihrer Kolumne zu würdigen.

Sie hatte an einer Geschichte über Imogens Tochter gearbeitet und beschrieb gerade den Moment, als die junge Frau aus dem Küchenfenster geschaut und gesehen hatte, wie der Mann, den sie liebte, der Mann, den sie für tot gehalten hatte, über den Gartenweg auf sie zukam. Sie hatte so schnell getippt, dass die Typen der Schreibmaschine sich immer wieder ineinander verkeilten, sie hatte sich in die junge Frau hineinversetzt, wie sie sich die Schürze vom Leib riss, wie sie zur Tür stürzte, wie sie ihren Augen nicht traute, zögerte, sich vor der Enttäuschung fürchtete, wie sie den Schlüssel im Schloss hörte. Und als sie beschrieb, wie Imogens Tochter ihrem Geliebten um den Hals fiel, war es mit Juliets Fassung vorbei gewesen: all die Monate des bangen Wartens, ihre Erschöpfung und all die Veränderungen. In dem Moment hatte sie hemmungslos angefangen zu weinen.

»Mum?«, hörte sie eine Stimme hinter sich. »Mummy? Weinst du?«

Juliet, den Kopf auf den Armen, war mitten in einem Schluchzer erstarrt. Sie hatte, so gut es ging, ihren Atem beruhigt und geantwortet: »Aber nicht doch.«

»Was machst du dann?«

»Nachdenken natürlich. Warum? Wie machst du das denn?« Dann hatte sie sich lächelnd umgedreht, den Bleistift spielerisch nach ihrer Tochter geworfen und gesagt: »Also wirklich! Hast du mich schon mal weinen sehen?«

Und dann war da noch der kleine Tip. Er war ihr Sorgenkind, aber das war er eigentlich schon immer gewesen. Juliet wusste einfach nicht, ob sie Grund hatte, sich jetzt noch mehr Sorgen um ihn zu machen. Sie liebte ihn so sehr. Nicht mehr als die anderen, aber auf andere Weise. Neuerdings zog er immer öfter alleine los. (Schön, hörte sie Alans Stimme sagen. Das heißt, er ist selbstständig. Besser kann es doch nicht sein. Er ist kreativ, der wird mal ein Künstler, wart's nur ab.) Tip spielte mit seinen kleinen Soldaten, stellte sie in Reihen auf, nur um sie am Ende umzuwerfen, er schickte sie im Garten oder in stillen Ecken im Haus auf geheime Missionen, aber Juliet war sich ziemlich sicher, dass sie ihn mehr als einmal dabei beobachtet hatte, wie er Selbstgespräche führte. Dann hatte sie jedes Mal die Bäume nach Vögeln abgesucht, aber auch im Haus redete er mit sich selbst. Es gab eine warme Stelle auf der Treppe, die er besonders mochte, und Juliet hatte sich sogar einmal im Flur versteckt und abgewartet, was passieren würde, wenn er dort hockte.

Einmal, als er im Obstgarten unter einem Apfelbaum gesessen hatte, war sie hingegangen und hatte sich neben ihn gesetzt. »Mit wem sprichst du denn da?«, hatte sie so betont beiläufig gefragt, dass es sogar in ihren eigenen Ohren angestrengt geklungen hatte.

»Mit Birdie.«

Juliet schaute in die Baumkrone hoch. »Ist Birdie da oben?«

Tip hatte sie angeschaut, als hätte sie den Verstand verloren.

»Oder ist das Vögelchen fortgeflogen? Hat Mummy es verscheucht?«

»Birdie fliegt nicht.«

»Nein?«

Er schüttelte den Kopf. »Birdie geht genauso wie du und ich auf zwei Beinen.«

»Verstehe.« Ein Schreitvogel. So etwas gab's. Mehr oder weniger. »Und singt Birdie auch?«

»Manchmal.«

»Und wo hast du Birdie kennengelernt? In einem Baum?«

Tip betrachtete stirnrunzelnd seine Soldaten, während er versuchte, aus Juliets Frage schlau zu werden, dann hatte er achselzuckend zum Haus hinübergeschaut.

»Im Haus?«

Er nickte, ohne Juliet anzusehen.

»Und was hat Birdie da gemacht?«

»Sie wohnt da. Manchmal auch im Garten.«

»Ach so.«

Dann hatte er sie angeschaut. »Kannst du Birdie sehen? Kannst du sie sehen, Mummy?«

Birdie – eine Sie? Juliet hatte nicht gewusst, was sie darauf antworten sollte. Sie hatte überlegt, ob sie ihm sagen sollte, ja, sie könne seine Fantasiefreundin sehen. Aber obwohl sie es verstehen konnte, dass er sich in einer Zeit, in der sein Leben auf den Kopf gestellt wurde, eine Freundin ausdachte, hatte sie das Gefühl, zu weit zu gehen, indem sie ihn in der Fantasie bestärkte. »Nein, mein Schatz«, hatte sie gesagt. »Birdie ist deine Freundin, nicht meine.«

»Aber sie mag dich, Mummy. Das hat sie mir selbst gesagt.«

Seine Worte versetzten Juliet einen Stich. »Das freut mich, mein Schatz.«

»Sie will dir helfen. Und sie hat mir gesagt, ich soll dir helfen.«

Juliet konnte nicht länger widerstehen. Sie nahm ihren kleinen Sohn in die Arme und drückte ihn ganz fest an sich. Sie spürte seine dünnen Gliedmaßen, er fühlte sich so klein an, und sie musste daran denken, was für einen langen Weg er noch vor sich hatte und wie sehr er von ihr abhängig war – von *ihr*, um Gottes willen, der arme Kerl.

»Weinst du, Mummy?«

Verdammt, nicht schon wieder! »Nein, mein Kleiner.«

»Aber du zitterst.«

»Stimmt. Weil es mich sehr glücklich macht, einen so wunderbaren kleinen Jungen wie dich zu haben.«

An dem Abend, als die Kinder schon schliefen und der Schlaf sie viel jünger aussehen ließ, als sie waren, war Juliet noch einmal nach draußen gegangen und hatte in der kühlen Nachtluft einen Spaziergang am Themseufer gemacht. Sie hatte sich wieder auf den Steg gesetzt und das Haus betrachtet.

Sie hatte sich ein Glas Whisky eingeschenkt und es in einem Zug ausgetrunken.

Sie konnte sich noch gut daran erinnern, wie wütend sie gewesen war an jenem Tag 1928, als sie Alan eröffnet hatte, dass sie schwanger war.

Damals hatte sie geglaubt, es sei die Wut darüber gewesen, dass Alan sie nicht verstand, doch jetzt wusste sie, dass das gar keine Wut gewesen war, sondern Angst. Eine plötzliche Leere und Einsamkeit hatte sie überkommen, wie das Gefühl eines Kindes, von Gott und der Welt verlassen zu sein. Das erklärte wohl auch, warum sie sich wie ein Kind aufgeführt hatte.

Ach, könnte sie doch die Zeit zurückdrehen und alles noch einmal von vorne erleben. Jenen Tag damals. Und den nächsten. Und den danach. Beas Geburt. Und Freddys. Und Tips. Sie wurden alle drei immer größer, und mit jedem Jahr entfernten sie sich mehr von ihr.

Sie schenkte sich nach. Es gab kein Zurück. Die Zeit bewegte sich nur in eine Richtung. Und sie blieb nicht stehen. Nie. Nicht einmal lange genug, um einen nachdenken zu lassen. Nur in der Erinnerung konnte man in der Zeit zurückgehen.

Als sie an jenem Tag in ihr kleines Zimmer im Swan zurückgekehrt war, nachdem sie sich geküsst und wieder versöhnt hatten, hatten sie noch eine Weile auf dem kleinen Bett mit dem hübschen eisernen Kopfteil gelegen, und Alan hatte ihr Gesicht in beide Hände genommen und ihr in die Augen gesehen und ihr versprochen, dass er sie nie wieder mit dem Vorschlag beleidigen würde, sie solle weniger arbeiten.

Und Juliet hatte ihn auf die Nasenspitze geküsst und ihm

versprochen, ihn niemals davon abzuhalten, den Beruf des Schauspielers an den Nagel zu hängen, wenn er lieber Schuhe verkaufen wollte.

Am Freitagmorgen las Juliet ihren Text für ihre »Briefe aus der Provinz« zum letzten Mal durch, dann telegrafierte sie ihn an Mr. Tallisker. Als Überschrift für den Artikel hatte sie vorgeschlagen: »Der Krieg und die Frauen oder: Ein Nachmittag im Verteidigungsministerium«. Sie hoffte inständig, dass ihr Chef den Vorschlag akzeptieren würde.

Zufrieden mit ihrem Artikel, gönnte Juliet sich einen freien Vormittag. Während Tip im Garten spielte, ließ sie sich von den beiden Großen überreden, mit ihnen zu der großen Scheune zu gehen, wo sie ihr unbedingt etwas zeigen wollten.

»Sieh mal! Da ist ein Boot.«

»Soso«, sagte Juliet und musste lachen.

Sie erzählte den Kindern, dass auch vor zwölf Jahren ein Ruderboot an den Dachsparren gehangen hatte.

»Dasselbe Boot?«

»Ich nehme es an.«

Freddy, der bereits die Leiter hochgeklettert war, hing mit einem Arm an der obersten Sprosse und rief aufgeregt: »Können wir es runterlassen, Mummy? Bitte, sag Ja!«

»Sei vorsichtig, Freddy.«

»Du weißt doch, dass wir rudern können«, sagte Bea. »Und die Themse ist hier auch nicht tief.«

Juliet fiel ein, dass Tip etwas von einem ertrunkenen Mädchen erzählt hatte. Sie witterte Gefahr.

»Bitte, Mummy, bitte!«

»Freddy«, sagte Juliet streng. »Gleich fällst du da runter und brichst dir was, und dann ist der Sommer für dich vorbei.«

Natürlich hörte er nicht auf sie, sondern turnte weiter wie ein Äffchen auf der Leiter herum.

»Komm sofort da runter, Freddy«, rief Bea ungehalten. »Wie soll Mummy sich das Boot ansehen, wenn du die Leiter blockierst?«

Während Freddy herunterkletterte, betrachtete Juliet das Boot von unten. Sie hörte Alans Stimme direkt an ihrem Ohr, er warnte sie, dass es zu nichts Gutem führen würde, wenn sie zu vorsichtig war. Du machst sie zu ängstlichen Menschen, wenn du sie zu sehr beschützt, und was dann? Dann werden wir sie nie los! Dann machen wir uns bis an unser Lebensende Sorgen um sie.

»Also«, sagte Juliet schließlich. »Wenn wir es schaffen, es herunterzulassen, und wenn es seetauglich ist, dann könnt ihr es meinetwegen zur Themse runtertragen.«

Die beiden stießen Freudenschreie aus, als Juliet auf die Leiter stieg, und Freddy fiel seiner Schwester um den Hals. Juliet stellte fest, dass das Boot mithilfe mehrerer Flaschenzüge nach oben gezogen worden war, die zwar etwas rostig waren, aber anscheinend noch funktionierten. Sie löste das Seil von einem Haken am Dachbalken, ließ das Boot nach unten gleiten und stieg wieder von der Leiter.

Da das Boot schon zwölf Jahre zuvor dort gehangen hatte, war Juliet eigentlich davon ausgegangen, dass es nicht zu gebrauchen sein würde, aber abgesehen von einer dicken Schicht aus Staub und Spinnweben förderte eine gründliche Untersuchung des Rumpfs nichts Besorgniserregendes zutage. Das Holz war knochentrocken, es gab nicht das geringste Anzeichen von Fäulnis; es sah so aus, als hätte irgendjemand sich irgendwann einmal die Mühe gemacht, es gründlich zu überholen.

Juliet fuhr gerade mit den Fingerspitzen über die Verbindung zwischen Boden und Bootswand, als ihr Blick auf etwas fiel, das im Sonnenlicht glitzerte.

»Was ist, Mummy?« Freddy zupfte an ihrer Bluse. »Können wir es zum Ufer tragen? Bitte, Mummy.«

Der Gegenstand steckte in der Fuge zwischen zwei Planken fest, doch es gelang Juliet, ihn herauszuziehen. »Was ist das?«, fragte Bea, die sich auf die Zehenspitzen gestellt hatte, um über Juliets Schulter zu lugen.

»Eine Münze. Eine alte Münze. Ich glaube, es ist ein Zwei-Pence-Stück.«

»Ist es wertvoll?«

»Ich denke nicht.« Sie rieb mit dem Daumen über die Münze. »Aber hübsch, oder?«

»Wen interessiert das schon?« Freddy hüpfte von einem Fuß auf den anderen. »Können wir es ins Wasser lassen, Mummy? Bitte!«

Juliet schob alle mütterlichen Bedenken beiseite, erklärte das Ruderboot für seetauglich und half den beiden, es bis zur Böschung zu tragen. Dann schaute sie ihnen nach, als sie ihre schwere Last mit Mühe zum Ufer hinunterschleppten.

Tip hockte immer noch im Vorgarten, als Juliet zurückkehrte. Sonnenlicht fiel durch das Laub des Ahornbaums und ließ sein glattes, weiches Haar golden schimmern. Er hatte seine Soldaten zusammen mit allen möglichen Federn, Stöckchen, Steinchen und sonstigen Gegenständen zu einem komplizierten, kreisförmigen Muster angeordnet.

Sie sah, dass er vor sich hin plapperte, und als sie näher kam, lachte er. Sein Lachen ließ den Tag, die Sonne – auch die Zukunft – heller strahlen, bis zu dem Moment, als er den Kopf schräg legte und Juliet sah, dass er auf etwas lauschte, das sie nicht hören konnte. Wo sie eben noch Licht gesehen hatte, war plötzlich Schatten.

»Gibt's was zu lachen, mein Kleiner?«, fragte sie, als sie ihn erreichte.

Er nickte, klaubte eine Feder vom Boden und drehte sie zwischen zwei Fingern hin und her.

Juliet wischte ein Stückchen trockenes Laub von seinem Knie. »Erzähl's mir, ich mag Scherze.«

»Es war kein Scherz.«

»Nein?«

»Es war nur Birdie.«

Obwohl Juliet das bereits vermutet hatte, zog sich ihr Magen zusammen.

»Sie bringt mich zum Lachen«, sagte Tip.

Juliet unterdrückte einen Seufzer. »Das freut mich, Tippy. Es ist gut, Freunde zu haben, die einen zum Lachen bringen.«

»Bringt Daddy dich zum Lachen, Mummy?«

»Und wie. Noch mehr als ihr drei.«

»Birdie sagt …« Er brach ab.

»Was denn? Was sagt sie?«

Er schüttelte den Kopf und konzentrierte sich auf den Stein, den er in der Hand drehte.

Juliet machte einen neuen Versuch. »Ist Birdie jetzt hier, Tip?«

Ein Nicken.

»Direkt hier bei uns?«

Erneutes Nicken.

»Wie sieht sie denn aus?«

»Sie hat lange Haare.«

»Wirklich?«

Er hob den Blick und schaute geradeaus. »Rote. Und sie hat ein langes Kleid an.«

Juliet folgte seinem Blick, richtete sich auf und rang sich ein Lächeln ab. »Hallo, Birdie«, sagte sie. »Freut mich, dich endlich kennenzulernen. Ich bin Juliet, Tips Mummy, und ich wollte mich schon die ganze Zeit bei dir bedanken. Tippy hat mir erzählt, dass du gesagt hast, er soll mir helfen, und ich wollte dir sagen, was für ein braver Junge er ist. Er hilft mir abends beim Geschirrspülen und Wäschefalten, wenn die anderen noch herumtoben. Ich bin mächtig stolz auf meinen Kleinen.«

Tip schob seine kleine Hand in ihre, und Juliet drückte sie liebevoll.

Eltern sein ist ein Kinderspiel, kam Alans gut gelaunte Stimme mit dem Wind. Nicht komplizierter, als mit verbundenen Augen ein Flugzeug mit Löchern in den Flügeln zu fliegen.

Kapitel 21

Am Freitagabend machten sie sich alle vier um sechs Uhr auf den Weg ins Dorf. Für Kinder, die die abgelegten Sachen von Fremden trugen, waren sie ordentlich herausgeputzt, und nachdem sie unterwegs ein paar Kühe mit langen Wimpern bewundert und Tip erlaubt hatten, ein paar Steine zu sammeln, überquerten sie um halb sieben den Dorfanger.

Mrs. Hammett hatte gesagt, sie sollten durch den Vordereingang des Swan hereinkommen, dann aber nicht nach links in den Schankraum, sondern nach rechts ins Esszimmer gehen.

Sie war bereits dort und trank gerade einen Cocktail mit einer Dame um die fünfzig, die die schönste Schildpattbrille trug, die Juliet je gesehen hatte. Beide Frauen drehten sich um, als Juliet und die Kinder hereinkamen, und Mrs. Hammett rief aus: »Herzlich willkommen! Kommen Sie herein, wie schön, dass Sie da sind!«

»Tut mir leid, dass wir uns verspätet haben«, sagte Juliet mit einem liebevollen Nicken in Tips Richtung. »Es mussten wichtige Steine eingesammelt werden.«

Die Frau mit der Brille sagte: »Ah, ein Junge nach meinem Geschmack.« Ihr Akzent klang ein wenig amerikanisch.

Die Kinder stellten sich brav vor, so wie Juliet es ihnen unterwegs beigebracht hatte, dann wurden sie von Juliet in den Vorraum geschickt, wo sie in Ledersesseln warten konnten, bis das Essen serviert wurde.

»Mrs. Wright«, sagte Mrs. Hammett, als Juliet zurück ins Zimmer kam, »das ist Dr. Lovegrove. Dr. Lovegrove wohnt in unserem Zimmer im ersten Stock. Auch eine Besucherin, die es wieder in unser Dorf gezogen hat. Das Jahr 1940 scheint das Jahr der Rückkehrer zu sein.«

Dr. Lovegrove streckte eine Hand aus. »Freut mich, Sie kennenzulernen«, sagte sie. »Bitte, nennen Sie mich Ada.«

»Danke, Ada. Ich bin Juliet.«

»Mrs. Hammett hat mir erzählt, dass Sie mit den Kindern in Birchwood Manor wohnen?«

»Ja, seit Sonntagabend.«

»Ich bin in dem Haus vor vielen Jahren zur Schule gegangen.«

»Ja, ich habe davon gehört, dass es einmal ein Internat war.«

»Es wurde schon vor Jahrzehnten geschlossen, kurz nachdem ich weggegangen bin. Es war eine der letzten Bastionen der viktorianischen Erziehung für Mädchen. Wir haben viel genäht und gesungen und Bücher auf dem Kopf balanciert, anstatt sie zu lesen.«

»Na, na«, sagte Mrs. Hammett. »Lucy hat ihr Bestes gegeben. Und es scheint Ihnen nicht geschadet zu haben, Dr. Lovegrove.«

Ada lachte. »Da haben Sie recht. Und was Lucy angeht auch. Ich hatte so sehr gehofft, sie noch einmal wiederzusehen.«

»Wirklich schade.«

»Ich habe es mir selbst zuzuschreiben. Ich habe die Reise zu lange vor mir hergeschoben. Das Alter holt uns alle ein, selbst Lucy war davor nicht gefeit. In gewisser Weise habe ich dem Internat, so merkwürdig es auch sein mag, meinen Beruf zu verdanken. Ich bin Archäologin«, erklärte sie Juliet. »Professorin an der Universität von New York. Aber vorher war ich begeistertes Mitglied von Miss Radcliffes Naturkundezirkel. Lucy – Miss Radcliffe – war Sammlerin mit Leib und Seele. Ich bin selten jemandem mit einem derart sicheren Instinkt begegnet: Sie besaß eine großartige Sammlung von Fossilien und anderen Fundstücken. Ihr Ausstellungszimmer war eine richtige Schatzkammer. Nur ein kleines Zimmer – aber Sie wissen sicher, welches ich meine, das erste oben an der Treppe im ersten Stock.«

»Das ist jetzt mein Zimmer«, sagte Juliet lächelnd.

»Dann können Sie sich ja denken, wie eng es darin war, als an allen Wänden deckenhohe Regale standen, dazu diverse zum Bersten gefüllte Kisten und Vitrinen.«

»Ja, das kann ich allerdings«, sagte Juliet und nahm ihr Notizheft heraus, das sie wie immer bei sich trug. »Und mir gefällt die Vorstellung, dass ein Haus so viele verschiedene Funktionen hatte. Es hat mich sogar auf eine Idee gebracht.«

Sie notierte sich kurz etwas und erzählte Ada von ihrer Kolumne »Briefe aus der Provinz«, was Mrs. Hammett dazu bewog, aufgeregt hinzuzufügen: »Meine Damen vom Freiwilligendienst und ich wurden bereits erwähnt, Dr. Lovegrove – und das gleich in der ersten Kolumne! Sie besorgen uns doch ein Exemplar der Zeitung, nicht wahr, Mrs. Wright?«

»Ja, ich habe meinen Chef ausdrücklich darum gebeten, Mrs. Hammett. Am Montag werden Ihnen mehrere Exemplare mit der Post zugestellt werden.«

»Großartig! Meine Damen können es kaum erwarten. Und wenn Sie etwas über Lucy schreiben, dann vergessen Sie nicht zu erwähnen, dass sie die Schwester von Edward Radcliffe war.«

Juliet runzelte die Stirn. Der Name kam ihr vage bekannt vor.

»Der Maler. Einer aus dieser Magenta Brotherhood, von der so viel die Rede ist. Er ist jung gestorben, deshalb ist er nicht so berühmt wie die anderen Mitglieder, aber er hat damals das Haus gekauft. Dann hat es irgendeinen Skandal gegeben. Er hat mit seinen Freunden den Sommer in dem Haus verbracht – das ist schon lange her, damals war meine Mutter noch ein Kind, aber sie hat es bis zu ihrem Tod nicht vergessen. Eine schöne junge Erbin ist ermordet worden. Genauer gesagt, die Verlobte von Radcliffe. Ihr Tod hat ihm das Herz gebrochen, und er ist nie wieder zurückgekehrt. Lucy hat es von ihm geerbt.«

Die Tür ging auf, und Mr. Hammett trat ein, gefolgt von einem Küchenmädchen mit einem Tablett voll dampfender Schüsseln. »Ah!«, sagte Mrs. Hammett strahlend. »Das Abendessen ist fertig! Sie werden staunen, was unsere Köchin aus Wurstresten zaubern kann!«

Die Köchin hatte tatsächlich ein Wunder vollbracht. Gedünstete Wurstenden hatten nie zu Juliets Lieblingsspeisen gehört, aber mit einer dicken Soße, nach deren Zutaten sie lieber nicht fragte, schmeckten sie köstlich. Ebenso erfreulich war, dass ihre Kinder sich von ihrer manierlichsten Seite zeigten; sie beantworteten alle Fragen, die ihnen gestellt wurden, wenn auch vielleicht teilweise ein wenig zu direkt, und hatten sogar ein paar eigene Fragen. Tip konnte nicht widerstehen, seine kleinen Finger in die Kerzenwachspfützen zu drücken, die sich um die Kerzen bildeten, aber alle bedankten sich artig nach dem Essen, und keiner schnäuzte sich die Nase mit dem Tischtuch, und als Bea höflich fragte, ob sie ihr Kartenspiel im Vorraum wieder aufnehmen durften, erlaubte Juliet ihnen das nur allzu gern.

»Gefällt es Ihren Kindern in Birchwood Manor?«, fragte Ada, während das Küchenmädchen ihnen Kaffee und Tee einschenkte. »Das muss für Londoner Kinder eine große Umstellung sein.«

»Zum Glück scheint die Umstellung ihnen gut zu bekommen.«

»Ja, das glaube ich gern, auf dem Land gibt es für Kinder so vieles zu entdecken«, sagte Mrs. Hammett. »Das müsste schon ein merkwürdiges Kind sein, dem es hier bei uns nicht gefällt.«

Ada lachte. »Ich bin immer ein merkwürdiges Kind gewesen.«

»Ihnen hat es hier nicht gefallen?«

»Irgendwann schon. Aber am Anfang nicht. Ich bin in Indien geboren, und dort war ich sehr glücklich, bis man mich hier ins Internat gesteckt hat. Ich war widerspenstig, und es gefiel mir überhaupt nicht. Ich fand die Landschaft langweilig und furchtbar gepflegt. Alles war mir fremd, um es höflich auszudrücken.«

»Wie lange waren Sie denn hier im Internat?«

»Etwas länger als zwei Jahre. Als ich zehn war, wurde es geschlossen, und ich kam in ein größeres Internat in der Nähe von Oxford.«

»Es hatte einen schrecklichen Unfall gegeben«, sagte Mrs. Hammett. »Bei einem Picknick im Sommer ist ein Mädchen ertrunken. Nicht mal zwei Jahre danach musste das Internat schließen.« Sie runzelte die Stirn. »Das heißt, dann müssen Sie ja dort gewesen sein, als es passiert ist, Dr. Lovegrove.«

»Ja«, sagte Ada und nahm ihre Brille ab, um sie zu putzen.

»Haben Sie das Mädchen gekannt?«

»Nicht sehr gut. Sie war älter als ich.«

Die beiden Frauen führten ihre Unterhaltung fort, aber Juliet musste an Tip denken. Er hatte ihr erzählt, dass ein Mädchen in der Themse ertrunken war, und jetzt fragte sie sich, ob er das irgendwo im Dorf aufgeschnappt hatte. Aber das konnte nicht sein, denn er hatte ja gleich am ersten Morgen davon gesprochen. Vielleicht, dachte sie, hatte der nervöse junge Mann von der AHA es ihm zugeflüstert. Der Mann hatte irgendwie ein bisschen verschlagen gewirkt, wenn sie es sich recht überlegte.

Natürlich konnte es auch sein, dass Tip nur seine eigenen Ängste zum Ausdruck gebracht hatte. Schließlich ermahnte sie ihn immer wieder, vorsichtig zu sein. »Ich hab's dir ja gleich gesagt«, hörte sie Alan frotzeln. »Du machst sie zu Angsthasen mit deiner Gluckenhaftigkeit.« Aber vielleicht hatte Tip nur eine Vermutung ausgesprochen: Es kam immer wieder vor, dass jemand in einem Fluss ertrank, wahrscheinlich war im Lauf der Zeit an jeder beliebigen Stelle an den Ufern der Themse irgendjemand ertrunken. Sie machte sich nur Sorgen, weil sie sich schlicht immer Sorgen um Tip machte.

»Mrs. Wright?«

Juliet blinzelte. »Verzeihen Sie, Mrs. Hammett. Ich war ganz in Gedanken.«

»Ich hoffe, es ist alles in Ordnung? Möchten Sie noch einen Schluck Kaffee?«

Juliet nickte lächelnd, und wie es häufig passiert, wenn man sich mit einer Sorge allein fühlt, empfand sie plötzlich das Bedürfnis, sich mitzuteilen. Sie erzählte den beiden Frauen von Tips Fantasiefreundin.

»Der arme Kleine«, sagte Mrs. Hammett. »Kein Wunder nach allem, was er hinter sich hat. Der fängt sich wieder, warten Sie nur ab. Irgendwann werden Sie merken, dass er seine ›Freundin‹ gar nicht mehr erwähnt.«

»Vielleicht haben Sie recht«, sagte Juliet. »Ich selbst habe nie einen Fantasiefreund gehabt, und mir fällt es schwer, mir so etwas vorzustellen.«

»Bringt seine Fantasiefreundin ihn dazu, Dummheiten anzustellen?«

»Nein, nein, überhaupt nicht. Im Gegenteil, sie hat sogar einen ziemlich guten Einfluss auf ihn.«

»Na, Gott sei Dank«, sagte Mrs. Hammett. »Ist sie heute hier? Ich hatte noch nie eine Fantasieperson zu Gast.«

»Zum Glück nicht. Sie ist heute zu Hause geblieben.«

»Na, immerhin. Vielleicht ist es ja ein gutes Zeichen, dass Tip seine Freundin nur manchmal braucht.«

»Ja, vielleicht. Er hat allerdings gesagt, er habe sie eingeladen mitzukommen. Aber sie hat ihm erklärt, dass sie nicht so weit gehen könne.«

»Ach, sie hat eine Gehbehinderung? Wie interessant. Hat er Ihnen noch mehr über dieses Mädchen erzählt?«

»Also, erstens ist sie kein Mädchen, sondern eine Frau. Ich möchte lieber nicht wissen, was das über mich aussagt, dass er sich als besondere Freundin eine erwachsene Frau ausgedacht hat.«

»Vielleicht ist sie eine Doppelgängerin von Ihnen«, meinte Mrs. Hammett.

»Nein, nein. Nach allem, was er mir erzählt hat, ist sie eher das Gegenteil von mir. Sie hat langes, rotes Haar und trägt ein langes, weißes Kleid.«

Ada, die sich bis dahin nicht an dem Gespräch beteiligt hatte, fragte: »Haben Sie in Betracht gezogen, dass er die Wahrheit sagen könnte?«

Einen Moment lang herrschte Schweigen am Tisch, dann sagte Mrs. Hammett mit einem nervösen Lachen: »Ein guter Scherz, Dr. Lovegrove. Aber Mrs. Wright macht sich wirklich Sorgen.«

»Ach, das sollten Sie nicht«, sagte Ada. »Es hat bestimmt nichts zu bedeuten, außer dass Ihr kleiner Sohn sehr kreativ ist und eine ganz eigene Methode entwickelt hat, mit all den Veränderungen in seinem Leben zurechtzukommen.«

»Das könnte mein Mann genauso gesagt haben.« Juliet lächelte Ada an. »Und Sie haben bestimmt recht.«

Als Mrs. Hammett verkündete, sie wolle mal nachsehen, wo der Nachtisch bleibe, und Ada sagte, sie wolle kurz frische Luft schnappen, nutzte Juliet die Gelegenheit, um nach ihren Kindern zu sehen. Freddy und Bea waren leicht zu finden, sie hockten unter der Treppe und spielten Karten.

Juliet sah sich nach Tip um. »Wo ist euer Bruder?«

Keiner der beiden blickte von seinen Karten auf.

»Keine Ahnung.«

»Irgendwo.«

Einen Moment lang blieb Juliet stehen, eine Hand auf dem Pfosten des Treppengeländers. Als ihr Blick die Treppe hinaufwanderte, sah sie ganz kurz Alan oben auf dem Absatz stehen, wie immer seine verdammte Pfeife im Mund.

Diese Treppe war sie damals hinaufgerannt, und er hatte in dem kleinen Zimmer auf sie gewartet, bereit, ihren Streit fortzusetzen.

Sie konnte nicht widerstehen, nach oben zu gehen.

Das Geländer fühlte sich vertraut an, und Juliet ging mit geschlossenen Augen weiter, um sich wieder in die damalige Zeit zurückzuversetzen. Die Erinnerung war zum Greifen nahe. Ihr war, als könnte sie Alan *riechen*. Doch als sie die Augen öffnete, war er verschwunden.

Im Flur im ersten Stock sah es genauso aus, wie sie es in Erinnerung hatte. Sauber und ordentlich, mit kleinen Details, die geschmackvoll und mit viel Liebe angeordnet waren: Auf einem kleinen Tisch stand eine Vase mit frischen Blumen, an den Wänden hingen gerahmte Aquarelle von Sehenswürdigkeiten der Gegend. Der Läufer war inzwischen ziemlich abgetreten, und in der Luft hing derselbe Geruch nach Waschmittel und Holzpolitur und, kaum wahrnehmbar, nach abgestandenem Bier.

Aber keine Spur von einem kleinen Jungen.

Als sie nach unten ging, hörte Juliet von draußen eine vertraute Stimme. Sie lugte durch die zugezogenen Verdunkelungsvorhänge zu der Bank, die unter dem Fenster stand. Und da saß Tip, die Hände voll mit Steinen und Stöckchen, und neben ihm Ada, mit der er ins Gespräch vertieft war.

Juliet lächelte in sich hinein und trat vom Fenster zurück, darauf bedacht, die beiden nicht zu stören. Worüber auch immer sie sich unterhielten, Tip war mit leuchtenden Augen und roten Wangen bei der Sache.

»Da sind Sie ja, Mrs. Wright«, sagte Mrs. Hammett.

Das Küchenmädchen trug wieder ein schwer beladenes Tablett ins Speisezimmer. »Nachtisch gefällig? Es gibt eierlosen Biskuitkuchen mit Erdbeermarmelade!«

Am Sonntagmorgen wachte Juliet zum ersten Mal seit ihrer Ankunft vor den Kindern auf. Sie hatte unruhig geschlafen und hielt es nicht länger im Bett aus. Sie zog sich etwas über und brach zu einem Spaziergang auf. Aber anstatt wie sonst zur Themse ging sie in Richtung Dorf. Die Leute strömten bereits in die Kirche zum Frühgottesdienst. Mrs. Hammett sah Juliet und winkte, und Juliet winkte lächelnd zurück.

Sie setzte sich auf die Bank neben dem Eingang der Kirche und lauschte der Predigt. Der Pfarrer sprach von Liebe und Verlust und von der Unbezwingbarkeit der Menschen, die auf Gott vertrauten. Es war eine bewegende Predigt, und der Pfarrer war ein guter Redner, doch Juliet befürchtete, dass noch viele solcher Predigten gehalten werden würden, bis der Krieg zu Ende war.

Sie ließ den Blick über den hübschen Friedhof wandern. Es war ein friedlicher Ort. Wuchernder Efeu über schlafenden Seelen. Grabsteine, die von Alter und Jugend erzählten und von der Willkür des Todes. Ein einsamer, schöner Engel beugte den Kopf über ein aufgeschlagenes Buch, das Haar aus Stein, über die Jahre dunkel verfärbt, fiel auf die kalten Seiten. Die Stille an Orten wie einem Friedhof war Ehrfurcht gebietend.

Zu den Klängen von Elgars *Nimrod* schlenderte Juliet über den Friedhof, betrachtete nachdenklich die Namen und Daten, die liebevollen Inschriften, die von Ewigkeit und Ruhe handelten. Wie bemerkenswert, dass der Mensch das Leben so hoch schätzte, dass er dem kurzen Aufenthalt jedes Einzelnen auf der Erde ein Denkmal setzte, während er zugleich zu sinnlosem Morden fähig war.

Im hinteren Bereich des Friedhofs entdeckte Juliet einen

Namen auf einem Grabstein, der ihr bekannt vorkam: *Lucy Eliza Radcliffe, 1849–1939*. Daneben stand der Grabstein ihres Bruders Edward, von dem Mrs. Hammett gesprochen hatte. Unter Lucys Namen standen die Worte *Alles Vergangene ist gegenwärtig*, ein Spruch, der Juliet nachdenklich stimmte, denn er war so anders als die üblichen Grabinschriften.

Vergangenheit, Gegenwart, Zukunft – was bedeutete das überhaupt? Man konnte sich bemühen, das Beste aus der Zeit und den Gegebenheiten zu machen, die einem gegeben waren, aber das war's auch schon.

Juliet machte sich auf den Heimweg. Die aufgehende Sonne hatte die morgendliche Kühle vertrieben, und der Himmel war leuchtend blau. Die Kinder würden heute wieder mit dem Boot aufs Wasser wollen, dachte Juliet. Vielleicht würde sie ein Picknick am Ufer vorschlagen.

Schon von Weitem sah sie, dass die Kinder wach waren: Merkwürdig, dass man einem Haus ansah, ob seine Bewohner schliefen oder nicht. Und tatsächlich hörte sie beim Näherkommen Beas Blockflöte.

Mrs. Hammett hatte ihnen am Abend vier Hühnereier mitgegeben, und Juliet freute sich schon darauf, ihren Kindern ein weich gekochtes Frühstücksei bieten zu können; zur Feier des Tages würde sie sogar gute Butter auf den Tisch stellen. Aber zuerst ging sie nach oben, um ihren Hut in ihrem Zimmer abzulegen. Sie warf einen kurzen Blick ins Kinderzimmer, wo Bea im Schneidersitz wie ein Schlangenbeschwörer auf ihrem Bett hockte und Flöte spielte. Freddy lag rücklings quer auf seiner Matratze, den Kopf auf dem Boden. Er schien die Luft anzuhalten. Von Tip keine Spur.

»Wo ist euer Bruder?«, fragte Juliet.

Beatrice hob die Schultern, ohne ihr Spiel zu unterbrechen.

Freddy stieß die Luft aus und sagte: »Ich glaub oben.«

Offenbar hatte es Streit gegeben, das war deutlich zu spüren, aber Juliet war klug genug, sich nicht einzumischen. Streit zwischen Geschwistern, das hatte sie mit der Zeit gelernt, war wie Rauch: Zuerst ließ er die Augen tränen, dann wurde er vom Wind fortgeweht.

»In zehn Minuten gibt's Frühstück!«, verkündete sie.

Sie warf ihren Hut auf ihr Bett und schaute kurz in das alte Wohnzimmer am Ende des Flurs. Sie nutzten das Zimmer nicht, die Möbel darin waren mit Tüchern abgedeckt, aber solche Orte waren für kleine Kinder sehr verlockend.

Tip war nicht hier, aber Freddy hatte ja auch gemeint, er sei auf dem Dachboden. Sie lief die Treppe hoch und rief nach ihm. »Tip! Es gibt Frühstück! Hilfst du mir, die Eier zu kochen?«

Nichts.

»Tip?« Sie schaute in jedes Dachzimmer. Im letzten trat sie ans Fenster und schaute zur Themse hinaus.

Die Themse.

Tip entfernte sich nie weit vom Haus. Er war eher ängstlich. Er würde nie allein bis zur Themse laufen, dachte Juliet.

Aber das beruhigte sie nicht. Er war noch klein. Er ließ sich leicht ablenken. Kinder konnten ertrinken.

»Tip!« Jetzt war sie wirklich beunruhigt, und sie eilte die Treppe hinunter. Beinahe hätte sie das gedämpfte »Mummy!« überhört, als sie in Panik den Flur entlanglief.

Sie blieb stehen und lauschte. »Tip?«

»Hier drin.«

Es war, als würde die Wand mit ihr sprechen – als hätte die Wand Tip verschlungen.

Und dann öffnete sich vor ihren Augen ein Spalt in der Wand, und ein Paneel wurde zur Seite geschoben. Es war eine Geheimtür, und dahinter kam Tip lächelnd zum Vorschein.

Juliet zog ihn an sich und drückte ihn viel zu fest, doch sie konnte nicht anders. »Tippy, ach, Tippy, mein Schatz!«

»Ich hab mich versteckt.«

»Das hab ich gesehen.«

»Ada hat mir von dem Versteck erzählt.«

»Wirklich?«

Er nickte. »Es ist ein Geheimnis.«

»Ein fabelhaftes Geheimnis. Danke, dass du es mir anvertraust.« Es war erstaunlich, wie ruhig sie ihre Stimme klingen lassen konnte, während ihr Herz immer noch vor Aufregung raste. Juliet war schwindelig. »Wollen wir uns einen Moment hinsetzen, Tippy?«

Die Geheimtür schloss sich nahtlos hinter ihm.

»Ada haben meine Steine gefallen. Sie sagt, sie hat früher auch Steine gesammelt. Und Fossilien. Und jetzt ist sie Arkä…«

»Ar-chä-ologin.«

»Ja«, sagte er. »Genau.«

Juliet setzte sich auf die oberste Treppenstufe und zog Tip auf ihren Schoß. Sie umschlang ihn mit den Armen und legte ihr Kinn auf seinen Kopf. Im Gegensatz zu ihren anderen Kindern akzeptierte er die gelegentlichen Anflüge exzessiver mütterlicher Liebesbezeugung. Erst als sie merkte, dass sie seine Engelsgeduld überstrapazierte, sagte sie: »So. Jetzt machen wir Frühstück. Und dann finden wir raus, worüber deine Schwester und dein Bruder sich streiten.«

»Bea hat gesagt, Daddy kann uns hier nicht finden, wenn er nach Hause kommt.«

»Das hat sie gesagt?«

»Und Freddy hat gesagt, dass Daddy ein Zauberer ist und uns überall auf der Welt finden kann.«

»Ach so.«

»Und ich bin nach oben gegangen, weil ich es ihnen nicht sagen wollte.«

»Was wolltest du ihnen nicht sagen?«

»Dass Daddy nicht mehr nach Hause kommt.«

Juliet wurde erneut schwindelig. »Wie meinst du das?«

Anstatt zu antworten, legte er ihr seine kleine Hand zärtlich an die Wange. Sein kleines Gesicht war so ernst, und da begriff Juliet, dass er Bescheid wusste.

Sie spürte Alans Brief in ihrer Tasche. Seit er eingetroffen war, trug sie ihn mit sich herum. Es war der einzige Grund, warum sie ihn immer noch hatte. Das schwarz umrandete Telegramm vom Kriegsministerium, das am selben Tag eingetroffen war, existierte längst nicht mehr. Juliet hatte es verbrennen wollen, aber am Ende hatte sie das nicht einmal selbst tun müssen. Einer von Hitlers Piloten hatte das für sie erledigt, indem er eine Bombe über der Queen's Head Street in Islington abgeworfen und ihr Haus mit ihrer gesamten Habe zerstört hatte.

Sie hatte es den Kindern sagen wollen. Natürlich hatte sie das vorgehabt. Das Problem war nur, dass es praktisch keine akzeptable Art und Weise gab, den Kindern mitzuteilen, dass ihr wunderbarer, lustiger, vergesslicher, verrückter Vater tot war.

»Mummy?« Tip hatte seine Hand in ihre geschoben. »Was passiert jetzt?«

Es gab vieles, was Juliet ihm gern geantwortet hätte. Es war eine der seltenen Situationen, in denen einem klar war, dass das, was man seinem Kind als Nächstes sagte, für immer in dessen Gedächtnis haften bleiben würde. Sie wollte so gern das Richtige sagen. Sie war Journalistin, aber ihr fehlten die Worte. Jede Erklärung, die sie formulierte und wieder verwarf, verlängerte das Schweigen bis zum Zeitpunkt der perfekten Antwort. Das Leben war wirklich ein einziger riesiger Leimtopf, genau wie Alan es immer gesagt hatte. Ein Topf voll mit einer Mischung aus Mehl und Wasser, in der sie alle, so gut es ging, herumstrampelten, um nicht unterzugehen.

»Ich weiß es nicht, Tippy«, sagte sie schließlich, was weder tröstlich noch klug war, aber immerhin die Wahrheit. »Aber ich weiß, dass wir es gemeinsam schaffen werden.«

Sie ahnte, welche Frage folgen würde: Er würde wissen wollen, woher sie das wusste. Aber was in aller Welt sollte sie ihm darauf antworten? Weil sie es einfach wusste? Weil nichts anderes infrage kam? Weil das ihr Flugzeug war und sie die Pilotin und dass sie, mit verbundenen Augen oder nicht, dafür sorgen würde, dass sie sicher landeten?

Am Ende blieb ihr die Antwort erspart, denn sie hatte sich geirrt: Er stellte ihr gar keine weitere Frage. Mit einem Vertrauen, das sie fast zu Tränen rührte, nahm er sie beim Wort und wechselte das Thema.

»Birdie sagt, selbst in der dunkelsten Kiste gibt es winzige Löcher, durch die das Licht dringt.«

Plötzlich fühlte sich Juliet restlos erschöpft. »Wirklich, mein Schatz?«

Tip nickte ernst. »Und es stimmt auch, Mummy. Ich hab sie in dem geheimen Versteck gesehen. Man kann sie aber nur von innen sehen. Am Anfang hatte ich Angst da drin, aber das brauchte ich gar nicht, weil es nämlich viele kleine Löcher gibt, durch die das Licht reinkommt.«

VIII

Es ist Samstag, und die Touristen sind da. Ich bin in dem kleinen Zimmer, in dem das Porträt von Fanny hängt. Das heißt, ich bin in Juliets Zimmer. Schließlich hat Fanny hier nur ein einziges Mal übernachtet. Ich habe oft bei Juliet gesessen, während sie auf ihrer Schreibmaschine getippt hat, ihre Unterlagen auf der Kommode unter dem Fenster ausgebreitet. Auch spätabends, wenn die Kinder schon im Bett waren und sie Alans Brief herausgenommen hat, war ich bei ihr. Gelesen hat sie den Brief aber nur ganz selten. Sie hat ihn einfach in der Hand gehalten und aus dem Fenster in die dunkle Nacht hinausgeschaut.

Hier in dieses Zimmer wurde Ada gebracht, nachdem man sie aus der Themse gezogen hatte, wo sie fast ertrunken wäre. Damals standen an den Wänden hohe Regale, in denen Lucy ihre Fossilien und allen möglichen Kram aufbewahrte, denn sie wohnte im Zimmer nebenan. Nachdem die Krankenschwester sich geweigert hatte, sich weiterhin um Ada zu kümmern, weil Lucy ihr dauernd sagte, wie sie was zu tun hatte, hat Lucy Adas Pflege selbst übernommen. Wegen des Betts für Ada war kaum noch Platz im Zimmer, aber Lucy hatte einen Holzstuhl in eine Ecke gestellt, und dort hat sie abends stundenlang gesessen und das schlafende Mädchen angeschaut.

Es war rührend zu sehen, wie fürsorglich Lucy war; die kleine Lucy, die nach Edwards Tod eigentlich nur wenige Menschen gefunden hatte, denen sie sich nahe fühlte. Sie sorgte dafür, dass Adas Bett jeden Abend mit einer mit glühenden Kohlen gefüllten Messingpfanne vorgewärmt wurde, und sie erlaubte ihr auch, das Kätzchen zu behalten, obwohl Miss Thornfield strikt dagegen war.

Eine Touristin ist ins Zimmer gekommen und steht am Fenster. Sie reckt den Hals, um über die Mauer hinweg in den Obstgarten zu sehen. Die Morgensonne scheint ihr ins Gesicht. Es erinnert mich an den Tag nach dem Picknick, als es Ada wieder so gut ging, dass sie sich im Bett aufsetzen konnte, und das Sonnenlicht durch das Sprossenfenster vier Rechtecke auf ihre Bettdecke warf.

Lucy ist mit dem Frühstück gekommen, und als sie das Tablett auf der Kommode abgestellt hat, da hat Ada, immer noch ganz blass, leise gesagt: »Ich bin ins Wasser gefallen.«

»Stimmt.«

»Ich kann nicht schwimmen.«

»Das haben wir gemerkt.«

Eine Weile hat Ada dann nichts mehr gesagt. Aber ich habe ihr angemerkt, dass ihr noch etwas auf den Nägeln brannte, und nach einer Weile kam dann auch ein vorsichtiges »Miss Radcliffe?«.

»Ja, mein Kind?«

»Es war noch jemand im Wasser.«

»Ja.« Lucy hat sich auf die Bettkante gesetzt und Adas Hand genommen. »Es tut mir leid, dir das sagen zu müssen, aber May Hawkins ist auch ins Wasser gefallen. Sie hat nicht so viel Glück gehabt wie du. Sie konnte auch nicht schwimmen und ist ertrunken.«

Ada hat sich das angehört, dann hat sie kaum hörbar geflüstert: »Aber die, die ich gesehen habe, war nicht May Hawkins.«

Ich war gespannt zu hören, wie viel sie Lucy erzählen würde, ob sie ihr die Wahrheit über das anvertrauen würde, was auf der Themse passiert war.

Aber sie hat die andere Person nicht wieder erwähnt, sondern nur gesagt: »Ich habe ein blaues Licht gesehen. Ich habe danach gegriffen, und da habe ich gemerkt, dass es gar kein Licht war. Es war ein Stein, ein leuchtender Stein.« Dann hat sie die Hand geöffnet, und auf ihrer Handfläche lag der Radcliffe Blue, den sie zwischen den Steinen am Grund der Themse herausgefischt hatte. »Ich habe ihn leuchten sehen, und ich habe ihn festgehalten, weil ich wusste, dass er mich retten würde. Und das hat er auch getan. Mein Amulett hat mich genau in dem Moment gefunden, als ich es am dringendsten gebraucht habe, und es hat mich beschützt. Genau wie Sie es mir gesagt haben.«

Das Wetter ist schön, der Himmel ist klar, und das Haus ist schon am Vormittag voll mit Besuchern, die in einem der Pubs in der Nähe ein Mittagessen gebucht haben. Sie schlurfen in kleinen Gruppen durch die Zimmer, und ich kann es nicht mehr hören, wie der Führer sie in »Fannys Zimmer« auffordert, die Augen zu schließen und »den gespenstischen Hauch von Miss Browns Lieblingscologne« zu riechen. Deswegen flüchte ich in die Mälzerei, wohin Jack sich zurückgezogen hat. Mrs. Wheeler hat ihm diverse Unterlagen gemailt, die er ausgedruckt hat, und heute früh habe ich zwischen den Ausdrucken einen Brief von Lucy an Ada aus dem Jahr 1939 entdeckt. Leider lugte nur der obere Teil zwischen anderen Seiten heraus, sodass ich noch nicht lesen konnte, was darin steht. Ich hoffe, dass Jack inzwischen die anderen Papiere weggenommen hat und ich den Brief lesen kann.

Unten in der Eingangshalle steht eine Gruppe Besucher vor dem Landschaftsgemälde, das an der hinteren Wand hängt. Es ist das erste Bild von Edward, das in der Royal Academy ausgestellt wurde und aus dem »Obere-Themse-Zyklus« stammt. Es zeigt die Aussicht aus einem Dachfenster des Hauses, die tatsächlich sehr schön ist, man schaut über die Felder hinweg bis zur Themse, man sieht den Wald und in der Ferne die walisischen Berge, aber Edward hat aus dieser ländlichen Szene mit Magentarot und Tiefgrün in verschiedenen Schattierungen ein Bild von verwirrender Schönheit gemacht. Das Gemälde wurde damals angekündigt als bedeutendes Beispiel für den Übergang von gegenständlicher Malerei zur »Kunst der Atmosphäre«.

Es war ein betörendes Kunstwerk, und die Besucher sagen heute das Gleiche, was alle Besucher sagen – »Herrliche Farben!« und »Wie seelenvoll!« und »Sieh dir mal die Technik an!«. Aber kaum jemand kauft im Museumsladen einen Druck von dem Bild.

Edward besaß die besondere Gabe, seine Gefühle unter Zuhilfenahme von Pigmenten und Pinselstrichen mit einer kompromisslosen Deutlichkeit zu veranschaulichen, die seinem Bedürfnis, zu kommunizieren und sich verständlich zu machen, entsprang. Die Leute kaufen keinen Druck von der Aussicht vom Dachfenster, um ihn sich zu Hause übers Sofa zu hängen, weil das Bild in einem Zustand der Angst gemalt wurde und sie das trotz seiner Schönheit – und ohne die Geschichte zu kennen, die zu dem Bild geführt hat – instinktiv spüren.

Der Anblick der Landschaft, wie er ihn in dem Bild festgehalten hat, hat sich Edward eingeprägt, als er vierzehn Jahre alt war. Mit vierzehn ist man zerbrechlich, es ist eine Zeit, in der sich Wahrnehmung und Gefühle drastisch ändern, und Edward war ein ganz besonders sensibler Junge. Und er war schon immer sehr impulsiv. Ich habe nie erlebt, dass er irgendetwas halbherzig gemacht hätte, und als Kind und Jugendlicher hatte er immer wieder neue Interessen, in die er sich voll und ganz hineingestürzt hat, bis das nächste Thema seine Aufmerksamkeit erregte. Er verzehrte sich nach Feengeschichten und Theorien geheimer Wissenschaften, und eine Zeit lang hatte er sogar versucht, einen Geist zu beschwören. Die Idee hatte er aus

Büchern, die er im Keller der Internatsbibliothek gefunden und nachts heimlich bei Kerzenschein im Schlafsaal gelesen hatte.

Etwa um diese Zeit brachen seine Eltern in den Fernen Osten auf, um Kunstgegenstände zu kaufen, eine Reise, von der sie erst nach einem Jahr zurückkehrten. Und so wurde Edward in den Sommerferien nicht zu seinen Eltern nach London geschickt, sondern zu seinem Großvater. Wiltshire ist ein altes, verwunschenes County, und Edward hat mir erzählt, dass man, wenn der Vollmond hoch am Himmel stand, den alten Zauber immer noch spüren konnte. Obwohl er darunter litt, dass seine Eltern ihn alleingelassen hatten, und obwohl der Großvater ein Despot war, den er fürchtete, wurde seine Faszination für Geister und Feenmärchen durch seinen Aufenthalt in Wiltshire noch intensiviert.

Er hatte lange überlegt, wo er seinen Geist beschwören sollte, und hatte mehrere Friedhöfe in der Nähe in Erwägung gezogen, doch dann überzeugte der Gärtner seines Großvaters ihn, dem River Cole bis zu der Stelle zu folgen, wo er in die Themse fließt. Dort gebe es eine Lichtung im Wald, hatte der alte Mann ihm erzählt, an einer Flussbiegung, wo Feen und Geister immer noch unter den Lebenden wandelten. Die Großmutter des Gärtners war zur Geisterstunde geboren worden und wusste solche Dinge, und von ihr hatte er von dem geheimen Ort erfahren.

Die Ereignisse jenes Abends hat Edward mir an einem regnerischen Nachmittag bei Kerzenschein in seinem Londoner Atelier erzählt. Ich erinnere mich so gut daran, dass ich seine Stimme immer noch höre, als würde er genau jetzt neben mir stehen. Ich kann die Geschichte jener Nacht im Wald wiedergeben, als wäre ich selbst dabei gewesen.

Nach einem mehrstündigen Fußmarsch fand er die Flussbiegung und ging in den Wald hinein, wobei er die Kreidesplitter, die er am Morgen gesammelt hatte, zur Wegmarkierung durch die Finger rieseln ließ, um später nach Hause zu finden. Als er die Lichtung erreichte, war der Mond gerade aufgegangen.

Die Nacht war klar und lau, und er trug nur leichte Kleidung, doch als er sich hinter einen umgefallenen Baumstamm hockte, spürte er etwas sehr Kaltes an der Haut. Er schüttelte sich kurz und dachte nicht weiter darüber nach, denn es gab viel Interessanteres zu beobachten.

Als ein Strahl silbriges Mondlicht auf die Lichtung fiel, hatte Edward eine Vorahnung. Irgendetwas würde geschehen, das spürte er ganz deutlich. Ein seltsamer Wind war aufgekommen, und das Laub in den Bäumen raschelte wie zarte Silberplättchen. Edward hatte das Gefühl, dass zahlreiche Augenpaare gemeinsam mit ihm erwartungsvoll die Lichtung beobachteten.

Und dann, ganz plötzlich, war es dunkel.

Er schaute zum Himmel hinauf, weil er dachte, eine Wolke hätte sich vor den Mond geschoben. Im selben Augenblick wurde er von Angst und Schrecken gepackt.

Das Mark gefror ihm in den Knochen, und ohne zu wissen, warum, ergriff er die Flucht und folgte seinen Kreidesplittern aus dem Wald hinaus.

Er lief, so glaubte er, in die Richtung, in der seine Großeltern wohnten. Etwas war hinter ihm her, etwas verfolgte ihn – er konnte es über sein eigenes Keuchen hinweg hören –, aber wenn er sich umdrehte, war da nichts zu sehen.

Alle seine Sinne waren geschärft. Seine Haut kribbelte.

Er lief und lief durch die dunkle, unvertraute Landschaft, sprang über Zäune, kämpfte sich durch dorniges Gestrüpp, durchquerte Getreidefelder.

Sein Verfolger blieb ihm die ganze Zeit auf den Fersen, und als Edward glaubte, keinen Schritt mehr weiterlaufen zu können, entdeckte er vor sich ein Haus, in dessen oberstem Fenster Licht brannte. Es war wie ein Leuchtturm, der ihm in einem Gewitter den Weg wies.

Mit pochendem Herzen rannte er auf das Haus zu, kletterte über die Gartenmauer in den vom Mond beschienenen Garten. Ein Plattenweg führte zur Haustür. Sie war nicht verschlossen, und er riss sie auf, stürzte ins Haus, schlug die Tür hinter sich zu und verriegelte sie.

Ohne zu überlegen, stieg er die Treppe hoch, immer höher, nur fort von seinem Verfolger. Erst auf dem Dachboden hielt er inne.

Er trat ans Fenster und ließ den Blick über die nächtliche Landschaft schweifen.

Dort blieb er stehen, wachsam und misstrauisch, bis langsam der Morgen dämmerte und die Welt wie durch ein Wunder zur Normalität zurückkehrte.

Edward hatte schon viele Gruselgeschichten gelesen und sich für seine Schwestern ausgedacht, aber er gestand mir, dass er in jener Nacht dort im Wald, als er um sein Leben gerannt sei und in dem Haus Zuflucht gesucht habe, zum ersten Mal echte Angst erfahren habe. Er meinte, das habe ihn verändert: Die Angst habe etwas in ihm geweckt, von dem er sich nie wieder habe befreien können.

Heute weiß ich genau, was er damit gemeint hat. Echte Angst ist unauslöschlich; das Gefühl bleibt, selbst wenn die Ursache längst vergessen ist. Man bekommt eine neue Sicht auf die Welt: Eine Tür wurde geöffnet, die sich nie wieder schließen lässt.

Wenn ich Edwards *Blick aus dem Dachfenster* betrachte, assoziiere ich es nicht mit den Feldern draußen, obwohl die Ähnlichkeit der Landschaft frappierend ist, sondern muss an enge, dunkle Räume, stickige Luft und Atemnot denken.

Die Museumsbesucher kaufen zwar kein Poster von *Blick aus dem Dachfenster*, wohl aber von *La Belle*.

Irgendwie fühle ich mich geschmeichelt bei der Vorstellung, dass mein Gesicht über so vielen Sofas hängt. Kein Poster verkauft sich im Museumsladen so gut wie *La Belle*, nicht einmal die Bilder von Thurston Holmes. Es hat etwas Verruchtes, sich das Bildnis einer Juwelendiebin und möglichen Mörderin ins Wohnzimmer zu hängen, und das gefällt den Leuten.

Diejenigen, die Leonards Buch gelesen haben, vergleichen *La Belle* mit dem Porträt von *Miss Brown an ihrem achtzehnten Geburtstag* und machen Bemerkungen wie: »Man sieht sofort, dass er in sein Modell verliebt war.«

Es ist schon seltsam, mehr als hundertfünfzig Jahre nachdem ich für Edward Radcliffe in seinem Atelier im Garten seiner Mutter Modell gesessen habe, an den Wänden von Gott weiß wie vielen Leuten zu hängen, die ich überhaupt nicht kenne.

Porträtiert zu werden gehört zu den intimsten Erlebnissen. Das Gewicht der vollen Aufmerksamkeit eines anderen zu spüren und ihm Auge in Auge gegenüberzusitzen.

Mich hat es enorm aufgewühlt, als das fertige Porträt aus dem Atelier in die Royal Academy gebracht und dort aufgehängt wurde. Und damals war es noch nicht möglich, unendlich viele Poster von einem Bild herzustellen, damals ahnten wir noch nichts davon, dass Edwards Interpretation meines Gesichts aus dem Jahr 1861 im einundzwanzigsten Jahrhundert auf Einkaufstüten und Geschirrtüchern und Schlüsselanhängern und den Titelseiten von Zeitschriften abgedruckt werden würde.

Ich frage mich, was Felix mit seiner Anstecknadel mit dem Porträt von Abraham Lincoln und seinen verrückten Zukunftsvisionen von all dem halten würde. Es ist genauso gekommen, wie er es vorhergesagt hat: Die Kamera ist überall. Jeder hat heutzutage eine dabei. Sie stapfen durchs Haus und fotografieren jeden Stuhl und jede Fliese. Sie erleben die Welt aus einem Abstand heraus, durch den Sucher ihres Smartphones, sie machen Fotos für später, damit sie jetzt im Moment nichts sehen und fühlen müssen.

Nachdem Edward mich diesmal bei Mrs. Mack in der Little White Lion Street abgeholt hatte, war alles anders. Ohne dass wir es ausgesprochen hätten, wussten wir, dass unsere Beziehung eine andere Qualität angenommen hatte. Edward begann, an einem neuen Bild zu arbeiten, es trug den Titel *Dornröschen*. Vorher war er der Maler und ich sein Modell gewesen, aber jetzt ging das Leben in die Kunst über und umgekehrt. Jetzt waren wir eins.

Die ersten Wochen des Jahres 1862 waren bitterkalt, aber der Ofen in seinem Atelier hielt uns warm. Ich erinnere mich noch an das beschlagene Glasdach und den düsteren Himmel über mir, wenn ich auf dem Bett aus Samtkissen ruhte. Mein Haar lag ausgebreitet auf dem Kissen, auf meinen Schultern, auf meinem Dekolleté.

Wir verbrachten jeden Tag zusammen und auch jeden Abend bis spät in die Nacht. Dann legte er seine Pinsel weg, lieferte mich in Seven Dials ab und holte mich kurz nach Tagesanbruch wieder ab. In unseren Gesprächen gab es kein Hemmnis mehr, und wie mit Nadel und Faden verbanden wir unsere Lebensgeschichten, bis sie fest miteinander verwoben waren. Ich erzählte ihm die Wahrheit über meine Eltern, von meines Vaters Uhrmacherwerkstatt mit all ihren Wundern, von unseren Ausflügen nach Greenwich, von meinen Versuchen, das Licht in einer Blechdose einzufangen; ich erzählte ihm von Pale Joe und unserer unglaublichen Freundschaft, von Mrs. Mack und dem Captain, von meiner Rolle als verlorenes kleines Mädchen und meinem Trick mit den weißen Handschuhen. Und ich vertraute ihm meinen richtigen Namen an.

Edwards Freunden fiel auf, dass er sich kaum noch blicken ließ. Es war nicht das erste Mal, dass er sich zurückzog und wie besessen arbeitete, manchmal verzog er sich wochenlang aufs Land – seine Familie nannte das liebevoll seine Exerzitien –, aber anscheinend war es Anfang 1862 anders. Diesmal unterbrach er seine Arbeit nicht einmal, um hin und wieder einen Brief zu schreiben oder um an den wöchentlichen Treffen der Magenta Brotherhood im Queen's Larder teilzunehmen.

Es war März, und *Dornröschen* war fast fertig, als er mich den anderen vorstellte. Felix und Adele Bernard hatten zum Abendessen bei sich zu Hause in der Tottenham Court Road eingeladen. Sie wohnten in einem Haus mit einer unscheinbaren Backsteinfassade, dessen Zimmer äußerst unkonventionell eingerichtet waren. Die Wände waren dunkelrot und tiefblau gestrichen und überladen mit zahllosen gerahmten Gemälden und Fotografien. In Wandleuchtern flackerten Hunderte Kerzen, wie es schien, deren Flammen Schatten über die Wände tanzen ließen, und die Luft war erfüllt von Zigarrenrauch und intensiven Gesprächen.

»*Sie* sind also diejenige welche«, sagte Thurston Holmes, ohne den Blick von mir abzuwenden, als Edward uns erneut vorstellte, und hob meine Hand an seine Lippen, genau wie in der Royal Academy. Auch diesmal regte sich in mir tiefer Argwohn.

Damals gab es nicht vieles, was mir Angst machte. Das Leben in Seven Dials hatte mich abgehärtet, aber Thurston Holmes verunsicherte mich. Er war ein Mann, der es gewöhnt war zu bekommen, was er wollte, ein Mann, dem es an nichts fehlte und der es nicht hinnahm, wenn er etwas nicht haben konnte. Er hatte grausame Züge, die sowohl seinem Naturell entsprachen als auch kalkuliert waren, und er wusste sie sehr gezielt einzusetzen. An einem Abend habe ich erlebt, wie er Adele Bernard mit einer sarkastischen Bemerkung über einen ihrer frühen Fotografieversuche kränkte und sich dann hämisch grinsend zurücklehnte.

Thurston interessierte sich für mich, weil ich für ihn eine Herausforderung darstellte, ein Juwel, das er Edward wegzunehmen trachtete. Ich habe das damals sofort begriffen, aber ich muss gestehen, dass ich nicht geahnt habe, wie weit er zu gehen bereit sein würde, um sein Ziel zu erreichen, wie bereitwillig er Unglück über andere brachte, wenn es nur seinem Vergnügen diente.

Manchmal frage ich mich, wie viel von dem, was im Sommer 1862 passiert ist, hätte verhindert werden können, wenn ich an jenem Novemberabend nach der Ausstellungseröffnung in der Royal Academy mit Thurston gegangen wäre oder ihm zumindest ein schmeichelhaftes Kompliment gemacht hätte. Aber wir alle treffen Entscheidungen, gute und schlechte, und ich hatte meine getroffen. Ich habe es immer wieder abgelehnt, für ihn Modell zu sitzen, ich habe darauf geachtet, nie mit ihm allein zu sein, ich habe seine ständigen Aufmerksamkeiten ignoriert. In der Regel ist er unauffällig vorgegangen und hat mich heimlich drangsaliert. Nur ein einziges Mal ist er Edward gegenüber zu weit gegangen. Was genau er zu ihm gesagt hat, weiß ich nicht, nur dass Edward ihm dafür ein blaues Auge verpasst hat.

Mrs. Mack machte uns keine Probleme, denn sie wurde für meine Dienste als Modell gut bezahlt, und Martin blieb nichts anderes übrig, als die neue Situation zähneknirschend zu akzeptieren. Zwar brachte er seine Missbilligung bei jeder Gelegenheit zum Ausdruck, und manchmal, wenn Edward und ich das Atelier spätabends verließen, nahm ich aus dem Augenwinkel eine Bewegung wahr, die mir sagte, dass er uns von der anderen Straßenseite aus beobachtete, aber damit konnte ich leben, solange er uns nicht zu nahe kam.

Edwards Mutter unterstützte unsere Beziehung. *Dornröschen* wurde unter großem Beifall im April 1862 ausgestellt und weckte das Interesse verschiedener potenzieller Mäzene. Sie träumte vom Ruhm in der Royal Academy und von immensem geschäftlichen Erfolg, aber sie machte sich auch Sorgen, denn ganz anders, als sie es von Edward kannte, begann er diesmal nicht sofort mit der Arbeit an einem neuen Werk. Stattdessen saß er häufig nur da und schaute mit glasigem Blick ins Leere oder schrieb wie besessen in sein Tagebuch. Beeindruckt vom Erfolg seiner letzten Werke und getrieben von ihrem Ehrgeiz, schickte sie ihn immer wieder ins Atelier, während sie mir Tee und Kuchen aufdrängte, so als könnte ich nur damit davon abgehalten werden, wieder dorthin zu verschwinden, woher ich gekommen war.

Fanny habe ich außer bei der Vernissage zu *Dornröschen*, als sie mir kurz zugenickt hat, nur ein einziges Mal gesehen. Mrs. Radcliffe hatte Fanny und ihre Mutter zum Tee eingeladen und im Lauf des Nachmittags zum Atelier geführt, damit sie dem Künstler bei der Arbeit zusehen konnten. Ich sah sie hinter Edward in der Tür stehen, Fanny hübsch herausgeputzt in einem neuen Satinkleid. »Meine Güte«, sagte sie, »was für schöne Farben.« Woraufhin Edward mich so liebevoll anschaute, dass es mir den Atem raubte.

Ist es nicht unglaublich, dass Edward und ich in all den Monaten nicht ein einziges Mal über Fanny gesprochen haben? Dabei haben wir das Thema gar nicht absichtlich gemieden. Es mag hoffnungslos naiv klingen, aber Fanny hat uns schlicht nicht beschäftigt. Wir haben uns über so vieles ausgetauscht, und sie war nicht wichtig. Liebende sind selbstsüchtig.

Bis heute beschäftigt mich immer und immer wieder die Frage, wie ich so naiv sein konnte, nicht zu begreifen, dass Fanny nicht bereit sein würde, Edward einfach gehen zu lassen. Ebenso wie er war ich blind vor Liebe; wir wussten einfach, dass wir keine andere Wahl hatten: Wir gehörten zusammen. Wir konnten uns nicht vorstellen, dass andere das nicht verstehen und akzeptieren würden.

Sie ist wieder da!

Elodie Winslow, die Archivarin aus London, Bewahrerin von Edwards Skizzenbuch und der Erinnerung an James Stratton.

Sie steht am Kassenhäuschen und versucht gerade, eine Eintrittskarte für das Haus und den Garten zu kaufen. Es gibt offenbar ein Problem, das sehe ich an ihrem frustrierten Gesichtsausdruck und der Art, wie sie auf ihre Armbanduhr zeigt. Ein Blick auf meine Uhr im Maulbeerzimmer sagt mir, was los ist.

Als ich mich nähere, höre ich sie gerade noch sagen: »Ich wäre ja gern früher gekommen, leider hatte ich noch einen Termin. Danach habe ich mich sofort auf den Weg gemacht, aber dann ist eine Landmaschine von einem Feld gekommen, und die Straßen sind hier so eng, dass mein Taxi nicht überholen konnte.«

»Das mag alles stimmen«, sagt der ehrenamtliche Helfer, der laut Namensschild an seiner Brust Roger Westbury heißt, »aber wir lassen immer nur eine ganz bestimmte Anzahl Besucher gleichzeitig ein, und die letzte Gruppe für heute ist schon voll. Sie müssen nächstes Wochenende wiederkommen.«

»Aber nächstes Wochenende bin ich nicht mehr hier, ich muss zurück nach London.«

»Das tut mir sehr leid, aber ich bin mir sicher, dass Sie das verstehen. Wir müssen das Haus schützen. Es geht einfach nicht, dass zu viele Leute auf einmal durch die Zimmer stapfen.«

Sehnsüchtig betrachtet Elodie die Gartenmauer und die beiden Giebel, die sich dahinter erheben. Ich werde Roger Westbury einen ganz besonders ungemütlichen Winter bescheren. Sie wendet sich ihm noch einmal zu und fragt: »Kann ich wenigstens eine Tasse Tee trinken?«

»Selbstverständlich. Das Café ist dahinten in der langen Scheune am Hafodsted-Bach. Dort befindet sich auch der Museumsladen, wo Sie sich eine hübsche Tasche oder ein Poster kaufen können.«

Elodie geht in Richtung Scheune, und dann, als wäre nichts dabei, biegt sie auf halbem Weg nicht links, sondern rechts ab und schlüpft durch das schmiedeeiserne Gartentor.

Ich folge ihr durch den Garten. Irgendetwas an ihr ist heute anders. Sie nimmt nicht Edwards Skizzenbuch heraus, und es ist auch nichts von der stillen Verzückung zu sehen, die ich gestern bei ihr beobachtet habe. Sie hat die Stirn leicht in Falten gelegt, und ich werde den Eindruck nicht los, dass sie nach etwas ganz Bestimmtem sucht. Jedenfalls ist sie nicht nur gekommen, um die Rosen zu bewundern.

Die schönsten Stellen des Gartens beachtet sie gar nicht, sondern interessiert sich nur für die mit Efeu berankte Gartenmauer. Jetzt bleibt sie stehen und kramt in ihrer Tasche herum, und ich bin gespannt, ob sie das Skizzenbuch herausnimmt.

Stattdessen fördert sie ein Foto zutage. Es ist ein Farbfoto von einem Mann und einer Frau, die draußen im Grünen sitzen.

Elodie hält das Foto hoch und vergleicht es mit der Gartenmauer, doch sie scheint nicht zufrieden, denn sie lässt das Foto wieder sinken. Jetzt geht sie weiter, folgt dem Weg ums Haus herum und an der Kastanie vorbei. Sie nähert sich Jacks Räumen, aber ich werde sie nicht gehen lassen, ehe ich mehr erfahren habe. Sie schaut in Richtung Küche, wo sie Jack gestern beim Scheuern seiner Pieform beobachtet hat. Sie ist unentschlossen, das merke ich ihr an. Sie braucht nur ein bisschen Ermunterung, und die kann sie gern von mir bekommen.

Geh weiter, rate ich ihr. *Was hast du zu verlieren? Vielleicht lässt er dich ja sogar noch mal ins Haus.*

Elodie klopft an die Tür der Mälzerei.

Aber Jack, der letzte Nacht schlecht geschlafen hat, macht gerade ein Nickerchen und rührt sich nicht.

Ich beuge mich zu ihm hinunter und puste ihm mit aller Macht ins Ohr. Er erschrickt und fährt gerade rechtzeitig aus dem Schlaf, um ihr zweites Klopfen zu hören.

Benommen wankt er zur Tür und öffnet.

»Hallo«, sagt sie. Es ist nicht zu übersehen, dass sie ihn aus dem Bett geholt hat, und sie fügt hinzu: »Tut mir leid, dass ich störe. Wohnen Sie hier?«

»Vorübergehend.«

Er lässt keine weitere Erklärung folgen, und sie ist zu höflich, um zu fragen.

»Verzeihen Sie, dass ich Sie noch einmal belästige, aber Sie waren gestern so nett. Könnten Sie mich vielleicht noch einmal ins Haus lassen?«

»Heute ist das Museum geöffnet.« Er deutet mit dem Kinn in Richtung Hinterausgang, wo gerade eine Gruppe Besucher ins Freie tritt.

»Ja, aber Ihr Kollege an der Kasse wollte mir keine Eintrittskarte verkaufen, weil die letzte Gruppe schon voll ist.«

»Wirklich? Was für ein Pedant.«

Sie lächelt überrascht. »Hm, ja, fand ich auch. Aber Sie wirken nicht so … pedantisch.«

»Hören Sie, ich würde Sie jederzeit ins Haus lassen, aber heute Abend kann ich nicht. Mein … Kollege … hat mir mitgeteilt, dass er heute länger bleibt, um ein paar Renovierungsarbeiten zu überwachen. Und morgen früh kommt er erneut her, um sich zu vergewissern, dass die Möbel wieder alle an ihren Platz zurückgeräumt werden.«

»Ach so.«

»Wenn Sie morgen Mittag noch mal kommen könnten, dann dürfte alles fertig sein.«

»Morgen Mittag«, wiederholt sie nachdenklich. »Ich habe morgen um elf einen Termin, aber danach könnte ich herkommen.«

»Na dann.«

»Wunderbar.« Sie lächelt. Er macht sie verlegen. »Vielen Dank. Ich schaue mich noch ein bisschen im Garten um. Bis sie mich rauswerfen.«

»Lassen Sie sich Zeit«, sagt er. »Und lassen Sie sich nicht rauswerfen.«

Es ist kurz vor sechs. Die letzten Besucher werden gerade zum Tor geleitet, als Jack sie auf einer Bank bei der Mauer findet, die den Rasen vom Obstgarten trennt. Er hält in jeder Hand ein Glas Bier und reicht ihr eins davon. »Ich hab meinem Kollegen gesagt, ich hätte Besuch von meiner Cousine bekommen.«

»Danke.«

»Sie sahen aus, als wollten Sie noch ein bisschen bleiben.« Er setzt sich ins Gras. »Prost.«

»Prost.« Sie lächelt und trinkt einen Schluck. Eine Weile sitzen sie schweigend da, und ich überlege gerade, wen ich ein bisschen anstupsen soll, als sie sagt: »Es ist wunderschön hier. Genauso habe ich es mir vorgestellt.«

Jack antwortet nichts darauf, und nach einer Weile fährt sie fort.

»Ich bin nicht immer so …«, fährt sie fort. Sie hebt die Schultern. »Heute ist ein seltsamer Tag. Ich hatte heute Morgen einen Termin, der mich nachdenklich gemacht hat. Morgen Nachmittag fahre ich wieder nach London, und ich habe das Gefühl, unverrichteter Dinge zurückzukehren.«

Ich möchte, dass Jack sie fragt, was sie denn vorgehabt hat, doch er widersteht meinem Drängen, und er tut recht daran, denn einen Augenblick später erzählt sie es ihm unaufgefordert. »Das hier hat mir kürzlich jemand gegeben«, sagt sie und reicht ihm das Foto.

»Schön«, sagt er. »Jemand, den Sie kennen?«

»Die Frau ist meine Mutter. Lauren Adler.«

Jack schüttelt unsicher den Kopf.

»Sie war Cellistin und ziemlich berühmt.«

»Und der Mann ist Ihr Vater?«

»Nein, er ist ein amerikanischer Geiger. Die beiden hatten in Bath ein Konzert gegeben und waren auf dem Rückweg nach London. Unterwegs haben sie für ein Picknick angehalten.

Ich hatte gehofft, die Stelle zu finden, an der sie auf dem Foto sitzen.«

Er gibt ihr das Foto zurück. »Sie haben *hier* gepicknickt?«

»Ich glaube schon. Das will ich ja gerade herausfinden. Meine Großmutter hat als Kind ein paar Jahre lang in diesem Haus hier gewohnt, ihre Familie war während des Kriegs aus London evakuiert worden. Meine Großmutter Bea lebt nicht mehr, aber ihr Bruder – mein Großonkel – hat mir erzählt, dass meine Mutter ihn aufgesucht hat, eine Woche bevor dieses Foto aufgenommen wurde, und ihn nach der Adresse dieses Hauses gefragt hat.«

»Warum wollte sie denn die Adresse haben?«

»Nun, das möchte ich eben gern wissen. Es gibt eine Geschichte – ein Märchen eigentlich –, die in unserer Familie von Generation zu Generation weitergegeben wird. Erst vor ein paar Tagen habe ich erfahren, dass es das Haus, in dem die Geschichte spielt, wirklich gibt. Mein Großonkel sagt, jemand hier aus der Gegend hat ihm die Geschichte erzählt, als er als Kind hier gewohnt hat. Er hat sie dann meiner Mutter erzählt, und ich habe sie von ihr. Die Geschichte bedeutet uns sehr viel, und auch das Haus. Selbst ich empfinde eine starke Zugehörigkeit, jetzt, wo ich hier sitze. Ich kann verstehen, dass meine Mutter hierherkommen wollte, ich frage mich nur, warum ausgerechnet zu dem Zeitpunkt damals? Was hat sie dazu gebracht, ihren Onkel Tip aufzusuchen und dann an dem Tag hierherzukommen?«

Aha. Sie ist also Tips Großnichte, und der kleine Tip lebt noch. Und er erinnert sich an die Geschichte, die ich ihm erzählt habe. Mir würde ganz warm ums Herz – wenn ich eins hätte. Was sie über ihre Mutter, die Cellistin, gesagt hat und über das junge Paar inmitten der Efeuranken, hat auch noch andere Erinnerungen wachgerufen. Ich habe die beiden nicht vergessen. Ich vergesse nichts. Ich bewahre alle Erinnerungen auf wie die bunten Scherben in dem Kaleidoskop im Spielzeugregal von Pale Joe: winzige Juwelen, die sich jedes Mal neu zusammensetzen und neue, aber stimmige Muster bilden.

Elodie betrachtet noch einmal das Foto. »Kurz nachdem das Foto aufgenommen wurde, ist meine Mutter gestorben.«

»Das tut mir leid.«

»Es ist schon lange her.«

»Trotzdem. Trauer vergeht nicht. Jedenfalls meiner Erfahrung nach nicht.«

»Stimmt, und ich bin froh, dass ich das Foto habe. Die Fotografin, die es gemacht hat, ist inzwischen richtiggehend berühmt. Damals hielt sie sich in der Gegend auf und hat die beiden rein zufällig gesehen. Sie wusste nicht, wer sie waren, und hat sie ganz spontan fotografiert, weil sie ihr gefielen.«

»Es ist wirklich ein schönes Foto.«

»Ich dachte, wenn ich nur lange genug suchte, würde ich die Stelle hier im Garten finden – und dann würde ich vielleicht verstehen, was meine Mutter an dem Tag damals gedacht hat. Warum sie die Adresse unbedingt haben wollte. Warum sie hier war.«

Die unausgesprochenen Worte »mit ihm« verwehen in der Abendluft.

Elodies Handy klingelt, ein unnatürliches Geräusch, das uns alle zusammenfahren lässt. Sie wirft einen Blick aufs Display, nimmt den Anruf aber nicht an.

»Verzeihen Sie«, sagt sie mit einem Kopfschütteln. »Normalerweise bin ich nicht so … geschwätzig.«

»Na, hören Sie mal, wozu hat man denn einen Vetter?«

Elodie lächelt ihn an, dann trinkt sie ihr Bier aus. Sie gibt ihm das leere Glas und verabschiedet sich.

»Ich heiße übrigens Jack«, sagt er.

»Elodie.«

Dann steckt sie das Foto ein und geht.

Jack ist ziemlich nachdenklich, seit sie weg ist. Der Tischler war den ganzen Abend hier und hat unaufhörlich gehämmert, und nachdem Jack eine ganze Weile nichts mit sich anzufangen wusste, ist er schließlich ins Haus rübergegangen und hat gefragt, ob er helfen könne. Er ist handwerklich recht geschickt, und der Tischler war froh, einen Gehilfen zu haben. Zwei Stunden haben sie Hand in Hand gearbeitet, ohne viel zu reden. Es gefällt mir, dass er durch seine Arbeit etwas hinterlassen wird, das auch noch im Haus sein wird, wenn er längst fort ist.

Zum Abendessen hat Jack sich gebutterten Toast gemacht, dann hat er seinen Vater in Australien angerufen. Diesmal gab es keinen besonderen Anlass für den Anruf, und das Gespräch wollte nicht so richtig in Gang kommen. Gerade als ich dachte, er würde gleich auflegen, sagte er: »Erinnerst du dich noch, wie gut er klettern konnte, Dad? Weißt du noch, wie Tiger mal oben auf dem Mangobaum hockte und er raufgeklettert ist und ihn da runtergeholt hat?«

Wer ist »er«, und warum macht Jack so ein trauriges Gesicht, wenn er über ihn spricht? Warum versagt ihm fast die Stimme, und warum wirkt er plötzlich wie ein einsamer kleiner Junge?

Solche Fragen beschäftigen mich.

Jetzt schläft er. Es ist still im Haus. Ich bin das Einzige, was sich im Haus regt, und ich bin nach oben in Juliets Zimmer gekommen, wo das Porträt von Fanny hängt.

Die junge Frau trägt ihr neues, grünes Kleid und schaut den Maler direkt an. Das Gemälde verewigt sie so, wie sie in dem Frühling war, als sie Edward kennengelernt hat. Sie steht in einem eleganten Zimmer, das nach dem Geschmack ihres Vaters eingerichtet ist. Das Schiebefenster neben ihr steht offen, und Edward ist es mit seinem künstlerischen Geschick gelungen, einen die frische Luft an ihrem Unterarm spüren zu lassen. Dunkelrot und golden gemusterte Damastvorhänge zu beiden Seiten des Fensters umrahmen eine zeitlose ländliche Idylle.

Aber es ist das Licht, das Licht, immer wieder das Licht, das seinen Bildern Leben einhaucht.

Kritiker argumentierten, dass die Darstellung von Fanny mehr sei als ein Porträt – dass es eine Bemerkung zur Gegenüberstellung von Jugend und Zeitlosigkeit sei, von Gesellschaft und Natur.

Edward hatte ein Faible für Anspielungen, und es ist durchaus möglich, dass er all diese Gegensätze im Sinn hatte, als er vor der Staffelei stand. Jedenfalls steht fest, dass das Gemälde einem doppelten Zweck diente. Denn der Blick durch das Fenster mit der Aussicht auf ein sommerlich gelbes Getreidefeld stellt nichts Besonderes dar, bis man im Hintergrund – fast verdeckt durch ein Wäldchen – eine Lokomotive sieht, die vier Waggons zieht.

Das ist kein Zufall. Fannys Vater hat das Porträt seiner Tochter in dem grünen Kleid anlässlich ihres achtzehnten Geburtstags in Auftrag gegeben, und die Lokomotive hat Edward extra für ihn da hineingemalt. Wahrscheinlich hat seine Mutter ihn zu dieser Schmeichelei gedrängt; sie hatte hochfliegende Pläne für ihren Sohn, und Richard Brown war einer der »Eisenbahnkönige«, ein Mann, der mit der Stahlproduktion ein Vermögen gemacht hatte und in den Startlöchern stand, sein Unternehmen zu erweitern, als in ganz Großbritannien Eisenbahnschienen verlegt wurden.

Mr. Brown war ganz vernarrt in seine Tochter. Ich habe die Abschrift seiner Befragung durch die Polizei gelesen, als Leonard an seiner Doktorarbeit schrieb. Er war untröstlich nach Fannys Tod und wollte unter allen Umständen verhindern, dass ihr guter Ruf befleckt wurde durch die Erwähnung einer aufgelösten Verlobung oder einer anderen Frau in Edwards

Leben. Mr. Brown war ein mächtiger Mann. Er hat jede Spur von mir aus dem Geschichtsbuch getilgt, und bis Leonard angefangen hat zu recherchieren, hat niemand etwas von meiner Existenz geahnt. Es ist schon erstaunlich, was ein Vater für seine geliebte Tochter zu tun bereit ist.

Eltern und Kinder. Die einfachste Beziehung auf der Welt und zugleich die komplexeste. Eine Generation reicht einen mit den durcheinandergewürfelten Teilen von tausend Puzzles gefüllten Koffer an die nächste weiter und sagt: Seht zu, was ihr damit anfangen könnt.

In dem Zusammenhang habe ich über Elodie nachgedacht. Etwas an ihr erinnert mich an Pale Joe. Es ist mir gleich aufgefallen, als sie gestern hier ankam: die Art, wie sie sich Jack vorgestellt hat, wie sie seine Fragen beantwortet hat. Ihre Antworten sind wohlüberlegt, und sie hört sehr aufmerksam zu – zum einen natürlich aus Höflichkeit, aber auch, weil sie stets fürchtet, alles nicht gut genug zu machen, so scheint es mir. Pale Joe war genauso. In seinem Fall lag es an seinem Vater. Ich nehme an, das war damals einfach so: Die erstgeborenen Söhne wurden nach dem Vater benannt, und man erwartete von ihnen, dass sie in seine Fußstapfen traten, um die Dynastie zu erhalten.

Pale Joe war stolz auf seinen Vater, der eine wichtige Rolle in der Regierung und in politischen Kreisen spielte und ein passionierter Sammler war. Manchmal, wenn ich Pale Joe in seinem Dachzimmer besucht habe und seine Eltern aus waren, hat er mich in dem großartigen Haus in Lincoln's Inn Fields herumgeführt. Ich kam jedes Mal aus dem Staunen kaum noch heraus! Sein Vater war in der ganzen Welt herumgekommen und hatte von seinen Reisen alle Arten von Antiquitäten mitgebracht: Neben einem ägyptischen Sarkophag standen ein ausgestopfter Tiger, eine aus Pompeji gerettete Bronzemaske und diverse japanische Miniaturskulpturen. Es gab uralte Marmorstatuen und italienische Renaissancegemälde, mehrere Turners und Hogarths – sogar eine Sammlung mittelalterlicher Handschriften, darunter ein Exemplar der *Canterbury Tales*, das angeblich noch älter war als das in der Bibliothek des Earl of Ellesmere. Wenn Joes Vater einen berühmten Künstler oder Wissenschaftler zu Besuch hatte, sind wir hin und wieder nach unten geschlichen, um das Gespräch zu belauschen.

Das Haus war umgebaut worden, um lange Korridore zu schaffen, die Pale Joe »Galerien« nannte, getragen von Säulen und Bögen, und die hohen Wände waren mit gerahmten Kunstwerken und Regalen voller Schätze bedeckt. Wenn wir in Joes Zimmer beisammensaßen, kam es vor, dass wir vor lauter Vergnügen die Zeit vergaßen, und dann schickte Joe mich nach unten, wo ich mir ein Kleinod aussuchen durfte, das ich Mrs. Mack als meine Beute des Tages präsentieren konnte. Man sollte annehmen, dass ich wegen dieser kleinen Diebstähle ein schlechtes Gewissen hatte, doch Pale Joe hatte mir erklärt, diese Schätze seien ihren ursprünglichen Besitzern ebenfalls gestohlen worden.

Wie gern würde ich erfahren, was aus Pale Joe geworden ist. Ob er wohl die Frau geheiratet hat, auf die er an jenem Abend anspielte, als er über unerwiderte Liebe sprach? Ob er am Ende doch ihr Herz gewonnen und sie davon überzeugt hat, dass sie keinen liebevolleren Mann finden würde als ihn? Ich würde alles dafür geben, das zu erfahren. Mich würde auch interessieren, welchen Beruf er ergriffen hat, in welches Metier er all seine Energie investiert hat. Joe war zwar stolz auf seinen Vater, aber er hatte immer das Gefühl, dass dessen Fußstapfen für ihn zu groß waren. Man darf sich da nicht täuschen: Joe ließ mich Kleinigkeiten aus der Sammlung seines Vaters stehlen, damit ich länger bei ihm blieb und auch, weil er eine ziemlich moderne Verachtung für das Anhäufen von Geld und Gütern hegte, aber es steckte auch noch mehr dahinter. Dass ich mich an den Kostbarkeiten seines Vaters vergriff, ließ er aus demselben Grund zu, aus dem er sich als junger Mensch weigerte, den Namen seines Vaters zu benutzen: Er wollte ein bisschen vom Lack der Statue abkratzen.

Joe, Ada, Juliet, Tip … Mrs. Mack hat immer gesagt, dass alles, was man tut, egal ob gut oder schlecht, irgendwann zu einem zurückkommt, genau wie die Brieftauben im Laden unter ihr. Es gab einen Mann, der regelmäßig dort Tauben kaufte. Er betrieb einen Nachrichtendienst mit Brieftauben: Die Vögel wurden zu einem weit entfernten Ort gebracht und dort freigelassen, manche mit wichtigen Nachrichten, denn sie kehren immer zu ihrem Schlag zurück. Wenn Mrs. Mack davon sprach, dass alles zu einem zurückkommt wie die Brieftauben, wollte sie damit sagen, dass sich alles irgendwann auszahlt.

Und so kommen auch meine Tauben jetzt zurück in den Schlag, und ich fühle mich unerbittlich zum Nexus meiner Geschichte, zur Verbindung des Ganzen, gezogen. Von jetzt an passiert alles immer schneller.

Kapitel 22

Sommer 2017

Elodies Zimmer im Swan befand sich am Ende des Flurs im ersten Stock. Es hatte ein Bleiglasfenster, von dem aus man auf die Themse blickte. Elodie saß mit einem Stapel Bücher und ein paar Unterlagen auf der breiten Fensterbank und aß ein Sandwich, das sie sich schon am Mittag gekauft, aber bis zum Abend aufbewahrt hatte. Dabei fiel ihr ein, dass sie genau vor einer Woche auf der Fensterbank in ihrer Wohnung in London gesessen hatte, den Brautschleier ihrer Mutter auf dem Kopf, und ebenfalls auf die Themse geschaut hatte, die träge in Richtung Meer floss.

Seitdem war viel geschehen. Jetzt hatte sie ein Zimmer in dem kleinen Dorf Birchwood und war schon zweimal im Haus gewesen, obwohl sie erst gestern Nachmittag angekommen war. Der heutige Tag hatte ziemlich frustrierend angefangen. Während sie sich von Penelopes Freundin in dem aufwendig umgebauten Haus mit Festsaal in Southrop hatte herumführen lassen und höflich die in diversen geschmackvollen Grautönen gehaltene Einrichtung bewundert hatte, war Elodie in Gedanken nur bei Birchwood Manor gewesen. Sie hatte sich möglichst bald mit dem Versprechen verabschiedet, am nächsten Morgen um elf erneut vorbeizuschauen. Dann hatte sie sich ein Taxi bestellt und war zunehmend den Tränen nahe gewesen, während sie im Schneckentempo hinter einer Landmaschine herkriechen mussten.

Ins Museum hatte man sie nicht mehr eingelassen, aber zumindest hatte sie es in den Garten geschafft. Dann war zum Glück Jack aufgetaucht, der zwar nicht für das Museum zu arbeiten schien, aber offenbar irgendeine Funktion dort hatte. Sie hatte ihn am Vortag kennengelernt, als sie aus London gekommen und vom Bahnhof aus zu Fuß zum Haus gegangen war. Er hatte sie netterweise eingelassen, und kaum hatte sie das Haus betreten, hatte sie zum ersten Mal seit langer Zeit gewusst, dass sie genau da war, wo sie sein sollte. Sie hatte das eigenartige Gefühl gehabt, hineingezogen zu werden, so als würde das Haus selbst sie dazu einladen – was natürlich ein lächerlicher Gedanke war, eine überspannte Fantasie, um ihr Eindringen ohne offizielle Erlaubnis vor sich selbst zu rechtfertigen.

Elodies Handy klingelte, und Alastairs Name erschien auf dem Display. Sie ließ es klingeln. Er würde ihr nur wieder erzählen, wie enttäuscht Penelope war, und sie bedrängen, sich das mit der Hochzeitsmusik noch einmal zu überlegen. Als Elodie ihm ihre Entscheidung mitgeteilt hatte, war es plötzlich so still in der Leitung gewesen, dass sie schon gedacht hatte, die Verbindung wäre unterbrochen worden. Schließlich hatte er gefragt: »Willst du mich auf den Arm nehmen?«

Auf den Arm nehmen? »Nein, ich …«

»Hör zu.« Er hatte ein kurzes, halb ersticktes Lachen ausgestoßen, so als wüsste er, dass es sich um ein Missverständnis handelte, das sie ganz schnell aus der Welt schaffen würden. »Ich finde, das kannst du nicht machen. Nicht jetzt. Das ist nicht fair.«

»Fair?«

»Meiner Mutter gegenüber. Sie hat sich so darauf gefreut, die Videos abzuspielen. Sie hat schon allen ihren Freunden davon erzählt. Es würde sie niederschmettern. – Und wozu?«

»Ich … ich fühle mich einfach nicht wohl dabei.«

»Also, eine bessere Musikerin werden wir auf keinen Fall finden.« Dann hatte es Geräusche gegeben, und Elodie hatte ihn zu jemandem sagen hören »Ich komme gleich«, bevor er das Gespräch mit ihr wieder aufnahm. »Hör zu, ich muss los. Lassen wir das Thema, okay? Wir reden noch mal darüber, wenn ich wieder in London bin, einverstanden?«

Und ehe Elodie dazu kam, ihm zu antworten, dass sie nicht einverstanden war – ihre Entscheidung stand fest, da gab es kein Zurück mehr –, hatte er aufgelegt.

Jetzt, allein in ihrem stillen Hotelzimmer, hatte sie das Gefühl, als würde etwas ihr die Brust zusammenschnüren. Vielleicht war sie einfach erschöpft, vielleicht war alles ein bisschen viel gewesen. Sie hätte sich gern mit jemandem unterhalten, der ihr sagte, dass alles gut werden würde, aber da kam nur Pippa infrage, und Elodie hatte den Verdacht, dass Pippa ihr nicht sagen würde, was sie hören wollte. Und dann? Dann hätte sie den Salat. Dann würde sie in einem Riesenschlamassel stecken, und allein der Gedanke daran war ihr ein Graus. Seit sie denken konnte, setzte sie alles daran, jede Art von Schlamassel tunlichst zu vermeiden.

Also schob sie die Gedanken an Alastair beiseite und beschäftigte sich stattdessen mit den Kolumnen. Letzten Donnerstag war Tip aus heiterem Himmel bei ihr aufgekreuzt. Er stand mit seinem alten blauen Fahrrad vor ihrem Haus, als sie von der Arbeit kam, einen Stoffbeutel über der Schulter, den er ihr reichte. »Die Texte meiner Mutter«, hatte er gesagt. »Die, die sie geschrieben hat, als wir damals in Birchwood wohnten.«

In dem Beutel befand sich ein Schnellhefter voller mit Schreibmaschine beschriebener Seiten und alter Zeitungsausschnitte. In der Verfasserzeile der Artikel stand der Name von Elodies Urgroßmutter Juliet Wright. »Briefe aus der Provinz« hieß die Kolumne.

»Meine Mutter hat das alles während des Kriegs geschrieben. Nach ihrem Tod hat deine Großmutter Bea die Ausschnitte aufgehoben, und die hat sie mir hinterlassen. Ich dachte, es ist vielleicht der richtige Moment, sie an dich weiterzugeben.«

Die Geste hatte Elodie zutiefst gerührt. Sie konnte sich vage an ihre Urgroßmutter erinnern: Es hatte einen Besuch im Altenheim gegeben, als Elodie ungefähr fünf gewesen war. Sie erinnerte sich an schlohweißes Haar. Sie fragte Tip, wie Juliet gewesen sei.

»Wunderbar. Sie war klug und lustig – sie konnte auch äußerst spitzzüngig sein, aber nie gegenüber uns Kindern. Sie sah aus wie Lauren Bacall, wenn Lauren Bacall in den Vierzigern eine Londoner Journalistin gewesen wäre anstatt ein Hollywoodstar. Sie hat immer Hosen getragen. Sie hat meinen Dad sehr geliebt, und sie war ganz vernarrt in Bea, Fred und mich.«

»Hat sie nicht wieder geheiratet?«

»Nein. Aber sie hatte viele Freunde. Leute, die ihn gekannt hatten – Theaterleute. Und sie war eine leidenschaftliche Briefeschreiberin. Wenn ich mich an sie erinnere, sehe ich sie immer so vor mir: an ihrem Schreibtisch, wo sie einen Brief schreibt.«

Elodie hatte ihn auf eine Tasse Tee in ihre Wohnung eingeladen. Seit sie ihn in seinem Atelier besucht hatte, waren ihr jede Menge Fragen eingefallen, vor allem, nachdem Pippa ihr Carolines Foto gegeben hatte. Sie zeigte es Tip und erklärte ihm, wo es aufgenommen worden sei. Während er es betrachtete, versuchte sie, seinen Gesichtsausdruck zu deuten.

»Erkennst du die Stelle, wo die beiden sitzen?«

Er schüttelte den Kopf. »Viel Grünzeug. Das könnte überall sein.«

Elodie war sich ziemlich sicher gewesen, dass er schwindelte. »Ich glaube, sie hat auf dem Heimweg mit ihm einen Abstecher nach Birchwood Manor gemacht. Das Haus hat ihr viel bedeutet, und er anscheinend auch.«

Tip war ihrem Blick ausgewichen, als er ihr das Foto zurückgegeben hatte. »Du solltest deinen Vater danach fragen.«

»Und ihm das Herz brechen? Du weißt doch, dass er nicht mal ihren Namen aussprechen kann, ohne dass ihm die Tränen kommen.«

»Er hat sie geliebt. Und sie hat ihn geliebt. Die beiden waren die besten Freunde.«

»Aber sie hat ihn betrogen.«

»Das weißt du nicht.«

»Ich bin kein Kind mehr, Tip.«

»Dann hast du ja genug erlebt, um zu wissen, dass das Leben kompliziert ist. Es ist nicht immer alles so, wie es auf den ersten Blick erscheint.«

Sie hatte an die Worte ihres Vaters denken müssen, der vor all den Jahren gesagt hatte, das Leben sei lang und Mensch zu sein nicht einfach.

Sie hatte das Thema fallen lassen, doch Tip hatte es beim Abschied wiederaufgenommen und ihr erneut geraten, mit ihrem Vater zu sprechen. Er hatte es mit Nachdruck gesagt, es hatte beinahe wie ein Befehl geklungen. »Er könnte dich überraschen.«

Da war sich Elodie nicht so sicher, aber sie würde Tip auf jeden Fall wieder besuchen, sobald sie wieder in London war. Am Donnerstag hatte sie sich nicht getraut, ihn noch einmal nach der Frau in Weiß zu fragen, sie hatte seine Gutmütigkeit nicht überstrapazieren wollen. Aber als sie heute Morgen beim Frühstück Juliets Artikel gelesen hatte, war ihr etwas aufgefallen.

Jetzt ging sie den Ordner noch einmal durch auf der Suche nach dem Artikel. Die meisten »Briefe aus der Provinz« waren Geschichten über Menschen aus dem Dorf oder über Juliets Familie. Manche waren rührend, andere traurig, ein paar waren zum Piepen. Juliet war die Art Autorin, die nie hinter ihrem Text zurücktrat, jedes Wort, jede Wendung trug ihre sehr persönliche Handschrift.

In einem Artikel, in dem es darum ging, dass die Familie sich entschlossen hatte, einen herrenlosen Hund zu adoptieren, hatte sie geschrieben: »Wir wohnen zu fünft in dem Haus, meine drei Kinder, ich und eine rothaarige Fantasiegestalt in einem weißen Kleid, die mein jüngster Sohn sich ausgedacht hat und die für ihn so real ist, dass wir sie bei jeder Entscheidungsfindung mit einbeziehen müssen. Ihr Name ist Birdie, und zum Glück teilt sie die Liebe meines Sohnes zu Hunden, allerdings hat sie zu bedenken gegeben, dass sie einen älteren Hund bevorzugen würde, der bereits einen etwas ausgeglicheneren Charakter hat. Das sehe ich ganz genauso, und deshalb haben wir Birdie und Mr. Rufus, unseren arthritischen, neunjährigen Jagdhund, als vollwertige Familienmitglieder in unseren Kreis aufgenommen.«

Jetzt las Elodie die Zeilen noch einmal. Juliet schrieb über die Fantasiefreundin ihres Sohnes, aber die Beschreibung passte auf unheimliche Weise auf die Frau auf dem Foto, Edward Radcliffes Modell. Außerdem hatte Juliet geschrieben, dass ihr Sohn seine Freundin »Birdie« nenne. Der Brief an James Stratton, den Elodie hinter dem gerahmten Foto von Radcliffes Modell gefunden hatte, war mit »BB« unterzeichnet.

Zwar glaubte Elodie nicht, dass Tips Fantasiefreundin eine wertvolle neue Spur darstellte, aber nachdem sie Leonards Buch jetzt schon zum zweiten Mal gelesen hatte, fragte sie sich, ob es nicht doch noch eine andere Erklärung gab, die ihr weiterhalf. Vielleicht hatte ihr Großonkel als Kind ein Foto von dieser Frau gesehen, oder vielleicht hatte er sogar das verloren gegangene Gemälde gesehen. Edwards Skizzenbuch enthielt Zeichnungen, die darauf hindeuteten, dass er ein neues Werk mit seinem Modell »Lily Millington« plante. War es denkbar, dass das verschwundene Bild in Birchwood Manor gewesen war und Tip es als Junge dort entdeckt hatte?

Ihn anzurufen hatte keinen Zweck – er telefonierte nicht gern, und außerdem war die Nummer, die sie hatte, so alt, dass sie wahrscheinlich gar nicht mehr stimmte –, aber sie würde ihn so bald wie möglich noch einmal in seinem Atelier besuchen.

Elodie gähnte. Sie sprang von der Fensterbank und legte sich mit Leonards Buch ins Bett. Sie konnte zwar jetzt nicht in Birchwood Manor sein, aber das Buch war ein guter Ersatz. Die Art, wie er Edward Radcliffes leidenschaftliche Verbundenheit mit dem Haus beschrieb, konnte nur bedeuten, dass ihm Birchwood Manor ebenfalls sehr viel bedeutet hatte.

Das Buch enthielt ein Foto von dem Haus aus dem Sommer 1928, den Leonard Gilbert dort verbracht hatte. Damals war der Garten besser gepflegt gewesen, die Bäume waren noch kleiner gewesen, außerdem handelte es sich um einen vergrößerten Ausschnitt, sodass sogar der Himmel kleiner wirkte. Es gab auch Fotos aus dem Sommer 1862, den Edward Radcliffe dort mit seinen Freunden verbracht hatte. Es waren nicht die damals üblichen Porträts. Die Leute auf den Fotos blickten Elodie über die Zeit hinweg an und vermittelten ihr ein merkwürdiges Gefühl, so als würden sie sie beobachten. Auch im Haus hatte sie das Gefühl gehabt, beobachtet zu werden, sie hatte sich mehrmals umgedreht in der Annahme, Jack stünde hinter ihr.

Sie las das Kapitel, in dem es darum ging, dass Lily Millington angeblich in den Diebstahl des Radcliffe Blue verwickelt war. Elodie hatte einen Artikel gefunden, den Leonard Gilbert zehn Jahre später veröffentlicht hatte und in dem er nach weiteren Gesprächen mit seiner »anonymen Quelle« seine Theorie revidiert hatte. Aus dem Artikel wurde nicht oft zitiert, wahrscheinlich weil er, außer dass noch weniger feststand, kaum neue Erkenntnisse enthielt.

Elodie kannte sich mit Schmuck nicht aus; sie hätte wahrscheinlich nicht einmal einen echten Diamanten von einem

Strassstein unterscheiden können. Sie betrachtete ihre Hand, die auf dem Buch lag. Als Alastair ihr den Ring mit dem Solitär an den Finger gesteckt hatte, hatte er gesagt, den dürfe sie nie wieder ablegen. Elodie hatte das nicht ernst genommen, doch er hatte hinzugefügt: »So einen großen Diamanten kann man unmöglich versichern.«

Der Wert ihres Verlobungsrings machte ihr täglich Sorgen. Manchmal nahm sie ihn trotz Alastairs Warnung vor der Arbeit ab und ließ ihn zu Hause, weil die kleinen Krallen der Fassung sich immer wieder in ihren Handschuhen verfingen, die sie bei der Arbeit trug, und sie befürchtete, wenn sie den Ring abnahm und auf ihrem Schreibtisch ablegte, könnte er in irgendeinen Karton fallen und auf Nimmerwiedersehen im Archiv verschwinden. Nach langen quälenden Überlegungen hatte sie sich schließlich entschlossen, ihn in der Schatzdose aus Kindertagen aufzubewahren. Das hatte eine gewisse Ironie, denn es war genauso, als versuchte sie, den Diamanten zu verstecken, indem sie ihn offen herumliegen ließ.

Elodie schaltete die Nachttischlampe aus, und während sie zuschaute, wie die Minuten auf ihrem Digitalwecker mit unendlicher Langsamkeit vergingen, dachte sie an den Festsaal in Southrop. Sie glaubte nicht, dass sie es ertragen würde, sich am nächsten Morgen noch einmal dieses alberne Geplapper über den »glücklichsten Tag Ihres Lebens« anzuhören. Um vier Uhr ging ihr Zug, den durfte sie nicht verpassen. Was, wenn sie wieder aufgehalten wurde, weil die Frau ihr noch mehr Fotos von möglichen Tischdekorationen zeigen wollte, und am Ende wieder nicht in Birchwood Manor eingelassen wurde? Nein, das konnte sie nicht riskieren. Elodie entschloss sich, den Termin abzusagen, auch auf die Gefahr hin, damit Penelopes Unmut auf sich zu ziehen.

Endlich schlief sie zum leisen Plätschern der Themse ein und träumte von Leonard und Juliet, von Edward und Lily

Millington und sogar von dem geheimnisvollen Jack, dessen Aufgabe in Birchwood Manor ihr immer noch nicht klar war, der jedoch gespürt hatte, wie wichtig es ihr war, sich im Haus aufzuhalten, der so mitfühlend reagiert hatte, als sie ihm vom Tod ihrer Mutter erzählt hatte. Und zu dem sie sich, auch wenn sie sich das im wachen Zustand niemals eingestehen würde, auf unerklärliche Weise hingezogen fühlte.

Kapitel 23

Im Lauf der letzten halben Stunde hatte der Wind gedreht. Es war noch nicht Mittag, aber der Himmel verdunkelte sich zunehmend. Jack hatte das Gefühl, dass es Regen geben würde. Er stand am Rand der Wiese und schaute durch den Sucher seiner Kamera zur Themse hinüber. Seine Kamera besaß ein starkes Zoomobjektiv, und er konnte sogar das Schilf am Ufer erkennen. Er stellte die Bildschärfe ein, und vor lauter Konzentration verschwanden alle Geräusche.

Er machte das Foto nicht. Ihm reichte der Moment der Stille.

Er hatte gewusst, dass die Themse in der Nähe floss, denn bei seinen Anweisungen befand sich ein Grundstücksplan. Aber ihm war nicht klar gewesen, dass er sie abends beim Einschlafen hören würde.

Die Themse war sehr friedlich hier oben. Ein Schiffer mit einem schmalen Kanalboot hatte ihm erzählt, dass nach Gewittern eine starke Strömung entstehe. Leonard hatte sich die Geschichte angehört, sie aber eigentlich nicht geglaubt: Es gab einfach zu viele Schleusen und Wehre entlang der Themse, als dass sie eine wirklich wilde Strömung hätte entwickeln können. Früher mochte sie einmal ein reißender Strom gewesen sein, aber man hatte sie längst gezähmt und in Ketten gelegt.

Jack kannte sich ein bisschen aus mit Wasser. In der Nähe seines Elternhauses hatte es einen Bach gegeben, der häufig ausgetrocknet dalag, sich aber dann, wenn der Regen kam, innerhalb weniger Stunden in einen wilden Fluss verwandelte, der Tag und Nacht fauchend wie ein wildes Tier seinen Weg durch die Landschaft fraß.

Jack und sein Bruder Ben hatten sich einen Spaß daraus gemacht, mit einem aufblasbaren Floß durch die kurzlebigen Stromschnellen zu steuern, weil sie genau wussten, dass der Bach innerhalb weniger Tage wieder ein langweiliges Rinnsal sein würde.

Sein Vater hatte ihn und seinen Bruder immer gewarnt und ihnen von Kindern erzählt, die in den Abwasserröhren verschwänden, wenn der Bach anschwelle. Aber Jack und Ben hatten nur die Augen verdreht und ihr Gummifloß erst aufgepumpt, nachdem sie es heimlich aus der Garage geholt und über die Straße ans Ufer des Bachs geschleppt hatten. Sie hatten keine Angst vor dem Bach. Sie konnten schwimmen. Sie wussten, wie sie sich im Wasser verhalten mussten. Bis zu dem Sommer, als Ben elf und Jack neun gewesen war.

In der Ferne war der Himmel jetzt golden erleuchtet, und ein dumpfes Donnergrollen ließ sich vernehmen. Jack schaute auf seine Uhr. Kurz vor Mittag. Es herrschte dieses seltsame, unheimliche Zwielicht, das immer einem Gewitter vorausging.

Er drehte sich um und machte sich auf den Weg zurück zum Haus. Der Tischler hatte ein Licht brennen lassen, bemerkte Jack, als er die Wiese überquerte. Er sah es im Dachfenster und nahm sich vor, es auszuschalten, wenn er in den Teil des Hauses gehen würde, um Elodie einzulassen.

Sie wartete bereits auf ihn vor dem schmiedeeisernen Tor. Sie hob lächelnd eine Hand zum Gruß, als sie ihn kommen sah, und Jack empfand das gleiche aufgeregte Kribbeln wie am Abend zuvor.

Wahrscheinlich lag es am Haus. Er schlief schlecht, seit er hier war, und das lag nicht nur an der fürchterlichen Matratze. Er hatte die merkwürdigsten Träume, und außerdem, auch wenn er das nicht zur Sprache gebracht hätte, verursachte das Haus ihm ein merkwürdiges Gefühl, so als würde er beobachtet.

Klar wirst du beobachtet, du Trottel, sagte er sich. *Von den Mäusen.*

Aber es fühlte sich nicht an wie Mäuse. Es erinnerte ihn eher an das Gefühl, wenn man frisch verliebt war, wenn noch der flüchtigste Blick als bedeutungsvoll empfunden wurde. Wenn das angedeutete Lächeln des anderen einen im tiefsten Innern berührte.

Er ermahnte sich streng, sich das Leben nicht zu kompliziert zu machen. Er war hier, um Sarah davon zu überzeugen, dass er eine Chance verdiente, mit seinen Töchtern in echtem Kontakt zu bleiben, Punkt, aus. Und möglicherweise einen verloren gegangenen Diamanten zu finden. Falls der überhaupt existierte. Was höchst unwahrscheinlich war.

Elodie hatte einen Koffer bei sich. »Wollen Sie hier einziehen?«, fragte er im Näherkommen.

Sie errötete leicht. Es stand ihr gut. »Nein, ich bin auf dem Weg zurück nach London.«

»Wo haben Sie denn geparkt?«

»Ich fahre mit dem Zug. In vier Stunden muss ich am Bahnhof sein.«

»Dann wollen Sie bestimmt gleich ins Haus.« Er wies mit dem Kinn auf das Tor. »Kommen Sie, ich schließe Ihnen auf.«

Eigentlich sollte Jack auch seinen Koffer packen, aber nachdem er Elodie eingelassen hatte, entschloss er sich, einen letzten Blick in Rosalind Wheelers Unterlagen zu werfen. Nur für den Fall, dass er irgendetwas übersehen hatte. Rosalind Wheeler war keine sehr angenehme Person, und er fand die ganze Suche ziemlich sinnlos, aber immerhin bezahlte sie ihn für seine Arbeit, und Jack war nicht der Typ, der seinen Verpflichtungen nicht nachkam.

Das hatte Sarah ihm am Ende immer wieder vorgeworfen: »Du musst aufhören, jedermanns Held sein zu wollen, Jack. Das macht Ben auch nicht wieder lebendig.« Er hatte sich fürchterlich aufgeregt, wenn sie so etwas gesagt hatte, doch heute wusste er, dass sie recht hatte. Sein Leben lang versuchte er, die Fotos aus seinem Gedächtnis zu löschen, die nach dem Hochwasser in allen Zeitungen zu sehen gewesen waren: das große von ihm, wie er mit angstvoll aufgerissenen Augen, eine Wärmedecke um die Schultern, in einen Krankenwagen getragen wurde. Und das kleine Schulporträt von Ben, das auf Drängen ihres Vaters hin aufgenommen worden war, Ben mit ordentlich gescheiteltem Haar, wie er im richtigen Leben nie ausgesehen hatte. Die Zeitungsartikel hatten ihre Rollen festgelegt, als wären sie in Stein gemeißelt: Jack, der Junge, der gerettet worden war, und Ben, der heldenhafte große Bruder, der zu seinem Retter gesagt hatte: »Mein kleiner Bruder zuerst«, und dann ertrunken war.

Jack schaute zur Tür. Vor einer halben Stunde hatte er Elodie ins Haus gelassen, und er war etwas durcheinander. Sie hatte gewartet, bis er die Alarmanlage ausgeschaltet und die Tür geöffnet hatte, dann hatte sie sich bedankt und zu ihm gesagt: »Sie arbeiten nicht für das Museum, stimmt's?«

»Nein.«

»Sind Sie Student?«

»Ich bin Detektiv.«

»Ach, Sie sind bei der Polizei?«

»Früher. Jetzt nicht mehr.«

Mehr hatte er nicht zu dem Thema gesagt – warum hätte er auch erwähnen sollen, dass sein Berufswechsel eine Folge des Scheiterns seiner Ehe gewesen war –, und sie hatte auch nicht weiter nachgefragt. Nach einem kurzen Moment des Schweigens hatte sie nur nachdenklich genickt und war im Museum verschwunden.

Und seit sie da drinnen war, kämpfte Jack gegen den Drang an, ihr zu folgen. Er hatte jetzt die erste Seite seiner Notizen schon mehrmals gelesen, doch er konnte sich einfach nicht konzentrieren. Immer wieder fragte er sich, was sie wohl im Haus machte, in welchem Zimmer sie sich gerade aufhielt. Einmal war er sogar aufgestanden und hatte erst, als er die Tür zum Museumsteil öffnen wollte, gemerkt, was er tat.

Jack beschloss, sich eine Tasse Tee aufzubrühen, nur um irgendetwas zu tun, und als er gerade wütend einen Teebeutel in seine Tasse warf, spürte er sie hinter sich.

Er fürchtete, sie wollte sich verabschieden, deswegen fragte er, bevor sie das tun konnte: »Auch 'ne Tasse?«

»Warum nicht?« Sie klang überrascht, aber worüber – seine Einladung oder ihre Zusage –, konnte er nicht sagen. »Mit etwas Milch, bitte, ohne Zucker.«

Jack nahm eine zweite Tasse aus dem Schrank, wobei er darauf achtete, dass es eine saubere war, die keine braunen Ränder am Boden hatte. Als der Tee fertig war, ging er mit den beiden Tassen zu Elodie, die inzwischen draußen war und auf dem gepflasterten Weg stand, der um das Haus herumführte.

»Es gibt kaum etwas, das besser riecht, als die Luft vor einem Gewitter«, sagte sie.

Jack stimmte ihr zu, und sie setzten sich nebeneinander an den Wegrand.

»Und?«, fragte sie, nachdem sie einen Schluck getrunken hatte. »Wieso treibt sich ein Detektiv in einem Museum herum und knackt Schlösser?«

»Jemand hat mich beauftragt, hier nach etwas zu suchen.«

»Wie bei einer Schatzsuche? Mit Schatzkarte, auf der die Stelle mit einem roten Kreuz markiert ist?«

»So ähnlich. Aber ohne das Kreuz. Das macht die Sache ein bisschen kompliziert.«

»Und wonach genau suchen Sie?«

Er zögerte und dachte an die Verschwiegenheitsklausel in dem Vertrag, den er unterschrieben hatte. Jack hatte kein Problem damit, gegen Regeln zu verstoßen, aber es widerstrebte ihm, ein Versprechen zu brechen. Andererseits mochte er Elodie, und irgendwie hatte er das Gefühl, dass er ihr erzählen sollte, wonach er suchte. »Die Frau, die mich angeheuert hat, dreht mir den Hals um, wenn ich es Ihnen verrate«, sagte er.

»Sie machen mich neugierig.«

»Sie fürchten wohl gar nicht um mein Leben.«

»Und wenn ich Ihnen verspreche, es keiner Menschenseele zu verraten? Ich kann sehr verschwiegen sein.«

Vergiss Rosalind Wheeler, dachte er. Er konnte einfach nicht widerstehen, es Elodie zu sagen. »Ich suche nach einem Stein. Nach einem blauen Diamanten.«

Ihre Augen weiteten sich. »Doch nicht etwa nach dem Radcliffe Blue?«

»Wie bitte?«

Sie öffnete ihren Rucksack und nahm ein altes Buch mit vergilbten Seiten heraus.

»*Edward Radcliffe: Leben und Lieben*«, las Jack vor. »Den Namen hab ich auf dem Friedhof gesehen.«

»Dieses Haus hat Radcliffe einmal gehört, und der Radcliffe Blue gehörte seiner Familie.«

»Diese Bezeichnung ist mir neu. Meine Auftraggeberin sagt, der Diamant habe ihrer Großmutter gehört, einer Frau namens Ada Lovegrove.«

Elodie schüttelte den Kopf, der Name sagte ihr nichts. »Edward Radcliffe hat den Stein 1862 aus dem Safe der Familie genommen, weil er wollte, dass sein Modell, Lily Millington, ihn für ein Gemälde trug, an dem er arbeitete. Angeblich hat sie den Diamanten dann gestohlen und ist damit nach Amerika durchgebrannt – und hat Radcliffe nebenbei auch noch das Herz gebrochen.« Elodie blätterte vorsichtig in dem Buch, bis sie das farbige Bild in der Mitte fand. Sie zeigte auf das Bild mit dem Titel *La Belle* und sagte: »Das ist sie – Lily Millington. Edward Radcliffes Modell und die Frau, die er geliebt hat.«

Das Gemälde kam Jack irgendwie bekannt vor. Dann wusste er es: Natürlich kannte er es! Dieses Bild war auf den Plastiktüten abgedruckt, mit denen die Touristen samstags den Museumsladen verließen.

Elodie reichte ihm ein Foto, das sie ehrfürchtig aus ihrem Rucksack genommen hatte. Auf dem Foto war dieselbe Frau zu sehen wie auf dem Gemälde, aber vielleicht weil es ein Foto war, sah sie eher aus wie eine Frau und nicht wie eine Göttin. Sie war schön, aber besonders attraktiv war die Direktheit, mit der sie in die Kamera blickte. Ein seltsames Gefühl überkam Jack, es war, als würde er die Frau auf dem Foto kennen. Als wäre sie eine Frau, die ihm sehr viel bedeutete. »Woher haben Sie das Foto?«

Die Dringlichkeit in seinem Ton hatte Elodie offensichtlich überrascht, sie zog interessiert die Brauen zusammen. »Ich habe es an meinem Arbeitsplatz gefunden. Es befand sich in einem Bilderrahmen, der einmal James Stratton gehört hat, dem Mann, dessen Archiv ich auf dem neuesten Stand halte.«

Der Name James Stratton sagte Jack nichts, trotzdem sagte er spontan, ohne dass ihm klar war, warum er es wissen wollte: »Erzählen Sie mir von ihm. Was hat er gemacht? Wieso gibt es ein Archiv, das heute noch auf dem neuesten Stand gehalten wird?«

Sie überlegte. »Bisher hat mich noch nie jemand nach James Stratton gefragt.«

»Aber es interessiert mich.« Das stimmte tatsächlich, auch wenn er nicht hätte erklären können, warum.

Sie war immer noch verwundert, schien sich aber auch über sein Interesse zu freuen. »Stratton war ein überaus erfolgreicher Geschäftsmann – er stammte aus einer sehr reichen und sehr einflussreichen Familie –, aber er war auch ein Sozialreformer.«

»Was meinen Sie damit?«

»Er stand verschiedenen viktorianischen Komitees vor, die es sich zum Ziel gesetzt hatten, das Leben der Armen zu verbessern, und er hat tatsächlich eine Menge bewirkt. Er hatte gute Beziehungen, war ein guter Redner, war geduldig und zielstrebig. Er war großherzig und großzügig. Er hat mit dafür gesorgt, dass die Armengesetze abgeschafft wurden, dass Wohnungen für die Armen gebaut und Waisenkinder geschützt wurden. Er war auf allen Ebenen tätig – er hat Parlamentsangehörige unterstützt, wohlhabende Geschäftsleute dazu überredet, Geld zu spenden, er hat sogar auf der Straße eigenhändig Essen an die Armen verteilt. Er hat sein Leben der Hilfe seiner Mitmenschen gewidmet.«

»Klingt, als wäre er ein Held gewesen.«

»Das war er in der Tat.«

Jack brannte noch eine Frage auf den Nägeln. »Wie kommt jemand, der aus so einer privilegierten Familie stammt, dazu, sich dermaßen für die Armen einzusetzen?«

»Er war als Kind sehr eng mit einem Mädchen aus ärmlichen Verhältnissen befreundet.«

»Wie kam das denn?«

»Lange Zeit hat niemand davon gewusst. In seinen Tagebüchern steht auch nichts Genaues darüber. Von der Freundschaft wissen wir eigentlich nur, weil er später in verschiedenen Reden darauf angespielt hat.«

»Und?«

Elodie lächelte. »Ich habe neulich im Archiv etwas gefunden«, sagte sie mit leuchtenden Augen. »Einen Brief. Sie sind der Erste, dem ich davon erzähle. Zuerst wusste ich nicht, worauf ich da gestoßen war, aber dann ist es mir wie Schuppen von den Augen gefallen.« Sie nahm eine Plastikhülle aus ihrem

Rucksack, in dem sich ein offensichtlich alter Briefbogen befand. Die Knicklinien ließen erkennen, dass er lange Zeit gefaltet und irgendwo eingeklemmt gewesen war.

Jack las:

Mein allerliebster J., mein Ein und Alles!

Ich vertraue Dir mein größtes Geheimnis an: Ich werde für eine Weile nach Amerika gehen, und ich weiß nicht, wie lange ich fort sein werde. Ich habe niemandem davon erzählt, aus Gründen, die Du verstehen wirst. Aber ich freue mich sehr auf die Reise und bin voller Hoffnung.

Mehr kann ich Dir jetzt nicht erzählen, aber mach Dir keine Sorgen – ich schreibe Dir wieder, sobald es mir möglich ist.

Du wirst mir schrecklich fehlen, mein liebster Freund! Ich denke immer noch voller Dankbarkeit an den Tag zurück, als ich, auf der Flucht vor dem Polizisten, in Dein Fenster geklettert bin und Du mir das Thaumatrop gegeben hast. Wer hätte gedacht, dass daraus eine so großartige Freundschaft werden würde?

Mein liebster Joe, ich lege Dir ein Foto bei – eine Erinnerung an mich. Du wirst mir mehr fehlen als alles auf der Welt, und wie Du weißt, sage ich so etwas nicht leichthin.

Bis wir uns wiedersehen, verbleibe ich

Deine dankbare und Dich liebende BB.

Jack blickte auf. »Sie nennt ihn Joe, nicht James.«

»Ja, das haben viele Leute getan. Er hat seinen richtigen Namen nur für offizielle Zwecke benutzt.«

»Und was ist mit BB? Wofür stehen die Buchstaben?«

Elodie schüttelte den Kopf. »Das weiß ich nicht. Aber ich bin davon überzeugt, dass die Frau, die diesen Brief geschrieben hat, James Strattons Freundin aus Kindertagen, die Frau auf diesem Foto ist. Edward Radcliffes Modell.«

»Warum sind Sie sich da derart sicher?«

»Erstens habe ich diesen Brief in dem Bilderrahmen hinter dem Foto gefunden. Zweitens hat Leonard Gilbert rausgefunden, dass Lily Millington nicht der richtige Name des Modells war. Und drittens ...«

»Die Theorie gefällt mir. Sie hat Hand und Fuß.«

»Aber es gab noch ein Problem. Ich habe vor Kurzem entdeckt, dass Edward Radcliffe James Stratton 1867 aufgesucht hat. Und nicht nur das, er hat ihm sogar seine Tasche und sein Skizzenbuch anvertraut. Meines Wissens kannten die beiden Männer sich überhaupt nicht, und als ich diese Entdeckung gemacht habe, konnte ich mir nicht erklären, was die Verbindung zwischen ihnen sein könnte.«

»Und jetzt glauben Sie, dass die Frau diese Verbindung ist.«

»Ich weiß, dass sie es ist. Ich bin mir noch nie einer Sache so sicher gewesen. Ich spüre es einfach. Verstehen Sie das?«

Jack nickte. Er wusste genau, was sie meinte.

»Wer auch immer sie ist, sie ist die Schlüsselfigur.«

Jack betrachtete das Foto. »Ich glaub nicht, dass sie den Diamanten gestohlen hat. Nein, ich bin mir sogar sicher, dass sie es nicht war.«

»Und wieso?«

Jack überlegte, wie er Elodie erklären sollte, dass er sich, während er das Foto betrachtete und die Frau ihm in die Augen sah, plötzlich so sicher war. Es machte ihn ganz verrückt. Zum Glück ersparte Elodie ihm eine Antwort. »Ich glaube auch nicht, dass sie es getan hat«, sagte sie. »Und offenbar hat Leonard Gilbert das ebenso wenig geglaubt. Als ich sein Buch gelesen habe, da hatte ich schon das Gefühl, dass er nicht überzeugt war, aber dann habe ich einen Artikel gefunden, den er 1938 veröffentlicht hat, in dem er schreibt, seine anonyme Quelle habe ihm auf seine direkte Frage hin geantwortet, sie glaube es nicht nur, sondern wisse mit Sicherheit, dass Lily Millington den Stein nicht gestohlen habe.«

»Demnach wäre es also tatsächlich möglich, dass der Diamant sich immer noch hier befindet, so wie die Großmutter meiner Auftraggeberin es behauptet?«

»Nun, alles ist möglich, würde ich sagen, auch wenn das sehr, sehr lange her ist. Was genau hat die Frau Ihnen denn gesagt?«

»Sie hat gesagt, ihre Großmutter habe etwas Wertvolles verloren, und es sei sehr wahrscheinlich, dass dieser Gegenstand sich auf einem Anwesen in England befinde.«

»Das hat ihre Großmutter ihr gesagt?«

»Gewissermaßen. Die alte Frau hatte einen Schlaganfall, und als es ihr wieder besser ging, hat sie gar nicht mehr aufgehört zu erzählen – von ihrem Leben, ihrer Kindheit, ihrer Vergangenheit. Dabei hat sie irgendwann einen Diamanten erwähnt, der ihr viel bedeutet hat, und dass sie ihn in dem Internat zurückgelassen hat, das sie als Mädchen besucht hatte. Es war wohl alles ziemlich bruchstückhaft, wenn ich das richtig verstanden habe, aber nach dem Tod ihrer Großmutter ist meine Auftraggeberin in deren Hinterlassenschaft auf alle möglichen Dinge gestoßen, die sie für Hinweise ihrer Großmutter hält, wo sie nach dem Diamanten suchen sollte.«

»Warum ist die Großmutter nicht irgendwann selbst hergekommen, um den Diamanten zu holen? Das scheint mir alles ziemlich dubios.«

Jack stimmte ihr zu. »Und ich habe bisher auch noch keinen Schatz gefunden. Aber die Großmutter hatte auf jeden Fall irgendetwas mit dem Haus zu tun. In ihrem Testament hat sie der Vereinigung, die das Museum betreibt, eine beträchtliche Summe hinterlassen, die die Einrichtung des Museums überhaupt erst möglich gemacht hat. Deswegen hat meine Auftraggeberin es auch erreicht, dass ich hier wohnen darf.«

»Was hat sie der AHA denn gesagt?«

»Dass ich ein Fotojournalist bin, der hier zwei Wochen lang an einem Auftrag arbeitet.«

»Sie hat also kein Problem damit, die Wahrheit ein bisschen zu verbiegen.«

Jack lächelte, während er an Rosalind Wheelers Hartnäckigkeit dachte. »Ich zweifle nicht daran, dass sie jedes Wort glaubt, das sie mir gesagt hat. Und fairerweise muss ich erwähnen, dass es etwas gibt, das ihre Theorie unterstützt.« Er zog den Ausdruck der E-Mail aus der Tasche, die Rosalind Wheeler ihm vor ein paar Tagen geschickt hatte. »Das ist ein Brief von Lucy Radcliffe, die …«

»… Edwards Schwester war.«

»Genau. Sie hat ihn 1939 an die Großmutter meiner Auftraggeberin geschrieben.«

Elodie überflog den Brief, dann las sie einen Absatz laut vor. »›Dein Brief hat mich sehr bestürzt. Es ist mir egal, was Du in der Zeitung gelesen hast oder was Du dabei empfunden hast. Ich bitte Dich inständig, von Deinem Vorhaben abzusehen. Du kannst mich gern besuchen kommen, aber bring ihn nicht mit. Ich will ihn nicht haben. Ich wollte ihn nie wieder sehen. Er hat meiner Familie und mir großes Unglück gebracht. Behalte ihn. Ich erinnere mich, dass er allen Widrigkeiten zum Trotz in Deinen Händen gelandet ist, und ich möchte, dass Du ihn behältst. Betrachte ihn als Geschenk, wenn es Dir hilft.‹« Elodie blickte auf. »Da steht aber nichts von einem Diamanten.«

»Nein.«

»Sie kann ja sonst was gemeint haben.«

Jack nickte.

»Wissen Sie denn, was Ada Lovegrove in der Zeitung gelesen hatte?«

»Vielleicht irgendetwas über den Radcliffe Blue?«

»Ja, und das lässt sich wahrscheinlich sogar herausfinden, aber bis dahin können wir nur raten. War das ernst gemeint, als Sie sagten, wir hätten eine Schatzkarte?«

Das »Wir« gefiel Jack, er sagte, er sei gleich wieder da, sprang auf, holte die Karte, die auf seinem Bett lag, und reichte sie Elodie. »Meine Auftraggeberin hat sie mithilfe der Informationen gezeichnet, die sie in Ada Lovegroves Nachlass gefunden hat.«

Elodie faltete die Karte auseinander, die Brauen vor Konzentration zusammengezogen. Nach einer Weile lächelte sie und lachte leise auf. »Ach, Jack«, sagte sie. »Es tut mir leid, Sie enttäuschen zu müssen, aber das ist keine Schatzkarte, sondern die Karte aus einem Kindermärchen.«

»Aus einem Kindermärchen? Was für ein Märchen?«

»Ich hab Ihnen doch gestern von dieser Geschichte erzählt, die mein Großonkel gehört hat, als er als Kind im Krieg hier evakuiert war, die er dann meiner Mutter erzählt hat und die sie mir erzählt hat.«

»Ja?«

»Die Orte auf dieser Karte – die Lichtung im Wald, der Feenhügel, die Flussbiegung –, die sind alle aus dieser Geschichte.« Lächelnd faltete Elodie die Karte zusammen und gab sie ihm zurück. »Die Großmutter Ihrer Auftraggeberin hatte einen Schlaganfall – vielleicht hat sie sich danach einfach wieder in ihre Kindheit zurückversetzt gefühlt?« Sie hob bedauernd die Schultern. »Mehr kann ich leider nicht dazu sagen. Aber es ist doch faszinierend, dass die Großmutter Ihrer Auftraggeberin mein Familienmärchen kannte.«

»Über diesen Zufall wird meine Auftraggeberin bestimmt nicht so erfreut sein, wie sie es gewesen wäre, wenn ich ihr den Diamanten gebracht hätte.«

»Das tut mir leid.«

»Nicht Ihre Schuld. Es war bestimmt nicht Ihre Absicht, die Träume einer alten Dame zunichtezumachen.«

Sie lächelte. »In diesem Sinne ...« Sie packte ihre Sachen wieder ein.

»Sie haben noch zwei Stunden, bis Ihr Zug abfährt.«

»Ich sollte mich trotzdem auf den Weg machen, ich habe Ihnen schon genug Zeit gestohlen. Sie haben doch zu tun.«

»Stimmt. Nachdem ich jetzt diese Karte ergründet habe, könnte ich ja vielleicht mal hinten im Schrank im ersten Stock nachsehen, ob sich da die Tür nach Narnia befindet.«

Sie lachte, und Jack empfand ihr Lachen wie einen persönlichen Sieg.

»Wissen Sie«, wagte er sich noch ein bisschen weiter vor. »Ich habe gestern Abend an Sie gedacht.«

Sie errötete wieder. »Wirklich?«

»Haben Sie das Foto von Ihrer Mutter griffbereit, das Sie mir gestern gezeigt haben?«

Plötzlich wurde Elodie ernst. »Glauben Sie, Sie können mir sagen, wo es aufgenommen wurde?«

»Es wäre einen Versuch wert. Immerhin habe ich auf der Suche nach der Tür ins Feenland den Garten ziemlich gründlich durchkämmt.«

Sie gab ihm das Foto und biss sich auf die Lippen, ein deutliches Zeichen dafür, dass sie immer noch hoffte, er könnte ihr tatsächlich helfen.

Und Jack wollte ihr wirklich helfen. (*Du musst aufhören, jedermanns Held sein zu wollen, Jack.*)

Eigentlich hatte er sie um das Foto gebeten, um Zeit zu schinden, weil er wollte, dass sie noch ein bisschen blieb, aber als er es jetzt betrachtete und den Efeu sah und den Lichteinfall und die Andeutung eines Gebäudes im Hintergrund, wusste er es plötzlich so sicher, als hätte es ihm jemand ins Ohr geflüstert.

»Was ist los?«, fragte sie.

Er lächelte sie an und gab ihr das Foto zurück. »Lust auf einen kleinen Spaziergang?«

Gemeinsam durchquerten sie den Friedhof und blieben schließlich in der hinteren Ecke stehen. Er warf ihr einen kurzen Blick zu, lächelte sie aufmunternd an und schlenderte dann los, als wollte er sich noch ein bisschen auf dem Friedhof umsehen.

Elodie stieß den Atem aus, den sie die ganze Zeit angehalten hatte, denn er hatte recht. Es war die Stelle auf dem Foto. Sie sah sofort, dass das Foto genau hier aufgenommen worden war. In den fünfundzwanzig Jahren, die seitdem vergangen waren, hatte sich fast nichts verändert.

Elodie hatte damit gerechnet, dass es sie traurig stimmen würde, vielleicht sogar ein bisschen wütend.

Aber so war es nicht. Es war ein wunderbarer, friedlicher Ort, und es war ein schöner Gedanke, dass eine Frau, die so plötzlich gestorben war, die letzten Stunden ihres Lebens hier verbracht hatte.

Und als sie hier zwischen den Efeuranken stand, umgeben von der Stille des Friedhofs, begriff Elodie, dass ihre Mutter und sie sehr unterschiedliche Frauen waren; dass sie nicht in die übergroßen Fußstapfen ihrer Mutter treten musste. Lauren Adler war talentiert und schön und ungeheuer erfolgreich gewesen, aber all das war es nicht, was den eigentlichen Unterschied zwischen ihr und Elodie ausmachte. Nein, der große Unterschied war ihre jeweilige Lebenseinstellung: Im Gegensatz zu Lauren, die das Leben furchtlos angepackt hatte, war Elodie vorsichtig und zurückhaltend.

Vielleicht sollte sie sich ein bisschen entspannen, dachte sie jetzt. Ein bisschen loslassen und es darauf ankommen lassen, dass sie auch mal einen Misserfolg erlebte. Akzeptieren, dass das Leben kompliziert war und dass es normal war, Fehler zu machen, die manchmal ja nicht einmal wirklich Fehler waren; denn das Leben war kein ruhiger, gerader Fluss, und man musste Tag für Tag kleine und große Entscheidungen treffen.

Was nicht bedeutete, dass Loyalität nicht wichtig war, im Gegenteil; es bedeutete nur, dass – vielleicht – nicht alles nur schwarz und weiß war. Dass Tip und ihr Vater recht hatten, wenn sie ihr immer wieder sagten, dass das Leben lang sei und dass es nicht einfach sei, ein Mensch zu sein.

Und wer war sie überhaupt, sich ein Urteil anzumaßen? Elodie hatte fast den ganzen gestrigen Tag in dem Festsaal für den Hochzeitsempfang verbracht, hatte höflich genickt, während wohlmeinende Frauen ihr die Ohren vollgequasselt hatten mit Vorschlägen zur Tischdekoration und zu Speisenfolgen, und dabei hatte sie die ganze Zeit nur an Birchwood Manor gedacht und an einen Australier, den sie anfangs für einen Museumsangestellten gehalten hatte.

Als sie ihm gestern Carolines Foto gezeigt hatte, hatte sie sich gefragt, warum sie derart vertrauensselig war, denn das passte so gar nicht zu ihr. Sie hatte sich eingeredet, dass es einfach daran lag, dass der Tag so anstrengend gewesen und sie von Gefühlen überwältigt gewesen war. Dieser Gedanke war ihr plausibel erschienen, und sie hatte das auch tatsächlich geglaubt, bis er jetzt von seinem Spaziergang zurückkam.

»Alles in Ordnung?«, fragte er.

»Ja, alles ist ganz wunderbar.«

Er lächelte. »Dann sollten wir jetzt machen, dass wir hier wegkommen. Schauen Sie mal in den Himmel.«

Der erste Regen – dicke, fette Tropfen – fiel, als sie den Friedhof verließen. »Ich hätte nie gedacht, dass es in England so regnen würde«, sagte Jack.

»Soll das ein Witz sein? Wir sind die Weltmeister des Regens.«

Er lachte, und plötzlich hatte sie Schmetterlinge im Bauch. Seine Arme waren nass, und sie empfand den unwiderstehlichen Drang, seine nackte Haut berühren.

Ohne ein Wort und ohne zu wissen, warum, nahm sie seine Hand, und dann rannten sie gemeinsam zum Haus.

IX

Es regnet, und sie sind ins Haus gekommen. Das ist kein leichter Schauer, sondern ein richtiges Gewitter. Ich habe den ganzen Nachmittag beobachtet, wie es sich jenseits der Themse über den Bergen zusammengebraut hat. Ich habe schon viele Gewitter erlebt, hier in Birchwood Manor, und ich kenne die veränderte, aufgeladene Atmosphäre, die durch die aufsteigende Luftströmung entsteht.

Aber dieses Gewitter fühlt sich anders an.

Es fühlt sich an, als würde etwas passieren.

Ich bin unruhig und erwartungsvoll. Meine Gedanken springen hin und her, zu den Gesprächen der letzten Tage, auf der Suche nach Details.

Ich muss an Lucy denken, die nach Edwards Tod so schrecklich gelitten hat. Zum Glück hat sie Leonard am Ende erzählt, dass ich ihn nicht verraten habe; was andere von mir denken, ist mir gleichgültig, aber Leonard mochte ich, und es erleichtert mich zu wissen, dass er die Wahrheit erfahren hat.

An Pale Joe muss ich auch denken. Ich habe mich so lange danach gesehnt zu erfahren, was aus ihm geworden ist – und es freut mich so sehr, es macht mich so stolz zu hören, was er erreicht hat! Dass er seine Güte und seinen Einfluss und seinen Gerechtigkeitssinn zum Einsatz gebracht hat. Aber, ach, wie grausam es war, dass ich so plötzlich aus seinem Leben verschwunden bin!

Und wie immer denke ich an Edward und an jene Gewitternacht vor vielen, vielen Jahren.

In Gewitternächten fehlt Edward mir ganz besonders.

Es war seine Idee gewesen, den Sommer hier in seinem geliebten zweigiebeligen Haus an der Themse zu verbringen, bevor wir nach Amerika reisen würden. Am Abend seines zweiundzwanzigsten Geburtstags hat er mir bei Kerzenschein in seinem Atelier von seinem Plan erzählt.

»Ich habe eine Überraschung für dich«, sagte er, worüber ich lachen musste, denn es war ja sein Geburtstag und nicht meiner. »Aber du hast nächsten Monat Geburtstag«, entgegnete er. »Außerdem brauchen wir beide keinen Grund, um einander zu überraschen, oder?«

Trotzdem habe ich darauf bestanden, ihm zuerst mein Geschenk geben zu dürfen, und habe mit angehaltenem Atem zugesehen, wie er es auspackte.

Seit zehn Jahren hatte ich auf Lily Millingtons Rat hin immer einen kleinen Teil meiner Beute in einem Versteck aufbewahrt. Anfangs wusste ich nicht, wofür ich das Geld sparte, nur dass Lily mir gesagt hatte, ich solle es tun, und eigentlich spielte es auch keine Rolle, denn das Sparen an sich gibt einem schon ein Gefühl der Sicherheit. Aber als die Briefe meines Vaters meine Geduld im Lauf der Jahre immer mehr auf die Probe stellten, schwor ich mir eins: Wenn er mich bis zu meinem achtzehnten Geburtstag nicht nachkommen ließ, würde ich auf eigene Faust nach Amerika reisen und ihn suchen.

Im Juni 1862 würde ich achtzehn werden, und ich hatte fast genug zusammengespart für eine einfache Überfahrt; aber seit ich Edward kannte, hatten meine Zukunftspläne sich geändert. Bei einem Besuch bei Pale Joe im April habe ich ihn gefragt, wo ich eine besonders hochwertige Ledertasche kaufen könne. Er hat mich zu Mr. Simms in der Bond Street geschickt, bei dem sein Vater seine Taschen herstellen ließ. Und dort, in dieser Werkstatt, wo es nach Gewürzen und Geheimnissen duftete, habe ich mein Geschenk in Auftrag gegeben.

Und Edwards Gesicht, als er die Tasche auswickelte, war jeden Penny wert, den ich heimlich beiseitegeschafft hatte. Er fuhr mit den Fingerspitzen über das Leder, betrachtete die kunstvollen Nähte, die eingestanzten Initialen. Er hat die Tasche geöffnet und sein Skizzenbuch hineingeschoben. Es passte, wie ich gehofft hatte, als wäre die Tasche extra dafür gemacht worden. Dann hat er sie sich über die Schulter gehängt, und von dem Tag an habe ich ihn nie wieder ohne die Tasche gesehen, die Mr. Simms nach meinen Wünschen angefertigt hatte.

Schließlich ist er ganz nah zu mir gekommen, so nah, dass mir fast das Herz stehen geblieben ist, und hat einen Umschlag aus seiner Brusttasche gezogen. »Und hier«, hat er ganz leise geflüstert, »kommt die erste Hälfte meines Geschenks für dich.«

Wie gut er mich gekannt hat, wie sehr er mich geliebt hat! In dem Umschlag befanden sich zwei Fahrkarten für einen Ozeandampfer, der im August den Atlantik überqueren würde.

»Mein Gott, Edward«, konnte ich nur stammeln, »die Kosten …«

Aber er hat nur den Kopf geschüttelt. »*Dornröschen* ist sehr gut angekommen beim Publikum. Die Ausstellung war ein großer Erfolg. Und das habe ich nur dir zu verdanken.«

»Ich habe doch fast nichts gemacht.«

»O doch!«, widersprach er ernst. »Ohne dich könnte ich gar nicht mehr malen. Und ich werde es auch nicht.«

Die Überfahrten waren auf Mr. und Mrs. Radcliffe ausgestellt. Ich schaute ihn mit großen Augen an.

»Und wenn wir in Amerika sind, suchen wir deinen Vater.«

Meine Gedanken rasten, ich überlegte fieberhaft, wie das alles gehen sollte, wie ich mich aus den Klauen von Mrs. Mack und dem Captain befreien sollte, wie ich verhindern sollte, dass Martin von unseren Plänen erfuhr, doch dann fiel mir etwas ein. »Aber Edward«, habe ich ihn atemlos gefragt, »was ist mit Fanny?«

Da ist er ernst geworden. »Ich werde es ihr möglichst schonend beibringen. Sie ist jung, hübsch und wohlhabend, es wird genug Verehrer geben, die um ihre Hand anhalten. Mit der Zeit wird sie es verstehen. Und dies ist ein weiterer Grund für uns, nach Amerika zu gehen: Meine Abwesenheit wird es Fanny leichter machen. Auf diese Weise kann Gras über die Sache wachsen, und es gibt ihr Zeit, sich irgendeine Geschichte auszudenken.«

Edward hat nie etwas gesagt, von dem er nicht voll und ganz überzeugt war, und das gilt auch für die Sache mit Fanny, da bin ich mir ganz sicher. Er hat meine Hand genommen und sie geküsst, und als er mich angelächelt hat, war er dermaßen überzeugend, dass ich es auch geglaubt habe.

»Und hier«, sagte er dann und nahm ein großes Paket von der Werkbank, »kommt die zweite Hälfte meines Geschenks für dich.«

Mit seiner freien Hand hat er mich zu den Samtkissen geführt, die immer noch auf dem Boden lagen, und mir das Geschenk – das überraschend schwer war – in den Schoß gelegt. Gespannt, ja fast ungeduldig hat er mir beim Auspacken zugesehen.

Und nachdem ich die letzte Papierschicht entfernt hatte, lag in dem Nest aus Seidenpapier die schönste Wanduhr, die ich je gesehen hatte. Sie war aus kostbarem Edelholz gefertigt, mit intarsierten goldenen römischen Ziffern und filigranen Zeigern, die wie spitz zulaufende Pfeile geformt waren.

Ich fuhr mit der Hand über die glatte Oberfläche, und im Kerzenschein schimmerte die feine Maserung. Ich war völlig überwältigt. Im Haus von Mrs. Mack und dem Captain hatte ich noch nie etwas Eigenes besessen, erst recht nichts von so erlesener Schönheit. Aber nicht nur wegen ihres materiellen Werts war die Uhr eine Kostbarkeit. Sie war Edwards Art, mir zu zeigen, dass er mich kannte, dass er verstand, wer ich wirklich war.

»Gefällt sie dir?«

»Ich liebe sie.«

»Und ich liebe dich.« Dann hat er mich geküsst, aber als er sich von mir löste, waren seine Brauen sorgenvoll zusammengezogen. »Was ist? Du machst ein Gesicht, als hätte ich dir gerade ein Problem aufgehalst.«

Und genauso habe ich mich gefühlt. Kaum hatte er mir die Uhr überreicht, wurde meine Aufregung durch das Bedürfnis verdrängt, dieses kostbare Geschenk zu beschützen. Ich konnte sie unmöglich in die Nähe von Mrs. Mack bringen, denn die würde sie sofort verkaufen. »Wir sollten sie hier aufhängen«, sagte ich.

»Ich habe eine bessere Idee. Es gibt noch etwas Wichtiges, über das ich mit dir reden muss.«

Edward hatte zuvor schon mehrmals von dem Haus am Fluss gesprochen, und mir war jedes Mal aufgefallen, wie sehnsüchtig dabei sein Blick wurde, so sehr, dass es mich eifersüchtig gemacht hätte, wenn es um eine andere Frau gegangen wäre. Aber als er mir jetzt erklärte, dass er mir das Haus unbedingt zeigen wolle, lag noch etwas anderes in seinem Blick: Er wirkte mit einem Mal so verletzlich, dass ich ihn am liebsten in die Arme genommen und getröstet hätte, was auch immer ihn bekümmern mochte. Dann sagte er: »Ich habe eine Idee für mein nächstes Bild.«

»Lass hören.«

Und da hat er mir berichtet, was ihm im Alter von vierzehn Jahren zugestoßen war: wie er nachts im Wald umhergeirrt ist, wie er das Licht im Fenster gesehen hat, wie das Haus ihn gerettet hat. Als ich ihn gefragt habe, wie ein Haus einen Jungen retten könne, hat er mir das alte Märchen von den Eldritch-Kindern erzählt, das er vom Gärtner seines Vaters hatte, das Märchen von den Feenkindern und der Feenkönigin, die einen Schutzbann über das Grundstück an der Themse und jedwedes darauf stehende Haus gelegt hatte.

»Dein Haus«, habe ich zum Schluss geflüstert.

»Und jetzt ist es auch deins. Und dort werden wir die Uhr aufhängen, damit sie die Tage, Wochen und Monate bis zu unserer Rückkehr zählen kann. Ich habe mir gedacht, dass wir alle unsere Freunde einladen, den Sommer mit uns in dem Haus zu verbringen, bevor wir nach Amerika fahren. Es wird unser Abschied sein, ohne dass sie es wissen. Was hältst du davon?«

Was blieb mir anderes übrig, als zuzustimmen?

In dem Moment hat es an der Tür geklopft. »Ja?«, rief Edward.

Es war seine kleine Schwester Lucy. Sie hat sich im Atelier umgeschaut und alles gesehen – Edward und mich, die neue Tasche an Edwards Schulter, das Geschenkpapier, die Uhr. Aber nicht die Fahrkarten, die hatte Edward, ohne dass ich es bemerkt hatte, schnell verschwinden lassen.

Mir war schon öfter aufgefallen, wie aufmerksam sie alles beobachtete. Manche regten sich darüber auf – Edwards andere Schwester, Clare, konnte nichts mit Lucy anfangen –, aber mich erinnerte sie mit ihrem wachen Blick an Lily Millington, und dafür mochte ich sie besonders. Auch Edward liebte Lucy, und er versorgte sie unentwegt mit neuen Büchern.

»Sag mal, Lucy«, rief er lächelnd, »wie würde es dir gefallen, den Sommer auf dem Land zu verbringen? In einem Haus an der Themse – wo man vielleicht ein bisschen mit dem Ruderboot hinausfahren kann?«

»In … *dem* Haus?« Ich habe genau gemerkt, wie sie ganz kurz einen Blick in meine Richtung warf, als sie das gefragt hat, als handelte es sich um ein Geheimnis zwischen den beiden.

Edward musste lachen. »Ganz genau!«

»Und was ist, wenn Mutter …«

»Mach dir keine Gedanken wegen Mutter. Ich kümmere mich um alles.«

Da hat sie ihn angestrahlt, als wäre es der glücklichste Tag ihres Lebens.

Ich erinnere mich an alles.

Ich bin nicht an die Zeit gebunden. Vergangenheit, Gegenwart und Zukunft sind für mich eins. Ich kann Erinnerungen verlangsamen. Oder ich kann sie augenblicklich abrufen.

Aber die Monate des Jahres 1862 sind anders. Sie rasen vorüber, egal wie sehr ich mich bemühe, sie anzuhalten, sie rollen wie eine Münze den Hügel hinunter und werden zum Ende hin immer schneller.

Als Edward mir von seiner Schreckensnacht erzählt hat, hatten die Bäume in Hampstead gerade erst angefangen zu knospen. Die Äste waren noch kahl, und der graue Himmel hing tief. Aber das Ende seiner Geschichte war der Beginn des Sommers in Birchwood.

Teil 3

Der Sommer von Birchwood Manor

Kapitel 24

Sommer 1862

Es war Lucys erste Reise mit der Eisenbahn, und seit der Abfahrt saß sie ganz still da und fragte sich, ob sie es spüren konnte, wie die Geschwindigkeit auf ihre Organe einwirkte. Edward hatte sie ausgelacht, als sie ihn darauf angesprochen hatte, woraufhin sie so getan hatte, als wäre ihre Frage ein Scherz gewesen. »Unseren Organen kann die Eisenbahn nichts anhaben«, hatte er gesagt. »Wir sollten uns eher wegen des Wohlergehens unserer Landschaft Sorgen machen.«

»Pass auf, dass Fanny dich so etwas nicht sagen hört«, hatte Clare ihn gewarnt, die sich immer gern in die Gespräche anderer einmischte. Edward hatte die Brauen zusammengezogen, jedoch nichts darauf erwidert. Fannys Vater hatte wesentlich zum Ausbau des Schienennetzes in Großbritannien beigetragen, was Edward überhaupt nicht gefiel, denn er war der Meinung, dass man die Natur an sich wertschätzen sollte, und nicht nur wegen ihrer Ressourcen, die sich gewinnbringend nutzen ließen. Es war ein Standpunkt, der einem Mann, der drauf und dran war, in Eisenbahnkapital einzuheiraten, nicht gut anstand, wie Thurston gern betonte. Mr. John Ruskin jedoch, ein Freund von Edwards Mutter, ging sogar noch weiter und bezeichnete es als ausgesprochene Narretei, Eisenbahnschienen bis in die hinterste Ecke des Globus zu verlegen.

»Der Narr ist immer bestrebt, Zeit und Entfernungen zu verkürzen«, hatte er neulich verkündet, als er sich nach einem Abendessen verabschiedet hatte. »Der Weise strebt danach, beides zu verlängern.«

Nach und nach vergaß Lucy, über ihre Organe und die Zerstörung der Umwelt nachzudenken, und ließ sich von der Schönheit der Landschaft betören. Einmal fuhr ein anderer Zug direkt neben ihnen her, und als sie in die Fenster des Waggons neben ihr schaute, war es, als würden beide Züge stehen. Ein Mann saß in dem Abteil auf der anderen Seite, und ihre Blicke begegneten sich, und Lucy begann, über Zeit und Bewegung und Geschwindigkeit nachzudenken und über die Möglichkeit, dass sie sich in Wirklichkeit gar nicht bewegten, sondern die Erde sich unter ihnen drehte. Ihre Kenntnisse der Gesetze der Physik wurden plötzlich auf den Kopf gestellt, und ihr schwirrte der Kopf vor lauter Möglichkeiten.

Sie hätte liebend gern jemandem von ihren Ideen erzählt, aber als sie Felix Bernard und seine Frau Adele anschaute, die ihr gegenübersaßen, verging ihr die Lust, sich mitzuteilen. Lucy kannte Adele ein bisschen, denn vor ihrer Heirat mit Felix hatte sie Edward ab und zu Modell gesessen. Viermal hatte ihr Bruder sie gemalt, und eine Zeit lang war sie sein Lieblingsmodell gewesen. Seit Kurzem war sie eine ambitionierte Fotografin. Im Bahnhof Paddington hatte sie sich mit Felix über etwas gestritten, und jetzt tat sie so, als wäre sie in die Lektüre der Zeitschrift *English Woman's Journal* vertieft, während Felix sich intensiv mit seiner neuen Kamera beschäftigte.

Auf der anderen Seite des Gangs machte Clare Thurston schöne Augen, was sie eigentlich immer tat, seit er sie gebeten hatte, ihm für sein neues Gemälde Modell zu sitzen. Alle fanden Thurston furchtbar gut aussehend, aber mit seinem angeberischen Gang und den kräftigen Oberschenkeln erinnerte er Lucy immer an eins von den Rennpferden ihres Großvaters.

Er schenkte Clare keine Beachtung, sondern unterhielt sich mit Edward und Lily Millington. Lucy konnte verstehen, warum die beiden ihn interessierten. Ihre Art, miteinander umzugehen, als wären sie allein im Waggon, faszinierte auch sie.

Da es niemanden gab, mit dem sie ihre Gedanken teilen konnte, behielt Lucy sie für sich. Wahrscheinlich war das auch besser so, dachte sie. Sie wollte einen guten Eindruck auf Edwards Freunde machen, und Clare meinte immer, was sie über Energie und Materie und Raum und Zeit von sich gebe, höre sich an, als gehöre sie ins Irrenhaus. (Edward war natürlich gegenteiliger Meinung. Er fand, dass sie einen klugen Kopf besaß und nur gut daran tat, ihn auch zu benutzen. Er hielt es für eine Hybris, die Möglichkeiten der Menschheit zu halbieren, indem man die Gedanken und Worte der weiblichen Hälfte ignorierte.)

Lucy hatte ihre Mutter angefleht, eine Hauslehrerin für sie zu engagieren oder, noch besser, sie in eine Schule zu schicken, Mrs. Radcliffe hatte ihr nur mit sorgenvoller Miene eine Hand an die Stirn gelegt, um festzustellen, ob sie Fieber hatte, und ihr gesagt, sie sei ein seltsames kleines Ding und solle sich solche albernen Gedanken aus dem Kopf schlagen. Einmal hatte sie Lucy sogar in den Salon gerufen, als Mr. Ruskin zu Besuch gewesen war, und dieser hatte ihr, während sie an der Tür stehen bleiben musste, freundlich erklärt, das Gehirn einer Frau sei nicht »zum Erfinden und Kreieren« geschaffen, sondern »zum hübschen Ordnen und Bewahren«.

Zum Glück hatte sie Edward, der ihr immer wieder neue Bücher besorgte. Als Reiselektüre hatte Lucy sich *Die Naturgeschichte einer Kerze* eingesteckt, ein Buch mit sechs Weihnachtsvorträgen für junge Menschen, die Michael Faraday in der Royal Institution gehalten hatte. Es ging um Kerzenflammen, den Prozess der Verbrennung, um Kohlepartikel und die Lumineszenzzone, aber eigentlich fand Lucy die Texte ein bisschen simpel. Lucy hatte das Buch auf dem Schoß liegen, seit sie in Paddington abgefahren waren, aber anstatt darin zu lesen, dachte sie an den Sommer, der ihnen bevorstand.

Vier ganze Wochen in Birchwood Manor nur mit Edward als Aufpasser! Seit ihre Mutter ihr erlaubt hatte mitzufahren, hatte Lucy die Tage gezählt und am Kalender in ihrem Zimmer ausgestrichen. Andere Mütter hätten es niemals zugelassen, dass ihre dreizehnjährige Tochter einen ganzen Sommer mit ihrem Bruder und dessen Künstlerfreunden auf dem Land verbrachte, aber Bettina Radcliffe war ganz anders als alle Mütter, die Lucy kannte – Lucys Großeltern bezeichneten sie als »Bohemienne«. Nach dem Tod von Lucys Vater hatte sie angefangen, befreundete Ehepaare auf deren Reisen zu begleiten. Im Juli würde sie eine Reise entlang der Amalfiküste machen, die in Neapel enden würde, wo die befreundeten Potters ein Haus besaßen. Anstatt sich zu sorgen, dass Lucys Tugend Schaden nehmen könnte, war Bettina Radcliffe ihrem Sohn dankbar dafür, dass er Lucy den Sommer über mit nach Birchwood nehmen wollte, blieb es ihr doch so erspart, die widerwillige Großzügigkeit ihrer Eltern einmal mehr in Anspruch nehmen zu müssen. »Gute Idee!«, hatte sie nur zu Edward gesagt und weiter ihre Koffer gepackt.

Es gab einen ganz bestimmten Grund, warum Edward Lucy nach Birchwood mitnehmen wollte. Sie war die Allererste gewesen, der er erzählt hatte, dass er das Haus gekauft habe. Das war im Januar 1861 gewesen, als er sich für drei Wochen, vier Tage und zwei Stunden zu »Exerzitien« aufs Land zurückgezogen hatte. Lucy hatte quer auf dem Bett in ihrem Dachzimmer mit der Gaube zur Straße hin gelegen und zum wiederholten Male *Die Entstehung der Arten* gelesen, als sie die vertrauten Schritte ihres Bruders auf dem Gehweg vor dem Haus hörte. Sie erkannte jeden an seinem Gang: den dicken, schweren

Mann, der morgens die Milch brachte, den hageren, trippelnden Schornsteinfeger, Clare mit ihren eiligen Schritten und ihre Mutter, die immer hohe Absätze trug. Aber am meisten freute sie sich, wenn sie die entschlossenen Schritte ihres Bruders Edward vernahm.

Sie sprang vom Bett, rannte, ohne einen Blick aus dem Fenster zu werfen – das war gar nicht nötig –, die Treppe hinunter und warf sich Edward in die Arme, als er durch die Tür trat. Mit ihren zwölf Jahren war sie eigentlich schon zu groß für so ein Verhalten, aber sie war klein für ihr Alter, und Edward konnte sie mühelos auffangen. Lucy verehrte ihren Bruder, seit sie denken konnte. Sie fand es schrecklich, wenn er sie mit Clare und ihrer Mutter allein ließ. Er blieb nie länger als einen Monat fort, aber ohne ihn wollten die Tage nicht enden, und die Liste der Dinge, die sie ihm erzählen wollte, wurde lang und länger.

Noch ehe er sie absetzen konnte, sprudelte es nur so aus ihr heraus. Normalerweise hörte er sich geduldig ihre Geschichten an, ehe er ihr sein Mitbringsel präsentierte – es war jedes Mal ein Buch und immer eins über ein wissenschaftliches oder historisches Thema. Diesmal jedoch legte er ihr einen Finger auf die Lippen, um sie zum Schweigen zu bringen, und sagte, diesmal müsse er zuerst etwas loswerden. Er habe etwas Unglaubliches getan, fuhr er fort, das er ihr sofort erzählen wolle.

Lucy war neugierig und zugleich mächtig stolz gewesen. Clare und ihre Mutter waren im Haus, aber ihr wollte er zuerst von seiner unglaublichen Tat berichten. Edwards Aufmerksamkeit war wie die Sonne, und Lucy genoss ihre Wärme. Sie ging mit ihm nach unten in die Küche, denn nur dort konnten sie sich darauf verlassen, dass niemand sie stören würde. Und dort, an dem alten, gewachsten Tisch erzählte Edward ihr von dem Haus, das er gekauft hatte. Ein altes Haus mit zwei Giebeln und einem Garten. Er erzählte ihr von der

Flussbiegung und dem Wald. Und sie erkannte alles wieder, noch bevor er sagte: »Es ist das Haus, Lucy. Das Haus aus der Schreckensnacht.«

Lucy hatte erschrocken die Luft eingesogen und eine Gänsehaut bekommen. Sie wusste sofort, welches Haus er meinte. Die Schreckensnacht begleitete sie, seit sie denken konnte. Sie war fünf gewesen, als es passiert war, und doch würde sie nie vergessen, wie er ausgesehen hatte, als er am nächsten Morgen nach Hause gekommen war, das Haar vollkommen zerzaust, die Augen geweitet. Es hatte einen ganzen Tag gedauert, bis er seine Sprache wiedergefunden hatte, aber am Ende hatte er ihr alles erzählt. Sie hatten in dem alten Schrank auf dem Dachboden in Beechworth gehockt. Lucy war die Einzige, der Edward jemals von der Schreckensnacht erzählt hatte, er hatte ihr sein größtes Geheimnis anvertraut, und es war zum Symbol der tiefen Verbindung zwischen ihnen geworden.

»Willst du da einziehen?«, fragte sie jetzt erschrocken, denn plötzlich hatte sie Angst, ihn an das Haus zu verlieren.

Er lachte und fuhr sich mit der Hand durch sein dunkles Haar. »Nein, ich habe nichts damit vor, außer, dass ich es besitzen möchte. Alle werden sagen, es ist verrückt, und sie haben recht. Aber ich weiß, dass du mich verstehst – ich musste es einfach tun. Das Haus ruft mich seit der Nacht, als ich es zum ersten Mal gesehen habe, und jetzt habe ich geantwortet.«

Lily Millington lachte über etwas, das Edward gesagt hatte, und Lucy schaute hinüber und betrachtete das derzeitige Modell ihres Bruders. Lily war schön, aber ohne Edward wäre ihr vermutlich nie bewusst geworden, wie schön sie wirklich war, dachte Lucy. Das war sein Geschenk an sie, das sagten alle. Er war in der Lage, Dinge zu sehen, die andere nicht sehen konnten, und durch seine Kunst ermöglichte er es dem Betrachter, sie auch zu sehen. In seinen letzten *Academy Notes* hatte

Mr. Ruskin diese außergewöhnliche Gabe als »Radcliffe'sche Sinnestäuschung« bezeichnet.

Gerade strich Edward Lily eine rote Strähne aus der Stirn und schob sie ihr hinters Ohr, und Lily lächelte. Es war ein vielsagendes Lächeln, das auf vorhergehende Gespräche verwies, und Lucy spürte, wie sie völlig unerwartet erschauderte.

Als Lucy Lily Millington zum ersten Mal gesehen hatte, hatte sie eigentlich nur etwas Rotes durch die Fenster im Gartenhaus gesehen. Das war im Mai 1861 gewesen, und Lucy, die ein bisschen kurzsichtig war, hatte das Rote zuerst für einen Japanischen Ahorn gehalten, den Edward in einem Pflanzkübel in seinem Atelier stehen hatte. Edward hatte ein Faible für exotische Pflanzen und ging immer wieder zu Mr. Romano an der Ecke der Willow Road, wo er im Austausch für die neuesten Pflanzen aus Amerika oder Australien Porträtzeichnungen von Mr. Romanos Töchtern anfertigte. Es war eine weitere Leidenschaft, die sie teilten, denn auch Lucy war ganz begeistert von diesen lebenden, atmenden Besuchern aus fernen Ländern, durch die sie einen kleinen Einblick in Teile einer wunderlichen Welt bekam, die so anders war als ihre eigene.

Erst als ihre Mutter sie bat, *zwei* Tassen Tee ins Atelier zu bringen, hatte sie begriffen, dass Edward ein neues Modell hatte. Das hatte sofort ihre Neugier geweckt, denn sie hatte gleich geahnt, wer das war. Man konnte nicht mit Edward in einem Haus wohnen, ohne seine Hochs und Tiefs mitzubekommen.

Einige Monate zuvor war er in eine Krise gestürzt, von der er sich nicht mehr zu erholen schien. Bis dahin hatte er Adele gemalt, aber er war an den Punkt gelangt, an dem ihn ihr adrettes Gesicht einfach nicht mehr inspirierte. »Nicht, dass sie nicht hübsch wäre«, hatte er zu Lucy gesagt, während er in seinem Atelier auf und ab gegangen war. »Aber zwischen ihren hübschen Ohren herrscht einfach nur gähnende Leere.«

Edward hatte eine Theorie über die Schönheit. Er sagte, eine hübsche Nase, hohe Wangenknochen, schön geschwungene Lippen, blaue oder braune Augen, die Art, wie sich Haare im Nacken kräuselten, all das sei ja schön und gut, aber was einen Menschen erstrahlen lasse, egal ob auf einer Leinwand oder auf einem Foto, das sei die Intelligenz. »Damit meine ich nicht die Fähigkeit, die Funktionsweise eines Verbrennungsmotors erklären oder einen Vortrag darüber halten zu können, wie ein Telegraf eine Botschaft von hier nach dort übermittelt; ich meine damit, dass manche Menschen ein inneres Leuchten haben, eine Neugier, ein Interesse an der Welt, das kein Künstler erzeugen kann, wenn es nicht da ist, egal wie gut er ist.«

Aber dann war Edward einmal im Morgengrauen ganz aufgekratzt nach Hause gekommen. Es war noch kaum jemand im Haus wach gewesen, als er die Tür aufgerissen hatte, aber wie immer hatten natürlich alle mitbekommen, dass er da war. Die stille Eingangshalle erbebte, als er seinen Mantel auf den Haken warf, und als Lucy, Clare und Bettina Radcliffe im Nachthemd auf der Treppe erschienen, breitete er die Arme aus und verkündete mit einem strahlenden Lächeln, er habe die Frau gefunden, die er gesucht habe.

Am Frühstückstisch konnten sie es kaum erwarten, seine Geschichte zu hören.

Das Schicksal, sagte Edward, habe sie in der Drury Lane seinen Weg kreuzen lassen. Er sei mit Thurston Holmes im Theater gewesen, und dort, im überfüllten, verrauchten Foyer habe er sie zum ersten Mal gesehen. (Später waren Edward und Thurston einmal in betrunkenem Zustand aneinandergeraten, und dabei hatte Lucy, die den Streit zufällig mitbekam, erfahren, dass eigentlich Thurston die feingliedrige, rothaarige Schönheit als Erster entdeckt hatte, dass ihm als Erstem aufgefallen war, wie das Licht ihr Haar entflammen und ihre Haut wie Alabaster erscheinen ließ, dass sie das perfekte Modell für das Bild sein würde, das Edward geplant hatte. Und es war Thurston gewesen, der Edward am Ärmel gepackt und aus einem Gespräch mit einem Mann gerissen hatte, dem er Geld schuldete, um ihn auf die Frau in dem dunkelblauen Kleid aufmerksam zu machen.)

Edward war auf der Stelle verzaubert gewesen. In dem Augenblick, sagte er, habe er sein Bild vor sich gesehen. Aber während Edward diese Offenbarung erlebt hatte, war die Frau vor seinen Augen verschwunden. Ohne darüber nachzudenken, hatte er sich durch die Menge geschoben, nur von dem Gedanken beseelt, dass er sie einholen musste. Er folgte der Frau durch einen Seitenausgang nach draußen. Und dann hatte die Frau sich umgedreht, fuhr er fort, und das Mondlicht hatte ihr Gesicht beleuchtet, und da hatte er erkannt, dass sie genau die Frau war, auf die er immer gewartet hatte. Ihr Bruder sei plötzlich aufgetaucht und habe ihn zunächst für einen Dieb gehalten, aber sie habe das Missverständnis rasch aufgeklärt.

»Und dann?«, fragte Lucy aufgeregt, während das Dienstmädchen frischen Tee brachte.

»Ich habe kein Talent für Höflichkeitsfloskeln«, sagte Edward. »Ich habe ihr einfach rundheraus erklärt, dass ich sie malen muss.«

Clare hob die Brauen. »Und was hat sie dazu gesagt?«

»Und vor allem«, hatte ihre Mutter gefragt, »was hat ihr Bruder dazu gesagt?«

»Der war total verblüfft. Er wollte wissen, was ich damit meinte, und ich habe es ihm, so gut es ging, erklärt. Ich fürchte, ich habe mich nicht besonders gewählt ausgedrückt, ich war immer noch ziemlich verzaubert.«

»Hast du ihm gesagt, dass du bereits in der Royal Academy ausgestellt hast?«, wollte seine Mutter wissen. »Hast du ihm gesagt, dass du Mr. Ruskins Günstling bist? Hast du ihm gesagt, dass dein Großvater dem Adel entstammt?«

Edward versicherte ihr, er habe all das und mehr erwähnt. Er sagte, er habe sogar ein bisschen übertrieben und sämtliche Ländereien und Titel aufgezählt, die er bisher ignoriert habe, er habe sogar angeboten, seine Mutter, »Lady« Radcliffe, könne gern den Eltern einen Besuch abstatten, um ihnen zu versichern, dass ihre Tochter in guten Händen sein werde. »Ich hatte den Eindruck, dass das wichtig war, Mutter, denn der Bruder hat betont, dass sie erst mit ihren Eltern sprechen müssten, bevor sie sich auf irgendetwas einließen – dass der Ruf einer anständigen Frau Schaden leiden könnte, wenn sie sich einem Künstler als Modell zur Verfügung stellt.«

Sie hatten sogar einen Termin für den mütterlichen Besuch ausgemacht, dann hatten sie sich verabschiedet.

Auf dem Heimweg an der Themse entlang und durch die dunklen Londoner Straßen hatte er das Gesicht der Frau ständig vor Augen gehabt. Er war so hingerissen von der Frau, dass er unterwegs irgendwo seine Brieftasche verloren hatte und gezwungen war, zu Fuß bis nach Hampstead zu gehen.

Wenn Edward von etwas begeistert war, ließ sich jeder unwillkürlich mitreißen. Lucy, Clare und Bettina Radcliffe hatten ihm aufmerksam zugehört. Nachdem Edward geendet hatte, sagte seine Mutter, natürlich werde sie Mr. und Mrs. Millington aufsuchen und für ihn bürgen. Sie wies ihre Zofe sofort an, die Mottenlöcher in ihrem besten Kleid zu stopfen, und bestellte eine Kutsche für die Fahrt nach London.

Ein metallisches Kreischen, eine Dampfwolke, die alles einhüllte, und der Zug verlangsamte sein Tempo. Lucy schaute aus dem Fenster und sah, dass sie in den Bahnhof einfuhren. Auf einem großen Schild stand »Swindon«, hier würden sie aussteigen. Auf dem Bahnsteig patrouillierte ein uniformierter Mann mit einer glänzenden Trillerpfeife, die er großzügig zum

Einsatz brachte, und mehrere Gepäckträger warteten auf die ankommenden Fahrgäste.

Sie stiegen aus, und die Männer gingen zum Gepäckwagen, um das Gepäck zu holen, das (bis auf die Lieblingsbücher, von denen sich Lucy auf keinen Fall trennen wollte) auf eine Kutsche geladen und ins Dorf Birchwood vorausgeschickt wurde. Lucy hatte angenommen, dass sie ebenfalls mit einer Kutsche fahren würden, aber Edward war der Meinung, so einen herrlichen Tag dürfe man nicht vergeuden, außerdem sei es viel schöner, sich von der Themse her dem Haus zu nähern anstatt von der Straße.

Und er hatte recht, es war wirklich ein herrlicher Tag. Der Himmel war blau und so klar, wie man es in London kaum kannte, und die Luft duftete nach reifem Korn.

Edward ging voraus und führte sie quer über Wiesen, auf denen gelbe Dotterblumen, rosafarbener Fingerhut, blaue Vergissmeinnicht und zarter, weißer Wiesenkerbel blühten. Mehrmals mussten sie auf Trittsteinen einen Bach überqueren, der sich in engen Schleifen durch die Landschaft wand.

Es war eine ziemlich lange Wanderung, aber sie hatten es nicht eilig. Die vier Stunden, unterbrochen durch ein Picknick, eine Paddeltour im flachen Flussbett bei Lechdale und durch kurze Pausen zum Zeichnen, vergingen wie im Flug. Die Stimmung war heiter und ausgelassen. Felix hatte Erdbeeren am Wegrand gepflückt, die er in einem Taschentuch gesammelt hatte, Adele flocht Blumenkränze für die Frauen, selbst für Lucy. Irgendwann war Thurston plötzlich verschwunden, doch sie fanden ihn bald schlafend unter einer Trauerweide, den Hut auf dem Gesicht. Als es immer heißer wurde, drehte Lily Millington ihr feuerrotes Haar zu einem Knoten, den sie mit Edwards Seidenschal auf ihrem Kopf befestigte. Die Haut in ihrem Nacken war so lilienweiß, dass Lucy sich verlegen abwandte.

Kurz hinter der Halfpenny Bridge stiegen sie zum Ufer der Themse hinunter und folgten ihr in östlicher Richtung über eine Kuhwiese bis zur St. John's-Schleuse. Als sie den Waldrand erreichten, hatte die Sonne schon an Kraft verloren. Edward redete dauernd über das Licht, und Lucy wusste, dass er gleich sagen würde, die Sonne habe »ihr Gelb« verloren. Es war ein Effekt, den Lucy mochte. Ohne den gelblichen Schimmer der Sonne wirkte die Welt bläulich.

Das Haus, sagte Edward, befinde sich jenseits des Waldes. Er behauptete, dies sei der beste Weg, sich dem Haus zum ersten Mal zu nähern, denn nur wenn man von der Themse darauf zugehe, könne man seine wahren Proportionen erkennen. Die Erklärung klang vernünftig, und die anderen stellten sie nicht infrage, doch Lucy wusste, dass mehr dahintersteckte, als er durchblicken ließ. In dem Wald befand sich die Lichtung, von der Edward in der Schreckensnacht geflohen war. Er führte sie den Weg entlang, den er in jener Nacht unter den wachsamen Blicken der Sterne genommen und an dessen Ende er schließlich das Licht im Dachfenster entdeckt hatte.

Den Wald durchquerten sie schweigend und im Gänsemarsch. Lucy hörte das Knacken von Zweigen und das Rascheln von Laub und hin und wieder seltsame Geräusche aus den Tiefen des Gestrüpps. Die Äste der Bäume reckten sich himmelwärts, und die Baumstämme waren mit Flechten bedeckt; es waren hauptsächlich Eichen, doch sie entdeckte auch hin und wieder Haselsträucher und Birken. Das Sonnenlicht sprenkelte den Boden, und es lag eine freudige Erwartung in der Luft.

Als sie die Lichtung erreichten, meinte Lucy beinahe, die Blätter atmen zu hören. Es fiel ihr nicht schwer, sich vorzustellen, wie Furcht einflößend dieser Ort mitten in der Nacht sein konnte.

Lucy würde nie vergessen, wie Edward nach der Schreckensnacht vor all den Jahren ausgesehen hatte, als er ins Haus ihrer Großeltern zurückgekehrt war. Sie schaute verstohlen in seine Richtung, um zu sehen, wie er darauf reagierte, erneut hier zu sein. Zu ihrer Überraschung nahm er lächelnd Lily Millingtons Hand.

Sie ließen die Lichtung hinter sich und folgten dem Flusslauf weiter durch den Wald.

Endlich lichteten sich die Bäume, und sie kletterten am überwucherten Ufer hoch ins Freie.

Vor ihnen breitete sich eine Blumenwiese aus, und jenseits davon erhob sich das Haus mit seinen zwei Giebeln und den vielen Schornsteinen.

Edward drehte sich mit einem triumphierenden Lächeln zu seinen Gefährten um, und selbst Lucy musste lächeln.

Der seltsame Zauber des Waldes fiel von ihnen ab, und alle fingen gleichzeitig an zu reden, so als böte der Anblick des Hauses einen Vorgeschmack auf den aufregenden Sommer, der vor ihnen lag.

»Gibt es wirklich ein Ruderboot?«, fragte jemand. »Ja«, sagte Edward, »dort drüben in der Scheune.« Er habe extra am Ufer der Themse einen Steg bauen lassen.

Wie viel von dem Land ihm gehöre, wollte jemand wissen. »Alles«, sagte er.

Ob es Zimmer mit Blick auf die Themse gebe? Mehrere. Im ersten Stock reihe sich Zimmer an Zimmer, und unterm Dach befänden sich noch mehr.

Mit einem lauten Jauchzer rannte Thurston los, und Felix heftete sich an seine Fersen; Clare und Adele überquerten die Wiese Arm in Arm. Edward fing Lucys Blick auf und zwinkerte ihr zu. »Lauf, Schwesterchen«, rief er. »Lauf und such dir das schönste Zimmer aus!«

Lucy grinste. Das ließ sie sich nicht zweimal sagen. Sie rannte hinter den beiden Männern her, und sie fühlte sich so frei und lebendig wie noch nie. Sie genoss die Landluft auf der Haut und die Wärme der Nachmittagssonne und das Glück, diesen besonderen Moment mit Edward zu teilen. Am anderen Ende der Wiese angekommen, drehte sie sich nach ihm um.

Doch er schaute gar nicht in ihre Richtung. Er und Lily Millington gingen Hand in Hand auf das Haus zu, die Köpfe zusammengesteckt und ins Gespräch vertieft. Lucy wedelte vergebens mit den Armen, um seine Aufmerksamkeit zu erregen.

Schließlich drehte sie sich um und ging enttäuscht weiter zum Haus.

Und zum ersten Mal, seit sie am frühen Morgen am Bahnhof Paddington in den Zug gestiegen waren, fragte sich Lucy, wo eigentlich Edwards Verlobte Fanny Brown steckte.

Kapitel 25

Birchwood Manor gehörte zu den Orten, an denen das Gewebe der Zeit sich lockerte und auflöste. Lucy bemerkte, wie schnell die anderen sich eingewöhnten, so als hätten sie schon immer in dem Haus gewohnt, und sie fragte sich, ob das wohl am Wetter lag – an den langen, nicht enden wollenden Sommertagen – oder an diesen speziellen Leuten, die Edward eingeladen hatte, oder ob es vielleicht an dem Haus selbst lag. Sie wusste genau, was Edward dazu sagen würde. Seit er als Junge das Märchen von den Eldritch-Kindern gehört hatte, war er davon überzeugt, dass das Land hier an der Flussbiegung bestimmte Eigenschaften besaß. Lucy hielt sich selbst für einen rational denkenden Menschen, doch sie musste zugeben, dass irgendetwas an dem Haus sonderbar war.

Edward hatte bereits vor ihrer Ankunft eine Haushälterin eingestellt, Emma Stearnes, die täglich am frühen Morgen kam und nach dem Abendessen wieder ging. Als sie am ersten Abend über die Blumenwiese auf das Haus zugelaufen waren, hatte Emma sie bereits erwartet. Auf Edwards Anweisung hin hatte sie auf dem riesigen Eisentisch im Garten ein weißes Tischtuch ausgebreitet und lauter Köstlichkeiten darauf bereitgestellt. An die unteren Äste der großen Kastanie hatte sie Glaslampen gehängt, und als die Dämmerung hereinbrach, wurden die Kerzen darin angezündet. Die Flammen leuchteten heller, je dunkler es wurde, es floss reichlich Wein, und schließlich holte Felix seine Gitarre. Adele begann zu tanzen, während ein paar Rotkehlchen mit ihrem Gesang das letzte Tageslicht verabschiedeten, und zu später Stunde stieg Edward auf den Tisch und rezitierte Keats' *Bright Star*.

In der Nacht schliefen alle tief und fest und wachten am nächsten Morgen guter Dinge auf. Am Abend zuvor waren sie zu müde gewesen, um sich im Haus gründlicher umzusehen, doch jetzt liefen sie voller Staunen von Zimmer zu Zimmer. Das Haus sei von einem genialen Baumeister errichtet worden, verkündete Edward stolz, und der habe jedes Detail genau bedacht. Seiner Meinung nach machte diese Detailverliebtheit das Haus »wahrhaftig«, und er begeisterte sich für jedes Möbelstück, jeden Vorhang, jeden Wirbel in der Maserung der Bodendielen, die aus Holz gefertigt waren, das aus dem Wald stammte. Besonders angetan hatte es ihm ein Zimmer mit einer Tapete, die mit Maulbeerblüten und -blättern bedruckt war. Das Maulbeerzimmer befand sich im Erdgeschoss, und es hatte so große Fenster, dass man fast den Eindruck hatte, es sei Teil des Gartens. Oben über der Tür standen die Worte »Wahrheit, Schönheit, Licht« geschrieben, und darüber geriet Edward völlig aus dem Häuschen, er konnte sich gar nicht daran sattsehen. Immer wieder sagte er ehrfurchtsvoll: »Seht ihr, das Haus war für mich bestimmt.«

Im Lauf der nächsten Tage fertigte Edward eine Skizze des Hauses nach der anderen an. Überall trug er seine neue lederne Tasche mit sich herum; Lucy sah ihn immer wieder an verschiedenen Stellen der Wiese im hohen Gras sitzen, den Hut auf dem Kopf, einen Stift in der Hand, und nachdenklich das Haus betrachten. Und Lily Millington war immer bei ihm.

Lucy hatte Edward gefragt, wo denn Fanny sei. Er hatte sie bei der Hand genommen und durch den langen Flur in die Bibliothek geführt. »Als ich diese Bücher gesehen habe«, hatte er gesagt, »musste ich sofort an dich denken. Sieh dir diese Sammlung an, Lucy. Bücher zu jedem Thema, das du dir vorstellen kannst. Hier kannst du dir das Wissen aneignen, das die besten Gelehrten der Welt zusammengetragen haben. Es wird eine Zeit kommen, in der Frauen die gleichen Möglichkeiten haben werden wie Männer, davon bin ich überzeugt. Es muss einfach so kommen, wo doch Frauen erstens viel intelligenter und zweitens in der Überzahl sind. Bis dahin musst du dein Schicksal selbst in die Hand nehmen und alles lesen, was du in die Finger bekommst.«

Edward meinte das todernst, und Lucy versprach ihm, seinen Rat zu befolgen. »Vertrau mir«, sagte sie. »Bis der Sommer zu Ende ist, habe ich jedes Buch in dieser Bibliothek gelesen.«

Darüber hatte er gelacht. »Na ja, du musst es nicht gleich übertreiben. Es kommen noch mehr Sommer. Lass dir auch Zeit, die Themse und den Garten zu genießen.«

»Natürlich.« Als das Gespräch ein bisschen stockte, hatte sie gefragt: »Kommt Fanny eigentlich auch?«

»Nein«, antwortete Edward leichthin, »Fanny kommt nicht.« Dann hatte er sie auf eine Nische neben dem offenen Kamin aufmerksam gemacht, die seiner Meinung nach perfekt war, um ungestört zu lesen. »Da bekommt niemand mit, dass du dich überhaupt in diesem Raum befindest«, sagte er. »Und soweit ich weiß, macht heimliches Lesen die Erfahrung noch intensiver.«

Danach hatte Lucy das Thema Fanny nicht wieder angesprochen.

Später sollte sie sich wünschen, sie hätte sich nicht so leicht abwimmeln lassen und Edward noch ein paar Fragen gestellt; aber in Wirklichkeit mochte sie Fanny nicht besonders und war daher ganz froh, dass sie nicht kommen würde. Und Edwards flüchtige, beinahe herablassende Antwort hatte eigentlich alles gesagt. Fanny war langweilig. Sie brauchte ständig

Edwards Aufmerksamkeit und versuchte, ihn zu jemand zu machen, der er nicht war. Fanny als Edwards Verlobte war für Lucy wesentlich bedrohlicher als ein Modell. Modelle kamen und gingen, aber eine Ehe war für immer. Eine Ehe würde bedeuten, dass Edward in ein anderes Haus ziehen würde. Lucy konnte sich nicht vorstellen, ohne ihren Bruder zu leben, und sie konnte sich auch nicht vorstellen, wie es für ihn sein würde, wenn er mit Fanny zusammenleben müsste.

Lucy hatte nicht vor zu heiraten – es sei denn, der perfekte Mann kam daher. Ihr idealer Ehemann, dachte sie, wäre genauso wie sie. Oder wie Edward. Und sie würden zu zweit allein bis ans Ende ihres Lebens glücklich sein.

In Bezug auf die Bibliothek hatte Edward recht gehabt: Es war, als hätte jemand die Bücher extra für Lucy ausgesucht. Die Regale waren gefüllt mit *richtigen* Büchern, nicht mit religiösen Traktaten oder Pamphleten gegen die Unmoral wie in der Bibliothek ihrer Großeltern. Die ehemaligen Eigentümer des Hauses hatten Material zu allen möglichen faszinierenden Themen zusammengetragen, und die Lücken hatte Edward mit Büchern gefüllt, die er extra aus London geordert hatte. Lucy verbrachte jede freie Minute auf der Leiter und studierte die Titel auf den Buchrücken, um die Sommerwochen zu planen, die vor ihr lagen – und sie hatte eine Menge freie Minuten, denn seit ihrer Ankunft war sie sich selbst überlassen.

Gleich am ersten Tag hatten die Künstler sich im Haus nach dem perfekten Arbeitsplatz umgesehen. Sie standen ziemlich unter Druck, denn Mr. Ruskin hatte kurz vor ihrer Abreise nach Birchwood verkündet, er sei bereit, eine Gruppenausstellung im Herbst zu unterstützen. Alle Mitglieder der Magenta Brotherhod hatten ein neues Werk im Sinn, und es herrschte eine Atmosphäre der Kreativität und Konkurrenz und der Suche nach Inspiration. Kaum hatte jeder ein Zimmer ausgewählt, wurden die Materialien ausgepackt, die sie aus London mitgebracht hatten.

Thurston nahm das große Zimmer im vorderen Teil des Hauses wegen des nach Süden liegenden Fensters, das ihm das perfekte Licht garantierte. Lucy ging Thurston so gut wie möglich aus dem Weg, weil er ihr auf unerklärliche Weise unangenehm war und weil sie außerdem die schmachtenden Blicke ihrer Schwester nicht ertrug. Lucy war einmal zufällig an dem Zimmer vorbeigekommen, wo Clare für Thurston Modell saß, und war hinterher bis ans Ende der Wiese gerannt, um das unangenehme Gefühl loszuwerden. Sie hatte die Leinwand auf der Staffelei gesehen. Natürlich war das Bild gut – wenn auch im Anfangsstadium –, denn Thurston beherrschte seine Technik; aber Lucy war etwas Merkwürdiges aufgefallen. Die Frau in dem Bild, die genauso lasziv auf der Chaiselongue lag wie Clare, hatte unverkennbar Lily Millingtons Lippen.

Felix hatte sich den kleinen Nebenraum hinter dem getäfelten Salon im Erdgeschoss angeeignet, und als Edward angemerkt hatte, dass es dort kaum Licht gebe, hatte er ihm begeistert zugestimmt und erklärt, genau darum gehe es ihm. Felix, der bisher stimmungsvolle Szenen aus Mythen und Legenden in Öl gemalt hatte, hatte die Fotografie für sich entdeckt und wollte dieselben Themen jetzt mit der neuen Technik umsetzen. »Ich werde eine Fotografie von Tennysons Dame von Shalott anfertigen, um der von Robinson Konkurrenz zu machen«, sagte er. »Und dieser Ort und der Fluss hier sind perfekt für meine Zwecke. Es gibt sogar Trauerweiden und Zitterpappeln. Es wird Camelot sein, ihr werdet sehen!«

Unter den Mitgliedern der Gruppe wurde von Anfang an heftig darüber debattiert, ob man mit dem neuen Medium dieselben künstlerischen Effekte erzielen könne. Einmal meinte Thurston beim Abendessen, Fotografie sei nichts weiter als eine

Spielerei. »Ein billiger Trick, brauchbar, um Erinnerungen an geliebte Personen herzustellen, aber nicht geeignet für die Auseinandersetzung mit einem ernsthaften Thema.«

Woraufhin Felix eine Anstecknadel aus seiner Jackentasche gefischt und damit herumgespielt hatte. »Erzähl das Abraham Lincoln«, sagte er. »Von diesen Anstecknadeln sind Zehntausende verteilt worden. In ganz Amerika tragen die Leute das Gesicht dieses Mannes am Kragen. Früher hätte niemand erfahren, wie Lincoln aussieht, ganz zu schweigen davon, was er denkt. Jetzt bekommt er vierzig Prozent der Wählerstimmen.«

»Und warum haben seine Gegner es nicht genauso gemacht?«, fragte Adele.

»Sie haben es versucht, aber es war zu spät. Wer zuerst handelt, gewinnt. Aber eins verspreche ich euch: Es wird keine Wahlen mehr geben, ohne dass die Kandidaten mit ihrem Konterfei werben.«

Thurston nahm die Anstecknadel und warf sie wie eine Münze in die Luft. »Ich bestreite ja gar nicht, dass es ein nützliches politisches Werkzeug ist«, sagte er, während er die Anstecknadel auf seinem linken Handrücken auffing und mit der anderen Hand zudeckte. »Aber ihr wollt doch nicht im Ernst behaupten, dass das Kunst ist.« Er hob die rechte Hand, sodass Lincolns Gesicht wieder zu sehen war.

»Nein, diese Anstecknadel ist keine Kunst. Aber denk mal an Roger Fentons Arbeiten.«

»Seine Fotos vom Krimkrieg sind außergewöhnlich«, pflichtete Edward Felix bei. »Und sie setzen sich auf jeden Fall mit einem ernsthaften Thema auseinander.«

»Aber sie sind keine Kunst.« Thurston schüttete den restlichen Wein in sein Glas. »Ich räume ein, dass Fotografien nützlich sind, um Nachrichten zu übermitteln, dass sie durchaus etwas taugen als … als …«

»Als Auge der Geschichte«, brachte Lily Millington vor.

»Ja genau, danke, Lily, das Auge der Geschichte. Aber eben keine echte Kunst.«

Lucy, die am Ende des Tischs still eine zweite Portion Nachtisch genoss, gefiel die Vorstellung von der Fotografie als Auge der Geschichte. Bei der Lektüre über die Vergangenheit – und auch bei ihren Grabungen im Wald hinter dem Haus, bei denen sie schon einige interessante Artefakte zutage gefördert hatte – war sie immer auf ihre Fantasie angewiesen. Was für ein Geschenk an zukünftige Generationen war es doch, dass man jetzt mithilfe der Fotografie die Wahrheit festhalten konnte! In der *London Review* hatte Lucy einen Artikel über »die unanfechtbare Beweiskraft der Fotografie« gelesen, in dem es hieß, dass von nun an nichts mehr geschehen könnte, ohne dass die Fotografie …

»Eine Fotografie ist ein handfester, reproduzierbarer Beleg für ein Geschehnis.«

Lucy fuhr so heftig zusammen, dass ihr ein Klecks Pudding vom Löffel fiel. Lily Millington hatte ihr die Worte buchstäblich aus dem Mund genommen. Offenbar hatte sie den Artikel in der *London Review* ebenfalls gelesen.

»Ganz genau, Lily«, sagte Felix. »Eines Tages wird die Fotografie allgegenwärtig sein. Es wird so kleine Kameras geben, dass die Leute sie an einem Riemen um den Hals tragen können.«

Thurston verdrehte die Augen. »Und wahrscheinlich werden die Menschen auch kräftigere Halsmuskeln entwickeln, nehme ich an. Aber du sprichst mir aus der Seele, was die Allgegenwärtigkeit betrifft, Felix. Eine Kamera auf ein Objekt zu richten macht noch keinen Künstler. Ein Künstler ist ein Mann, der Schönheit in schwefeligem Nebel sieht, wo andere nur Luftverschmutzung erkennen.«

»Oder eine Frau«, sagte Lily Millington.

»Wie sollte jemand in verschmutzter Luft eine Frau sehen?«

Thurston hielt inne, als er begriff, was sie gemeint hatte. »Ah, verstehe. Ja, sehr gut, Lily. Sehr gut. Oder eine *Lady*, die Schönheit erkennt.«

Clare bemerkte, eine Fotografie habe keine Farben, worauf Felix entgegnete, dann müsse er eben mit Licht und Schatten und Komposition arbeiten, um denselben Effekt zu erzielen und die gleichen Emotionen hervorzurufen. Aber Lucy hörte nur noch mit halbem Ohr zu.

Sie konnte den Blick nicht von Lily Millington abwenden. Sie hatte noch nie erlebt, dass eins von Edwards Modellen sich an einem Gespräch beteiligt hatte, ganz zu schweigen davon, dass es Thurston Holmes vorgeführt hätte. Sie hatte damit gerechnet, wenn sie denn überhaupt darüber nachgedacht hätte, dass Edward seines neuen Modells nach einer Weile ebenso überdrüssig werden würde, wie es bei allen bisherigen Modellen der Fall gewesen war. Doch jetzt begann sie zu ahnen, dass Lily Millington sich von den anderen unterschied. Dass sie eine völlig andere Art von Modell war.

Lily Millington und Edward verzogen sich jeden Tag ins Maulbeerzimmer, wo Edward seine Staffelei aufgebaut hatte. Er arbeitete wie besessen – Lucy kannte diesen abwesenden Blick, den er jedes Mal bekam, wenn er ein neues Bild begann –, aber bisher tat er ungewöhnlich geheimnisvoll um sein Werk. Anfangs dachte Lucy, das läge an der Missstimmung zwischen Edward und Mr. Ruskin, nach dessen Reaktion auf *La Belle* im vergangenen Jahr. Edward war außer sich gewesen vor Wut, als Ruskin das Bild kritisiert und Mr. Charles Dickens anschließend darüber berichtet hatte. (Als der Artikel in der Zeitung erschienen war, war Edward in sein Atelier gestürmt und hatte nicht nur sämtliche Bücher von Dickens, die in seinem Regal standen, sondern auch seine wertvolle Ausgabe von Ruskins *Moderne Maler* verbrannt. Lucy, die von Dezember 1860 bis August 1861 jede Woche bei W. H. Smith & Son Schlange gestanden hatte, um die neueste Ausgabe der Wochenzeitschrift *All the Year Round* zu ergattern, in der *Große Erwartungen* kapitelweise abgedruckt wurde, hatte ihre kostbaren Hefte verstecken müssen, um sie vor dem Flammentod zu bewahren.)

Doch allmählich fragte sie sich, ob da nicht etwas anderes mit im Spiel war. Es war schwer zu beschreiben, aber Edward und Lily Millington wirkten immer so geheimniskrämerisch. Als Lucy sich kürzlich ihrem Bruder genähert hatte, während er etwas in sein Skizzenbuch kritzelte, hatte er das Buch hastig zugeklappt, als er sie bemerkte – aber nicht schnell genug, denn sie hatte gerade noch einen Blick auf eine Skizze von Lily Millingtons Gesicht erhascht. Edward mochte es nicht, wenn man ihm bei der Arbeit zuschaute, aber diese Heimlichtuerei war wirklich ungewöhnlich. Und verwunderlich. Denn was gab es schon zu verbergen an einem Porträt eines Modells? Solche Zeichnungen hingen zu Hunderten an den Wänden seines Ateliers. Nur dass Lily Millington auf dieser Zeichnung eine Halskette mit Anhänger trug, aber das war auch schon der einzige Unterschied.

Während Edward und die anderen Künstler an ihren neuesten Werken arbeiteten und Emma sich um den Haushalt kümmerte, nahm Lucy die Bibliothek in Besitz. Sie hatte Edward gesagt, sie würde sich bremsen, aber in Wirklichkeit hatte sie nicht die Absicht, das zu tun. Jeden Tag wählte sie mehrere Bücher aus und trug sie nach draußen, um sie zu lesen. Manchmal las sie in der Scheune, manchmal im Garten zwischen den Farnen, und an Tagen, an denen es zu windig war für Felix, um Fotos von der Dame von Shalott zu schießen, wenn er am frühen Morgen mit ausgestrecktem Zeigefinger über die Wiese stapfte, um die Windstärke zu prüfen, und dann frustriert und mit hängenden Schultern ins Haus zurückkehrte, an solchen Tagen setzte sie sich auch zum Lesen in das kleine Ruderboot, das am Steg vertäut lag.

Am Ende der zweiten Woche in Birchwood Manor stieß Lucy auf ein besonders altes Buch, dessen Rücken nur noch an ein paar Fäden hing. Es war auf dem obersten Regal hinter den anderen Büchern versteckt gewesen. Auf der obersten Sprosse der Leiter stehend, schlug Lucy das Buch auf und las den Titel: *Daemonologie, In Form eines Dialogs, unterteilt in drei Bücher*. Weiterhin las sie, dass das Buch in Edinburgh gedruckt worden war, und zwar von dem Drucker »Robert Waldegrave, Drucker Seiner Majestät des Königs im Jahr des Herrn 1597«. Ein Werk über Geisterbeschwörung und schwarze Magie, verfasst von dem König, dem sie die englischsprachige Bibel zu verdanken hatten, weckte Lucys besonderes Interesse. Sie klemmte sich den Folianten unter den Arm und stieg von der Leiter.

An jenem Tag nahm sie mehrere Bücher mit ans Themseufer, außerdem ein Mittagessen, das sie in ein Tuch gewickelt hatte. Es war ein heißer Vormittag, mit klarem, blauem Himmel, und die Luft roch nach reifem Weizen und nach mysteriösen Dingen im Untergrund. Am Ufer angekommen, stieg Lucy ins Boot und ruderte stromaufwärts. Zwar war es nicht windstill genug für Felix' Fotoarbeiten, aber es war auch nicht wirklich windig, und sie würde das Ruderboot einfach langsam zum Steg zurücktreiben lassen. Sie ruderte bis kurz vor der Schleuse, dann nahm sie sich *Über die Freiheit* von John Stuart Mill vor. Sie brauchte bis nach ein Uhr, dann schlug sie König James' *Daemonologie* auf. Allerdings kam sie nicht weit mit dem Lesen der Gründe und Erklärungen, warum die Christen Hexen verfolgen sollten, denn nach wenigen Seiten stellte sie fest, dass jemand einen Hohlraum in das Buch geschnitten hatte. In dem Hohlraum befanden sich mehrere gefaltete Bögen Papier, mit einer dünnen Kordel zusammengebunden. Lucy löste den Knoten und faltete die Bögen auseinander. Das erste Blatt war ein Brief aus dem Jahr 1586, aber die Schrift war so ausgeblichen, dass Lucy gar nicht erst versuchte, ihn zu lesen. Die anderen beiden Blätter waren Zeichnungen, genauer gesagt, Bauzeichnungen für Birchwood Manor, wie Lucy erkannte. Ihr fiel wieder ein, dass Edward gesagt hatte, es sei zur Zeit von Königin Elizabeth errichtet worden.

Lucy bekam regelrecht Herzklopfen vor Aufregung, aber nicht, weil sie ein besonderes Interesse an Architektur gehabt hätte, sondern weil sie wusste, dass Edward total begeistert sein würde. Als sie die Zeichnungen näher betrachtete, fiel ihr etwas auf. Auf einem Blatt war das Haus abgebildet mit seinen beiden Giebeln, den Kaminen, den Fenstern. Das andere Blatt war transparent, und als sie es über das andere legte und exakt ausrichtete, sah sie, dass auf dem transparenten Blatt zwei zusätzliche Räume eingezeichnet waren, beide sehr klein, viel zu klein, um richtige Zimmer oder auch nur Vorräume sein zu können. Diese winzigen Zimmer hatte sie bei ihren Erkundungen nicht entdeckt.

Stirnrunzelnd drehte sie das transparente Papier und überlegte, was es mit den kleinen Kammern auf sich haben könnte. Das Boot war an einem schmalen Zufluss mit dem Bug ins Schilf gefahren und zum Stillstand gekommen. Lucy faltete den Plan des Hauses zusammen und nahm sich noch einmal den Brief vor in der Hoffnung, darin etwas Erhellendes zu finden. Der Brief war geschrieben von einem Mann namens Nicholas Owen. Irgendwie kam der Name Lucy bekannt vor – vielleicht hatte sie ihn in einem der Bücher aus der Bibliothek gelesen? Es gelang ihr, einige einzelne Wörter zu entziffern – schützen … Priester … Versteck.

Lucy schnappte nach Luft, als ihr dämmerte, was der Plan ihr verriet. Natürlich hatte sie davon gelesen, was mit den katholischen Priestern geschehen war, nachdem Königin Elizabeth den Thron bestiegen hatte. Sie wusste auch, dass es viele Häuser mit geheimen Räumen gab, in denen Priester versteckt worden waren. Aber dass es so etwas in Birchwood Manor gab, war ungeheuer aufregend. Und das Beste war, dass Edward offenbar nichts von diesen geheimen Kammern ahnte, denn wenn er davon wüsste, hätte er allen davon erzählt. Was bedeutete, dass sie ihm etwas Großartiges über das Haus erzählen konnte, das er so sehr liebte: Edwards »wahrhaftiges« Haus hütete ein Geheimnis.

Lucy konnte gar nicht schnell genug zurückrudern. Sie vertäute das Boot am Steg, klemmte sich ihre Bücher unter den Arm und rannte zum Haus. Obwohl sie nicht zur Ausgelassenheit neigte, summte sie vor lauter Begeisterung beim Laufen die Melodie eines der beliebtesten Tanzlieder ihrer Mutter vor sich hin. Im Haus angekommen, ging sie auf direktem Weg ins Maulbeerzimmer. Zwar mochte Edward es nicht, wenn man ihn bei der Arbeit störte, aber sie war sich ganz sicher, dass die Umstände es in diesem Fall rechtfertigten. Doch das Zimmer war leer, und das angefangene Bild war mit einem seidenen Tuch verhängt. Nach kurzem Zögern sagte sich Lucy, dass sie keine Zeit hatte, heimlich unter das Tuch zu lugen. Als Nächstes schaute sie in Edwards Zimmer im ersten Stock nach – auch dort war niemand. Sie lief durch den Flur und schaute in jedes Zimmer, sogar in das, wo Clare sich von Thurston malen ließ, ein sehnsüchtiges Lächeln auf den Lippen.

In der Küche war Emma gerade dabei, das Abendessen vorzubereiten. Auf Lucys Frage hin, ob sie Edward gesehen habe, hob sie nur die Schultern, und dann begann sie, über Thurston zu schimpfen, der ein Gewehr aus den Napoleonischen Kriegen gefunden und es sich seitdem zur Angewohnheit gemacht hatte, morgens aufs Dach zu steigen und auf Vögel zu schießen.

»So ein fürchterlicher Lärm«, murrte Emma. »Wenn er wenigstens eine Ente schießen würde, die ich braten könnte … aber er kann ja nicht einmal richtig zielen.« Es war nicht das erste Mal, dass sie sich darüber beklagte, und Edward hatte Thurston schon mehrmals gebeten, mit der Ballerei aufzuhören, ehe er noch aus Versehen einen Bauern erschoss und am Ende wegen Mordes vor Gericht landete.

»Ich sage es Edward, sobald ich ihn finde«, sagte Lucy, um Emma zu beruhigen. Die beiden hatten sich inzwischen gut angefreundet. Lucy hatte das Gefühl, dass Emma sie für die einzige »normale« Person im Haus hielt. Die Künstler und ihre Modelle gingen in losen Gewändern und mit Pinseln hinters Ohr geklemmt in der Küche aus und ein, wie sie wollten, und wann immer Lucy in der Küche vorbeischaute, klagte Emma ihr ihr Leid, als wären sie verwandte Seelen in einem Irrenhaus. Aber heute hatte Lucy keine Zeit für Emma. »Ich sag's ihm. Versprochen«, rief sie Emma noch einmal zu, bevor sie in den Garten hinauslief.

Aber Edward war auch draußen an keiner seiner Lieblingsstellen zu finden, und Lucy wollte schon zerknirscht aufgeben, als sie sah, wie Lily Millington durch das vordere Gartentor auf die Straße hinaustrat. Im Sonnenlicht sah ihr Haar aus, als stünde es lichterloh in Flammen.

»Lily!«, rief Lucy, und als keine Reaktion kam, rief sie noch einmal: »Li-ly!«

Lily Millington drehte sich um, und es sah aus, als wäre sie tief in Gedanken gewesen, denn sie schien überrascht, ihren Namen zu hören. »Ach, hallo, Lucy«, sagte sie lächelnd.

»Ich suche Edward. Haben Sie ihn irgendwo gesehen?«

»Er ist in den Wald gegangen.«

»Wollen Sie sich mit ihm treffen?«, fragte Lucy. Ihr war aufgefallen, dass Lily Millington feste Schuhe trug und eine Umhängetasche bei sich hatte.

»Nein, ich gehe ins Dorf, um eine Briefmarke zu kaufen.« Sie hielt einen adressierten Umschlag hoch. »Lust auf einen Spaziergang?«

Da sie Edward im Moment sowieso nicht erzählen konnte, was sie entdeckt hatte, zog Lucy es vor, die Einladung anzunehmen, anstatt tatenlos im Haus herumzusitzen, bis Edward zurückkam.

Und so machten sie sich gemeinsam auf den Weg ins Dorf. Sie gingen an der Kirche vorbei und an einem Gasthaus namens *The Swan*, und gleich daneben befand sich die Poststelle.

»Ich warte draußen«, sagte Lucy, die an der Wegkreuzung einen interessanten Steinsockel entdeckt hatte, den sie sich näher ansehen wollte.

Wenige Minuten später trat Lily wieder auf die Straße, in der Hand ihren Brief, jetzt mit einer Briefmarke in der oberen Ecke. Was auch immer der Brief enthielt, er war so schwer, dass eine Two-Penny-Blue-Briefmarke dafür erforderlich war, fiel Lucy auf, und er war an jemanden in London adressiert.

Lily warf den Brief in den Briefkasten, und sie machten sich auf den Heimweg.

Im Gegensatz zu ihrer Mutter und ihrer Schwester beherrschte Lucy die Kunst des höflichen Geplappers nicht, und sie wusste nicht so recht, wie sie in einer solchen Situation die Stille füllen sollte. Normalerweise hatte sie dazu gar kein Bedürfnis, aber in Lily Millingtons Gegenwart wollte Lucy gern erwachsener wirken, klüger, *interessanter* als gewöhnlich. Aus irgendeinem Grund, über den sie sich später den Kopf zerbrechen würde, wollte sie von Lily nicht einfach nur als Edwards kleine Schwester wahrgenommen werden.

»Schönes Wetter«, sagte sie ein bisschen verlegen.

»Erfreu dich daran, solange die Sonne scheint«, sagte Lily. »Heute Nacht gibt es ein Gewitter.«

»Woher wollen Sie das wissen?«

»Ich besitze die seltene und wundersame Gabe, in die Zukunft zu sehen.«

Lucy machte große Augen.

Lily Millington lächelte. »Ich interessiere mich für Wetterkarten, und auf dem Schreibtisch des Postmeisters lag eine aufgeschlagene Ausgabe der Times, in der eine Wetterkarte abgedruckt war.«

»Sie kennen sich mit Wettervorhersagen aus?«

»Nur, was ich von Robert FitzRoy gehört habe.«

»Sie kennen Robert FitzRoy?« Mr. Robert FitzRoy war ein Freund von Charles Darwin, er war der Kapitän der HMS *Beagle*, der Erfinder des Barometers und der erste Meteorologe überhaupt beim Board of Trade.

»Ich habe einen Vortrag von ihm gehört. Er ist der Freund eines Freundes. Er arbeitet gerade an einem sehr vielversprechenden Buch über das Wetter.«

»Haben Sie ihn auch mal über den Untergang der *Royal Charter* und über das FitzRoy-Sturmglas sprechen hören?«

»Natürlich. Eine sehr eindrucksvolle Erfindung …«

Als Lily Millington zu einer faszinierenden Erklärung der Theorie hinter FitzRoys Wetterkarten und der Wissenschaft hinter den Sturmgläsern ansetzte, lauschte Lucy ihr mit siebenundneunzig Prozent ihrer Aufmerksamkeit. Mit den restlichen drei Prozent fragte sie sich, ob es vielleicht möglich wäre, Lily Millington als Freundin zu behalten, wenn Edward ihrer als Modell überdrüssig werden würde.

Lily Millington hatte das Gewitter richtig vorhergesagt. Am späten Nachmittag war es plötzlich mit dem schönen Sommerwetter vorbei, das Sonnenlicht verschwand vom Himmel, als hätte jemand eine Kerze ausgepustet. Von alldem bekam Lucy jedoch nichts mit, denn sie saß bereits im Dunkeln, versteckt in einem Hohlraum hinter einer der Wände von Edwards Haus.

Sie hatte einen äußerst aufregenden Nachmittag verbracht. Nach dem Spaziergang zur Poststelle war Lily Millington in den Wald gegangen, um Edward zu suchen. Emma, immer noch in der Küche zugange, berichtete Lucy, dass Thurston, Clare, Adele und Felix zum Picknicken ans Themseufer gegangen seien und nachher noch schwimmen wollten. Sie selbst sei mit den Essensvorbereitungen so weit fertig und werde kurz nach Hause gehen und »ein Stündchen die Beine hochlegen«.

So hatte Lucy das Haus für sich allein, und sie wusste genau, was sie tun würde. Die Aufregung über ihre große Entdeckung war verflogen, und mittlerweile hielt sie es für töricht, Edward von den Priesterverstecken zu erzählen. Der Grundriss war mehrere Jahrhunderte alt, gut möglich, dass die Verstecke im Lauf der Zeit zugemauert oder die Pläne nie umgesetzt worden waren. Wie peinlich es wäre, wenn sie ihm eine große Überraschung ankündigte, nur um festzustellen, dass sie sich geirrt hatte! Nein, sie würde die geheimen Verstecke zuerst allein suchen.

Nachdem Emma sich auf den Heimweg gemacht hatte und Lily Millington nur noch ein flammend roter Punkt am anderen Ende der Wiese war, nahm Lucy sich den Grundriss vor. Das erste Versteck schien in die Haupttreppe integriert zu sein, was Lucy so unwahrscheinlich erschien, dass sie zuerst glaubte, sie habe den Plan falsch interpretiert. Schließlich war sie diese Treppe mittlerweile mindestens hundert Mal hochgestiegen und hatte sich zum Lesen schon mehrfach auf den eleganten Bugholzstuhl am Fenster gesetzt, und abgesehen davon, dass es an der Stelle, wo die Treppe eine Biegung machte, immer angenehm warm war, war ihr nichts Außergewöhnliches aufgefallen.

Erst als sie das Vergrößerungsglas vom Schreibtisch in der Bibliothek nahm und den Brief entzifferte, fand sie die Anleitung, die ihr fehlte. Dem Brief entnahm sie, dass es eine verschiebbare Stufe gab. Die erste Stufe nach dem Absatz war so konstruiert, dass sie hochklappte, wenn man sie auf eine bestimmte Weise anhob, und damit den Eingang zu der winzigen geheimen Kammer freigab. Aber der Brief enthielt auch eine Warnung: Der verborgene Mechanismus zum Öffnen der Geheimtür war nur von außen zu betätigen.

Es erinnerte Lucy an die Abenteuergeschichten für Schuljungen, die in den Zeitungen abgedruckt waren, und sie lief los, um das Versteck zu untersuchen, und stieß den Stuhl beiseite, während sie sich auf die Knie fallen ließ.

Am Treppenaufgang fand sie keinerlei Anzeichen für irgendetwas Besonderes. Stirnrunzelnd nahm sie sich noch einmal den Brief vor. Sie betrachtete die beigefügte Skizze eines mit einer Feder versehenen Riegels, und schließlich musste sie lächeln. Mit angehaltenem Atem drückte sie bei der betreffenden Stufe gegen die Ecken des senkrechten Bretts darunter, bis ein leises Klicken ertönte, dann sah sie, dass sich das Brett ein wenig aus seiner Position bewegt hatte und einen kleinen Spalt freigab. Sie schob die Finger in den entstandenen Spalt und hob das senkrechte Brett samt Trittbrett an, das in eine Aussparung bei der nächsten Stufe glitt. Dadurch entstand eine schmale Öffnung, gerade groß genug, dass eine schlanke Person hindurchpasste.

Ohne lange zu zögern, schlüpfte Lucy in den Hohlraum.

Es war eng da drinnen: so niedrig, dass sie nur sitzen konnte, wenn sie das Kinn auf die Brust drückte. Sie legte sich auf den Rücken. Die Luft in dem Versteck war stickig, und der Boden fühlte sich warm an. Wahrscheinlich führte das Kaminrohr aus der Küche hier vorbei, dachte Lucy. Sie lag reglos da und lauschte. Es war unglaublich still hier. Sie rutschte ein bisschen zur Seite und drückte ein Ohr an die Wand. Totenstille. So als befände sich hinter dem Holz eine massive Mauer.

Lucy versuchte, sich vorzustellen, wie das Haus konstruiert war und wie die Besonderheiten hatten bewerkstelligt werden können. Während sie angestrengt nachdachte, wurde ihr erst richtig bewusst, dass sie sich ja in einem Versteck befand, das dazu gedacht war, einen Mann vor seinen Häschern zu schützen, mit einer Geheimtür, die jederzeit von außen zufallen konnte; dann würde sie hier im Dunkeln liegen, und niemand würde sie jemals finden. Plötzlich überkam sie solche Panik, dass es ihr den Atem raubte, und sie stieß sich den Kopf bei ihrer Bemühung, möglichst schnell aus ihrem Versteck zu entkommen.

Das zweite Versteck befand sich in der Nähe der Eingangshalle. Es war ganz anders konstruiert, hinter einer Geheimtür in der Wandtäfelung, ein Paneel, das zur Seite glitt und sich zum Glück nicht nur von außen, sondern auch von innen öffnen ließ. Lucy schlüpfte hinein. Dieses Versteck bot auch nicht viel Platz, und doch fühlte es sich anders an als das erste, nicht angsteinflößend, sondern regelrecht anheimelnd. Hier war es nicht stockdunkel, und das Paneel war so dünn, dass Lucy hören konnte, was draußen vor sich ging.

Sie hatte gehört, wie die anderen ausgelassen lachend von ihrem Picknick zurückgekehrt waren, sie hatte gehört, wie Felix und Adele sich flüsternd gestritten hatten über einen Scherz, den offenbar jemand in den falschen Hals bekommen hatte. Und sie hatte den ersten Donner über dem Haus krachen hören. Sie hatte sich gerade entschlossen, ihr Versteck zu verlassen, und lauschte angestrengt, um sich zu vergewissern, dass niemand in der Nähe war und sie entdecken würde, als sie Edwards vertraute Schritte vernahm.

Sie überlegte kurz, ob sie ihn überraschen sollte, wäre es doch die perfekte Möglichkeit, ihm die Priesterverstecke zu zeigen, als sie ihn sagen hörte: »Komm her, meine Frau.«

Lucy erstarrte.

»Ja, mein Gatte.« Lily Millingtons Stimme.

»Noch näher.«

»So?«

Lucy legte ein Ohr an das Paneel. Die beiden sagten nichts mehr, aber Edward lachte ganz leise. Es klang überrascht, so als hätte er gerade etwas Unerwartetes vernommen. Jemand atmete scharf ein, und dann …

Nichts mehr.

In ihrem Versteck bemerkte Lucy, dass sie den Atem anhielt.

Sie atmete aus.

Zwei Sekunden später wurde alles schwarz, und ein schreckliches Donnern erschütterte das Haus und die uralte Erde darunter.

Als Lucy den Speisesaal betrat, waren alle anderen schon da. Auf dem ungedeckten Tisch stand ein Kandelaber mit neun langen, weißen Kerzen, deren Rauch sich in Richtung Decke kräuselte. Draußen war ein starker Wind aufgekommen, und die Abendluft war stark abgekühlt. Im Kamin flackerte und knisterte ein Feuer, an dem Edward und Lily Millington sich wärmten. Lucy setzte sich in den hölzernen Schaukelstuhl in der Zimmerecke.

»Also, ich hab keine Angst vor Geistern«, sagte Adele, die neben Clare auf dem mit Brokat bezogenen Sofa saß. Es war ein Thema, über das die beiden sich häufig unterhielten. »Das sind nur arme, gefangene Seelen, die sich danach sehnen, befreit zu werden. Wie wär's mit ein bisschen Tischrücken, vielleicht können wir ja welche einladen, sich zu uns zu gesellen.«

»Hast du denn ein Ouija dabei?«, fragte Clare.

Adele runzelte die Stirn. »Nein.«

Lucy beobachtete, wie Edward sich zu Lily Millington

beugte und ihr etwas sagte, wozu Lily Millington hin und wieder nickte, während sie mit den Fingerspitzen seinen blauen Seidenschal berührte.

»Ich sterbe vor Hunger«, meinte Thurston, der hinter dem Tisch stand. »Wo zum Teufel ist Emma?«

Lucy erinnerte sich, dass Emma kurz nach Hause gegangen war, um die Füße hochzulegen. »Sie wollte eigentlich rechtzeitig zurückkommen, um das Abendessen aufzutragen«, sagte sie.

»Dann müsste sie ja längst hier sein.«

»Vielleicht ist sie vom Gewitter aufgehalten worden«, bemerkte Felix. Er stand am Fenster und schaute am Haus hoch. »Es schüttet wie aus Eimern, die Regenrinne läuft schon über.«

Lucy schaute noch einmal zu Edward und Lily hinüber. Natürlich war es möglich, dass sie im Treppenhaus nicht richtig gehört hatte oder dass sie die beiden einfach falsch verstanden hatte. Die Mitglieder der Magenta Brotherhood bedachten einander gern mit Kosenamen. Eine Zeit lang hatte Adele »Kätzchen« geheißen, als Edward sie mit einem Tiger gemalt hatte; und Clare wurde »Rosie« genannt, nachdem Thurston einmal die falschen Pigmente erwischt hatte, um ihren Wangen ein bisschen Farbe zu verleihen.

»Jedes Haus, das etwas auf sich hält, hat heutzutage einen Geist.«

Clare zuckte die Achseln. »Ich habe noch nie einen gesehen.«

»*Gesehen*?«, fragte Adele. »Sei doch nicht so altmodisch. Jeder weiß doch, dass Geister unsichtbar sind.«

»Oder durchsichtig.« Felix hatte sich vom Fenster abgewandt. »Wie in den Fotografien von Mumler.«

Und in der Erzählung von Dickens *Ein Weihnachtsmärchen*. Lucy erinnerte sich an die Beschreibung von Jacob Marleys kettenbehangenem Geist, der seinem Freund Ebenezer Scrooge erscheint und durchsichtig ist, sodass Scrooge durch Marleys

Weste hindurch die zwei Zierknöpfe am Rücken seines Gehrocks sehen kann.

»Wir könnten uns doch ein Ouija basteln«, schlug Clare vor. »Man braucht nur ein paar Buchstaben und ein Glas.«

»Stimmt – den Rest besorgt der Geist.«

»Nein«, sagte Edward und blickte auf. »Kein Ouija. Kein Tischrücken.«

»Ach, Edward!«, rief Clare und zog einen Flunsch. »Sei doch kein Spielverderber. Bist du denn kein bisschen neugierig? Vielleicht hast du hier ja deinen eigenen Hausgeist, der nur darauf wartet, sich vorzustellen.«

»Ich brauche kein Ouija, um zu wissen, dass es in diesem Haus einen Geist gibt.«

»Was meinst du denn damit?«, wollte Adele wissen.

»Ja, Edward«, sagte Clare, die aufgesprungen war, »das wüsste ich auch gerne.«

Einen Moment lang dachte Lucy, er würde ihnen von der Schreckensnacht erzählen, und sie spürte, wie ihr die Tränen kamen. Das war doch *ihr* Geheimnis!

Aber er tat es nicht. Stattdessen erzählte er ihnen das Volksmärchen von den drei geheimnisvollen Eldritch-Kindern, die der Legende nach vor langer Zeit in den Feldern nahe dem Wald aufgetaucht waren und seitdem die Bauern der Gegend mit ihrer schimmernden Haut und ihren langen, leuchtenden Haaren verwirrten.

Lucy hätte vor Erleichterung laut auflachen können.

Die anderen hörten wie gebannt zu, als Edward die Geschichte zum Leben erweckte: wie die Dörfler die seltsamen Außenseiter dafür verantwortlich gemacht hatten, wenn die Ernte ausfiel oder Familienmitglieder erkrankten; wie das gütige alte Ehepaar die Kinder aufgenommen und auf seinem kleinen Hof an der Flussbiegung in Sicherheit gebracht hatte; wie eine wütende Meute eines Nachts mit Fackeln über den

Hof der Alten hergefallen war; und wie im allerletzten Moment das Horn des Windes erschallt und die Feenkönigin erschienen war.

»Das wird mein Bild für die Gruppenausstellung werden. Die Feenkönigin, Beschützerin dieser Gegend, Retterin der Kinder. Ich werde den Augenblick einfangen, in dem das Tor zwischen den Welten aufgeht.« Er lächelte Lily Millington an. »Ich träume schon lange davon, die Feenkönigin zu malen, und jetzt, wo ich sie gefunden habe, kann ich es endlich tun.«

Die anderen klatschten begeistert, dann sagte Felix: »Du hast mich gerade auf eine großartige Idee gebracht. In den vergangenen zwei Wochen ist mir klar geworden, dass es hier keinen Tag geben wird, an dem keine Brise von der Themse herüberweht.« Wie um seine Worte zu unterstreichen, rüttelte ein Windstoß an den Fensterscheiben und ließ das Feuer zischen. »Ich werde die Dame von Shalott also eine Weile ruhen lassen. Stattdessen schlage ich vor, dass ich stattdessen eine ganz andere Fotografie mache, und zwar eine von der Feenkönigin und ihren drei Kindern.«

»Aber das wären vier Personen, und wir sind nur drei Modelle«, wandte Clare ein. »Oder soll Edward etwa eine Rolle übernehmen?«

»Oder vielleicht Thurston«, rief Adele lachend.

»Ich meinte natürlich Lucy«, sagte Felix.

»Aber Lucy ist doch kein Modell.«

»Umso besser. Sie ist ein echtes Kind.«

Lucy spürte, wie ihre Wangen heiß wurden bei der Vorstellung, dass sie Felix für eine Fotografie Modell sitzen sollte. Er hatte, seit sie in Birchwood angekommen waren, von allen Aufnahmen gemacht, aber nur zu Übungszwecken, das waren keine richtigen Kunstwerke, die Bilder waren nicht für Mr. Ruskins Ausstellung gedacht.

Clare sagte etwas, doch ihre Worte wurden von einem Donner übertönt, der das ganze Haus erbeben ließ. Felix sagte: »Also, abgemacht«, und dann wurde über Kostüme geredet und über Girlanden und über die Frage, ob man mit Gaze erreichen konnte, es so aussehen zu lassen, dass die Eldritch-Kinder leuchteten.

Thurston rückte näher an Edward heran. »Erst sagst du, hier im Haus gebe es Geister, und dann erzählst du uns von der Feenkönigin, die ihre Kinder rettet.«

»Ich habe nicht von Geistern gesprochen, sondern von einem Geist. Außerdem habe ich meine Geschichte noch nicht zu Ende erzählt.«

»Wir hören.«

»Als die Feenkönigin kam, um ihre Kinder zurück ins Feenland zu holen, hat sie aus Dankbarkeit einen Schutzbann über Hof und Land der beiden Alten gelegt. Bis heute heißt es, dass man manchmal im obersten Fenster des Hauses, das auf diesem Stück Land steht, ein Licht sehen kann, das die Anwesenheit des Feenvolks anzeigt.«

»Ein Licht in einem Fenster.«

»Das erzählt man sich.«

»Hast du es schon mal gesehen?«

Edward beantwortete die Frage nicht, aber Lucy wusste, dass er an die Schreckensnacht dachte.

Thurston ließ nicht locker: »Nachdem du Birchwood Manor gekauft hattest, hast du mir geschrieben und mir erzählt, das Haus habe dich schon seit langer Zeit gerufen. Ich habe nicht verstanden, was du meintest, aber du hast mir versprochen, es mir zu erklären, wenn wir uns wiedersehen würden. Bis es dazu kam, hattest du jedoch andere Dinge im Sinn.« Er schaute kurz zu Lily Millington hinüber, die seinen Blick ohne auch nur die Andeutung eines Lächelns erwiderte.

»Stimmt das, Edward?«, fragte Clare vom anderen Ende des Tischs aus. »Hast du mal ein Licht im Fenster gesehen?«

Edward zögerte, und Lucy hätte Clare am liebsten einen Tritt gegen das Schienbein dafür verpasst, dass sie ihn so in Zugzwang brachte. Sie konnte sich gut erinnern, wie verängstigt er nach der Schreckensnacht gewesen war, wie bleich er gewesen war, nachdem er die ganze Nacht am Dachfenster gestanden und gefürchtet hatte, dass das, was ihn verfolgt hatte, ihn im Haus aufspüren würde.

Sie versuchte, seinen Blick einzufangen, ihm zu verstehen zu geben, dass sie wusste, wie er sich fühlte, doch er hatte nur Augen für Lily Millington. Er schaute sie an, als wären sie die Einzigen im Zimmer. »Soll ich's ihm sagen?«, fragte er sie.

Lily Millington nahm seine Hand. »Nur, wenn du das möchtest.«

Mit einem leichten Nicken und einem Lächeln, das ihn auf einmal viel jünger wirken ließ, sagte er: »Vor vielen Jahren, als ich noch ein Junge war, bin ich eines Abends allein in den Wald gegangen, und da ist mir etwas Schreckli…«

Plötzlich ertönte ein lautes Poltern an der Haustür.

Clare schrie auf und klammerte sich an Adele.

»Das ist bestimmt Emma«, sagte Felix.

»Das wird aber auch Zeit«, meinte Thurston.

»Aber warum sollte Emma anklopfen?«, fragte Lily Millington. »Das macht sie doch sonst nie.«

Wieder klopfte es, diesmal noch lauter, dann war das Quietschen der Türangel zu hören.

Im flackernden Kerzenschein schauten alle einander an, während sie den Schritten im Flur lauschten.

Als ein Blitz den Garten versilberte, flog die Tür auf, und ein Windstoß warf gezackte Schatten an die Wände.

Und dann stand Edwards Verlobte in der Tür, unter ihrem

Mantel leuchtete das grüne Kleid hervor, das sie für ihr Porträt getragen hatte. »Tut mir leid, dass ich mich verspätet habe«, sagte Fanny, begleitet von einem tiefen Donnergrollen. »Ich hoffe, ich habe nichts Wichtiges verpasst?«

Kapitel 26

Fanny trat ein und zog sich die Handschuhe aus, und ihr Erscheinen bewirkte eine unsichtbare, aber enorme Veränderung im Haus. Lucy konnte es sich nicht erklären, aber nach einem Moment der Erstarrung setzten sich alle gleichzeitig in Bewegung, so als hätte es jemand choreografiert. Clare und Adele begannen auf dem Sofa ein angeregtes Gespräch (wobei sie mit einem Ohr auf alles lauschten, was um sie herum geschah), Felix widmete seine Aufmerksamkeit erneut der überfließenden Regenrinne, Thurston verkündete lauthals, er habe Hunger, und es sei doch ein Unding, dass man kein zuverlässiges Personal mehr auftreiben könne, während Lily Millington sich entschuldigte, etwas von Käse und Brot murmelte, woraus sie wenigstens einen Imbiss bereiten wolle, und das Zimmer verließ. Und Edward ging zu Fanny, um ihr aus dem nassen Mantel zu helfen.

Nur Lucy hatte den Wink nicht verstanden. Sie saß in sich zusammengesunken im Sessel und schaute sich nach jemandem um, dem sie sich anschließen konnte. Als sie niemanden fand, stand sie schließlich linkisch auf und schlich zur Tür, wobei sie sich an Fanny vorbeischieben musste, die gerade sagte: »Ein Glas Wein, Edward. Rotwein. Die Zugfahrt von London hierher war entsetzlich.«

Lucy lief in die Küche, wo Lily Millington an dem großen Holztisch stand und einen Laib Cheddar in Scheiben schnitt. Als Lucy in der Tür erschien, blickte sie auf.

»Hunger?«

Lucy hatte tatsächlich Hunger. Der Tag war so aufregend gewesen, dass sie völlig vergessen hatte, etwas zu essen. Sie nahm ein Messer und machte sich daran, das Brot in Scheiben zu schneiden.

Lily hatte die Lampe angezündet, die Emma immer benutzte, und der Geruch nach Talg erfüllte die Küche. Es war kein angenehmer Geruch, doch seine Vertrautheit hatte angesichts des Regens, der draußen niederrauschte, und der Gefahr, die sich im Speisesaal zusammenbraute, etwas Tröstendes, und Lucy verspürte unerklärlicherweise einen Anflug von Heimweh.

Plötzlich wünschte sie sich, wieder ein kleines Kind zu sein, für das die Welt aus Schwarz und Weiß bestand, das eine Nanny hatte, die ihr das Bett bereitete und eine Messingpfanne unter die Decke schob, um die Kälte und die Feuchtigkeit zu vertreiben.

»Soll ich dir einen Trick zeigen?«, fragte Lily Millington, ohne ihre Arbeit zu unterbrechen, doch Lucy war so weit weg gewesen mit ihren Gedanken, dass sie sich nicht sicher war, ob sie sie richtig verstanden hatte.

Lily Millington schaute sie an. Dann langte sie über den Tisch und holte mit den Fingerspitzen etwas hinter Lucys Ohr hervor. Es war eine Silbermünze. »Ein Shilling! Ich Glückspilz! Das sollte ich öfter machen.«

»Wie haben Sie das gemacht?«

»Zauberei.«

»Können Sie mir das beibringen?«, fragte Lucy, während sie die Haut hinter ihrem Ohr betastete.

»Ich überleg's mir.« Lily nahm ein paar Scheiben Brot von Lucys Brett. »Möchtest du ein Sandwich?«

Sie hatte auch eins für sich selbst gemacht und hievte sich auf das Ende des Tischs. »Vorrecht der Köchin«, sagte sie, als sie Lucys verwunderten Blick gewahrte. »Ich sehe keinen Grund, in den Speisesaal zurückzueilen. Die anderen sind mit sich selbst beschäftigt, die verhungern nicht so schnell.«

»Thurston hat gesagt, er stirbt vor Hunger.«

»Ach ja?« Lily Millington biss herzhaft in ihr Sandwich.

Lucy setzte sich neben sie auf den Tisch.

Draußen riss die Wolkendecke kurz auf, und einen Moment lang war ein kleines Stück klarer Himmel zu sehen. Ein paar Sterne funkelten. »Glauben Sie, dass wir je erfahren werden, wie die Sterne entstanden sind?«, fragte Lucy.

»Ja.«

»Wirklich? Wie können Sie sich da so sicher sein?«

»Weil ein Chemiker namens Bunsen und ein Physiker namens Kirchhoff herausgefunden haben, wie man das Spektrum, das entsteht, wenn Sonnenlicht durch ein Prisma fällt, dazu benutzen kann, die chemischen Elemente in der Sonne zu bestimmen.«

»Und die Sterne?«

»Die kommen als Nächstes dran.« Lily Millington sah jetzt ebenfalls in den fernen Himmel. Das schwache Licht der Talglampe beleuchtete ihr Profil. »Mein Vater hat immer gesagt, ich sei unter einem Glücksstern geboren.«

»Ein Glücksstern?«

»Seemannsgarn.«

»War Ihr Vater Seemann?«

»Nein, er war Uhrmacher, und zwar ein richtig guter. Er hat die Uhren eines ehemaligen Kapitäns in Greenwich repariert, und der hat ihm all die Seemannsgeschichten erzählt. Und in Greenwich habe ich zum ersten Mal durch ein Teleskop geschaut.«

»Und was haben Sie gesehen?«

»Ich hatte Glück, denn kurz zuvor war der Neptun entdeckt worden, ein uralter und zugleich nagelneuer Planet.«

Lucy wünschte, ihr Vater wäre auch Uhrmacher gewesen und hätte sie zum Königlichen Observatorium mitgenommen. »Mein Vater ist gestorben, als ich noch klein war. Er ist von einer Kutsche überfahren worden.«

Lily Millington lächelte sie an. »Dann wollen wir hoffen, dass wir beide mehr Glück haben.« Sie deutete mit dem Kinn auf die Käse- und Brotscheiben. »Zeit, den anderen etwas zu essen zu bringen.«

Während Lucy ihr Sandwich aufaß, richtete Lily Millington Brot und Käse auf einer großen Porzellanplatte an.

Ja, Lily Millington war anders als alle bisherigen Modelle, die Lucy mit ihren hübschen Gesichtern an die Blätter an den großen Linden erinnert hatten – saftig grün im Sommer, um im Herbst abzufallen und im nächsten Sommer durch neue ersetzt zu werden. Lily Millington wusste über die neuesten Erkenntnisse der Wissenschaften Bescheid, sie hatte den Planeten Neptun durch ein Teleskop gesehen, und sie besaß eine innere Qualität, die in Edwards Bildern zur Geltung kam. Eine Qualität, die ihn dazu gebracht hatte, ihr von seiner Schreckensnacht zu erzählen. Irgendwie hatte Lucy das Gefühl, dass sie Lily Millington dafür hassen sollte, aber das konnte sie nicht.

»Wer hat Ihnen das Zaubern beigebracht?«, fragte sie.

»Ein französischer Zauberer auf dem Markt in Covent Garden.«

»Das glaube ich Ihnen nicht.«

»Stimmt aber.«

»Als Kind?«

»Ja.«

»Was haben Sie denn in Covent Garden gemacht?«

»Ich war Taschendiebin.«

Lily Millington nahm sie auf den Arm. Edward machte das genauso, wenn er ein Gespräch beenden wollte. Als sie sich den letzten Bissen ihres Sandwichs in den Mund steckte, sah sie, dass die Wolken sich wieder zusammengezogen hatten und die Sterne verschwunden waren.

An der Tür zum Speisesaal kam Edward ihnen entgegen, in der einen Hand hielt er eine Kerze, mit der anderen stützte er Fanny. »Miss Brown ist müde nach der langen Reise«, sagte er mit ausgesuchter Höflichkeit. »Ich werde sie auf ihr Zimmer bringen.«

»Selbstverständlich«, sagte Lily Millington. »Ich achte darauf, dass etwas vom Abendessen übrig bleibt.«

»Ich weiß, dass du das nicht so gemeint hast, Edward«, sagte Fanny, als sie langsam den Flur hinuntergingen. Sie lallte ein wenig. »Ich habe keiner Menschenseele davon erzählt. Du warst einfach etwas verwirrt. Das ist normal vor einer Hochzeit.«

»Schsch«, machte Edward und half ihr die Treppe hoch. »Wir reden morgen darüber.«

Lucy war ihnen in den Flur gefolgt, und als sie sich sicher fühlte, huschte sie ebenfalls nach oben. Edward hatte Fanny im Zimmer neben ihrem untergebracht. Es war klein, aber hübsch, mit einem Vierpfostenbett und einem Schreibtisch aus Walnussholz unter dem Fenster.

Alles blieb still, bis Fanny sich darüber beklagte, dass man vom Fenster aus den Dorffriedhof sehen konnte.

»Es ist nur eine andere Art Schlaf«, hörte Lucy Edward durch die offene Tür sagen, »mehr nicht. Nur der lange Schlaf der Toten.«

»Aber Edward«, entgegnete Fanny. »Es bringt Unglück, wenn man mit den Füßen in Richtung der Toten schläft.«

Was auch immer Edward darauf erwiderte, sagte er zu leise, als dass Lucy es verstehen konnte. Dann fragte Fanny: »Ist dein Zimmer denn in der Nähe?«

Lucy schlüpfte in ihr Zimmer, zog ihr Nachthemd über und trat ans Fenster. Ein Zweig der Clematis, die an der Hauswand hochrankte, hatte sich bis zu ihrem Zimmer vorgearbeitet und lag auf ihrer Fensterbank. Lucy pflückte die Blütenblätter nacheinander ab, warf sie aus dem Fenster und schaute zu, als sie wie Schneeflocken zu Boden segelten. Während sie noch über Fanny nachdachte, die sich im Nebenzimmer befand, hörte sie plötzlich Edwards Stimme unten auf dem Rasen. »Das habe ich wohl dir zu verdanken, was?«

Vorsichtig reckte Lucy den Hals, um zu sehen, mit wem Edward redete. Es war Thurston. Es hatte aufgehört zu regnen, und die Kühle hatte sich verzogen. Der Vollmond stand hoch am Himmel, an dem nur noch wenige Wolken hingen, und Lucy sah die beiden Männer vor der Glyzinienlaube stehen.

»Sie sagt, du habest ihr geschrieben und ihr mitgeteilt, wo ich zu finden sei.«

Thurston hatte eine Zigarette zwischen den Lippen und zielte mit dem Gewehr auf imaginäre Feinde in der großen Kastanie hinter dem Haus. Dann ließ er die Waffe am Abzugsbügel um seinen Finger kreisen wie ein Revolverheld und breitete die Arme aus. »Nein, so war es nicht. Ich habe ihr geschrieben und ein Treffen vorgeschlagen, und dabei habe ich ihr dann *gesagt*, wo sie dich findet.«

»Du bist ein Lump, Thurston.«

»Was hätte ich denn sonst tun sollen? Die Ärmste hat mir leidgetan.«

»Dir leidgetan, dass ich nicht lache. Du genießt das doch!«

»Du kränkst mich, Edward. Ich tue das alles aus reiner Freundschaft. Sie hat mich gebeten, dich zur Vernunft zu bringen. Sie meinte, du hättest den Verstand verloren und würdest dich ungehörig benehmen.«

»Ich habe mit ihr gesprochen, ich habe ihr geschrieben, ich habe ihr alles erklärt.«

»Alles? Das bezweifle ich. ›Ich glaube ihm kein Wort‹, hat sie immer wieder gesagt. ›Weiß er denn nicht, wer mein Vater ist? Kann er sich nicht vorstellen, was mein Vater mit ihm machen wird? Hat er sich nicht überlegt, was aus mir wird?‹ Und dann: ›Warum tut er das bloß? Aus welchem Grund bricht er sein Versprechen?‹« Thurston lachte. »Nein, ich glaube nicht, dass du ihr *alles* erklärt hast, mein lieber Edward.«

»Ich habe ihr gesagt, was sie wissen muss, ohne sie mehr als nötig zu verletzen«, entgegnete Edward wütend.

»Nun, was auch immer du ihr geschrieben hast, es ist nur noch ein Häufchen Asche im Kamin ihres Vaters. Sie weigert sich, es zu akzeptieren. Sie wollte dich unbedingt so bald wie möglich sehen, um alles wieder in Ordnung zu bringen. Wie hätte ich ihr das abschlagen sollen? Du solltest mir dankbar sein. Es ist kein Geheimnis, dass deine Familie braucht, was Fanny zu bieten hat.« Seine Lippen verzogen sich zu einem höhnischen Grinsen. »Sonst bleibt für deine armen Schwestern nicht viel Hoffnung.«

»Meine Schwestern gehen dich nichts an.«

»Das solltest du Clare mal erzählen. Sie gibt sich solche Mühe, mich für sie zu interessieren. Ich bin geneigt, ihr zu geben, was sie braucht, sonst verdirbt sie mir noch mein Bild mit ihrem sehnsüchtigen Blick. Ich bin auch gern bereit, mich um Lily zu kümmern, sobald du dich mit Fanny ausgesöhnt hast.«

Alles ging so schnell, dass Lucy den ersten Faustschlag gar nicht mitbekam, sie sah nur, wie Thurston rückwärtstaumelte und sich mit einem überraschten Grinsen ans Kinn fasste. »Ich versuche nur zu helfen, Edward. Fanny mag vielleicht langweilig sein, aber sie wird dir ein Zuhause geben und dir das Malen erlauben. Wer weiß, vielleicht lernt sie ja sogar mit der Zeit, ein Auge zuzudrücken.«

Später lag Lucy grübelnd im Bett. Nach dem Streit hatten Edward und Thurston sich getrennt, und Lucy war unter die Bettdecke geschlüpft. Normalerweise war sie gern allein, doch jetzt fühlte sie sich mit einem Mal einsam. Mehr als das, sie fühlte sich in höchstem Maß verunsichert, was viel schlimmer war.

Die kleine bronzene Uhr, die auf Lucys Nachttisch stand, zeigte fünf Minuten nach Mitternacht an, was bedeutete, dass sie schon seit einer Stunde vergeblich versuchte zu schlafen. Im Haus herrschte Totenstille, draußen regte sich kein Lüftchen. Ein paar Nachtvögel waren aus ihren Verstecken gekommen und saßen auf den Zweigen der Kastanie. Lucy hörte, wie sie krächzten. Warum zogen die Minuten sich im Dunkeln so endlos hin?

Sie setzte sich auf.

Sie war hellwach, an Schlaf war schlicht nicht zu denken.

Ihre Gedanken rasten. Sie wollte verstehen, was vor sich ging. Edward hatte gesagt, Fanny Brown werde nicht nach Birchwood kommen, und doch war sie da. Alle anderen schienen irgendetwas zu wissen, so merkwürdig, wie sie sich benahmen. Thurston und Edward hatten sich sogar auf dem Rasen geprügelt.

Wenn sie als kleines Mädchen nicht schlafen konnte, hatte sie immer bei Edward Trost gesucht. Dann hatte er ihr eine Geschichte erzählt und alle ihre Fragen beantwortet, er hatte sie beruhigt und meistens sogar zum Lachen gebracht. Und wenn sie wieder zurück in ihr Zimmer gegangen war, hatte sie sich besser gefühlt.

Lucy entschloss sich nachzusehen, ob ihr Bruder noch wach war. Es war schon spät, aber das würde Edward nichts ausmachen. Er war eine Nachteule, arbeitete häufig noch bis lange nach Mitternacht in seinem Atelier, bis die Kerzen heruntergebrannt waren.

Sie schlich in den Flur. Unter keiner Tür war ein Lichtschimmer zu sehen.

Lucy blieb reglos stehen und lauschte.

Von unten war ein leises Geräusch zu hören. Das Scharren von Stuhlbeinen auf dem Boden.

Lucy lächelte. Natürlich: Edward war noch im Maulbeerzimmer und arbeitete an seinem Bild, was sonst? Er sagte doch immer, dass das Malen ihm helfe, einen klaren Kopf zu bekommen, dass er ohne das Malen verrückt werden würde.

Auf Zehenspitzen schlich Lucy die Treppe hinunter, vorbei an dem geheimen Versteck, hin zu seiner Tür. Wie erwartet, drang schwaches Licht aus dem Zimmer am Ende des Flurs.

Die Tür stand einen Spaltbreit offen. Lucy zögerte. Edward mochte es nicht, bei der Arbeit gestört zu werden, aber nach dem Streit mit Thurston würde er sich bestimmt genauso über Gesellschaft freuen wie sie. Vorsichtig drückte Lucy die Tür auf, gerade weit genug, um sehen zu können, ob er da war.

Zuerst sah sie das Bild. Lily Millingtons Gesicht, atemberaubend schön, königlich, überirdisch, das Haar wie ein roter Flammenkranz. Lily Millington, die strahlende Feenkönigin.

Dann bemerkte Lucy den Edelstein an der Kette um Lilys Hals – es war derselbe Edelstein, den sie in Edwards Skizzenbuch gesehen hatte, nur in Farbe. Leuchtend blau. Sie wusste sofort, was sie da vor sich sah, denn Lucy hatte schon viel vom Radcliffe Blue gehört, auch wenn sie ihn noch nie gesehen hatte. Auch jetzt sah sie ihn nur auf dem Bild, Edward hatte ihn offenbar aus dem Gedächtnis gemalt, als einen Talisman am Hals der Feenkönigin.

Sie hörte ein Geräusch, streckte den Kopf ein wenig weiter vor, wollte seinen Namen sagen – und erstarrte. Edward war nicht allein. Er lag auf Lily Millington, das feuchte Haar fiel ihm ins Gesicht, während ihre schimmernde Mähne auf dem samtenen Kissen ausgebreitet lag; er hatte nichts an und sie auch nicht; ihre Haut schimmerte im Kerzenlicht, und sie schauten einander in die Augen, es war ein inniger Moment, der nur ihnen allein gehörte.

Es gelang Lucy, sich unbemerkt zurückzuziehen. Sie lief den Flur hinunter und nach oben in ihr Zimmer, wo sie sich auf ihr Bett warf. Am liebsten wäre sie im Erdboden versunken, am liebsten wäre sie wie ein Stern zu winzigen Staubpartikeln explodiert und im Nichts verschwunden.

Sie wusste nicht, was sie empfand, sie wusste nicht, was dieser Schmerz bedeutete. Tränen rannen ihr über die Wangen, während sie ihr Kopfkissen umklammerte.

Sie merkte, dass sie sich schämte. Nicht für die beiden, denn sie waren wunderbar. Nein, sie schämte sich für sich selbst. Plötzlich wusste sie, dass sie noch ein Kind war. Ein tollpatschiges kleines Mädchen, das weder hübsch noch begehrenswert war, klug vielleicht, ja, aber ansonsten unscheinbar und von niemandem wirklich geliebt.

Wie Edward Lily Millington angeschaut hatte, wie die beiden einander angeschaut hatten – so würde er Lucy niemals anschauen, und das sollte er auch nicht, das wollte sie auch gar nicht; und dennoch, als sie an seinen Gesichtsausdruck dachte, spürte Lucy, wie etwas in ihrem Innern, etwas ganz Wichtiges, zerbrach, denn sie begriff, dass die Zeit, in der sie Bruder und Schwester gewesen waren, vorbei war, dass sie von dieser Nacht an an gegenüberliegenden Ufern eines breiten Flusses stehen würden.

Lucy wurde von einem gewaltigen Knall geweckt, und zuerst dachte sie, das Gewitter wäre zurückgekehrt, um sich noch einen Tag lang auszutoben. Aber als sie die Augen öffnete, sah sie, dass ihr Zimmer von Sonnenlicht durchflutet war. Und sie sah, dass sie zwischen verdrehten Laken am Fußende ihres Betts zusammengerollt lag.

Erneut knallte es, und Lucy begriff, dass es Thurston war, der auf Vögel schoss. Dann fielen Lucy die Ereignisse der vergangenen Nacht wieder ein.

Sie hatte Kopfschmerzen. Das kam schon mal vor, wenn sie nicht lange genug schlief. Sie ging nach unten, um sich ein Glas Wasser zu holen. Sie hatte gehofft, Emma in der Küche anzutreffen. Allzu gern würde sie sich in den Korbsessel neben dem Herd sinken und mit den neuesten Geschichten aus dem Dorf ablenken lassen. Aber Emma war nicht da. Die Küche war leer, und es sah nicht so aus, als hätte sie jemand betreten, seit Lucy dort am Vorabend zusammen mit Lily Millington Käsesandwiches gemacht hatte.

Lucy schüttelte sich. Das, was sie in der Nacht in Edwards Atelier gesehen hatte, hatte sie zutiefst verwirrt. Zumindest erklärte es den Streit zwischen Edward und Thurston, den sie zufällig mitgehört hatte. Und auch, warum Edward Fanny Brown nicht eingeladen hatte, den Sommer mit ihnen in Birchwood zu verbringen. Aber was hatte das alles zu bedeuten? Wo würde das alles hinführen?

Lucy füllte ein Glas mit Wasser und ging damit nach draußen.

Unter dem klaren blauen Himmel fühlte sie sich gleich besser. Sie streifte die Schuhe ab und ging barfuß über den vom Tau feuchten Rasen. An der Hausecke angekommen, legte sie den Kopf in den Nacken und hielt das Gesicht in die Morgensonne. Es war erst neun Uhr, aber man spürte bereits, dass es ein heißer Tag werden würde.

»Guten Morgen, kleine Radcliffe.« Lucy öffnete die Augen und sah Thurston auf Edwards schmiedeeisernem Peacock-Stuhl sitzen, eine Zigarette zwischen den Lippen. »Komm, setz dich zu Onkel Thurston. Ich lass dich sogar mit meinem Gewehr spielen, wenn du ein braves Mädchen bist.«

Lucy schüttelte den Kopf und blieb, wo sie war.

Er lachte, hob das Gewehr und zielte auf einen Spatz, der

sich gerade auf der Gartenlaube niedergelassen hatte. Dann tat er so, als würde er abdrücken.

»Sie sollten nicht auf Vögel schießen.«

»Es gibt viele Dinge im Leben, die man nicht tun sollte, Lucy. Und in der Regel sind es die Dinge, die am meisten Spaß machen.« Er ließ die Waffe sinken. »Heute ist dein großer Tag.«

Lucy wusste nicht, was er meinte, wollte ihm aber nicht die Genugtuung verschaffen, genau das von ihr zu hören. Sie beäugte ihn kühl und wartete darauf, dass er weiterredete.

»Ich wette, du hättest dir nicht träumen lassen, dass du in diesem Sommer für ein Bild Modell sitzen würdest.«

Nach allem, was seitdem passiert war, hatte Lucy Felix' Vorschlag vom Abend zuvor völlig vergessen, die Idee, eine Fotografie zu machen, die das Märchen von den Eldritch-Kindern zum Thema hatte.

»Kleine Lucy, heißer Feger. Hast du deine Pose schon geübt?«

»Nein.«

»Gut so. Natürlichkeit ist viel besser. Ich habe versucht, das Clare beizubringen. Am schönsten sind die Menschen, die nicht versuchen, schön zu sein.«

»Will Felix die Fotografie heute machen?«

»Heute Morgen gab es schon ganz aufgeregte Gespräche darüber, wann das Licht am besten ist.«

»Wo sind die anderen?«

Thurston stand auf und zeigte mit dem Lauf des Gewehrs zum Dachboden. »Die durchwühlen grade die Truhe mit den Kostümen.« Er klemmte sich das Gewehr unter den Arm und ging an Lucy vorbei in Richtung Küche.

»Emma ist nicht da.«

»Hab ich schon gehört.«

Lucy fragte sich, was er wohl sonst noch alles gehört hatte. »Wissen Sie, wo sie ist?«, rief sie hinter ihm her.

»Krank im Bett. Jemand aus dem Dorf ist heute Morgen vorbeigekommen, um Bescheid zu sagen – wir müssen uns heute selbst versorgen.«

Lucy stieg auf den Dachboden, wo die anderen, wie Thurston gesagt hatte, dabei waren, Kostüme aus der großen Truhe zu ziehen. Sie probierten fließende Kleider an, banden sich seidene Bänder um die Taille und besprachen aufgeregt, welche Blumen sie sich in die Haare flechten sollten. Lucy, die bei so etwas noch nie mitgemacht hatte, war schüchtern und wartete an der Tür darauf, dass die anderen sie aufforderten, sich ihnen anzuschließen.

»Wir sollten darauf achten, dass alles zusammenpasst«, sagte Clare gerade zu Adele.

»Aber nicht zu sehr. Die Eldritch-Kinder hatten bestimmt jedes seine ganz eigene Ausstrahlung.«

»Meinst du?«

»Wir könnten es durch unterschiedliche Blüten zum Ausdruck bringen. Ich könnte eine Rose darstellen und du eine Geißblattblüte.«

»Und Lucy?«

»Was sie möchte. Ich weiß nicht – eine Margerite vielleicht. Etwas, das zu ihr passt. Was meinst du, Liebling?«

»Ja, ja, großartig!«, rief Felix begeistert, obwohl er nur mit halbem Ohr zuhörte. Er stand am Fenster, hielt ein Stück Gaze in die Sonne und kniff abwechselnd ein Auge zu, um zu sehen, welche Wirkung das Licht jeweils hatte.

Lucy fiel auf, dass Lily Millington nicht anwesend war. Fanny und Edward fehlten ebenfalls.

Adele nahm Clare an der Hand, dann liefen die beiden kichernd an Lucy vorbei die Treppe hinunter. »Los, komm«, rief Clare Lucy zu. »Du musst auch einen Blumenkranz flechten.«

Einige Rosen waren von dem heftigen Regen ziemlich zerfleddert worden, der Boden war übersät mit ihren Blütenblättern, aber es waren trotzdem so viele, dass sie immer noch die Qual der Wahl hatten.

An der Mauer, die den Obstgarten einfasste, standen ganze Büschel von Margeriten, und Lucy pflückte einen großen Strauß der weiß-gelben Blumen, dann suchte sie sich eine trockene Stelle im Gras, wo sie bequem sitzen und sie zu einem Kranz flechten konnte. Der Kranz würde nicht lange halten, aber Lucy war mit ihrem Werk zufrieden. Sie hatte noch nie einen Blumenkranz geflochten, und unter anderen Umständen hätte sie es als albernen Zeitvertreib betrachtet. Aber diesmal war es etwas anderes. Lucy war sich zuerst nicht sicher gewesen, ob sie bei der Gestaltung von Felix' Fotografie überhaupt mitwirken wollte, doch jetzt merkte sie, dass sie das alles sehr aufregend fand. Sie hätte es niemals irgendjemandem gegenüber zugegeben – sie konnte es sich nicht einmal selbst erklären –, aber dass sie in dieser Fotografie abgebildet werden würde, gab ihr das Gefühl, *erwachsener* zu sein als vorher.

Lily Millington war auch in den Garten gekommen und flocht still ihren Kranz. Als Lucy einen Blick riskierte, sah sie die Sorgenfalten auf Lilys Stirn. Thurston hatte sein Skizzenbuch eingepackt und half Felix dabei, seine fotografische Ausrüstung, Kollodium und Nassplatten, zum Wald zu tragen. Nur Edward und Fanny fehlten, und Lucy erinnerte sich, dass Edward seiner Verlobten versprochen hatte, heute Morgen über etwas mit ihr zu reden.

Felix hatte erklärt, das Licht sei gegen Mittag am besten, wenn die Sonne am höchsten stehe, und alles wurde nach seinen Anordnungen ausgerichtet.

Bis ans Ende ihres Lebens sollte Lucy nicht vergessen, wie die anderen aussahen, als sie in ihren langen Kostümen, mit Kränzen in den Haaren über die Wiese gingen. Überall blühten Blumen, und das hohe Gras raschelte in der leichten Brise.

Sie waren an der Scheune mit der Dreschmaschine vorbeigegangen und hatten fast das Ufer erreicht, als jemand rief: »Wartet auf mich! Ich will mit auf das Bild!«

Als sie sich umdrehten, sahen sie Fanny auf sich zugestapft kommen, gefolgt von Edward, der offenbar vor Verärgerung kaum an sich halten konnte.

»Ich will mit auf das Bild«, sagte Fanny noch einmal. »Ich will die Feenkönigin sein.«

Felix, das hölzerne Stativ geschultert, schüttelte verwirrt den Kopf. »Lily ist die Feenkönigin, es muss dieselbe sein wie auf Edwards Gemälde. Die beiden Bilder sollen in der Ausstellung nebeneinanderhängen. Wie sonst soll ich demonstrieren, dass Fotografie und Malerei einander ebenbürtig sind? Aber Fanny kann meinetwegen eine Prinzessin sein.«

»Wir sind verlobt, Edward. Ich sollte die Feenkönigin aus deiner Geschichte darstellen.«

Lily schaute Edward an. »Da hat sie recht.«

»Ich habe Sie nicht um Ihre Meinung gebeten«, fauchte Fanny verächtlich. »Sie werden dafür bezahlt, herumzustehen und mit leerem Blick in die Gegend zu gucken. Ich habe mit meinem Verlobten gesprochen.«

»Fanny«, sagte Edward, der sich mit Mühe beherrschte, »ich habe dir gesag…«

»Ich werde das perfekte Licht verpassen«, unterbrach ihn Felix beinahe verzweifelt. »Ich brauche Lily als Feenkönigin, aber Fanny kann das Kind in der Mitte sein, Clare und Adele links und rechts davon.«

»Aber Felix …«

»Es reicht, Adele. Das Licht!«

»Lucy«, sagte Clare, »gib Fanny deinen Kranz, damit wir anfangen können.«

Lucy schaute in die Gesichter von Clare, Edward, Lily Millington, Felix und Fanny, die sie alle anstarrten, und dann rannte sie ohne ein Wort davon.

»Lucy, bleib stehen!«

Aber Lucy blieb nicht stehen. Sie warf ihren Kranz fort und rannte wie ein kleines Mädchen zurück zum Haus.

Lucy ging weder in ihr Zimmer noch in die Bibliothek und auch nicht in die Küche, wo sie sich über den Rest des Victoria-Biskuitkuchens hätte hermachen können, den Emma am Freitag gebacken hatte, sondern in Edwards Atelier im Maulbeerzimmer. Als sie die Tür aufdrückte, wusste sie selbst nicht, warum sie hergekommen war, nur, dass es der *einzige* Ort war, an den sie sich begeben konnte. Lucy begriff allmählich, dass sie weit weniger über ihre eigenen Beweggründe wusste als darüber, wie ein Verbrennungsmotor funktionierte.

Als sie in dem Zimmer stand, wusste sie nicht, was sie tun sollte. Sie war außer Atem und schämte sich dafür, dass sie die Flucht ergriffen hatte. Sie fühlte sich abgelehnt, aber gleichzeitig ärgerte sie sich über sich selbst, weil sie es zugelassen hatte, dass die anderen ihr die Enttäuschung angemerkt hatten. Und sie war müde, hundemüde. Es war alles so aufregend und so verwirrend.

Sie ließ sich auf den Boden sinken, rollte sich zusammen und gab sich ihrem Selbstmitleid hin.

Nach einigen Minuten blieb ihr Blick, der ziellos im Zimmer umherschweifte, an Edwards lederner Aktentasche hängen, die an die Staffelei gelehnt war.

Die Tasche war neu. Lily Millington hatte sie ihm zum Geburtstag geschenkt, und Lucy war ganz eifersüchtig geworden, als sie gesehen hatte, wie sehr er sich darüber freute. Und es hatte sie auch irritiert, denn noch nie hatte ein Modell Edward ein Geschenk gemacht, erst recht nicht ein derart edles und teures. Aber nach dem, was sie in der vergangenen Nacht gesehen hatte, verstand sie alles etwas besser.

Mit einem Mal war ihre Neugier geweckt, und die war

stärker als ihr Selbstmitleid. Sie setzte sich auf und griff kurz entschlossen nach der Tasche.

Sie öffnete die Schnalle und schlug die Lasche hoch. In der Tasche befanden sich Edwards Skizzenbuch und sein hölzerner Federhalter und noch etwas, womit Lucy nicht gerechnet hatte: eine mit schwarzem Samt überzogene Schachtel, die aussah wie die, in der ihre Mutter zu Hause ihre wertvollen Perlen und Broschen aufbewahrte.

Lucy nahm die Schachtel aus der Tasche und öffnete sie mit zitternden Fingern. Als Erstes sah sie zwei Zettel, die sich jedoch, als Lucy sie auseinanderfaltete, als Fahrkarten für Schiffspassagen mit der Cunard Line nach New York City entpuppten, und zwar für den ersten August, ausgestellt auf Mr. und Mrs. Radcliffe. Während Lucy noch überlegte, was das zu bedeuten hatte, glitten ihr die Fahrkarten aus den Fingern und segelten zu Boden.

Denn darunter war ein blauer Edelstein zum Vorschein gekommen, und in dem Moment wusste Lucy, dass sie insgeheim damit gerechnet hatte, den Radcliffe Blue in der Schachtel zu finden. Edward hatte den Diamanten nicht aus dem Gedächtnis gemalt, er musste ihn aus dem Bankschließfach der Familie geholt haben. Und zwar ohne Erlaubnis, da war sich Lucy ganz sicher, denn die hätte ihm ihr Großvater niemals erteilt.

Lucy nahm die Halskette mit dem Anhänger aus der Schachtel und hielt sie hoch. Sie merkte, dass sie zitterte.

Sie hob den Blick und betrachtete das Gemälde von Lily Millington.

Lucy gehörte nicht zu den Mädchen, die von Rüschen und Spitze und glitzernden Edelsteinen träumten, aber im Lauf der vergangenen zwei Wochen war ihr bewusst geworden, wie unerreichbar für sie Schönheit war.

Sie stellte sich vor den Spiegel über dem offenen Kamin.

Einen Moment lang betrachtete sie ihr unscheinbares Gesicht, dann presste sie die Lippen entschlossen zusammen und legte sich die Kette an.

Der Anhänger, der sich kühl an ihrer Haut anfühlte, war schwerer, als sie es sich vorgestellt hatte.

Er war überirdisch schön.

Langsam drehte Lucy den Kopf hin und her und beobachtete, wie sich das Licht in den Facetten des Diamanten brach und Lichtpunkte auf ihre Haut warf. Sie betrachtete ihr Profil von der einen und von der anderen Seite und aus jedem anderen Winkel und sah das Licht über ihre Haut tanzen. *So,* dachte sie, *ist es also, geschmückt zu sein.*

Schüchtern lächelte sie das Mädchen im Spiegel an. Und das Mädchen erwiderte das Lächeln.

Dann verschwand das Lächeln. Im Spiegel hinter sich sah sie Lily Millington.

Lily Millington zuckte mit keiner Wimper. Sie schalt Lucy nicht, und sie lachte sie auch nicht aus. Sie sagte nur: »Felix schickt mich. Er will dich unbedingt auf der Fotografie haben.«

Ohne sich umzudrehen, antwortete Lucy: »Er braucht mich nicht, jetzt, wo Fanny da ist. Mit ihr hat er doch vier Modelle.«

»Nein, es sind nur noch drei. Ich habe mich entschieden, nicht als Feenkönigin zu posieren.«

»Das machen Sie doch nur aus Nettigkeit.«

»Ich mache nie etwas aus Nettigkeit.« Lily Millington hatte Lucy zu sich umgedreht und schaute sie stirnrunzelnd an. »Was hat das zu bedeuten?«

Lucy hielt den Atem an, denn sie wusste, was als Nächstes kommen würde. Und wie erwartet berührte Lily Millington sanft ihren Hals.

»Sieh mal einer an«, sagte Lily leise und öffnete ihre Hand, in der eine Silbermünze lag. »Ich hatte mir schon gedacht, dass du als Freundin zu gebrauchen sein würdest.«

Lucy spürte, wie ihr die Tränen in den Augen brannten. Am liebsten hätte sie Lily Millington umarmt. Sie öffnete den Verschluss der Halskette. »Haben Sie sich überlegt, ob Sie es mir beibringen wollen?«

»Du musst diesen Teil deiner Hand benutzen«, sagte Lily Millington und zeigte auf die Stelle zwischen Lucys Daumen und Zeigefinger. »Da musst du die Münze festhalten und dabei darauf achten, dass sie nicht zu sehen ist.«

»Aber wie bekommt man die Münze unbemerkt dahin?«

»Tja, das ist die Kunst.«

Sie lächelten einander an wie zwei Komplizinnen.

»Und jetzt«, sagte Lily Millington, »schlage ich vor, dass du ganz schnell nach draußen läufst, bevor Felix restlos verzweifelt.«

»Mein Kranz. Ich hab ihn …«

»Ich habe ihn aufgehoben. Er hängt an der Klinke der Hintertür.«

Lucy betrachtete den Radcliffe Blue, den sie in der Hand hielt. »Den lege ich besser wieder zurück.«

»Ja«, sagte Lily Millington. Dann waren plötzlich eilige Schritte im Flur zu hören. »Ach du je, das ist bestimmt Felix.«

Aber der Mann, der in der Tür erschien, war nicht Felix. Es war ein Fremder, den Lucy noch nie gesehen hatte. Ein Mann mit braunem Haar und einem anzüglichen Lächeln, das ihn Lucy sofort unsympathisch machte. »Die Haustür war nicht abgeschlossen, da bin ich einfach reingekommen.«

»Was machst du hier?«, fragte Lily Millington erschrocken.

»Nach dir sehen, natürlich.«

Lucy schaute zwischen den beiden hin und her und wartete darauf, dass sie vorgestellt wurde.

Jetzt stand der Mann unmittelbar vor Edwards Gemälde.

»Sehr hübsch, wirklich sehr hübsch. Er ist richtig gut, das muss man ihm lassen.«

»Du musst sofort wieder gehen, Martin. Die anderen kommen gleich zurück. Wenn sie dich hier vorfinden, dann gibt es ein Malheur.«

»Soso, ein *Malheur.*« Er lachte. »Hör sich einer die feine Dame an.« Plötzlich wurde er ernst. »Ich? Abhauen? Kommt nicht infrage. Nicht ohne dich.« Er berührte die Leinwand mit den Fingerspitzen, und Lucy zuckte zusammen angesichts des Sakrilegs. »Ist das der Blue? Du hattest also recht. Das wird sie freuen. Sehr sogar.«

»Ich hab gesagt, in einem Monat.«

»Stimmt. Aber du bist schnell, eine der Besten. Wer kann deinem Charme schon widerstehen?« Er deutete mit dem Kinn auf das Bild. »Sieht so aus, als würdet ihr eher fertig als gedacht, Schwesterherz.«

Schwester? Da fiel Lucy wieder ein, was Edward von seiner ersten Begegnung mit Lily Millington erzählt hatte, von dem Bruder, der sie ins Theater begleitet hatte, von den Eltern, die davon hatten überzeugt werden müssen, dass ihre Tochter ihren Ruf nicht aufs Spiel setzen würde, wenn sie für Edward Modell saß. War dieser schreckliche Mann tatsächlich Lilys Bruder? Warum hatte sie das dann nicht gesagt? Warum hatte sie ihn Lucy nicht vorgestellt? Und warum machte der Mann Lucy solche Angst?

Der Mann entdeckte die Schiffspassagen auf dem Boden und hob sie auf. »Amerika, wie? Die Neue Welt. Klingt gut. Sehr raffiniert. Wirklich ganz schön schlau. Und die Reise geht ja schon bald los.«

»Lauf, Lucy«, sagte Lily Millington. »Geh zu den anderen. Los, beeil dich, bevor dich jemand suchen kommt.«

»Ich will aber nicht …«

»Bitte, Lucy.«

Lucy hörte die Dringlichkeit in Lily Millingtons Worten, und sie verließ widerstrebend das Zimmer. Aber sie lief nicht zum Wald, sondern blieb an der Tür stehen und lauschte. Lily Millington sprach sehr leise, doch es gelang Lucy, ein paar Worte aufzuschnappen: »… mehr Zeit … Amerika … mein Vater …«

Der Mann lachte laut auf und flüsterte etwas, das Lucy nicht verstehen konnte.

Dann machte Lily Millington ein Geräusch, als wäre sie geschlagen worden und als bekäme sie keine Luft, und Lucy wollte ihr gerade zu Hilfe eilen, als die Tür aufflog und der Mann an ihr vorbeistürmte. Er zerrte Lily Millington am Handgelenk hinter sich her und murmelte: »Blue … Amerika … Neue Welt …«

Als Lily Millington Lucy sah, gab sie ihr mit einer Bewegung ihres Kopfes zu verstehen, sie solle weglaufen.

Aber Lucy dachte nicht daran. Sie folgte den beiden den Flur entlang, und als sie den Salon erreicht hatten, entdeckte der Mann sie, lachte und sagte: »Achtung, da kommt die Kavallerie!«

»*Bitte*, Lucy«, sagte Lily mit angstvollem Blick.

Für Lucy jedoch war plötzlich alles zu viel – all die Verwirrung der letzten Tage, das Gefühl, für alles zu jung zu sein, nicht dazuzugehören, dass ständig um sie herum Entscheidungen getroffen wurden, in die sie nicht miteinbezogen war –, und jetzt versuchte dieser Fremde, Lily Millington mitzunehmen, aber das wollte Lucy nicht, auch wenn sie selbst nicht recht wusste, warum. Das war die Gelegenheit für sie, sich endlich einmal durchzusetzen, eine Sache, die ihr wichtig war, in die Hand zu nehmen.

Sie sah Thurstons Gewehr auf dem Stuhl liegen, wo er es am Morgen nach dem Frühstück abgelegt hatte. Ohne zu überlegen, griff sie danach, packte es fest am Lauf und schlug dem widerlichen Fremden den Kolben mit aller Kraft ins grinsende Gesicht.

Erschrocken fasste der Mann sich an die Schläfe. In dem Moment schlug Lucy noch einmal zu und trat ihn gegen das Schienbein.

Der Mann wankte, dann stolperte er über ein Möbelstück und stürzte zu Boden. »Schnell«, sagte Lucy atemlos. »Gleich ist er wieder auf den Beinen. Wir müssen uns verstecken.«

Sie nahm Lily Millington an der Hand und zog sie die Treppe hoch. Auf dem Absatz schob sie den Bugholzstuhl zur Seite, drückte gegen das Brett und öffnete unter Lily Millingtons erstaunten Blicken die Geheimtür. Trotz ihrer Panik erfüllte sie Lilys Überraschung mit Stolz. »Schnell«, sagte sie. »Hier findet er Sie nicht.«

»Woher weißt du …?«

»Schnell!«

»Komm rein, du musst dich auch verstecken. Er ist böse, Lucy. Er wird dir wehtun. Vor allem, nachdem du ihn geschlagen hast.«

»Es ist nicht genug Platz für zwei. Aber es gibt noch ein zweites Versteck.«

»Ist es weit weg?«

Lucy schüttelte den Kopf.

»Dann beeil dich. Komm nicht raus, verstanden? Egal was passiert, Lucy, bleib in deinem Versteck, bis Edward dich holen kommt.«

Lucy versprach, dass sie es genauso machen würde, dann kroch Lily Millington in den Hohlraum, und Lucy schob das Brett wieder an Ort und Stelle.

Ohne Zeit zu verlieren, rannte sie los, hin zu der anderen kleinen Zuflucht, schob das Paneel zur Seite, schlüpfte in die winzige Kammer und schloss die Geheimtür hinter sich.

In ihrem Versteck verging die Zeit ganz anders. Lucy hörte

den Mann nach Lily rufen, und sie hörte auch andere Geräusche von weiter weg. Aber sie hatte keine Angst. Ihre Augen hatten sich an die Dunkelheit gewöhnt, und irgendwann hatte Lucy gemerkt, dass sie nicht allein war und dass es gar nicht so dunkel war. Tausend winzige Lichter blinzelten ihr freundlich zu.

Während sie dort wartete, die Knie fest umschlungen, fühlte Lucy sich merkwürdig sicher und aufgehoben, und sie fragte sich, ob in Edwards Feenmärchen nicht doch ein Körnchen Wahrheit steckte.

X

Manchmal höre ich immer noch seine Stimme, dieses Flüstern nah an meinem Ohr. Ich erinnere mich an den Geruch nach Tabak und Käse. »Dein Vater ist gar nicht in Amerika, Birdie. Da ist er nie hingekommen. An dem Tag, als ihr die Reise hättet antreten sollen, ist er von einem Pferd totgetreten worden. Und da hat Jeremiah dich zu uns gebracht. Er hat dich vom Boden aufgehoben und zu meiner Ma gebracht und es dem Armenhaus überlassen, deinen Vater unter die Erde zu bringen. Das war dein Glückstag. Und auch Jeremiahs Glückstag, denn seitdem ist er immer flüssig. Er hat damals gesagt, du seist ein helles Köpfchen, und damit hat er recht behalten. Du hast doch nicht im Ernst geglaubt, dass er all das Geld immer nach Amerika geschickt hat, oder?«

Er hätte mir nicht heftiger die Luft rauben können, wenn er mir sein Knie in die Brust gerammt hätte. Aber ich habe seine Behauptung nicht infrage gestellt. Ich habe keine Sekunde an seinen Worten gezweifelt, denn in dem Moment, als er sie aussprach, wusste ich, dass es die Wahrheit war. Es war die einzige vernünftige Erklärung für alles und auf einmal sah ich mein ganzes Leben ganz klar vor mir. Das erklärte, warum mein Vater mich nie hatte nach Amerika nachkommen lassen. Es war jetzt elf Jahre her, dass ich zum ersten Mal in dem Zimmer über dem Vogelhändler aufgewacht war, umgeben von Mrs. Mack und den anderen. Mein Vater war tot. Er war die ganze Zeit tot gewesen.

Martin packte mich am Handgelenk und zerrte mich aus dem Maulbeerzimmer. Er murmelte etwas von Amerika und Neuer Welt und dass alles gut werden würde; ich solle nicht traurig sein, denn er habe eine Idee. Wir würden die Schiffsfahrkarten mitnehmen und den Radcliffe Blue auch, er und ich, wir würden den Stein nicht bei Mrs. Mack abliefern, sondern damit nach Amerika fahren, schließlich sei es das Land des Neuanfangs, so wie Jeremiah es in den Briefen geschrieben hatte, die er jeden Monat vorbeibrachte.

Er meinte natürlich die Briefe, die Mrs. Mack immer laut vorlas, die Briefe aus Amerika, die mein Vater angeblich geschickt hatte. Was für ein atemberaubendes Täuschungsmanöver. Aber wer war ich denn schon, mich moralisch darüber zu erheben? Ich war eine Taschendiebin, eine Hochstaplerin, eine Frau, die, ohne mit der Wimper zu zucken, einen falschen Namen angenommen hatte.

Erst zwei Wochen zuvor hatte ich Mrs. Mack belogen, als ich ihr gesagt hatte, ich würde mit Edward aufs Land fahren. Mrs. Mack hätte mich nie freiwillig gehen lassen, nicht einen ganzen Sommer lang nach Birchwood und erst recht nicht nach Amerika mit Edward. Ich war über die Jahre zu ihrer zuverlässigsten Geldquelle geworden, und eins hatte ich in meinem kurzen Leben gelernt: Die Menschen gewöhnen sich schnell an Reichtum, auch wenn sie ihn nicht selbst verdient haben – sobald er da ist, glauben sie, dass er ihnen zusteht.

Mrs. Mack glaubte, dass ich ihr mit Haut und Haar gehörte, und damit sie mich mit Edward nach Birchwood fahren ließ, hatte ich ihr erzählt, dass das alles zu einem großen Coup gehöre. Ich hatte ihr versprochen, dass ich nach einem Monat mit Reichtümern zurückkehren würde, von denen sie nicht zu träumen wage.

»Was für Reichtümer?«, wollte sie wissen.

Und weil die besten Täuschungen diejenigen sind, die möglichst viel Wahrheit enthalten, habe ich ihr von Edwards Plan erzählt, mich zu malen und mich dabei den unschätzbar wertvollen Radcliffe Blue tragen zu lassen.

Es war dunkel in dem winzigen Hohlraum, und ich bekam kaum Luft. Und es war unheimlich still.

Ich musste an Edward und Fanny denken und habe mich gefragt, was wohl draußen am Wald gerade passierte.

Ich habe an Pale Joe gedacht und an den Brief, den ich ihm aus dem Dorf geschickt hatte, um ihm mitzuteilen, dass ich nach Amerika gehen würde, dass er vielleicht eine Weile nichts von mir hören werde, sich aber keine Sorgen machen solle. Und ich habe an die Fotografie gedacht, die ich dem Brief als Erinnerung an mich beigelegt hatte, die Fotografie, die Edward mit Felix' Kamera aufgenommen hatte.

Ich habe an meinen Vater gedacht, an eine große Hand, die meine umschloss, daran, wie glücklich ich war, wenn wir früher zusammen mit der Eisenbahn an Orte gefahren waren, wo es eine Uhr zu reparieren gab.

Und ich habe an meine Mutter gedacht, die meine Erinnerung wie Sonnenlicht durchdrang, hell und warm, aber unbeständig. Ich habe mich daran erinnert, wie ich einmal mit ihr am Ufer der Themse war, die hinter unserem Haus in London vorüberfloss. Mir war eine Schleife ins Wasser gefallen, die ich besonders mochte, und ich musste hilflos zusehen, wie das Wasser sie mit sich genommen hat. Ich hatte geweint, aber meine Mutter hatte mir erklärt, so seien Flüsse nun einmal. Flüsse seien alt und die größten Sammler überhaupt, sie nähmen wahllos alles mit auf ihrem Weg in den tiefen Ozean. Der Fluss schuldet dir keine Freundlichkeit, mein Vögelchen, hatte sie gesagt. Du musst dich vor ihm in Acht nehmen.

In dem stockdunklen Loch konnte ich die Themse hören, ich spürte, wie sie mich mit ihrem Rauschen in den Schlaf wiegte …

Und dann habe ich plötzlich etwas gehört, schwere Schritte auf den Stufen über mir und eine gedämpfte Stimme: »Ich hab die Fahrkarten.« Das war Martin, er stand ganz in der Nähe meines Verstecks. »Wo bist du? Wir brauchen nur noch den Stein, dann können wir von hier abhauen.«

Im nächsten Moment wurde unten eine Tür zugeschlagen, und da wusste ich, dass noch jemand im Haus war.

Martin ist sofort nach unten gerannt.

Laute Stimmen. Jemand hat geschrien.

Dann ein Schuss.

Kurz darauf riefen alle durcheinander. Dann ein Aufschrei von Edward.

Ich habe nach einem Riegel getastet, um die geheime Tür zu öffnen, aber ich konnte keinen finden. Ich konnte mich weder aufsetzen noch umdrehen. Ich habe Angst bekommen, bin in Panik geraten, habe immer flacher geatmet, bis ich einen ganz trockenen Hals hatte. Ich habe versucht, um Hilfe zu rufen, aber es kam nur ein Krächzen heraus.

Es war so furchtbar heiß.

Dann hat Edward nach mir gerufen, Angst lag in seiner Stimme. Er hat nach Lucy gerufen. Seine Stimme klang, als käme sie von weit weg.

Über mir waren schnelle Schritte zu hören, leichtere als Martins. Und dann ein gewaltiges Poltern, das die Wände wackeln ließ.

Großes Durcheinander, aber es ging nicht um mich.

Ich war ein Boot, das sanft auf den Wellen der Themse schaukelte. Und als ich die Augen zugemacht habe, kam eine Erinnerung hoch. Ich war ein Baby, noch kein Jahr alt, ich lag in meiner Wiege in einem Zimmer im ersten Stock in dem kleinen Haus in Fulham an der Themse. Eine warme Brise wehte durch das Fenster und brachte das morgendliche Vogelgezwitscher mit und den Duft nach Flieder und Schlamm. Das Licht malte Kreise an der Decke, im Takt mit den Schatten, und ich habe sie tanzen sehen. Ich habe den Arm ausgestreckt, um sie einzufangen, aber sie sind mir jedes Mal durch die Finger geschlüpft …

Kapitel 27

Frühjahr 1882

»Ein schöner alter Kasten. Innen ein bisschen vernachlässigt, aber gute Bausubstanz. Ich mache Ihnen die Tür auf, dann können Sie selbst sehen, was ich meine.«

Lucy würde weder sich selbst noch Edwards Anwalt gegenüber so respektlos sein und vorgeben, sie habe das Haus noch nie betreten, aber sie erwähnte die Tatsache auch nicht. Sie wartete wortlos, während der Mann sich mit dem alten Schloss abmühte.

Es war ein Frühlingsmorgen, und die Luft war frisch. Jemand hatte den Garten in Schuss gehalten – nicht perfekt, aber immerhin so, dass der Weg nicht überwuchert war. Das Geißblatt hatte viele Knospen, und an der Mauer und um das Küchenfenster herum hatten sich die ersten Jasminblüten geöffnet. Sie blühten spät in diesem Jahr. Die Straßen in London waren bereits vom Jasminduft erfüllt, andererseits waren Stadtpflanzen immer ein bisschen frühreif, wie Edward zu sagen pflegte.

»Na endlich«, sagte Mr. Matthews von der Kanzlei Holbert, Matthews & Sons, als das Schloss mit einem metallischen Knirschen nachgab.

Die Tür ging auf, und Lucy empfand ein dumpfes Knurren tief in ihren Eingeweiden.

Nachdem sie zwanzig Jahre lang nicht hier gewesen war und sich immer wieder gefragt hatte, wie es sein würde, beziehungsweise versucht hatte, nicht darüber nachzudenken, wie es sein würde, war der Augenblick schließlich gekommen.

Vor fünf Monaten war der Brief eingetroffen, nur wenige Tage nachdem sie die Nachricht von Edwards Tod in Portugal erhalten hatten. Sie hatte den Vormittag im Museum in Bloomsbury verbracht, wo sie ehrenamtlich bei der Katalogisierung der gespendeten Sammlungen half, und sich gerade zum Tee an den Tisch gesetzt, als ihr Dienstmädchen ihr die Post gebracht hatte. Auf einem Bogen mit in Gold geprägtem Briefkopf hatte der Schreiber zunächst sein tiefes Beileid bekundet, um ihr dann im zweiten Absatz mitzuteilen, dass ihr Bruder Edward Julius Radcliffe sie in seinem Testament als Erbin benannt hatte. Zum Schluss hatte der Schreiber »Miss Radcliffe« gebeten, in der im Briefkopf genannten Kanzlei einen Termin zu vereinbaren, um die Sache im Einzelnen zu besprechen.

Lucy hatte den Brief noch einmal gelesen und war über die Worte »Ihr Bruder Edward Julius Radcliffe« gestolpert. *Ihr Bruder.* Sie hatte sich gefragt, ob es viele Erben gab, die daran erinnert werden mussten, in welchem Verwandtschaftsverhältnis sie zu dem Verstorbenen standen.

Lucy hätte keine Erinnerung daran gebraucht. Zwar hatte sie Edward seit vielen Jahren nicht gesehen und das letzte Mal auch nur flüchtig in einem schäbigen Haus in Paris, aber Erinnerungen an ihn waren überall. Seine Bilder bedeckten fast jede Wand im Haus, denn Bettina Radcliffe weigerte sich, auch nur eins davon entfernen zu lassen, in der Hoffnung, dass er doch noch eines Tages zurückkommen und alles gut werden würde, dass es vielleicht noch nicht zu spät für ihn war, »sich einen Namen zu machen«, so wie Thurston Holmes und Felix Bernard. Und so waren die schönen Gesichter von Adele und Fanny und Lily Millington allgegenwärtig und verfolgten Lucy mit ihren Blicken auf Schritt und Tritt, während sie versuchte, mit ihrem Leben zurechtzukommen. Lucy achtete stets darauf, ihren Blicken nicht zu begegnen. Sie hatte an die Kanzlei Holbert & Matthews geschrieben und einen Termin für den folgenden Freitag vereinbart, und als im Dezember die ersten duftigen Schneeflocken fielen, saß sie in Mayfair in Mr. Matthews Büro an einem großen dunklen Tisch und hörte zu, wie der alte Rechtsanwalt das Testament verlas, in dem sie zur Erbin von Birchwood Manor bestimmt wurde.

Als sie sich verabschiedete, bat der Anwalt sie, der Kanzlei mitzuteilen, wann sie das Haus zu besichtigen wünsche, er werde dann seinen Sohn bitten, sie nach Berkshire zu begleiten. Lucy, die zu dem Zeitpunkt keineswegs die Absicht hegte, nach Berkshire zu fahren, hatte erwidert, das sei wirklich nicht nötig, aber Mr. Matthews hatte ihr versichert, das gehöre zum Service, und auf ein großes hölzernes Schild gezeigt, auf dem in goldenen Lettern stand:

Holbert, Matthews & Sons
Wir erfüllen die Wünsche unserer Mandanten
im Leben wie im Tod.

Als Lucy das Gebäude verließ, war sie völlig aufgewühlt.

Birchwood Manor.

Was für ein großzügiges Geschenk; und was für ein zweischneidiges Schwert.

In den folgenden Wochen, wenn sie nachts nicht schlafen konnte, hatte Lucy sich gefragt, ob Edward ihr das Haus vermacht hatte, weil er wegen der tiefen Verbindung, die sie einst zueinander gehabt hatten, vielleicht irgendwie die Wahrheit geahnt hatte. Doch nein, Lucy war viel zu rational, um eine so unlogische Idee überhaupt aufkommen zu lassen. Erstens gab es gar nichts

Konkretes zu ahnen; nicht einmal Lucy selbst wusste mit Sicherheit, was passiert war. Außerdem hatte Edward klare Vorstellungen gehabt: In einem handschriftlichen Brief, der dem Testament beigelegt war, hatte er verfügt, dass Lucy in dem Haus ein Internat für Mädchen einrichten solle, die so klug seien, wie sie selbst es als Kind gewesen sei. Mädchen, die sich nach Bildung sehnten, die ihnen nicht ohne Weiteres zugänglich sei.

Und genau wie im Leben, so besaß Edward sogar noch im Tod die Fähigkeit, Menschen für seine Ideen zu begeistern. Denn obwohl Lucy sich nach dem Termin in der Kanzlei Holbert, Matthews & Sons geschworen hatte, dass sie das Haus umgehend verkaufen würde, dass sie nie wieder einen Fuß in das Haus setzen würde, sickerte Edwards Vision langsam in ihre Gedanken und brachte ihre Vernunft ins Wanken.

Als sie den Regent's Park durchquert hatte, waren ihr überall kleine Mädchen aufgefallen, die alle brav neben ihrem Kindermädchen hergingen und sich zweifellos danach sehnten, herumzutollen, alles um sie herum zu erkunden, mehr zu lernen, als man ihnen zugestand. Lucy sah sich im Geiste schon als Lehrerin einer Schar rotwangiger, abenteuerlustiger Mädchen, Mädchen, die aufgeregt plapperten und nicht in die gesellschaftlichen Rollen passten, die für sie vorgesehen waren, die davon träumten, zu lernen und zu wachsen. Im Lauf der folgenden Wochen hatte sie kaum noch an etwas anderes denken können, bis sie schließlich zu der Überzeugung gelangt war, dass ihr ganzes Leben auf diesen Punkt zugesteuert war, dass es für sie keinen folgerichtigeren Schritt gab, als in dem zweigiebeligen Haus an der Themse ein Mädcheninternat zu eröffnen.

Und jetzt war sie hier. Sie hatte fünf Monate gebraucht, aber jetzt war sie so weit.

»Muss ich irgendetwas unterschreiben?«, fragte sie, als der Anwalt sie in die Küche führte, wo immer noch der alte Holztisch stand. Lucy hätte sich nicht gewundert, wenn Emma Stearnes durch die Tür gekommen wäre und sie freudig begrüßt hätte.

Der Anwalt sah sie überrascht an. »Was denn zum Beispiel?«

»Ich weiß nicht. Ich habe noch nie ein Haus geerbt. Ich nehme an, es gibt eine Eigentumsurkunde?«

»Sie brauchen nichts zu unterschreiben, Miss Radcliffe. Die Urkunde ist bereits ausgestellt. Die Umschreibung hat stattgefunden. Das Haus gehört Ihnen.«

»Na dann«, sagte Lucy und streckte ihm die Hand hin. »Vielen Dank, Mr. Matthews.«

»Aber soll ich Ihnen denn nicht Ihr Grundstück zeigen, Miss Radcliffe?«

»Das wird nicht nötig sein, Mr. Matthews.«

»Aber wo Sie die weite Fahrt auf sich genommen haben und …«

»Ich nehme an, ich kann hier übernachten?«

»Äh, ja, wie gesagt, das Haus gehört Ihnen.«

»Dann bedanke ich mich dafür, dass Sie mich freundlicherweise begleitet haben, Mr. Matthews. Wenn Sie mich jetzt entschuldigen wollen, ich habe viel zu tun. Ich werde hier ein Internat einrichten, haben Sie davon gehört? Ein Mädcheninternat.«

Doch Lucy begann noch nicht sofort mit den Vorbereitungen für das Internat. Zuerst hatte sie etwas Dringenderes zu erledigen. Etwas, vor dem ihr graute, das aber unumgänglich war. Seit fünf Monaten dachte sie darüber nach. Nein, in Wahrheit tat sie das schon viel länger. Seit fast zwanzig Jahren wartete sie darauf, die Wahrheit in Erfahrung zu bringen.

Durch das Küchenfenster schaute sie dem jungen Mr. Matthews nach, dessen Körperhaltung deutlich die Enttäuschung anzusehen war. Erst nachdem er auf die Straße getreten war und das hölzerne Gartentor hinter sich geschlossen hatte, stieß Lucy den Atem aus, den sie die ganze Zeit angehalten hatte. Sie wandte sich vom Fenster ab und ließ sich einen Moment Zeit, sich in der Küche umzusehen. So unheimlich es auch sein mochte, aber alles schien noch genauso zu sein, wie sie es in Erinnerung hatte. Es war, als wäre sie zu einem Spaziergang ins Dorf aufgebrochen, hätte sich verlaufen und wäre zwei Jahrzehnte später als geplant zurückgekehrt.

Das Haus war still, aber es fühlte sich nicht still an. Lucy musste an ein Märchen von Charles Perrault denken, »Die schlafende Schöne im Walde«, das Edward ihr früher vorgelesen hatte. Es handelte von einer Prinzessin, die dazu verflucht worden war, in ihrem Schloss hundert Jahre lang zu schlafen, und hatte Edward zu seinem Bild *Dornröschen* inspiriert. Lucy war keine Romantikerin, aber als sie jetzt am Küchenfenster stand, konnte sie sich beinahe vorstellen, dass das Haus ihre Rückkehr bemerkt hatte.

Dass es auf sie gewartet hatte.

Tatsächlich hatte Lucy das beunruhigende Gefühl, nicht allein in der Küche zu sein.

Aber obwohl ihr die Haare zu Berge standen, ermahnte sie sich, dass sie eigentlich nicht so leicht beeinflussbar war und dass sie es zutiefst bereuen würde, wenn sie jetzt dem Aberglauben anheimfiele. Es handelte sich um nichts anderes als Sinnestäuschungen, und warum ihr das passierte, war ihr vollkommen klar.

Sie straffte sich, durchquerte die Eingangshalle und ging die Treppe hoch.

Der Bugholzstuhl stand noch an derselben Stelle auf dem Treppenabsatz, wo sie ihn zuletzt gesehen hatte. Er war zu dem großen Fenster ausgerichtet, von dem aus man einen schönen Blick auf den Garten und die Wiese dahinter hatte. Staubkörnchen tanzten im Sonnenlicht, das durch das Fenster fiel.

Der Stuhl fühlte sich warm an, als Lucy sich vorsichtig daraufsetzte. Auch der Treppenabsatz fühlte sich warm an. Sie erinnerte sich, dass das immer schon so gewesen war. Als sie das letzte Mal hier gesessen hatte, war das Haus erfüllt gewesen von Gelächter und guter Laune, die Luft aufgeladen mit Kreativität.

Heute war es anders. Heute war Lucy mit dem Haus allein. Mit ihrem Haus.

Sie ließ die Luft um sich herum zum Stillstand kommen.

Irgendwo draußen bellte ein Hund.

Im Maulbeerzimmer im Erdgeschoss maß eine Uhr die Zeit. Lily Millingtons Uhr. Sie tickte immer noch. Vermutlich hatte der Anwalt, der junge Mr. Matthews, sie aufgezogen. Sie konnte sich noch daran erinnern, wie Edward sie gekauft hatte: »Lilys Vater war Uhrmacher«, hatte er gesagt, als er mit dem Paket nach Hause gekommen war. »Ich habe sie bei einem Freund in Mayfair an der Wand entdeckt und sie gegen ein Bild eingetauscht, das ich für ihn malen werde. Ich will Lily damit überraschen.«

Edward hatte anderen immer gern Geschenke gemacht. Schon das Auswählen der Geschenke hatte ihn fasziniert. Bücher für Lucy, eine Uhr für Lily. Er war es auch gewesen, der Thurston das Gewehr geschenkt hatte: »Eine Original-Baker, getragen von einem Soldaten der 5. Bataillon des 60. Regiments während der Napoleonischen Kriege!«

Unfassbar, dass sie jetzt hier saß und Edward tot war. Dass sie ihn nie wiedersehen würde. Insgeheim war sie immer davon ausgegangen, dass er irgendwann nach Hause kommen würde.

Seit jenem Sommer in Birchwood hatten sie sich wenige Male gesehen, aber Lucy hatte immer gewusst, dass er irgendwo lebte. Hin und wieder war eine Postkarte von ihm eingetroffen, eine flüchtig hingekritzelte Nachricht, meist mit der Bitte um ein paar Pfund, um irgendwelche Schulden zu bezahlen, die er auf seinen Reisen angehäuft hatte. Manchmal berichtete auch jemand in der Bekanntschaft, man habe ihn in Rom, Wien oder Paris gesehen. Er war immer auf Reisen gewesen. Auf der Flucht vor seiner Trauer, das wusste Lucy, aber manchmal hatte Lucy sich auch gefragt, ob er tatsächlich glaubte, dass er, wenn er nur weit und schnell genug reiste, Lily Millington wiederfinden würde.

Denn er hatte die Hoffnung nie aufgegeben. Egal wie viel dafürsprach, er hatte nie geglaubt, dass sie an dem Betrug beteiligt gewesen war, dass sie ihn nicht genauso leidenschaftlich geliebt hatte wie er sie.

Bei ihrem letzten Treffen in Paris hatte er gesagt: »Sie ist irgendwo, Lucy. Ich weiß es einfach. Ich spüre es. Spürst du es denn nicht?«

Lucy hatte nichts dergleichen gespürt und nur Edwards Hand genommen und festgehalten.

Lucy hatte sich nur daran erinnern können, dass sie, nachdem sie sich in dem Versteck hinter dem Paneel in Sicherheit gebracht hatte, in einem fremden, hell erleuchteten Zimmer aufgewacht war. Sie lag in einem fremden Bett. Und sie hatte Schmerzen.

Lucy blinzelte und betrachtete die gelb gestreifte Tapete, das Bleiglasfenster, die hellen Vorhänge zu beiden Seiten des Fensters. In dem Zimmer duftete es vage nach etwas Süßem – Geißblatt vielleicht oder Ginster. Sie hatte einen trockenen Hals.

Sie musste ein Geräusch gemacht haben, denn plötzlich war Edward an ihrer Seite und goss aus einer kleinen Kristallkaraffe Wasser in ein Glas. Er sah furchtbar aus, völlig derangiert, das Gesicht eingefallen, die Augen gerötet. Das Baumwollhemd hing ihm lose um die Schultern, anscheinend hatte er es schon seit Tagen nicht gewechselt.

Aber wo befand sie sich, und wie lange war sie schon hier?

Lucy hatte gar nicht gemerkt, dass sie die Fragen laut ausgesprochen hatte. Während Edward ihr beim Trinken half, erklärte er ihr, dass er für ein paar Tage ein Zimmer im Gasthaus des Dorfs gemietet hatte.

»Welches Dorf?«

Er musterte sie stirnrunzelnd. »Na, Birchwood natürlich. Kannst du dich wirklich nicht erinnern?«

Das Wort kam ihr vage bekannt vor.

Edward versuchte, sie mit einem Lächeln aufzumuntern, doch es überzeugte sie nicht. »Ich rufe den Arzt«, sagte er. »Er wird sich freuen zu hören, dass du aufgewacht bist.«

Er öffnete die Tür und sprach leise mit jemandem im Flur, ohne das Zimmer zu verlassen. Dann setzte er sich wieder zu Lucy auf die Bettkante, nahm ihre Hand und streichelte ihr die Stirn.

»Lucy«, sagte er dann mit einem gequälten Blick, »ich muss dich etwas fragen. Hast du Lily gesehen? Sie ist zum Haus gegangen, um dich zu holen, und seitdem ist sie spurlos verschwunden.«

Lucys Gedanken waren verschwommen. Welches Haus? Warum fragte er sie nach Lily? Meinte er vielleicht Lily Millington? Sie war sein Modell, daran konnte Lucy sich erinnern, die junge Frau in dem langen, weißen Kleid. »Mir tut der Kopf weh«, sagte sie.

»Du Armes. Du bist gestürzt und hast das Bewusstsein verloren. Und jetzt komme ich und löchere dich mit Fragen. Tut mir leid, es ist nur …« Er fuhr sich mit einer Hand durchs Haar. »Sie ist weg. Ich kann sie nicht finden, Lucy, und ich mache mir große Sorgen. Sie würde niemals ohne ein Wort gehen.«

Lucy erinnerte sich an einen Schuss in der Dunkelheit. Er war sehr laut gewesen, und jemand hatte geschrien. Sie war weggelaufen und dann – sie schnappte nach Luft.

»Was ist? Hast du etwas gesehen?«

»Fanny!«

Edwards Miene verfinsterte sich. »Es war ganz schrecklich. Die arme Fanny. Ein Eindringling – ich weiß nicht, wer er war … Fanny ist weggelaufen, und ich bin hinter ihr her. Als ich gerade an der Kastanie war, habe ich den Schuss gehört, und ich bin ins Haus gerannt, Lucy, aber ich bin zu spät gekommen. Fanny war schon … und dann habe ich den Mann gesehen, der aus dem Haus geflüchtet und die Straße hinuntergelaufen ist.«

»Lily Millington kannte ihn.«

»Was?«

Lucy war sich selbst nicht sicher, was sie eigentlich meinte, aber sie war sich sicher, dass es stimmte. Da war ein Mann gewesen, und Lucy hatte Angst gehabt, und Lily Millington war auch da gewesen!

»Er war im Haus. Ich hab ihn gesehen. Als ich im Haus war, ist zuerst Lily Millington gekommen und dann der Mann, und die beiden haben miteinander geredet.«

»Und worüber haben sie geredet?«

In Lucys Kopf mischten sich Erinnerungen mit Fantasien und Träumen. Edward hatte ihr eine Frage gestellt, und es war ihr immer wichtig, ihm die richtige Antwort zu geben. Also schloss sie die Augen und versuchte, aus dem bunten Gewirr etwas herauszufischen. »Sie haben über Amerika gesprochen«, sagte sie. »Über ein Schiff. Und über irgendetwas Blaues.«

»Sieh mal einer an …«

Als Lucy die Augen öffnete, stellte sie fest, dass sie nicht länger mit Edward allein im Zimmer war. Zwei Männer waren hereingekommen, während sie sich konzentriert hatte, um die Frage ihres Bruders zu beantworten. Einer der Männer trug einen grauen Anzug, hatte rötliche Koteletten und einen gezwirbelten Schnurrbart, und in der Hand hielt er einen schwarzen Filzhut. Der andere trug ein dunkelblaues Jackett mit Messingknöpfen und einem schwarzen Gürtel; er hatte seinen Hut auf dem Kopf behalten, und vorne drauf befand sich ein silbernes Abzeichen. Lucy begriff, dass es sich um einen Polizisten handelte.

Dann stellte sich heraus, dass beide Männer Polizisten waren. Der kleinere in der blauen Uniform gehörte zur Constabulary von Berkshire und war gerufen worden, weil Birchwood Manor in seinem Zuständigkeitsbereich lag. Der Mann im grauen Anzug war ein Inspector der Metropolitan Police in London, und er war auf Verlangen von Mr. Brown hier, um die Ermittlungen der örtlichen Polizei zu unterstützen. Mr. Brown war Fannys Vater und ein reicher, mächtiger Mann.

Es war Inspector Wesley von der Metropolitan Police, der zuletzt gesprochen hatte, und als Lucy ihn anschaute, sagte er noch einmal: »Sieh mal einer an …«, und fügte diesmal hinzu: »Genau, wie ich vermutet habe.«

Seine Vermutung lautete, wie er Lucy in den folgenden Tagen mehrfach erklärte – und nachdem eine gründliche Durchsuchung des Hauses ergeben hatte, dass der Radcliffe Blue verschwunden war, wie Lucy es angedeutet hatte –, dass Lily Millington an dem Verbrechen beteiligt gewesen war.

»Ein raffinierter Schwindel«, verkündete er, die Daumen ins Revers seines Jacketts gehängt. »Eine skandalöse und äußerst dreiste Intrige. Das haben die beiden minutiös geplant. Als Erstes musste sich eine gewisse Miss Lily Millington bei deinem Bruder als Modell verdingen, um auf diese Weise Zugang zu dem Diamanten zu erlangen. Dann, sobald das Vertrauen deines Bruders gewonnen war, mussten die beiden sich eine Möglichkeit überlegen, wie sie mit ihrer Beute entkommen konnten. Und damit wäre die Geschichte zu Ende gewesen, hätte Miss Brown sie nicht auf frischer Tag ertappt und dafür mit ihrem unschuldigen jungen Leben bezahlt.«

Lucy hörte aufmerksam zu. Es stimmte, was sie zu Edward gesagt hatte: Sie hatte Lily Millington und den Fremden tatsächlich über Amerika und den Radcliffe Blue reden hören, und sie konnte sich sogar erinnern, dass sie die beiden Fahrkarten mit eigenen Augen gesehen hatte. Den Anhänger mit dem Diamanten hatte sie natürlich auch gesehen – er war wunderschön, ein Familienerbstück. Lily Millington hatte ihn getragen. Lucy hatte Lily Millington noch ganz deutlich vor Augen, in ihrem langen, weißen Kleid, die goldene Kette mit dem Anhänger um den Hals. Und jetzt waren Lily und die Fahrkarten verschwunden. Es war anzunehmen, dass sie gemeinsam verschwunden waren. Es gab nur ein Problem. »Mein Bruder hat Lily Millington im Theater kennengelernt. Sie ist nicht auf ihn zugegangen mit der Absicht, sein Modell zu werden.«

Der Inspector verzog die Mundwinkel vor Freude über die Gelegenheit, einem naiven kleinen Ding ein paar Geschichten über die Schattenseiten des Lebens zu erzählen. »Auch das war ein Trick, Miss Radcliffe«, sagte er und hob den Zeigefinger. »Raffiniert und effektiv. Auch das hatten die beiden gemeinsam geplant. Wir haben nur zu oft gesehen, wie solche Leute arbeiten. Denn was ist besser geeignet, die Aufmerksamkeit eines respektablen Gentlemans zu erregen als eine schöne junge Frau in einer dunklen Seitenstraße? Und während Mr. Radcliffe, der Gentleman, sich fürsorglich um die junge Frau gekümmert hat, ist ihr Komplize gekommen, hat ihn beschuldigt, ein Dieb zu sein, und in all der Verwirrung …«, er warf die Arme in die Luft, um seine Worte zu unterstreichen, »… hat er Mr. Radcliffe auch noch geschickt die Brieftasche geklaut.«

Lucy erinnerte sich an das, was Edward über den Abend erzählt hatte, an dem er Lily Millington zum ersten Mal begegnet war. Sie und Clare und ihre Mutter – und selbst das Hausmädchen Jenny, das gerade dabei gewesen war, ihnen

Frühstückstee einzuschenken – hatten verständnisvolle, wissende Blicke ausgetauscht, als Edward berichtet hatte, dass er gezwungen gewesen sei, den weiten Weg bis Hampton zu Fuß zu laufen, weil er so sehr von dem Gesicht der jungen Frau fasziniert gewesen sei, so aufgeregt über die Aussichten, die es ihm böte, dass er darüber irgendwie seine Brieftasche verloren habe. Es war so typisch für Edward, in einem Moment der Inspiration die Welt um sich herum zu vergessen, dass keine von ihnen auf die Idee gekommen war, an seiner Geschichte zu zweifeln – außerdem war seine Brieftasche so leer gewesen wie immer, weswegen auch kein Versuch unternommen wurde, sie wiederzubeschaffen. Aber laut Inspector Wesley hatte Edward die Brieftasche keineswegs verloren, vielmehr hatte dieser Mann namens Martin sie ihm genau in dem Moment gestohlen, als Edward sich ganz auf Lily Millington konzentriert hatte.

»Merk dir meine Worte«, sagte der Inspector. »Denn ich fresse einen Besen, wenn ich mich irre. Wer dreißig Jahre lang den Abschaum auf Londons Straßen bekämpft, kennt sich ein bisschen aus mit den verabscheuungswürdigen Seiten der menschlichen Natur.«

Aber Lucy hatte gesehen, wie Lily Millington Edward angeschaut hatte, sie hatte die beiden zusammen erlebt. Sie konnte nicht glauben, dass das alles nur ein schäbiger Trick gewesen war.

»Diebe, Schauspielerinnen und Illusionisten«, entgegnete der Inspector und tippte sich an die Stirn, als Lucy ihren Einwand vorbrachte. »Die sind alle aus demselben Holz geschnitzt. Alles Heuchler und Trickser.«

Mit den Augen des Inspectors betrachtet, konnte Lucy nachvollziehen, dass Lilys Millingtons Verhalten verdächtig aussah. Und sie hatte sie mit dem fremden Mann zusammen erlebt. Martin hatte sie ihn genannt. »Was machst du hier?«, hatte sie ihn gefragt, und »Du musst gehen, Martin«, hatte sie gesagt, »Ich hab gesagt, in einem Monat«. Und der Mann hatte geantwortet: »Stimmt, aber du bist schnell, eine der Besten.« Dann hatte er die beiden Fahrkarten hochgehalten und etwas gesagt wie: »Amerika … die Neue Welt.«

Aber Lily hatte das Haus nicht mit Martin zusammen verlassen. Das wusste Lucy ganz genau, denn sie selbst hatte sie in dem Versteck am Treppenabsatz eingeschlossen. Sie erinnerte sich noch, wie stolz sie gewesen war, als sie Lily das Versteck gezeigt hatte.

Lucy versuchte, das dem Inspector zu erklären, doch der antwortete nur: »Ich weiß Bescheid über das Priesterversteck, kleine Lady, da hattest du dich verkrochen, nicht Lily Millington.« Er erinnerte sie an ihre Kopfverletzung und riet ihr, sich auszuruhen, dann rief er den Arzt. »Die Kleine ist wieder verwirrt, Doktor. Ich fürchte, ich habe sie mit meinen Fragen überanstrengt.«

Und Lucy war tatsächlich verwirrt. Denn Lily Millington konnte unmöglich die ganze Zeit in dem Versteck am Treppenabsatz geblieben sein. Es war jetzt vier Tage her, dass Martin nach Birchwood gekommen war. Lucy erinnerte sich gut, wie es sich angefühlt hatte, in dem engen Hohlraum zu liegen, dass sie kaum Luft zum Atmen gehabt hatte und wie panisch sie wieder hinausgekrabbelt war. Lily Millington hätte längst um Hilfe gerufen. So lange konnte es niemand in dem Hohlraum aushalten.

Vielleicht hatte Lucy doch alles durcheinandergeworfen? Vielleicht hatte sie Lily Millington gar nicht in dem Versteck eingeschlossen? Oder vielleicht hatte Martin sie wieder herausgelassen, und die beiden waren zusammen geflüchtet, genau wie der Inspector es gesagt hatte. Hatte Lily ihr nicht selbst erzählt, dass sie in Covent Garden aufgewachsen sei, dass sie den Trick mit den Münzen von einem französischen Illusionisten gelernt habe? Hatte sie sich nicht selbst als Taschendiebin bezeichnet? Lucy hatte das für einen Scherz gehalten, aber was, wenn Lily Millington wirklich die ganze Zeit mit diesem Martin unter einer Decke gesteckt hatte? Was sonst hätte sie damit meinen können, als sie zu ihm gesagt hatte, sie werde einen Monat brauchen? Vielleicht hatte sie Lucy deshalb gedrängt, zum Wald zurückzulaufen, damit die beiden in Ruhe …

Lucy bekam Kopfschmerzen. Sie schloss die Augen ganz fest. Der Sturz musste ihre Erinnerungen durcheinandergebracht haben, so wie der Inspector es gesagt hatte. Sie hatte immer allergrößten Wert darauf gelegt, sich präzise auszudrücken, und konnte es nicht leiden, wenn jemand Sachverhalte verkürzte oder nur ungefähr erklärte und nicht einsah, dass Präzision wichtig war. Und so entschloss sie sich, nichts mehr zu dem Thema zu sagen, bis sie sich zu hundert Prozent sicher war, dass das, woran sie sich erinnerte, der Wahrheit entsprach und korrekt war.

Edward weigerte sich natürlich, die Theorie des Inspectors zu akzeptieren. »Sie hätte mich niemals bestohlen, und sie hätte mich niemals verlassen. Wir wollten heiraten«, sagte er. »Ich habe um ihre Hand angehalten, und sie hat Ja gesagt. Ich habe eine Woche bevor wir nach Birchwood gefahren sind, meine Verlobung mit Miss Brown aufgelöst.«

Jetzt griff Fannys Vater ein. »Der Junge steht unter Schock«, sagte Mr. Brown. »Er kann nicht klar denken. Meine Tochter hat sich auf die Hochzeit gefreut und noch an dem Morgen vor ihrer Abreise nach Birchwood mit meiner Frau über die Hochzeitspläne gesprochen. Sie hätte es mir mit Sicherheit mitgeteilt, wenn die Verlobung aufgelöst worden wäre. Aber sie hat nichts dergleichen verlauten lassen. Hätte sie es getan, hätte ich meine Anwälte eingeschaltet, das versichere ich Ihnen. Meine Tochter hatte einen tadellosen Ruf. Gentlemen, die wesentlich mehr zu bieten hatten als Mr. Radcliffe, haben um ihre Hand angehalten, aber sie hatte sich für ihn entschieden. Eine Auflösung der Verlobung hätte den Namen meiner Tochter ruiniert, und das hätte ich auf gar keinen Fall hingenommen.« Und dann war der mächtige Mann in Tränen ausgebrochen. »Meine Frances war eine respektable Frau, Inspector Wesley. Sie wollte ein Wochenende zu ihrem Verlobten aufs Land fahren, der mit ein paar Künstlerfreunden den Sommer in seinem neuen Haus verbrachte. Ich habe dem zugestimmt. Wenn sie nicht mit Mr. Radcliffe verlobt gewesen wäre, hätte ich ihr diesen Ausflug selbstredend niemals erlaubt, und sie hätte mich auch nicht darum gebeten.«

Inspector Wesley und der Polizist aus Berkshire waren mit dieser Erklärung zufrieden, vor allem, nachdem Thurston diese bekräftigt hatte, der den Inspector beiseitegenommen und ihm erklärt hatte, er sei Edwards engster Vertrauter und könne ihm versichern, dass sein Freund mit keinem Wort eine Auflösung der Verlobung mit Fanny Brown und erst recht keine Verlobung mit seinem Modell Lily Millington erwähnt habe. »Ich hätte ihm das auch sofort ausgeredet«, sagte Thurston. »Fanny war eine wunderbare junge Frau, und sie hatte einen guten Einfluss auf Edward. Es ist kein Geheimnis, dass Edward stets ein bisschen exaltiert ist, und sie hat ihn immer wieder auf den Boden der Tatsachen zurückgebracht.«

»Die Waffe, mit der die Tat begangen wurde, gehörte Ihnen, ist das richtig, Mr. Holmes?«, fragte der Inspector.

»Leider ja. Sie dient eigentlich nur dekorativen Zwecken. Ein Geschenk von Mr. Radcliffe, übrigens. Ich war genauso schockiert wie alle anderen, dass sie geladen und funktionstüchtig war.«

Lucys Großvater, der vom Verschwinden des Radcliffe Blue erfahren hatte, war inzwischen aus Beechworth angereist und rundete die Beschreibung von Edwards Charakter ab: »Er hatte schon als Kind die verrücktesten Ideen und Neigungen.

In den Jahren, in denen er zum Mann heranwuchs, bin ich manches Mal verzweifelt. Für mich war es eine große Erleichterung, als er mir seine Verlobung mit Miss Brown ankündigte. Endlich schien er auf den richtigen Weg geraten zu sein. Er und Miss Brown wollten heiraten, und wenn Edward jetzt etwas anderes behauptet, kann das nur bedeuten, dass er den Verstand verloren hat. Was natürlich verständlich ist angesichts solch schrecklicher Ereignisse, vor allem bei einem sensiblen Künstler.«

Mr. Brown und Lord Radcliffe hätten recht, sagte Thurston ernst; Edward befinde sich in einem Schockzustand. Er habe nicht nur seine geliebte Verlobte verloren, sondern müsse sich zudem eingestehen, die grauenhaften Ereignisse selbst verschuldet zu haben, indem er Lily Millington und ihren Komplizen in die Freundesgruppe eingeführt habe. »Dabei war er gewarnt«, fuhr er fort. »Ich selbst habe ihn schon vor Monaten darauf hingewiesen, dass mehrere Wertgegenstände aus meinem Atelier fehlten, nachdem er mir in Begleitung seines Modells einen Besuch abgestattet hatte. Darüber war er so erbost, dass er mir ein blaues Auge verpasst hat.«

»Welche Wertgegenstände wurden Ihnen denn gestohlen, Mr. Holmes?«

»Ach, im Nachhinein betrachtet, waren es nur Kleinigkeiten, Inspector. Nichts, wofür es sich lohnen würde, Ihre Zeit zu vergeuden. Ich weiß ja, wie beschäftigt Sie sind. Es freut mich, dass ich einen kleinen Beitrag dazu leisten konnte, diese schlimme Sache aufzuklären. Wenn ich daran denke, dass mein Freund einem Betrügerpärchen auf den Leim gegangen ist, gerät mein Blut in Wallung. Ich mache mir große Vorwürfe, dass ich das alles nicht eher durchschaut habe. Wir können von Glück reden, dass Mr. Brown Sie zu uns geschickt hat.«

Lilys Ruf war endgültig ruiniert, als der Inspector eines Tages kam und verkündete, Lily Millington sei gar nicht ihr richtiger Name gewesen. »Meine Leute in London haben sich umgehört und Geburts- und Sterbeurkunden studiert, und die einzige Lily Millington, die sie finden konnten, war ein armes Mädchen, das 1851 in einem Wirtshaus in Covent Garden totgeschlagen wurde. Sie wurde als kleines Kind von ihrem Vater an kriminelle Pflegeeltern verkauft. Kein Wunder, dass sie nicht überlebt hat.«

Damit war der Fall gelöst. Selbst Lucy musste akzeptieren, dass der Inspector recht hatte. Sie waren alle hereingelegt worden. Lily Millington war eine Lügnerin und Diebin, und sie hieß nicht einmal mit richtigem Namen Lily Millington. Und jetzt war das treulose Modell mit dem Radcliffe Blue und dem Mann, der Fanny erschossen hatte, in Amerika.

Die Ermittlungen wurde eingestellt, und der Inspector und der Constable verabschiedeten sich von Mr. Brown und Lord Radcliffe mit der Versicherung, ihre Kollegen in New York zu kontaktieren in der Hoffnung, zumindest den Diamanten wiederzubeschaffen.

Nachdem der schöne Sommer ein derart abruptes Ende gefunden und die Regenzeit eingesetzt hatte, blieben die Mitglieder der Magenta Brotherhood, unentschlossen, wie es weitergehen sollte, noch in Birchwood Manor. Aber Edward war mit den Nerven am Ende, und seine Wut und Verzweiflung vergifteten die Atmosphäre. Da sie nicht in der Lage war, ihm zu helfen, ging Lucy ihm aus dem Weg. Sein Unglück indessen war ansteckend, und sie konnte sich auf rein gar nichts konzentrieren. Da sie stets eine unerklärliche Angst im Treppenhaus befiel, wo all das Unglück seinen Lauf genommen hatte, zog sie es vor, eine kleine Nebentreppe am anderen Ende des Hauses zu benutzen.

Schließlich hielt Edward es nicht länger aus. Er packte seine Sachen. Zwei Wochen nach Fannys Tod wurden die Vorhänge zugezogen und die Türen verriegelt. Schließlich rumpelten zwei Pferdekutschen über die Straße von Birchwood und brachten sie alle zurück nach London.

Lucy, die in der zweiten Kutsche saß, drehte sich um und schaute zurück zu dem Haus, bis es immer kleiner und kleiner wurde. Einen Moment lang meinte sie zu sehen, wie ein Vorhang in einem der Dachfenster sich bewegte. Aber sie wusste, dass das nur Edwards Geschichte war, die Schreckensnacht, die ihr einen Streich spielte.

Kapitel 28

In London war nichts mehr, wie es vorher gewesen war. Edward reiste fast sofort ab in Richtung Kontinent, ohne eine Adresse anzugeben. Lucy wusste nicht, was aus seinem letzten Gemälde geworden war. Nach seiner Abreise grub sie den versteckten Schlüssel zu seinem Atelier aus und schaute dort nach, aber es war nicht da. Mehr noch, es war überhaupt keine Spur mehr von Lily Millington in dem Atelier zu finden: All die zahllosen Skizzen und Studien, die Edward im Lauf der Zeit angefertigt hatte, waren von den Wänden verschwunden. Es war, als hätte Edward gewusst, dass er nie wieder in seinem Gartenatelier in Hampstead malen würde.

Auch Clare blieb nicht lange. Sie hatte es aufgegeben, Thurston nachzustellen, heiratete den ersten wohlhabenden Gentleman, der um ihre Hand anhielt, und zog mit ihm in ein großes, seelenloses Landhaus, von dem ihre Großmutter natürlich hellauf begeistert war. Innerhalb kurzer Zeit bekam sie zwei Kinder, dick und pausbäckig wie Putten, und manchmal, wenn Lucy zu Besuch war, sagte sie, sie hätte noch gern ein drittes, wenn ihr Mann nur geruhen würde, mehr als eine Woche pro Monat bei ihr zu Hause zu verbringen.

Im Jahr 1863, dem Jahr, in dem Lucy vierzehn wurde, wohnten also nur noch sie und ihre Mutter im Haus. Alles war so schnell gegangen, dass beide gar nicht recht wussten, wie sie mit der Situation umgehen sollten. Wenn sie einander in einem Zimmer begegneten, schauten sie sich überrascht an, dann entschuldigte sich eine von ihnen – meist Lucy –, um sich die Peinlichkeit zu ersparen, dass sie kein Gesprächsthema hatten.

Lucy wurde allmählich erwachsen, aber von der Liebe wollte sie nichts wissen. Sie hatte gesehen, was die Liebe anrichten konnte. Lily Millington hatte Edward verlassen, und daran war er zerbrochen. Das war Lucy Warnung genug. Einen anderen Menschen zu lieben war ihr zu kompliziert. Dafür liebte sie die Wissenschaft umso mehr. Sie dürstete nach immer mehr Wissen und konnte neue Informationen gar nicht schnell genug aufsaugen. Immer wenn sie ein Buch gelesen hatte, waren zehn neue erschienen, immer wenn sie eine Theorie verstanden hatte, waren zehn weitere entwickelt worden. Manchmal lag sie nachts wach und überlegte, wie sie ihre Lebenszeit am effektivsten nutzen konnte: Ein Leben reichte einfach nicht aus, um alles zu lernen, was man wissen wollte.

Einmal – da war sie sechzehn –, als sie ihr Zimmer umräumte, um Platz für ein weiteres Bücherregal zu machen, stieß sie auf den kleinen Koffer, den sie im Sommer 1862 mit nach Birchwood genommen hatte. Sie hatte ihn nach ihrer Rückkehr ganz hinten in den Schrank unter der Fensterbank geschoben, weil sie alles, was in Birchwood passiert war, hatte vergessen wollen, und hatte seitdem nicht mehr an ihn gedacht. Aber Lucy war ein vernünftiges Mädchen, und jetzt, wo sie den Koffer ganz unerwartet gefunden hatte, wäre es albern gewesen, nicht hineinzuschauen.

Sie öffnete ihn, und zu ihrer Freude lag obenauf ihr Exemplar von Faradays *Naturgeschichte einer Kerze*. Darunter kamen zwei weitere Bücher zum Vorschein. Sie erinnerte sich, dass sie das eine damals auf dem obersten Regal in der Bibliothek von Birchwood Manor entdeckt hatte. Lucy schlug es auf, ganz vorsichtig, weil der Rücken nur noch an wenigen Fäden hing. Die alten Briefe und auch die Pläne, in die die Priesterverstecke eingezeichnet waren, befanden sich immer noch in dem Hohlraum.

Sie legte die Bücher beiseite und nahm das Kleid aus dem Koffer, das daruntergelegen hatte. Sie erkannte es sofort. Es war das Kostüm, das sie für die Fotografie getragen hatte, die Felix unten an der Themse machen wollte. Jemand musste es ihr nach jenen verhängnisvollen Ereignissen ausgezogen haben, denn als sie in dem Zimmer mit der gelb gestreiften Tapete in dem Gasthaus aufgewacht war, hatte sie ein Nachthemd angehabt. Lucy erinnerte sich, wie sie das Kostüm später zusammengeknüllt und achtlos in ihren Koffer gestopft hatte, denn es bereitete ihr ein unangenehmes Gefühl. Jetzt hielt sie es sich an, um zu sehen, ob es sie immer noch gruselte. Nichts passierte. Nein, überhaupt nichts. Ihr wurde nicht heiß, ihr Herz begann nicht zu rasen. Trotzdem wollte sie das Kleid nicht behalten; sie würde es Jenny geben, die sollte Putzlappen daraus machen. Vorher, weil man das so machte, drehte sie natürlich noch die Taschen nach links, auch wenn sie nicht damit rechnete, etwas anderes als Flusen darin zu finden.

Aber was war das? In einer Tasche ertastete sie etwas Hartes, Rundes.

Sie sagte sich, dass es sich um einen Kiesel handeln musste, den sie am Themseufer aufgelesen hatte, doch noch während sie das dachte, wusste sie es besser. Ihr Magen zog sich zusammen, Angst überkam sie. Sie brauchte nicht nachzusehen. Es war, als hätte sich ein Vorhang geöffnet, sodass helles Licht die verstaubte Bühne ihrer Erinnerung erhellte.

Der Radcliffe Blue.

Jetzt erinnerte sie sich wieder.

Sie selbst hatte ihn sich umgelegt. Nachdem sie nicht mehr für das Foto gebraucht wurde, war sie wutentbrannt ins

Haus gelaufen, und in Edwards Zimmer hatte sie die Halskette mit dem Diamanten gefunden. Seit dem Tag, als sie in Birchwood angekommen waren, hatte sie immer an Lily Millington denken müssen, hatte sie mit Edwards Augen gesehen und sich gewünscht, wie sie zu sein. Und mit der Kette um den Hals hatte sie eine Ahnung davon bekommen – nur einen kurzen Moment lang –, wie es sein musste, Lily Millington zu *sein*, von Edward angeschaut und bewundert zu werden.

Sie hatte vor dem Spiegel gestanden, als Lily Millington plötzlich hinter ihr aufgetaucht war. Hastig hatte sie die Kette abgenommen, um sie wieder in das Schmuckkästchen zu legen, doch da war dieser Mann aufgetaucht, Martin, und hatte versucht, Lily mitzunehmen. Und da hatte Lucy den Diamanten in ihre Tasche gleiten lassen. Und genau dort befand er sich immer noch.

Damals hatte Lucy die Geschichte des Inspectors schließlich geglaubt, aber als sie jetzt den Radcliffe Blue vor sich sah, begann das so sorgfältig gefügte Bild sich aufzulösen. Es war ganz einfach: Wenn das Familienerbstück nicht gestohlen worden war, hatte es auch kein Motiv gegeben! Zwar hatten die Behörden in New York bestätigt, dass ein Ehepaar mit den Namen »Mr. und Mrs. Radcliffe« in die Vereinigten Staaten eingereist war, aber diese Fahrkarten hätte jeder benutzen können. Der Letzte, der sie in der Hand gehalten hatte, war dieser widerliche Martin gewesen, daran konnte Lucy sich erinnern. Edward hatte ihn aus dem Haus flüchten sehen. Womöglich hatte Martin eine Fahrkarte selbst benutzt und die andere verkauft. Oder er hatte sie beide verkauft.

Dann war da noch die Sache mit dem Geheimversteck am Treppenabsatz. Wenn Lily Millington zusammen mit Martin geflüchtet wäre, hätte sie sich ihm bemerkbar machen müssen, und er hätte herausbekommen müssen, wie die Geheimtür sich öffnen ließ. Lucy hatte genaue Anweisungen gehabt, und selbst dann war es noch ziemlich kompliziert gewesen. Der Mann hätte Zeit gebraucht, um Lily zu finden, und noch mehr Zeit, um sie zu befreien. Dafür war Fanny viel zu schnell da gewesen. Und gleich nach ihr war Edward gekommen. Martin hatte gar keine Zeit gehabt, Lily Millington aus ihrem Versteck zu befreien.

Außerdem hatte Lucy gesehen, wie angstvoll Lily diesen Martin angeschaut hatte; und wie sie Edward angeschaut hatte. Und Edward hatte Lily Millington geliebt, daran bestand kein Zweifel. Nach ihrem Verschwinden war er nur noch ein Schatten seiner selbst gewesen.

Dass Lily Millington verschwunden war, stand außer Frage. Seit jenem Tag damals hatte sie niemand mehr gesehen. Lucy war die Letzte gewesen, die sie gesehen hatte – und zwar als sie sie in dem Versteck eingeschlossen hatte.

Jetzt, zwanzig Jahre später, erhob sich Lucy von dem Stuhl auf dem Treppenabsatz und rang ängstlich die Hände. Dann ließ sie die Arme hängen.

Ihr blieb keine andere Wahl, es hatte keinen Zweck, es weiter hinauszuschieben. Wenn sie in diesem Haus ein Internat einrichten wollte, und dazu fühlte sie sich verpflichtet, musste sie die Wahrheit erfahren. Es würde an ihren Plänen nichts ändern. Sie konnte die Zeit nicht zurückdrehen, und es war sinnlos, sich zu wünschen, alles wäre anders gekommen.

Lucy schob den Stuhl beiseite, kniete sich auf den Boden und betrachtete die Stufe.

Es war wirklich eine ausgeklügelte Konstruktion. Wer nicht Bescheid wusste, würde niemals vermuten, dass es sie gab. Während der Reformation, als katholische Priester von den Schergen der Königin gesucht wurden, hatten solche Verstecke Sicherheit bedeutet. Lucy hatte seitdem recherchiert und herausgefunden, dass allein dieses Versteck sechs Priestern das Leben gerettet hatte.

Sie wappnete sich, dann drückte sie gegen die Enden des Bretts und öffnete die Geheimtür.

Kapitel 29

Lucy warf einen Blick in die geheime Kammer und schlug die Klappe sofort wieder zu. So lange unterdrückte Gefühle überfielen sie, und ein Wehklagen entrang sich ihrer Kehle. Es war der Gram über all die Jahre, seit sie den Diamanten entdeckt hatte, in denen sie das Wissen um das, was sie getan hatte, mit sich herumgetragen hatte, es war die Trauer um Lily Millington, die immer freundlich zu ihr gewesen war, die Edward geliebt hatte; und vor allem die Trauer darüber, dass sie Edward nicht vertraut hatte, dass sie ihren geliebten Bruder verraten hatte, indem sie die Geschichte des Inspectors geglaubt hatte.

Als sie endlich wieder normal atmen konnte, ging sie nach unten. Im Grunde ihres Herzens hatte sie gewusst, was sie in dem Versteck finden würde. Und, noch entscheidender, auch vom Verstand her hatte sie es gewusst. Lucy bildete sich etwas darauf ein, dass sie ein rational denkender Mensch war, und so war sie nicht unvorbereitet hergekommen. In London, in sicherer Entfernung von Birchwood, war sie alle infrage kommenden Szenarien durchgegangen und hatte sich genau überlegt, wie sie vorgehen würde. Doch jetzt, wo sie hier war, fühlte sich alles ganz anders an. Ihre Hand zitterte so sehr, dass sie nicht in der Lage war, den Brief zu schreiben, den sie an Mr. Rich Middleton in der Duke Street in Chelsea schicken wollte. Damit hatte sie nicht gerechnet.

Sie machte einen Spaziergang an die Themse, um ihre Nerven zu beruhigen. Schneller als erwartet erreichte sie den Steg, von dem aus sie in Richtung Wäldchen abbog. Ohne dass sie das geplant hatte, ging sie genau den Weg zurück, den sie an jenem Tag genommen hatte, als sie wütend ins Haus gerannt war.

Sie ging zu der Stelle, an der Felix das Foto hatte aufnehmen wollen. Sie sah sie alle in ihren Kostümen vor sich, sich selbst als Dreizehnjährige, wie sie zornig und beleidigt über die Blumenwiese rannte. Wie sie den Diamanten fand, ihn aus dem Samtkästchen nahm und sich die Kette anlegte, wie sie Lily Millington das Versteck zeigte und all das Schreckliche, das sich danach ereignen sollte, ins Rollen brachte. Nein, sie wollte das alles nicht noch einmal in Gedanken durchgehen. Sie machte kehrt und ging zurück zum Ufer.

Als sie den Radcliffe Blue in ihrem alten Koffer entdeckt hatte, war ihr sofort klar gewesen, dass sie ihn verstecken musste, nur wo? Sie hatte überlegt, ihn auf dem Hampstead Heath zu vergraben, ihn ins Abwasserrohr zu werfen oder in den Ententeich im Vale of Health – doch ihre Schuldgefühle ließen sie einen Plan nach dem anderen verwerfen. Sie wusste, dass es irrational war zu fürchten, dass ein Hund den Stein ausgraben und nach Hause tragen könnte, dass eine Ente ihn verschlucken und wieder ausscheiden könnte und ein waches Kind mit Adleraugen ihn finden würde. Ebenso irrational war die Vorstellung, dass man, vorausgesetzt, dass so etwas Unwahrscheinliches geschah, den Diamanten zu ihr zurückverfolgen konnte. Aber Lucy wusste schon lange, dass Schuldgefühle nichts mit Rationalität zu tun hatten.

Und in Wirklichkeit war die Sorge, dass das wiederaufgetauchte Familienerbstück die Aufmerksamkeit auf sie lenken könnte, nur ein Teil des Problems. Viel schwerer wog die

Erkenntnis, die mit den Jahren immer deutlicher geworden war, dass unendlich viel Leid vergebens gewesen wäre, wenn die offizielle Version der Geschichte jetzt widerlegt werden würde. Unerträglich, sich vorzustellen, dass Edwards Irrfahrt hätte verhindert werden können, dass er, wenn sie ihm die Wahrheit anvertraut hätte, um Lily Millington getrauert, aber dann damit abgeschlossen und sein Leben wieder in die Hand genommen hätte.

Nein, der Diamant durfte nie wieder auftauchen, wenn die Geschichte glaubwürdig bleiben sollte. Es war viel zu viel geschehen, um etwas anderes akzeptieren zu können. Nur Lucy würde die Wahrheit kennen, und sie allein würde mit der Wahrheit leben müssen. Da es unmöglich war, etwas rückgängig zu machen, schien ihr ewige Sühne und Einsamkeit eine angemessene Strafe zu sein.

Ursprünglich hatte sie vorgehabt, sich der Kette zusammen mit allem anderen in dem Sarg zu entledigen, doch als sie jetzt am Ufer der Themse stand, die hier so anders war als in London, konnte sie plötzlich nicht länger warten. Sie musste den Diamanten loswerden. Die Themse war der perfekte Ort. Die Erde gab ihre Geheimnisse zu bereitwillig preis, aber die Themse würde ihren Schatz in den tiefen Ozean tragen.

Lucy nahm den Radcliffe Blue aus der Tasche. Welch ein herrlicher Stein. Welch ein seltenes Stück.

Ein letztes Mal hielt sie den Diamanten ins Licht. Dann warf sie ihn in den Fluss und ging zurück zum Haus.

Vier Tage später traf der Sarg ein. Lucy hatte die Bestellung bereits in London aufgegeben und dem Mann erklärt, sie werde ihm schreiben und ihn wissen lassen, wann und wohin der Gegenstand geliefert werden solle. Sie hatte durchaus die Möglichkeit in Betracht gezogen, dass sich der Aufwand als unnötig erweisen und das Geld vergeudet sein würde, hatte das jedoch letztendlich als unwahrscheinlich erachtet.

Sie hatte dem Sargtischler und Leichenbestatter Mr. Rich Middleton in der Duke Street in Chelsea erklärt, dass sie einen ungewöhnlich kleinen Sarg brauchen würde, und ihm ihre besonderen Wünsche genannt.

»Dreifache Bleiverkleidung?«, hatte er wiederholt und sich das strohige Haar unter dem ramponierten Zylinder gekratzt. »Das brauchen Sie doch gar nicht. Nicht für einen Kindersarg.«

»Ich habe weder etwas von einem Kindersarg gesagt, Mr. Middleton, noch um Ihre Meinung gebeten. Ich habe Ihnen erklärt, was ich brauche, und wenn Sie meinen Wünschen nicht entsprechen können, werde ich den Sarg woanders anfertigen lassen.«

Er hatte die rosigen, weichen Hände gehoben und geantwortet: »Es ist Ihr Geld. Wenn Sie eine dreifache Bleiverkleidung wünschen, dann werden Sie sie bekommen, Miss …?«

»Millington. Miss L. Millington.«

Es war eine verwegene Namenswahl und ein für sie ungewöhnlicher Anfall von Sentimentalität. Aber sie konnte ja schlecht ihren richtigen Namen angeben. Außerdem war Edward tot und Fanny ebenfalls – schon seit zwanzig Jahren. Niemand suchte mehr nach Lily Millington.

Nachdem Mr. Middleton sich alles notiert hatte, ließ Lucy es sich noch einmal vorlesen. Zufrieden hatte sie ihn gebeten, ihr die Rechnung auszustellen.

»Brauchen Sie ein Gefolge für den Trauerzug? Totenkläger?«

Nein, hatte Lucy erwidert, sie brauche nichts dergleichen.

Der kleine Sarg wurde von einem Gepäckträger vom Bahnhof zum Haus gebracht. Stöhnend wuchtete der Mann die schwere Last von seinem Karren. Die Kiste, in der der Sarg verschickt worden war, ließ keine Rückschlüsse auf ihren Inhalt zu, doch der Mann war so taktlos nachzufragen. »Eine Vogeltränke«, antwortete Lucy. »Aus Marmor.« Sie gab dem Mann ein großzügiges Trinkgeld, was seine Laune erheblich verbesserte. Er ließ sich sogar dazu überreden, die Kiste zu der Stelle im Vorgarten zu tragen, wo die Vogeltränke aufgestellt werden sollte, gleich neben dem Eingangstor. Dort hatte Lucy Lily Millington vorgefunden, als sie nach Edward gesucht hatte, um ihm von den geheimen Verstecken zu erzählen. Lily war auf dem Weg ins Dorf gewesen, um einen Brief aufzugeben. »Ich möchte die Vogeltränke aus so vielen Fenstern wie möglich sehen können«, erklärte sie jetzt dem Gepäckträger, obwohl er gar nicht danach gefragt hatte.

Nachdem der Mann gegangen war, öffnete Lucy die Kiste, um ihren Inhalt zu begutachten. Ihr erster Eindruck war, dass Mr. Rich Middleton sehr gute Arbeit geleistet hatte. Das Blei war wichtig. Lucy konnte nicht voraussehen, wie lange der Sarg unentdeckt bleiben würde, doch sie hatte genug über vergrabene Schätze gelesen, um zu wissen, dass Blei nicht rostete. Sie wollte einige Dinge vergraben, und sie hoffte, dass sie möglichst lange verborgen bleiben würden, aber sie brachte es nicht fertig, sie zu vernichten. Deswegen hatte Lucy darauf bestanden, dass der Sargdeckel sich absolut dicht verschließen ließ. Wie oft geschah es, dass Archäologen Urnen entdeckten, die Tausende Jahre überdauert hatten, nur um festzustellen, dass ihr Inhalt verrottet war. Sie wollte verhindern, dass Luft oder Wasser in den Sarg eindrangen. Der Sarg durfte nicht verrotten, und es durften nicht mit der Zeit Risse darin entstehen. Denn eines Tages würde ihn jemand finden, davon war Lucy überzeugt.

Mit der Schaufel, die sie in der Scheune gefunden hatte, brauchte sie mehrere Stunden, um ein ausreichend tiefes Loch zu graben. Ihre Muskeln schmerzten von der ungewohnten Anstrengung, und sie musste ihre Arbeit mehrmals unterbrechen. Sie stellte jedoch fest, dass es nach einer Pause nur noch schlimmer wurde, und so zwang sie sich schließlich weiterzugraben.

Dann musste der Sarg gefüllt werden. Als Erstes legte sie das *Daemonologie*-Buch hinein, in dessen Hohlraum sich der Brief von Nicholas Owen und seine Pläne für die Priesterverstecke befanden. Lucy war auf den Dachboden gestiegen, wo zu ihrer Erleichterung die Truhe mit den Kostümen noch an derselben Stelle stand. Auch das weiße Kleid, das Lily Millington getragen hatte, wenn sie für Edward Modell gesessen hatte, war noch dort gewesen. Lucy hatte die Knochen aus dem Priesterversteck in das Kleid gewickelt, und jetzt legte sie das Bündel vorsichtig in den Sarg. Nach zwanzig Jahren war nicht mehr viel von Lily Millington übrig.

Zum Schluss legte sie noch einen Brief dazu (auf Baumwollpapier, säurefrei), in dem sie beschrieben hatte, was sie über die Frau wusste, deren sterbliche Überreste sich in dem Sarg befanden. Es war nicht einfach gewesen, die Wahrheit in Erfahrung zu bringen, aber Lucy war eine Expertin im Finden von Informationen über die Vergangenheit, und wenn sie einmal mit der Suche begann, ließ sie nicht locker. Als Ausgangspunkt hatte sie nur das gehabt, was Lily Millington ihr selbst erzählt hatte, was Edward ihr berichtet hatte, und ihre Erinnerung an das, was dieser Martin an jenem Nachmittag gesagt hatte.

Stück für Stück hatte sie die Geschichte zusammengetragen: die Wohnung über dem Vogelhändler in der White Lion Street, die Zimmer im Schatten der St. Anne's Kirche, die frühen Jahre am Ufer der Themse, die Geburt eines Mädchens im Juni 1844, Mutter Antonia, älteste Tochter von Lord Albert Stanley, Vater Peter Bell, Uhrmacher, wohnhaft in der Wheatsheaf Lane 43, Fulham.

Lucy versiegelte den Sargdeckel, als die Sonne hinter den zwei Giebeln unterging. Sie merkte, dass sie weinte. Um Edward und um Lily und auch um sich selbst, die eine Schuld auf sich geladen hatte, von der sie niemals wieder frei sein würde.

Der Gepäckträger hatte recht gehabt – der Sarg war furchtbar schwer –, aber die Jahre, die sie in der Natur verbracht hatte, hatten Lucy stark gemacht. Außerdem besaß sie einen eisernen Willen, und so gelang es ihr schließlich, den Sarg in das Loch zu schieben. Dann schaufelte sie die Erde wieder hinein und trat sie fest.

Alle religiösen Gefühle, die Mr. Darwin ihr nicht ausgetrieben hatte, waren ihrer Lebenserfahrung zum Opfer gefallen, deswegen sprach sie kein Gebet an dem frischen Grab. Aber ganz schmucklos sollte das Grab nicht bleiben, und Lucy hatte auch schon sich überlegt, was am besten passen würde.

Sie würde einen Japanischen Ahorn auf das Grab pflanzen. Sie hatte das Bäumchen bereits besorgt, klein, mit heller Rinde und zierlichen, langen Ästen, zart, aber kräftig. Es war einer von Edwards Lieblingsbäumen gewesen, mit rotem Laub, das im Herbst kupferfarben leuchtete, genau wie Lily Millingtons Haar. Nein, nicht Lily Millingtons Haar, korrigierte sich Lucy, das war nicht ihr wirklicher Name gewesen.

»Albertine«, flüsterte Lucy und dachte an jenen milden Nachmittag in Hampstead, als sie zum ersten Mal das rote Haar durch das Fenster gesehen hatte und ihre Mutter sie angewiesen hatte, zwei Tassen Tee ins Atelier zu bringen. »Dein Name war Albertine Bell.«

Birdie für die, die sie geliebt hatten.

Lucy betrachtete das frische Grab neben dem Eingangstor, und so bemerkte sie nicht das Leuchten im Dachfenster, als sie die Worte aussprach. Als hätte jemand dort oben ein Licht eingeschaltet.

XI

Wie gesagt. Ich verstehe nicht, wie es sein kann, und es ist niemand hier, den ich fragen kann.

Irgendwie, ohne zu verstehen, warum und wie, war ich auf einmal aus dem Versteck heraus. Ich bewegte mich zwischen ihnen wie vorher, und doch war nichts so wie vorher.

Wie viele Tage waren vergangen? Ich weiß es nicht. Zwei oder drei. Sie wohnten nicht mehr hier, als ich zurückkam.

Die Betten blieben nachts leer, und tagsüber kam hin und wieder jemand, um ein paar Kleidungsstücke oder andere persönliche Gegenstände zu holen.

Fanny war tot. Ich hörte die Polizisten über »die arme Miss Brown« reden. Das erklärte den Schuss, aber nicht den Rums.

Ich hörte sie auch über den Radcliffe Blue reden und über die Fahrkarten nach Amerika.

Die Polizisten redeten auch über mich. Sie haben alles eingesammelt, was mir gehörte. Was Lily Millington gehörte.

Und als mir klar wurde, was sie dachten, war ich zutiefst bestürzt.

Ich habe mich gefragt, was Edward glaubte. Hatten sie ihm dieselbe Theorie unterbreitet? Glaubte er ihnen?

Als er schließlich ins Haus kam, war er blass und fahrig. Er ist ins Maulbeerzimmer gegangen, hat sich auf den Schreibtisch gestützt und zur Themse hinausgeschaut. Hin und wieder hat er sich im Zimmer umgesehen, meine Uhr betrachtet, die tickenden Zeiger. Er hat nichts gegessen und nicht geschlafen.

Sein Skizzenbuch hat er nicht angerührt, und überhaupt schien er jedes Interesse am Malen verloren zu haben.

Ich bin bei ihm geblieben. Ich bin ihm auf Schritt und Tritt gefolgt. Ich habe geweint, ich habe geschrien, ich habe ihn angefleht, ich habe mich neben ihn gelegt und versucht, ihm zu sagen, wo ich war. Über die Jahre habe ich bestimmte Fähigkeiten entwickelt, aber damals, am Anfang, habe ich mich vergeblich verausgabt.

Und dann sind sie alle fortgegangen, und ich konnte sie nicht aufhalten.

Sie sind in die Kutschen gestiegen und abgefahren, und ich war allein. Lange, lange Zeit war ich allein. Ich habe mich in die Wärme und Stille des Hauses zurückgezogen, bin zwischen den Bodendielen hindurchgeschlüpft und in der Dunkelheit verschwunden.

Bis ich eines Tages aus der Dunkelheit befreit wurde durch die Ankunft meiner ersten Besucherin.

Und als mein Name, mein Leben, meine Geschichte begraben wurden, habe ich gemerkt, dass ich, die ich einst das Licht hatte einfangen wollen, selbst zu gefangenem Licht geworden war.

Teil 4

Gefangenes Licht

Kapitel 30

Sommer 2017

Der Tag brach mit dieser spannungsgeladenen Klarheit an, die nur nach einem nächtlichen Gewitter möglich ist.

Als Erstes fiel Jack auf, dass er nicht in dem verdammt unbequemen Bett in der Mälzerei lag. Da, wo er sich befand, war es noch unbequemer, und doch war sein Laune besser als gewöhnlich beim Aufwachen.

Die grün-violett gemusterte Tapete sagte ihm, wo er war, das und der Spruch über der Tür: »Wahrheit, Schönheit, Licht.« Er hatte im Maulbeerzimmer auf dem Fußboden geschlafen.

Etwas bewegte sich auf dem Sofa neben ihm. Er war also nicht allein.

Wie in einem Kaleidoskop fügte sich vor seinem geistigen Auge ein neues Bild zusammen, und er erinnerte sich, was geschehen war. Das Gewitter, das Taxi, das nicht gekommen war, die Flasche Wein, die er zufällig bei Tesco gekauft hatte.

Sie schlief noch. Zart sah sie aus im Schlaf, mit ihrem kurzen, dunklen Haar. Wie eine von diesen teuren Teetassen in vornehmen Häusern, die zu zerbrechen Jack ein Händchen besaß.

Er ging leise aus dem Zimmer und in die Küche der Mälzerei, um Tee aufzusetzen.

Als er mit zwei dampfenden Tassen zurückkam, saß sie auf der Sofakante, die Decke um die Schultern.

»Morgen«, sagte sie.

»Morgen.«

»Ich bin nicht nach London gefahren.«

»Hab ich gemerkt.«

Sie hatten die ganze Nacht geredet. Wahrheit, Schönheit und Licht – das Zimmer – das Haus – schlug einen in seinen Bann. Jack hatte ihr von seinen Kindern und von Sarah erzählt. Von dem Vorfall in der Bank, kurz bevor er aus dem Polizeidienst ausgeschieden war, als er entgegen einem ausdrücklichen Befehl in die Bank gegangen und mit sieben geretteten Geiseln und einer Kugel in der Schulter wieder herausgekommen war. Die Zeitungen hatten ihn als Helden gefeiert, aber für Sarah war es der Tropfen gewesen, der das Fass zum Überlaufen gebracht hatte. »Wie konntest du nur, Jack?«, hatte sie gesagt. »Hast du nicht an unsere Kinder gedacht? Du hättest ums Leben kommen können!«

»In der Bank waren auch Kinder, Sarah«, hatte er ihr entgegengehalten.

»Aber das waren nicht deine. Was bist du für ein Vater, dass du den Unterschied nicht siehst?«

Darauf hatte Jack keine Antwort gehabt. Kurze Zeit später war sie mit den Kindern nach England zurückgegangen. Um näher bei ihren Eltern zu wohnen, hatte sie ihm erklärt.

Auch von Ben hatte er Elodie erzählt, dessen Todestag sich letzten Freitag zum fünfundzwanzigsten Mal gejährt hatte, und von seinem Vater, der am Tod seines Sohnes zerbrochen war. Elodie hatte ihm von ihrer Mutter erzählt, die auch vor fünfundzwanzig Jahren gestorben war, und von ihrem Vater, der ebenfalls von der Trauer gezeichnet war, mit dem sie jedoch reden wollte, sobald sie nach London zurückkehrte.

Sie hatte ihm von ihrer Freundin Pippa erzählt und von

ihrem Beruf und dass sie früher immer gedacht hatte, ihre Arbeit als Archivarin würde sie ein bisschen wunderlich machen, dass sie aber mittlerweile damit kein Problem mehr hatte.

Und weil sie über Gott und die Welt geredet und dabei ein bestimmtes Thema die ganze Zeit gemieden hatten, hatte er sich schließlich ein Herz gefasst und sie auf den Ring an ihrem Finger angesprochen, und sie hatte ihm gesagt, dass sie verlobt war.

Alastair – Jack war noch nie einem Alastair begegnet, der ihm sympathisch gewesen wäre – war im Bankgeschäft tätig. Er sei nett, hatte sie gesagt. Erfolgreich. Und manchmal könne er sogar lustig sein.

»Es gibt nur Problem«, hatte sie stirnrunzelnd hinzugefügt. »Ich glaub nicht, dass er mich liebt.«

»Wie kommst du denn darauf?«

»Ich glaube, er liebt eine andere. Ich glaube, er liebt meine Mutter.«

»Hm. Aber das ist ... ziemlich merkwürdig, oder?«

Da hatte sie lächeln müssen, und Jack hatte gefragt: »Aber du liebst ihn?«

Sie hatte nicht gleich geantwortet. Dann: »Nein«, und es klang, als würde die Antwort sie selbst überraschen. »Nein, ich glaube nicht, dass ich ihn liebe.«

»Also, du liebst ihn nicht, und du glaubst, dass er deine Mutter liebt. Warum willst du ihn dann heiraten?«

»Es ist alles schon bis ins Detail geplant. Die Blumen, das Briefpapier ...«

»Ach so, das ist natürlich etwas anderes. Vor allem das mit dem Briefpapier. Das kann man nicht zurückgeben.«

Jetzt reichte er ihr eine Teetasse und sagte: »Lust auf einen Spaziergang im Garten, vor dem Frühstück?«

»Du willst mir Frühstück machen?«

»Es ist eine meiner Spezialitäten. Sagt man.«

Sie gingen durch die Hintertür nach draußen, an der großen Kastanie vorbei über den Rasen. Jack wünschte, er hätte an seine Sonnenbrille gedacht. Die Welt war wie reingewaschen, alles glänzte wie auf einem überbelichteten Foto. Als sie um die Hausecke bogen, atmete Elodie erschrocken ein.

Er folgte ihrem Blick in den Vorgarten und sah, dass der Sturm den Japanischen Ahorn entwurzelt hatte, der jetzt auf dem Weg lag. »Hm. Die Leute vom Museum werden sich nicht freuen«, bemerkte er.

Als sie näher herangingen, um den Schaden genauer zu begutachten, sagte Elodie: »Sieh mal! Da scheint etwas vergraben zu sein.«

Jack kniete sich auf den Boden, langte in das Loch, das die Baumwurzel hinterlassen hatte, und wischte die Erde von etwas Glattem.

»Vielleicht ist das ja der Schatz, den du suchst«, sagte Elodie lächelnd. »Er hat die ganze Zeit direkt vor deiner Nase gelegen.«

»Hast du nicht gesagt, das ist ein Kindermärchen?«

»Ich habe mich schon öfter geirrt.«

»Vielleicht sollten wir das Ding also ausgraben?«

»Auf jeden Fall.«

»Aber erst nach dem Frühstück.«

»Selbstverständlich«, sagte sie. »Denn ich habe irgendwo gehört, dass es deine Spezialität sein soll, und das möchte ich mir nicht entgehen lassen, Jack Rolands.«

Kapitel 31

Sommer 1992

Tip war in seinem Atelier, als die Nachricht eintraf. Ein Anruf von der Frau, die neben ihnen wohnte: Lauren sei tot, ums Leben gekommen bei einem Autounfall in der Nähe von Reading; Winston sei am Boden zerstört; die Tochter sei gefasst.

Später hatte er darüber nachgedacht. *Gefasst.* Es kam ihm merkwürdig vor, so etwas über eine Sechsjährige zu sagen, die ihre Mutter verloren hatte. Und doch wusste er, was Mrs. Smith gemeint hatte. Tip war dem Kind nur ein paarmal begegnet, der Kleinen, die ihm hin und wieder bei einem Sonntagessen gegenübersaß und mit großen Augen alles am Tisch beobachtete, aber oft genug, um zu wissen, dass sie ganz anders war als Lauren in dem Alter. Viel verschlossener. Lauren war von Geburt an ein Energiebündel gewesen. Das machte sie faszinierend, aber auch ziemlich anstrengend.

Nach dem Anruf von Mrs. Smith hatte Tip den Hörer aufgelegt und sich an seine Werkbank gesetzt. Alles verschwamm vor seinen Augen, als er den Hocker auf der anderen Seite betrachtete. Dort hatte Lauren noch vor einer Woche gesessen. Sie hatte über Birchwood Manor reden wollen, hatte ihn gefragt, wo genau es lag.

»Du meinst, du willst die Adresse wissen?«

Er hatte sie ihr gegeben und sie gefragt, wozu sie sie brauche, ob sie vorhabe hinzufahren, worauf sie genickt hatte. Sie habe etwas Wichtiges vor, hatte sie gesagt, und das wolle sie an einem ganz besonderen Ort tun. »Ich weiß, dass es nur eine Kindergeschichte war«, hatte sie gesagt, »aber in gewisser Weise, auch wenn ich es nicht erklären kann, bin ich wegen dieser Geschichte der Mensch, der ich heute bin.« Mehr hatte sie nicht dazu sagen wollen, und dann hatten sie das Thema gewechselt, aber beim Abschied hatte sie gesagt: »Du hattest recht, weißt du. Die Zeit macht das Unmögliche möglich.«

Ein paar Tage später hatte er in der Zeitung von dem Konzert gelesen, das sie in Bath gegeben hatte, und als er gesehen hatte, wer die anderen Solisten gewesen waren, war ihm klar geworden, was sie gemeint hatte. Sie hatte vorgehabt, sich von jemandem zu verabschieden, der ihr einmal sehr viel bedeutet hatte.

Vor sechs Jahren hatte sie auf demselben Hocker gesessen, da war sie gerade aus New York zurück gewesen. Er sah sie noch vor sich, wie sie ausgesehen hatte an dem Tag. Er hatte ihr sofort angemerkt, dass etwas Schlimmes passiert war.

Und dann hatte sie ihm erzählt, sie habe sich verliebt und wolle heiraten.

»Herzlichen Glückwunsch«, hatte er gesagt, doch dann hatte er ihren Gesichtsausdruck wahrgenommen.

Es stellte sich heraus, dass die beiden Teile des Satzes auf kompliziertere Weise zusammenpassten, als er angenommen hatte.

Sie hatte sich in einen der Musiker des Quintetts verliebt, einen Geiger. »Es war Liebe auf den ersten Blick«, sagte sie. »Es war intensiv und total und jedes Risiko und jedes Opfer wert, und ich wusste sofort, dass ich nie wieder so etwas für einen anderen Mann empfinden würde.«

»Und er?«

»Ihm ging es genauso.«

»Aber?«

»Er ist verheiratet.«

»Aha.«

»Mit Susan, einer wunderbaren, liebevollen Frau, die er seit Kindertagen kennt, und er würde es nicht ertragen, ihr wehzutun. Sie kennt ihn in- und auswendig. Sie ist Grundschullehrerin, sie backt köstlichen Schokoladen-Erdnussbutter-Kuchen, den sie mitgebracht hat, als sie einmal bei einer Probe zugehört hat. Nach der Probe hat sie geweint, Tip, weil die Musik sie so berührt hat, ich kann also nicht einmal etwas gegen sie haben, denn ich könnte niemals etwas gegen eine Frau haben, die sich von Musik zu Tränen rühren lässt.«

Tip hatte schon angenommen, das sei alles, aber das dicke Ende kam erst noch.

»Ich bin schwanger.«

»Verstehe.«

»Ungewollt.«

»Und was hast du jetzt vor?«

»Ich werde heiraten.«

Und dann hatte sie ihm erzählt, dass Winston ihr einen Heiratsantrag gemacht habe. Tip war dem jungen Mann ein paarmal begegnet, er war auch Musiker, wenn auch nicht so talentiert wie Lauren. Ein anständiger Kerl, unsterblich in sie verliebt.

»Und es macht ihm nichts aus …«

»Dass ich schwanger bin? Nein.«

»Ich meinte, dass du einen anderen liebst.«

»Ich war ihm gegenüber sehr ehrlich. Er hat gesagt, das spielt keine Rolle. Er meint, es gibt unterschiedliche Formen der Liebe und dass das Herz keine Einschränkungen zulässt. Er meint, vielleicht würden sich meine Gefühle ja mit der Zeit ändern.«

»Da könnte er recht haben.«

»Nein, das ist unmöglich.«

»Die Zeit vermag Erstaunliches. Sie macht das Unmögliche möglich.«

Nein, hatte sie noch einmal gesagt, undenkbar. Sie könne niemals einen anderen Mann so lieben wie diesen Geiger.

»Aber Winston liebe ich auch, Tip. Er ist ein anständiger Kerl, er ist einer meiner besten Freunde. Das ist nichts Selbstverständliches.«

»Ich habe so etwas noch nie erlebt.«

Sie hatte seine Hand gedrückt.

»Und was willst du deinem Kind sagen?«, hatte Tip gefragt.

»Die Wahrheit. Wenn sie fragt. *Falls* sie fragt. Darauf haben Winston und ich uns geeinigt.«

»Sie?«

Lauren hatte gelächelt. »Nur ein Gefühl.«

Sie. Ein Mädchen. Elodie. Tip beobachtete sie manchmal über den Tisch hinweg, leicht verwirrt, weil er etwas in ihr erkannte, das er nicht richtig einordnen konnte; sie erinnerte ihn an irgendjemanden. Jetzt, aufgewühlt durch Laurens Tod, wurde ihm bewusst, dass sie ihn an ihn selbst erinnerte. Sie war ein stilles Kind, und hinter ihrer Verschlossenheit verbarg sich eine große Tiefe.

Er trat an das Regal, wo das Glas mit dem Krimskrams stand, nahm den Stein heraus und wog ihn in der Handfläche. Er erinnerte sich noch an den Abend, als diese Frau, Ada, ihm davon erzählt hatte. Sie hatten auf der Bank vor dem Pub in Birchwood gesessen, es war ein lauer Sommerabend. Es war schon fast dunkel gewesen, aber er hatte ihr die Steine und Stöckchen gezeigt, die er gesammelt hatte.

Sie hatte jeden Stein in die Hand genommen und eingehend betrachtet. Sie habe auch alles Mögliche gesammelt, als sie in seinem Alter gewesen sei, hatte sie ihm erzählt; jetzt sei sie Archäologin und als solche sammele sie auch Steine.

»Ist einer davon dein Lieblingsstein?«, hatte sie ihn gefragt.

Ja, hatte Tip gesagt und ihr einen besonders glatten, ovalen Quarzstein gegeben. »Haben Sie auch schon mal so etwas Gutes gefunden?«

Ada nickte. »Ja, einmal, als ich nicht viel älter war als du jetzt bist.«

»Ich bin fünf.«

»Ich war acht. Ich hatte einen Unfall. Ich bin aus einem Boot gefallen und konnte nicht schwimmen.«

Tip erinnerte sich, dass er hellhörig geworden war, dass er das Gefühl hatte, diese Geschichte schon einmal gehört zu haben.

»Ich bin untergegangen und bis auf den Grund gesunken«, sagte Ada.

»Dachten Sie, Sie würden ertrinken?«

»Ja.«

»Dahinten am Fluss ist mal ein Mädchen ertrunken.«

»Ja«, sagte sie ernst. »Aber das war nicht ich.«

»*Sie* hat Sie gerettet.«

»Ja. Als ich dachte, ich könnte die Luft nicht länger anhalten, habe ich sie gesehen. Nicht deutlich und nur einen Augenblick, dann war sie wieder weg. Aber da habe ich den Stein gesehen, er hat ganz hell geleuchtet, und da wusste ich irgendwie, als hätte es mir jemand ins Ohr geflüstert, dass ich überleben würde, wenn es mir gelang, den Stein an mich zu nehmen.«

»Und Sie haben es geschafft.«

»Wie du siehst. Eine weise Frau hat mir mal gesagt, dass es Gegenstände gibt, die einem Glück bringen.«

Das hatte ihm gefallen, und er hatte sie gefragt, wo er so einen Gegenstand bekommen könne. Er erklärte Ada, dass sein Vater gerade im Krieg gefallen sei und dass er sich Sorgen um seine Mutter mache, weil er sich jetzt um sie kümmern müsse und nicht so recht wisse, wie er das anstellen solle.

Ada hatte genickt und gesagt: »Ich werde dich morgen besuchen. Wäre das in Ordnung? Ich habe etwas, das ich dir geben möchte, ich glaube sogar, dass es dir gehört. Es hat gewusst, dass du hier sein würdest, und eine Möglichkeit gefunden, zu dir zu gelangen.«

Aber es müsse ein Geheimnis zwischen ihnen bleiben, hatte sie hinzugefügt. Dann hatte sie ihn gefragt, ob er die geheime Kammer schon gefunden habe, und als Tip verneinte, hatte sie etwas über ein Paneel in der Nähe der Eingangshalle geflüstert, und Tips Augen hatten sich vor Aufregung geweitet.

Am nächsten Tag hatte sie ihm den blauen Stein gegeben.

»Was soll ich damit machen?«, hatte er gefragt, als sie zusammen im Garten von Birchwood Manor gesessen hatten.

»Pass gut auf ihn auf, dann wird er auch gut auf dich aufpassen.«

Birdie, die neben ihm saß, hatte lächelnd genickt.

Inzwischen glaubte Tip längst nicht mehr an Amulette und Glücksbringer, aber er lehnte diese Dinge auch nicht ab. Damals jedoch hatte die Idee des Steins völlig ausgereicht. Viele Male hatte er ihn als Junge – in Birchwood, aber noch häufiger, nachdem sie wieder nach London zurückgekehrt waren – in der Hand gehalten, und dann hatte er sich an Birdies Worte erinnert, dann hatte er die Lichter im Dunkeln wieder vor sich gesehen und sich wieder so gefühlt wie damals im Haus, eingehüllt und beschützt, und dann hatte er gewusst, dass alles gut werden würde.

Als er jetzt an Lauren dachte und an die Kleine, die jetzt keine Mutter mehr hatte, kam ihm eine Idee. Er hatte lauter Kisten und Schachteln in seiner Werkstatt, alle gefüllt mit Dingen, die er auf seinen Spaziergängen aufgelesen hatte: Dinge, die ihn aus irgendeinem Grund ansprachen, weil sie wahrhaftig waren oder schön oder interessant. Er suchte die schönsten davon aus, reihte sie auf der Werkbank nebeneinander auf, legte einige wieder zurück in die Kästen, tauschte sie gegen andere aus, bis er mit der Auswahl zufrieden war. Dann bereitete er den Ton vor.

Kleine Mädchen liebten Schatzdosen. Er hatte sie samstags auf dem Kunsthandwerkermarkt beobachtet, wie sie nach kleinen Schachteln suchten, in denen sie ihre Schätze aufbewahren konnten. Er würde ein Schatzdöschen für Laurens Tochter basteln, und er würde es mit den Gegenständen dekorieren, die ihm am meisten bedeuteten, auch mit dem Stein, denn er sollte die Kleine von nun an beschützen. Es war nicht viel, aber etwas Besseres fiel ihm nicht ein.

Und vielleicht, ganz vielleicht, wenn er alles richtig machte, würde es ihm gelingen, dieses Geschenk mit derselben wirkmächtigen Idee zu durchtränken, demselben Licht und derselben Liebe, die der Stein besessen hatte, als er ihm anvertraut worden war.

Kapitel 32

Sommer 1962

Sie parkte am Straßenrand und schaltete den Motor ab, stieg jedoch nicht aus; sie war zu früh. Die Welle der Erinnerungen hatte sie den ganzen Tag lang verfolgt, und jetzt, wo sie angehalten hatte, rollte sie über sie hinweg und breitete sich aus wie glitzernder Schaum. Ganz plötzlich wurde Juliet von der Erinnerung an die Nacht heimgesucht, in der sie mit dem Zug angekommen waren, alle vier erschöpft und hungrig und traumatisiert von der Flucht aus London.

Es war eine der schlimmsten Phasen ihres Lebens gewesen – die Zerstörung ihres Hauses, Alans Tod –, und dennoch hätte sie alles dafür gegeben, noch einmal dorthin zurückkehren zu können. Noch einmal durch dieses Tor in den Garten von Birchwood Manor gehen zu können und dort den fünfjährigen Tip sehen, dem die Haare über die Augen hingen, die halbwüchsige Bea, zu stolz, um eine Umarmung zuzulassen, und Red, den unbezähmbaren Red mit seinen Sommersprossen und seiner Zahnlücke; noch einmal ihre Kindergeräusche hören, ihre Zankereien, ihre endlosen Fragen über sich ergehen lassen. Die Zeit zwischen damals und heute, die Unmöglichkeit, noch einmal zurückzukehren, verursachte Juliet geradezu körperliche Schmerzen.

Sie hatte nicht damit gerechnet, dass es sich so anfühlen

würde; dass die Verbindung zu dem Haus so intensiv an ihr zerren würde. Es war keine Bürde, die auf ihr lastete, es war ein Druck in ihrem Innern, der gegen ihre Rippen drückte und hinauswollte.

Zweiundzwanzig Jahre waren vergangen seit Alans Tod. Zweiundzwanzig Jahre, die er nicht gelebt hatte, die sie ohne ihn weitergemacht hatte.

Sie hörte seine Stimme nicht mehr.

Und jetzt war sie hier und hatte vor Birchwood Manor am Straßenrand geparkt. Das Haus war unbewohnt, das sah man sofort. Es wirkte heruntergekommen. Aber Juliet hatte es ganz einfach in ihr Herz geschlossen.

Sie nahm den Brief aus der Tasche und überflog ihn noch einmal. Er war kurz und knapp gehalten, nicht sein üblicher Stil. Kaum mehr als das Datum und die Uhrzeit.

Juliet hatte jeden Brief aufgehoben, den er ihr je geschrieben hatte. Es beruhigte sie zu wissen, dass sie alle in Hutschachteln ganz unten in ihrem Kleiderschrank lagen. Beatrice zog sie gern auf mit ihrem »Brieffreund«, aber seit Lauren auf der Welt war, hatte sie nicht mehr so starke Gefühlsregungen gehabt.

Die Uhr im Armaturenbrett tickte. Die Zeit verging im Schneckentempo.

Juliet hatte keine Lust, noch weitere vierzig Minuten in dem kleinen Triumph sitzen zu bleiben. Sie warf einen Blick in den Rückspiegel, überprüfte ihren Lippenstift, atmete kurz durch und stieg aus.

Sie ging die gewundene Straße hinunter, die zum Friedhof führte, blinzelte das geisterhafte Bild von Tip weg, bückte sich hier und da nach einem hübschen Kiesel. Sie bog nach links ab und ging weiter in Richtung Dorf, und als sie an das Wegekreuz gelangte, freute sie sich zu sehen, dass der Swan noch da war.

Nach kurzem Zögern fasste sie sich ein Herz und ging hinein. Vor vierunddreißig Jahren war sie mit Alan zum ersten Mal hierhergekommen, peinlich darauf bedacht, ihre Schwangerschaft zu verbergen. Beinahe hätte sie erwartet, dass Mrs. Hammett sie an der Tür begrüßte und mit ihr schwatzte, als hätten sie erst gestern zusammen zu Abend gegessen. Stattdessen stand eine junge Frau hinter dem Tresen.

»Wir haben den Pub vor ein paar Jahren gekauft«, sagte sie. »Ich bin Mrs. Lamb. Rachel Lamb.«

»Mrs. Hammett – ist sie …?«

»Nein, keine Sorge. Sie ist zu ihrem Sohn und ihrer Schwiegertochter gezogen.«

»Wohnen die hier in der Nähe?«

»Ja, leider. Sie kommt dauernd her, um mir Ratschläge zu geben.« Rachel Lamb lächelte. »Wenn Sie sich beeilen, erwischen Sie sie noch vor ihrem Mittagsschlaf.«

Juliet hatte eigentlich gar nicht vorgehabt, Mrs. Hammett zu besuchen, doch sie ließ sich von Rachel die Adresse geben, und kurz darauf stand sie vor einem kleinen Haus mit roter Haustür und einem schwarzen Briefkasten. Sie klopfte und hielt den Atem an.

»Tut mir leid, sie schläft schon«, sagte die Frau, die die Tür öffnete. »Und ich möchte sie nicht wecken. Sie kann ziemlich unausstehlich werden, wenn sie ihren Mittagsschlaf nicht kriegt.«

»Würden Sie sie von mir grüßen?«, erwiderte Juliet. »Ich weiß nicht, ob sie sich an mich erinnert, sie hat ja über all die Jahre viele Gäste kommen und gehen sehen. Aber sie war damals sehr freundlich zu mir und meiner Familie. Ich habe einen Artikel über sie geschrieben. Über sie und die Damen vom Freiwilligen Frauendienst.«

»Ach, hätten Sie das doch gleich gesagt. Die ›Briefe aus der Provinz‹! Sie hat den Artikel eingerahmt über dem Bett hängen. Ihre fünf Minuten Ruhm, sagt sie immer.«

Sie plauderten noch eine Weile, dann erklärte Juliet, sie müsse sich auf den Weg machen, sie habe eine Verabredung, und Mrs. Hammetts Schwiegertochter sagte, sie habe noch einiges im Haus zu tun.

Juliet wollte gerade gehen, als ihr das Gemälde über dem Sofa auffiel. Es war ein Porträt von einer schönen jungen Frau.

»Sie ist schön, nicht wahr?«, sagte Mrs. Hammetts Schwiegertochter.

»Bezaubernd.«

»Es hat meinem Großvater gehört. Ich habe es nach seinem Tod auf seinem Dachboden gefunden.«

»Was für eine Entdeckung.«

»Das war eine ziemliche Rumpelkammer, das können Sie mir glauben. Wir haben Wochen gebraucht, um alles zu sichten. Das meiste war olles altes Zeugs. Vor ihm gehörte das Haus seinem Vater.«

»War er Künstler?«

»Polizist. Lange ist's her. Als er in Ruhestand gegangen ist, hat er Kisten mit alten Unterlagen und Aufzeichnungen auf den Dachboden gepackt und vergessen. Ich weiß überhaupt nicht, wo all die Sachen herkamen. Das Bild ist unvollendet – man sieht es an den Rändern, wo die Farben nicht stimmen und die Pinselstriche verlaufen –, aber ihr Gesichtsausdruck hat was, finden Sie nicht? Dieser Blick zieht einen unwiderstehlich an.«

Auf dem Rückweg nach Birchwood Manor musste Juliet die ganze Zeit an die Frau auf dem Gemälde denken. Sie kannte die Frau nicht, aber irgendetwas an ihr war ihr vertraut vorgekommen. Alles an ihrem Gesicht strahlte Licht und Liebe aus. Aus irgendeinem Grund musste Juliet an Tip denken und an Birchwood Manor und an jenen sonnigen Nachmittag 1928, als sie sich mit Alan gestritten und weggelaufen und später im Vorgarten unter dem Japanischen Ahorn aufgewacht war.

Kein Wunder, dass sie jetzt an jenen Tag dachte. Seit fast zwanzig Jahren schrieben Leonard und Juliet einander, seit sie ihn um einen Beitrag zu einem Artikel für ihre Kolumne gebeten hatte, den sie am Ende doch nicht geschrieben hatte, einen Artikel über die vielen verschiedenen Menschen, die in dem Haus gelebt hatten. Er hatte den Brief zu spät erhalten, und als er geantwortet hatte, war sie schon wieder in London gewesen, und der Krieg näherte sich seinem Ende. Aber sie waren in Kontakt geblieben. Er schreibe gerne, hatte er ihr einmal gestanden, und er kommuniziere lieber auf dem schriftlichen Weg.

Sie hatten einander alles erzählt. Sie hatte ihm alles anvertraut, was sie in ihrer Kolumne nicht hatte schreiben können, all ihren Zorn und ihre Trauer. Und sie hatten einander über die Jahre alles berichtet, was ihnen widerfahren war: das Schöne, das Lustige, das Wahre.

Aber seit jenem Nachmittag 1928 waren sie einander nie wieder persönlich begegnet. Heute würde das erste Mal sein.

Juliet hatte niemandem erzählt, was sie vorhatte. Ihre Kinder drängten sie immer wieder, sich mit einem Mann zum Abendessen zu verabreden, aber das, was sie heute tat, ihre Beziehung zu ihm, war unmöglich zu erklären. Wie sollten ihre Kinder verstehen, was sie und Leonard damals erlebt hatten, an jenem Nachmittag im Garten von Birchwood Manor?

Und so war er ihr Geheimnis geblieben, ebenso wie diese Rückkehr zum Haus.

Die beiden Giebel tauchten vor ihr auf, und Juliet beschleunigte ihre Schritte, es war beinahe, als würde sie von irgendetwas zu diesem Haus hingezogen. Sie tastete in ihrer Tasche, um sich zu vergewissern, dass die Zwei-Pence-Münze noch da war.

Sie hatte sie über all die Jahre aufbewahrt, und jetzt, endlich, konnte sie sie zurückgeben.

XII

Jack und Elodie sind zu einem Spaziergang aufgebrochen.

Sie wollte die Lichtung im Wäldchen mit eigenen Augen sehen, und er hat sich ihr nur allzu gern als Führer angeboten.

Und jetzt sitze ich wieder hier an der warmen Stelle auf der Treppe und warte.

Eins weiß ich ganz sicher: Ich werde hier sein, wenn sie zurückkommen.

Ich werde hier sein, wenn sie längst fort sind und die nächsten Besucher eintreffen.

Vielleicht erzähle ich auch eines Tages meine Geschichte noch einmal, so wie damals dem kleinen Tip und vor ihm Ada, erzähle von Edwards Schreckensnacht und von meiner Mutter, die von zu Hause durchgebrannt ist, um mit meinem Vater zusammen zu sein, von den Eldritch-Kindern und der Feenkönigin.

Es ist eine gute Geschichte, über Wahrheit und Ehre und mutige Kinder, es ist eine eindrucksvolle Geschichte.

Die Menschen mögen glänzende Steine und Glücksbringer und vergessen dabei, dass die besten Talismane die Geschichten sind, die wir uns selbst und anderen erzählen.

Also warte ich.

Als ich noch lebte und der Spiritualismus in Mode kam und die Menschen mit den Toten kommunizieren wollten, glaubten alle, dass Geister sich nach Befreiung sehnen. Dass wir »spuken«, weil wir gefangen sind.

Aber so ist es nicht. Ich möchte nicht befreit werden. Ich gehöre zu diesem Haus, das Edward so geliebt hat. Ich *bin* dieses Haus.

Ich bin die Maserung im Holz.

Ich bin jeder Nagel.

Ich bin der Docht in der Lampe, der Haken an der Wand.

Ich bin das schwergängige Schloss in der Haustür.

Ich bin der tropfende Wasserhahn, der Rostfleck im Waschbecken.

Ich bin der Sprung in der Badezimmerfliese.

Ich bin der Kamin auf dem Dach und die schwarze Dachrinne.

Ich bin die Luft in den Zimmern.

Ich bin die Zeiger der Uhr und der Raum dazwischen.

Ich bin das Geräusch, das man hört, wenn man meint, überhaupt nichts zu hören.

Ich bin das Licht im Fenster, das eigentlich gar nicht da sein kann.

Ich bin die Sterne im Dunkeln, wenn Du Dich alleine fühlst.

Anmerkung der Autorin

Da ich ebenso wie Lucy Radcliffe bestrebt bin, so viele Themen wie möglich in der begrenzten Lebenszeit, die uns zur Verfügung steht, zu studieren und zu verstehen, ist das Recherchieren für mich eine faszinierende Seite an meinem Beruf. *Die Tochter des Uhrmachers* ist ein Buch über Zeit und Zeitlosigkeit, über Wahrheit und Schönheit, Landkarten und Kartierung, Fotografie, Naturkunde, das Wandern, über Brüderlichkeit (drei Söhne zu haben setzt dieses Thema ganz oben auf die Liste), über Häuser und das Zuhause, über Flüsse und die Energie von Orten und vieles andere mehr. Mein Roman wurde inspiriert von der Kunst und Künstlern wie den Dichtern der englischen Romantik, den präraffaelitischen Malern, frühen Fotografen wie Julia Margaret Cameron und Charles Dodgson und Matthew Brady, der als Erster die Kamera als »Auge der Geschichte« beschrieben hat, und Architekten wie William Morris (mit dem mich die Leidenschaft für Häuser verbindet, und der meine Aufmerksamkeit darauf gelenkt hat, auf welch einzigartige Weise die Häuser in den Cotswolds ihre natürliche Umgebung widerspiegeln).

In das Gewebe des Romans eingeflochten sind Orte wie Avebury Manor, Kelmscott Manor, Great Chalfield Manor, die Abbey House-Gärten in Malmesbury, Lacock Abbey, das Uffington White Horse, das Barbury Hill Fort, der Ridgeway, die Landschaft von Wiltshire, Berkshire und Oxfordshire, die Ortschaften Southrop, Eastleach, Kelmscott, Buscot und Lechlade, die Themse und natürlich London. Falls Sie mal ein Haus mit echten Priesterverstecken besuchen wollen, bietet sich Harvington Hall in Worcerstershire an, das sieben solcher Verstecke zu bieten hat, entworfen von Saint Nicholas Owen. Es handelt sich um ein von Wassergräben umgebenes Anwesen.

Sollten Sie noch mehr über das London des neunzehnten Jahrhunderts und die Straßen, in denen Birdie Bell und James Stratton unterwegs waren, erfahren wollen, bieten sich als nützliche Quellen an: *London Labour and the London Poor* von Henry Mayhew (mit Einblicken in so vergessene Berufe wie »Die blinden Straßenverkäufer von Schneidernadeln« oder »›Screevers‹ oder die Schreiber von Bittbriefen und Petitionen«; *Victorian London: The Life of a City 1840–1870* von Liza Picard; *The Victorian City: Everyday Life in Dickens' London* von Judith Flanders; *The Victorians* von A. N. Wilson; *Inventing the Victorians* von Matthew Sweet und nicht zuletzt *Charles Dickens* von Simon Callow, eine ausgesprochen liebevoll geschriebene Biografie des wohl bekanntesten Victorianers und Londoners. Die Seven Dials sind nach wie vor eine geschäftige Gegend in Covent Garden, allerdings werden Sie heutzutage dort mehr Restaurants vorfinden als Geschäfte, in denen Singvögel in Käfigen verkauft werden wie noch zu Mrs. Macks Zeiten. Die Little White Lion Street wurde 1938 in Mercer Street umbenannt.

Während meiner Arbeit an *Die Tochter des Uhrmachers* habe ich mich von verschiedenen Museen inspirieren lassen, was mir passend erscheint, so es in meinem Buch auch um das Bewahren geht und darum, eine zusammenhängende Geschichte über eine zerrissene Vergangenheit zu schreiben. Zu meinen Lieblingsmuseen gehören das Charles Dickens Museum, die Watts Gallery und Limnerslease, das Sir John Soane's Museum, das Fox Talbot Museum, das Victoria & Albert Museum, das

British Museum und das Royal Observatory in Greenwich. Folgende Ausstellungen haben mich begeistert, und mein Dank gilt den Kuratoren, die solche Werke der Öffentlichkeit zugänglich machen: *Julia Margaret Cameron*, Victoria & Albert Museum, 2015–16; *Painting with Light: Art and Photography from the Pre-Raphaelites to the Modern Age*, Tate Britain, 2016; *Victorian Giants: The Birth of Art Photography*, National Portrait Gallery, 2018.

Besonderen Dank schulde ich: Lizzy Kremer und allen bei DHA, meinen Lektorinnen Maria Rejt und Annette Barlow, Lisa Keim und Carolyn Reidy bei Simon & Schuster und Anna Bond bei Pan Macmillan. Mein Dank gilt auch Britta Hansen und dem Team des Diana Verlags, die dazu beitragen, mein Buch in dieser schönen Ausgabe in die Welt hinauszutragen. Isobel Long hat mir großzügig Informationen über die Welt der Archivare zur Verfügung gestellt; und ich danke Nitin Chaudhary – und seinen Eltern – dafür, dass sie mir mit den Pandschab-Begriffen in Adas Geschichte geholfen haben. Alle Fehler liegen wie immer bei mir, ob beabsichtigt oder nicht. Ich habe mir zum Beispiel die Freiheit genommen, die Ausstellung in der Royal Academy in den November 1861 zu verlegen, obwohl im neunzehnten Jahrhundert die jährliche Ausstellung der RA bereits im Mai begann.

Folgende Personen haben mir auf nicht so spezifische, jedoch nicht weniger wichtige Weise bei *Die Tochter des Uhrmachers* geholfen: Herbert und Rita, wertvolle, jedoch leider verstorbene Freunde, an die ich häufig denke; meine Mum, mein Dad, Schwestern und Freunde, insbesondere die Kretchies, Pattos, Steinies und Brown; alle, die meine Bücher gelesen und sich daran erfreut haben; meine drei Leuchten im Dunkeln, Oliver, Louis und Henry; und mehr als alle anderen, in jeder nur erdenklichen Hinsicht, der Co-Pilot meines Lebens, Davin.

Die Bestseller von Kate Morton

ISBN 978-3-453-29031-0

ISBN 978-3-453-35476-0

ISBN 978-3-453-35656-6

ISBN 978-3-453-35731-0

ISBN 978-3-453-35946-8

Weltbestseller-Autorin Kate Morton erschafft eine einzigartige Welt, in der die Vergangenheit die Gegenwart nicht loslässt.

Leseprobe unter diana-verlag.de
Besuchen Sie uns auch auf herzenszeilen.de

DIANA